KB241557

독일 통일과 문학

김 용 민 지음

독일 통일과 문학

김용민 지음

창비

1989년 11월 9일, 베를린 장벽이 열리던 밤의 감동을 잊을 수 없다. 당시 나는 독일 유학중이었다. 박사논문을 쓰다가 밤 11시쯤 우연히 텔레비전을 켰더니 믿을 수 없는 일이 벌어지고 있었다. 베를린 장벽이 개방되고 동독사람들이 서베를린으로 물밀듯이 몰려드는 장면이 화면을 가득 채우고 있는 것이 아닌가. 서독사람들도 장벽 근처로 모여들어 동독사람들과 얼싸안고 눈물을 흘리며 역사적 사건을 자축하고 있었다. 사람들의 환한 웃음과 두눈에 가득 고인 기쁨의 눈물이 내 가슴에 진한 감동으로 다가왔다. 샴페인을 터뜨리는 사람, 서로 부둥켜안고 경중경중 뛰는 사람, 독일국기를 흔드는 사람, 자동차 경적을 울리며 소리 높여 노래 부르는 사람……베를린 장벽 근처는 그야말로 축제의 현장—사전준비도 주최측도 프로그램도 없지만 그 어떤 축제보다 더 감동적이고 즐거운 축제의 현장으로 변해 있었다. 굳이 이 축제의 배후를 찾는다면 알 수 없는 역사의 놀라운 발걸음이라고나 할까.

그날밤 늦도록 독일인들의 역사적 축제를 바라보며 나도 덩달아 가슴이 벅차오르던 기억이 아직도 생생하다. 분단국가에서 태어나 자라나면서 어려서부터 '우리의 소원은 통일'이라 노래 불러왔지만 한반도의 통일은 늘 멀게만 느껴지던 내게 베를린 장벽의 개방은 그야말로 휴전선이 열리는 것과 마찬가지의 사건이었으니 그 놀라움과 감동은 독일인 못지않았다. 그러면서 나는 세상이란, 역사란 이렇듯 하루아침에 완전히 뒤집어질 수도 있다는 생각에 감격해서 몸을 떨었다. 베를린 장벽이 개방되기 하루 전까지도 그렇듯 갑작스럽게 국경이 열리리라고, 그래서 동서독인들이 자유롭게 왕래할 수 있으리라고 예측한 사람은 아무도 없었다. 물론 장벽개방은 1989년 여름부터 일어나기 시작한 동독인들의 대량 탈출행렬과 동독 내에서 들불처럼 일어난 민주화의 요구가 동독 지도부를 압박하여 이루어낸 성과이다. 다만 그렇게 빨리 전격적으로 국경이 개방되리라고는, 그리고 국경개방이 어떤 결과를 가져오리라고는 아무도 예상하지 못했다. 국경이 개방되면서 동서독은 변화의 격랑에 휩쓸렸고 이후 통일 논의가 급진전되어 11개월 후에 독일은 공식적으로 통일을 이루었다. 역사의 행보란 이렇듯 불가사의하고 놀랍다.

베를린 장벽이 개방된 1989년 11월은 독일인들은 물론 내게도 무척 행복한 시기였다. 서독인들은 냉전이 마침내 종말을 고하고 평화의 시대가 온 것에 대해 기뻐하였고, 동독인들은 스스로의 힘으로 개방을 이루어낸 것에 큰 자부심을 느끼고 있었다. 특히 동독의 지식인들은 마침내 진정한 사회주의 사회, 즉 이번에야말로 사회주의 이상을 제대로 실현해볼 수 있는 민주적 사회주의 사회를 만들 수 있는 기회가 왔다며 새로운 희망에 부풀어 있었다. 그러한 모습을 나는 11월 한달 내내 부러움과 기쁨으로 지켜보았다. 하지만 역사는 사람들의 예상이나 소망과는 다른 방향으로 발걸음을 옮겼다. 장벽이 개방된 이후 오히려 더 많은 이들이 동독을 떠나 서독으로 넘어갔고, 자본주의의 화려한 모습을 직접 눈으로 확인한 동독인들은 점차 서독과의 조속한 통일을 요구하기 시작하였다. 이러한 요구는 결국 동독정권의 몰락과 동서독 경제 및 화폐 통합 그리고 동독의 종말과 서독으로의 흡수통일로 이어졌다.

독일 역사의 격변기를 옆에서 지켜보면서 나는 통일 과정 하나하나에 깊은 관심을 기울였다. 언젠가 우리도 거쳐야 하는 과정이기에 독일통일의 예에서 많은 것을 배울 수 있으리라 생각해서였다. 당시 나는 생태문학으로 논문을 쓰고 있었지만 더불어 동독문학에도 지속적인 관심을 가져온 터였다. 자본주의와 물질중심주의를 대체할 대안적 삶에 대한 관심이 나를 자연히 생태문학과 동독문학으로 이끌었다. 특히, 베를린 장벽 개방 이후 민주주의와 사회주의를 결합한 제3의 길인 민주적 사회주의 사회를 새롭게 만들어나가자는 동독 지식인들의 호소와 노력에 큰 공감을 느꼈기에 동독의 변화를 예의주시하였다. 하지만 동독의 민주혁명이 곧바로 자본의 힘에 압도되고 서독 주도의 일방적 통일 과정이 시작되면서 많은 문제점이 불거져나왔다. 통일 과정에서 벌어진 '문학논쟁' '지식인 논쟁' '슈타지 논쟁'으로 모든 동독적인 것, 사회주의적인 것이 악마화되고 폐기되었다. 성급하게 이루어진 경제 및 화폐 통합 그리고 그로 인한 후유증을 보면서 독일통일에 대한 선망은 곧 실망으로 바뀌었다. 오랫동안 분단되어 있던 동서독이 통일된 것은 좋지만 너무 커다란 희생을 치루는 것 같아 보기에 안타까웠다. 베를린 장벽이 개방되고 공식적인 통일이 이루어지기까지 11개월은 내겐 통일의 양면성을 가까이서 들여다볼 수 있는 소중한 시간이었다.

독일이 통일된 후 얼마 지나지 않아 귀국하게 되어 역사의 현장을 떠났지만 국내에서도 나는 늘 독일의 통일 과정과 통일 이후의 상황을 꼼꼼히 챙겨보려 노력하였다. 그 결과 통일이 꼭 무조건적인 지상선만은 아니라는 것, 통일의 형식적 완수보다는 통일을 어떻게 이루어나가는가 하는 통일 과정이 더 중요하다는 것, 통일은 어느 한쪽이 다른 한쪽을 흡수하는 것이 아니라 두 체제가 서로의 장단점을 합쳐 새로운 체제로 새롭게 태어나는 과정이라는 것, 우리는 독일의 예를 반면교사로 삼아 남북한이 대등한 위치에서 한반도의 통일을 함께 만들어나가야 한다는 것, 그리고 한반도의 통일은 자본주의와 사회주의의 장단점을 합한 새로운 제3의 체제를 만들어내는 세계사적 사건이어야 한다는 것을 배울 수 있었다. 이를 위해 독일의 통일 과정과 통일 이후의 사회 변화를 깊이있게 연구하는 것 또한 매우 필요한 일임을 새삼 깨닫게 되었다.

『생태문학』이후 오랜만에 펴내는 이 책에는 그런 나의 관심이 반영되어 있다. 전공이 문학이므로 나는 통일 과정 중에서도 특히 문학과 문화 분야에서의 갈등과 통합에 관심을 기울이고 그에 대한 글을 꾸준히 써왔다. 이제 그 글들을 모아 한권의 책으로 펴낸다. 이 책에 실린 글들은 따라서 아주 오래된 것도 있고 최근에 쓴 것도 있다. 집필 시기나 주제가 들쑥날쑥하지만 처음부터 독일의 통일과 문학에 대한 연구서를 펴낼 생각을 하고 쓴 글들이라 나름대로 일관된 흐름을 갖고 있다.

독일통일은 정치적, 사회적 제도의 통합만으로는 진정한 통일이 이루어질 수 없다는 사실을 우리에게 알려주었다. 경제나 정치 통합 그리고 여타 사회제도나 기관의 통합은 둘이 합쳐짐으로써 바로 완수되지만 문화적 통합이나 심리적 통합은 오랜 시간을 필요로 한다는 사실을 독일통일의 예는 보여준다. 통일된 지 20년이 가까워오는 오늘날까지도 '베씨(Wessi), 오씨(Ossi)'라는 말이 통용되고, 동서독인들간의 소통을 가로막고 있는 '머릿속의 장벽'이 여전히 존재하는 것은 심리적, 문화적 통일이 얼마나 중요한지를 말해준다. 그런데 지금까지 우리는 독일통일을 연구하면서 주로 제도적 통합에만 촛점을 맞추었다. 국내에 나와 있는 많은 독일통일 관련 연구서들은 대부분이 정치·경제·사회 통합을 다루고 있어서 문화통합의 문제가 소홀히 된 경향이 있다. 지금까지 나온 통일 이후 문화통합이나 분단과 통일을 성찰하는 독일문학에 대한 글들은 대부분 전문 학술지에 발표되었거나 단행본으로 묶이지 않고 여기저기 분산되어 있어서 일반 독자들이 찾아 읽기가 힘들었다. 그런 점에서 독일의 통일과 문학에 대한 본격적인 연구서가 부족하였다.

그러한 아쉬움을 이 책이 어느정도 채워주기를 바라며 세상에 내놓는다. 이 책에서 나는 지금까지의 사회과학적 연구에서 잘 다루지 않았던 독일의 분단과 통일의 내면을 들여다보려 노력하였다. 우선 제1장에서 독일의 통일 과정에 대한 개관에 이어 통일로 가는 길목에서 독일사회를 뜨겁게 달구었던 '크리스타 볼프 논쟁' '신념미학 논쟁' '슈타지 논쟁'을 오늘날의 시선으로 정리해보았다. 이 논쟁들은 동독의 문화와 문학 그리고 지식인의 역할을 어떻게 평가할 것인가 하는 과거극복 논쟁이라는 점에서 의의를 갖는다. 더 나아가서 이 논쟁들은 지식인과 이데올로기, 지식인과 사회참여의 문제를 어떻게 볼 것인가 하는 화두를 던져준다. 제2장에서는 독일통일에 대한 문학적 성찰을 집중적으로 분석하고 있다. 통일 과정과 통일 이후의 변화를 비판적으로 성찰하고 그것을 문학적으로 형상화해낸 동독 출신 작가들(폴커 브라운, 헬가 쾨니히스도르프, 크리스토프 하인)의 시, 소설, 희곡을 자세히 들여다봄으로써 통일 이후 동독 지식인들의 영혼의 풍경을 그려보려 하였다. 제3장은 크리스타 볼프의 작품 분석에 할애하였다. 서독의 귄터 그라스와 함께 독일 문학계를 대표하던 동독 출신의 크리스타 볼프는 통일 과정에서 가장 많은 공격을 받은 작가가 되었다. '크리스타 볼프 논쟁'을 야기한 그녀의 소설 『남아 있는 것』을 제대로 이해하기 위해서는 볼프가 독일의 분단과 통일에 대해 어떤 입장을 지녔는지 함께 고려해야 한다. 이를 위해 동서독의 냉전 상태와 그로 인한 동독 체제의 경직화를 비판한 『카산드라』와, 통일이 되었지만 여전히 다른 생각을 가진 이나 이방인을 배척하고 급기야는 사회에서 배제하는 독일사회에 대한 비판을 다룬 『메데아』를 분석대상으로 삼았다. 3장까지는 폴커 브라운이나 크리스타 볼프처럼 동독의 비판적 정체성을 대표하던 기성작가들을 다루었다면, 제4장 '통일 이후 독일문학의 새로운 경향'에서는 1960년대에 태어나 동독에서 젊은 시절을 보냈지만 통일 이후에야 본격적인 작품활동을 시작한 젊은 작가들의 작품을 분석하고 있다. 토마스 브루씨히나 잉고 슐체의 작품들은 동독 시절과 통일 이후의 동독사회의 변화를 선배세대들과는 다른 시각에서 다루고 있다는 점에서 새로운 경향을 보여준다. 동독의 과거극복 문제나 통일된 독일사회를 바라보는 이들의 시각은 매우 자유롭고 비판적이며 동시에 발랄하다. 90년대 이후에 등장하여 많은 주목을 받은 이들의 문학은 통일독일의 새로운 문학 경향을 대변한다.

제5장에서는 독일문학사 서술문제를 다루었다. 통일문학사 서술을 위해서는 분단시절에 동서독이 각각 자신과 상대방의 문학사를 어떻게 기술했는지 살펴보는 작업이 필요하다. 동서독 각각의 이데올로기와 정치상황에 따라 '하나의 독일문학'에서 '두개의 독일문학' 그리고 다시 '하나의 독일문학'으로 논의가 바뀐 과정을 추적하고 있다. 또한 통일 이후에 제기된 통일문학사 서술의 문제와 그동안 발표된 문학사들에서 동서독 문학을 어떻게 서술하고 있는가를 분석함으로써 앞으로 우리가 고민해야 할 통일한 국문학사 서술에 참고가 될 수 있도록 하였다. 이어지는 제6장은 '희망의 담지자 또는 미래의 중추세력으로서의 구동독인들?'이라는 조금은 도발적인 제목을 달고 있다. 동독 출신의 젊은이와 여성들의 자전적인 글들을 분석하여 이들이 미래의 통일독일을 이끌 중추세력이 될 수 있을지 살펴본 것이다. 하나의 체제가 무너지고 그와는 완전히 다른 새로운 체제 속에 내던져진 동독 젊은이들이 여러 시련을 겪고 살아남으면서 오히려 또래의 서독 젊은이들보다 좀더 독립적이고, 목적의식이 뚜렷하다는 주장이다. 그들이 습득한 성숙한 위기관리 능력은 미래를 헤쳐나가는 데 큰 도움이 될 수 있을 것이라는 전망이다. 동독 출신 여성들 역시 여성들의 자기실현이나 사회적 활동을 강조하고, 그를 위해 유치원이나 방과후 학교 같은 제도를 갖춘 동독 사회주의 사회에서 살았던 경험이 통일 이후의 삶을 헤쳐

나가는 밑거름이 된다고 말한다. 서독 여성들에 비해 사회적 활동이나 일을 중요하게 생각하며, 가정과 직업을 병행할 수 있다고 생각하는 동독 출신 여성들이 통일독일 사회에서 중요한 역할을 할 수 있을 것이라는 전망도 나온다.

이 책의 마지막 장은 지금까지 분석한 독일통일의 예를 한반도에 어떻게 원용할 것인가에 대한 고민을 담고 있다. 독일통일의 경험에서 우리가 배워야 할 점과 애써 피해야 할 점이 무엇인지, 독일통일이 가져온 많은 문제점을 답습하지 않기 위해서 우리가 미리미리 무엇을 준비해야 하는지, 그리고 한반도 통일은 어떠한 단계와 과정을 거쳐 어떠한 모습으로 완성되어야 하는지, 그동안 고민하고 생각해온 내용들을 제안 형식으로 풀어보았다. 이런 고민들을 통해 한반도 통일이 독일처럼 많은 시행착오와 후유증을 양산하지 않고 부드럽고 지혜롭게 그리고 인류 사회에 새로운 패러다임을 제시하는 세계사적 사건으로 완수될 수 있기를 조심스레 기대해본다.

이 책을 쓰는 데 여러 사람들과 기관으로부터 많은 도움을 받았다. 독일 훔볼트 재단의 초청과 연세대의 연구비 지원으로 몇차례 독일을 방문해서 자료와 함께 최신 연구결과를 접하고 늘 새로운 자극을 받을 수 있었다. 고마운 일이다. 학부와 대학원에서 이 주제로 강의하면서 학생들과의 토론을 통해 내 생각을 좀더 다듬을 수 있었다. 그런 면에서 이 책은 강의와 연구가 행복하게 결합하여 낳은 결과물이라 할 수 있다. 지난 몇년간은 개인적으로 무척 힘든 시기였지만 수업시간에 보여준 학생들의 열정, '슬픔을 함께 지고 가는 이'라는 인디언들의 친구에 대한 정의가 무엇인지 생생하게 느끼게 해준 친구들의 우정, 그리고 가족의 한없는 사랑과 믿음으로 시련을 견뎌내고 다시 세상을 부드럽게 바라볼 수 있게 되었다. 모두에게 마음 깊은 곳에서 우러나오는 뜨거운 감사와 연대와 사랑을 보낸다. 동독

문학과 독일통일 과정을 공부하면서, 비록 사회주의 실험이 실패하고 사회주의 전체가 역사의 뒤안길로 사라졌지만 사회주의가 꿈꾸던 이상, 즉 모두가 함께 잘사는 세상에 대한 꿈은 여전히 많은 사람들의 가슴속에 남아 있음을 확인한 것도 세상에 대한 믿음을 회복하는 데 도움이 되었다. 그래도 세상은 아름답다는 것, 꿈꿀 만하다는 것, 많은 사람들이 여전히 세상을 부드럽게 변화시키기 위해 노력하고 있다는 것을 이 책을 쓰면서 새삼 깨닫게 되었다.

오랫동안 붙들고 있던 주제라 이 책의 상당부분은 지난 몇년간 자주 머물렀던 튀빙엔의 도서관과 기숙사에서 나왔다. 튀빙엔 집 주변의 들판과 긴 산책으로 나를 유혹하던 향기로운 숲길이 떠오른다. 작년에는 마침 연구년이라 많은 시간을 '구름샘 마을'의 작은 서재에서 보내며 이 책을 마무리할 수 있었다. 그 시간은 또한 숲의 향기와 자연의 고요함이 우리의 정신을 얼마나 부드럽게 만들어주는가를 기쁘게 깨달았던 순간들이기도 하였다.

책머리를 구름샘 마을에서 쓰기 시작하여 독일 보쿰의 도서관에서 마무리하게 되었다. 보쿰은 내 젊은 시절의 꿈과 땀이 배어 있는 도시이다. 첫 유학길에 올랐던 그때와 비교해 거의 달라진 것이 없는 대학 캠퍼스와 도서관을 보며 전통이 어디에서 오는지를 새삼 생각해본다. 23년 전과 똑같은 책상, 똑같은 의자에 앉아 똑같은 바깥 풍경을 바라보며 앉아 있노라니 만감이 교차한다. 느림과 깊음이 정체나 퇴보가 아니라 미래의 새로운 가치로 거듭날 수 있는 방법이 무엇일지 고민해봐야겠다. 이 책의 출간을 흔쾌히 허락해준 창비에 고마움을 전한다.

2008년 가을
구름샘 마을과 독일 보쿰에서
김용민

・
차
례
・

책머리에   004

제1장   **독일통일과 문학논쟁**   017

1. 독일의 통일 과정   019

2. 통일 과정에서의 동독 지식인의 역할   033

3. 통일 과정에서의 문학논쟁   041

　(1) 크리스타 볼프 논쟁   041

　(2) 신념미학 논쟁   054

　(3) 슈타지와 동독작가 ─ 슈타지 논쟁   059

4. 통일독일의 문학논쟁 결산   067

제2장   **독일의 분단과 통일에 대한 문학적 대응**   079

1. 통일을 다룬 가장 상징적인 텍스트 ─ 폴커 브라운 「소유물」   081

　(1) 개혁사회주의자의 꿈과 좌절   084

　(2) 폴커 브라운 시를 바라보는 상이한 시각   091

　(3) 「소유물」의 다양한 의미지평   097

2. 통일독일 사회의 문제점

　 ─ 헬가 쾨니히스도르프 『아프리카 옆에서』와 크리스토프 하인 『란도』   105

　(1) 통일 이후 동독 지식인들의 영혼의 풍경   106

　(2) 과거에 대한 반성과 성찰 ─ 동독사회 되돌아보기   108

　(3) 통일 이후 동독 지식인들의 공간 ─ 변방의 체험   111

　(4) 허망함과 쓸쓸함 속에서 희망 찾기   115

3. 독일문제를 성찰하는 폴커 브라운의 시 세 편   118

　(1) 동독과의 일체감 ─ '우리'와 '그들'의 대립   120

(2) 동독에 대한 절망 – '나'와 '국가'의 대립 128

(3) 통일독일 사회에 대한 비판 – '나'와 '독자'의 대립 133

제3장 동서독과 통일독일을 성찰하는 크리스타 볼프의 문학 141

1. 동독사회 비판과 개혁 가능성 – 『남아 있는 것』 143

(1) 동독사회의 문제를 정면으로 다룬 소설 143

(2) 작품의 성립 및 출판 배경 145

(3) 슈타지 문제에 대한 직접적인 비판 149

(4) 절망 속에서 희망 찾기 – 동독사회의 개혁 소망 158

2. 신화를 통한 동독사회 비판 – 『카산드라』 164

(1) 『카산드라』의 생성 배경 166

(2) 전쟁과 대립으로 인한 트로이 사회의 변모 170

(3) 『카산드라』에 묘사된 동독사회의 문제 177

3. 통일독일 사회에 대한 문학적 성찰 – 『메데아. 목소리들』 186

(1) 통일 이후 크리스타 볼프의 상황 186

(2) 메데아 신화의 재발견 190

(3) 신화의 재해석과 메데아 주제의 현재성 193

(4) 배제와 희생의 메커니즘 196

(5) 동서독 및 통일독일 사회 비판 205

제4장 통일 이후 독일문학의 새로운 경향 217

1. 통일 이후 등장한 새로운 문학 경향 219

2. 동독인이 제기한 새로운 과거극복 – 토마스 브루씨히 『우리 같은 영웅들』 221

3. 회상을 통한 과거의 복권 – 토마스 브루씨히 『존넨알레』 233

4. 통일 이후 동독인들의 삶과 운명 – 잉고 슐체 『간단한 이야기들』 244

    (1) 새로운 현실과 새로운 형식 244

    (2) 통일소설의 무대 알텐부르크 248

    (3) 통일 이후 알텐부르크 주민들의 상승과 몰락 이야기 251

    (4) 통일 이후 진행된 동독 지역의 급격한 자본주의화 259

    (5) 통일 이후의 사회문제 – 극우파의 등장과 치안문제 266

    (6) 통일 이후 변화된 인간관계 270

제5장 **분단문학사와 통일문학사 서술** 275

1. 통일 이전 동서독 문학의 성격에 대한 논의 277

    (1) 냉전시대 – 서독: 하나의 문학론, 동독: 두개의 문학론 278

    (2) 동서 화해시대 – 하나의 문학론에서 두개의 문학론으로 282

    (3) 1980년대 – 새로운 동질론 또는 동질성과 이질성의 병존론 289

2. 통일 이후 분단문학사 및 통일문학사 서술 문제 296

    (1) 통일 이후 동서독 문학의 성격에 대한 논의 296

    (2) 기존의 동서독 문학사 서술의 문제점 300

    (3) 통일 이후 나온 동서독 문학사 및 통일문학사 서술 시도 312

제6장 **희망의 담지자 또는 미래의 중추세력으로서의 구동독인들?** 325

1. 통일독일 사회에 적응한 동독 젊은이들의 이야기

    – 야나 헨젤 『동쪽 지역 아이들』 327

    (1) 구동독인들의 새로운 정체성 327

    (2) 새로운 체제에 적응하기와 서독 젊은이들 모방하기 334

    (3) '역사의 패배자'인 부모들과 '기회의 아이들'인 자녀들 339

(4) 야나 헨젤 세대의 새로운 가능성 343

(5) 『동쪽 지역 아이들』을 둘러싼 논란 347

2. 동독 여성들의 새로운 가능성 – 마르티나 렐린 『물론 나는 동독여자다!』 359

3. 독일의 미래는 구동독인들에게 – 볼프강 엥글러 『전위로서의 동독인들』 367

제7장 **독일통일에 비추어본 한반도 통일방안** 381

1. 독일통일의 명암 383

(1) 통일방식에서의 문제 – 서독에 의한 흡수통일 384

(2) 무리한 경제통합으로 인한 동독 산업의 붕괴 386

(3) 통일 과정에서 벌어진 지나친 동독의 악마화 390

(4) 머릿속의 장벽 문제 – 내적 통합의 어려움 392

2. 독일통일의 교훈과 한반도 통일의 기본원칙 395

(1) 평화통일의 원칙 396

(2) 통일에 대한 사전준비의 필요성 397

(3) 한반도 통일의 대원칙 – 대등한 입장에서의 통일 399

3. 한반도 통일을 어렵게 만드는 문제들 401

(1) 북한이 흡수통일될 때의 문제 401

(2) 개혁개방 노선과 북한의 딜레마 404

4. 한반도 통일방안 408

(1) 북한 살리기가 곧 통일의 과정 409

(2) 과정으로서의 통일과 아래로부터의 통일 412

(3) 세계사적 사건으로서의 한반도 통일 414

찾아보기 420

독일통일과 문학논쟁

1. 독일의 통일 과정

2. 통일 과정에서의 동독 지식인의 역할

3. 통일 과정에서의 문학논쟁
(1) 크리스타 볼프 논쟁
(2) 신념미학 논쟁
(3) 슈타지와 동독작가 – 슈타지 논쟁

4. 통일독일의 문학논쟁 결산

1. 독일의 통일 과정

통일된 지 18년이 되어가지만 독일통일은 여전히 우리의 관심을 끌고 있다. 통일 과정에서부터 통일 이후 동서독의 문화통합 과정에 이르기까지 통일을 둘러싼 사회문화적 변화와 발전은 우리에게 언제나 흥미로운 연구대상으로 다가온다. 통일과 그에 따른 여러 문제들은 언젠가 우리도 해결해야 할 당면과제이기 때문에 독일통일 이후의 통합 과정은 우리에게 커다란 의미가 있다. 40년간 이질적 체제를 유지했던 두 지역이 하나로 합쳐지는 과정은 역사상 유례를 찾아보기 어렵기 때문에 독일의 예는 여러 면에서 분석할 만하다. 독일은 통일 과정에서도 그랬지만 통일 이후의 통합 과정에서도 많은 시행착오를 겪었다. 이런 시행착오를 우리가 되풀이하지 않기 위해서라도 독일의 예를 꼼꼼히 분석하고 그 공과를 따져보는 작업이 필요하다. 그런 점에서 독일통일과 그 이후의 통합 과정은 우리에게 한편으로는 모범사례이자, 다른 한편으로는 우리가 따르지 말아야 할 반면교사라고 할 수 있다.

독일통일은 정말 어느날 갑자기 현실로 다가왔다. 1989년 10월 7일에 동독 건국 40주년 기념식을 거행할 때만 해도 불과 한달 후에 장벽이 열리고 일년 후에 통일이 이루어질 것이라고는 아무도 생각지 못했다. 고르바초프도 참석한 기념식에서 동독 서기장 에리히 호네커는 "장벽을 세웠던 이유가 없어지지 않는 한 장벽은 50년이고 100년이고 존재하게 될 것"이라고 공언하였다. 그러나 역사적 사건은 언제나 갑작스럽게 다가온다. 그해 11월 9일에 베를린 장벽과 국경이 개방되어 동독 국민들이 자유롭게 서독을 드나들 수 있게 되었을 때에도 불과 11개월 만에 통일이 되리라고는 아무도 생각지 못했다. 그러나 독일통일은 역사적 사실이 되었다.

독일통일은 예기치 않게 다가왔지만 어느날 갑자기 하늘에서 뚝 떨어진 것은 아니다. 불 위에 올려놓은 주전자에서 뚜껑이 날아갈 정도가 되려면 오랫동안 물이 끓어서 증기가 차고 넘쳐야 하듯이 독일통일 역시 오랫동안 쌓이고 쌓인 힘이 어느날 갑자기 분출하여 이루어진 것이다. 동서독은 이미 1970년 3월에 동독의 에어푸르트에서 첫번째 정상회담을 가졌고 연이어 5월에 서독 카셀에서 두번째 정상회담을 열어 공식적인 교류를 시작했으며, 1972년에는 동서독 관계 정상화를 위한 기본협정을 체결하고 다음해에는 동서독이 유엔에 동시가입하였다. 정상회담 이전에도 편지와 전화 연락이 가능한 상태였지만 회담 이후에는 교류가 더욱 활발해져서 상호방문은 물론 상대방의 출판물이나 방송을 접할 수 있었다. 1974년부터 동서독에 상주대표부가 설치되어 업무를 시작했으며, 동베를린에는 서독 언론의 특파원이 파견되어 저녁 뉴스 시간에 동독의 소식을 전했다. 서독 책방에서는 누구나 동독에서 발행된 책을 주문하고 구입할 수 있을 정도로 개방되어 있었다. 동독 주민들 역시 대부분 안테나를 설치하여 서독 텔레비전을 매일 시청하면서 자본주의 문화를 접하였다. 서독인들은 자유롭게 동독을 여행할 수 있었던 데 비해 동독인들은 단지 당국의 허락을 받은 경우나 연금생활자들만 서독의 친지를 방문할 수 있었기에 텔레비전을 통해 자본주의 세계를 간접적으로 접할 수밖에 없었다.

이렇듯 서로를 많이 알고 꾸준히 교류가 이루어지던 상황에서 통일이 되었건만 독일은 통일 후 수많은 후유증에 시달려야 했다. 사회 모든 분야에서 일어난 통일의 문제는 지금 많이 해결되었지만 완전한 통일을 위해서는 아직도 몇십년이 더 걸릴 것이라는 예상이 지배적이다. 구동독 지역의 산업수준이나 임금수준, 생활수준이 아직도 서독을 따라가지 못하고 있으며 실업률은 20%(비공식적으로는 30~40%)에 육박해서 커다란 사회 불안 요인이 되고 있다. 상대적 빈곤보다 더욱 커다란 문제는 심리적 문제이다. 물리적 장벽은 없어졌지만 동서독인들의 머릿속 장벽은 여전히 남아 있으며 구동독인들은 2등 국민이라는 열등감을 아직도 떨쳐버리지 못하였다. 심리적 통일은 아마도 동독과 서독을 기억하지 못하는 지금의 어린 세대가 성인이 될 때에야 비로소 이루어질 수 있을 것이다.[1]

통일이 이렇듯 커다란 문제를 야기한 이유는 첫째, 통일 과정 자체가 너무 짧은 기간에 이루어짐으로써 충분한 준비를 할 수 없었다는 데 있다. 사실 우리와 달라서 동서독의 지식인들뿐 아니라 일반 민중들도 소수를 제외하고는 통일을 꿈꾸거나 소리높여 주장하지 않았다. 나찌의 역사적 과오를 천형처럼 지고 있는 독일 지식인들은 민족주의에 대한 거부감이 강해서 통일의 당위성보다는 각자의 체제 안에서 이루는 민주화를 더 중요하게 생각하였다. "우리의 소원은 통일"을 온국민이 외쳐온 우리나라가 아니라 통일에 무척 조심스러워하던 독일이 통일을 먼저 이루었다는 사실 역시 역사의 아이러니이다. 그렇기에 동서독 그 어느쪽에서도 통일에 대

━━
1) 1999년 11월 9일에 베를린 장벽 개방 10주년을 맞아서 베를린 시장이 그날 태어난 아이들, 즉 열번째 생일을 맞은 아이들을 초대해서 생일잔치를 열어주었는데, 인터뷰에서 자신이 오씨(동독인)인가 베씨(서독인)인가라는 질문에 많은 아이들이 베씨라고 대답했다. 이제 아이들 사이에서는 더이상 동서독의 차이가 없어지고 있음을 알 수 있는 대답이었다. 이후 다시 9년이 흘러 이들이 19세가 되었으니 통일독일을 자신의 뿌리로 인식하는 젊은이들이 더욱 많아졌을 것이다.

한 실질적인 준비를 하지 못했다. 갈라진 민족의 통합이라는 당위로서의 통일의 필요성을 정치가들이 이야기하기는 했지만 그것은 어디까지나 수사에 그쳤을 뿐, 실제로 통일을 어떻게 이룰 것인지에 대한 청사진은 논의된 적이 없었다. 독일이 통일 과정에서 많은 시행착오를 거친 이유가 여기에 있다. 아무런 준비도 없이 급작스럽게 진행된 통일이었고, 그 어떤 역사적 선례도 없었기에 암중모색의 과정에서 많은 문제를 낳았다. 그 후유증이 지금까지 남아 동서독의 실질적인 통합을 저해하고 있다. 결국 문제는 독일통일이 사전준비도, 치밀한 미래계획도 없이 역사의 격랑에 휩쓸려 단기간에 이루어졌다는 데 있다.

둘째 문제는 동서독의 통일이 대등한 입장에서의 국가연합이나 통합이 아니라 동독해체와 서독편입이라는 흡수통일 방식으로 이루어졌다는 데 있다. 서독 주도의 통일이었다 해도 좀더 시간을 두고 양국의 국가연합 방식으로 통일을 진행시킬 수 있었지만 서독은 쉬운 길을 택했다. 서독의 기본법에 따르면 두 가지 통일 방식이 가능하였다. 기본법 23조와 146조에 근거해 통일하는 방안인데 서독은 그중 손쉬운 방식을 택하였다.(이 책의 32면 참조) 그렇기에 동독은 공중분해되어 사라져버리고 동독의 정체성 역시 사라졌다. 통일 이후에 나타난 많은 문제가 바로 이러한 흡수통일 방식에서 나온 것이다.

따라서 독일통일 과정과 그 이후에 벌어진 문학논쟁이나 새롭게 등장한 통일독일 문학을 제대로 이해하기 위해서는 독일통일 과정을 자세히 살펴볼 필요가 있다. 그것이 역사적 필연이었는지, 아니면 당시 정치인들의 잘못된 판단이 불러온 우연이었는지는 훗날의 역사가 판단할 것이다.

1989년 11월 9일 밤의 베를린 장벽 개방은 그해 여름과 가을 내내 동독 민중이 나서서 주도한 민주화 운동의 정점이었다. 이는 또한 1980년대 말에 동유럽 전체에서 요동쳤던 '동유럽 혁명'의 일환이기도 했다. 동구권 사회주의 정권 전체의 몰락과 궁극적으로는 사회주의 진영의 맹주인 소련의 해체로 이어진 동유럽 혁명의 원인은 여러가지가 있겠으나 우선적으로는 1985년에 소련 서기장으로 등장한 고르바초프의 개혁개방 정책과 함께 가속도가 붙었다고 할 수 있다. 소련은 오랫동안 서구 자본주의 체제와의 체제경쟁의 짐을 도맡아서 위성국들인 동구 사회주의 정권을 정치·군사적으로 뒷받침해주느라 경제적으로는 후진성을 면치 못하고 있었다. 이같은 경제침체와 외교적 고립을 타개하기 위해 고르바초프는 대내적으로는 '뻬레스뜨로이까(개혁)'와 대외적으로는 '글라스노스찌(개방)'라는 '신사고 정책'(Gorbachov's New Thinking Policy)을 추진하였다. 그중에서도 특히 동구권 사회주의 국가들에 대한 군사적 간섭을 전제로 하는 브레즈네프 독트린[2]을 포기함으로써 동유럽 사회주의 국가들이 소련의 간섭에서 벗어나 자율적 개혁을 실시할 수 있는 계기를 마련해주었다. 그때까지 동유럽 사회주의 국가의 후견국이자 원조국으로서 헤게모니를 쥐고 있던 소련이 그 역할을 포기하고 동유럽 국가들이 각자 자신의 길을 찾아야 한다고 선언함으로써 그렇지 않아도 정당성이 취약했던 이들 사회주의 정권은 격변의 전기를 맞이하게 되었다. 동독을 포함한 동유럽 사회주의 국가들은 제2차 세계대전 이후 소련의 주도로 '위로부터의 혁명'에 의해 사회주의를 받아들여 소련에 종속되어 있었기 때문에 외적 통제가 느슨해지자 도처에서 민주화 운동이 광범위하게 일어났다. 민주화 운동은 그러나 갑

---

2) 흐루시초프 실각 후에 소련의 공산당 서기장이 되어 1982년까지 18년간 집권한 브레즈네프의 노선으로 '사회주의 진영의 어느 나라든 그 생존이 위협받았을 때는 사회주의 진영 전체에 대한 위협으로 보고 다른 사회주의 국가는 이에 개입할 권리를 가진다'는 선언이다. 이는 사회주의 국가에서 반혁명의 위험이 일어날 때는 소련과 바르샤바 동맹군이 군사개입을 할 수 있다는 것으로 동유럽 국가들이 '제한 주권'을 갖고 있음을 증명하는 노선이었다. 1968년 체코슬로바키아에서 개혁사회주의자 두브체끄가 '인간의 얼굴을 한 사회주의'를 내세우며 개혁을 펼친 '프라하의 봄' 때 바르샤바 연합군이 진입하여 무력 진압한 것도 이 노선에 근거한 것이었다. 냉전시기 소련의 대표적인 대외노선이었던 브레즈네프 독트린은 동유럽의 민주화 개혁이 절정을 이룬 1989년 10월에 열린 바르샤바 조약기구 외무장관 회의에서 공식적으로 폐기되었다.

자기 생겨난 것이 아니라 60년대부터 꾸준히 진행되었고, 80년대에 들어서면서 폴란드와 체코에서 점점 확대되었다. 바츨라프 하벨이 중심이 된 체코의 '77헌장', 바웬사가 이끈 폴란드의 '졸리다르노시', 헝가리의 개혁운동 등이 80년대 후반이 되면서 동구권 국가들의 내부 변화를 가져왔고, 그 영향으로 동독 역시 변화의 바람이 불기 시작하였다. 동독의 변화는 또한 "동시에 역으로 체코의 변화를 촉진시키는 역할"을 하여 이후 짧은 기간 안에 "중동부 유럽의 정권들은 도미노 게임의 돌들처럼 줄줄이 무너져"[3]버렸다. 이후 사회주의 진영의 종주국인 소련에서마저 1992년에 사회주의 정권이 무너지고 옐찐으로 대표되는 보수파가 집권함으로써 동유럽의 사회주의 진영 전체가 붕괴되고 유럽이 자본주의와 민주주의로 통일되었다.

동독의 시민혁명은 이러한 외적 배경 속에서 시작되었다. 변화의 싹은 이미 1989년 5월에 치러진 동독 지방의회 선거에서 동독정부가 득표율을 조작했다며 교회와 시민단체를 중심으로 하여 시민들이 벌인 항의 데모에 들어 있었다. 선거 부정에 대한 항의가 공개적으로 표출된 것 자체가 동독 시민들 사이에 잠재해 있던 불만이 겉으로 드러나기 시작한 것으로, 가을에 있을 대규모 시위를 예고하고 있었다. 이러한 내적 움직임이 더욱 커져서 동독 변화의 결정적 계기를 마련한 것은 동독 국민들의 국외 탈출 물결이었다. 고르바초프의 개혁개방 정책에 가정 먼저 반응한 헝가리가 1989년 5월 2일에 오스트리아와의 국경을 개방하고 그 소식이 동독인들에게 알려지자 헝가리로 여름휴가를 나온 이들이 오스트리아를 거쳐 서독으로 탈출하기 시작하였다. 8월 19일에 헝가리 국경도시 소프론에서 유럽연맹이 개최한 행사 도중 오스트리아와의 국경이 몇시간 동안 열린 틈을 타서

3) 위르겐 코카 『독일의 통일과 위기』, 김학이 옮김, 아르케 1995, 19면.

동독인 661명이 오스트리아로 집단 탈출을 감행하였다. 체코와 폴란드에서 휴가를 보내던 동독인들도 비슷한 시기에 프라하와 바르샤바 주재 서독대사관으로 들어가 서독으로 보내줄 것을 요구하였다. 헝가리, 체코, 폴란드에서 동시다발적으로 이루어진 동독인들의 탈출 물결은 헝가리 정부가 8월 24일에 서독대사관에 있던 108명을 국제적십자의 신분증으로 서독으로 보내고, 9월 11일에는 국경을 개방하여 자국 내에 머물고 있던 동독인 7000명이 서독으로 떠나는 것을 허용함으로써 급물살을 타게 되었다. 이후 9월 30일에는 서독, 체코, 동독의 협상을 통해 프라하의 서독대사관에 머물고 있던 동독인 5500명이 기차 편으로 드레스덴을 거쳐 서독으로 들어갈 수 있게 되었다. 프라하 주재 서독대사관에는 동독인들이 떠나자마자 바로 다른 동독인들이 들어와 가득 찼고 이들 7000여명도 10월 4일에 서독으로 보내졌다.[4] 동독인들의 탈출 물결은 동독 언론에서는 전혀 다루지 않았지만 서방 쪽 언론에서 연일 대대적으로 보도하였기에 점점 더 많은 동독인들이 알게 되고, 이는 또한 새로운 탈출 물결로 이어졌다.

동독인들이 대거 국외로 빠져나가는 동안 동독 국내의 분위기 역시 달아올랐다. 동독정부에 대한 불만과 불신이 점차 팽배해져 7월과 8월을 거치면서 집단적 항의로 나타나기 시작하였다. 9월에 재야 시민단체 '새로운 포럼'(Neues Forum)이 결성되었고, 10월에는 '사민당'과 함께 '지금 민주주의'(Demokratie Jetzt)나 '민주주의 출발'(Demokratischer Aufbruch)과 같은 정당 및 시민단체가 등장하여 동독의 민주화와 자유선거에 의한 민주정부 수립 같은 정치개혁을 요구하였다. 이와 병행하여 라이프찌히에서 월요일의 시위가 정례화되면서 동독 곳곳에서 시민들이 거리로 나와 동독의 개혁을 외쳤다. 라이프찌히 니콜라이 교회에서 9월 4일 이후 매주 월요일마다 시민과 재야인사들이 기도 모임을 가진 뒤 거리로 나와 벌이는 월

━

4) 손선홍 『분단과 통일의 독일 현대사』, 소나무 2005, 301면 참조.

요시위[5]에는 점점 더 많은 이들이 참여하였고, 이 시위는 곳곳으로 전파되어 동독은 혼돈에 휩싸이게 되었다. 이렇듯 대내외적으로 요동치는 상황에서 10월 7일에 동독 건국 40주년 기념식이 열렸다. 이 행사에 고르바초프도 참석하여 동독의 개혁을 요구하였지만 호네커는 동독의 사회주의가 성공적 발전을 해왔다며 개혁조치에 대해 전혀 언급하지 않음으로써 많은 동독인들을 실망시켰다. 이들의 실망은 10월 18일에 라이프찌히에서만 수만명이 참여하는 대규모 시위로 나타났다. 이러는 중에도 대외적으로는 서독으로의 집단 탈주와 내부적으로는 대규모 거리시위가 계속되어 결국 10월 19일에 국민들의 개혁 요구에 밀려 호네커가 퇴진하고 그의 측근 크렌츠가 후임으로 발탁되었다. 그러나 동독인들의 민주화 요구는 더욱 거세져서 대규모 시위가 전국으로 확산되었다. 11월 4일에는 백만명이 모인 동독 역사상 최대 규모의 시위가 동베를린에서 벌어져 정점을 이루었다. 이 시위에서 동독인들은 자유선거, 정치개혁, 여행의 자유 등을 요구하였다. 이러한 급박한 상황이 11월 7일의 내각 총사퇴, 11월 8일의 당 정치국 개편 그리고 11월 9일의 국경개방으로 몰고간 것이다. 동독정부는 11월 9일 저녁에 기자회견을 통해 동독인들이 서독으로 자유롭게 여행할 수 있다는 방침을 발표하였는데, 이 발표를 듣고 수많은 사람들이 동서베를린 국경검문소로 몰려들어 마침내 그날밤 전격적으로 베를린 장벽이 개방되었다.[6] 1989년 여름에서 초겨울까지 이어진 동독 민중의 개혁 요구는 국

---

5) 라이프찌히의 '월요일의 시위'에 대한 내용은 당시 기도모임과 시위를 주도했던 니콜라이 교회의 담임목사 크리스티안 퓌러(Christian Führer)가 한국 독문학자들과 가진 인터뷰에 자세히 나와 있다. 김누리 외 『통일 독일을 말한다 2: 변화를 통한 접근』, 한울 2006, 387~410면.

6) 호네커가 10월 7일 동독 건국 40주년 기념식에서 앞으로 100년은 더 끄떡없이 존속할 것이라 장담했던 베를린 장벽이 불과 한달 만에 급작스럽게 개방된 사건은 역사의 우연과 필연을 생각하게 해준다. 통일된 후에 자세히 알려진 바에 따르면 11월 8일에 정치국 전원이 사퇴하고 새로 구성된 정치국원들의 회의가 11월 9일에 열렸다. 이 자리에서 현안으로 국민들의 집단 탈출과 거리시위를 어떻게 잠재울 것인가가 주로 논의되었다. 그 방

26

경개방이라는 역사적 사건을 불러옴으로써 새로운 전기를 맞이하였다.

장벽개방 이후에도 동독인들의 대거 탈주와 거리시위가 계속되자 11월 13일에 개혁파 공산주의자 한스 모드로우를 총리로 선출해 무마에 나섰지

■

안 중 하나가 여행자유화 조치였다. 11월 10일부터 간단한 신청과 허가 절차를 거쳐 동독인들이 서쪽으로 자유롭게 여행할 수 있도록 하는 이 조치는 11월 9일 저녁에 베를린 정치국원이자 당 대변인인 샤보브스키(Schabowski)의 기자회견을 통해 발표되었다. 이날 정치개혁 내용을 설명하기 위해 마련한 기자회견 말미에 샤보브스키는 자신에게 전달된 쪽지를 읽어내려갔는데 그 내용은 바로 외국여행 자유화 조치에 대한 것이었다. 이에 대해 외신기자들이 그 조치가 언제부터 유효한가를 물었고, 내용을 잘 모르는 샤보브스키는 "내 생각에 당장 지금부터"라고 대답했다. 이 소식은 즉시 "장벽개방 전격 발표"라는 제목으로 전세계에 보도되었고, 동독 텔레비전 7시 뉴스에도 크게 보도되었다. 이 소식을 접한 동베를린 시민들은 국경 검문소로 몰려들기 시작하였고, 숫자가 불어남에 따라 검문소 문을 개방할 것을 요구하는 목소리가 커졌다. 결국 그날밤 11시경에 국경수비대가 검문소 문을 개방함으로써 베를린 장벽은 무너져버렸다. 동서베를린 장벽 곳곳에 자리한 검문소를 통해 서베를린으로 물밀듯 밀려간 동독인들의 모습은 생방송으로 전세계에 전해졌다. 이후 동독 사회주의 정권은 통제력을 상실하고 회복불능의 상태로 무너지는 바람에 단기간 안에 서독 주도의 흡수통일이 이루어졌다.

여기에서 역사의 가정이 시작된다. 만일 샤보브스키가 11월 9일에 해외여행 자유화 조치 내용을 제대로 발표했거나, 다음날인 10일에 발표했다면 어떻게 되었을까. 해외여행 자유화 조치는 아무런 제약 없이 누구나 동서독 국경을 넘나들 수 있다는 것이 아니라 간편한 신고와 허가를 받은 후에 증명서를 소지하고 서독으로 여행할 수 있도록 한다는 것이었다. 그렇다면 서쪽으로 여행하는 동독인들에 대한 동독정부의 통제가 가능해진다. 역사에서 가정은 무의미한 것이지만 만약 그렇게 진행되었다면 동독정부가 완전히 무장해제 상태가 되어 무력하게 무너지지는 않았을 것이고, 통일 역시 다른 방식으로 이루어졌을 것이다. 물론 동독인들의 요구가 공산당 일당독재 폐지와 자유선거에 있었으므로 다른 동유럽 사회주의 국가들의 예처럼 선거를 통해 공산당이 몰락하고 자유주의 정당이 정권을 인수함으로써 사회주의가 막을 내렸을 것이다. 그렇게 진행되기 위해서는 시간이 어느정도 필요했을 테고, 새롭게 등장한 자유주의 정권은 어느정도는 대등한 입장에서 서독과 통일협상을 벌였을 수도 있다. 그랬다면 통일 이후의 동서독 갈등은 지금보다는 훨씬 적었으리라는 생각이 든다. 하지만 이것은 가정일 뿐이다. 역사는 그와는 반대로 급박하고 거침없이 진행되어 동독의 멸망과 통일이 한꺼번에 이루어졌다. 그럼에도 불구하고 베를린 장벽 개방의 다른 가능성을 생각해본 것은 그러한 역사의 우연에 그나마 슬기롭게 대처하기 위해서는 사전에 모든 가능성을 검토하고 그에 대한 대책을 마련해놓는 것이 좋으리라는 생각에서이다.

만 민주화 요구는 더욱 거세져갔다. 결국 처음부터 국민의 신임을 받지 못한 크렌츠가 12월 3일에 서기장직에서 물러났다. 이미 12월에 동독 인민의회가 공산당 권력 독점 문구를 삭제하고, 정치국원 전원이 퇴진한 상황에서 모드로우 총리는 대폭적인 정치개혁 계획을 발표하였다. 하지만 장벽이 열린 후에 자유롭게 서독을 방문하여 도시의 화려함과 서독인들의 높은 생활수준을 직접 목격한 동독 민중들의 마음을 붙잡기에는 때가 늦어버렸다. 동독 민중은 장벽개방 전까지 거리시위에서 외쳤던 유명한 구호 "우리가 인민이다!"(Wir sind das Volk!)를 이제는 "우리는 하나의 민족이다!"(Wir sind ein Volk!)로 바꿔 외침으로써 서독과의 통일을 요구하고 나섰기 때문이다. 그에 따라 11월 말부터 통일논의가 급박하게 이루어지고 1990년 들어서면서는 현안 문제가 되었다.

이후부터 통일논의는 급물살을 타기 시작하는데 이는 불과 한달 전만해도 아무도 예상치 못한 일이었다. 11월 9일 장벽개방과 그 이후 2~3주가지날 때까지 거리 집회나 시위에서 통일 요구, 즉 민족문제는 거의 거론되지 않았기 때문이다. 당시에는 기존 체제의 개혁이 문제였지 동독이라는국가 자체를 해체해야 한다는 주장은 소수에 머물렀다. 장벽개방 2주 후인1989년 11월 24일에 실시한 여론조사에서 동독 국민의 83%가 독립적인동독의 존속에 찬성하였으며, 12월 17일의 여론조사에서도 여전히 73%의찬성률을 보였다.[7] 하지만 소수의 목소리였지만 장벽개방 이후 집회에서서서히 통일문제가 등장하고, 동서독 정부 역시 통일방안에 대해 논의하기 시작하였다. 그럼에도 불구하고 동서독 대부분의 사람들은 독일통일은상당히 많은 단계와 어려운 과정을 거쳐야 비로소 이루어질 수 있는 미래의 과제로 여겼다. 실제로 동독의 모드로우 총리는 11월 17일에 발표한 성

---

7) Hans Bahrmann, Christoph Links, *Wir sind das Volk. Die DDR zwischen 7. Oktober und 17. Dezember. Eine Chronik*, Berlin: Weimar 1994, 219, 223면.

28

명서에서 동서독간의 통일 전단계로 '조약공동체'(Vertragsgemeinschaft)를 제안하였고, 서독의 콜 수상은 11월 28일 연방의회에서 '독일과 유럽의 분단극복을 위한 10개항 프로그램'을 발표하였다. 이 방안에서 콜은 동독의 정치와 경제 제도의 근본적 개혁을 전제로 사회 여러 분야에서 협력하고 경제적 지원을 확대하겠다고 천명하며, 이를 토대로 유럽의 통일이라는 큰 맥락에서 독일통일을 단계적으로 이루어나가자고 제안하였다. 콜의 통일방안은 우선 서독의 협조를 통해 동독이 정치, 경제, 사회 개혁을 이루고 그다음에 '국가연합체'(die Konföderative Struktur)를 이루어 유럽경제 공동체의 일원이 되고, 마지막으로 '연방제'(die Föderation) 방식의 궁극적 통일을 이룬다는 것이었다. 여기서 '국가연합체'란 동서독이 각각 독립적인 국가로 존속하면서 경제나 외교 등에서는 공동보조를 맞추는 느슨한 연합을 말하고, '연방제'란 독일연방공화국처럼 모든 분야에서 통합된 통일국가를 말한다. 콜이 이 방안을 발표하면서 독일의 완전한 통일까지는 적어도 5~6년이 걸릴 것으로 예상했듯이 이 싯점까지 독일통일은 차근히 준비해나가야 할 미래의 과제였다.[8]

그러나 일단 봇물처럼 터진 동독 국민들의 조속한 통일 요구는 역사적 물줄기를 바꿔놓기에 충분할 만큼 드셌다. 그들에게는 이제 더이상 동독의 민주화나 정치개혁, 여행자유화가 중요한 문제가 아니었다. 풍요로운 자본주의의 실상을 직접 눈으로 본 동독 국민들은 당장 서독과 합쳐서 그들처럼 잘살 수 있기를 바랐다. 그 순간 이미 사회주의는 패배한 것이다. 서독인들이 살고 있는 자본주의 사회의 물질적 풍요에 비해서 동독의 사회주의 사회는 초라하고 빈한하여 동독인들이 두 체제를 직접 비교하기

---

8) 호르스트 텔칙 지음, 이기백 편저, 『"329일" 독일통일: 독일 콜 총리 외교담당특보 호르스트 텔칙의 외교비사일지』, 한마당 1993, 42면. 콜의 10개항 프로그램 작성을 담당한 외교팀 역시 "금세기 안에 통일을 이룰 수 있다면 그것은 역사가 독일에 행운을 가져다주는 것이라고 생각했다".

시작한 순간 이미 동독의 사회주의 실험은 실패하고 만 것이다.[9] 12월 하순부터 조속한 통일을 외치는 동독 민중의 함성이 높아진 이유가 여기에 있다. 그리하여 장벽개방 전까지 동독의 정치적 민주화와 개혁 그리고 여

■
9) 베를린 장벽이 개방되던 역사적 순간에 필자는 마침 독일 유학중이었다. 덕분에 장벽이 개방된 지 두 달도 안된 1990년 2월에 동독의 라이프찌히를 방문할 수 있었다. 아직 총선이 치러지기 전이라 사회주의 체제와 동독의 일상질서가 여전히 건재하고 있는 라이프찌히의 인상은 매우 특이했다. 건물들은 많이 퇴락했고, 시내를 다니는 전차도 새로 칠하지 않아서 우중충해 보였다. 가게 진열장에는 소박하게 전시해놓은 몇종류 되지 않는 상품이 어설프게 자리잡고 있었다. 이러한 풍경 속에 약간의 변화 조짐이 보였다. 거리 양쪽에 성냥갑처럼 투박한 동독의 국민차 트라비가 줄지어 늘어서 있는 사이로 드문드문 미끈하게 빠진 서독제 벤츠며 BMW가 서 있었다. 장벽개방 이후 잽싸게 돈벌이를 찾아나선 눈치 빠른 서독의 투기꾼이나 투자자들이 몰고 온 차들이었다. 천편일률적이고 촌스럽기 그지없는 트라비는 색깔이며 모양에서 이미 서독 차의 상대가 되지 않았다. 두 종류의 자동차가 나란히 서 있는 순간 이미 게임은 끝난 것이다. 더군다나 트라비는 2기통 엔진에 공냉식이라 시속 100km를 간신히 달리고, 엔진이 열을 받으면 잠시 쉬었다 가야 하는데 순식간에 시속 200km로 내달린다는 BMW와 성능면에서 어찌 비교할 수가 있겠는가. 지나가는 동독사람들의 눈길이 자꾸만 그 멋진 서독 차에 머무는 게 느껴졌다. 그들의 머리에는 아마도 우선 서독 텔레비전 광고와 드라마에서 접했고, 장벽개방 후에 직접 서독 도시로 나가 놀라며 바라본 멋진 집과 가구, 넘쳐나는 세련된 상품들 그리고 온갖 종류의 화려한 자동차, 남국으로의 휴가 등이 오버랩되었으리라. 통일이 되면 곧 그런 꿈 같은 생활에 편입될 수 있으리라는 희망이 뭉게뭉게 솟아났을 것이다. 이것이 자본의 힘이다. 그 순간, 인간의 욕망을 더욱 부추기는 자본주의 체제와 개인의 욕망을 억제하고 공동의 행복을 추구하는 사회주의 간의 체제 대결에서 사회주의가 패배하였다. 그런데 우리가 살아가는 데 시속 200km를 웃도는 차가 꼭 필요할까? 꼭 그렇게 다양한 디자인과 화려한 색상과 큼지막한 차가 필요할까? 트라비로 먼 거리를 간다 해도 시간이 조금 더 걸릴 뿐이지 목적지에는 무사히 도착할 수 있는데. 동독사람들은 그 트라비를 몰고 여름이면 동유럽을 누비며 자랑스러워하지 않았던가. 그러던 그들의 바로 코앞에 화려한 서독 차가 나타나자마자 그 자랑스러움은 사라져버리고 멋진 서독 자동차에 대한 욕망이 끓어올랐다. 사회주의는 바로 이러한 인간의 욕망을 충족시켜주지 못했기 때문에 몰락했다. 좀더 크고, 좀더 화려하고, 좀더 좋은 것을 원하는 인간의 욕망을 교육을 통해 순화시킬 수 있다고 믿었던 사회주의는 결국 실패하고 말았다. 그런데 사회주의는 몰락했어도 인간의 욕망을 어떻게 할 것인가의 문제는 여전히 남는다. 모두가 자신의 욕망을 극대화하며 살다가는 지구는 곧 망해버릴 것이기 때문이다. 사회주의의 견제가 사라져 고삐가 풀려버린 자본주의가 무한대의 욕망을 추구하는 오늘날 개인의 욕망을 어떻게 공동체의 행복과 연결시킬 수 있는가를 진지하게 고민해야 할 필요가 여기에 있다.

행의 자유를 외치며 함께 거리로 나섰던 지식인과 민중이 장벽개방 후 서
로 다른 길을 가게 되었다. 진정한 사회주의를 실현하자고 호소하는 지식
인들과 서독의 풍요를 하루라도 빨리 함께하고 싶다는 민중들의 요구가
상치되는 순간이었다.

이후의 과정은 급속한 동독의 몰락과 서독으로의 흡수통합을 통한 독일
통일의 완수로 요약된다. 모드로우 정부는 동독의 정국을 안정시키기 위
해 정부, 정당, 교회 및 노동자 대표로 구성된 '원탁회의'(Runder Tisch)[10]
를 만들어 주요 현안을 논의했는데, 특히 1990년 3월 18일로 동독 인민의
회 선거를 앞당겨 치르기로 결정함으로써 동독의 진로에 결정적 역할을
하였다. 동독 최초의 자유선거인 인민의회 총선은 두 가지 면에서 커다란
의미를 지닌다. 우선 그동안 동독을 통치해왔던 사회주의 통일당이 당명
을 민주사회당(PDS)으로 바꾸며 노력했지만 동독 국민들의 지지를 받지
못하고 소수당으로 전락함으로써 동독에서 사회주의 정권이 종말을 고했
다. 다음으로는 서독 기민당과 콜 수상의 지원을 받은 동독 기민당이 승리
함으로써 서독으로의 흡수통일을 위한 기반이 마련되었다. 동독 총선 결
과는 다시 한번 동독 국민들의 마음이 어디에 가 있는지를 극명하게 보여
주었다. 동독 민주화 열기가 한창이던 1989년 10월에 민주세력에 의해 결
성되어 공산당에 대한 대안세력으로서 상당한 지지층을 확보하였으며, 선
거 한달 전까지만 해도 여론조사에서 가장 높은 지지율을 보였던 사민당
이 21.9%를 얻어 제2정당이 되었다. 그에 반해 장벽이 개방된 이후인
1989년 12월에 급하게 결성되어 서독 기민당의 전폭적인 지지와 후원 속

10) "원탁회의는 공산당과 정부의 권력이 급속히 붕괴되는 과정에서 정치적인 공백을 메우
고, 주민들의 진정한 의사를 대변할 필요에 의해 만들어졌다. 원탁회의는 민주적인 절차
에 의해 선출된 대표로 구성된 기구는 아니었다. 그럼에도 이 회의에 참가한 인사나 단체
들이 신뢰를 받았고, 조속한 자유선거 실시, 새로운 헌법 초안 마련, 그리고 슈타지 해체
등을 추진하였기 때문에 원탁회의는 주민들로부터 지지를 받았다." 손선홍 『분단과 통일
의 독일 현대사』, 소나무 2005, 321면.

에서 총선을 치른 기민당이 40.8%라는 놀라운 득표율을 보이며 다수당이 되었다. 기민당은 '민주주의 출발당' 그리고 '독일사회당'(DSU)과 연합한 '독일동맹'(Allianz für Deutschland)을 결성하여 총선에서 승리함으로써 콜 수상의 서독 기민당과 긴밀한 협력체제를 구축하였다. 동독 인민의회 총선 결과는 통일방안에 대한 동독인들의 선택이 무엇인지를 분명하게 보여준다. 선거 국면에서 콜 수상과 동독 기민당은 가장 간단한 방식으로서 서독의 기본법 23조에 따른 조속한 통일과 "사회주의 실험 반대"를 선거 구호로 내세웠다. 기본법 23조에 따르면 동독이 간단히 서독에 편입됨으로써 통일이 완수된다. 이에 반해 서독 사민당과 동독 사민당은 서독 기본법 146조에 따른 통일을 제안하였다. 통일을 위해 동서독 의회가 동등한 자격으로 제헌의회를 구성하여 새로운 헌법을 만든 뒤에 그 헌법에 따라 총선을 치러 통일정부를 구성하는 점진적 통일방안이다. 기민당의 방식은 불평등 계약이지만 신속하고 간편한 데 비해, 사민당의 통일방안은 대등한 입장에서 통일협상을 벌일 수 있다는 장점에도 불구하고 오랜 시간을 요한다는 문제를 안고 있었다. 동독 국민들은 결국 조속한 통일에 표를 던져 이후의 통일 과정은 콜 수상의 주도로 신속히 진행되었다. 기민당은 사민당, 자민당과 연립정부를 구성하고 동독의 청산작업에 들어갔고, 1990년 7월 1일을 기해 화폐 및 경제 통합을 단행하였다. 서독 마르크가 동독에서 통용되고 시장경제체제가 도입됨과 동시에 동독은 이미 서독에 통합된 것이다. 동독에 서독 마르크를 도입하면서 서독은 동독 마르크와 서독 마르크를 1 대 1로 교환해주었다. 실질적 통화가치가 3 대 1 정도에 불과했음에도 불구하고, 동독인들의 서독 이주를 막고 민심을 달래기 위해 1 대 1로 교환하기로 결정함으로써 동독인들 개인은 만족하였지만 동독 경제는 파산하고 말았다. 동독산 상품은 갑작스러운 화폐가치 상승으로 경쟁력을 잃게 되었고, 게다가 경제통합과 함께 물밀듯 쏟아져들어온 서독 상품에 밀려 동독 시장 내에서도 외면당하게 되었다. 그 결과는 동독 산업의 대대적 파산으로 이어져 통일 이후 동독 지역의 산업발전에 지금까지 걸림돌이 되고 있다.

이러한 과정을 거쳐 그해 10월 3일 마침내 동서독은 공식적인 통일을 이루었다. 10월 2일에 동독 인민의회가 마지막 회의를 열어 동독정부를 해산함으로써 동독은 소멸되었고, 서독 기본법 23조에 따라 동독의 5개 주가 서독 연방주로 편입된 10월 3일 0시를 기해 독일통일이 완수되었다. 40년 간 존속했던 동독이 역사 속으로 사라지고 대신 서독은 다섯 개의 새로운 연방주가 추가되는 방식이 독일통일의 내용이었다. 동독은 사라졌지만 서독은 기존 체제를 그대로 유지할 수 있었다. 국가의 명칭 역시 서독의 공식 명칭인 '독일연방공화국'(BRD)을 그대로 사용하였고, 정치, 경제, 사회 제도 모두 기존의 것을 유지하였다. 동독 지역에서는 옛 질서가 하루아침에 모두 사라지고 지금까지와는 완전히 다른 새로운 서독 제도가 도입되어 시행되었다. 이것이 장벽개방 11개월 만에 독일이 통일을 이룰 수 있었던 배경이고, 통일 이후 오랜 세월이 지난 후에도 여전히 내적 통일을 이루지 못하는 이유이다.

2. 통일 과정에서의 동독 지식인의 역할

앞서 살펴보았듯이 1989년의 동독혁명은 동독 국민들이 대거 서독으로 탈출하면서 촉발되었지만, 동독 내에서 지식인들을 중심으로 만들어진 시민운동 단체와 교회가 앞장서고 민중이 적극적으로 시위에 참가하면서 본격적으로 확산될 수 있었다. 그리하여 마침내 장벽개방이라는 성과를 이루어낸 것이다. 이때까지 동독 지식인과 민중은 동독사회의 민주화라는 같은 목적을 향해 연대하며 함께 움직였다.

동독 지식인들은 장벽개방 후 급격한 변화의 와중에서도 같은 입장을 견지하였다. 이들은 장벽개방 직전인 11월 4일에 베를린 알렉산더광장에서 동독 민중들 앞에서 제안했던 새로운 사회주의에 대한 희망을 여전히 지니고 있었다. '새로운 포럼'이 제안하고 베를린 극장의 예술가들이 주도하여 예술가협회가 주관한 이 집회에는 백만명이 모여 "동독 건국 이래 국가에 의해 동원되지 않은 가장 큰 합법적 시위"[11]를 기록하였다. 이날의 시위에서 재야인사, 시민운동가, 새로운 정치조직의 대표자, 작가, 배우, 예술가, 공산당 간부 등 모두 27명이 나와 군중들 앞에서 연설하였는데,[12] 동독을 대표하는 작가로 크리스타 볼프, 하이너 뮐러, 슈테판 하임, 크리스토프 하인이 나왔다. 이들은 인민이 중심이 되어 진정한 사회주의 사회를 실현하자고 호소하였다. 크리스타 볼프는 「전환의 언어」라는 제목의 연설문에서 이제 민주주의, 즉 "인민지배"를 실현할 기회가 왔다고 말하며 이번에는 이 기회를 놓치지 말아야 한다고 주장하였다.

---

11) Robert Grünbaum, *Jenseits des Alltags. Die Schriftsteller der DDR und die Revolution von 1989/1990*, Baden Baden 2002, 109면.

12) 베를린 알렉산더광장에서 열린 이 집회의 연단에 재야인사나 예술가들뿐만 아니라 베를린시 당 제1서기인 귄터 샤보브스키와 슈타지 책임자 마르쿠스 볼프(Markus Wolf)도 나란히 앉아 있었는데, 이들 역시 연사로 나온 것을 두고 이날의 집회가 슈타지와 당에 의해 계획된 행사였다는 비판이 있었다. 물론 이날의 집회가 정부로부터 공식적으로 허가를 받아 조직된 것이었고, 공산당 간부들도 연사로 나섰으며, 이들의 연설이 동독 텔레비전을 통해 전국으로 생방송된 이면에는 동독정부가 이 집회를 이용하여 자신들의 때늦은 개혁 의지를 널리 알려 정국의 흐름을 돌려보려는 의도가 작용하였다. 하지만 공산당과 슈타지의 계획은 집회에 모인 대규모 군중들의 개혁 요구에 좌절되고 말았다. 오히려 공산당의 통제가 더이상 가능하지 않은 상황이 도래했음을 알리는 계기가 되었다. 공산당 간부의 연설은 군중들의 야유에 묻혀 아무런 반향을 불러일으키지 못했고 오히려 지식인들의 강력한 개혁 요구가 전국으로 방송됨으로써 동독사회의 민주화 물결을 더욱 거세게 만들어주었다.(Robert Grünbaum, 같은 책 110면 참조) 이런 점에서 11월 4일 베를린 알렉산더광장의 대규모 시위는 비록 당국의 허락을 받아 조직된 공식적인 집회였지만 실제로는 동독 민중의 힘이 정권을 무력화시켜서 마침내 11월 9일의 장벽개방을 이끌어낸 결정적 계기였다고 보아야 할 것이다.

아무도 떠나가지 않는 사회주의를 상상해보세요! 그런데 우리는 여전히 떠나가고 있는 이들의 모습을 보며 반문합니다. 무엇을 해야 하나? 메아리처럼 대답이 들려옵니다. 무엇인가를 하라! 그것은 우리의 요구를 권리로, 그러니까 의무로 만드는 것으로 시작할 수 있습니다. 조사위원회, 헌법재판소, 행정 개혁. 우리에게는 할 일이 너무나도 많습니다.[13]

같은 자리에서 슈테판 하임(Stefan Heym) 역시 민중들이 "오늘은 민주주의와 사회주의다운 사회주의를 위해 스스로 모였다"라며 모두 함께 민중이 주인이 되는 진정한 민주적 사회주의 사회를 건설할 것을 호소하였다.

우리의 이익을 위해서 그리고 독일의 이익을 위해서 우리가 궁극적으로 건설하고자 하는 진정한 사회주의 — 그것은 스딸린적 사회주의가 아닙니다 — 는 민주주의가 없이는 생각할 수 없는 것입니다. 그런데 민주주의란 그리스어로 국민의 지배를 의미합니다. 친구들이여! 시민들이여! 우리가 통치권을 넘겨받읍시다.[14]

이날 작가 대표로 참가하여 함께 연설한 크리스토프 하인 역시 민주적이고 사회주의적인 나라를 위해 사회의 구조를 바꿀 것을 제안하였다. 하인은 동독사회를 "사회주의와는 거의 무관한 사회" 즉 "관료주의, 선동, 감시, 권력남용, 그리고 범죄로 점철"된 사회라고 비판하며 "민주사회"를 함께 만들 것을 제안하였다.

사회주의란 말을 만평의 대상으로 만들지 않을 그런 사회주의를 만들어냅

13) Christa Wolf, *Auf dem Weg nach Tabou. Texte 1990~1994*, Köln 1994, 13면.
14) 프리데만 슈피커·임정택 공편, 『논쟁 — 독일 통일의 과정과 결과』, 창작과비평사 1991, 58면.

시다. 그리고 모든 인간에게 적합하고 인간을 구조에 종속시키지 않을 그런 사회를 건설합시다.[15]

알렉산더광장 시위에서 연설한 동독작가들의 공통된 입장은 동독에 남아 근본적 개혁을 통해 진정한 사회주의 사회를 함께 만들어보자는 것이었다. 이날 집회에서 통일에 대한 이야기는 전혀 언급되지 않았다. 작가들은 현실사회주의의 문제점을 타파하고 진정한 사회주의 사회를 건설하자는 희망을 피력하였는데, 이날 집회에 참여한 동독 민중들의 플래카드 문구나 구호 역시 의사표현의 자유, 언론의 자유, 정치개혁, 여행자유화 등으로 같은 입장을 보였다. 적어도 이 지점까지 동독 지식인과 민중은 같은 길을 가고 있었다고 할 수 있다. 하지만 이 시기에도 여전히 많은 이들이 날마다 동독을 떠났으며 동독에 대해 환멸을 느끼고 있었다는 사실은 지식인과 일반 국민들 사이의 괴리가 이미 당시에도 존재하고 있었음을 말해준다. 그런 점에서 그륀바움이 이 시기 "혁명 과정에 대한 작가들의 영향이 관찰자나 작가들에 의해 과대평가되었다"[16]고 평가한 것은 일면 타당성을 지닌다. 지식인들은 사회주의 이상을 바탕으로 새로운 사회를 만들고자 하는 희망을 갖고 있었다면 동독의 일반 국민들은 이데올로기나 체제의 문제가 아니라 일상생활에서의 자유와 행복을 바랐기 때문이다.

동독 지식인과 민중의 입장 차이가 겉으로 드러나기 시작한 상징적 사건은 크리스타 볼프가 11월 8일 저녁에 동독 텔레비전에서 낭독하고 다음 날 동독 신문에 실린 동독 국민들에 대한 호소문이다. '새로운 포럼' 같은 여러 시민운동 조직과 예술가들이 서명하고 크리스타 볼프가 대표로 읽은 이 호소문에서 동독 지식인들은 국민들에게 동독을 떠나지 말고 국내에

---

15) 앞의 책 60면.
16) Robert Grünbaum, 앞의 책 113면.

남아 진정한 사회주의를 건설하는 데 함께 힘을 모으자고 호소하였다.

> 우리는 날마다 우리나라를 버리고 떠나는 수천명의 사람들을 보고 있습니다. (…) 지금 떠나가는 이들은 우리의 희망을 감퇴시키고 있습니다. 여러분께 호소합니다. 고향에 머물러주십시오. 우리 곁에 남아주십시오! (…) 민주적인 사회주의의 비전을 담고 있는 진정한 민주사회를 세울 수 있도록 우리를 도와주십시오. 이것은 꿈이 아닙니다. 여러분이 우리와 함께 민주적 사회주의가 다시금 싹이 트다 말고 질식하지 않도록 해준다면 말입니다.[17]

새로운 사회를 함께 만들자고 호소하는 지식인들의 눈에 날마다 자신의 나라를 버리고 서독으로 떠나가는 수천명의 동독인들은 "진정한 사회주의" 건설을 어렵게 만드는 세력으로 비쳤다. 그래서 이 호소문은 동독을 떠나는 이들이 "쉬운 삶"과 "조속한 복지"를 위해, 즉 물질적 풍요를 좇아 서독으로 넘어간 것이라 단정짓고 있다. 자신의 존재 기반을 버리고 낯선 서독으로 떠날 것을 결심한 배경과 이유는 사람들마다 제각각이고, 많은 경우 더이상 동독 사회주의 사회에서 살고 싶지 않다거나 동독에서 포기한 자유를 찾아 결단을 내렸음에도 이들 모두를 "선한 일, 즉 고유의 사회주의를 배반"[18]하는 것이라 비난한 데서 지식인들과 민중의 괴리가 보이기 시작하였다.

이러한 괴리는 11월 9일에 장벽이 개방되고, 서독을 경험한 동독 민중들이 더 많이 서독으로 이주하고, 더 나아가서 통일을 요구하기 시작하면서 더욱 커져갔다. 동독 민주혁명의 기폭제가 되었던 라이프찌히 월요시위에서 11월 말이 되면서 "우리는 하나의 민족이다!"라는 구호가 등장한 것이

■
17) *Neues Deutschland* 1989년 11월 9일자.
18) 같은 곳.

다. 이러한 상황에 직면하여 지식인들은 다시 한번 연대서명을 통해 「우리 나라를 위하여」(Für unser Land)라는 호소문을 발표하였다. 크리스타 볼 프가 마지막 손질을 하고 슈테판 하임이 11월 28일에 기자회견을 통해 발 표한 이 호소문은 다음날 동독 최대의 신문 『노이에스 도이칠란트』에 실 렸다. 여기에는 볼프, 하임, 폴커 브라운 같은 작가와 예술가 들뿐 아니라 저명한 시민운동 지도자, 교회대표자 그리고 당시의 집권당이던 사회주의 통일당(SED) 내 개혁세력까지 망라한 31명의 지식인이 서명하였다. 이 글 에서 지식인들은 서독과의 통일에 반대하며 독자적인 사회주의 동독을 유 지할 것을 천명하고 이에 동의하는 이들의 지지와 서명을 호소하였다.

「우리나라를 위하여」는 장벽개방 후 동독의 정치·사회적 상황과 동독 의 미래에 대한 지식인들의 입장표명이었다. 특히 동독 민중의 통일 요구 에 대한 입장을 밝힌 점에서 의미를 지닌다. 이들은 동독이 독자성을 지킬 것인가 아니면 서독으로 접수되어갈 것인가의 양자택일 상황에 놓여 있다 며 "강력한 경제적 강요"에 의한 서독으로의 편입 가능성을 경고하였다. 그러면서 이들은 동서독이 각각 독자적으로 존재하는 현재의 상태를 유지 하면서 "서독에 대한 사회주의적 대안"으로서의 동독을 이상적인 사회주 의 사회, "즉 평화와 사회적 정의, 개인의 자유와 모든 이들의 거주이전의 자유 그리고 환경보존이 보증되는, 그런 서로 연대하는 사회를 발전시켜 나갈 것"[19]을 제안하였다. 이들은 연대서명을 통해 동독을 구하기 위한 호 소문을 발표하는 것으로 그치지 않고 이에 동조하는 이들의 동조서명을 촉구하였다. 이후 서명운동은 동서독 언론에 대대적으로 보도되었고, 정 부 기관지뿐 아니라 지역 언론에서도 서명에 동참할 것을 촉구하는 분위 기가 확산되었다. 그 결과, 짧은 기간 안에 50만명 이상이 호소문의 입장 에 동조하는 성과를 거두었다. 동독 지식인들의 호소문은 서독에서도 반

■
19) *Neues Deutschland* 1989년 11월 29일자.

향을 일으켜 귄터 그라스, 막스 프리쉬, 귄터 발라프 같은 작가들이 중심이 되어 30명의 서독 지식인들이 12월 4일에 「당신들의 나라를 위해서, 우리 나라를 위해서」라는 지지성명을 발표하였다. 이 성명서에서 서독의 비판적 지식인들은 동독 지식인들의 입장에 분명한 연대를 표시하였다. 이들 역시 "서독이 동독을 접수하는 것"에 반대하며 "당신들이 사회 위기로부터 사회주의적 민주주의의 길을 찾아가는 시도"를 지지한다는 입장을 표명하였다.[20] 동독의 미래와 독일통일 문제에 있어서 동서독 지식인들은 입장을 같이한 것이다.

동독 지식인의 호소에 50만명 이상이 동조하였지만 이들의 입장은 동독 국민 대다수의 입장과는 현격한 차이가 있었다. 호소문이 나간 이틀 후에 당시 동독 사회주의통일당 서기장이던 에곤 크렌츠가 『노이에스 도이칠란트』지에 이 호소문을 "매우 만족스럽게 읽었다"며 지지를 표하고 이들이 제안한 자유와 정의가 보장되는 사회를 만들기 위해 자신은 "모든 가능한 조치를 취하겠다"는 글을 자신 및 모드로우 총리 그리고 사회주의통일당 정치국원들의 서명과 함께 발표하였다. 이로 인해 동독의 비판적 지식인들은 자신들이 반대하던 동독 수뇌부와 동일한 입장을 가진 것처럼 비치게 되는 역설적 상황에 빠지게 되었다. 정권에 비판적인 이들이 공교롭게도 "40년간의 독재에 책임이 있는 정치세력과 긴밀하게 어깨를 걸고 있는 것처럼" 국민들에게 보여짐으로써 그 효과가 반감되었다. 동독정부로서야 동독을 그대로 존속시키고 사회주의 이상을 실현하자는 주장에 반대할 이유가 없으므로 오히려 적극 찬성하고 나섬으로써 이번 기회를 이용해 자신들의 개혁의지를 표명하고 민심을 돌려보려 한 것이다. 동독 지식인들은 사회주의 말고는 다른 대안을 찾을 수 없었기에 서독과의 통합이

---

20) *Frankfurter Allgemeine Zeitung* 1989년 12월 2일자; *Süddeutsche Zeitung* 1989년 12월 2일자.

나 자본주의를 도입하는 것을 반대할 수밖에 없었다. 그러다보니 그들에게는 사회주의 아니면 자본주의라는 양자택일의 가능성만 남았다. 그들은 자연히 사회주의의 근본 이상에 매달릴 수밖에 없었고, 이번에는 이를 제대로 실현해보자는 제안을 하게 된 것이다.

하지만 이들 비판적 지식인들의 입장은 동독 일반 국민들의 정서와는 거리가 멀었다. 서독의 풍요를 눈으로 직접 목격한 동독 국민들 대다수에게 사회주의 이상은 더이상 대안이 될 수 없었다. 또한 지식인들이 주장하는, 진정한 사회주의 사회를 함께 만들어나가자는 제안 역시 어떤 방식으로 어떻게 이루자는 것인지 개념이나 구체적 방안이 불분명하고 모호해서 국민들을 설득할 수 없었다.[21] 지식인들은 동독 민중이 무엇을 생각하고 무엇을 원하는지 제대로 파악하지 못했고, 동독 민중은 바로 옆에 민주주의가 꽃피고 물질적 풍요를 보장해주는 사회가 존재하는데 굳이 다른 사회를 애써 만들 필요가 없다는 생각에 사회주의 이상에 관심이 없었다. 지식인과 민중의 동상이몽 상태가 11월 말부터 극대화되어 결국 1990년 3월의 인민의회 총선에서 극명하게 표출된다. 동독의 가을혁명을 이끌었던 시민단체와 재야운동가들이 만든 정당 '새로운 포럼' 등이 모두 총선에 나섰지만 5%의 지지도 받지 못함으로써 지식인과 민중은 결별하고 만다. 이는 곧 통일방안에 대한 지식인의 좌절이었으며, 새로운 사회를 만들어보자는 희망이 한나절 꿈에 그치고 만 안타까운 일이었다.

애증의 관계에 있던 자신의 나라가 하루아침에 무너지고 민중마저 등돌린 상태에서 낯선 자본주의 체제 속으로 편입된 동독의 지식인들이 느꼈을 상실감과 절망은 짐작할 만하다. 게다가 동독이 몰락해가고, 흡수통일이 속도를 더해가던 1990년 6월에 크리스타 볼프 논쟁이 시작되어 동독 작가와 지식인 들 전체를 단죄하는 지식인 논쟁으로 발전하면서 이들은 더

---

21) Robert Grünbaum, 앞의 책 117면.

커다란 절망감에 빠졌다.

3. 통일 과정에서의 문학논쟁

(1) 크리스타 볼프 논쟁

통일이 가져온 후유증을 독일 문학계에서는 더욱 힘들게 앓았다. 서로 다른 체제 속에서 다른 과제를 지니고 다른 방식으로 기능했던 문학이 빠른 시간 안에 합쳐지려니 자연히 많은 어려움이 뒤따를 수밖에 없었다. 통일 전후로 문학계에서 숱한 논쟁이 벌어진 이유도 여기에 있다. 문학논쟁뿐 아니라 작가연맹이나 펜클럽 같은 문학기구의 통합 과정에도 진통이 뒤따랐다. 문학계에서도 흡수통일의 영향이 커서 통일 이후 서독의 작가들은 커다란 변화 없이 자신들이 기왕에 해오던 작업을 지속시켰지만, 동독작가들은 심각한 실존적 위기와 정체성의 위기를 경험하였다. 어느날 갑자기 자신들의 존재기반과 정체성을 상실한 대부분의 동독작가들은 새로운 환경에 적응하는 데 큰 어려움을 겪었다. 더군다나 이들은 통일 과정에서 자신들을 겨냥한 논쟁을 경험하면서 과거를 부정당하는 경험을 해야 했다.

1990년 여름의 독일문단을 뜨겁게 달구었던 문학논쟁은 크리스타 볼프 (Christa Wolf)의 소설 『남아 있는 것』(Was bleibt)의 출판을 계기로 시작되었다. 이 소설이 서점가에 나오는 싯점인 6월 5일에 맞춰 6월 1일자 『짜이트』(Die Zeit)지와 6월 2일자 『프랑크푸르터 알게마이네 짜이퉁』 (Frankfurter Allgemeine Zeitung, 이하 FAZ)에 실린 울리히 그라이너와 프랑크 쉬르마허의 서평이 크리스타 볼프 논쟁을 촉발시켰다. 서독에서 가장 큰 영향력이 있는 두 신문의 문예란 책임자가 장문의 서평을 통해 크리스타 볼프를 비판하고 나서자 서독의 많은 신문에 그녀를 옹호하는 입장과 비판하는 입장의 글들이 쏟아져나옴으로써 논쟁이 시작되었다. 이 논쟁은 서독 신문의 문예란에서 시작되어 정치면의 사설로까지 확대되고 동독은 물론 유럽 전역과 미국으로까지 퍼져나갔다.

자유주의적 성향의 『짜이트』와 보수지의 대표격인 *FAZ*가 동일한 어조로 크리스타 볼프를 강하게 공격하고 나선 것은 매우 뜻밖이고 놀라운 일이 아닐 수 없다. 왜냐하면 볼프는 몇달 전까지만 해도 서독 비평계로부터 가장 주목받는 동독의 대표적 작가였기 때문이다. 그녀는 동독에서 두번씩이나 국민상을 수상한 것은 물론이고 일찍이 서독에서도 문학성을 인정받아 50세 때인 1979년에 서독에서 가장 권위있는 문학상인 '뷔히너상'을 수상함으로써 명실공히 동서독을 대표하는 세계적 작가로 평가되고 있었다. 볼프의 소설은 모두 서독에서도 출판되어 상당한 주목을 받았고 몇몇 작품은 30만부 이상 팔리는 기록을 세우기도 했다. 또한 그녀의 작품은 서독 대학 독문과 수업시간에 즐겨 다루어졌으며, 그에 관한 석사 및 박사 논문만 해도 상당수에 달했다. 크리스타 볼프는 또한 서독의 귄터 그라스(Günter Grass)와 함께 노벨문학상 후보로도 여러 차례 언급되기도 한 그야말로 동독의 가장 저명한 작가였다. 더 나아가 1989년 11월의 동독혁명기에 알렉산더광장 시위나 국민들에게 보내는 호소문에 볼프가 적극 관여한 것에 대해서도 서독 언론은 긍정적으로 보도한 바 있었다.

그러다가 1990년 6월에 그녀에 대한 전면적 비판이 가해진 것이니 뜻밖의 일이 아닐 수 없다. 이렇게 찬사와 비판이 엇갈린 7개월 사이에는 베를린 장벽의 개방과 그 이후 동독의 몰락 과정이 놓여 있다. 따라서 볼프에 대한 공격과 그로 인해 벌어진 공방전은 볼프만의 문제로도 문학적인 문제만으로도 볼 수 없다. 독일의 통일 과정, 그것도 서독에 의한 동독의 흡수통합이라는 특수한 통일 과정과의 연관 아래에서 비로소 그 의미가 밝혀질 수 있다. 볼프 논쟁은 처음에는 소설의 발표 싯점이 문제되고, 이어서 볼프의 작가적 태도와 동독에서의 역할로 비판이 확대되고, 마침내는 동독작가와 동독문학 전체를 비판의 대상으로 삼게 되며, 더 나아가 서독의 비판적 문학전통에 대한 재평가와 비판으로까지 이어지게 된다. 전후 최대의 문학논쟁으로 기록된 이 논쟁이 이렇듯 커다란 문제로까지 발전하게 된 이유는 크리스타 볼프 개인이 아니라 통일 이후 동독문학 전체를 어떻게 볼 것인가의 문제와 엇물렸기 때문이다.

전후 독일문학계에서 가장 격렬했던 문학논쟁의 발단이 된 볼프의 『남아 있는 것』은 불과 108면짜리 중편소설이다. 책 겉표지 설명에 따르면 이 소설은 볼프가 1979년 여름에 썼지만 발표하지 않고 책상서랍에 넣어두었다가 1989년 11월, 그러니까 베를린 장벽이 무너진 후 다시 손질해서 서독 출판사에 넘긴 것이다. 이를 알리듯 작품 말미에도 '1979년 6월·7월, 1989년 11월'이라 표기되어 있다. 이 소설은 한 여성작가가 정보기관원들에게 감시당하는 하루의 일과를 기록하고 있다. 감시당하는 사람의 불안한 심리상태와 머릿속에서 끊임없이 펼쳐지는 생각 그리고 하루를 보내며 일어나는 사건들이 극적 변화 없이 독백체와 때로는 대화체로 서술된다. 일인칭 화자가 작가라는 것과 그녀가 무슨 이유에선가 정보기관에 의해 감시당하고 있다는 사실이 소설 시작 전에 이미 제시되어 있다. 정보기관 요원들이 주인공의 집 앞 길가에 차를 세워놓고 아침부터 밤까지 감시하는 상황이 몇주째 계속되고 있는 3월의 어느 쌀쌀하고 흐린 날이 밝아오면서 소설은 시작된다. 주인공 '나'는 아침에 일어나자마자 '그들'이 와 있는지 창가로 다가가 커튼 사이로 확인한다. 그들이 아직 와 있지 않자 불안해하며 아침으로 진한 커피와 삶은 계란, 손수 만든 쨈과 흑빵을 먹으며 그들과 간밤의 꿈을 생각한다. 그러고는 꿈꾸는 것은 금지되어 있지 않다는 생각에 웃음을 터뜨린다. 9시 5분에 세명의 젊은이들이 탄 차가 자신의 집 앞 길가에 서 있는 것을 보며 전율을 느낀다. 감시자인 젊은이들에 대한 생각이 이어지고, 친구의 전화를 받으나 도청이 신경쓰여 제대로 말도 하지 못한다. 그러고는 외출하면서 혹시 가택수색을 하지 않을까 걱정하며 문을 이중으로 잠근다. 감시하는 차 옆을 지나서 시내로 걸어나오며 그들이 혹시 뒤따라오지 않을까 자주 가게 유리창을 통해 뒤를 확인해보고는 안심한다. 그녀는 브레히트가 작업하던 극장 '베를리너 앙상블'을 지나며 진리를 말하는 것이 의미를 갖던, 그가 살던 시대를 생각한다.

이런 식으로 소설은 진행되면서, 장보기를 마치고 우체국에 들렀다가 이제는 정보기관의 간부가 되어 자신을 외면하는 대학시절 친구를 만나고 예전의 그를 떠올린다. 이어 집으로 돌아와 자신한테 온 편지를 검열을 의식하며 읽고 답장을 쓴다. 사상범으로 몰려 1년간 옥살이를 한 젊은 여성 작가의 방문을 받고는 대화가 도청당할까봐 전화코드를 빼버리고 이야기를 나눈다. 다음에는 병원에 입원한 남편을 방문하고 저녁에는 초청받은 작품 낭독회에 가서 자신의 작품을 낭독하고 청중과의 질의응답 시간을 갖는다. 초대권이 없어서 입장하지 못한 젊은이들이 문 앞에 모여 있는 것을 경찰이 강제해산시킨 소식을 낭독회 뒤에 전해듣고 언짢아하며 집에 돌아온다. 여전히 집 앞에서 감시하고 있는 차를 지나 집에 들어간 후 새벽 2시에, 강제해산 소식을 전해 듣고 걱정하는 딸의 전화를 받는다. 그러면서 긴 하루가 끝난다. 주인공 '나'는 전화가 끝난 후 방들을 돌아다니며 불을 모두 끄고 책상 위의 등만 남겨놓는다. 그러고는 책상 앞에 서서 생각에 잠기며 이 소설은 끝난다.

어느날엔가는 말할 수 있으리라, 아주 홀가분하고 자유롭게―라고 나는 생각한다. 아직은 너무 이르다. 그런데 늘 너무 이른 것은 아닐까. 이 책상에 그냥 주저앉아, 이 등불 아래서, 종이를 가지런히 하고, 펜을 들어 쓰기 시작해야 하지 않을까. 남아 있는 것을. 무엇이 내 도시의 바탕에 놓여 있고, 무엇 때문에 내 도시가 몰락해가는가를.[22]

22) Christa Wolf, *Was bleibt*, Frankfurt/M. 1990, 107면.

불안, 공포, 울음 등 주인공의 주관적 심리상태를 매우 세밀하게 그리고 잔잔하게 묘사한 이 소설은 일상화된 감시와 통제가 사회 구석구석에서 어떻게 이루어지고 있으며 그것이 개인의 행동과 사고에 어떤 영향을 미치는가를 섬세하게 드러내 보여준다. 그를 통해 동독사회가 안고 있는 문제점을 적나라하게 드러내며 문제의 중심에 놓여 있는 슈타지(국가안전부)를 강하게 비판하고 있다.

소설 속에서 주인공이 누구이며 감시자가 누구인지 정확한 정체가 언급되지 않지만 동베를린의 거리와 건물들이 사실 그대로 묘사되기에 작품 배경이 70년대 동독사회임은 어렵지 않게 드러난다. 감시자 역시 막강한 권력을 휘두르며 동독 국민들의 일상생활 깊숙이까지 침투해 있던 슈타지와 같고, 더 나아가 소설의 주인공 역시 크리스타 볼프와 비슷한 점이 많아 이 소설이 자전적 성격을 지니고 있음을 쉽게 알 수 있다. 이는 출판사가 소설의 표지 날개에 적어놓은 선전용 글을 통해서도 확인된다.

70년대 말에 세명의 젊은 남자들이 탄 승용차가 수주일 동안 당시 작가와 그의 남편이 살고 있던 집 앞에 서 있었다. 그 시기에, 즉 1979년 여름에 크리스타 볼프는 이 소설 『남아 있는 것』을 썼다. 그리고 이제 그것을 개정하여 여기 처음으로 발표한다.

크리스타 볼프가 1979년에 쓴 소설을 왜 그 당시에 발표하지 않고 10년간이나 책상서랍에 넣어두었다가 1989년 11월에야 다시 꺼내 손질해서 출판한 것인지는 뒤에서 자세히 살펴보기로 하겠지만, 이 점이 논란의 여지를 안고 있었고 역시 많은 비평가들이 이 점을 문제삼았다. 볼프의 소설이 서점에 배포되기 직전, 6월 1일자 『짜이트』에 실린 울리히 그라이너(Ulrich Greiner)의 비판도 발표 싯점에 문제를 제기하고 있다. 볼프 논쟁의 도화선이 된 그라이너의 서평은 만일 볼프가 이 소설을 베를린 장벽이 개방되기 전, 즉 11월 9일 이전에 발표했더라면 "쎈세이션을 불러일으켰을 테고, 그것은 '국가 시인' 크리스타 볼프의 종말과 아마도 결과적으로 그녀의 망명이 이루어졌을 것"이라고 말한다. 볼프의 명성에 비추어볼 때 그전에 소설을 발표한 후 "손쉽게 서쪽에서 피난처를 찾을 수 있었을" 텐데 그녀는 그렇게 하지 않고 "동독에 머물러 사회주의 계획을 고수하였다"는 것이다. "그것은 잘못이었지만 아무도 그로 인해 그녀를 비난할 수는 없다"고 그라이너는 말한다. 하지만 볼프가 "이제 와서, 그러니까 10년이 지난 후에야 잘 알려진 슬픈 일들에 대해 아우성치는 것은 이해할 수 없다"며 그녀가 이 소설을 아무런 위험도 없게 된 11월 9일 이후에 발표했다는 사실이 단지 "불쾌할" 따름이라고 그라이너는 비판한다. 왜냐하면 볼프가 이를 통해 마치 자신도 슈타지의 희생자였다고 변명하는 것 같기 때문이다. "국가 안의 국가"였던 "괴물 같은 기구"인 슈타지에 의해 목숨을 잃은 사람들도 많은데 "거기에 비추어보면 크리스타 볼프가 '수주일 동안' 감시당했다는 보고는 꽤나 웃기는 것"이라고 말한다. 그 사실조차도 오랫동안 침묵하다가, 아니 "사회주의 계획"에 굳게 동참하다가 이제 그 사회가 몰락하고 있으니까 이러한 소설을 발표해서 슬그머니 고통받은 사람들 대열에 끼이려 한다고 그는 볼프를 몰아세운다.

그라이너의 비판은 또한 소설의 서술방식 및 더 나아가서 볼프 문학의 특징에까지 이어진다. 볼프가 『남아 있는 것』에서 감시자의 정체를 드러내놓고 분명하게 슈타지라 언급하거나 묘사하지 않고, 그저 모호하게 "도처에 도사리고 있는 어두운 위험"이라는 식으로 표현하는 것은 바로 문제를 정면으로 다루지 않고 얼버무리려는 "문학적 계산"에 다름아니라고 비판한다. 이어서 그는 이것을 "실제 현실과 시적 세계 사이를 모호하게 연결시키는" 크리스타 볼프 특유의 창작 태도에서 기인하는 것이라며 볼프 문학 전반에 대해 비판을 가한다. "문학이라는 피난 성채"를 쌓아 그리로 도피한 볼프 문학의 "내적 논리"까지 언급하며 작가와 작품 전체에 대한 전반적 부정으로 이어진 그라이너의 서평은 볼프의 부정직성을 지적하는 것으로 끝을 맺는다.

크리스타 볼프가 이 글을 책상서랍 속에 넣어두었던 것은 그녀의 당연한 권리이다. 하지만 그녀가 이 글을 이제야 발표하는 것은 용기의 부족이 아니라 — 왜냐하면 이제 아무도 위험에 처해 있지 않기 때문이다 — 자기자신과 자신의 이야기에 대한 정직함의 부족 그리고 공산당 국가에 의해 삶이 파괴된 사람들에 대해 섬세함이 부족하다는 것을 말해준다.[23]

그라이너의 비판은 다음날 중도보수를 표방하는 『프랑크푸르터 알게마이네』지에 실린 프랑크 쉬르마허(Frank Schirrmacher)의 서평에 의해 더욱 증폭된다. 서평의 부제 '권위주의적 성격에 관한 연구: 크리스타 볼프의 논문, 연설문 그리고 신작 소설 『남아 있는 것』'[24]에서도 알 수 있듯이 쉬르마허는 볼프 문학 전반에 대해 신랄한 비판을 가한다. 그는 볼프의 문학과 태도를 지탱하는 공통점은 "국가에 대한 가족적이며 거의 근친적인 관계"라는 전제에서 출발한다. 베를린 장벽이 개방되기 직전인 11월 8일에 볼프가 방송을 통해 동독 국민들에게 서독으로 떠나지 말고 고향에 머물러줄 것을 호소한 사실을 쉬르마허는 그녀가 등단 초기부터 자신의 과제로 떠맡았던 "동독을 구하는" 임무와 연관이 있다고 분석한다. 1963년에 발표되어 볼프에게 일약 문명(文名)을 가져다준 첫 장편 『분난된 하늘』에서부터 이미 그녀는 동독 국민들에게 동독에 남아 있으라고 호소하였다는

---

23) Ulrich Greiner, "Mangel an Feingefühl," *Die Zeit* 1990년 6월 1일자.
24) Frank Schirrmacher, "'Dem Druck des härteren, strengeren Lebens standhalten.' Auch eine Studie über einen autoritären Charakter: Christa Wolfs Aufsätze, Reden und ihre jüngste Erzählung '*Was bleibt*,'" *FAZ* 1990년 6월 2일자.

것이다. 사회주의 체제에 실망하여 서베를린으로 넘어가버린 애인을 따라가지 않고 결국은 동독에 남는 여인의 사랑이야기를 그린 것이 바로 소설의 내용이기 때문이다. 동독에 대한 볼프의 이러한 태도는 동독사회가 어떤 모습이건 늘 애정과 연민으로 바라보게 만들었다는 것이 쉬르마허의 주장이다. 그래서 그녀가 논문이나 연설문에서 내세운 "활발한 논쟁" "생산적 반대" "필연적 토론" 등의 구호는 체제개혁이라기보다는 체제와의 "직접적 대립"을 피하기 위한 하나의 방편이었다고 비판한다. 거기에다 볼프가 국가나 사회를 "서로 경쟁하는 그룹들의 복잡한 씨스템"으로 이해하지 않고 "권위주의적으로 구성된 소시민적 가정이 좀더 크게 변형된 형태"로 파악했기 때문에 그 사회로부터 결별할 수 없었다고 분석한다. 가족을 우리 스스로 선택할 수 없듯이, 한번 가족 구성원이 되었으면 좋든 싫든 그 안에 머무를 수밖에 없다는 비유를 통해 볼프가 "국가와 그 국가의 기관들에 대해 은밀하다고 할 만큼 친밀한 관계를 구축"한 이유를 밝힌다. 쉬르마허는 또한 정신분석학적 분석을 통해 볼프가 왜 그렇듯 일관되게 동독 체제를 지지해왔는가를 설명하고 있다. 그에 따르면 볼프 세대는 그 윗세대, 즉 나찌로부터 박해를 받고 감옥에 가거나 망명해야 했지만 결국은 어려움을 이겨내고 동독사회를 건설한 세대에 감정적으로 "죄책감"을 지니고 있었다. 그런데 이들이 아무 물정 모르고 나찌 시절을 보낸 자신들을 다시 받아들여주었기에 "새로 출발한 체제의 주역들"인 이들에게서 "진정한 영웅과 새로운 아버지들"을 발견하였다. 그렇기에 이들이 주역이 되어 건설한 동독사회를 비판하기 더 어려웠다는 것이다. 바로 이러한 이유에서 볼프가 1953년 6월의 동독 노동자 봉기에서부터 1961년의 베를린 장벽 설치, 1968년의 바르샤바 연합군의 프라하 침공, 소련의 아프가니스탄 침공, 폴란드의 계엄령 선포 등의 일련의 사태에 대해 아무런 비판적 언급도 하지 않았다는 것이 쉬르마허의 추론이다. 이러한 연장선에서 그는 볼프가 『남아 있는 것』을 1979년에 발표하지 않고 서랍 속에 넣어두었을 것이라고 본다. 그러던 그녀가 동독이 몰락해가자 그 체제의 문제점을 드러내는 책을 발간했다는 사실을 쉬르마허는 신랄하게 비판한다.

　　추적의 두려움을 그리고 있는 이 책은 10년 전, 아니 5년 전이었다면 아마도 슈타지에 손상을 가할 수 있었을 것이다. 그러나 지금은 아무런 의미가 없으며 시대착오적이고 우스꽝스러운 모습마저 가지고 있다. (…) 놀랍기 그지없다. 독재가 종말을 고하자 독재에 가담했던 자들이 죄와 공동책임을 말하지 않고 새로운 언어의 필요성을 말하다니.(*FAZ*, 1990.6.2)

쉬르마허는 볼프의 소설을 범죄적 사회에 가담했던 지식인이 그 사회가 몰락해가는 와중에 자신의 입장을 변호하는 자기변명의 시도일 뿐이라고 단정짓고, 이것을 다른 동독 지식인들에게도 확대적용할 수 있음을 시사한다. 그는 볼프의 소설을 "문학적으로 허위일 뿐 아니라 거짓 저항행위"라 평하면서 "감상적이고 신빙성이 없으며 키치에 가깝다"고 혹평한다.

동서독에서 공히 최고의 작가로 칭송받던 크리스타 볼프에 대해 양대 신문에서 비판의 포문이 열리자마자 이후 거의 모든 신문 및 방송에서는 연일 다양한 각도와 입장에서 논쟁이 전개되었다. 이들 비판은 크게 보아 세 가지 유형으로 나눌 수 있다.

첫째는 그라이너처럼 볼프 소설의 발표 싯점에 대한 비판이다. 이 작품은 차라리 "10년 동안 들어 있던 서랍 속에 그대로 있어야 했다"는 주장(*Der Tagesspiegel*, 1990.6.24)을 넘어서서 볼프가 이 작품을 아무런 위험부담이 없는 이제야 발표한 것은 "비겁함을 말해주는 증거"라고까지 몰아붙인다.(*DAS*, 1990.6.29) 그리고 또 한쪽에서는 볼프가 1979년에 이 작품을 발표했다 해도 그녀에게는 "실존적으로나 경제적으로 어떤 위험 부담도 없었을 것"이라는 주장도 제기되었다. 왜냐하면 슈타지의 감시 사실을 폭로함으로써 "유례를 찾아볼 수 없을 연대의 물결"이 일어났을 테고, 그 결과 볼프의 위치는 동독 밖에서건 안에서건 "더욱 확고해졌을 것"이기 때문이다. 그렇기에 볼프가 이 작품을 이제야 발표한 것은 "가련하고 기회주의적"이라고 비판한다.(Die Welt, 1990.6.14)

　　다음은 이들 비판을 한 단계 더 진전시킨 것으로 볼프의 과거 행적을 문제삼는 논조이다. "동독문학의 퍼스트레이디"(Die Welt, 1990.6.14) "국가 시인" 등의 비꼬는 어투가 말해주듯 크리스타 볼프가 동독사회에서 특권을 누렸으며 상당한 혜택을 받은 것을 비판하고 나선 것이다. 이것은 결국 동독 체제에서 작품활동을 한 동독작가들 전체의 문제로까지 확대된다. 이들이 동독정부로부터 유무형의 혜택을 받았기에 결국 비판의 칼날이 무디어졌고, 그 결과 동독사회가 테러와 억압이 횡행하는 독재사회가 되는 데 일조했다는 비판이다. 순종하는 자에게는 상당한 특권을 보장해주고 저항하는 자는 가차없이 사회로부터 격리시키거나 추방하는 '당근과 채찍'의 동독 문화정책에 동독작가들이 발목을 잡혀 체제순응 또는 체제옹호적으로 되었다는 분석에 이들 비판은 근거를 두고 있다. 그런데 이들 비판의 문제는 동독에 머무르면서 작품활동을 한 작가들과 그 사회에서 추방당하거나 스스로 서독으로 망명한 작가들[25]을 대립시켜 한쪽을 모두 어용으로 몰아붙이는 데 있다. 볼프를 비판하는 근저에는 바로 이러한 이분법적 대립구도가 놓여 있어서 그녀가 동독을 강력히 비판하고 서독으로 넘어오지 않았음을 비판의 척도로 삼고 있기도 한 것이다.

---

25) 1976년에 볼프 비어만이 서독 철강노조의 초청을 받아 쾰른에서 콘서트를 가졌는데, 동독정부는 그가 콘서트에서 조국 동독을 비난했다는 이유로 그의 시민권을 박탈하였다. 결국 비어만은 동독으로 다시 돌아가지 못하고 서독에 남게 되었는데, 이후 동독정부는 자신들에게 비판적인 예술가들을 서독으로 추방하거나 비자를 발급해줌으로써 서독으로 출국할 수 있게 하였다. 이렇게 해서 1989년까지 서독으로 이주한 동독 예술가들은 200명 가까이 된다. 이들 중 일부는 비어만처럼 강제추방당한 작가들이고 다른 일부는 동독 체제를 견디지 못하고 비자를 발급받아 서독으로 넘어온 이들이다.

세번째는 볼프 소설의 문학적 질을 문제삼는 비판이다. 그라이너와 쉬르마허의 논조를 이어받은 이들 비판은 볼프의 작품 서술방식이나 어조가 예리하거나 직접적이지 않고 반쯤 비켜선 상태에서 현실을 추상화, 일반화하고 있다고 비판한다. 『남아 있는 것』에서 분명 슈타지를 문제삼으면서도 그에 대한 직접적인 언급이 없고, 감시하는 자들에게 그 어떤 분노의 감정이나 적의도 드러내지 않고, 다만 감시당하는 자신의 내면세계에 촛점을 맞추어 서술하고 있다는 것이다. 이러한 방식은 볼프의 다른 작품에서도 확인할 수 있는데, 그녀가 반핵, 여성, 평화 문제 등을 즐겨 다룬 것 역시 이와 일맥상통한다고 본다. 볼프가 동독이 당면한 직접적인 문제를 외면하고 일반적인, 그래서 위험 부담이 없는 주제를 다룸으로써 현실을 비켜간다는 주장이다. 상당히 왜곡된 이 주장은 볼프의 문학이 "처음부터 언어를 통해 불분명함을 만들어냈다"(Die Welt, 1990.8.4)는 비판으로까지 확대된다. 이렇듯 한번 일기 시작한 회의의 눈초리는 더욱 커져서 급기야는 그녀가 늘상 "반쪽만의 진실"을 이야기했으며, 따라서 "반쪽의 거짓" 역시 유포시켜왔다는 비판에까지 이르게 된다.(Die Welt, 1990.6.4)

이러한 비판에 대해 크리스타 볼프와 그녀의 작품을 옹호하는 반박이 제기되었음은 물론이다. 그라이너의 최초 공격이 실린 『짜이트』지의 같은 호 지면에 『남아 있는 것』을 높이 평가하는 폴커 하게(Volker Hage)의 서평도 나란히 게재되었다. 하게는 "볼프를 비난할 하등의 이유도 없다"는 말로 서두를 꺼내면서 그녀가 명성을 얻은 것이 정치행위나 친정부 발언을 통해서가 아니라 그녀의 문학작품을 통해서였다고 강조한다. 따라서 그는 볼프의 신작 소설 역시 문학적 가치를 중심으로 평가하여 "훌륭하고 예술성이 풍부한 산문"이라고 찬사를 보낸다. 또한 이 소설이 언어를 통해 자기정체성을 찾으려는 시도를 하고 있는데, 이는 볼프의 작품세계를 관통하는 하나의 일관된 주제라는 점을 강조한다.[26]

26) Volker Hage, "Kunstvolle Prosa," Die Zeit 1990년 6월 1일자.

하게의 변론은 볼프 소설의 문학성만을 강조하였기 때문에 그녀의 도덕성을 질타하는 다른 비평가들의 공격으로부터 볼프를 막아줄 수는 없었다. 이런 점에서 볼프에 대한 비판을 누구보다도 강력하게 반박하고 나선 사람은 수사학 교수이자 문학비평가인 발터 옌스(Walter Jens)였다. 그는 6월 11일에 포츠담에서 열린 제3회 베르텔스만 작가회의의 개막 연설에서 작품에 대한 비판과 작가에 대한 공격은 엄격히 구분해야 한다는 레씽의 말을 인용하면서 재반론의 포문을 연 뒤, 볼프에게 가해진 비판이 인신공격적 성격을 지녔다고 경고한다.

거대한 몰이사냥, 마치 자신들이 진정한 저항투사나 도덕신학자라도 되는 것처럼 으스대는 비평가들의, 노획물을 앞에 두고 지르는 함성! (…) 아니오, 친구들. 이러한 논조로는 안되오. 나찌 부역자 재판인 듯 생각하지 말고(X: 동조자, Y: 죄가 가벼움, Z: 모든 점에서 유죄) 좀더 다감함을 지닙시다.[27]

이 회합에는 볼프도 참가하여 자신에 대해 서독 언론이 가하는 비판을 일찍이 경험해보지 못한 "몰이사냥 캠페인"이라고 비판하였다. 발터 옌스의 호소에 클라우스 푀닥이 동조하여 『쥐트도이체 짜이퉁』에 "신랄한 비판"은 찬성하지만 "곡조가 맞지 않는 도덕 나팔로 비방하는 것"은 삼가자고 제안하였다.(*Süddeutsche Zeitung*, 1990.6.21) 독일 펜클럽 회장단도 성명을 발표하여 도덕적 기준으로 개인을 매장하지 말 것을 충고하였다.

활발하고 신랄한 토론을 우리는 환영합니다. 그러나 우리는 지금 많은 문예란에서 유행처럼 되어버린, 자기만 옳다고 주장하는 도덕적 폄훼에 대해서

---

27) Walter Jens, "Plödoyer gegen die Preisgabe der DDR—Kultur. Fünf Forderungen an die Intellektuellen im geeinten Deutschland. Eine Rede in Potsdam am 11. Juni 1990," *Süddeutsche Zeitung* 1990년 6월 16, 17일자.

는 그것도 일종의 포스트모던적 매카씨즘이기에 반대합니다.(*Der Tagesspiegel*, 1990.6.29)

이들이 문학과 도덕, 문학과 정치를 구분해서 비판해야 한다고 주장하며 볼프를 옹호했다면, 다른 비평가들은 좀더 적극적으로 볼프 문학의 체제비판적 성격을 강조한다. 이들은 크리스타 볼프의 문학에서 "전체주의 체제 아래에서의 삶"이 "일상적 주제"가 되고 있음을 지적한다. 볼프는 현실을 외면하지 않고 늘 문학을 통해 동독의 현실과 씨름했다는 것이다. 따라서 그녀의 작품은 어용이거나 체제순응적이 아니라 늘상 어느정도의 비판적 색채를 띠고 있음을 이들은 지적한다.(*Süddeutsche Zeitung*, 1990.6.21)

이들은 또한 서독 비평가들이 이제 와서 그녀의 작품을 비판하며 내세우는 '주관성' '내적 독백' '개인 심리의 세부묘사' 등은 바로 볼프 문학이 "사회주의 리얼리즘으로부터의 결별"을 가능케 해준 특징이라며 그들의 주장이 터무니없음을 비판한다.(*Die Welt*, 1990.11.10) 볼프가 바로 이러한 방법으로 전체주의 사회 속에서 개인의 균열된 모습을 세밀하고 섬세하게 드러내줌으로써 많은 동독 독자들은 위안과 용기를 얻었다는 것이다. 이 점과 관련해서 동독의 인권운동가이자 반체제 인사였던 옌스 라이히의 언급은 주목할 만하다.

저는 단지 이것만은 지적할 수 있을 것입니다. 많은 이들에게 크리스타 볼프가 얼마나 사랑받았는지, 그 반면에 예를 들어 비어민은 얼마나 미움을 받았는지 말입니다. (…) 이들에게 그는 너무 거칠고 과격했지요. 독자들은 크리스타 볼프 바로 그녀가 은근한 암시와 지적을 하고, 향수적이고 애처로운 성향을 지녔기에 사랑했던 것입니다. 이런 것들로 그녀는 또한 어느정도는 적나라한 진실을 보여줄 수 있었습니다.(*Der Spiegel*, 1990.8.10)

같은 맥락에서 엘리자베트 그로츠는 볼프가 "국가 관리자들에게 결코 공개적으로 저항하지 않은" 따라서 "조금밖에 용기가 없는 혜택받은 자"에 속할 수도 있지만 그녀가 작품을 통해 보여준 비판으로 인해서 민중의 편에 속해 있었다고 변호한다. 볼프의 책이 동독 국민들에게 전달해주었던 그 "용기"가 그녀를 "억압받은 자"에 속하게 한다는 것이다.(*Die Presse*, 1990.7.7)

크리스타 볼프와 그녀의 소설을 둘러싼 논쟁은 독일이 통일되는 10월까지도 계속되었다. 통일이 된 이후에는 볼프 개인보다는 이제는 과거가 되어버린 동독문학과 그것을 주도했던 작가들이 그 사회에서 어떤 역할을 하였는가를 문제삼는 방향으로 논쟁이 옮겨갔다. 개인이었건 또는 전체 작가였건 이들에게 가해지는 서독 언론의 집중 공세를 바라보는 동독작가들의 심기가 불편했음은 자명한 일이다. 이미 6월에 "동독문학은 흠씬 두들겨맞은 개와 같다"(*Die Zeit*, 1990.6.1)는 표현으로 헬가 쾨니히스도르프는 동독작가들의 심기를 대변해주었다. 이들에게 특히 역겨운 것은 서독 비평가들이 마치 "자기들만 옳은 듯 떠드는 태도"라고 롤프 슈나이더는 지적한다. 그럼에도 불구하고 이들이 큰소리칠 수 없는 사정은 동독이 망해버렸고, 슈타지의 엄청난 비리 사실이 속속 드러나면서 많은 사람들을 경악시켰고, 그리고 무엇보다 과거청산이라는 논쟁이 "동독작가들에 의해 먼저 제기되지 않았다는" 사실 때문이었다.(*Der Spiegel*, 1990.10.29)

(2) 신념미학 논쟁

1990년 10월 3일 통일을 맞아 문학논쟁은 미학에 대한 근본적인 논쟁에 들어감으로써 "놀라운 전기"를 맞는다. 지금까지는 크리스타 볼프와 동독작가들을 도덕적, 정치적 범주에서 비판하던 이들이 이번에는 미학적 기준을 들이대며 동독작가들뿐 아니라 서독의 좌파 지식인들 전체를 비판하여 논쟁이 벌어졌다. 동독문학에 대한 비판이 문학의 정치적 기능과 성격에 대한 비판으로 확장된 것이다. 동서독의 좌파 지식인들이 수십년 동안 문학에 도덕적이고 정치적인 요구를 해왔기에 이들은 정치적으로뿐 아니라 미학적으로도 실패했다며 이제 이러한 "신념미학"에서 떠나 문학 고유의 임무로 돌아가야 한다는 주장이었다.

이러한 주장은 공식적인 독일통일을 맞아 본격적으로 제기되었다. 통일 하루 전인 1990년 10월 2일, 『프랑크푸르터 알게마이네』지에 「서독문학과의 작별」이라는 쉬르마허의 글이 실렸다. 볼프 논쟁의 포문을 연 바 있는 쉬르마허는 마찬가지로 매우 도발적인 진술로 글을 시작한다.

서독문학은 햇수로 43년이 되었다. 동독문학과 마찬가지로 서독문학 역시 이제 종말에 임박해 있다. 오늘은 아니더라도 내일쯤 아마도 종말이 올지 모른다.[28]

그의 주장은 독일통일로 인해 서독과 동독 모두 종막을 고하고 새로운 통일독일이 되었으니 문학도 당연히 동서독 문학을 떠나 "새로운 정체성"을 지닌 "새로운 세대의 문학"이 되어야 한다는 것이다. 특히 그는 서독문학을 대표해온 사회비판적 작가들 하인리히 뵐, 귄터 그라스, 발터 옌스 등을 비판의 표적으로 삼는다. 이들은 문학이란 "지고한 도덕과 우월한 비판 능력을 가진 주체의 표현이라는 환상"에 사로잡혀서 문학의 "사회적 대표성"을 고집하고 작가에게 "성직자적인 요구"를 했다고 비판한다. 그런데 이제 통일과 함께 비타협적이며 정치적 책임을 요구하는 문학은 시효를 다했으므로 크리스타 볼프로 대표되는 동독문학이나 하인리히 뵐, 귄터 그라스로 대표되는 "노쇠한" 서독문학이나 모두 사라지고 새로운 문

■

28) Frank Schirrmacher, "Abschied von der Literatur der Bundesrepublik. Neue Pässe, neue Mythen des westdeutschen Bewußtseins," *FAZ* 1990년 10월 2일자.

학이 등장해야 한다는 것이 그의 주장이다. 통일문학은 이제 문학외적인 기능에서 벗어나 "작은 문학" 즉 문학 본래의 모습으로 돌아와야 한다는 것이다.

이러한 입장은 한달 후 11월 2일자 『짜이트』지에 발표한 울리히 그라이너의 「독일적 신념미학」이라는 글에서도 확인할 수 있다. 그라이너는 동서독 문학 모두가 "도덕과 결혼한 문학" 즉 '신념미학'이라는 공통점을 갖는다고 분석한다. 그는 신념미학을 "예술에다 예술 고유의 것을 허용하지 않"고 "시민적 도덕과 계급적 입장, 인도주의적 목표에 의무를 지우는" 미학이라고 정의한다. 또한 동독과 서독을 불문하고 신념미학이 "문학계의 지배적 특징"이 되었다고 주장한다.

> 두 독일문학은 서로 다른 사회체제에도 불구하고 공통적인 무엇인가가 있었고 근본적으로 하나의 문학이었다. 대표적인 훌륭한 예들을 통해서 보면 이 하나의 문학에는 두 가지 특징이 있음을 알 수 있다. 하나는 그것이 높은 도덕적 고결성으로 인도적 원칙들을 위해 투쟁했다는 것이고, 다른 하나는 억압과 복고주의에 저항했다는 것이다.[29]

그라이너는 지금까지 동서독의 작가들이 "양심, 당, 정치, 도덕, 과거"에 대한 의무감에서 "복고주의, 파시즘, 스딸린주의" 같은 문학외적인 것들과 맞서 싸워야 했는데 이제는 이러한 역할에서 자유로워져서 "작품과 작가, 도덕"을 분리해야 한다고 말한다.

이러한 입장은 "예술에서 미학 대신 형이상학"을 추구하던 성직자의 역할에서 놓여난 작가들이 이제는 "세속화된 사회"에서의 문학의 역할에 익

---

29) Ulrich Greiner, "Die deutsche Gesinnungsästhetik. Noch einmal: Christa Wolf und der deutsche Literaturstreit. Eine Zwischenbilanz," *Die Zeit* 1990년 11월 2일자.

숙해져야 한다는 칼 하인츠 보러(Karl Heinz Bohrer)의 주장에 기대고 있다. 독문학자이자 『메르쿠어』(Mekur) 편집자인 보러는 「문화보호지역 동독?」이라는 글에서 귄터 그라스나 크리스타 볼프의 시대는 끝나고 미학적 계몽의 시대가 도래했음을 알린다.

계몽된 사회는 그 어떤 성직자적 작가도 알지 못한다. 귄터 그라스처럼 크리스타 볼프 역시 동독과 서독의 작품 낭독회 참가자들의 암시적이며 유사 종교적인 정서로 연명해왔다. 다행히도 이제 그런 것은 끝났다. 그들도 이제는 세속화된 사회에서의 문학에 익숙해져야 할 것이다. 그것은 억압받는 이들을 위한 마약도 상쾌한 청량제도 아닌 상상력의 힘에 대한 보다 예리한 요구이다.[30]

신념이나 도덕이 아니라 "상상력의 힘"을 강조하는 보러는 『메르쿠어』 같은 호에 실은 「미성숙의 출구에 선 미학」이라는 글에서 다시 한번 미학은 "신학과 형이상학, 즉 관념론과 역사철학의 후견으로부터 자기를 해방시켜" 독자적인 길을 가야 한다고 주장한다.[31] 그라이너와 쉬르마허는 바로 이러한 보러의 주장을 근거로 새로운 통일사회에서는 정치적 관점에서 벗어나 미학적 기준을 중심으로 하는 새로운 문학이 생겨나야 한다고 주장한 것이다. 이 입장은 통일로 인해 동서독 문학 모두가 역사적 사명을 다하고 이제 새로운 통일문학이 나와야 하기에 많은 부분 수긍할 만한 내용을 포함하고 있다. 그러나 이러한 주장마저도 순수 미학적이라기보다는 오히려 통일 공간에서 문학계의 헤게모니를 유지하려는 정치적 배경을 강하게 지니고 있다. 지금까지 서독문학계를 주도해왔던 사회비판적 문학과

---

30) Karl Heinz Bohrer, "Kulturschutzgebiet DDR?," *Merkur* 1990년 10·11월호, 1016면.
31) Karl Heinz Bohrer, "Die Ästhetik am Ausgang ihrer Unmündigkeit," *Merkur* 1990년 10·11월호, 851면.

귄터 그라스를 위시한 그 대표자들을 깎아내리려는 의도가 들어 있음을 간과해서는 안된다. 그러나 그렇다고 해서 이들의 문제제기를 우파들의 악의에 찬 공세로만 치부해서 그 의의마저 무시할 필요는 없다. 정치적 배경을 충분히 염두에 두면서 그 의미 또한 다시 생각해볼 필요가 있기 때문이다. 왜냐하면 독일통일 과정에서 동서독의 비판적 지식인과 작가 들이 아무런 역할도 하지 못했고, 언론매체와 영상문화에 밀려 문학이 점점 주변부로 전락하는 상황에서 문학의 역할에 대한 질문은 필요한 것이었기 때문이다.

동독의 대다수 비판적 작가들은 지사, 성직자, 교육자, 비판가, 계몽주의자로서의 역할을 동시에 하면서 커다란 영향력을 갖고 있다가 통일이 된 후 영향력을 모두 상실하고 홀로 남은 상황에 직면하였다. 동독작가들이 문학을 통해 행사하던 "대리여론"의 역할은 사라지고, 자기자신만을 직면하게 된 상황에서 문학은 자연히 변모할 수밖에 없었을 터이다. 신념미학 논쟁은 이처럼 새롭게 바뀐 환경 속에서 문학의 위상을 재정립해보려는 시도를 포함한다. 서독의 참여문학 전통에 대한 비판도 계몽과 반계몽, 중앙집권주의와 지방분권주의, 단일성과 다의성의 대립으로 특징지어지는 모더니즘과 포스트모더니즘의 대립구도가 또한 이 논쟁의 바탕에 자리잡고 있음을 말해준다. 따라서 계몽의 이름으로 많은 억압체제가 양산된 것에 대한 성찰에서 나온 비판 역시 들어 있다고 할 수 있다.

그러나 포스트모더니즘 논쟁에서 늘 제기되는 문제처럼 독일이 통일됨으로써 정말 그전의 사회와 질적으로 다른 새로운 사회가 생겨났는가 하는 문제가 남는다. 통일이 되어 동독과 서독이 사라지고 통일독일 사회가 시작되긴 했지만 실제로는 서독의 사회구조가 동독 지역까지 연장된 것이므로 질적으로 새로운 사회라 할 수 없다. 이 점에서 비판적 문학과 참여적 지식인의 역할은 역사적 사명을 다한 것이 아니라 여전히 유효하다. 독일뿐 아니라 지구상의 어느 사회이고 간에 인간이 고통받고 있는 문제가 하루아침에 없어지지는 않을진대 사회의 문제점을 들추어내 비판하고 새로운 대안을 제시하는 문학 역시 어떤 비판에도 불구하고 존속할 것이다. 물론 환경이 바뀌고 사회구조가 변함에 따라 그에 맞추어 끊임없는 자기쇄신과 변모가 필요하겠지만 사회비판적 문학은 사라지지 않을 것이다. 실제로 신념미학 논쟁이 끝난 지 17년이 훨씬 넘었지만 이후 통일독일 사회에서 비판적 문학은 여전히 빛이 바래지 않고 나름대로의 역할을 하고 있다. 귄터 그라스를 위시한 서독 출신 작가들뿐 아니라 대다수 동독작가들은 여전히 사회비판적인 작품을 발표함으로써 쉬르마허나 그라이너의 주장이 일면적이었음을 증명해주고 있다.

(3) 슈타지와 동독작가—슈타지 논쟁

볼프 논쟁에서 시작되어 동독문학 전체에 대한 과거극복 그리고 마침내 동서독의 좌파 지식인 전체를 문제삼은 신념미학 논쟁으로 이어진 통일국면에서의 논쟁은 1993년에 새롭게 제기된 슈타지 논쟁으로 이어졌다. 이번에는 대다수 동독작가들이 슈타지와 연계되었음이 폭로되면서 동독작가들과 그들의 문학은 다시 한번 비판의 촛점이 되었다.

슈타지의 실체는 1990년에 슈타지 서류가 공개되면서 많은 이들을 놀라게 만들었다. 1990년 1월에 분노한 군중이 동베를린의 슈타지 본부를 습격한 이후 밝혀진 바로는, 슈타지에는 10만명의 공식 직원과 30만명의 비공식 정보원이 있었다. 동독 인구가 1600만명이었으니 인구 40명당 한명이 슈타지 정보원이었던 셈이다. 동독 국민의 삼분의 일이 사찰대상이 되었는데 수십년간 슈타지가 수집한 사찰기록을 늘어놓으면 약 200km에 달한다. 슈타지 서류가 공개된 후 처음에 문제가 된 것은 서독으로 추방된 체제비판적 작가에 대한 사찰기록이었다. 라이너 쿤체나 에리히 뢰스트 같은 작가가 자신의 사찰기록을 열람한 후 그것을 책으로 묶어 펴냄으로써 슈타지의 활동이 공개되었다. 이때만 해도 작가의 일거수일투족을 감시하는 슈타지의 행태와 그러한 바탕에 세워진 동독사회에 대한 비판이 주류를 이루었다. 그런데 상황은 볼프 비어만(Wolf Biermann)이 1991년 10월 20일의 뷔히너 문학상 수상 연설에서 자샤 안더존이 슈타지의 비공식 정보원이었음을 폭로하면서 급전된다. 안더존은 80년대에 동베를린의 프렌츠라우어베르크에 형성되었던 저항문화의 중심인물이었으며, 그로 인해 동독 당국의 박해를 받다가 1986년에 서베를린으로 이주한 작가이다. 동독의 기존 질서에 편입되기를 거부하고 예술가들이 모여 독자적으로 책과 화집을 내며 예술의 자율성과 독자성을 위해 투쟁했던 저항 그룹의 핵심 멤버가 1975년부터 슈타지의 비공식 정보원(IM)[32]으로 일하면서 예술가들에 대한 정보를 정기적으로 보고했다는 주장이 곧 사실로 밝혀짐에 따라 동독문학은 한번 더 비판의 표적이 된다. 동독 내에서 가장 저항적이고 비타협적인 프렌츠라우어베르크 예술가도 오랫동안 슈타지의 정보원으로 활동해왔으니 다른 작가야 오죽하겠느냐는 총체적 비판이 쏟아져나온 것이다. 이후 라이너 셰틀린스키(Rainer Schedlinski)가 프렌츠라우어베르크 예술가로서 두번째로 슈타지 정보원임이 밝혀져 논란을 빚었다. 그는 정체가 밝혀지자 스스로 『프랑크푸르터 알게마이네』지에 고백하는 글을 실었다.[33]

---

32) 비공식 정보원(Inoffizieller Mitarbeiter)은 슈타지의 정식 요원이 아니라, 이들에게 자기 주변 사람들의 정보를 정기적 또는 부정기적으로 전달해주는 이를 지칭한다. 보통 비공식 정보원은 구두 또는 서면으로 보고할 때 가명을 썼는데, 슈타지의 기록에도 이 가명이 표기되어 있다. 그런데 슈타지 문서고에는 또한 가명의 실제 인물이 누구인지 기록해놓은 서류도 있어서 슈타지 문서가 공개된 이후 누가 비공식 정보원이었는지 확인할 수 있었다. 비중이 큰 인물의 경우 슈타지는 보통 여러명의 비공식 정보원으로부터 정보를 수집하곤 했는데, 대부분 그 인물의 친구나 가족인 경우가 많았다. 예를 들어 1977년에 동독을 떠난 한스 요아힘 셰틀리히의 경우에는 통일 이후 자신의 슈타지 기록을 열람하는 과정에서 자기 친동생이 비공식 정보원이었다는 사실을 알게 되었다.

33) Rainer Schedlinski, "Dem Druck, immer mehr sagen zu sollen, hielt ich nicht stand," *FAZ* 1992년 1월 14일자.

동독작가의 도덕성을 성토하는 분위기는 1993년 초에 크리스타 볼프와 하이너 뮐러(Heiner Müller) 역시 슈타지와 연관이 있었다는 사실이 밝혀지면서 정점에 이른다. 자신에 대한 슈타지 연관설이 나돌자 뮐러는 자기가 '비공식 정보원 하이너'이기는 했다며 적극 해명에 나섰다. 뮐러는 자신이 슈타지와 접촉한 것은 슈타지의 "자문에 응하고, 영향을 주기" 위함이었으며, 결국은 젊은 작가를 보호하고 문학계의 문제를 당 고위층에 알리려는 적극적 시도에서 협조한 것이지 결코 동료에게 불리한 정보를 준 적은 없다고 해명하였다.

나는 사안들에 대한 자문에 응하고 영향을 주려 시도했습니다. 왜냐하면 언제부턴가 당간부들과 이성적으로 이야기하는 것이 불가능해졌기 때문이지요. 특히 마지막 몇년간이 그랬습니다. 그런데 슈타지 간부들과는 이성적으로 이야기할 수 있었습니다. 그들은 당간부들보다 더 많은 정보를 가지고 있었고 실제상황에 대해 더 잘 알고 있었기 때문입니다.[34]

뮐러는 또한 슈타지와 어떤 의무서약도 한 적이 없고 정보제공에 대한 보수를 받은 적도 없다는 사실을 덧붙였다. 그렇기에 그는 슈타지 요원들과 접촉하면서 "한번도 도덕적 문제"를 느끼지 않았다고 밝혔다.[35] 그럼에도 뮐러가 슈타지의 비공식 정보원이었다는 사실을 강조하는 서독 언론의 비판이 계속 이어졌다. 슈타지 논쟁은 1993년 1월 21일에 크리스타 볼프가 『베를리너 짜이퉁』(Berliner Zeitung)에 보낸 글을 통해 자신이 1959년부터 1962년까지 3년간 슈타지의 비공식 정보원이었다는 사실을 고백하면서 더욱 거세게 전개되었다. 볼프는 그 전해 5월에 자신에 관한 슈타지 기록을 열람하는 과정에서 30년 전에 자신이 비공식 정보원으로 정보

---

34) Heiner Müller, "Man sprach mit Paranoikern," *Frankfurter Rundschau* 1993년 1월 21일자.
35) 같은 글.

를 제공한 적이 있다는 사실을 알게 되었으나 그 당시에는 또다시 자신에 대한 공격이 일어날까 두려워 밝히지 못했다고 말했다.

저는 이 두 글자(IM — 필자)로 축소되는 것이 두려웠습니다. 당시 저는 여전히 저에 대한 반대 캠페인에 눌려 있었으며 새로운 공격을 견디지 못하리라 느꼈습니다. 비공식 정보원(IM)에 대한 사냥을 통해서는 동독의 복잡한 현실과 대결하고, 이 나라에서 우리 삶의 이력을 자기비판적으로 청산하도록 촉진시키기보다는 오히려 막을 뿐이라는 사실이 저를 답답하게 했고 지금도 그렇습니다. (…) 이 모든 서류들이 제 삶의 현실에서 하나의 풍자화임을 알고 있습니다.[36)]

크리스타 볼프는 자신이 1959년에 잡지 『신독일문학』의 상임편집인으로 일할 때 슈타지 요원이 찾아와 작가들에 대한 정보를 알려줄 것을 부탁했고, 이에 응해 몇차례 이들과 만나 이야기를 나누었다고 했다. 그녀는 슈타지에 마르가레테(Margarete)라는 별명으로 보고했는데, 한번을 제외하고는 모두 구두로 한 것을 슈타지 요원이 정리해 기록으로 남겼다. 3년 동안 볼프가 제공했다는 보고라야 20여면에 불과하고 그 내용 역시 특기할 만한 것이 없다.[37)] 이는 슈타지가 볼프의 비공식 정보원 역할을 평가한

■

36) Christa Wolf, "Eine Auskunft," Berliner Zeitung 1993년 1월 21일자.
37) 볼프의 고백 이후에 다시 한번 격렬한 비판이 일어났는데, 당시 그녀는 미국 싼타모니카에 체류중이었다. 그곳에서 볼프는 이번에는 적극적으로 이 사안에 대처하였다. 독일 언론에 자신을 비판하거나 옹호하는 기사가 실리면 그 저자에게 편지를 보내 자신의 의견을 밝혔으며, 『슈피겔』지에 자신의 의견을 보내기도 하고, 인터뷰에 응해 입장을 밝히기도 하였다. 이 자료를 헤르만 빈케가 수합하여 1993년 6월에 루흐터한트 출판사에서 자료집으로 간행하였다. 이 자료집에는 문제가 된 시기에 볼프에 대해 작성한 슈타지 기록과 볼프가 3년간 슈타지에 보고한 내용을 정리한 슈타지 서류 전문을 수록하였고, 언론에 실린 논쟁 관련 기사와 인터뷰를 총망라하였다. Herman Vinke편, Aktenansicht. Christa Wolf. Zerspiegel und Dialog, Hamburg 1993.

기록에서도 확인할 수 있는데, 볼프가 제공하는 보고가 "단지 개괄적 성격"을 띠었고, 그녀가 "상당히 소극적"이고 "과도하게 신중"하다는 평가였다.[38] 결국 슈타지 쪽에서 볼프가 비공식 정보원으로 별 소용이 닿지 않는다는 판단으로 관계를 마감하였다. 볼프는 논란이 불거진 후 나온 인터뷰에서 자신이 슈타지와 관계가 있었다는 사실을 오랫동안 잊고 있었다고 말한다. "내가 별명을 갖고 있었고, 한번인가 직접 보고서를 썼다는 사실을 더이상 기억하지 못했어요."[39]

볼프의 고백이 나가자 독일 언론은 다시 한번 요란하게 이를 보도하며 공격의 포문을 열었다. 황색신문『빌트』지는 '우리의 유명한 여류작가 크리스타 볼프: 나는 비공식 정보원이었다…… 그런데 나는 그 사실을 몰랐었다'는 선정적인 제목으로 즉각 비판에 나섰고, 다음주에 나온『슈피겔』은 크리스타 볼프 관련 슈타지 서류를 입수하여 분석하면서 '두려워하는 마르가레테'라는 제목과 함께 냉소적 설명을 덧붙였다. "스스로 선택한 별명인 '마르가레테'라는 이름으로 그녀는 3년간이나 동료들에 대한 자세한 이야기, 정치적인 내용과 또한 내밀한 내용을 털어놓았다. 동독 정체성을 대표하는 인물이자 소심한 기회주의자인 그녀 역시 나중에 사찰을 당했다."(*Der Spiegel*, 1993.1.25) 그리고『짜이트』에는 문학비평가 프리츠 라다츠(Fritz Raddatz)가 강한 어조로 하이너 뮐러와 크리스타 볼프를 비판하는 글을 실음으로써 크리스타 볼프에 대한 슈타지 논쟁은 최고조에 달한다. 이 글에서 라다츠는 두 작가에게 "당신들 작품의 품위에 신의를 지키시오. 설명을 해보시오. 나와 당신들 독자들의 슬픔을 없애주시오"(*Die Zeit*, 1993.1.28)라고 강한 실망을 나타내었다.

물론 크리스타 볼프에 대해 비판만 있었던 것은 아니다. 3년 전에 크리

---

38) Herman Vinke, 같은 책 94면.

39) Herman Vinke, "'Auf mir bestehen.' Christa Wolf im Gespräch mit Günter Gaus," 같은 책 251면.

스타 볼프를 강하게 비판했던 『프랑크푸르터 알게마이네』의 프랑크 쉬르마허는 이번에는 볼프를 두둔하고 나섰다. 그는 크리스타 볼프의 슈타지 문서를 면밀히 검토한 후 큰 문제가 없다는 입장을 밝힌다.

> 크리스타 볼프는 보고를 통해 그 누구에게도 해를 끼치지 않았고 올곧은 동지들과 재능있는 동료들에 대해 거의 전적으로 호의적인 것들만 보고하였다. 그밖의 다른 보고는 불분명하거나 일반적 성격을 지니고 있다.[40]

크리스타 볼프가 슈타지에 정보를 건네준 것은 30년 전의 일이었고, 보고한 내용도 특기할 만한 사항이 없었던 것에 비해 그녀에 대한 공격은 이번에도 과도하게 진행되었다. 또한 크리스타 볼프 자신이 30년 동안 슈타지에 감시당했으며, 1968년부터 1980년까지 슈타지가 수집한 볼프와 남편에 대한 감시 기록만 42권이 넘는 분량이라는 사실, 그리고 무엇보다도 1962년 이후 그녀가 작품을 통해 끊임없이 동독의 현실을 비판적으로 성찰해왔다는 것에 비추어보면 초기의 실수는 상대적으로 무해한 것이다. 그렇지만 이 폭로를 통해 크리스타 볼프의 도덕성은 다시 한번 치명적 타격을 입었다. 동독문학을 대표하는 크리스타 볼프와 하이너 뮐러 두 사람 모두가 슈타지와 연관이 있었다는 사실은 그 내용을 떠나 상징적 의미만으로도 엄청난 충격을 불러일으켜서 동독문학 전체를 매도하는 주장에 더욱 힘을 실어주었다.

두 작가 외에도 헤르만 칸트, 귄터 드 브루윈, 가브리엘레 에크하르트 등이 슈타지의 비공식 정보원이었던 사실이 밝혀져서 동독작가들과 동독문학은 다시 한번 치명적인 손상을 입게 된다. 그런데 볼프를 비롯해 많은 동독작가들은 왜 잠시나마 슈타지에 협력했을까? 이에 대해 마이어—고자

---

40) Frank Schirrmacher, "Fälle. Wolf und Müller," *FAZ* 1993년 1월 22일자.

우(Frauke Meyer-Gosau)는 흥미있는 분석을 내놓았다. 그녀는 비공식 정보원으로 슈타지에 협력한 이들을 모두 같은 차원에서 볼 수 없다며 세 가지 관점을 제시한다.

　첫째는 사회주의와 동독 체제에 기본적으로 동의하는 입장을 가졌기에 슈타지에 협력하는 것을 그리 큰 문제로 생각하지 않고 정보를 준 경우이다. 이 경우는 대개 크리스타 볼프나 헤르만 칸트 같은 제2세대 작가들에게 해당된다. 이들은 1920년대말 30년대초에 태어난 작가들로 새로 건설된 동독에서 청소년기를 보내며 공산당 당원으로서 사회주의 이데올로기와 동독에 일체감을 느끼고 냉전논리에 깊이 물들었던 세대이다. 따라서 이들은 슈타지가 접근했을 때 큰 거부감을 느끼지 않았고, 정보를 주는 것에도 죄책감을 느끼지 않았다. 볼프가 이 경우에 해당되는데, 그녀가 "슈타지의 역할을 30년 전에는 나중처럼 그렇게 예리하게 보지 못했다"고 고백한 것에서도 알 수 있다. 두번째는 가브리엘레 에크하르트나 귄터 드 브루윈처럼 슈타지로부터 "위협, 협박, 강요"를 받아 협조한 경우이다. 귄터 드 브루윈은 예외이지만 대개 그보다 젊은 세대의 경우 동독의 사회주의 체제에 별로 일체감을 느끼지 않았지만 일신상의 불이익을 받거나 보복이 두려워 협조한 것이다. 이들은 슈타지에 대해 처음부터 좋지 않은 감정을 갖고 있었지만 어쩔 수 없이 협조한 경우로 많은 작가들이 여기에 해당한다. 세번째는 오히려 슈타지를 이용하고자 적극 협조한 경우로 하이너 뮐러가 이에 해당한다. 슈타지 간부들과 자주 접촉하여 이야기를 나눔으로써 자신의 생각을 전달할 통로를 마련하였다는 적극적 입상이다. 슈타지 요원이 자신에게 젊은 작가나 문제작품, 문화정책에 관해 어떻게 생각하는가를 물어오면 그에 대해 자신의 의견을 말함으로써 역으로 슈타지와 당간부들에게 영향을 미칠 수 있었다는 것이 뮐러의 주장이다.[41] 하이너

---

41) Frauke Meyer-Gosau, "Hinhaltender Gehorsam. DDR-Schriftsteller über ihre Kooperation mit der Staatssicherheit," *Feinderklärung. Literatur und Staats-*

밀러다운 답변이자 자기 정당화가 강한 논리이지만 다른 한편으로 수긍이 가는 면도 있다. 동독의 문화장관이 대개 노동자 출신이어서 예술에 대한 조예가 깊지 않아 슈타지의 분석과 보고에 의존하는 경우가 많았는데, 슈타지의 전문적 자문에 응함으로써 영향을 미칠 수 있을 것이라 생각한 것이다.

이처럼 다양한 차원에서 슈타지의 비공식 정보원 활동을 평가할 수 있기 때문에 단순히 슈타지에 협력했다는 이유 하나만으로 해당 작가를 도덕적으로 단죄하는 것은 옳지 못하다. 많은 경우 슈타지에 악의적인 정보를 제공하여 당사자의 실존을 어렵게 한 이들도 있고, 마지막 순간까지 자발적으로 슈타지에 협력한 이들도 있다. 그에 반해 순수한 마음에서, 또는 두려움에서 협력한 경우도 있다. 그렇기에 개개의 경우를 따져서 책임의 경중을 따져야 할 것이다. 하지만 1993년의 상황에서는 그런 배려가 전혀 이루어지지 않았다. 1990년부터 시작된 일련의 논쟁에서 동독작가와 동독문학은 계속해서 비판의 표적이 되었고 그로 인해 거의 무장해제가 되어버렸다.

비판적 작가마저, 아니 체제에 저항했던 예술가들마저 슈타지와 연결되어 있었다는 사실은 동독의 모든 작가가 비도덕적이며 어용이라는 평가로 이어졌다. 이제 남은 것은 서독적 기준이 일방적으로 적용되는 시장에서 개별 작가의 살아남기뿐이었다. 이 과정에서 많은 작가가 단지 동독 출신이라는 이유로 시장에서 쫓겨났다. 서독 지역까지 이름이 알려졌던 작가와 이데올로기에서 비교적 자유로웠던 젊은 작가는 출신의 한계를 딛고 통일독일의 문학시장에서 일정한 지분을 확보해냈다. 그러나 대부분의 동독작가들은 역사의 뒤안길에 남겨져 실존적 위기와 정체성의 위기를 겪으며 회한을 되씹고 있었다. 이것이 독일통일이 가져온 문학계의 현실이었

■
sicherheitsdienst, Text+Kritik, Heft 120, München 1993, 107~111면.

다. 이 속에서 동독작가들은 자연히 독일통일에 대해 부정적 입장을 가질 수밖에 없었다. 통일 과정과 그 이후에 발표된 동독작가들의 작품에 회한이나 망연자실의 감정이 만연해 있는 이유가 여기에 있다.

4. 통일독일의 문학논쟁 결산

독일통일에 대한 우리의 관심이 보통 이상으로 컸던 것처럼 통일 과정과 그 이후 독일 문학계에서 일어난 논쟁에 대해서도 우리는 꽤 큰 관심을 가지고 주목해왔다. 크리스타 볼프 논쟁이 한참 벌어지던 1991년 2월에 벌써 이에 대한 소개의 글을 정서웅 교수가 『동서문학』에 실은 것을 시작으로 여러 독문학자들이 다양한 관점에서 볼프 논쟁과 지식인 논쟁을 소개하였다.[42]

볼프 논쟁은 필요하였는가, 아니면 서독의 보수 지식인들이 동독 지식인들을 향해 시도한 단순한 마녀사냥이었는가? 우선 논쟁이 시작될 당시의 상황을 보면, 동독의 비판적 지식인에 대한 엄청난 사찰기록이 밝혀져 많은 이들이 경악을 한데다, 동독혁명을 이끌었던 재야인사들이 슈타지의 비공식 정보원으로 일했던 것이 밝혀져 동독 사회주의 정권의 문제점이 한껏 부풀려져 보도되었다. 이런 상황에서 슈타지에 의해 감시받았다는 볼프의 소설이 발표되자 논란이 불거진 것이다. 이 논쟁을 계기로 동독사

■
42) 그중 몇가지 예를 들면 다음과 같다. 김용민 「독일통일과 문학: '크리스타 볼프 논쟁'의 경과와 그 교훈」(『현대예술비평』 1991년 겨울호), 안삼환 「분단 한반도의 시각에서 본 독일의 문학논쟁」(『독일학』 제1집, 1992), 김누리 「통일독일의 문학논쟁」(『창작과비평』 1993년 여름호), 정인회 「통일독일의 지식인 논쟁」(『창작과비평』 1994년 봄호), 그리고 독일 학자의 글을 번역해서 소개한 것으로는 랄프 슈넬 「독일통일 이후의 문학 및 문학적 삶의 발전 경향」(『외국문학』 1993년 여름호), 볼프강 에머리히, 「동독문학에서 무엇이 남을 것인가」(『외국문학』 1993년 여름호) 가 있다.

회에서 작가와 지식인 들은 어떤 역할을 했으며, 더 나아가 동독문학은 무엇이었는가를 문제삼게 된 것이다. 즉, 이 논쟁은 "동독문학을 다루는 방식에 대한 시범 케이스"(Bayerische Stadtzeitung, 1990.8.31)였던 것이다. 따라서 이 논쟁은 그 문제제기 방식과 공격태도에서 매우 악의적인 요소를 지니고 있었음에도 불구하고 통일 과정에서 한번은 짚고 넘어가야 할 문제였다. 볼프 논쟁이 시작되기 전에 이미 신문 기고문이나 방송대담을 통해 동독문학과 그 역할에 대해 찬반토론이 전개되었던 사실도 볼프 논쟁의 필연성을 말해준다. 이러한 문제들이 볼프라는 명망있는 작가가 대상이 되어 제기됨으로써 폭발적인 성격을 지녔던 것이다.

서독에서도 상당한 지지자를 확보하고 있던 크리스타 볼프가 공격대상이 됨으로써 논쟁의 전선은 매우 복잡해졌다. 여러 층위의 대립전선이 혼재되었기 때문이다. 좌우대립, 세대간 대립, 도덕과 문학의 대립, 순수문학과 참여문학의 대립, 그리고 무엇보다도 동독사회를 바라보는 입장의 차이에 의한 대립전선이 형성되었다. 그렇기에 이 논쟁을 단순히 좌우대립으로만 보면 많은 점을 놓치게 된다. 문학논쟁의 전후사를 정리한 토마스 얀츠가 볼프 논쟁의 전단계를 설명하면서 기존의 좌우 대립전선이 붕괴되고 "당혹스러운 연합"이 이루어졌다고 말할 정도이다. 통일에 긍정적 입장을 보인 이들이 모두 보수주의자는 아니었으며, 볼프를 공격한 이들 역시 모두 우파들만은 아니었다. 보수적 입장을 대변해온 『프랑크푸르터 알게마이네』(FAZ)와 지극히 좌파적 신문 『타게스 짜이퉁』(taz)이 볼프 비판에서 목소리를 같이한 점은 대립전선의 복합성을 상징적으로 말해준다. 물론 두 신문의 비판 논조가 지니는 이데올로기적 배경은 상이하다. 프랑크 쉬르마허와 옌스 예쎈으로 대표되는 FAZ의 문예란이 국가 시인이었던 볼프가 동독이 몰락하니까 슬그머니 피해자 편에 편승하려 한다는 다분히 도덕주의적 비판을 하고 있다면, taz는 좌파적 시각에서 동독사회 전체와 볼프를 위시한 동독작가들의 역할에 대한 비판을 하고 있다. 그리고 FAZ

와 함께 볼프 공격의 선봉에 섰던 『짜이트』지는 중도좌파에 속하는 신문으로서, 그라이너의 글과 함께 볼프를 옹호하는 글도 같은 날 같은 지면에 실었다.

이처럼 좌파 우파를 막론하고 볼프를 비롯한 동독 지식인에 대해 부정적 입장을 보인 이들의 공통적인 태도는 동독에 대한 혐오로 특징지어진다. 그들은 모두 동독을 범죄국가, 전체주의 독재국가, 스딸린적인 악의 사회로 본다. 그러니 그 속에서 어느정도의 특권을 누리며 지낸 동독작가들 역시 비판의 대상이 될 수밖에 없다. 반공주의를 표방하는 우파의 이러한 태도는 이해할 수 있지만, 좌파에서도 일부가 동독에 대해 부정적 입장을 보이는 데에는 나름대로의 이유가 있다. 특히 *taz*로 대변되는 신좌파 그룹은 1968년 개혁사회주위를 표방하며 프라하의 봄을 연 체코에 소련의 주도로 바르샤바 동맹군이 침공해 두브체꼬 정권을 무너뜨린 사건 이후 현실사회주의 체제에 등을 돌렸다. 그대신 초기 맑스의 사상과 대안운동의 이념을 바탕으로 삼아 소련 및 동유럽 사회주의에 비판적 입장을 견지하였다. 그렇기에 이들은 동독사회를 "스딸린주의자 도당들의 산물" 정도로 보았다. 동독에서 추방당해 서독으로 이주해야 했던 상당수 작가들이 동독 사회주의 체제에 부정적 입장을 보인 것도 같은 맥락에 속한다. 볼프 비어만, 귄터 쿠네르트, 한스 요아힘 셰틀리히, 한스 놀 등이 볼프 논쟁에서 비판적 태도를 보였다.

이렇게 보면 결국 통일독일의 문학논쟁은 동독사회와 문학의 역할을 어떻게 볼 것인가의 문제로 귀결된다. 40여년간 사회주의를 실험한 동독의 현실사회주의를 어떻게 평가하고, 그 속에 끝까지 남아 작품활동을 한 작가들과 그들의 문학을 어떻게 받아들여야 할 것인가에 대한 문제제기로 문학논쟁을 보아야 할 것이다. 그렇다고 볼프 논쟁의 양 진영이 명확하게 동독에 대한 옹호와 반대 입장으로 나뉘는 것은 아니다. 볼프를 비판하는 이들은 동독에 대해 부정적 입장을 공통적으로 가지고 있지만, 볼프를 옹호하는 이들은 여러 갈래로 갈라지기 때문이다. 귄터 그라스나 위르겐 하버마스, 발터 옌스처럼 동독사회를 범죄시하면서도 볼프 개인에 대한 도덕적 비판은 잘못된 것이라고 볼프를 옹호한 이들도 있기 때문이다. 볼프를 옹호한 이들이나 비판한 이들의 이념적 편차가 다양하므로 문학논쟁을 단순히 좌우대립으로 볼 수 없는 이유가 여기에 있다. 그런데다가 세대간의 문제도 작용한다.

볼프 논쟁은 사회와 밀접한 관련을 맺고, 많은 경우 체제와 공조관계에 있던 사회주의 문학을 어떻게 바라볼 것인가 하는 화두를 우리에게 던져준다. 사회주의 문학을 바라보는 올바른 시각을 정립하기 위해서는 사회주의 사회를 막연히 옹호하거나 모든 것을 부정하는 태도 모두 지양해야 할 것이다. 그래야만 동독의 사회주의 이념에 적극 동조했던 사회주의 리얼리즘 문학이나 동독사회를 비판하며 참된 사회주의를 실현하고자 했던 비판적 사회주의 문학의 공과를 따질 수 있기 때문이다.

동독사회를 어떻게 볼 것인가에 대해서는 신중한 접근이 필요하다. 사회주의에 대한 향수 때문에 동독의 문제에 눈을 감거나 개혁사회주의자들의 모든 노력을 유보 없이 치켜세우는 시각도 경계해야 하지만, 동독의 모든 것을 범죄시하는 시각 역시 올바른 태도가 못된다. 가능한 한 냉철하게 동독의 문제점과 장점 모두를 함께 보는 방법을 택해야 할 것이다. 그런 점에서 동독의 시작은 단추부터 잘못 끼워졌다는 평가는 일면적이다. 망명작가들이 동료들의 숙청에 동조한 것이 사실이라 하더라도 그들이 지녔던 이상, 그것을 위해 목숨을 버리며 투쟁했던 삶, 그리고 동독에 사회주의 국가를 건설하기 위해 쏟은 열정까지 모두 가치없는 것으로 돌릴 수는 없을 것이다. 나찌에 맞서 싸운 대다수 투사들이 제2차 세계대전 이후 자발적으로 동독을 선택함으로써 동독은 서독에 비해 더 많은 역사적 정통성을 지녔으며, 나찌의 과거청산을 위해 훨씬 많은 노력을 기울였다는 사실을 간과해서는 안될 것이다. 문화 분야에 있어서도 비록 채찍과 당근이라는 이중의 정책을 통해 작가들의 자유를 제한한 점은 비판받아 마땅하지만, 다른 한편으로는 집필과 출판, 유통 과정에 국가가 전폭적인 지원을 함으로써 시장경제 아래에서는 불가능했을 문화계의 업적을 이룩한 점도 고려해야 할 것이다. 이는 프랑스 비평가 빨미에(Palmier)가 『르몽드』지에 실은 글에서 출판, 편집, 문학, 영화에 있어서 동독의 "문화적 풍성함"을 인정하고 있는 데서도 알 수 있다.(Le monde diplomatique, 1990.10) 일례로 노동자나 일반 시민들도 아주 적은 비용으로 수준 높은 오페라와 연극을 관람할 수 있었으며, 정부의 지속적 지원으로 상업성이 전혀 없는 고전작품들도 꾸준히 번역 출판되었다. 특히 아이들을 위한 동화를 대가급 작가들이 대거 집필한 것이나 — 예를 들어 에르빈 슈트리트마터의 『팅코』 — 출판사 편집자들이 시간적으로 충분한 여유를 갖고 세심하게 책을 펴낼 수 있었던 것도 사회주의에서나 가능한 일이었다.

그러나 물론 문제점도 많았다. 우선 브레히트(Brecht)까지도 검열했을 정도로 통제가 심한 사회였고, 앞서 살펴본 것처럼 슈타지에 의한 사찰은 가히 상상을 초월할 정도였다. 여행의 자유를 제한하고, 극심한 환경오염, 소외의 극복을 내세우며 더욱 소외를 조장한 것, 지속적인 생필품 부족, 공산당의 일당독재 등도 비판받아 마땅하다. 무엇보다도 동독 체제에 비판적인 지식인과 작가 들을 서독으로 추방해서 비판적 목소리를 억누르려한 점과 1989년 여름부터 많은 동독인들이 자신의 삶의 터전을 버리고 서독으로 넘어갈 정도로 정부가 국민들의 신임을 잃은 것은 엄정한 분석과 비판이 있어야 한다. 현실사회주의 체제가 그 숭고한 이상과는 달리 "모든 종류의 테러와 억압을 포함하며, 테러와 억압이 바로 현실사회주의의 바탕이었다"[43]는, 동독에 우호적인 서독 독문학자의 지적 또한 간과해서

---

43) 볼프강 에머리히 「동독문학에서 무엇이 남을 것인가」, 허창운 옮김, 『외국문학』 1993년 여름호, 73면.

도 안될 것이다. 우리가 동독사회와 동독문학을 바라볼 때 바로 이 두 가지 면 중 어느것도 간과해서는 안된다. 어느 한 측면을 지나치게 강조하거나 아예 무시하는 태도로는 올바른 역사적 평가를 내릴 수 없다. 진정한 사회주의 이상을 추구했던 동독의 비판적 사회주의 작가들의 문제 역시 이러한 관점에서 평가해야 한다.

많은 이들이 통일독일의 문학논쟁 과정에서 반문하였다. 동독작가들은 왜 슈타지와 접촉을 했으며, 슈타지의 감시를 받으면서도 그리고 동독의 현실사회주의 체제에 실망을 느끼면서도 동독을 떠나지 못했는가? 그들은 왜 마지막 순간까지 사회주의에 대한 희망을 버리지 못하고 동독사회를 개혁하려 했는가?

동독사회가 냉전체제와 공산독재에 의해 점점 경직될 때, 60년대 이후 볼프를 비롯한 여러 작가들이 그것을 비판하고 나서서 비판적 사회주의 문학이라는 하나의 큰 흐름을 형성하였다. 명칭 자체가 말해주듯 비판적 사회주의 문학은 근본적인 체제부정이나 체제전복까지 의도하지는 않았다. 어디까지나 사회주의 틀 안에서 비판을 통한 개혁을 목표로 한 것이다. 바로 여기에 서독문학과 동독문학의 차이점이 있다. 서독의 좌파 작가들은 아무런 유보도 없이 자신이 몸담고 있는 자본주의 체제를 거부하고 새로운 사회체제, 즉 사회주의나 무정부주의를 대안으로 선택할 수 있었다. 따라서 그들의 문학은 체제전복적 성격을 갖는다. 하지만 동독작가들은 자신이 몸담고 있는 사회주의 사회를 무조건 부정할 수만은 없었다. 분단과 이데올로기적 대립이라는 역사적 상황이 동독작가들의 운신의 폭을 좁혀놓았기 때문이다. 그들은 자신이 살고 있는 현실사회주의 사회가 만족스럽지 않다고 해서 서방의 자본주의를 선택할 수는 없었다. 그들의 이상과 동독에서의 교육이 그것을 허락하지 않았기 때문이다. 따라서 자본주의와 사회주의라는 양자택일의 상황에서 동독작가는 기본적으로 사회주의를 택할 수밖에 없었다. 비록 현실사회주의가 많은 문제점을 드러내고 불만스럽기 짝이 없었지만 자본주의라는 거대악에 비해서는 자그마한 악일 뿐이라고 생각했기 때문이다. 그대신 그들은 현실사회주의에 진정한 사회주의 이상을 대립시킴으로써 이상에서 멀어진 현실을 비판하였다.

70년대부터 등장하기 시작한, 현실사회주의의 문제를 성찰하고 비판하는 개혁사회주의자들의 작품은 동서독 독자에게 좋은 호응을 받았다. 공개적 검열과 자기검열 때문에 이솝의 언어로 자신이 몸담고 있는 사회를 비판할 수밖에 없었지만 그 강도 또한 높았다. 특히, 크리스타 볼프는 동독의 대표적 작가이면서 동시에 서독에서도 많은 독자를 확보하였다. 개혁사회주의자인 이들은 그러나 동독 체제를 비판하되 전면적으로 부정하거나 거부하지는 않았다. 그들은 모두가 다 함께 잘사는 세상이라는 사회주의 이상을 견지하고 있었기 때문이다. 그래서 1976년에 사회주의 체제를 비판한다는 이유로 볼프 비어만이 서독으로 추방된 이후로 많은 예술가가 동독을 떠났지만 대다수 개혁사회주의자들은 동독에 남아 비판적 작업을 계속했다. 동독의 현실사회주의는 비록 그 이상에서 아직은 멀리 떨어져 있지만 방향은 제대로 잡았기에 언젠가는 그곳에 도달할 수 있으리라는 믿음이 그들로 하여금 동독에 계속 머물게 한 것이다. 그들은 현실사회주의의 문제를 개선함으로써 진정한 사회주의에 도달할 수 있으리라는 희망을 지니고 있었기에 그 사회를 뿌리째 뒤흔들거나 그로부터 등을 돌릴 수는 없었다. 따라서 그들은 "현재의 공산주의 국가가 훌륭하다는 믿음이 아니라 언젠가 그렇게 될 것이라고 믿는 고집스런 소망"(『뉴욕 북 리뷰』 1990.12.20) 때문에 현실사회주의 사회에 머물러 있었던 것이다. 진정한 사회주의 이상을 실현하기 위해 동독작가들은 현실사회주의의 문제점을 끊임없이 들추어내고 애정어린 비판을 계속했다. 그렇게 하여 작가는 지사, 성직자, 교육자, 비판가, 계몽주의자의 역할과 공적인 언론에서 표현하지 못하는 말을 대신 해주는 대리 언론의 역할까지 떠맡았다. 장벽개방 후에 동독작가들이 이제야 비로소 진정한 사회주의, 인간적인 얼굴을 한 사회주의, 자본주의도 현실사회주의도 아닌 "제3의 길"을 다 함께 힘을 합쳐 만들어나가자고 국민들에게 호소한 연유도 여기에 있다.

물론 이들이 자신이 몸담고 있는 체제의 바탕과 긴밀하게 연결됨으로써 그 사회를 결과적으로 지탱해온 것도 사실이다. 하지만 그렇다고 그들이 모두 일찌감치 동독에 등을 돌려야 했었다고 주장할 수는 없다. 마찬가지로, 동독작가들이 결코 실현할 수 없는, 한번도 존재한 적이 없는 환영(Phantom)일 뿐인 진정한 사회주의 이상에 대한 미련을 끝까지 갖고 있었다고 몰아세워서도 안될 것이다. 자본주의 사회에 비해 공산주의 사회가 도덕적 우월성을 갖고 있다고 그들이 믿었던 것 자체를 잘못으로 돌려서도 안된다. 자신의 이상을 위해 그들이 얼마나 일관되고 철저하게 노력했는가를 따져야 할 것이다.

논쟁이 벌어진 지 18년도 더 지난 오늘의 관점에서 되돌아볼 때, 문학논쟁과 슈타지 논쟁은 많은 부분에서 과도한 감정적 대응이었음을 분명히 알 수 있다. 동독문학의 정치적 성격을 비판하면서 도덕적 잣대를 갖다댄 것은 여전히 문학외적인 기준으로 문학을 평가하려는 정치적 시선이 바탕에 놓여 있었음을 말해준다. 또한 동독문학 전체를 싸잡아서 어용문학으로 폄하한 것도 동독문학이 여러 단계를 거치며 다양하게 발전해온 역사를 무시하고 하나의 성격으로만 보는 흑백논리에 치우친 감이 있다. 수많은 작가 중에서 아주 소수만이 슈타지와 접촉했음에도 불구하고 몇몇의 예를 마치 전체인 양 몰아간 서독 쪽의 비판은 다분히 악의적이다. 이 사실은 통일 과정에서 문학논쟁이 미학적 문제가 아니라 정치적이며 이데올로기적인 문제를 둘러싼 논쟁이었음을 말해준다. 다시 말해서 전후 서독 문학에서 좌파 지식인들이 차지하고 있던 문화적 헤게모니를 겨냥한 보수주의자들의 공격이었다. 이들은 독일의 통일은 "동쪽과 서쪽의 좌파 문학 지식인 계층에 대해 그들이 살아남기는 했지만 이제는 사라져야 한다는 심판"을 의미한다며 새로운 문학을 강조한 것이다. 그런 점에서 논쟁의 제기자 울리히 그라이너가 논쟁의 성격을 "과거가 아니라 미래를 어떻게 할 것인가에 대한 논쟁"이라고 밝힌 것은 적절한 표현이다.

동독문학의 성격에 관한 논쟁은 우리에게 문학의 기능과 역할에 대해 다시 한번 성찰하도록 해준다. 문학이 기존 사회체제에 동조하게 되면 그 비판의 예봉이 꺾이는 것일까? 그렇다면 문학은 어떤 사회이건 늘 기존 체제와는 일정한 거리를 두어야 하는 것일까? 문학은 결국 근본적인 체제 비판과 부정을 통해서만 생명력을 유지할 수 있는가? 문학을 통해 자신이 꿈꾸는 이상을 실현하고자 하는 노력은 모두 허사인가? 이러한 문제들이 여전히 남는다.

통일독일의 문학논쟁에서 논쟁의 정치적 성격 외에 문제가 된 것은 작가와 작품의 분리라는 원칙을 무시하고 작가의 세계관과 과거 행적에 비추어 작품을 평가했다는 사실이다. 한때 나찌에 협조적이었던 고트프리트 벤을 전후의 대표적 시인으로 평가하고, 그의 시를 소중한 문학적 자산으로 여기는 데 주저하지 않던 서독의 비평가들이 유독 동독작가의 정치적 행적을 문제삼아 그들의 작품까지도 평가절하한 것은 논리의 일관성을 보여주지 못한다. 또한 '신념미학'의 종말을 외치며 "작품과 작가, 도덕"을 구분하자던 주장과는 달리 동독작가들을 도덕의 잣대로 몰아세운 점은 이율배반적이다. 물론 이 문제는 미묘하고 어려운 사안이다. 작가의 세계관이나 행적과는 별개로 작품의 문학적 성취도만을 기준으로 평가해야 히는가에 대한 이견이 있을 수 있다. 그러나 문제는 유독 동독작가의 작품에 대해서는 다른 잣대를 갖다댔다는 점이다.

문학논쟁이 그러하였듯 통일 후에 양쪽의 문학기구가 합치는 과정도 철저하게 서독 주도로 이루어졌다. 양쪽에 모두 존재한 기구로는 '작가연맹' '예술원' 'PEN 본부'가 있었는데 동독 쪽 기구에 모두 슈타지와 연루

된 작가와 핵심 당원이 회원으로 있다는 사실이 문제가 되었다. 통일 이후에 동독쪽 '작가연맹'에 예산이 끊기면서 자연히 해체되었고, 회원들은 개별적으로 '전독일 작가연맹'에 가입해야 했다. 이 과정에서 서독 '작가연맹' 지도부는 동독작가 21명의 블랙리스트를 작성하여 이들을 받아들이지 말 것을 지시했다. '예술원'의 경우 동독작가들이 독자적 존립을 원했지만 1992년부터 베를린시로부터 경제적 지원이 끊길 위험에 처하자 결국 서독 예술원에 통합되었다. 회원 256명의 서독 예술원이 50명의 동독 예술원 회원을 받아들인 것이니 이것도 일대일 통합이 아니었다. 이렇게 두 기구가 통합되자 구동독의 'PEN 본부'는 독자적 존재기반을 마련하려고 95년까지 버텨보았지만 결국 이 기구도 하나로 합쳐지고 말았다. 이렇게 문학기구가 합쳐지는 과정 역시 흡수통합이었다. 아마도 가장 바람직한 방안은 프리드리히 디크만이 제안한 것처럼 "두 예술원이 모두 해산한 다음에 서독의 수준을 기반으로 하여 새롭게 발족하는 것"이었을 것이다. 그러나 현실에서는 늘 흡수통합 방식이 관철되었다. 출판사, 서점, 도서관, 극장 등도 마찬가지여서 대부분 국영에서 민영화되면서 숫자 자체가 많이 줄어들었고, 출판사나 서점의 경우는 서독과의 경쟁에서 살아남기가 힘들었다. 서독 출판사는 이 과정에서 동독 쪽의 출판사를 입수해서 세력을 넓혔다.[44]

이 모든 문제는 흡수통일이라는 특수한 통일방식에 연유한다. 일 대 일의 대등한 통합이 아니라 한쪽의 일방적인 기준에 따른 인위적 통합으로는 결코 질적으로 새로운 변화를 가져올 수 없다. 통일이 되었지만 독일이 정말로 새로운 사회가 되지 못한 이유도 여기에 있다. 양쪽의 체제가 합쳐

---

44) 이와 관련한 자세한 논의는 김경식 「독일통일에 따른 동독 문학제도들의 붕괴·재편 과정」, 김용민 외 『통일 이후 독일의 문화통합 과정』, 연세대학교 출판부 2004, 157~78면 참조.

져서 제3의 체제를 만들었다면 문학환경도 새롭게 짜였을 테고, 그 환경 속에서 새로운 문학이 나왔을지도 모른다. 그러나 통일독일은 서독 체제의 모든 기준과 가치를 그대로 지닌 채 영토상으로 확장된 데에 불과했다. 분단상황이 사라졌다는 것 말고는 아무런 변화가 없었으니 새로운 문학이 나올 수 없음은 당연하다. 그대신 하루아침에 실존적 위기와 정체성의 혼란을 겪은 동독작가들이 통일독일 사회를 비판하는 작품을 쏟아냄으로써 90년대 독일 문학계를 풍요롭게 하였다.

독일의 분단과 통일에 대한 문학적 대응

1. 통일을 다룬 가장 상징적인 텍스트
　　　　　　　　　－ 폴커 브라운 「소유물」
　　　　　　(1) 개혁사회주의자의 꿈과 좌절
　　　　(2) 폴커 브라운 시를 바라보는 상이한 시각
　　　　　　　(3) 「소유물」의 다양한 의미지평

2. 통일독일 사회의 문제점
－ 헬가 쾨니히스도르프 『아프리카 옆에서』와 크리스토프 하인 『란도』
　　　　(1) 통일 이후 동독 지식인들의 영혼의 풍경
　(2) 과거에 대한 반성과 성찰 － 동독사회 되돌아보기
　(3) 통일 이후 동독 지식인들의 공간 － 변방의 체험
　　　　(4) 허망함과 쓸쓸함 속에서 희망 찾기

3. 독일문제를 성찰하는 폴커 브라운의 시 세 편
　　　(1) 동독과의 일체감 － '우리'와 '그들'의 대립
　　　(2) 동독에 대한 절망 － '나'와 '국가'의 대립
(3) 통일독일 사회에 대한 비판 － '나'와 '녹자'의 대립

1. 통일을 다룬 가장 상징적인 텍스트 — 폴커 브라운 「소유물」

네덜란드 독문학자 코르넬리스 툭(Cornelis Tuk)이 네덜란드와 구동독의 학생들을 대상으로 독일통일을 다룬 시를 읽히고 그 반응을 조사한 1993년의 연구결과는 매우 흥미로운 사실을 보여준다.[1] 독일어 교사를 지망하는 네덜란드 대학생들이 이 주제에 관한 시를 열 편 골라서 드레스덴 8학년 학생들과 힐베르쥠 11학년 학생들에게 읽혔는데, 이들이 성공적인 시라고 뽑은 다섯 편의 시 중에 서독 출신 시인이 쓴 시는 단 한 편만 들어 있다. 양쪽 모두에게 가장 많은 표를 얻은 시는 하인츠 체코브스키(Heinz Czechowski)의 「극복된 전환」(Die überstandene Wende)이었고, 다음 자리는 라이너 쿤체(Rainer Kunze)의 「장벽」(die mauer)이 차지하였다. 반면 서독 출신 작가 야크 카르중케(Yaak Karsunke)의 시 「아주 자유롭게,

---

1) Cornelis Tuk, "Gedichte 'zur Wende' in der Klasse," *Literatur und politische Aktualität*, Elrud Ibsch, Ferdinand van Ingen 편, Amsterdam 1993.

브레히트 풍으로」(ziemlich frei, nach Brecht)는 구동독 학생들에게서는 폴커 브라운(Volker Braun)의 시 「소유물」(Das Eigentum)과 공동 3위, 네덜란드 학생들에게서는 역시 「소유물」과 함께 공동 4위로 평가받았다. 서독 출신 시인 하랄트 하르퉁(Harald Hartung), 한스 마그누스 엔첸스베르거(Hans Magnus Enzensberger), 그레고르 라셴(Gregor Laschen)의 시는 양쪽 학생들에게 좋은 평가를 받지 못했다.

통일문제를 다룬 서독 출신 시인들의 시가 학생들에게 별 감흥을 주지 못한 이유는 무엇일까? 이 문제에 대한 자세한 설명은 없으나 툭은 "서독 시인들이 시에서 감정을 너무 적게 다루었다"[2]는 드레스덴 여학생의 진술을 인용하여 그 이유를 간접적으로 암시하고 있다. 즉, 통일의 혼돈스러운 과정을 겪으면서 동서독의 시인들 모두가 자신이 느낀 감정을 시적으로 표현하였지만, 그 감정의 진솔함이나 호소력에 있어서 서독시인들의 시가 동독시인들의 시에 못 미친다는 이야기이다. 이것은 뒤집어말하면 동독 출신 시인들이 통일문제를 그만큼 더 절실하게 가슴으로 느꼈다는 말이 된다. 그 이유는 물론 분명하다. 동독 출신 시인들에게 통일문제란 곧 자신들이 오랫동안 몸담아왔던 동독이 몰락하여 역사 속으로 사라짐을 뜻하기 때문이다. 자신의 존재기반이 사라져버린 상태에서 자신의 정체성을 어떤 방식으로든 다시 세워야 한다는 실존적 문제의식과 위기의식에서 많은 동독 출신 작가들이 이 문제를 다룬 것이다. 이러한 엄청난 사건 앞에서 동독시인들이 느낀 감정은 분명 서독시인들에 비해 그 강도가 다를 수밖에 없었을 것이다. 동독시인들이 시적 자아의 감정이나 반성, 회의, 성찰을 시에서 직접적으로 토로하는 반면에 서독시인들은 주관적 감정을 바로 드러내기보다는 사건과 현상에 어느정도의 거리를 두고 평가와 성찰을 하고 있다는 점에서도 그 차이를 알 수 있다. 예를 들어 엔첸스베르거의 시

---

2) Cornelis Tuk, 같은 책 127면.

는 장벽개방 이후의 베를린 풍경을 사건 현장이나 거기에 참여하고 있는 사람들에게서 한발 비켜서서 어느정도는 조소를 머금은 시선으로 관찰하고 주석하며 비판하고 있다. 이처럼 현실을 한번 뒤틀어 문학적으로 표현한 것이 동독시인들의 직설적이고 정공법적인 표현보다 학생들에게 덜 다가왔으리라는 점은 충분히 이해할 만하다.

그에 비해 체코브스키의 시는 명확한 진술내용과 직접적인 감정토로를 통해 독자에게 바로 말을 걸고 있다. 또한 형식상으로도 간결한 구조와 어휘를 사용하여 시적 진술을 강력히 뒷받침하고 있다.

극복된 전환

우리 뒤에 무엇이 놓여 있는지
우리는 안다. 우리 앞에 무엇이 놓여 있을지는
우리는 알 수 없다.
우리가 그것을
뒤로하기 전까지는.[3]

체코브스키의 시는 그러나 통일 과정을 겪은 시인들의 복잡한 정서를 모두 대변해주기에는 너무 짧으며, 다루고 있는 주제 또한 다양하지 않고 하나의 문제로 집약되어 있다. 이 선명함이 학생들에게는 강한 인상을 심어주었을 것이다. 그러나 학생들의 선호도와는 다르게 이후의 수용 과정에서는 그의 시보다 브라운의 시 「소유물」이 일반 독자들이나 비평가들에게 훨씬 커다란 반향을 불러일으켰다. 그것은 브라운의 시가 지닌 복합적

---

3) K.O.Conrady 편, *Von einem Land und vom andern. Gedichte zur deutschen Wende*, Frankfurt/M. 1993, 51면.

성격과 여러 주제를 함께 어우르는 시의 넓이에서 기인한다. 그렇기에 그의 짧막한 시 한 편을 두고 동서독의 많은 비평가와 독문학자들이 직간접적으로 반응하고 때로는 정반대의 의견을 표명하며 독일문단을 뜨겁게 달구었다. 일견 분명해 보이는 짧막한 시에 대해 그토록 다양한 의견이 표명된 이유는 일차적으로 브라운의 시가 지니고 있는 담론의 성격이 독일통일 과정의 민감한 부분을 문제삼고 있다는 점에 있다. 그러나 모든 문학작품이 그러하듯 브라운 시는 독일통일에 대한 담론일 뿐만 아니라 그것을 넘어서는 복합적 의미를 내포하고 있다. 이 장에서는 이 점에 촛점을 맞추어서 브라운의 시가 지닌 담론의 다양한 성격과 그것에 대한 서로 다른 반응, 그리고 이러한 상이한 반응이 어디에서 연유하는가를 점검하면서 브라운 시의 새로운 해석 가능성도 함께 분석해보려 한다.

(1) 개혁사회주의자의 꿈과 좌절

1990년 8월 4일 폴커 브라운은 『신독일』(Neues Deutschland) 신문에 제목 없는 시를 발표한다. 후에 '소유물' '애도사'(Der Nachruf)라는 제목으로 여러 신문과 잡지에 반복해서 실리다 결국은 '소유물'이라는 제목으로 굳어진 이 시는 발표되자마자 커다란 반향을 불러일으키며 찬반논쟁을 불러왔다. 그 결과 브라운의 「소유물」은 독일통일을 다룬 문학작품을 논할 때면 빠지지 않고 언급될 정도로 독일문학사에서 이미 확고한 자리를 차지하게 되었다. 그 이유는 이 시가 바로 통일에 직면한 "동독 지식인들의 의식상태에 대한 기록"[4]이라는 전형성을 지녔기 때문이다.

---

4) Horst Domdey, "Volker Braun und die Sehnsucht nach der Großen Kommunion. Zum Demokratiekonzept der Reformsozialisten," *Deutschland Archiv* 1991/11, 1771면.

소유물

나는 아직 여기에 있는데 내 나라는 서쪽으로 떠나간다.

오두막집에는 전쟁을 궁전에는 평화를.

내 자신이 내 나라에 발길질을 해댔구나.

내 나라는 몸을 던지고 보잘것없는 장식마저도 내던진다.

겨울에 이어 탐욕의 여름이 온다.

그리고 나는 *매운 후추가 자라는 곳에* 머물 수 있다.

내 모든 텍스트는 이제 이해할 수 없게 되어버린다

내가 한번도 소유하지 못한 것을 내게서 빼앗아가는구나.

내가 살아보지 못한 것을 나는 영원히 아쉬워하리라.

희망은 함정처럼 길에 놓여 있었다.

내 소유물을 이제 너희들이 움켜쥐고 있구나.

언제 나는 다시금 *나의 것*이라 말하며 모두를 뜻하게 될까.[5]

이 시는 여러가지 면에서 통일을 맞는 동독 지식인들의 복잡한 심정과 의식을 전형적으로 보여주고 있다. 여기서 전형적이라는 말은 동시대인들이 느끼는 심정을 이 시가 대변해주고 있다는 뜻이다. 그래서 볼프강 에머리히(Wolfgang Emmerich)는 이 시를 "(독일통일) 전환기의 아마도 가장 특징적인 텍스트"[6]일 것이라고 규정하였다.

브라운의 시가 어떠한 전형성을 지니는가를 파악하기 위해서는 우선 이 텍스트가 대변하고 있는 담론의 성격부터 규명해볼 필요가 있다. 담론을

5) Volker Braun, *Texte in zeitlicher Folge.* 10 Bd. Halle 1993, 52면.
6) Wolfgang Emmerich, "Für eine andere Wahrnehmung der DDR-Literatur. Neue Kontexte, neue Paradigmen, ein neuer Kanon," *ders.: Die andere deutsche Literatur*, Opladen 1994, 190면.

"하나의 동일한 구성 체계에 속하는 언술들의 덩어리"[7]라고 정의한다면 이 언술들의 특징을 분석해야 브라운 시의 담론의 특징을 밝힐 수 있다. 다시 말해서 브라운의 시라는 문학적 "담론이 문제삼고 있는 대상과, 담론이 취할 수 있는 주체위치, 그리고 담론에서 사용되고 있는 개념들, 담론이 표방하고 있는 이론이나 전략이 어떻게 구성되어 있는가"[8]를 분석해야 그 특징이 드러난다는 것이다. 이 분석을 위해 우선 브라운 시의 담론이 놓인 시공간적인 문맥을 밝혀야 한다.

브라운 시의 담론이 형성되는 시간과 공간은 일단은 분명하다. 1990년 8월의 독일이라는 구체적인 시대적 배경에 이 시가 놓인 때문이다. 이 시기는 장벽개방과 공식적인 독일통일 사이에 놓여 있는 시기이다. 아직 동독이 존재하긴 했지만 그것은 다만 형식일 뿐 1990년 3월의 동독 지역 총선에서 서독 기민당의 지원을 얻은 기민당이 승리하여 드 메지어가 수상이 됨으로써 공산주의 정권이 몰락한 상태였고, 7월 1일자로 단행된 서독 마르크로의 화폐통합으로 경제통합마저 이루어져서 동독은 사실상 사라져버린 시기였다. 이러한 싯점에 끝까지 동독에 머물며 문학 활동을 하던 폴커 브라운이 동베를린에서 발행되는 신문에 자신의 시를 발표한 것이다. 이러한 시간적, 공간적 문맥 속에 브라운의 시는 놓인다. 그래서 일차적으로 그의 시는 시대에 대한 발언으로 이해될 수밖에 없다. 독자뿐 아니라 많은 비평가들이 이 시를 브라운 자신의 감정을 직접적으로 토로한 담론으로 해석하는 것도 무리가 아니다.

그렇다면 브라운 시에서 시적 자아가 차지하는 '주체위치'와 담론의 '대

---

7) 미셸 푸꼬 『지식의 고고학』, 이정우 옮김, 민음사 1992, 157면.(인용한 부분은 독일어판을 토대로 약간의 수정을 가했다. 특히 일관된 서술을 위해 '언표'를 '언술'로 바꾸었다.) Michel Foucault, *Archäologie des Wissens*, Frankfurt/M. 1973, 156면 참조.
8) 클레멘스 캄플러 「역사적 담론 분석 연구 — 미셸 푸꼬」, 클라우스-미하엘 보그달 편저, 문학이론연구회 옮김 『새로운 문학 이론의 흐름』, 문학과지성사 1994, 46면.

상'은 무엇일까. '주체위치'란 다른 말로 "언술자의 위치"[9]를 말한다. 이 주체위치를 누가 차지하고 있는가를 분석하면 담론의 대상과 전략도 드러날 수 있다. 물론 주체위치를 차지하는 언술자를 누구로 보는가에 따라 담론의 대상이나 전략도 바뀌기에 다양한 분석이 필요하다.

브라운 시의 주체위치를 차지하는 주체는 개인이면서 동시에 집단이라는 특징을 지닌다. 시적 자아의 목소리는 작가의 목소리이자 동시에 특정 집단의 목소리라는 뜻이다. 언술주체가 어떻게 두 가지 성격을 지니는지 분석해보자. 시의 첫 행부터 시적 자아와 자신의 나라 사이에 분명한 대립이 있음이 드러난다. 동쪽에 머물며 서쪽으로 떠나가는 자신의 '나라'를 바라보고 있는 시적 자아가 표방하는 주체는 이 시가 놓인 시공간적 문맥과 연결하면 어렵잖게 드러난다. 베를린 장벽 개방 이후에 서독으로의 무조건 흡수통일을 주장하며 동독을 저버린 동독 시민들과, 그럼에도 불구하고 자신은 여기에 그대로 남아 있겠다는 고집스런 태도를 보이는 시적 자아의 대립으로 이해할 수 있기 때문이다. 자신의 "몸을 던지고 보잘것없는 장식마저도 내던진" 나라와, 겨울에 이어 온 "탐욕의 여름"을 허겁지겁 좇는 동포들에 대해 비판적 태도를 지닌 시적 자아가 대표하는 언술주체는 서독의 흡수통합을 통한 독일통일을 반대하는 입장을 가진 이이다. 그리고 모두가 떠나간다 해도 자신은 여전히 "후추가 자라는 곳" 즉 척박한 땅에 머물겠다는 입장을 가진 이이다. 시적 자아가 보이는 이같은 비판적 태도는 베를린 장벽 개방 이후에 새롭게 펼쳐진 가능성의 공간을 동독사회의 진정한 개혁으로 발전시키고자 노력했지만 결국은 실패했다는 인식에서 기인한다. 시적 자아가 품었음직한 개혁에 대한 희망은 브라운이 1989년 11월 11일에 『신독일』 신문에 기고한 글에 잘 나타나 있다.

---

9) 미셸 푸꼬, 앞의 책 138면.

인민소유 더하기 민주주의, 이것은 아직 세계 어느곳에서도 한번도 시험해본 적이 없습니다. 사람들이 '독일민주주의 공화국(동독) 산(産)'이라고 말할 때 바로 이것을 뜻하게 될 것입니다. (…) 우리 이 나라를 향하여 떠납시다.[10]

　　"인민소유" 즉 사회주의의 기본 바탕에 민주주의의 원칙들을 결부시켜 새로운 사회주의 사회를 세우려는 계획은 브라운 개인뿐 아니라 장벽개방 이후에 동독의 많은 지식인들이 품었던 희망이기도 하다. 프랑크 회르닉 (Frank Hörnigk)이 지적하듯 "민주주의 없이는 어떠한 사회주의도 영원할 수는 없다"[11]라는 반성과 자각을 통해 새로운 사회주의 사회를 세우려는 노력이 벌어진 것이다. 그러나 이 계획에 동참하여 주도적 역할을 해야할 동독 국민들이 등을 돌림으로써 개혁사회주의자들의 꿈은 좌절하고 만다. "우리가 인민이다"라는, 스스로를 대견하게 여기는 구호가 "우리는 하나의 민족이다"라는, 어떠한 방식이든 조속한 통일을 원하는 구호로 바뀐 1989년 11월에 이미 동독 국민들은 사회주의 개혁에 등을 돌린 것이다. 이러한 사태의 추이를 바라보는 개혁사회주의자들의 심정은 허망함과 망연자실이라는 말로밖에 표현할 수 없을 것이다. 이 점에서 브라운 시의 언술 주체는 작가 개인뿐 아니라 당시의 동독 지식인들로 볼 수 있다. 그들은 당시에 많은 동독인들이 서쪽으로 떠나갈 때 고향에 남아 "진정한 사회주의"를 실현할 개혁에 동참할 것을 호소하는 성명 「우리나라를 위하여」를 발표하였다. 1989년 11월 29일에 동독의 지식인, 작가, 시민단체 들이 공동으로 작성해 원로작가 슈테판 하임이 동독 텔레비전을 통해 직접 낭독한 이 호소문은 "서독에 대한 사회주의적 대안을 발전시킬 기회"가 왔음을 강조하고 있다.

---

10) Volker Braun, "Die Erfahrung der Freiheit," *Neues Deutschland* 1989년 11월 11일자.
11) Horst Domdey, 앞의 글 1773면에서 재인용.

우리는 날마다 우리나라를 떠나는 수천명의 사람들을 봅니다. (…) 우리는 여러분에게 호소합니다. 여러분의 고향에 머무십시오! 우리에게 머무십시오! 우리가 여러분에게 무엇을 약속할 수 있겠습니까? 쉬운 삶은 아니지만 유용하고 재미있는 삶을, 바른 복지는 아니지만 위대한 변화에의 동참을 우리는 약속합니다. 우리는 이 나라의 근본적인 변화의 초입에 이제 막 서 있습니다. 민주적 사회주의의 비전 또한 보존하는, 진실로 민주적인 사회를 만들어가도록 우리를 도와주십시오.[12]

결국 브라운 시의 시적 자아는 특정한 개인을 넘어 사회주의를 내부로부터 개혁하고자 꿈꾸었던 동독의 개혁사회주의자 전체로 볼 수 있다. 브라운 시의 언술주체를 개혁사회주의자 전체로 확대 해석할 수 있는 이유는 시에서의 언술주체가 저자와의 동일시를 넘어서서 오히려 "하나의 빈자리"이며, 따라서 그 "빈자리"는 "여러 개인들로 채워질 수 있"[13]기 때문이다.

브라운 시의 언술주체가 개혁사회주의자라는 해석은 시의 3행에 의해서도 뒷받침된다. 시적 자아가 "서쪽으로 떠나가는" 나라, 즉 동독에 대해 우선적으로 느끼는 감정은 아쉬움과 허전함 그리고 슬픔이다. 그러나 그렇다고 해서 자신의 나라에 대해서 전폭적인 지지와 신뢰만을 보냈던 것은 아니다. 3행에서 "내 자신이 내 나라에 발길질을 해댔구나"라는 자기반성과 비판의 목소리가 나오기 때문이다. 변화시키기 위해 충격을 가했지만 그 사회 자체가 사라져버리는 것은 바라지 않았고, 체제를 결코 인정하지는 않았지만 그 체제의 이상은 사랑하였기에 애정어린 비판과 그것을

12) *Neues Deutschland* 1989년 11월 29일자.
13) Michel Foucault, 앞의 책 82면.

통한 개혁을 꿈꾸었다. 현실사회주의에 대해서는 비판적이었지만 그 사회가 바탕을 둔 사회주의 이상에 대해서는 여전히 희망을 두고 있던 이들은 70년대 이래 동독의 비판적 사회주의 문학을 주도했고 1989년의 장벽개방이라는 "전환"을 이룩해낸 개혁사회주의자들에 다름아니다. 그래서 그들은 장벽개방 이후에 비로소 자신들의 이상을 실현할 수 있으리라는 강력한 희망을 토대로 동독 국민들에게 고향에 남아 개혁에 동참할 것을 호소한 것이다. 그런데 이 계획에 동참하여 주도적 역할을 해야 할 동독 국민들이 등을 돌림으로써 개혁사회주의자들의 꿈은 좌절되고 만다. 대다수 국민들이 사회주의 개혁보다는 서독과의 조속한 통합을 외치며 선거를 통해 자본주의 질서를 전폭적으로 받아들였기 때문이다.

자본주의의 물질적 유혹을 좇아 서쪽으로 떠나가는 자신의 나라와 동포들을 보며 속수무책으로 아무런 영향도 행사하지 못하고 한옆에 비켜서서 망연자실 바라보아야 하는 이들 개혁사회주의자들의 심경이 바로 이 시의 대상이다. 그렇기에 떠나가는 동독 국민들에 대한 이들의 아쉬움과 절망감은 남달리 크다. 그들에 대한 비판은 곧 현재 진행되고 있는 현상에 대한 불만과 그것에 휩쓸리지 않겠다는 고집스러움을 한편으로는 포함하고 있다. 모두가 떠나가버려서 자신의 텍스트가 이해할 수 없는 것이 되어버린다 해도 "후추가 자라는 곳"에 머물겠다는 표현은 절망과 동시에 저항의 몸짓이기도 하다. 그렇다고 해서 브라운이 현실을 외면하고 꿈속에서만 부유하고 있는 것은 아니다. "내 나라"가 서쪽으로 떠나감으로 해서 한때 그 나라 깃발에 씌어졌던 사회주의 이상 자체도 무너져버릴 위험에 처했음을 직시하고 있기 때문이다.

이것은 장벽개방 이후 통일 과정에서 동독 사회주의 체제의 여러가지 문제점이 서독 언론에 의해 한꺼번에 도마에 올라 브라운의 시가 발표될 싯점에는 이미 사회주의는 전체주의, 독재, 악의 구렁텅이와 동격의 위상을 갖게 된 상태였던 것과도 연관이 있다. 또한 당시는 동독의 상당수 지식인들이 슈타지의 비공식 정보원으로 활동한 사실이 밝혀지면서 동독 지식인 전체에 대한 어용시비가 일던 때이기도 하다. 그러니 현실사회주의이건, 그것을 대신할 참된 사회주의이건 모두가 시효가 지난 것으로 매도되고 있었다.[14] 이러한 상황에서 개혁사회주의자들은 자신들이 추구해왔던 지향점이자 유토피아인 참된 사회주의라는 이상이 하루아침에 짓밟혀버리는 경험을 하게 된 것이다. 그래서 브라운의 시적 자아는 "내가 한번도 소유하지 못한 것을 내게서 빼앗아가는구나"라며 한탄한다. 그가 이루길 원했지만 "한번도 소유하지 못한 것"은 바로 참된 사회주의의 이상이었다. 동독이 서독에 통합되면서 그 이상은 피워보지도 못한 채 빼앗기고 말았고, 그 결과 한번도 "살아보지 못한" 세상, 즉 참된 사회주의 세상의 실현 가능성이 사라져버린 것을 시적 자아는 "영원히 아쉬워"하고 있다. 그래서 시적 자아는 "언제 나는 다시금 *나의 것*이라 말하며 모두를 뜻하게 될까"라며 나의 것이 모두의 것이 되는 공동체 이상에 대한 그리움을 토로한다. 그러나 그리움보다는 오히려 아쉬움과 안타까움이 시의 기조를 이룬다. 오랫동안 지녔던 "희망"이 "함정처럼 길에 놓여" 있어서 거기에 빠져버렸다는 진술은 유토피아가 허망하게 사라져가는 것을 바라보아야 하는 개혁사회주의자들의 영혼의 풍경이기도 하다.

(2) 폴커 브라운의 시를 바라보는 상이한 시각

브라운의 시를 두고 비평가들 사이에서 많은 논란이 벌어진 것은 작품의 문학적 수준이나 완성도, 즉 시의 문학적 측면에 대한 의견의 차이라기

---

14) 동독을 비밀정보원의 감시체계가 거미줄처럼 얽혀 있는 경찰국가와 전체주의 사회로 부각시키는 데 결정적 역할을 한 슈타지에 대한 대대적인 폭로 외에도, 이 시기에는 40년간의 동독 사회주의 체제의 문제점이 한꺼번에 여론의 집중 조명을 받았다. 특히 심각한 환경오염 문제, 사회간접시설 미비, 생산시설 낙후 등이 사회주의 체제의 실패를 부각시키는 증거로 제시되었다.

보다는 시의 언술주체와 전략에 대해 평자마다 다른 평가를 한 데서 기인한다. 결국 브라운 시가 표방하고 있는 담론에 대해 찬성하는가 반대하는가에 따라 평가가 상이하게 달라지는 것을 알 수 있다.

이러한 점에서 호르스트 돔다이(Horst Domdey)가 이 시를 브라운으로 대표되는 동독 개혁사회주의자들의 "환상"과 "그 환상에서의 깨어남"[15]으로 본 것은 그의 정치적 입장이 바탕이 된 평가라 할 수 있다. 돔다이는 개혁사회주의자들이 "참된 사회주의 이상"을 견지하며 마지막 순간까지 그것을 실현시킬 꿈에 부풀어 있던 것을 그들이 "환상"에 빠져 있었기 때문이라 폄하한다. 그래서 그는 브라운의 시라는 문학적 담론이 표방하는 '전략'을 정치적 담론으로 읽어내면서 그것이 매우 위험하고 시대착오적이라고 평가한다. 돔다이는 우선 개혁사회주의자들이 매달렸던 "사회주의라는 기획의 유지"에 대다수 동독 국민들은 아무런 관심도 없었다는 전제에서 출발한다. 그 전거로 그는 동독의 반체제 시인이었다가 추방당해서 서독에 살고 있는 볼프 비어만의 말을 인용하고 있다.

민중이? 컨베이어벨트에서 일하는 노동자들이? 집단농장의 농부들이? 웃기는 소리! 그들은 그런 것에는 관심도 없었고, 한번도 그 쓸데없는 것을 믿은 적이 없었다. 잃어버리는 것은 사람들이 가지고 있던 환상일 따름이다.[16]

대다수 국민은 사회주의에 관심도 없는데 그들이 사회주의 개혁에 동참하지 않고 등을 돌린다고, 그것도 물질적 욕망을 좇아 그렇게 한다고 한탄하는 개혁사회주의자들의 태도는 신부가 떠나갔다고 한탄하며, 자신을 버린 "신부가 그럴 가치가 없다고 스스로에게 타이르"는 "구혼자"의 태도와

15) Horst Domdey, 앞의 글 1771면.
16) Wolf Biermann, *Die Zeit* 35/1990.

같다고 돔다이는 평가한다. 다시 말해 브라운의 시는 "좌파들의 탄핵노래"[17]라는 것이다.

돔다이가 브라운의 시에서 문제삼은 것은 그러나 개혁사회주의자들이 부르는 탄핵노래는 아니다. 문제는 바로 그들이 아직도 "공동체에 대한 열망"[18]을 버리지 못하고 있다는 데 있다. 사회주의 실험이 실패로 끝난 뒤에도 여전히 "나의 것"이 곧 "모두를 뜻"하는 사회주의 공동체에 대한 향수를 지니고 있다는 것은 시대착오적일 뿐만 아니라 매우 위험하다는 것이 돔다이의 생각이다. 왜냐하면 돔다이가 보기에 "사회주의는 민주주의를 제거한 상태에서만 지속 가능"[19]하기 때문이다. 그래서 어떤 종류의 사회주의이건 사회주의를 계속하자는 것은 독재와 전체주의를 복권시키려는 시도이기에 위험하다고 보는 것이다. "나의 것"이 "모두"의 것인 사회주의는 "전체의 의지"(Volonté de tous)를 우선하는 전체주의 사회이기에 "개인의 의지"(Volonté générale)[20]를 기본으로 하는 민주주의와는 병립할 수 없다는 것이 돔다이의 입장이다. 이 점에서 개혁사회주의자들은 "우리가 인민이다"라고 외치며 지금까지와는 전혀 다른 "민주주의 원칙" 즉 "개인의 의지"를 강조하는 새로운 체제를 요구한 동독 국민들의 정서를 읽지 못하였다고 비판한다. 그런 상태에서 현실사회주의와 진정한 사회주의를 나누려는 시도는 역사의 실패물인 사회주의를 다시금 "성상(聖像)"(Ikone)[21]으로 만들려는 음험한 의도가 들어 있는 것이라 평가하는 것이다.

돔다이의 독법은 철저히 정치적이다. 정치적 해석의 기준이 되는 진제

■■

17) Horst Domdey, 앞의 글 1772면.
18) 같은 곳.
19) 같은 글 1773면.
20) 같은 곳.
21) 같은 글 1774면.

는 사회주의라는 사상과 동독의 현실사회주의 체제, 그리고 그 안에서 체제를 개혁하려 했던 동독 지식인들의 노력을 어떻게 보는가 하는 평자의 태도이다. 돔다이의 입장은 개인의 의견이라기보다는 동독의 모든 것을 범죄와 악으로 규정하고 청산해야 할 대상으로 여기는 일부 서독 지식인의 입장을 대변한다.[22] 이것은 「우리나라를 위하여」라는 호소문에 대한 볼프 비어만의 반응, 즉 "사회주의 실험을 또 하자는 것은 이번에는 살아 있는 사람을 대상으로 동물실험을 하자는 것과 같다"[23]라고 한 말에서도 확인할 수 있다. 사회주의를 그 이념에서나 실제 체제에서나 이제는 폐기처분해야 할 역사의 쓰레기로 평가하고 이러한 바탕에서 개혁사회주의자들의 노력을 시대에 역행하는 시도로 파악하는 입장을 바탕으로 돔다이는 브라운 시에 대해 부정적 비판을 가한 것이다.

돔다이 평가의 문제는 바로 그의 평가의 바탕을 이루는 전제가 너무 편협하고 단순하다는 데 있다. 동독문학을 오랫동안 전공해왔고, 70년대 이래 동독에서 등장한 비판문학에 우호적 태도를 보이던 돔다이가 동독의 모든 것을 부정하는 단호한 태도를 보인 것은 시대적 분위기에 문학연구가도 얼마나 쉽게 휩쓸릴 수 있는가를 보여주는 좋은 예이다. 게다가 크리스타 볼프 논쟁이 한바탕 벌어져서 가뜩이나 위축되어 있는 동독작가들의 입장을 "전체주의적"이라 매도해버리는 태도는 통일 과정의 당시 상황이 사회주의를 악마화하는 경향이 아무리 강했다 해도 지나친 감이 없지 않다. 통일 이후에도 동서독이 정신적으로 하나가 되지 못하고 여전히 어려움을 겪고 있는 이유도 이런 데서 기인한다고 할 수 있다.

---

22) 흥미로운 점은 브라운의 시에 대한 옹호와 비판이 동독과 서독으로 확연하게 나누어지지는 않았지만 동독 쪽 독자나 평자가 주로 찬성을 서독 쪽 평자가 반대를 표명했다는 사실이다. Dieter Schlenstedt, "Ein Gedicht als Provokation," *Neue Deutsche Literatur* 1992년 12월호, 128면 참조.

23) 정인회 「통일독일의 지식인 논쟁」, 『창작과비평』 1994년 봄호, 334면에서 재인용.

결국 돔다이 비평의 문제점은 그가 브라운의 시를 철저히 정치적 발언으로 해석하였다는 데 있다. 그럼으로써 브라운 시가 지닌 다양한 내용이 사장되고 오로지 겉으로 드러난 텍스트의 정치적 전략만이 문제가 되었다. 이렇듯 문학 텍스트를 "저자의 신념에 비추어" 검토하게 되면 "특수한 문학적 표현방식"은 논외가 될 수밖에 없다.[24] 그럼에도 불구하고 돔다이가 정치적 비평을 추진한 것은 바로 볼프 논쟁에서와 마찬가지로 일차적으로는 "미래에 이데올로기적 헤게모니를 잡기 위해 과거를 문화, 정치적으로 가치평가"[25]하려는 시도와 맞물려 있다고 볼 수 있다. 두번째로 돔다이는 사회주의 이상 전체를 부정했는데, 브라운을 위시한 많은 개혁사회주의자들이 꿈꾼 새로운 사회란 "개인의 의지"를 기본으로 한 민주주의와 상반되지 않는다는 사실을 간과하고 있다. 인류가 늘 꿈꾸어오던 유토피아의 세계와 사회주의 이상이 지향하는 세계가 다르지 않다는 점을 무시하고 사회주의라는 이름 때문에 시대착오적인 것으로 비판한 것이다. 결국 현실사회주의와 사회주의 이상을 구분하지 않고 모두를 전체주의로 싸잡아 비판함으로써 결과적으로는 브라운을 "현실사회주의 옹호자이며 문학에서의 스딸린"[26]으로 평가하는 오류를 범했다. 이는 그때까지 서독 비평계에서 동독의 비판적 작가로 치켜세우던 브라운에 대한 평가와는 너무 동떨어진 것이었다. 마지막으로 돔다이는 브라운 시에 나타난 시적 자아의 태도를 고집스러운 개혁사회주의자들의 복권 시도로 보고 있는데, 이는 이 시가 기본적으로는 통일 과정에서 어려운 상황에 처한 한 지식인의 고뇌에 찬 개인적 심경토로라는 사실을 지나치게 확대 해석한 것이다.

24) Christoph Weiß, "'Sei du, Gesang, mein freudlich Asyl!' Vorläufiger Versuch, die Lektüre von Volker Brauns Gedicht 'Das Eigentum' zu erschweren," "*Wir wissen ja nicht, was gibt*" *Interpretationen zur deutschsprachigen Lyrik des 20. Jahrhunderts*, Reiner Marx, Christoph Weiß 편, St. Ingbert 1995, 152면.

25) 같은 곳.

26) Dieter Schlenstedt, 앞의 글 131면.

또한 시의 언술주체가 브라운 개인과 개혁사회주의자를 넘어서 동독의 일반 국민들로도 확대될 수 있는 가능성을 간과함으로써 다시금 편협한 해석에 빠지고 있다.

돔다이가 브라운 시에 대해 가한 비판의 근저에 사회주의에 대한 그의 입장이 전제되어 있다는 사실은 그 전제가 바뀌면 반대 평가가 나올 수도 있다는 이야기가 된다. 또한 시의 언술주체를 누구로 보는가에 따라 해석이 얼마든지 달라질 수 있다. 실제로 동독의 문예학자 디터 슐렌슈테트(Dieter Schlenstedt)는 브라운 시의 언술주체가 개혁사회주의자를 넘어서 일반 시민들로도 확장될 수 있다는 점을 증명하였다. 그는 브라운의 시가 신문에 발표된 직후 작가와 신문사에 전달된 수많은 독자 편지를 분석함으로써 흥미로운 분석을 내놓았다.

동독의 많은 독자들이 그의 시에 대부분 전폭적 지지를 보내주었다. 그것은 브라운의 시가 동독의 지식인들뿐 아니라 일반 시민들의 정서 역시 대변하고 있기 때문이다. 많은 독자 편지에서 강조하는 사실은 바로 브라운의 시가 자신들의 생각과 느낌을 아주 잘 표현해주었다는 것이다. "이 시는 말 그대로 내 생각을 꼭 맞혔습니다.""제가 편지를 쓰는 이유는 이 시가 제 생각과 느낌을 꼭 그대로 그려주기 때문입니다. (…) 다른 사람들, 당신이 모르는 다른 사람들이 생각하고 느끼는 것을 당신이 '시로 표현했다'는 것을 당신이 아시는 것이 중요하리라 생각합니다.""당신에게 우선 슬프고도 아름다운 시에 대해 감사해야겠습니다. (…) 저는 이 시를 바로 필사해서 친구들에게 보냈습니다."[27]

독자들의 편지는 바로 동독 지역의 일반 시민들 역시 브라운 시의 시적 자아의 입장에 공감하고 그로 인해 위안을 얻었음을 보여준다. 많은 이들이 브라운의 시를 "그런 근심을 갖고 있는 이가 자신들만은 아니라는 점을

27) 같은 글 126면.

알려주는 증거"[28]로서 여겼다. 돔다이는 바로 이 부분을 간과한 것이다. 즉, 통일이 서독 주도의 일방적 통합 과정으로 진행됨에 따라 개혁사회주의자뿐 아니라 동독의 많은 국민들이 커다란 소외와 불안감, 더 나아가서 좌절감을 느끼고 있다는 사실을 알아차리지 못한 것이다. 담론의 주체위치는 "빈자리"이기 때문에 받아들이는 이에 따라 다양하게 채워질 수 있다는 사실이 여기에서도 증명된다 하겠다. 브라운 시의 담론은 이 점에서 작가 개인이나, 개혁사회주의자들의 입장을 넘어서서 동독 국민들의 입장을 대변하는 정치 사회적 담론으로 확장된다.

그런데 브라운 시의 시적 자아를 자신들의 "대변자"로 여긴 많은 독자들 역시 문학적 텍스트를 정치적 담론으로 이해했다는 점에서는 돔다이와 마찬가지라고 할 수 있다. 이들 역시 브라운 시가 내포하는 문학적 문맥이나 고유한 표현양식은 고려하지 않고 시적 자아의 진술을 일상적이고 정치적인 진술로 단순 이해하였다. 그래서 2행의 "오두막집에는 전쟁을 궁전에는 평화를"이라는 시구에서 당시 동독의 기업과 부동산을 심사하여 상당수 기업에 파산선고를 내려 동독의 산업을 파탄으로 몰고간 서독 재무청 산하 신탁회사 트로이한트의 동독에 대한 가혹한 처사를 떠올린 것이다. 또한 "내 텍스트가 이해할 수 없게 되었다"는 표현 역시 동독적인 것들을 이해하지 못하는 서독에 대한 비판으로 읽는 방법 또한 그러하다. 그러나 이러한 독법으로는 브라운 시의 다양한 의미를 해독해낼 수 없다.

(3) 「소유물」의 다양한 의미지평

문학 텍스트의 의미는 지시대상과 일대일 대응의 관계가 아니다. 문학 담론의 주체위치가 여러 주체들로 채워질 수 있듯이, 한줄의 시구 역시 다양한 의미망과 연결되어 있다. 문학 텍스트의 복합적인 의미망과 "다양한

---

28) 같은 글 127면.

변수"[29]를 추적해내는 것이 바로 문학적 해석이라 할 때, 지금까지의 브라운 시에 대한 평가는 일차적 의미만을 문제삼은 일방적 해석이었다. 브라운 시가 지니는 다양한 지시대상을 밝히기 위해서는 우선 이 텍스트에 얽혀 있는 다각적인 문맥들을 찾아내야 한다. 하나의 문학작품은 그 자체로 독립된 것이 아니라 수많은 다른 텍스트들과 연관성을 지니고 있기 때문에 텍스트 간 분석이 필요하다. 또한 브라운 시의 성격을 정치적 담론이 아닌 문학적 담론에 촛점을 맞추어 분석해야 이 작품의 문학적 의미가 제대로 드러날 수 있다.

이 시의 제목 '소유물'의 의미는 얼핏 보기에 명확한 듯 보인다. 그러나 슐렌슈테트가 동서독 독자들의 편지를 분석하여 보여주듯이 이 개념을 서로 상이하게 이해하고 있음을 알 수 있다. 서독의 독자들은 '소유물'이라는 제목 속에 단지 "물질적 재화의 소유"가 문제되고 있다고 판단거나, "경제적으로 중요한 재화에 대한 공공 소유" 즉 "인민 소유"라는 개념이 들어 있다고 본다.[30] 이렇게 보면 브라운의 시는, 작가가 동독에서 누리던 특권과 재산을 상실한 것에 대한 투정어린 한탄을 하거나, 자본주의 질서를 맞이하여 그에 적응하지 못하고 실패한 사회주의의 인민 소유 개념에만 집착하는, 시대착오적 노래가 된다. 그래서 자본주의를 특징짓는 '사적 소유' 대 사회주의의 기본인 '인민 소유'의 대립이 이 시의 바탕을 이룬다고 해석하게 된다.

그러나 '소유물'이라는 제목에는 물질적인 것뿐 아니라 정신적인 개념도 포함되어 있다. 브라운의 이 시는 프리드리히 횔덜린(Friedrich Hölderlin)의 시 「나의 소유물」(Mein Eigentum)과 그것을 패러디하여 70년대에 쓴 브라운 자신의 시 「횔덜린에게」와 직접적인 연관성을 갖고 있

---

29) Christoph Weiß, 앞의 글 153면.
30) Dieter Schlenstedt, 앞의 글 128면.

다. 그런 점에서 브라운 시의 제목 '소유물'은 바로 횔덜린 시 「나의 소유물」을 염두에 두고 있다고 볼 수 있다. 횔덜린에게 '소유물'은 단순한 물질적 재화뿐 아니라 바로 세상을 견딜 수 있는 피난처이자 자신의 이상을 펼쳐 보일 수 있는 '노래' 즉 문학이었다는 사실은 브라운의 시를 새롭게 해석할 수 있는 가능성을 열어준다. 횔덜린의 송가 「나의 소유물」은 다음과 같이 끝난다.

> 그대 노래여, 내게 친밀한 피난처가 되어주오!
> 행복을 주는 이가 되어주오! 근심스런 사랑으로
>   나를 돌봐주는, 정원이 되어주오, 그 속에서 나는
>   만발한 꽃들 속, 영원히 젊은 꽃들 속을 거닌다.
>   (…)
> 그대들은 유한한 인간에게 너그럽게 축복을 내린다
> 그대들 하늘의 힘들이여! 각자의 소유물에 그리고
> 오 내 소유물에도 축복을 해주오, 너무 일찍
>   운명의 여신이 꿈을 끝마치지 않도록.[31]

횔덜린은 자신의 '노래' 즉 문학에서 '도피처'를 찾았고, 이 문학이 바로 그가 지닌 재산(소유물)이기도 하였다. 횔덜린 시를 직접 염두에 두고 쓴 시 「횔덜린에게」에서 브라운은 첫 연부터 횔덜린 시의 핵심 개념들을 끌어들인다.

> 그대 바닥 없는 이여, 그대의 소유물과
> 그대가 그늘진 나무와 포도주로

---

31) Friedrich Hölderlin, *Sämtliche Werke und Briefe* Bd. 1, Jochen Schmidt 편, Frankfurt/M. 1992, 223면.

이룩한 그대의 피난처도
인민의 것이다.
그리고 대칭적인 세계에 맞서
세워놓은 그대의 희망도![32]

 브라운은 이 시에서 횔덜린을 좇아 '소유물'을 경제적인 것과 그것을 넘
어선 문학을 다 포함한 것으로 파악한다. 그러나 횔덜린과는 달리 브라운
은 시인과 그의 노래는 이제 사회주의에서 '피난처'를 찾을 수 있을 것이
라고 조심스러운 희망을 펼쳐 보인다. 이러한 희망은 물론 인류가 동경해
마지않던 이상적 공간을 사회주의에서 실현할 수 있을 것이라는 브라운의
기본적 믿음에서 나온 것이다. 당시만 해도 벌써 현실사회주의의 문제가
드러나고 있었지만 그래도 이상향에 도달할 수 있으리라는 희망을 지니고
있었고, 이 희망은 역으로 말해서 그렇지 못한 현실에 대한 강렬한 비판으
로 작용하기도 하였다.(물론 이후의 작품에서는 희망보다는 희망에 비추
어본 현실이 희망과 너무 동떨어진 것에 대한 비판이 더욱 커다란 비중을
차지한다.)
 이처럼 횔덜린과 브라운의 이전 시와 연관하여 살펴보면 그의 시 「소유
물」에서의 소유물 개념 역시 다의적 성격을 지니고 있음이 드러난다. 여기
서도 역시 소유물은 단순한 물적 재화나 국가 소유의 문제가 아니라 문학
을 포함한 정신적인 차원까지도 의미하는 것으로 볼 수 있다. 그렇게 보면
브라운의 시가 제기하는 문제는 통일 과정을 맞은 개혁사회주의자들의 심
경을 토로한 것을 넘어서서 "작가와 그의 글쓰기가 갖는 사회적 위치에 대
한 질문"[33]이라는 해석이 가능하다. 즉, 새로운 역사 사회적 상황을 맞이
하여 작가와 작품의 사회적 좌표에 대한 진지한 문제제기를 브라운 시의

32) Volker Braun, 앞의 책 Bd. 4, 79면.
33) Christoph Weiß, 앞의 글 154면.

주제로 보는 것이다. 그렇게 되면 이 시의 언술주체가 개혁사회주의자 전체나 일반 동독 국민들이 아니라 글을 쓰는 작가, 더 나아가서 동독 출신의 작가가 된다. 하나의 담론 안에서 주체위치가 얼마나 다양한 주체들에 의해 채워질 수 있는가가 여기에서도 다시금 드러난다.

브라운 시의 언술주체를 글 쓰는 작가로 볼 수 있는 근거는 '소유물'이 휠덜린에게서처럼 문학이라는 개념을 의미한다는 사실 외에도 많이 있다. 7행의 "내 모든 텍스트는 이제 이해할 수 없게 되어버린다"를 구체적 현실 상황에 비추어 해석한다면 동독의 몰락과 함께 문학 텍스트가 생성되고 수용되던 사회적 문맥이 사라져버림으로써 동독의 문학 텍스트가 이해될 기반을 잃어버린 것이라고 볼 수 있다. 이것은 앞서 시도한, 언술주체를 개혁사회주의자로 보고 전환기라는 구체적 시대상황을 전제로 한 해석이다. 그러나 이 시행은 또한 그것을 넘어서서 문학의 역할에 대한 물음으로 해석할 수도 있다. 다른 시행에는 모두 구두점이 찍혀 있는데 이 시행만 유독 구두점이 없는 것은 이 시행의 진술이 시 전체에 확대 적용된다는 의미를 갖는다. "내 모든 텍스트"는 바로 "나의 소유물"이며, 그것은 또한 뒤이어 나오는 "내가 한번도 소유하지 못한 것을 내게서 빼앗아가는구나"라는 시행과 관련하여 내가 꿈꾸던 이상적 문학을 펼칠 수 있는 상황, 즉 나의 소유물이 이제 사라져버린 것을 의미한다. 여기에는 물론 독일통일 과정이라는 역사적 상황이 바탕에 깔려 있다. 그러나 통일 과정에서 느끼는 아쉬움과 한탄이 아니라 통일 과정이 자신의 문학과 꿈, 그리고 작가로서의 역할을 냉철히 뒤돌아볼 계기로 작용한다는 점에서는 앞서 한 해석과 차이가 난다. 변화를 거부하는 고집스러운 뻗댐이나 유토피아에 대한 집착이 아니라 작가로서 지금까지의 행적에 대한 뒤돌아봄과 반성이라는 측면을 강조한다는 면에서 다르다.

이 점은 2행 "오두막집에는 전쟁을 궁전에는 평화를"에서도 드러난다. 원래는 프랑스혁명 당시 혁명군의 구호였는데 뷔히너(Büchner)가 『헤센

급전』에 받아들여 "오두막집에는 평화를! 궁전에는 전쟁을!"이라고 한 것을 브라운이 앞뒤 내용을 바꾼 것이다. 물론 일차적으로 이 구절은 통합 과정에서 드러난 서독의 동독에 대한 태도, 이윤의 극대화라는 자본주의 원칙이 밀려들어오는 것에 대한 비판으로 읽힐 수 있다. 2행 전체를 대문자로 표기한 것은 구호의 성격을 강조하면서 마치 "상점의 네온싸인 광고"[34]처럼 보이게 하려는 의도가 들어 있다고 볼 수 있다. 그러나 뷔히너와의 연관을 자세히 따져보면 이러한 일차적 의미를 넘어서는 해석도 가능하다.

브라운은 1978년에 뷔히너의 편지에 주석을 달아 출판하려고 하였는데, 내용이 문제되어 결국은 서독으로 원고를 넘긴 일이 있다. 부자와 전제군주들의 착취로 인한 심각한 경제문제와 그 해결책을 제시하는 뷔히너의 편지를 브라운이 19세기 작가의 글이 아니라 바로 동시대인의 글로 읽어내면서 거기에 설명을 가했기 때문에 문제가 된 것이다. 브라운은 당시의 문제를 해결하기 위해서는 "힘"만이 도움이 된다는 뷔히너의 편지를 현재 상황에도 유효한 것으로 해석한다. 즉, 현실사회주의의 열악한 경제상황과 개인들 사이에 여전히 존재하는 "배급 권리에서의 피라미드"가 있는 한 그 사회는 "위와 아래가 있는" "폭력"에 기반한 사회이기에 "피라미드를 부수기" 위해 "대항 폭력"을 사용해야 한다는 것이 브라운의 입장이었다.[35] 이러한 브라운의 입장에 비추어 2행의 구호를 보면 단지 통일 과정에서의 사회 상황에 대한 비판뿐 아니라 더 과거로 거슬러올라가, 계급모순은 아니더라도 계층간의 차이가 여전히 존재하고 있던 현실사회주의 체제에 대한 비판으로도 해석할 수 있다. 이것은 바로 뒤따라나오는 자신의 "나라에 발길질을 해댔"다는 3행의 진술과 연관해보면 설득력을 지닌다. 이 점에서도 이 시가 통일 과정에서 시적 자아가 느끼는 상실과 불만의 감

34) 같은 곳.
35) Volker Braun, "Büchners Briefe," 앞의 책 Bd. 5, 296면.

정을 토로한 것이라는 해석을 넘어서서 자신의 '소유물' 즉 이상적 사회를 획득하기 위한 과거의 지난한 노력에 대한 반성과 성찰이라는 해석이 가능하다.

이렇게 보면 '소유물'은 이미 가지고 있는 것이 아니라 갖기를 소망하는 것이 된다. 따라서 8행과 9행의 "내가 한번도 소유하지 못한 것"이나 "내가 살아보지 못한 것"이 바로 "내 소유물"이 된다. 그런데 자신이 찾는 '소유물'은 아직 주어지지 않았다. 브라운이 추구하는 이상적 세계, 즉 모든 모순이 사라진 세계가 아직 도래하지 않았기 때문이다. 그렇기에 그는 그렇지 못한 현실을 끊임없이 비판하며 이상에 한걸음 더 다가가기를 바란 것이다.

그런데 이러한 희망 자체가 갑자기 뒤흔들리는 상태가 되었다. 직접적 계기는 물론 동독이라는 나라 자체가 사라져버리게 된 통일 과정에 있다. 그래서 "내 소유물을 이제 너희들이 움켜쥐고 있구나"라는 한탄을 하는 것이다. 그러나 이것을 계기로 시적 자아는 다시 한번 자신의 과거를 돌이켜본다. 현실은 아직 그렇지 못하지만 언젠가는 실현될 수 있으리라는 이상향에 대한 희망, 아직 받지는 못했지만 언젠가는 받을 수 있으리라 생각한 '봉토'는 브라운이 소중히 간직한 희망이었다. 그런데 이제 그것들을 받을 가능성마저 영영 사라져버린 것이 아닌가 하는 절망감이 고개를 든 것이다. "희망은 함정처럼 길에 놓여 있었다"는 10행은 바로 이러한 절망의 표현에 다름아니다. 이 시행은 물론 베를린 장벽이 개방된 후 비로소 참된 사회주의를 이룰 수 있을 것이라는 희망이 덫이 되어 앞길을 가로막았다는 것으로 해석할 수 있다. 그러나 이러한 가능성을 넘어 이 시행은 또한 브라운이 몇십년 동안 간직하고 있던 희망, 그것에 비추어 자신의 나라를 가차없이 비판했던 이상향의 실현에 대한 희망이 결국은 함정이 되어 자신의 나라를 사라지게 만들지 않았는가에 대한 절망의 표현으로도 읽힐 수 있다. 그래서 시적 자아는 "언제 나는 다시금 나의 것이라 말하며 모두를 뜻하게 될까"라고 중얼거리는 것이다. 결국 희망이 함정이 되었다는 표현은 이제 아무것도 꿈꿀 수 없음을 말하는 것이기도 하다. 또한 대상 자체가 사라져버렸으니 그의 텍스트도 이해할 수 없는 것이 되어버렸다. 그래서 작가로서 시적 자아는 이제 참된 사회주의라는 희망이 사라져버린 상황에 처해 자신의 "노래" 속에서도 더이상 "도피처"를 찾을 수 없게 된 것이다.

하지만 문학적 담론은 주체위치와 의미가 열려 있어서 그것을 받아들이는 독자들에 의해서 다시 쓰일 수 있다. 희망의 상실과 절망을 이야기하는 브라운의 텍스트는 따라서 얼마든지 새로운 희망에의 외침으로도 받아들여질 수 있다. 브라운에게 보내온 어느 독자의 편지는 문학담론의 확장 가능성에 대한 좋은 예로 보인다. 그 독자는 브라운의 시를 "함정에 빠지지 않는 희망을 다시 찾기 위해서는 결연한 노력이 필요하다"[36]는 요구로 받아들이고 있다. 시적 자아가 절망을 이야기하더라도 그것을 받아들이는 독자는 희망으로 해석할 수 있는 것이 바로 문학적 담론이 지닌 특이한 성격이다. 더구나 브라운 시의 경우는 담론의 성격상 여러 갈래로 해석될 수 있는 여지가 많기에 해석 가능성이 더욱 다양하게 열려 있다. 브라운의 시를 두고 많은 논란과 해석이 가해진 것도 따지고 보면 문학작품에 있을 수 있는 당연한 결과이다. 그런 점에서도 브라운의 시는 문학적 담론의 특성을 아주 잘 구현하고 있다고 볼 수 있다.

---

36) Dieter Schlenstedt, 앞의 글 132면.

2. 통일독일 사회의 문제점
── 헬가 쾨니히스도르프 『아프리카 옆에서』와 크리스토프 하인 『란도』

폴커 브라운뿐만 아니라 많은 동독 출신 작가들 역시 통일 과정과 통일 후의 문제에 관심을 기울여 이를 문학작품으로 형상화하였다. 자신들이 몸담고 있던 나라가 하루아침에 망해버리고, 과거의 모든 것들이 부정되는 상황 그리고 경제 씨스템을 비롯한 모든 제도가 완전히 새롭게 바뀌어서 모두들 어떻게 적응해야 할지 모르는 상황이 작품의 기본 토대를 이룬다. 동독사회라는 자신들의 존재 기반이 사라져버린 상태에서 새로운 통일독일의 사회에서 정체성을 다시 세워야 한다는 실존적 문제의식과 위기의식이 이들의 작품을 관통한다.

이 장에서는 통일 이후에 발표된 동독 출신 작가들의 작품 중에서 두 편을 골라 이들 작품에서 통일문제가 어떻게 문학적으로 형상화되었는지, 망해버린 자신의 나라 동독과 현실사회주의에 대해 어떠한 성찰을 하고 있는지, 나아가서 그들의 현재 심경이 어떻게 표현되었는지를 살펴보려 한다. 분석대상으로는 헬가 쾨니히스도르프(Helga Königsdorf)의 소설 『아프리카 옆에서』(Gleich neben Afrika, 1992)와 크리스토프 하인(Christoph Hein)의 희곡 『란도』(Randow, 1994)를 골랐다. 두 작가가 모두 통독 이전에 동독 사회를 비판하는 문학을 발표해온 비판사회주의자들에 속하기에 두 작품의 기조가 비슷한 점, 그럼에도 불구하고 발표 연대의 차이와 입장에 따라 미묘한 차이를 보이는 점, 발표 연대가 다르기에 통일 이후의 시간 경과에 따른 변화를 보여주는 점, 그리고 장르가 각각 다른 점이 이들 작품을 고르는 기준이 되었다.

(1) 통일 이후 동독 지식인들의 영혼의 풍경

자신들이 오랜 세월 몸담고 부대끼며 살아왔던 나라가 어느날 갑자기 침몰하듯 눈앞에서 사라져가는 것을, 또는 사라져버린 것을 바라보는 동독 지식인들의 심정은 착잡할 수밖에 없었을 것이다. 폴커 브라운이 「소유물」에서 단 한줄의 시행 "나는 아직 여기에 있는데 내 나라는 서쪽으로 떠나간다"로 압축해서 표현한 이 착잡한 심정은 동독사회의 개혁을 위해 나름대로 애써왔던 작가들에게 공통된 현상인 것처럼 보인다. 쾨니히스도르프와 하인의 작품 기저에 놓여 있는 감정도 바로 이러한 속수무책과 망연자실의 감정이다.

헬가 쾨니히스도르프의 소설 『아프리카 옆에서』의 기조를 이루는 감정은 허망함이다. 아프리카 옆의 한 섬에서 1인칭 서술자가 과거를 회상하는 형식의 이 소설은 1991년 시장경제가 본격적으로 도입된 시기에 대한 회상으로 시작한다. '통일이 되었다'라는 표현 대신에 "1991년에 우리에게 시장경제가 시작되었다"는 표현으로 첫 문장을 시작하는 것에서 이미 통일에 대한 주인공의 입장이 드러난다. 그녀에게 통일은 곧 동독에서 혁명이 실패한 것, 그리고 동독의 멸망을 의미하기 때문이다.

> 혁명을 한 사람은 본성상 몽롱한 소질이 있다. 그래서 이성적 혁명은 자신의 아이들을 잡아먹는 것이다. 예전에는 그들의 머리를 베었다. 무혈의 혁명 뒤에는 이런 방법은 어울리지 않는다. 그러나 그런 수단을 취할 필요가 전혀 없게 되었다. 왜냐하면 대다수의 사람들이 꿈꾸는 것에 물려버렸기 때문이다. (…) 아무도 더이상 혁명에 대해 듣고 싶어하지 않았다. 마지막 결정권을 가진 사람들은 그 사건들에 전혀 참여하지도 않았던 이들이었다.[37]

---

37) Helga Königsdorf, *Gleich neben Afrika*, Berlin 1992, 12면.(이후 본문에 면수만 표기)

이 구절은 1989년 여름과 가을에 걸쳐 동독에서 "무혈혁명"이 성공한 후 그 혁명의 주역들, 즉 시민운동가, 인권운동가, 개혁사회주의자 들이 버림받은 상황을 조소적으로 표현하고 있다. 오랜 동안 자신들의 이상을 실현하기 위해 어려움까지 감수하면서 노력해온 일들이 하루아침에 쓸모없는 것으로 폄하되는 현실은 크리스토프 하인의 희곡에서도 역시 씁쓸한 아픔과 허전함으로 묘사되고 있다. 두 작가의 작품에 공통으로 다루어질 만큼 이 감정은 동독 지식인들에게 절실한 문제였던 것이다.

크리스토프 하인의 『란도』에서는 좀더 직설적으로 17세의 딸이 36세의 어머니와 그의 세대를 함께 묶어 비난하는 대사를 통해 이 문제가 제기된다. 동독사회를 개혁하려고 노력하다가 통일 이후에 폴란드 국경 근처의 작은 마을 란도로 이주해온 시민운동가 출신 어머니에게 딸이 다음과 같이 비난을 퍼붓는다.

엄마는 너무 굳어버렸어, 못 말리게 굳어버렸어. 엄마 세대 전체가 그래. 엄마 세대는 모두가 쓰잘데없는 것에나 관심을 가지고 있었지. 당신들은 무언가 영웅적인 목적들을 위해 힘을 쏟은 거야, 실제로는 아무한테도 쓰잘데없는 저항과 이런 온통 정치적인 헛소리를 위해서 말이지. 당신들은 교회에 앉아서 토론이나 하고 촛불을 들고 경고 보초나 서고, 성명서를 쓰고, 스스로 인쇄한 거의 읽을 수도 없는 유인물이나 만들어냈지. 당신들이 정치적으로 의식있는 인간들이었다는 건 알아, 하지만 당신들은 그러면서 스스로를 어떻든 불구로 만든 거야.[38]

동시대인들에게서뿐 아니라 이제는 자신의 딸한테까지 비난을 받아야 하는 개혁사회주의자들이 설 자리는 매우 좁아 보인다. 어머니 세대에 대

■
38) Christoph Hein, *Randow*, Berlin 1994, 61면.(이후 본문에 면수만 표기)

한 딸의 비난은 세대간의 입장 차이나 갈등에 그 연원을 두고 있다기보다는 구동독의 일반 시민들 전체가 개혁사회주의자들을 바라보는 시각을 대변해준다고 볼 수 있다. 그런 면에서 이 대사는 통일 후에 동독 지식인들이 처한 사면초가의 상황을 암시하는 전형성을 지니고 있다. 자신들이 온 힘을 다 바쳐 애써왔던 일들이 하루아침에 주위 사람들로부터 아무것도 아닌 것으로 평가받는 상황에서 이들의 상실감과 허탈감이 생겨난다.

이런 점에서 브라운의 시 「소유물」이 독일통일, 즉 동독이 서독으로 합병되는 것을 속수무책으로 바라볼 수밖에 없는 동독 지식인들의 "우울증적인 열병"(furor melancholicus)을 보여주고 있다는 에머리히의 주장은 브라운에게뿐 아니라 대부분의 동독 지식인에게 해당된다. 왜냐하면 우울이란 에머리히가 정의하듯 "안주할 곳이 없는, 환멸을 느낀, 치유할 방도가 없는, 패배의 낙인이 찍힌, 무엇을 아는 듯하면서도 동시에 멍한 눈초리를 지닌 인간의 정신적인 상태"[39]를 말하기 때문이다.

(2) 과거에 대한 반성과 성찰 — 동독사회 되돌아보기

망연자실의 감정 다음에 오는 것은 잃어버린 것에 대한 안타까움과 그렇게 되어버린 원인에 대한 반성과 성찰이다. 우선 외부적 요인에 대한 비판이 앞선다. 통일 과정에서 부유한 서독이 가난한 동독의 경제체제 자체를 뒤흔들어놓음으로써 숱한 사람들이 일자리를 잃고, 자신들의 재산마저도 서독인들의 재산권 반환소송을 통해 잃어버릴 위기에 처한 사실이 신랄하게 비판된다. 하지만 현재의 열악한 상황에 대한 비판은 곧이어 지난

---

39) Wolfgang Emmerich, "Status melancholicus. Zur Transformation der Utopie in vier Jahrzehnten," ders: Die andere deutsche Literatur. Aufsätze zur Literatur aus der DDR, Opladen 1994, 175면. 이 논문은 『외국문학』 1993년 여름호에 번역되어 실렸다. 볼프강 에머리히 「동독문학에서 무엇이 남을 것인가」, 허창운 편역, 『외국문학』 1993년 여름호, 60면.

날 자신의 행동에 대한 성찰과 비판, 그리고 자신이 살던 나라가 왜 그렇듯 허망하게 무너졌는가를 곰곰이 생각하는 과정으로 자연스레 이어진다. 과거를 회상하고—통일 전후로 해서 많은 작가들이 자신의 삶을 돌아보는 자서전을 간행한 사실도 흥미롭다—문제점을 따져보는 작업이 쾨니히스도르프의 소설에 주요 주제로 등장하는 이유가 그때문이다.

서쪽으로 떠나가는 주위 사람들을 허전하고 섭섭한 감정을 가지고 비판하면서도 동독 지식인들은 결코 무너져버린 자신의 나라를 장밋빛 색을 칠해 미화하거나 한없이 그리워하고 있지는 않았다. 이들은 자신의 나라에 대해 매우 이중적이며 모순적인, 이를테면 애증의 감정을 지니고 있었는데 지금도 그렇기 때문이다. 동독 체제에 대해서 한편으로는 애정을 다른 한편으로는 미움을 가지고 있던 이들이 통일 과정에서 느끼는 심정은 아쉬움과 허전함 그리고 슬픔이다. 그러나 그렇다고 해서 그들이 자신의 나라에 대해서 전폭적인 지지와 신뢰를 보냈다고는 할 수 없다. 이러한 입장은 물론 개혁사회주의자들의 전형적인 입장이다. 현실사회주의에 대해서는 비판적이었지만 그 사회가 바탕을 둔 사회주의 이상에 대해서는 여전히 희망을 두었던 이들이 동독에 대해 품고 있던 감정은 따라서 이중적이며 모순적일 수밖에 없었다. 동독 지식인들은 자신들의 사회와 애증의 관계로 맺어졌던 셈이다. 헬가 쾨니히스도르프의 진술은 이러한 관계를 잘 보여준다.

우리는 사회주의를 내부로부터 개혁할 수 있고 개선할 가능성이 있다고 믿었다. 아름다운 유토피아에 한걸음 더 가까이 갈 수 있다는 가능성을 말이다. (…) 우리를 둘러싸고 있던 체제를 인정했던 것은 아니다. 그러나 우리는 과거에 이 체제의 깃발 위에 씌어졌던 이상을 사랑하였다. 그리고 어떻게든 거기에 도달할 수 있으리라는 희망을 항상 가지고 있었다. (…) 우리는 이 체제를 변화시키기 위해 그것에 충격을 주고자 했다. 그러나 우리의 이상과 결부된

우리나라를 저버리고자 하지는 않았다.(*Die Zeit* 1990.6.1)

변화시키기 위해 충격을 가했지만 그 사회 자체가 사라져버리는 것은 바라지 않았고, 체제를 결코 인정하진 않았지만 그 체제의 이상은 사랑하였다는 애증의 관계가 이들의 태도를 특징짓는다. 그렇기에 이들의 작품에 그려지는 동독사회는 긍정적인 부분과 함께 또 많은 부분에서는 부정적인 모습을 하고 있다. 이것은 쾨니히스도르프 소설의 주인공, 일찍부터 사회주의통일당(SED) 당원이었으며 후반에는 시민운동에 관여했던 주인공이 동독사회를 회상하는 부분에서도 마찬가지로 드러난다.

첫눈에 마을은 내 유년시절 이래로 별로 변한 것이 없어 보였다. 그러나 자세히 들여다보면 도처에서 지난 40년간의 흔적을 발견할 수 있었다. 약탈. 퇴락. 환경 파괴. 보기 흉한 새 건물들.(89)

퇴락한 시설과 집들, 형편없이 오염된 자연과 환경만이 비판의 대상이 된 것은 아니다.[40] 경직된 생산체제와 가장 중점적으로는 비밀경찰에 의한 감시체계로 인해 모두가 모두를 의심하는 불신의 사회구조에 대한 비판이 핵심을 이룬다. 소설 곳곳에 슈타지의 작동방식, 감시체계, 그로 인한 파급효과 그리고 그것의 본질에 대해 성찰하는 장면이 반복해서 나온다. 특히 슈타지 문제는 크리스토프 하인의 희곡에서도 서독 출신 변호사를 도와 재산권 반환 문제에 깊숙이 관여하는 앞잡이가 바로 전 슈타지 요원이었다는 사실을 통해 사건의 중심을 이룬다. 이 모든 문제를 "내부로부터 개혁하기" 위해 개혁사회주의자들은 생존의 위협까지 느끼면서 노력

---

40) 쾨니히스도르프의 소설 주인공이 차를 타고 가며 맑스와 대화를 나누는 환상 장면에서 맑스가 "이 공기에서 사람이 얼마나 견딜 수 있을지 말해보시오"(90)라며 구동독 지역의 심각한 환경오염 문제를 걱정하는 장면이 나온다.

하였다. 그러다가 개혁해야 할 대상이 사라져버려 이들은 심각한 정체성의 위기를 느끼게 된 것이다. 정체성의 위기는 자신의 뿌리와 존재 의의를 잃어버렸을 때 온다. 이러한 상황에서 주체는 아무곳에서도 안식처를 찾지 못하고 이리저리 방황한다. 바로 여기에서 두 작품의 서술자나 주인공이 자리잡고 있는 공간이 지니는 일정한 공통점이 나온다.

(3) 통일 이후 동독 지식인들의 공간 ─ 변방의 체험

브라운의 시 「소유물」의 시적 자아가 자리잡고 있는 곳은 앞서 살펴본 것처럼 나라가 떠나간 후의 빈자리이며, "후추가 자라는 곳"이다. 이곳은 역사의 중심에서 한발 비켜난 곳이기도 하다. 중심이 옮겨갔기에 공허해지고 중요성을 상실한 공간에 시적 자아는 고집스레 남기를 자처한다. 이것은 1990년의 상황이었다. 그때만 해도 아직 시장경제가 동독 지역을 완전히 개편하기 전이었다. 그때까지는 있던 자리에 그냥 머물러 있겠다는 고집스런 다짐이 가능했다. 현실사회주의가 망해버렸지만 여전히 '진정한 사회주의'라는 유토피아가 빛을 발하고 있었기 때문이다. 현실사회주의의 자리를 차지할 자본주의가 브라운에게는 많은 점에서 별 매력이 없었고 또한 "대규모의 범죄를 용인"하는 체제라고 생각하기에 '진정한 사회주의'의 이상에 매달릴 수 있었다.[41]

그러나 통일이 되어 모든 것이 서독 체제로 움직이기 시작하면서 상황은 달라진다. 쾨니히스도르프의 소설이나 하인의 희곡 속에서 벌어지는 사건들은 동독이 완전히 망하고 시장경제와 자본주의 정신이 구동독 지역을 완전히 장악한 이후의 시대배경을 갖는다. 따라서 서독으로 흡수통합되는 것에 부정적인 시각을 갖고 있는 주인공들은 어떤 식으로든 이미 자

---

41) Wolfgang Emmerich, "Im Zeichen der Wiedervereinigung: die zweite Spaltung der deutschen Literatur," 앞의 책 216면.

본주의가 관철된 사회 속에 머물 수밖에 없는 상황에 처하게 되었다. 이들이 자신의 이상을 지니거나 또는 그 이상마저도 잃어버리긴 했지만 지금의 현실을 부정하는 생각을 품고 조용히 숨을 수 있는 공간은 따라서 지극히 협소하다. 이들이 선택한 공간이 되도록이면 역사의 중심지에서 멀어진 변방이라는 사실이 그것을 말해준다. 『아프리카 옆에서』의 1인칭 서술자는 1991년에 그때까지 살고 있던 대도시 —아마도 베를린— 를 떠나 홀로 튀링엔에 있는 시골 고향마을로 잠시 돌아간다. 이 지역은 공교롭게도 바이에른 주와 경계를 맞대고 있는 지역으로, 그러니까 통일 전에는 국경지대였던 곳이다.

주인공이 시골마을로 내려간 이유는 생활고에서 벗어나기 위한 방편으로 "베스트셀러"를 쓰기 위해서이다. 그러나 그것은 표면적 이유일 뿐이다. 지극히 자본주의적인 산물인 베스트셀러란 "쓰는 것"이 아니라 "만드는 것"이며 자신의 전력 때문에 "내 책을 가지고 아무도 그것을 만들지 않으리"라는 사실을 주인공은 잘 알고 있기 때문이다.(27) 그러니까 실질적 이유는 통일 이후에 자신이 처한 정체감의 상실을 어떤 식으로든 되살리기 위해 유년시절의 추억이 담긴 고향으로 내려간 것이다. 통일 이후 많은 동독의 지식인들이 경험할 수밖에 없었던 "버림받은 느낌" 중요성을 상실한 것 같은 느낌은 곧바로 자신이 이제는 어느곳에서도 인정받지 못한다는 느낌과 결부되어 있다. 자신이 오랫동안 믿어왔던 신념이 도처에서 비난받고, 자신이 해온 일들이 무가치한 것으로 매도되는 상황에서 이제는 아무도 자신의 말을 귀기울여 듣지 않으리라는 허탈감이 이들이 느끼는 공통감정이다.

그러나 정체성을 찾으러 내려간 고향에서도 쾨니히스도르프 소설의 주인공은 소속감을 느끼지 못한다. 그곳도 이미 자본주의의 물결이 휩쓸고 지나갔고 사회주의에 속하는 모든 것들이 철저하게 폄하되고 있었기 때문이다. 고향에서마저도 안식처를 찾을 수 없는 이가 갈 수 있는 곳은 어디

일까. 주인공과 그녀의 친구 마리아는 처음에는 인도로 여행을 떠날 것을 계획한다. 인도란, 브라운의 시에서 언급했듯이, "후추가 자라는 곳"이며 아득한 곳, 도달해야 할 사회주의 이상향을 암시하는 곳이다. 그곳으로 가는 것을 포기했다는 사실은 이상향으로의 출구가 사라져버렸다는 것을 의미한다.

이들에게 남은 도피처란 결국 저 아득한 아프리카의 오지일지도 모른다. 그래서 주인공은 다른 이유이긴 하지만 아프리카 옆의 열대의 섬, 어두운 바나나 농장으로 침잠해버린 것이다. 세상에서 잊혀진 그곳이 "안주할 곳이 없는" 그녀에겐 오히려 편안한 거주지일지도 모르기 때문이다.

> 내가 어디에 살고 있는 걸까. 내게는 안주할 곳이 없는데. 그런데 더이상 '자신의 집'이라고 말할 수 있는 게 아무것도 없는 이에게는 결국 바나나나무들 사이의 이 녹색 그늘이 아주 형편없는 거주지만은 아니리라.(9)

"안주할 곳이 없는"이라는 표현, 앞서 우울의 증세를 설명할 때 쓰인 용어가 바로 이 소설에도 나온다는 사실은 이들 동독작가들의 의식이 작품을 넘어서서 매우 긴밀한 끈으로 연결되어 있음을 말해준다.

그곳에서 주인공들은 철저히 잊혀지고 세상으로부터 완전히 버림받는다. 변방으로의 도망이 완성된 것이다. "세상은 분명 우리에게 더이상 최소한의 가치도 부여하지 않는가 보다. 이것이 다소 나를 슬프게 한다."(10)

크리스토프 하인의 『란도』는 제목 자체가 변방의 한 마을 이름이다. 이번에는 서독과의 국경지대가 아닌 폴란드와 맞닿은 동부 독일의 조그만 마을 란도가 사건의 주무대이다. 주인공 안나 역시 쾨니히스도르프 소설의 주인공처럼 베를린에서 시민운동을 하던 인물이다. 그러다 통일 후에 란도의 인적 없는 골짜기 외딴집을 하나 사서 수리한 후에 아예 내려와 살고 있다. 안나가 왜 아무런 연고도 없는 그곳으로 왔는지 작품 속에는 자세한 언급이 없다. 그러나 그녀의 전력으로 미루어보아 통일 후의 좌절과 무관하지 않다. 시골로, 더욱이 그곳 사람들과도 멀찍이 떨어진 골짜기 외딴집으로 들어온 것은 세상으로부터 단절이라는 의도를 엿보인다. 세상이 온통 바뀌어버리는 와중에 자신이 옳다고 생각하는 것을 여전히 간직하고 살기 위해서는 그 세상으로부터 도망쳐서 은신처에 침잠할 수밖에 없으리라. 이러한 의도는 앞서 인용한, 안나와 그의 세대에 대해 비난하는 딸의 말에 대한 대답에서 잘 드러난다.

> 네가 원하는 것을 하렴. 아마도 너희들은 모든 것을 훨씬 잘할 수 있을 거야. (…) 너는 네 삶을 살아, 그러나 내가 옳다고 생각하는 대로 살도록 나를 내버려둬. (…)
> 나는 그런 어조에 익숙지 않아. 아마도 내가 굳어버려서 그런지도 모르지. 세상에 그렇지 않은 사람이 어디 있담. 그러나 내 자신을 변화시키기에는 이제 나는 너무 늙었어. 사랑하는 딸아, 너도 분명 나를 변화시킬 수는 없을 거야.(62)

세상을 변화시키려 애쓰던 서른여섯의 여인이 자신을 변화시키기에는 "너무 늙었"다고 말하는 데에는 분명 자조적 감정이 들어 있다. 그만큼 세상에 대해 실망했다는 표현이기도 하다. 그래서 아름다운 전원으로 도피해서 달빛 아래서 그림을 그린다. 그러나 그곳 역시 은신처가 될 수 없음이 곧 밝혀진다. 란도의 상황이 그녀를 전원 속에 침잠할 수 없게 만든다. 이미 그곳까지 자본의 힘과 질서가 뻗쳐왔기 때문이다.

폴란드와 국경인 관계로 끊임없이 국경을 몰래 넘어오는 사람들과 그들을 쫓는 국경수비대가 있다. 그 와중에서 두명의 루마니아인이 밤에 국경을 넘어왔다가 누군가의 총에 맞고 불태워진다.[42] 동서독의 국경지대에서 근무하다 국경이 없어져서 폴란드 쪽 국경으로 옮겨온 서독 출신 국경수비대원은 안나의 집을 탐내고, 끝내는 유일하게 그녀를 지켜주던 개를 독살한다. 이것은 결국 안나에게 도망가 몸을 숨길 곳이 아무데도 없다는 사실을 말해준다. 그래서 그녀가 란도의 집을 포기하고 도시로 돌아가는 것으로 하인의 희곡은 끝난다. 쾨니히스도르프의 소설 주인공이 아득한 곳으로 자신을 유배시켰다면, 하인의 희곡 주인공은 삶과 현실에서 한발짝 비켜나 자연으로 도피하지만 결국은 현실의 문제점을 인식하고 다시금 자신이 몸담았고 싸워왔던 도시로, 점령된 심장부로 돌아가는 것이다.

(4) 허망함과 쓸쓸함 속에서 희망 찾기

지금까지 살펴본 바로는 두 작품의 공통적인 정서는 절망인 듯 보인다. 개혁사회주의자들이 자신의 꿈이 좌절된 후에 어느곳에서도 안식과 위안을 찾지 못하고 부르는 절망과 비탄의 노래로 들리기 때문이다. 물론 그런 면을 많이 지니고 있다. 하인의 작품이 조그만 마을에서 벌어지는 일상사를 통해 통일 후에 등장한 여러가지 문제를 제기하는 데 중점을 두고 있다면, 쾨니히스도르프의 작품은 잃어버린 이상에 대한 허망함을 더 강조하는 듯이 보인다. 그러나 이러한 허망함과 쓸쓸함 속에서 다시금 희망이 싹틀 가능성이 보이기도 한다. 이 희망은 물론 자기 비판과 반성이라는 힘든 과정을 거쳐서 나온다.

■

42) 국경을 넘던 두명의 루마니아인을 저격하고 흔적을 없애기 위해 불을 지른 범인이 누구인지는 분명하게 나와 있지 않다. 그러나 강력한 암시를 통해 그것이 서독 출신 국경수비대원 코발스키와 마을 촌장 포스의 범행임이 드러난다. 이렇듯 국경을 넘다 총에 맞아 죽는 사건은 구동독의 국경을 넘어 서독으로 탈출하다 총에 맞아 죽은 사건들과 묘한 대비를 보인다. 이것을 통해 하인은 무엇을 말하고 싶었을까? 호네커에게 부과된 가장 커다란 죄목이 국경 탈주자에 대한 발포명령이었다는 점을 기억해보면, 하인은 이 사건을 통해 동독의 과거를 상대화시키거나 서독 주도의 통일독일이 지니는 일종의 야만성을 야유하려 한 것인지도 모른다.

사실 쾨니히스도르프의 소설에서 희망의 싹을 찾기는 어렵다. 아프리카 옆의 작은 섬에서 흔적없이 파묻혀 있는 것으로 끝나기 때문이다. 그러나 독일에서의 지난 세월을 회상하는 과정에서 통일된 독일이 결코 바람직한 사회상을 보여주고 있지 않다는 점은 분명히 드러난다. 이것은 서독식의 자본주의 사회를 사회주의에 대한 대안으로 인정할 수 없다는 말이기도 하다. 그렇다고 동독으로 돌아갈 수도 없다. 왜냐하면 회상과 성찰 속에서 동독사회는 장점에도 불구하고 숱한 치명적인 문제점을 안고 있다는 사실이 확인되었기 때문이다. 이처럼 어느곳에서도 대안을 찾을 수 없는 상황이 이 소설의 절망적 분위기를 만든다. 절망 속에서 주인공은 자신의 과거를 다시 한번 되새김질한다. 오랜 숙고 끝에 주인공은 자신의 과거를 무로 돌릴 수는 없다는 결론에 도달한다.

　이것은 자신이 과거에 지녔던 신념에 대한 자존의 표현이다. 왜 공산당에 가입했느냐는 친구의 힐난조 물음에 오랜 동안 생각해보고 내린 결론은 "무엇인가를 변화시키고 싶었다"(66)라는 대답이다. 이 감정이 정말 진실되고 진정한 것이었음과 어렸을 때 "진정한 공산주의자"들에 대해 품었던 경외감 역시 거짓 감정이 아니었음을 회상을 통해 확인한다. "'진정한' 공산주의자를 상상할 때면 나는 예수를 생각할 때와 마찬가지의 그런 경건한 느낌을 배에 느끼곤 했다."(36)

　이 구절은 진짜 공산주의자와 사이비 공산주의자를 구분하여 진짜 공산주의자를 구하고 싶어하는 작가의 숨은 마음을 보여준다. 공산당에 입당할 때 후보자들의 얼굴에서 느껴지던 진지함을 진실되게 평가하는 태도도 마찬가지이다. 그래서 쾨니히스도르프의 주인공은 현실적인 희망을 당장 찾을 수는 없지만 자신이 살아온 삶과 신념은 그래도 진실했었노라고 평가함으로써 적어도 자신이 실현하고자 노력했던 이상을 허무로부터 건져내고 있다. 여기에 희망의 변증법이 놓여 있다. 모든 것을 경멸하고 흔적을 지우려 드는 서독인들에 대한 반발로 자신의 신념을 일으켜세우려는 몸짓은 고집스런 반항의 몸짓에 다름아니다.

　하인의 작품에서 희망을 찾기란 더 힘들다. 왜냐하면 작품 속에 절망의 감정 자체가 그렇게 많이 표명되지 않기 때문이다. 이것은 자신의 감정을 되도록이면 자제하고 사건을 통해 이야기하려는 작가의 의도와도 관련이 있다. 그러나 작품에서 묘사되는 사건들 대부분이 통일 후에 벌어지는 문제점이라는 점에서 이 작품 역시 절망과 희망을 다루었다고 할 수 있다. 더구나 서독의 자본과 서독 출신 관리 그리고 여러 체제에 충성하는 공산주의자 촌장의 묘사를 통해 통일 이후 구동독 지역이 안고 있는 문제들이 매우 부정적으로 드러난다는 사실을 주목할 필요가 있다. 이렇게 현재의 문제 많은 상황을 바라보면서, 또는 그들이 일으킨 사건의 와중에 휩싸여서 주인공은 자신의 신념을 이제 와서 바꾸지 않겠다는 다짐을 한다.
　앞서 인용한 안나의 말에서 보이듯 자신이 옳게 생각한 바대로 살아나가고, 세태에 맞춰 변화시키거나 굴복하지 않겠다는 태도는 쾨니히스도르프의 주인공이 고집스럽게 자신의 신념에 매달리는 것과 다르지 않다. 하인 작품의 주인공이 결국 시골을 떠나 역사의 현장, 변화시키려 싸웠으나 결국은 다른 세력에 의해 점령당한 역사의 중심지로 돌아간다는 사실은 삶 속으로의 복귀를 의미한다. 그것이 자신이 원하지 않던 삶과 세계라 해도 그 속에서 부대끼며 살아가리라는 결말은 결국은 옛 생활로의 복귀를 짐작케 한다. 이것은 다른 한편으로 수동적 인간이 되어 현장에서 벗어났던 생활에서 역사의 현장 속으로 다시 돌아온다는 의미이기도 하다. 자본의 위력이 도처에서 그 커다란 마수를 드러내고 있지만 그럼에도 다시금 자신의 도시로 돌아간다는 점에서 작은 섬에 갇혀 돌아오지 못하는 쾨니히스도르프의 소설과는 다르다. 이것은 두 작가의 시선이나 세계관의 차이라기보다는 두 소설의 발표 싯점, 92년과 94년의 상황의 차이에서 온다고 볼 수 있다. 안나가 다시 돌아간 대도시에서 무슨 일을 하고 어떤 사건에 휩싸일지는 아무도 모른다.

『슈피겔』지가 95년에 발표한 여론조사에 따르면 구동독 사람들이 초기에 지녔던 부정 일변도의 감정에서 벗어나 비로소 자신들이 살았던 과거 체제의 장단점을 조금은 냉철하게 보기 시작하고 있음을 알 수 있다.[43] 이것은 감정이나 유행에 휩싸여 동독을 형편없이 폄하하던 시기가 서서히 지나고 동독을 올바로 돌아다볼 수 있는 시기가 되었다는 의미를 지닌다. 그래서 그들은 동독사회의 장점, 다시 말하면 사회주의 체제가 지녔던 장점을 지난 5년 동안 자본주의 사회에서 경험한 것에 비추어 인정할 수 있는 상태가 되었다. 이것이 92년과 94년의 차이이다. 아마도 이러한 바탕 위에서 비로소 동독에 대한 냉철한 성찰과 회고가 가능할 것이다. 이런 점에서 폴커 브라운이 30년에 걸쳐 발표한 세 편의 시에서 자신의 나라에 대한 입장이 어떻게 변해왔는가를 살펴보는 것도 흥미로울 것이다.

3. 독일문제를 성찰하는 폴커 브라운의 시 세 편

구서독의 동독문학 연구자 볼프강 에머리히는 1993년 한국 방문시 발표한 「동독문학에서 무엇이 남을 것인가」에서 구동독문학에 대해 매우 회의적 전망을 내린 바 있다. 그는 지난 40년간 동독에서 생산된 문학 텍스트

---

43) 『슈피겔』지의 위탁으로 엠니드 연구소가 1995년 상반기에 구동독 지역 1,000명의 남녀를 대상으로 행한 여론조사 결과, 모두 아홉 개의 분야 중에서 동독이 서독보다 우월했다는 점수를 얻은 분야가 무려 일곱 개나 되었다. 같은 질문에 대해 1990년에는 세 개 분야에만 동독에 점수를 주었다. 참고로 아홉 개의 분야란 삶의 수준, 치안상태, 여성의 동등권, 학문과 기술, 사회보장제도, 학교교육, 직업교육, 국민보건제도, 주택문제 등이다. 1995년 조사에서 서독이 우월하다고 평가받은 분야는 '삶의 수준'과 '학문과 기술' 두 항목이었다. Spiegel-Umfrage, "Das Ost-Gefühl," *Der Spiegel. Nr. 27*, 1995년 7월 3일자, 43면.

중에서 "다수의 동독문학은 소멸할 것"이라고 전망하였다. 특히 "신념 문학" "의미부여 작업의 문학"과 같이 대리공중의 역할을 하거나 사회주의 이상에 매달려 있던 작품들은 존재 기반이 사라짐으로 해서 소멸할 것이라고 보았다. 대신 "처음부터 '소용이 없는', 목적에서 자유로운 서정시"는 비정치적인 이유로, 나아가 "1950년대 이후에 탄생한 소장파 작가들의 대안적인 문학적 충격들"은 사회주의 체제를 거부했기에 살아남을 것이라 하였다. 이러한 판단에는 "독재 하에서 수행되는 지적이고 예술적인 작업"은 결국 실패할 수밖에 없다는 전제가 깔려 있다. 그래서 에머리히는 동독의 많은 산문 텍스트와 정치적 시문학에 사형선고를 내렸다.[44]

　에머리히뿐 아니라 많은 비평가들이 동독문학에 가한 이같은 부정적 평가의 결과로 통일 과정과 그 이후에 동독작가들의 지난 40여년간에 걸친 진지한 노력들이 하찮고 무의미한 것으로 평가절하되는 어려움을 겪었다. 현실사회주의를 비판했던 문학도 "참된 사회주의"라는 "시대적 환상"에 사로잡혀서 궁극적으로는 오히려 사회주의에 대한 "신뢰를 만들어주는 조처"[45]로 기능했다는 비판을 받았다. 그런데 끝까지 동독에 남아 사회주의 이상을 버리지 않았다 해서 동독의 작가들을 모두 어용작가로 치부해야 할까? 또한 사회주의 유토피아를 "설계"하려 했다는 이유로 이들 문학을 모두 폐기처분해야 할까? 이 장에서는 이러한 문제점을 폴커 브라운의 30년간에 걸친 문학작업을 통해 살펴보려 한다. 정감어린 서정시도 정치적으로 소용에 닿지 않는 순수시도 아닌, 동독의 현실과 사회주의에 대한 끊임없는 연관을 지닌 일종의 정치시를 써온 브라운의 작품이 과연 오늘날에도 의미를 지닐 수 있을지 시기적으로 편차가 있는 세 편의 시를 분석하여 확인하려는 것이다. 이 시들은 자신이 살던 동독사회와 더 나아가 독

---

44) 볼프강 에머리히 「동독문학에서 무엇이 남을 것인가」, 『외국문학』 1993년 여름호, 73~75면.
45) Horst Domdey, 앞의 글 1772면.

일 전체, 그리고 사회주의 이상에 대한 끊임없는 성찰과 반성을 형상화한 점에서 공통점을 지닌다. 통일 이전과 이후의 시를 함께 분석한다면 동독에서의 문학 활동의 의미와 통일 이후의 브라운 문학세계의 변모를 추적해볼 수 있을 것이다.

(1) 동독과의 일체감 — '우리'와 '그들'의 대립

1970년에 발표한 브라운의 두번째 시집에 수록된 표제시 「그들이 아니라 우리들」(Wir und nicht sie)은 자신이 몸담고 있는 동독 체제뿐 아니라 동서독 전체에 대한 브라운의 입장을 보여주고 있다.

그들이 아니라 우리들

> 한 가지 사실이 내게 위안을 줄 수 있겠지 — 우리는 반쪽
> 나라나마 자유로이 평화를 이룬 것을. 여러 나라들의
> 불타버린 강가 앞에, 이제 풀이 자라는 곳에
> 신문과 인민의 대변자들이 찬양하는
> 내 나라가, 그 안에 사는 이들이
> 더이상 두려워하지 않는 나라가 있다.
> 도시들이 부서질 때 우리가 깨부순
> 무기의 법이 지배하던 세기가 지난 후이니
> 나는 그 누구보다 더 힘차게 자유를 찬양하는 노래를
> 불러야 하지 않을까! 지금까지는 자유를
> 저 멀리서 칭송할 수 있었을 뿐이었으니.
> 그런데 자유가 나를 위로해주지 못한다.
> 우리가 지킬 수 있는 이 한쪽만
> 신경쓰면 된다고 누가 무슨 말을 하건

나는 이 상처받기 쉬운 나라들 앞에서
내 것 네 것을 가릴 수 없고
더 작은 전쟁이라거나 설명할 수 있는 일 따위를
알지 못한다. 나의 사지가
차근차근 날아다닐 수 있는
이 한적한 지상의 양쪽 풍경이 나를 걱정시킨다.
그것이 순양함 밑의 단지 1평방마일의
바다이거나 내 어깨 너머로 멀리 펼쳐진
한무더기 뢴 산 봉우리들이라 해도
그것이 내 나라이며, 그 나라를 나는 본다. 그 어떤 다른 세상도
나를 위로해주지 못한다. 나는 이 나라를
눈에서 놓치지 않고 마치 마음에 드는 듯
손에 쥐고 있도록 노력해보련다
그대들이 만드는 것을, 콘크리트와 푸딩을
나도 또한 만들고, 바다의 곳에서
산봉우리로 나아가며, 말로써
평화의 영예를 살찌우는 축제에서는
단식을 하련다. 나는 그곳에
보잘것없으나 생생하게, 그대들처럼 그곳에 있다
일으켜세운 내 나라, 만족스럽지만 아름답지는 않은 나라
위안이 되는 나라
깨지기 쉬운 평화로운 나라
여러 나라들의 강가 앞에 있는 자유로운 나라!
그런데 그 나라가 내게 위안을 주지 못한다.[46]

46) Volker Braun, *Texte in zeitlicher Folge*, Bd. 2, Halle u. Leipzig 1990, 70면.

브라운의 작품에는 다른 작가의 작품이나 개념을 짜맞춰놓았거나 패러 디한 것들이 많다. 그래서 다른 텍스트들과의 연관문맥을 찾아 분석하면 작품을 좀더 깊이있게 이해할 수 있다. 위 시의 경우도 제목부터 클롭슈톡 (Klopstock)의 송가 「우리가 아니라 그들」(Sie, und nicht wir)을 패러디하 고 있다. 1790년에 쓴 클롭슈톡의 시는 1789년에 일어난 프랑스 대혁명과 직접적 연관을 갖는다. 제목부터 '그들'과 '우리' 즉 '프랑스'와 '독일'을 대비하고 있는데, 빠리에서 벌어진 일을 독일작가가 부러움에 차서 바라 보는 형식을 취하고 있다. 독일작가가 프랑스인들을 부러워하는 이유는 자신들이 오랫동안 열망하던 일, 즉 전제의 사슬을 부수고 자유와 해방을 맞는 일을 바로 그들이 이뤄냈기 때문이다. 그렇기 때문에 자신들의 처지 를 한탄한다. "아 그대 내 조국이여, 자유의 정상에/우뚝 선 이는 그대가 아니었구나, (그들의) 모범은 주위의 민족들에게 찬란히 빛났네."[47]

클롭슈톡의 시는 역사의 발전에서 한발 앞서간 프랑스인들에 대한 부러 움과 여전히 뒤에 처져 질곡 속에 있는 독일 민족에 대한 안타까움을 뒤처 진 이의 관점에서 그리고 있다. 그래서 제목이 '우리가 아니라 그들'인 것 이다. 그런데 브라운은 이 제목을 끌어오면서 슬쩍 앞뒤를 바꾸어놓았다. 제목이 바뀐 것은 시의 상황과 전제 또한 바뀐 것을 의미한다. 브라운의 시에서 대립은 여전히 '우리'와 '그들'이지만, 다시 한번 독일과 프랑스의 비교가 문제되지는 않는다. 이번에는 분단된 나라 동독과 서독이 대립의 기본 축을 이룬다. 차이 나는 두 나라의 대립이 기본 구도를 이룬다는 점 에서는 클롭슈톡 시의 구도와 같지만, '발전한' 동독의 관점에서 '뒤로 처 진' 서독을 바라본다는 것으로 전제가 뒤바뀌었다. 이제 독일은 "반쪽 나 라"에서나마 "평화"를 이루었기 때문이다. 그래서 이 사실이 클롭슈톡의

<hr />

47) Friedrich Gottlieb Klopstock, *Klopstocks sämtliche Werke*, Bd. 2, Leipzig 1823, 121면.

시에서와는 달리 시적 화자에게 "위안"을 준다.

동독과 서독을 질적으로 다른 체제로 본다는 점에서 브라운의 시는 냉전시대의 적과 아군이라는 이분법적 사고구조를 충실히 따르고 있는 것처럼 보인다. 그러나 이러한 입장은 다른 한편으로는 당시에 브라운을 포함한 대부분의 동독작가들이 동독과 서독에 대해 지니고 있던 기본 입장과 관련되어 있음도 알 수 있다. 자신의 나라에 대한 자부심과 긍정, 그에 반해 서독에 대한 무시로 특징지어지는 이러한 태도는 브라운에게서만이 아니라 대다수 동독작가들에게서 발견되는 현상이다. 그래서 통일 이후에 동독작가들을 어용작가로 밀어붙이는 빌미가 되기도 하였다. 그러나 자신의 나라와 체제에 대한 친밀한 태도를 단순한 정치논리로만 평가할 수는 없다. 그러한 태도를 지니게 된 배경과, 실제로 그 태도가 어떤 내용을 지니는지 개별적으로 면밀하게 분석, 검토해야 할 것이다.

브라운은 1939년생이니까 제2차 세계대전에서 독일이 패망할 때 6세, 동독이 건국하던 1949년에는 10세였다. 그러니까 나찌시대를 직접 겪지도 않았고, 종전 후의 어려운 시기를 지나긴 했지만 어떻든 사회주의 국가 동독에서 자라난 셈이다. 전쟁중에 아버지를 여의고 홀어머니 밑에서 자라며 전쟁 후에는 어려움을 겪었지만 동독이 건국한 이후에는 사회주의 체제의 도움으로 커다란 실존적 어려움 없이 자라며 대학교육까지 받을 수 있었다. 이것을 브라운은 「폴커 브라운의 인생행로」(Der Lebenswandel Volker Brauns)라는 시에서 다음과 같이 표현했다. "나는 일요일에 태어났고, 행운이 따라주었다./폭탄에 갈가리 찢기지도/온갖 배고픔에 스러지지도 않았다."[48]

이런 점에서 브라운은 동독 체제의 혜택을 누구보다 많이 받은 세대에 속한다. 동독 독문학자들이 평하듯 브라운은 "자신의 발전을 동독의 사회

---

48) Volker Braun, "Der Lebenswandel Volker Brauns," *Texte*, Bd. 4, 124면.

관계에 감사해야 하는 작가"[49]인 것이다. 그렇기에 브라운은 당과 국가와 일체감을 지닐 수 있었고 자신의 나라에 대해 어느정도 자랑스러움을 표명할 수 있었다. 이 일체감과 자신감은 자신이 추구하는 이상과 목표가 당과 국가의 이상과 목표와 어긋나지 않는다는 확인에서 생겨난다. 또한 자신과 자신의 국가가 추구하는 바람직한 사회에 대한 이념이 서로 일치하는 행복한 상태가 브라운이 작품 활동을 시작할 때의 상황이었다. 자신이 믿고 있는 사회주의 이념에 대한 확고한 신뢰도 브라운의 시에서 드러나는 이분법적 사고방식에 영향을 미쳤다.

그렇다고 브라운을 당의 노선을 찬양하고 유포하는 어용작가로 몰아붙일 수는 없다. 사회주의 이상에 대한 확고한 신념으로 인해 당과 국가에 대해 일체감을 느끼고 있었지만, 사회주의 현실의 문제점을 외면하거나 긍정적으로 미화한 것은 아니기 때문이다. 브라운에게 있어서 세계란 철들기 시작하면서부터 살아온 동독이 전부였기에 자신이 몸담고 있는 사회주의 체제를 그 장점뿐 아니라 문제점까지 속속들이 알고 있었다. 나아가서 고등학교 졸업 후 대학입학 허가가 나오기까지 3년 동안 인쇄소와 건설현장에서 노동자와 기술자로 일한 생산현장에서의 생생한 체험은 사회주의 이상과 현실 사이의 간극을 깨닫는 중요한 계기가 되었다. 따라서 브라운은 사회주의에 대한 맹목적인 추종이 아닌 이상과 현실의 간극을 인정하고, 그 바탕 위에서 문제를 해결하려는 방식을 택한다. 현실에 대한 냉철한 분석과 비판을 통한 이상 실현이 브라운이 지향하는 문학이었다. 이것은 브라운의 문학세계를 특징짓는 핵심 개념인 "과정"과 연관이 있다. 브라운은 "현재를 과정으로 받아들일 것"[50]을 주장한다. 따라서 그가 믿는 사회주의는 동독에서 실현된 현실사회주의 그 자체를 의미하지 않는

49) Birgit Lermen und Matthias Loewen, *Lyrik aus der DDR. Exemplarische Analysen*, Paderborn u.a. 1987, 372면.

50) Volker Braun, "Interview mit Silvia Schlenstedt," *Texte*, Bd. 4, 280면.

다. 그의 이상향은 저 앞에 놓여 있고 현실사회주의는 바로 그것을 향해 나아가는 과정에 있어야 한다는 것이 브라운의 기본 생각이었다. 그렇기에 그는 현실을 진정한 사회주의를 향해 끊임없이 변화하며 앞으로 나아가는 과정으로 보았다. 브라운에게 현실은 고정불변의 것이 아니라 "앞으로 나아가는 것이며, 스스로에게 만족하지 않는 것"[51]이다. 이렇게 현실을 파악하면 결코 현실을 적극 긍정하거나 거기에 만족하며 안주할 수 없다. 목표와 이상에 비추어 늘 현실을 저울질해야 하기에 현실의 문제점을 드러내고 비판할 수밖에 없다. 그래서 브라운은 "주어진 현실을 묘사"하기보다는 "주어진 현실을 파헤치는 것"[52]에서 문학의 사명을 보았다.

이미 첫번째 시집 제목부터가 '나를 위한 도발'(Provokation für mich)이었던 것처럼 브라운의 문학은 기존 질서를 끊임없이 문제삼고 성찰하는 도발적 성격을 지니고 있다. 이러한 기본 태도는 앞서 인용한 시 「그들이 아니라 우리들」에도 어김없이 나타난다. 얼핏 보기엔 분명한 동독 찬양처럼 보이지만 자세히 분석해보면 비판과 문제제기가 함께 들어 있기 때문이다. 우선 "반쪽 나라나마 자유로이 평화를 이룬" "한 가지 사실이 내게 위안을 줄 수 있겠지"라는 진술을 직설법이 아닌 접속법 2식으로 조심스럽게 표현함으로써 그렇지 않을 수도 있다는 가능성을 남겨놓고 있다. 이처럼 접속법을 이용하여 진술내용을 상대화시키는 기법은 뒤이은 9행에서도 다시 반복된다. "나는 그 누구보다 더 힘차게 자유를 찬양하는 노래를/불러야 하지 않을까!"

일견 분명하게 보이는 진술을 접속법을 사용하여 슬쩍 상대화시키는 방식을 통해 브라운은 동독에 대한 지지와 긍정을 조건부로 만든다. 오랜 전쟁이 끝나고 "무기의 법이 지배하던 세기가 지난 후" 마침내 "평화"를 이

51) Volker Braun, "Eine große Zeit für Kunst?," *ders: Es genügt nicht die einfache Wahrheit. Notate*, Frankfurt/M. 1976, 22면.
52) Volker Braun, 같은 책 280면.

룩한 나라, "신문과 인민의 대변자들이 찬양하는" 나라, "그 안에 사는 이들이/더이상 두려워하지 않는 나라"는 분명 자랑스럽고 찬양의 노래를 부를 만하다. 그러나 바로 뒤따르는, 마침내 이룩한 "자유가 나를 위로해주지 못한다"는 진술을 통해 앞서의 긍정은 상대화된다. 또한 "신문과 인민의 대변자들이 찬양하는 나라"라는 표현은 완전히 긍정적인 표현이라기보다는 오히려 그토록 요란하게 떠들어대는 언론에 대한 반어적 비판도 함축하고 있다. 그렇게 보면 "반쪽 나라"라는 표현 역시 온전하지 못하다는 의미도 함께 포함한다는 점에서 이미 비판적 의미가 들어 있다. "반쪽 나라"를 붙여 쓰지 않고 행을 바꾸어 "반쪽/나라"로 분리해놓은 것 자체가 분단의 자연스럽지 못한 상황을 내용뿐 아니라 형식적으로도 드러내 보여준다. 바로 이 점이 브라운의 작품을 단순한 정치적 문학이 아니라 복합적이고 다의적인 문학다운 문학으로 만들어준다.

긍정 속에 부정이, 지지와 옹호 속에 비판이 들어 있는 브라운 문학은 따라서 변증법적 특성을 지닌다. 위 시에서 '우리'와 '그들'이라는 대립이 일단 근간을 이루고 있지만, 뒤따르는 상대적 진술에 의해 이 대립이 지양된다. 시적 화자가 "반쪽 나라"의 "자유와 평화"에도 불구하고 "위안"을 받지 못하는 이유는 독일이 분단되었기 때문이다. "지킬 수 있는 이 한쪽만/신경쓰면 된다고 누가 무슨 말을 하건" "이 상처받기 쉬운 나라들 앞에서/내 것 네 것을 가릴 수 없"다는 게 시적 화자의 입장이다. 이러한 입장은 독일의 문제를 동서독의 대립관계가 아니라 전독일적 차원에서 하나의 문제로 바라보는 입장이다. 일단은 동독의 현실 자체가 이상향이 실현된 완성된 사회가 아니라 이상향을 향한 과정에 있는 불완전한 사회이기에 거기에서 온전한 위안을 얻을 수 없다. 또한 독일이 인위적으로 분단되어 여전히 깨어지기 쉬운 평화 상태에 있기 때문에 더더욱 만족할 만한 상태가 아니다. 그렇기에 시 초반부에 제시된 동서독의 대립이나 동독에 대한 전폭적 지지가 극복, 지양되면서 분단문제와 바람직한 세계의 실현이 논의의 중심에 놓이게 된다. 무조건적인 찬양의 노래가 아니라 뒤돌아보고 옆을 바라보며 동독을 넘어서 분단된 독일의 상황을 문제삼는 것이다. 이러한 문제의식으로 시를 다시 보면 시적 화자가 바라보는 독일의 자연풍경 묘사에서도 모순과 대립이 드러남을 알 수 있다. "지상의 양쪽 풍경" 즉 "어깨 너머로 멀리 펼쳐진/한 무더기 뢴 산봉우리들"을 화자가 바라보면서 결국 그것이 자신의 나라임을 깨닫는다. 뢴 산맥은 바이에른, 헤센, 튀링엔 주를 아우르며 동독과 서독에 이어 펼쳐진 산맥인데 이 자연을 인공적 국경이 갈라놓았음을 강조함으로써 인위적으로 만들어놓은 "국경의 부자연스러움"[53]을 대비시키고 있다. 이러한 모순과 대립의 묘사는 그 자체로서 의미를 지닌다기보다는 그것이 지양된 상태에 대한 의지와 열망을 담고 있다는 점에서 중요하다. 모순과 대립은 결국 변증법적 합일로 나아가는 과정이기 때문이다.

종합해보면 브라운의 「그들이 아니라 우리들」은 내용과 형식 모두에 있어서 변증법적 구도를 지녔다고 볼 수 있다. 내용적인 면에서는 "위안을 주지 못하는 위안"[54]이라는 변증법적 모순이 기본 구도를 형성한다. 한편으로는 자유로운 반쪽의 나라가 위안이 되며, 다른 한편으로는 그것이 반쪽만의 온전치 못한 깨어지기 쉬운 자유이기에 위안을 주지 못한다. 내용에서만 모순이 드러나지 않고 시의 형식적 구성 자체도 전반부는 긍정, 후반부는 그것의 부정으로 상호대립적이며 모순적으로 짜여 있다. 이같은 모순적 구조와 내용은 마지막 행이 "그런데 그 나라가 내게 위안을 주지 못한다"로 끝나면서 변증법적 합일로 다가가는 길을 마련해놓는다. 완성된 상태를 묘사하지 않고 이룩해내야 할 방향을 제시한다는 점에서 이것은 브라운의 문학관과 세계관, 즉 현실을 과정으로 보고 현실의 모순을 문

<hr />

53) Birgit Lermen und Matthias Loewen, 앞의 책 382면.
54) 같은 책 383면.

학적으로 표현함으로써 그것을 극복하여 궁극적인 목표에 도달해야 한다는 생각과 연관을 가진다. 결국 브라운의 시는 현실에 대한 만족이 아니라 현실을 타파하고 새로운 질서를 세우려는 의지의 표현이라고 할 수 있다.

　이것은 자신이 커다란 혜택을 받으며 살고 있는 동독 사회와 체제에 대한 브라운의 기본 입장이기도 하였다. 이 입장은 이후의 브라운 문학에서도 변함없이 지속된다. 아니 오히려 더욱 비판적 성향이 강해지는데 이는 동독사회의 현실이 브라운이 꿈꾸는 이상향과 점점 멀어지던 데에서 기인한다. 이상과 현실의 간극이 점점 벌어지고 있는 상황에서 브라운의 시는 더욱 신랄해진다.

(2) 동독에 대한 절망 — '나'와 '국가'의 대립

　1987년에 나온 브라운의 시집 『삐걱거리는 느린 아침』에 수록된 「봉토」(Das Lehen)는 다시 한번 자신의 나라에 대한 성찰을 주제로 삼고 있다. 그러나 이 시는 1970년의 「그들이 아니라 우리들」과 비교할 때 많은 차이를 보여준다. 이 차이는 1970년과 1987년이라는 물리적 시간의 차이에서보다는 현실상황의 변화에서 기인한다.

봉토(封土)

나는 이 나라에 머물며 동쪽에서 살아간다.
다른 시대 같았으면 내 목을 날려버렸을
그런 말들을 하며. 허나 아직 내 자리를 잃지는 않았다.
관청에서 빌려준 집에 살며
그대들처럼, 사료를, 배부르게 먹는다.
그리고 간부들 사는 층에 살지만 즐겁지 않다
내가 찾는 숙소는 국가가 아니다.

128

십계명과 철조망을 가진 국가는 아니다.

유령이 아니라 형제들을 보았으면.

내 어떻게 이 구조들의 겨울을 벗어날 수 있을까.

당(党)은 나의 영주. *우리에게 모든 것을 주었다*

그런데 그 모든 것이 아직은 삶이 아니다.

내가 필요로 하는 봉토는 아직 받지 못했다.[55]

이 시 역시 다른 문학작품과 연관이 있다. '봉토'라는 제목 자체가 이미 중세시대의 개념을 차용한 것인데, 발터 폰 데어 포겔바이데(Walther von der Vogelweide)의 격연시에 두 차례에 걸쳐 등장한다. "나는 내 봉토를 가지고 있다네, 전세계를, 나는 내 봉토를 가지고 있다네."[56] 포겔바이데가 봉토를 가지고 있는 것을 이처럼 자랑스럽게 표현한 이유는 이제는 겨울이 와도 발가락이 얼어붙을 걱정을 하지 않아도 되기 때문이다. 그런 점에서 봉토는 그에게 아주 긍정적인 의미로 사용되었다. 그런데 브라운은 이 중세적 단어를 빌려와 사용하면서 거기에 꼭 긍정적이지만은 않은 의미를 부여하였다. 시적 자아가 정말로 "필요로 하는 봉토는 아직 받지 못했"고 그래서 아직 "구조들의 겨울을 벗어날 수" 없기 때문이다.

그러나 이 시는 일단 긍정적인 진술로 시작한다. "나는 이 나라에 머물"고 있다는 표현은 많은 이들이 떠나가는데도 불구하고 자신은 이 나라에 머물고 있다는 진술을 함축한다. 이는 1976년 볼프 비어만이 동독에서 추방된 이후, 수많은 동독작가들이 자발적으로 또는 강제로 동독을 떠나야 했던 사실을 근저에 두고 있기도 하다. 시적 화자가 어떻든 "동쪽"에 머물며 살아가고 있는 것은 자신의 나라에 대한 애정의 끈을 여전히 간직

■

55) Volker Braun, *Texte in zeitlicher Folge*, Bd. 8, 75면.

56) Klaus Schumann, "Landeskunde im Gedicht. Zeitwandel und Zeitwende in der Lyrik Volker Brauns," *Zeitschrift für Germanistik. Neue Folge*, 1991/1, 138면에서 재인용.

하고 있음을 말한다. 일단 시적 자아는 국가로부터 혜택받고 있음을 부인하지 않는다. "다른 시대 같았으면 목을 날려버렸을/그런 (체제비판적) 말들을 하"지만 "아직 자리를 잃지 않았"고, "관청에서 빌려준 집에 살며" "그대들처럼, 사료를, 배부르게 먹"으며, "간부들 사는 층에 살"고 있다. 그러나 이러한 긍정적 표현 속에는 만족보다는 비판이나 풍자가 더 많이 들어 있다. 물질적 혜택을 누리며 넓은 집에서 살고 있다는 일견 긍정적 언술은 바로 뒤이어 나오는 "간부들 사는 층에 살지만 즐겁지 않다"는 시행에 의해 뒤집어진다. 왜냐하면 그가 찾는 "숙소" 즉 머물고 싶은 곳은 지금의 "국가가 아니"기 때문이다.

이처럼 긍정과 부정이 겹치고 긍정 속에 이미 부정이 포함되어 있는 구조는 앞서 인용한 시 「그들이 아니라 우리들」이 지닌 변증법적 특징과 유사하다. 그래서 "관청에서 빌려준 집"이나 "사료를 배부르게 먹는다" 같은 긍정적으로 보이는 표현 속에 이미 반어적이며 비판적 의미가 포함되어 있다. 여기에는 관청이 마치 주인처럼 집을 빌려주는 것이나, 국민들이 마치 가축처럼 정부가 베풀어준 먹이를 배불리 받아먹는 것에 대한 마뜩찮음이 더 강하게 들어 있기 때문이다. 이 시에서도 역시 브라운의 문학을 특징짓는 "복합성"과 "도발적 다의성의 형식"[57]이 발휘되고 있다. 그러나 이 시에서는 긍정보다는 부정적 성격이 더 두드러져 보인다.

자신의 나라에 대해 긍정보다는 비판이 더 강하게 나타나는 것은 이전의 시와 비교해서도 두드러져 보인다. 자신이 살고 있는 세계를 "구조들의 겨울"이 지배하는 암울한 겨울 나라로 파악하는 시적 자아의 진술은 1970년의 「그들이 아니라 우리들」에서 "자유로이 평화를 이룬" 나라, "그 안에 사는 이들이/더이상 두려워하지 않는 나라"라며 자신의 나라를 일단은 적극적으로 긍정하던 태도와는 커다란 차이를 보인다. 「봉토」에는 또

57) Birgit Lermen und Matthias Loewen, 앞의 책 374면.

한 이제 더이상 나와 국가 간의 일체감이 드러나지 않고 일종의 대립관계가 기본을 이룬다. 이는 자신의 나라와 자신을 "우리"로 동일시했던 「그들이 아니라 우리들」과 비교할 때 간과할 수 없는 변화이다. "우리"와 "그들"의 대립관계에서 이제 "우리" 사이의 대립, "나"와 "국가, 당" 사이의 대립으로 바뀐 것이다.

이것은 물론 그동안 일어난 동독의 사회변화와 관련이 있다. 동독 체제가 사회주의 이상에서 점점 멀어지는 체험을 통해 70년대 초까지 지녔던 순진한 믿음이 깨졌기 때문이다. 그때는 사회주의 이상을 실현하기 위한 모든 준비가 다 되어 있어서 단지 "기술적으로 뒤떨어진 생산력을 짧은 시간 안에 혁명적 생산관계에 맞추"[58]기만 하면 되고, 현실의 모순과 문제점은 적대적 모순이 아니기에 노력을 통해 극복하면 된다고 믿었다. 그러나 이제는 "구조들의 겨울"처럼, 얼어붙어버린 사회의 제반 구조들의 문제를 타파하지 않으면 안된다는 인식에 이르렀다.

시적 자아가 자신이 살고 있는 나라에 대해 이처럼 비판적 거리두기를 하는 것은 자신의 이상향에 비추어 현실을 점검하기 때문이다. 자신이 정말로 살기 원하는 사회, 즉 자신의 이상향과 비교해볼 때 동독의 사회주의 현실은 문제점투성이일 수밖에 없다. 그래서 자신이 원하는 곳은 "십계명과 철조망을 가진 국가는 아니다"라고 말한다. 여기서 십계명이란 성경에 나오는 십계명이라기보다는 동독 사회주의 정부가 60년대 이후에 선전하던 "사회주의 도덕의 십계명"을 의미한다.[59] 철조망은 물론 동서독 국경선을 말한다. 국민을 위로부터 이끌기 위해 십계명을 제정하고, 여전히 철조망으로 둘러싸인 분단된 나라 동독은 시적 자아가 찾는 이상향과는 거리가 멀다. 철조망으로 나뉜 나라가 이상향이 될 수 없다는 진술은 곧 함께

---

58) Klaus Schumann, 앞의 글 135면.
59) 같은 글 140면.

합쳐진 나라에 대한 소망의 표현에 다름아니다. 그래서 시적 자아는 "유령" 즉 실체가 없는 허깨비로서 선전되는 저쪽편의 동포들이 아니라 진실로 어깨를 나란히 할 수 있는 "형제들"을 보기 원하는 것이다 — "유령이 아니라 형제들을 보았으면."

그런데 시적 자아는 이러한 바람직스럽지 못한 상황, 즉 "구조들의 겨울"에서 어떻게 벗어나야 할지 난감해한다. 그래서 이 시는 어떠한 구체적 방향제시나 희망 대신에 현상황에 대한 강력한 비판과 어느정도의 절망으로 끝난다. 이 비판은 "당은 나의 영주. *우리에게 모든 것을 주었다*"라는 표현에서 정점을 이룬다. 이 표현은 얼핏 보기엔 당을 긍정적으로 높이는 것 같지만 그 근저에는 무엇보다도 강력한 풍자와 비판이 들어 있다. 우선 당과 영주를 동격화함으로써 중세시대의 억압적 위계질서가 평등을 기치로 내거는 동독 사회주의 사회에 여전히 존재함을 비판하고 있다. 또한 당이 "*우리에게 모든 것을 주었다*"라는 표현도 이탤릭체로 씀으로써 인용문이거나 패러디임을 암시한다. 그 결과 액면 그대로의 의미가 아니라 반어적 의미를 갖게 된다. 이 표현은 실제로 "삶을 주고, 삶을 베풀어주는 위대한 세력인 당"[60]을 찬양한 동독작가 루이스 퓌른베르크(Louis Fürnberg)의 시에 대한 패러디이자 반어적 비판이다. 왜냐하면 곧이어 "그런데 그 모든 것이 아직은 삶이 아니다"라는 진술을 통해 부정과 비판이 뒷받침되고 있기 때문이다. 당이 마치 영주처럼 행사하며 베풀어준 모든 것들이 "삶"이 아니라는 진술은 "십계명과 철조망을 가진 국가"가 자신이 찾는 진정한 "숙소"가 아니라는 선언과 더불어 동독의 현실상황에 대한 강도 높은 불만족의 표현이다. 그래서 이 시는 "내가 필요로 하는 봉토는 아직 받지 못했다"라는 결론으로 끝난다. 이것은 "그 나라가 내게 위안을 주지 못한다"로 끝나는 「그들이 아니라 우리들」의 마지막 시행과 닮았다. 마지막 행

60) 같은 곳.

이 시의 내용을 결론적으로 요약하며, 부정하면서 동시에 진정으로 바라는 세계에 대한 희망을 역설적으로 표현하고 있다는 점에서도 두 시는 공통점을 지닌다.

이처럼 자신이 살고 있는 사회에 대한 애정과 가차없는 비판, 즉 긍정과 그것을 뒤집는 부정으로 짜여진 「봉토」의 구조는 「그들이 아니라 우리들」의 구조와 같기 때문에 두 시가 목표로 하는 지향점 또한 동일하다. 이는 현상태의 문제점을 드러내고 불만족을 강하게 토로하는 것은 단순한 비판이 아니라 비판을 통한 문제해결이라는 브라운 문학의 기본 구도에서 기인한다. 그래서 「봉토」가 부정적 결론으로 끝나지만 여전히 희망의 여지를 남겨놓고 있는 것이다. 그 희망은 다른 말로 하면 진정으로 원하는 세상을 실현하고자 하는 바람이다. 브라운이 문학을 통해 추구하는 사회나 세계는 현실의 공간이 아니라 모든 모순이 사라진 이상적 세계이기에 그는 그렇지 못한 현실을 끊임없이 비판하며 이상에 한걸음 더 다가가기를 바란 것이다. 그리고 언젠가는 그곳에 이를 수 있으리라고 믿은 점에서 브라운은 그가 보여준 비판의 강도에도 불구하고 여전히 낙관주의자이다. 이 점에서 브라운 문학의 특징을 30년 전에 "비판적 낙관주의"[61]라 칭한 볼프강 쉬벨부쉬의 평가는 여전히 유효하다.

(3) 통일독일 사회에 대한 비판 — '나'와 '독자'의 대립

애정과 비판의 대상이던 동독이라는 나라는 1990년을 기해 역사속으로 사라져버렸다. 동독 자체가 사라져버림으로써 브라운은 비판의 대상을 잃어버린다. 현실은 아직 그렇지 못하지만 언젠가는 실현될 수 있으리라는 이상향의 세계, 아직 받지는 못했지만 언젠가는 받을 수 있으리라 생각한

---

61) Wolfgang Schivelbusch, "Fröhliche Kritik am Sozialismus — Notate des DDR-Autors Volker Braun," *FAZ* 1976년 3월 30일자.

"봉토"는 브라운이 소중히 간직한 희망이었다. 그런데 서독 주도의 통일 과정을 겪으며 이제 받을 가능성마저 영영 사라져버린 것이다. 이러한 상황을 브라운은 1990년에 「소유물」을 통해 비판한 바 있다. 브라운이 독일 통일이 이루어진 지 1년 뒤인 1991년 말에 구동독의 문학잡지 『신독일문학』(*Neue Deutsche Literatur*)에 발표한 시 「나의 테러지구」(Mein Terrortorium)는 근본적으로는 「소유물」의 연장선상에 있다. 그러나 이 시의 주조를 이루는 감정은 이제 과거에 대한 반성이나 회한, 사랑하는 대상을 잃어버린 우울감이 아니라, 자신이 원하지는 않았지만 어쩔 수 없이 그속에서 살아가야 하는 통일된 독일사회에 대한 냉철한 비판이다.

나의 테러지구

오늘날 독일은 더이상 우리 것이 아니다/내일은
조업단축, 기업연합 품페는 제로, 라우흐함머는 파산
스킨헤드들: 분위기가 마치 국민축제
같다 ─ 이 검둥이 새끼들아
호이어스베르다가 어디에 있지? 가장 암울한 세상
레씽은 이마가 짓밟혀 하수구에 처박히고
선생은 옷을 잡아찢는 한떼의 학생들에 둘러싸여 시장터에
나는 사십년 동안 가르친 것이 아무것도 없다
나는 얼굴엔 투구를 쓰고 손에는 플라스틱 투명방패를 들고
내 독자들 앞에서 최루탄 가스를 맡고 있다[62]

시 제목에 나오는 테러토리움(Terrortorium)은 얼핏 보면 테리토리움

62) Volker Braun, *Texte in zeitlicher Folge*, Bd. 10, 57면.

(Territorium)으로 읽기가 쉽다. 그러나 이 단어는 브라운이 '테러'(Terror)와 '지역, 영토'란 뜻의 테리토리움(Territorium)을 합쳐 만든 신조어이다. '테러가 횡행하는 땅' '테러 공화국'의 의미로 새롭게 만든 제목에서 이미 브라운이 통일된 독일사회를 어떻게 파악하고 있는가가 분명히 드러난다. 시의 첫 행을 "독일은 더이상 우리 것이 아니다"라는 선언적인 언술로 시작하는 것도 시적 자아가 자신의 나라에 대해 비판적 태도를 지니고 있음을 보여준다. 이는 지금까지 브라운의 시에서 자신이 몸담고 있는 사회를 "내 나라"로 지칭하던 것과는 커다란 차이를 보인다. 이전의 시 「소유물」에서는 자신을 두고 떠나가버리기는 하지만 어떻든 "내 나라"라고 자신의 사회를 지칭하였다면 통일 이후에 발표된 「나의 테러지구」에서는 더이상 그런 호칭마저 붙이지 않는다. 통일된 독일사회를 아직은 자신의 나라라고 부를 수 없기 때문이다. 이는 합병식 통일에 대해 브라운이 여전히 강력한 거부감을 지니고 있음을 말해준다.[63]

위 시가 묘사하는 사회, 즉 시적 자아가 살고 있는 통일 이후의 독일사회는 온통 실업과 테러와 가치혼란으로 가득 차 있다. 많은 이들이 일자리를 잃고 임시직 일로 연명하며, 동독 경제의 기반이던 기업연합(Kombinat) 품페(Pumpe)와 라우흐하머(Lauchhammer)는 파산해버렸다. 특히 품페는 브라운이 김나지움을 졸업하고 노동자로 일하던 갈탄 광산이라는 점에서 특별한 의미를 지닌다. 사회주의 생산 방식의 특징이 구현된 기업연합이자 브라운의 젊은 시절의 꿈과 희망이 녹아 있던 품페가 파산해버렸다는 사실은 현실사회주의 체제 동독의 몰락과 더 나아가서 통일 과정에서 '신

---

63) 브라운은 1995년 5월 전영애 교수와의 인터뷰에서 한국의 통일을 어떻게 훼손을 적게 하면서 이룰 수 있겠는가라는 질문에 독일의 예를 반면교사로 볼 것을 충고하였다. "합병이 되어서는 안됩니다. 엄청난 신뢰와 지난하고 많은 준비 태세가 필요할 것 같아요. 연대감을 가지고 깊이 생각해야 하고요. 특별한 조건을 내세워서요. 몇년의 과도기도 필요할 것 같고요. 그렇지 않으면 전체 산업이 망가집니다." 「폴커 브라운과의 대담. 모든 경계를 넘어서는 사람들의 힘」, 『외국문학』 1995년 겨울호, 151면.

탁관리청'의 처분으로 인해 구동독의 숱한 공장과 기업이 문을 닫고 매각되어버린 것을 모두 다 포함하고 있다. 뒤이어 나오는 호이어스베르다 (Hoyerswerda) 역시 구동독 지역에 위치한 도시로 브라운과 남다른 인연이 있다. 사회주의적으로 새롭게 건설된 이 도시의 주민들이 새로운 사회를 건설할 수 있으리라는 희망을 브라운은 이미 1971년에 피력한 바 있다. "그들은 이미 이같은 놀랄 만한 일들을 해내지 않았던가? 고철덩어리이자 고물이 되어버린 공장들을 접수했는데, 이제 그것들은 흘끗 보기에도 환상적으로 돌아가고 있지 않은가! 땅을 몰수하여 조각조각 분배하고, 말할 수 없을 만치 좋은 조건으로 다시금 합쳤다니!…… 10년이라는 세월이 이러한 모습을 만들어주었구나! 그 시대가 사람들을 어떻게 변화시켰을까?"[64] 그런데 20년이 지난 후 이 기대와 희망은 실망으로 뒤바뀌어버린다. 1991년 여름, 통일 이후 급격히 늘어난 극우파와 합세하여 호이어스베르다 주민들이 외국인 추방을 외치며 이 도시에 있던 망명자 숙소에 방화하여 커다란 사회문제를 일으켰기 때문이다. 이 사건을 본 후 브라운은 호이어스베르다에 대해 다시 한번 언급한다.

나는 텔레비전 화면에서 저 유명한 도시가 끔찍한 혼란에 빠진 걸 보았다. 그 도시의 주민들 한무리가 흥분한 몸짓을 하며 어느 커다란 건물로 몰려가서는 팔을 뻗치는 것이었다. 옛날처럼 진흙을 파헤치려 삽을 들기 위해서가 아니라 위협하는 몸짓으로 돌멩이와 화염병을 창문에 던지기 위해서 팔을 뻗쳤다. 우리가 노동하는 데 썼던 연장들을 그들은 무기삼아 끌고 왔고, 외치는 말들은 이제 이해할 수 없게 되어버렸다. '검둥이 새끼들, 꺼져버려, 죽여버리겠어.'[65]

64) Volker Braun, *Es genügt nicht die einfache Wahrheit*, Leipzig 1975, 107면.
65) Volker Braun, *Die Zickzackbrücke*, Halle 1992, 63면.

이러한 브라운의 당혹감은 위 시에서 "분위기가 마치 국민축제 같다"는 씨니컬한 표현으로 압축되어 표현된다.

이 모든 것들이 벌어지는 주요 무대는 흥미롭게도 구동독 지역에 위치한 도시들이다. 이 사실은 자신의 나라는 잃어버렸지만 그 나라가 존재하던 땅과 그 위에서 벌어지는 일들에 대해 브라운이 여전히 관심을 가지고 주목하고 있음을 보여준다. 그러나 애정과 관심은 여전하다 할지라도 더 이상의 희망은 찾아볼 수 없다. 오히려 절망이 주조를 이룬다. 시적 자아가 파악하는 자신의 세계는 "가장 암울한 세상"이기 때문이다. 이 표현은 브레히트가 망명중에 쓴 시 「후세에게」의 시작 부분 "정말로, 나는 암울한 시대에 살고 있다!"[66]를 강하게 암시한다. 이를 통해 나찌시대에 자행된 유태인에 대한 박해와 통일 이후 외국인들에 대한 테러행위가 오버랩된다. 그래서 그때와 마찬가지로 암울한 세계인 것이다. 시적 자아가 자신의 사회를 암울한 세계로 파악하는 또다른 이유는 이런 상황에서 문학이 점차 설자리를 잃어가고 있기 때문이다.

레씽이 "이마가 짓밟혀 하수구에 처박혀" 있다는 표현은 독서공화국이라 할 정도로 순수문학에 대한 열정이 높았던 동독 국민들이 이제 문학을 헌신짝처럼 팽개쳐버리고 물질의 유혹과 맹목적 쇼비니즘에 빠져버린 상황에 대한 비판이다. 레씽 자신이 호이어스베르다 근처에 살았고, 계몽주의 문학을 통해 독자들을 일깨우려 노력했다는 점에서 오늘날의 독일 상황과 연관을 갖는다. 그 모든 노력들이 무위로 돌아가 오로지 벌거벗은 폭력만이 남았다. 시장터에서 학생들에게 둘러싸여 옷을 찢기는 선생의 처지 또한 정신적 가치의 몰락과 혼란을 말해준다. 그래서 선생은 "나는 사십년 동안 가르친 것이 아무것도 없다"고 자조에 찬 회한의 독백을 내뱉는

---

66) Bertolt Brecht, *Gesammelte Werke in 20 Bänden*, Bd. 9. Gedichte 2, Frankfurt/M. 1967, 722면.

다. 40년이란 물론 동독이 건국하여 망할 때까지 존속한 기간을 말한다. 이 표현은 또한 그동안 국민을 사회주의 공동체의 일원으로 교육시키려 했던 모든 노력이 헛수고였음을 인정하는 뼈아픈 고백이기도 하다. 그래서 이제 작가로서 시적 자아는 "투구와 방패"로 무장하고 독자와 대치하며 최루탄까지도 불사한다. 이러한 대립은 한편으로는 작가와 독자 사이에 대화 가능성이 사라져버린 것에 대한 비판으로, 다른 한편으로는 이제 폭력을 거침없이 행사하며 정신적인 가치들을 헌신짝처럼 내던진 독자들에 대한 선전포고로 읽을 수 있다. 이 비판은 「소유물」에서 "몸을 던지고 보잘것없는 장식마저도 내던진" 동시대인들에 대한 비판과 맥을 같이한다. 시적 자아와 독자가 마치 경찰과 시위대처럼 첨예하게 대립하는 상황은 「소유물」에서의 "나"와 "주위 사람들" 사이의 대립이 더욱 극단화되어 거의 적대적 관계로 발전했음을 보여준다. 이제 시적 자아는 모든 사랑하는 대상을 잃어버리고 주변의 모든 것으로부터 고립되고 버림받아 외로이 홀로 서서 세상과 대립관계에 놓여 있다. 그래서 이 시에는 아무런 출구나 해결 방안이 보이지 않고 우울한 비판과 절망이 주조를 이룬다.

그러나 시 속에 주도적으로 표현된 절망과 비판은 그 자체로 끝나는 것이 아니다. 현실에 대한 가차없는 비판은 곧 그러한 문제점이 없는 사회에 대한 소망에서 비롯되기 때문이다. 이 소망은 이제 더이상 유토피아의 모습으로 나타나지 않는다. 오히려 '디스토피아'나 '부정의 유토피아'의 특징을 보인다. 그런데 유토피아에 대한 '대항 담론'으로서의 '디스토피아'가 결국은 부정과 비판을 통해 궁극적인 유토피아의 세계를 꿈꾸는 것이라면, 통일 이후 브라운 시에 드러나는 절망 또한 마찬가지의 역할을 한다. 이런 점에서 브라운의 시는 통일 이후에도 여전히 유토피아의 이상에 매달려 있다고 할 수 있다. 단지 이전의 시에서는 희망의 유토피아였다면 이제는 암울한 유토피아로 대체된 점이 다르다.

이상 30년간에 걸친 브라운 시의 변모를 세 편의 시 분석을 통해 살펴보았다. 이 시들이 나온 시기와 사회적 배경이 상이하기에 모두 조금씩의 편차를 보인다. 특히 통일 이전에 쓴 시와 이후에 쓴 시는 자신의 나라와 국민들에 대한 자세 자체가 커다란 차이를 보이고, 주제나 제재 자체도 다르다. 그러나 자신이 생각하는 바람직한 이상사회에 대한 꿈을 여전히 간직하면서 그것에 비추어 현실을 끊임없이 비판하고 개선을 촉구하는 비판정신은 전혀 변하지 않고 남아 있음이 확인된다. 통일 이후의 시에는 오히려 비판적 성향이 더욱 강해지고 신랄해졌다. 이것은 현실사회주의 체제 동독이 사라짐으로써 브라운이 오랫동안 빠져 있던 자신의 나라에 대한 긍정과 부정의 이중적 태도라는 딜레마에서 벗어나게 되었고, 이제는 자신이 살고 있는 사회와 나라를 가차없이 비판할 수 있게 되었기 때문에 가능하였다. 이러한 비판적 성향은 통일된 독일사회가 안고 있는 문제점이 많을수록 더욱 강해져서 브라운 문학에 새로운 역할과 가능성을 부여해줄 수 있을 것이다. 왜냐하면 브라운은 여전히 "문학은 무해하거나 호의적인 것이 아니라 근본적 실체를 문제삼는 것"이며 "모순을 다루고, 핵심을 건드리"기에 "정치"에서처럼 "타협"을 해서는 안된다고 생각하기 때문이다.[67] 따라서 단순한 긍정이나 단의성의 문학이 아니라 문학 본래의 특성인 다의성을 지니면서 묘사하는 대상에 대한 고뇌와 성찰을 표현하는 브라운의 문학은 시대와 상황이 바뀌어도 여전히 유효하다고 할 수 있다. 통일독일 사회에서도 브라운의 문학이 주목받는 이유가 여기에 있다. 브라운은 통일 이후에도 활발한 문학활동을 펼쳐서 2000년에는 독일에서 가장 권위있는 뷔히너상을 수상함으로써 건재를 과시하였다. 통일 이후 위축되었던 동독 출신 작가들이 어려운 상황 때문에 오히려 진정성 있는 작품을 발표하고 주목받는 역설적 상황이 전개되고 있는 중이다.

■
67) Volker Braun, "Kunstals Streit der Interessen. Gespräch mit Peter von Becker und Michael Merschmeier," *Texte*, Bd. 10, 200면.

제 3 장

동서독과 통일독일을 성찰하는
크리스타 볼프의 문학

1. 동독사회 비판과 개혁 가능성 – 『남아 있는 것』
(1) 동독사회의 문제를 정면으로 다룬 소설
(2) 작품의 성립 및 출판 배경
(3) 슈타지 문제에 대한 직접적인 비판
(4) 절망 속에서 희망 찾기 – 동독사회의 개혁 소망

2. 신화를 통한 동독사회 비판 – 『카산드라』
(1) 『카산드라』의 생성 배경
(2) 전쟁과 대립으로 인한 트로이 사회의 변모
(3) 『카산드라』에 묘사된 동독사회의 문제

3. 통일독일 사회에 대한 문학적 성찰 – 『메데아 목소리들』
(1) 통일 이후 크리스타 볼프의 상황
(2) 메데아 신화의 재발견
(3) 신화의 재해석과 메데아 주제의 현재성
(4) 배제와 희생의 메커니즘
(5) 동서독 및 통일독일 사회 비판

1. 동독사회 비판과 개혁 가능성 — 『남아 있는 것』

(1) 동독사회의 문제를 정면으로 다룬 소설

크리스타 볼프의 소설 『남아 있는 것』은 통일 과정에서 벌어진 일련의 논쟁을 촉발시키는 작용을 하였는데 비판의 계기 중 하나가 소설의 발표 싯점이었다. 볼프는 이 소설을 1979년 여름에 썼지만 발표하지 않고 책상 서랍에 넣어두었다가 1989년 11월, 그러니까 베를린 장벽이 무너진 후 다시 손질해서 서독 출판사에 넘겼다. 이를 알리듯 작품 말미에도 '1979년 6월/7월, 1989년 11월'이라고 표기해놓았다. 따라서 이 작품에는 1979년의 상황과 1989년의 상황이 뒤섞여 있다. 어느 부분이 나중에 추가된 것인지 현재로서는 알 수 없지만 어떻든 격동의 한가운데에 있던 1989년 겨울의 동독 상황이 반영된 것은 분명하다. 이러한 관점에서 보면 『남아 있는 것』은 1970년대 말의 동독사회를 그리면서 동시에 1989년의 동독 상황 또한 포함하고 있다고 할 수 있다.

볼프는 『남아 있는 것』을 통해 동독사회가 안고 있는 문제점을 적나라하게 묘사한다. 일상화된 감시와 통제가 동독사회 구석구석에서 어떻게 이루어지고 있으며 그것이 개인의 행동과 사고에 어떤 영향을 미치는가를 섬세하게 드러내 보여주는 이 소설은 이전의 다른 작품보다 훨씬 직접적이고 비판적이다. 비판의 정도는 1963년에 나온 『나누어진 하늘』을 훨씬 뛰어넘는다. 『나누어진 하늘』의 경우 경직되어가는 동독사회의 문제점을 드러내고 있지만 작품의 기본 바탕은 낙관적이었던 데 비해, 『남아 있는 것』은 비판의 정도가 더욱 직접적이고 동독사회의 몰락을 전제하고 있다는 점에서 차이가 난다. 이 점은 볼프가 『나누어진 하늘』 이후 동독의 현실을 직접적으로 비판하기보다는 신화를 통해 비유적으로 드러내거나(『카산드라』), 동독의 현실을 다루더라도 서양의 물질문명과 기술만능주의에 대한 비판으로 문제를 일반화하는 작품(『원전사고』)을 써온 것에 비해 보더라도 매우 직접적이다. 특히 동독사회의 핵심 문제이면서도 금기였던 슈타지 문제를 중심에 놓았다는 점에서 현실 연관성이 크다. 또한 소설이 발표된 1990년 초에 나온 "이와 비교할 정도의 시의성 있는 텍스트를 쓴 활동적인 작가가 거의 없었다"[1]는 평가처럼 동독사회를 정면으로 다루었다는 점에서 의미를 지닌다.

　슈타지에 의해 감시당하는 여성작가의 하루 일과를 그린 이 소설은 정보요원들에 의한 공공연한 감시, 전화도청, 편지검열, 가택수사, 동원된 청중에 의한 작가의 작품 낭독회 통제 등 감시체계가 일상화된 동독사회의 어두운 면을 직접적으로 드러내 보여준다. 소설의 주인공은 집을 나서며 가택수색을 염려해 문을 이중으로 잠그고, 우체국에서 만난 옛 대학 동창이 슈타지 요원이 되어 자신을 외면하는 것을 보며 씁쓸해하고, 거리를 지나가면서도 혹시 미행당하고 있지 않은지 가게의 진열창을 들여다보는 체하면서 주위를 살핀다. 전화를 받을 때에는 도청을 의심하고, 편지에 답장

1) Bernd Wittek, *Der Literaturstreit im sich vereinigenden Deutschland*, Marburg 1997, 32면.

을 쓰면서는 검열을 의식한다. 심지어는 손님을 맞아 자신의 집 방안에서 이야기 할 때에도 도청이 두려워 전화 코드를 빼놓기도 한다. 『남아 있는 것』에서 묘사된 이러한 상황은 1970년대 후반 동독사회의 적나라한 모습이다. 볼프는 이를 통해 슈타지라는 "전지전능한 익명의 기구가 항구적으로 현존"[2]하는 상황을 자세히 서술함으로써 동독사회에 직접적인 비판을 가한다. 만일 볼프가 1979년에 이 소설을 발표했더라면 아마도 그 몇년 전에 있었던 볼프 비어만 사건보다 훨씬 커다란 쎈세이션을 불러일으켰을 것이다. 사회 전체에 감시체계가 그물망처럼 촘촘히 짜여 국민들의 일거수일투족을 철저히 감시하고, 모든 것을 통제하며, 고분고분하지 않은 이는 공개적 위협을 통해 겁을 주는 사회가 바로 동독이라는 사실이 『남아 있는 것』의 출판을 통해 드러났을 경우 동독은 치명적인 손상을 입었을 것이다. 그래서 볼프는 이 소설을 바로 출간하지 못하고 책상서랍 속에 넣어둔 것이다. 그러다가 1989년 겨울의 민주화 운동을 통해 동독이 새롭게 변화할 가능성이 보이자 원고를 새로 손질해 출판하였다. 그렇기에 이 소설은 1979년과 1989년의 상황을 모두 바탕에 깔고 있다.

(2) 작품의 성립 및 출판 배경

『남아 있는 것』은 많은 부분에서 볼프의 자전적 경험이 바탕이 되었다. 이 작품을 쓰게 된 직접적 계기는 1979년 봄 몇주일 동안 볼프가 슈타지에 의해 공개적으로 감시당한 경험이었다. 그 경험을 볼프는 여류작가인 1인칭 화자의 독백을 통해 문학적으로 형상화한 것이다. 그녀가 슈타지의 감시를 받게 된 것은 그보다 3년 전에 일어난 볼프 비어만 추방 사건과 그에 대한 항의문 발표로 거슬러올라간다. 볼프 비어만은 1936년생으로 함부르

---

2) Hannes Krauss, "Hauptmann Rohlfs, Leutnant Paroch, Margarete u.a. Die Stasi in der DDR-Literatur," *Text und Kritik. Heft 120. Feinderklärung. Literatur und Staatssicherheitsdienst*, 1993/10, 72면.

크에서 태어나 그곳에서 김나지움을 졸업한 후 17세 때 동독으로 이주한 특이한 경력의 작가이다. 그의 아버지는 유대인 공산주의자로 부두노동자였는데 파업에 가담했다가 나찌에 체포되어 아우슈비츠에서 목숨을 잃었다. 비어만이 1953년에 동독으로 이주한 것도 아버지가 꿈꾸던 이상이 실현된 나라를 찾아간 것이다. 동독에서 비어만은 대학을 마치고 연출가와 시인, 가수로서 활동을 시작하지만 역설적이게도 동독 당국의 박해를 받는다. 그가 1961년에 결성한 '노동자와 학생 극단'에서 베를린 장벽 문제를 다룬 작품을 연출해 무대에 올리려 하였지만 상연금지당하고 극단마저 폐쇄되었다. 게다가 비어만에게는 반년간 무대 출연금지 조치가 내려졌다. 이후 비어만은 자신이 쓴 시로 동독의 현실을 비판하는 노래를 만들어 부르는 음유시인 활동을 하며, 서독의 초청을 받아 서독 공연을 하기도 하였다. 하지만 서독 출판사에서 발간한 그의 시집을 빌미로 동독정부는 비어만에게 전면적인 활동금지 조처를 취하였다. 이후 비어만은 동독의 무대에 설 수도 없고, 동독 출판사에서 시집을 펴낼 수도 없는 상태에 놓이게 되었다. 몇년간의 침묵 끝에 그는 1968년부터 다시 서독에서 시집과 노래 앨범을 내기 시작하였는데, 1971년에 동독 서기장으로 취임한 에리히 호네커의 유화정책으로 1976년에 해금되어 다시 동독 무대에 설 수 있게 되었다. 비어만은 그해 11월에 서독 철강노조의 초청으로 쾰른에서 콘서트를 열었는데, 동독 당국은 비어만이 콘서트에서 동독을 비판했다는 이유를 들어 그의 시민권을 박탈함으로써 추방조치를 취하였다. 연주여행차 들른 서독에서 갑자기 시민권이 박탈되어 동독으로 다시 돌아가지 못하게 된 비어만은 결국 서독에 남을 수밖에 없었다. 서독은 물론 이 사건을 대대적으로 보도하였고, 독일 제1 텔레비전에서 그의 콘서트를 다시 전국에 중계함으로써 서독 텔레비전을 시청하던 동독 국민들이 비어만의 노래를 비로소 알게 되는 역설적 상황이 벌어졌다.

비어만의 시민권 박탈에 동독작가들은 즉각 반응하였다. 슈테판 헤름린의 주도로 동독의 저명한 작가와 예술가 13명이 서명한 성명서가 발표되었는데, 크리스타 볼프와 그녀의 남편도 참가하였다. 이후 며칠 지나지 않아 100명이 넘는 작가, 배우, 예술가 들이 비어만 추방에 항의하는 대열에 동참하였다. 공개서한을 통해서 작가들은 "볼프 비어만은 거북스러운 작가였으며 지금도 그러하"지만, "우리 사회주의 국가는 …… 시대착오적인 사회 형태들과는 반대로 그러한 거북스러움을 의연히 숙고하면서 참을 수 있어야 할 것"이라고 밝힌 다음 "우리는 비어만의 시민권 박탈에 항의하며, 결정된 조치를 재고할 것을 간청한다"고 요구하였다.[3] 동독 저명 작가들의 공개서한은 상당한 반향을 불러일으켰고 동독정부에 큰 부담을 주었다. 하지만 동독정부는 비어만의 시민권 박탈을 취소하는 대신 서명에 동참한 예술가들을 박해하는 조치를 취하였다.

동독 체제에 비판적인 많은 작가들이 동독 작가연맹에서 제명되거나 이런저런 이유로 체포되고 비어만처럼 서독으로 추방되었다. 비어만의 시민권 박탈 사건은 이후 동독의 많은 작가와 예술가 들이 자진해서 또는 강제로 동독을 떠나게 되는 계기가 되었다. 동독 당국은 현실사회주의 체제에 비판적인 이들을 포용하기보다는 추방함으로써 자신들의 순수성을 지키려 했지만, 그로 인해 동독사회는 점점 경직되어갔다. 1979년에는 작가들이 저작권 사무국의 허가를 받지 않고 임의로 서독 출판사에서 작품을 출간할 경우 강화된 외환규제법을 엄격하게 적용하여 벌금을 부과하게 하였고, 그해 8월에는 형법을 개정하여 '반국가적 선동' '불법적 접촉' '공공연한 비방'에 대해 징역형을 가할 수 있도록 하였다. 이 형법 조항에 의해 많은 작가들이 체포되어 결국은 서독으로 추방되었다. 이렇게 해서 베를린 장벽이 개방된 1989년까지 13년 동안 백여명의 작가들이 동독을 떠나야

■
3) Wolfgang Beutin 외, *Deutsche Literaturgeschichte. 2.*, *Überarbeitete und erweiterte Auflage*, Stuttgart 1984, 469면에서 재인용.

했다. 이를 두고 동독 당국은 "건강한 동독 민중의 신체에서 '병든 팔다리를 고통 없이 절단'함으로써 다시 건강해졌다"[4]고 정당화하였다. 자신들의 이념이 절대적으로 올바른 것이라는 맹신이 자신들에 대한 비판을 용납하지 못하고, 결국은 체제비판적인 예술가들을 이물질로 여겨 공동체에서 추방한 것이다. 이 맹신은 사회주의를 위해 사회주의를 비판하는 것, 즉 현실사회주의의 문제점을 드러내 궁극적으로는 사회주의 이상에 도달하려는 노력마저도 암적인 존재로 파악함으로써 제거해야 한다는 논리를 낳았다. 이것이 결국 동독사회의 면역체계를 약화시켜서 10여년 뒤 장벽 개방이 이루어졌을 때 동독이 급속히 무너져버리는 결과로 이어졌다.[5]

크리스타 볼프가 슈타지의 공공연한 감시를 받은 1979년 봄은 동독 위정자들이 작가들에 대한 통제와 검열을 강화하던 시기였다. 서독의 동독 문학 전문가 볼프강 에머리히는 70년대 말에서 80년대 초반까지는 동독의 모든 예술가들에게 "언제나 그 끝을 알 수 없는 극도로 어려운 시기"였기에 많은 이들이 "결국은 용기를 잃어버리고 혹시 가능할지도 모를 좋은 결말을 이제 더이상 믿지 못했던"[6] 시기였다고 평가한다. 『남아 있는 것』은

---

4) 같은 책 472면.
5) 동독사회는 사회주의 이념을 절대적 가치로 신봉하였기에 이념적으로 단순하였다. 게다가 사회주의를 비판하는 모든 세력을 병원균으로 치부하여 제거하였기에 점점 무균 상태가 되어 외부 바이러스에 대한 면역력이 취약한 사회가 되었다. 이런 상태에서 장벽개방과 함께 자본주의가 밀려들어오자 아무런 저항도 못하고 바로 넘어가버렸다. 이에 비해 서독사회는 튼튼한 면역체계를 갖추고 있었다. 서독에는 공산당도 존재했고, 60년대 말의 격렬한 학생운동과 70년대의 무장저항세력인 적군파의 활동 등을 통해 자본주의를 정면으로 거부하는 담론과 이념들이 분출하였으며, 이들 담론들과 논쟁하면서 서독사회는 그에 대한 내성을 키워 면역력이 강해졌다. 따라서 서독에서는 "나는 자본주의가 싫다"는 말을 공공연히 하는 이를 포용할 수 있는 여유가 생겼지만 (그런 소수의 목소리가 사회의 근간을 흔들지 못한다는 자신감을 갖게 된 것이다), 동독에서는 "나는 사회주의가 싫다"는 말을 조금도 용납하지 않았다. 두 사회의 차이와 결과를 놓고 보면 결국 건강한 사회란 단 하나의 이념이 철두철미하게 강요되는 사회가 아니라 다양한 이념과 담론이 뒤섞여 공존하며 각자의 목소리를 내는 사회라는 생각이 든다. 이것이 동독의 몰락과 독일통일이 우리에게 주는 또 하나의 교훈이다.

148

이러한 사회적 분위기에 대한 볼프의 문학적 대응이었다.

(3) 슈타지 문제에 대한 직접적인 비판

『남아 있는 것』은 슈타지 문제를 중심에 다룬다. 좀더 정확히 말하면 감시당하는 사람의 불안을 다루고 있다. 여류작가인 1인칭 화자의 집 앞에 두세명의 건장한 남자들이 탄 자동차가 하루종일 서서 감시하는 상황이 벌써 오래전부터 계속되었는데, 이 소설은 그중 어느 하루의 일과를 그리고 있다. 소설에는 감시기구의 명칭이 구체적으로 언급되지는 않지만 그것이 슈타지를 말하고 있음은 명약관화하다. 주인공을 감시하는 슈타지 요원들은 아침부터 저녁 늦게까지 화자의 집 앞에 세워놓은 자동차에 앉아만 있다. 그들은 그밖에 다른 일은 하지 않는다. 화자가 외출할 때에도 따라가지 않는다. 자신들이 감시하고 있다는 사실만을 공공연히 드러내 보여줄 뿐이다. 이처럼 자신들의 존재를 직접 드러내면서 감시하는 방법을 그쪽에 정통한 화자의 친구는 "감시의 가장 낮은 단계" 즉 "경고하는 단계"라고 설명한다.[7] 그다음 단계는 최대 "여섯 대까지의 자동차로 가는 데마다 뒤쫓는 것"이며, 그보다 더 높은 단계는 "감시 대상이 심각한 혐의가 있을 경우 하는 비밀스런 감시"(29)이다.

슈타지가 왜 화자의 집을 감시하는지는 그녀 역시 알지 못한다. 다만 언제부터인가 슈타지가 자신과 자신의 집을 감시하고 있다는 사실만을 알고 있다. 슈타지의 감시를 알아차린 것은 그 전해의 여름이다. 지금 감시하고 있는 젊은이들이나 "특수훈련을 받은 그들의 동료"(27)가 한두번 사신의 집을 침입한 흔적을 발견한 것이다. 문지방에 난 발자국을 발견하고 현관의 신발털이개에 밀가루를 뿌려놓았더니 다음날 훨씬 더 선명한 낯선 발

6) Wolfgang Emmerich, *Kleine Literaturgeschichte der DDR*, *Erweit. Neuausgabe*, Leipzig 1996, 261면.

7) Christa Wolf, *Was bleibt*, Frankfurt/M. 1990, 29면. (이후 본문에 면수만 표기)

자국이 찍혀 있었다. 목욕실 세면대에서 깨진 거울 조각이 발견되기도 하였다. 자신들이 침입한 사실을 굳이 은폐하지 않고 흔적을 남겨놓아 감시대상을 "겁주기" 위함이었다.

이처럼 공공연한 슈타지의 감시는 화자의 삶에 깊숙한 영향을 미친다. 우선 자신의 일거수일투족을 끊임없이 감시하는 존재가 항존하고 있다는 사실을 알게 되면 "불안. 불면증. 체중감소"가 일어나고 "머리카락이 한 줌씩 빠지는" 현상이 생긴다.(22) 나중에는 이러한 현상에 익숙해져서 수면제 없이도 잠을 자게 되고, 머리카락도 다시 나지만 누군가 자신을 감시하고 있다는 것을 늘 의식하고 있기에 모든 행동은 그것에 지배받는다.

> 당연히 우리는 집안에서 다른 사람들과 이야기할 때 특정한 주제가 나오면 (그런데 그런 주제는 계속해서 나왔다) 아주 나지막하게 말했다. 어떤 대화중에는 라디오를 크게 틀어놓기도 했다. 손님이 오면 우리는 전화 코드를 콘센트에서 빼놓았다.(28)

감시당하는 사실을 알거나 그럴 가능성이 있음을 느낄 때 사람들의 일상은 그에 맞추어 조직된다. 화자는 편지를 받으면 읽기 전에 "봉투를 빛에 비추어"보아서 다시 붙인 흔적을 확인하고야 봉투를 뜯는다.(54) 이것을 화자는 "그들의 조치와 그에 대한 우리의 반응이 마치 잘 작동하는 지퍼의 이빨처럼 서로 맞물려 있다"(29)고 표현한다. 슈타지의 감시체계가 시민들의 일상 깊숙이까지 침투해서 그들의 의식과 행동을 장악한 상황이 된 것이다. 그 결과는 개인적 행위와 사적 공간의 소멸로 나타난다. 개인의 모든 행위는 감시기구에 의해 통제되기에 사적 의미를 상실한다. 자신의 집안에서 나누는 대화나 전화까지도 누군가에게 노출되고 있다는, 또는 노출될 개연성이 있다는 사실을 항상 인식하고 있을 때, 그리고 자신의 집을 누군가가 하루종일 감시하고 있다는 사실을 늘 알고 있을 때, 그 집은 이미 사적 공간이 아니라 노출된 장소가 된다. 그래서 화자는 감시가 시작된 지난여름 이래 자신의 집에서 "더이상 집에 있는 것 같지 않음"을 느낀다고 고백한다.(29)

슈타지의 감시는 또한 사람들에게 자기검열의 메커니즘을 작동시킨다. 미셸 푸꼬는 『담론의 질서』에서 "그 누구도 아무때나 무슨 말이든 할 수는 없다"라고 말하면서 우리 모두에게 담론의 법칙이 작용하여 말하고 쓰는 것을 통제한다고 분석한 바 있다. 동독의 경우 슈타지라는 감시와 통제 기구가 항존하고 있었기에 그 정도가 더욱 심해서 외부의 통제를 받기 전에 미리 스스로 알아서 제어하는 자기검열이 매우 잘 작동하고 있었다. 소설에서 화자는 전화를 할 때면 늘 누군가가 함께 듣고 있다는 생각에서 핵심을 이야기하지 못한다. 그것은 상대방도 마찬가지여서 언제나 빙 돌려서 이야기하거나 농담을 주고받는다. "그렇듯 우리는 늘 진짜 텍스트는 비켜 이야기하곤 했다."(25)

사적인 편지를 쓸 때에도 언제나 슈타지가 미리 본다는 것을 전제하고 있었기에 은밀한 내용은 쓸 수 없었다. "내가 더이상 그 어떤 친밀한 편지도, 은밀한 편지도 쓰지 못한 것이 얼마나 되었을까."(61) 그 대신에 "마치 아닌 척하는 편지 Als-ob-Briefe"(62)를 쓰게 된다. 짐짓 "마치 아무도 읽지 않는 깃처럼, 마치 내가 솔직하고 은밀하게 쓰고 있는 양"(62) 여기며 편지를 쓰지만 그것을 누군가가 볼 것이라는 사실을 염두에 두고 편지를 쓰는 것이 오래전부터 습관화되었다. 결국 즉흥적인 편지쓰기는 사라져 멀리 떨어진 친구와의 관계는 자연히 소원해지는 결과를 가져왔다. 이러한 상황은 무엇을 쓰거나 말하거나 간에 우선 자기 안의 내부검열을 거치는 메커니즘을 발전시켰다. 그 결과 "점증하는 고립과 (즉흥적인) 감정의 침체"가 일어나고 이는 결국 화자를 "내적 자기검열로 이끈다."[8] 그래서 화

---

8) Klaus Welzel, *Utopieverlust-die deutsche Einheit im Spiegel ostdeutschen Autoren*, Würzburg 1998, 17면.

자는 끊임없이 "자기검열자"(52)의 목소리를 듣고 "나는 더이상 내 안의 검열자가 나에게 맞서는 일 없이는 거의 아무것도 생각하거나 말할 수 없게 되었다"(65)고 고백한다.

슈타지에 의해 사전 검열된 편지를 뜯으며 화자는 뿌슈낀의 일화를 떠올린다. 러시아의 짜르 치하에서 아내에게 보낸 편지 중 하나가 우편검열로 미리 개봉되었다는 사실을 알고 뿌슈낀은 오랫동안 아내에게 편지를 쓰지 못했다고 한다. 이 일화를 떠올리며 화자는 "19세기의 이 과민한 시인들"(61)이라며 쓸쓸한 "우월감"을 느낀다. 그것은 모든 편지가 검열되는 것을 알면서도 태연히 편지를 주고받는 20세기 사회주의 동독사회에 대한 냉소적 표현이다.

슈타지의 감시체계는 인간관계를 황폐하게 만들기도 한다. 화자는 무슨 이유에선지 지인들이 자신을 피하는 경우를 자주 경험한다. 예를 들어 화자가 우체국에서 만난 대학동창 위르겐 M 같은 경우 서로 눈길이 마주쳐서 알아보았음에도 불구하고 그는 바로 고개를 돌리고 모른 체한다. 그는 대학시절 촉망받던 철학도였으나 결국은 슈타지에 협력하면서 그 길로 나가 지금은 슈타지 간부가 되었다. 화자는 그것이 자신이 감시당하고 있는 사실과 관련있다고 생각한다. 자신이 슈타지로부터 감시당하고 있음을 그가 알거나 보고를 받고 있을 것이기에 자신을 피한 것이라 추측한다. 이러한 현상은 화자 주변에서 자주 일어난다. 길을 가다가 건너편을 바라보면 누군가가 성급히 "다음번 진열창의 상품을 들여다보는 척"하거나, "레스또랑에서 자리를 바꾸거나, 모임에서 등을 돌리는"(40) 경우를 많이 경험한다. 그렇기에 자신이 먼저 나서서 말을 걸거나 선뜻 손을 내밀기가 어려워진다고 고백한다. 이것은 친구 관계에서도 마찬가지로 작용한다. 자신의 가장 친한 친구 중 한명이 오래전부터 슈타지의 "확고한 정보원"으로 자신을 "담당하고 있다"(58)는 이야기를 또다른 친구가 귀띔해준다. 그 사실에 대해 의심하면서도 만일 그것이 사실이라면 아마도 "그 어떤 사람도 믿을 수 없을 것"(58)이라 절망한다.

화자는 오후에 젊은 여성의 방문을 받는다. 그녀는 몇년 전에 시국 사건에 연루되어 대학에서 제적당하고, 그 이후에 다른 사건과 관련해서 1년간 감옥 생활을 하였다. 그녀가 화자를 찾아온 것은 자신이 그동안 쓴 글을 보여주기 위함이었다. 화자는 그녀를 거실에 들이며 처음에는 전화 코드를 뽑지 않지만, 그녀가 쓴 글을 읽고 나서는 코드를 뽑고 그녀에게 소감을 말해준다.

그녀가 쓴 글이 좋다고 나는 말해주었다. 사실이다. 문장 하나하나가 진실하다고 말해주었다. 하지만 아무에게도 보여주어서는 안된다고, 이 몇 페이지 글이 그녀를 다시 감옥에 가게 할 수 있다고 말했다.(76)

젊은 여성이 쓴 글이 진실하고 좋다고 말하면서 동시에 아무에게도 보여주지 말라는 화자의 충고는 동독에서 작가가 처한 역설적 상황을 보여준다. 진실을 알면서도 진실을 말할 수 없는 상황, 작가가 작품으로 인해서 감옥에 가야 하는 상황은 그 사회가 얼마나 경직되어 있는가를 말해준다. 그런 의미에서 화자가 바라보는 동독사회는 "중세"나 다름없다. 대학 시절 이미 슈타지의 끄나풀이 되어버린 위르겐 M과 대화하다가 화자가 "우리는 더이상 중세에 살고 있는 것이 아니잖아!"(47)라고 말하자 기다렸다는 듯이 그가 반문한 적이 있었다.

중세가 아니라고? 오, 아니지 아가씨. 우리는 중세에 살고 있어. 겉모습만 빼고는 아무것도 변한 게 없어. 그리고 앞으로도 아무것도 변하지 않을 거야. 그때나 마찬가지로 지금도 무언가 아는 이로서 무지한 대중들 위에 군림하고 싶다면 자신의 영혼을 팔아야 해.(48)

당시에 화자는 위르겐 M의 말에 동의하지 않았지만 이제 자신이 살고
있는 곳이 "중세"나 다름없음을 속속들이 깨닫고 있다. 거대한 감시기구
가 국민들의 일거수일투족을 그림자처럼 감시하고, 하고 싶은 말을 마음
대로 할 수 없는 곳은 중세와 다를 바 없기 때문이다. 이러한 상황은 화자
가 참석한 그날 저녁의 작품 낭독회에서 절정을 이룬다. 화자가 저녁에 낭
독회장인 '문화의 집'에 도착했을 때 사람들 무리가 문앞에 운집해 있고
현관문 앞에는 '매진'이라는 커다란 팻말이 걸려 있었다. 자신을 안내한
행사 담당자와의 대화를 통해 화자는 그날 낭독회 청중이 동원된 사람들
이라는 사실을 알게 된다. 낭독회 행사를 개최하기 위해서는 '상부기관'의
허락을 받아야 하는데, "무슨 일이 일어날까봐 걱정한" 상부기관은 "청중
에게서 도발적 질문"이 나오거나 "외국 특파원들이 몰래 들어오는 것"을
방지하기 위해 "안전대책"을 마련하도록 하였다.(88) 그래서 낭독회가 공
개행사임에도 불구하고 미리 초대한 인사들로 청중석을 채운 것이다. 화
자의 재촉에 담당자는 초청자 명단을 보여주는데 "근무처나 이름이 기재
되지 않은 여섯 명"(89)이 있었다. 그 숫자가 무엇인지에 대해 담당자는 대
답하지 않지만 화자는 그것이 슈타지 몫임을 알고 있다. 그러면서 화자는
"거의 4분의 1이" 슈타지 사람들로 채워졌던 행사를 떠올린다. 미리 동원
한 청중들로 낭독회장을 채웠기에 "보통 청중"은 조금밖에 들어올 수 없
었다. 그래서 많은 수의 일반 시민들이 행사장에 왔다가 들어오지 못하고
문밖에 서 있어야 했던 것이다. 대부분 젊은이들로 낭독회가 매진되어 입
장할 수 없다는 것을 알고 문앞에 모여 웅성거리고 있었다. 그러다가 이들
이 무슨 일이라도 일으킬까봐 두려워한 상부기관이 관할 경찰서에 연락하
고 경찰을 출동시켜 군중을 강제로 해산시키는 사건이 일어났다. 화자는
이러한 일이 있었던 것을 낭독회가 끝난 후에 싸인을 받으러 온 젊은 남녀
에게서 듣는다. 이에 대해 '문화의 집' 담당자는 "사람들의 무리가 공격적
이 되어"(90) "강제로 건물 안으로 들어오려" 해서 경찰을 투입했다고 대

답하지만 현장에 있던 젊은이는 밖에 있던 사람들이 "정말로 평화적이었으며 도발적이지 않았다"(103)고 반박한다. 젊은이의 말은 화자가 집에 돌아오자 큰딸과 지인으로부터 걸려온 전화에 의해 뒷받침된다.

'문화의 집' 현관에는 '인민 연대(連帶)의 집'이라는 현판이 붙어 있고, 계단 위에는 커다랗게 '성장, 복지, 안정'이라 씌어 있는 것을 화자는 들어가면서 보았는데 바로 그곳에서 인민을 배제하고, 더 나아가서 경찰이 나서서 인민을 강제로 해산시킨 일이 벌어진 것이다. 젊은이는 투입된 경찰 중 하나가 자신들을 "신속하게 서너 대의 트럭에 실어가버리면 공기가 훨씬 깨끗해질 것"(101)이라고 말하는 것을 들었다고 전달한다. 실제로 트럭에 실어가지는 않았지만 화자는 그 싯점이 다가오고 있음을 예감한다. 돌아오는 차안에서 화자는 "이제 정말 그들이 젊은이들 중 몇몇을 트럭에 실어 데려가게 된다면…… 정말 그들이 이제……"라고 말하면서 "이제 우리는 여기까지 왔구나"라고 절망한다.(104) 인민을 위한 집에서 열리는 인민을 위한 행사에 인민을 배제하고, 인민을 보호해야 할 경찰이 인민을 강제 해산하는 상황이 70년대 말 동독에서 벌어진 것이다. 다음 단계는 물론 인민을 탄압하는 일이다. 이제 동독은 슈타지가 지배하는 암울한 사회가 된 것이다.

모든 수단과 방법을 동원한 슈타지의 전방위적 감시체계는 시민들의 의식 속에 자신에 대해 모든 것을 알고 있는 누군가가 존재한다는 고정관념을 심어놓음으로써 원격통제를 가능케 한다.

정말 중요한 것 말고도 나에 대한 모든 것을 알고 있는 누군가가 있음에 틀림없다는 생각. 어떤 책상 위에는, 누군가의 머릿속에는, 젊은 남자들과 전화 감시자와 우편 검열관 들이 모은 나에 대한 모든 정보가 모여 있음에 틀림없다는 생각.(45)

슈타지는 자신들이 수집한 정보를 통해 감시 대상에 대해 모든 것을 아는 것을 넘어서서 그 사실을 통해 감시 대상의 의식을 지배할 수 있게 되었다. 누군가가 자신의 일거수일투족을 환히 꿰뚫고 있다는 인식, 즉 "무소불위의 익명의 기구가 항상 옆에 있다"[9]는 인식을 국민들 의식 속에 깊이 각인시킴으로써 슈타지는 전지전능한 힘을 발휘한다. 이러한 전지전능한 슈타지의 존재를 화자는 작중 인물을 창조하고 그에 대해 모든 것을 알고 있는 작가와 같다고 표현한다. 슈타지는 이제 그 존재 자체만으로도 대상을 마음대로 주무르는 주인이 된 것이다. 대학 동창 위르겐 M 같은 이가 슈타지 간부로서 자신에 대해 모든 것을 알고 있으리라는 짐작을 하면서 화자는 "지식인 첩보원의 심리묘사"[10]를 다음과 같이 설명한다.

그 역시 어떤 임의의 작가처럼 스스로를 대상의 주인이자 장인으로 만들 수 있다. 그러나 그의 대상이 (작가인 — 필자) 내 대상처럼 종이 위에 존재하지 않고 피와 살로 이루어졌다는 점에서 그는 진정한 장인이자 주인이다.(52~53)

크리스타 볼프가 『남아 있는 것』을 개작한 1989년 11월은 아직 슈타지 문서가 공개되기 전이었다. 볼프는 자신의 경험과 주변 상황을 바탕으로 슈타지의 본질과 영향에 대해 서술한 것이다. 볼프의 분석은 통일 이후에 공개된 슈타지 사찰기록을 통해 사실임이 드러났다. 크리스타 볼프와 그녀의 남편에 대한 사찰기록은 모두 42권이나 되었다. 그것도 최근 기록은 폐기되어 찾지 못하고 1968년부터 1980년까지의 기록만으로도 그정도였

---

9) Hannes Krauss, "Hauptmann Rohlfs, Leutnant Paroch, Margarete u.a. Die Stasie in der Literatur," *Text und Kritik, Heft 120, Feinderklärung. Literatur und Staatssicherheitsdienst*, München 1993, 68면.
10) 같은 곳.

다. 자신에 대한 사찰기록을 열람한 후 볼프는 1993년 초에 다음과 같이 썼다.

　1968년부터 우리는 "직접 조치가 필요한 사건" 대상자, "언행의 표리부동자"로서 철저하게 감시당했다. 짐작했던 대로 우리는 "비공식 정보원들"의 그물망으로 둘러싸여 있었다. 당연히 전화 통화와 때때로 집안이 도청되었고, 우편물은 예외없이 개봉되었으며, 부분적으로는 복사까지 하였다. (⋯) 우리 집의 위치와 집안에 대한 스케치가 작성되었다. (⋯) 내 작품들은 모두 하나하나 독문학을 전공한 비공식 정보원들에게 감정하도록 하였는데, 그들은 그로테스크한 분석을 통해 지속적으로 증가하고 있는 반국가적 태도를 확인해주었다.[11]

　슈타지의 기록이 공개된 후 드러난 사실은 모두를 경악케 했다. 형이 동생을 염탐하고, 남편이 아내에 대해 보고하고, 선생이 학생을 학생이 선생을 밀고하는 일이 일상적으로 벌어졌다.[12] 슈타지가 정말 모든 시시콜콜한 것까지 다 기록하고 논평까지 달아놓은 사실을 많은 동독 지식인들이 나중에 자신의 사찰기록을 열람하면서 확인하였다. 이런 점에서 역사학자 슈테판 볼레(Stefan Wolle)의 말처럼 "동독사회는 가장 내밀한 곳까지 독에 물들어 있었다."[13]고 할 수 있다. 슈테판 하임 역시 자신에 관한 슈타지

<hr>

11) Christa Wolf, "Eine Auskunft," *Berliner Zeitung* 1993년 1월 21일자.
12) 작가와 관련한 몇가지 예를 들면, 한스 요아힘 셰틀리히의 경우에는 형이, 우베 콜베의 경우에는 어릴 때 어머니와 헤어진 아버지가 비공식 정보원으로 정기적으로 슈타지에 근황을 보고하였다. 셰틀리히는 이를 「B와의 일」(Die Sache mit B.)이라는 산문으로 발표하였다. 우베 콜베는 셰틀리히의 산문 제목을 따서 「V와의 일」(Die Sache mit V.)이라는 글을 썼다. 여기서 V는 Vater(아버지)의 약자이다.
13) Stefan Wolle, *Die heile Welt der Diktatur. Alltag und Herrschaft in der DDR 1971~1989*, Berlin 1998, 152면.

문서를 열람한 후 "우리는 유리 밑에서 살았다. 바늘로 찔러 고정시킨 딱정벌레처럼 다리의 모든 움직임 하나하나가 관심있게 주목되고 자세하게 논평되었다." [14]고 비유적으로 이 상황을 표현하였다. 슈타지가 유리판 위에서 국민들의 모든 움직임을 세밀하게 관찰하고 기록하고 있으리라는 사람들의 인식은 실제로 그 정도를 훌쩍 뛰어넘어 실재했던 것이다.

(4) 절망 속에서 희망 찾기 — 동독사회의 개혁 소망

자신을 둘러싼 상황이 암담하고, 자신이 살고 있는 사회가 몰락해가고 있음에도 불구하고 화자는 자기 사회에 대한 마지막 끈을 놓지 않는다. 지금은 비록 중세와 같은 암흑이 지배하지만 앞으로는 좋아질 것이라는 마지막 희망을 여전히 간직하고 있기 때문이다. 화자는 텍스트를 들고 자기를 찾아온 젊은 여성에게 그 글을 지금 발표하지는 말라고 부탁하면서 "10년 안에는 사람들이 그녀가 쓴 그런 글들을 읽고 싶어할 것"(77)이라고 말한다. 크리스타 볼프가 『남아 있는 것』을 처음 쓴 때가 1979년이니 그로부터 10년 후는 1989년, 즉 동독의 민주화혁명이 일어난 해이다. 작품 속 화자의 말처럼 정말 10년 후에 동독사회는 격동을 일으키며 백가쟁명의 상황을 맞아 온갖 말들이 분출하였다. 볼프가 이 문장을 1979년에 쓴 것인지, 아니면 1989년 11월에 개작하면서 끼워넣은 것인지 분명치 않지만 어떻든 결과적으로 10년 후에 동독사회가 변화하여 그같은 텍스트가 쏟아져 나옴으로써 화자의 예견이 현실이 되었다. 동독사회의 변화는 물론 화자를 찾아온 젊은 여성과 같이 어려움을 피하지 않고 진실을 말하는 젊은이들이 많아지면서 이루어진 것이다.

나는 생각했다. 이정도까지 되었구나. 이제 젊은이들이 그것을 기록하는구

---

14) 같은 곳.

나.(76)

암흑 같은 상황에서도 화자는 이처럼 한줄기 희망의 불씨를 몇군데에서 찾아 그것을 위안으로 삼는다. 화자에게 절망 속에서도 위안을 주는 것은 젊은이들, "유토피아를 고수하고, 수신자로서 그녀의 글쓰기에 의미를 부여"[15]하는 젊은이들이다. 저녁에 '문화의 집'에서 마련한 자신의 작품 낭독회에 일반 청중의 입장을 극히 제한하고 나머지는 모두 미리 동원한 청중으로 채운 것이나, 참석자 리스트에는 슈타지 요원들까지 있음을 알고 실망하지만 낭독이 끝난 후 질문 시간에 젊은 여성이 "미래"라는 단어를 입밖에 내면서 분위기는 반전된다. 그녀는 "현재로부터 어떤 방식으로 우리와 우리 아이들을 위해 살 만한 미래를 자라나게 해야 할 것인가"(95)라는 질문을 던진다. 이 질문에 촉발되어 청중들이 여기저기서 손을 들고 질문을 더 확장시키면서 자신의 의견을 말하기 시작한다.

다른 사람을 위해 말하는 경악스러운 습관이 무너졌고, 모두들 스스로를 위해서 말하였다. 그래서 공격받기 쉬워졌다. 나는 자주 놀라 움찔하였다. 얼마나 공격받기 쉬운 말인가. 그런데 기적이 일어났다. 아무도 공격하지 않는 것이었다. 이상하게도 가까이 있는, 언제나 다시 빠져나가곤 하는 미래라는 존재를 위해 아마도 마지막일 이번 기회에 지금 당장 자신들의 자그마한 힘이라도 보태지 않는다면 결코 다시는 회복할 수 없으리라는 열기가 대부분의 사람들을 사로잡았다.(96)

청중들은 모두 저마다 미래를 위해 무엇을 어떻게 해야 할 것인가를 진

---

15) Annette Firsching, *Kontinuität und Wandel im Werk von Christa Wolf*, Würzburg 1996, 261면.

지하게 이야기한다. 한 사람이 "형제애"라고 말하면 다른 이들은 "유토피아적 단어의 사용가치"를 말한다. 이를 통해 청중들은 점점 "근본적인 것"으로 이끌려갔다.(97) 화자는 이같이 허심탄회하고 조화로운 분위기를 축제 같다고 느낀다.

> 마치 축제를 앞두고 있는 듯 강연장의 분위기는 점점 부드러워졌다.(97)

동독사회의 분위기가 전반적으로 중세처럼 암울하지만 그래도 그 안에는 작은 희망의 불씨가 담겨 있음을 화자는 낭독회 청중들과의 만남을 통해 확인한다. 비록 그 순간은 얼마 되지 않았고, 토론이 끝난 후에 경찰이 낭독회장 앞에 모여 있던 사람들을 강제해산시켰다는 이야기를 듣고 다시 실망하지만 그래도 여전히 미래에 대한 희망을 버리지는 않는다. 그 이야기를 해준 젊은 남녀는 낭독회장에 들어오지 못하고 밖에 있다가 화자의 싸인을 받으러 온 이들로 주차장까지 화자를 배웅하면서 토론이 좋았는가 물어본다. 그에 대해 화자는 토론이 좋았다고 말하고 "미래에 관련한 것이었어요. 무엇이 남을 것인가 말이에요."(103)라고 덧붙인다. 화자가 집에 돌아온 이후 밤중에 큰딸과 지인이 전화를 걸어 낭독회장 앞에 있던 군중들이 평화로웠다는 것을 다시 한번 확인해준다. 감옥에 갔던 젊은 여성의 방문이나 낭독회 청중들과의 토론 그리고 젊은이와의 만남이 부정적 상황 속의 긍정적 사건으로 서술되고 있는 것은 슈타지의 지속적인 감시나 감시 가능성이 "한편으로는 상당한 불신을 가져왔지만 다른 한편으로는 당사자 그룹 내에 강한 공동체 감정을 갖게 했기"[16] 때문이다.

화자가 젊은이에게 한 대답은 이 소설의 제목 '남아 있는 것'(Was

---

16) Franz Huberth, "Die Stasi als Thema in der deutschen Literatur," *Die Stasi als Thema in der deutschen Literatur*, Franz Huberth 편, Tübingen 2003, 13면.

bleibt)이 여러가지 해석의 가능성을 지니고 있음을 암시한다. 이 제목은 "무엇이 남을 것인가" "무엇이 남아 있는가" "남아 있는 것" "남아 있게 될 것" 등으로 다양한 해석이 가능하다. 하지만 대부분 미래와 관련되어 해석 가능하다는 점이 특이하다. 미래를 위해 무엇이 남아야 하고, 바람직한 미래를 함께 만들어나가기 위해서는 현재 남아 있는 것이 무엇인지 점검해보아야 한다는 생각이 그 바탕에는 놓여 있다. 이를 통해 이 소설의 기본적인 문제의식이 드러난다. 크리스타 볼프는 동독의 당시 현실을 적나라하게 기록함으로써 무엇이 문제인가를 드러내고 그를 통해 바람직한 미래를 만들어나가야 한다고 생각한 것이다. 이 소설이 출간되기 직전 1990년 2월에 힐데스하이머 시의 명예시민증을 받는 자리에서 볼프는 문학이란 "우리 과거의 맹점들을 찾아내야 하며 새로운 관계 속에서 사람들과 함께 나아가야 한다"[17]고 말함으로써 이를 뒷받침한다. 이런 점에서 소설 제목 '남아 있는 것'은 횔덜린의 시 「회상」의 한 구절 "남아 있게 될 것, 그것을 시인들은 이루어낸다"를 떠오르게 한다. 시대의 현실을 진지하게 성찰하여 미래에 남을 작품을 만들어내는 것이 작가의 임무라는 생각이다. 그래서 화자는 책상에 앉아 "무엇이 내 도시의 바탕에 놓여 있고, 무엇 때문에 내 도시가 몰락해가는가를"(107) 지금 당장 기록해야 하지 않을까 반문한다. 이 기록의 결과물이 바로 이 소설이다. 그런데 문제는 볼프가 이 기록을 바로 발표하지 않았다는 사실이다. 화자의 마지막 독백처럼 너무 이르다고 생각했기 때문일까?

어느날엔가는 말할 수 있으리라, 아주 홀가분하고 자유롭게―라고 나는 생각한다. 아직은 너무 이르다. 그런데 늘 너무 이른 것은 아닐까. 이 책상에 그냥 주저앉아, 이 등불 아래서, 종이를 가지런히 하고, 펜을 들어 쓰기 시작해야

<hr />

17) *Frankfurter Rundschau* 1990년 2월 8일자.

하지 않을까. 남아 있는 것을. 무엇이 내 도시의 바탕에 놓여 있고, 무엇 때문에 내 도시가 몰락해가는가를. (107)

흥미로운 사실은 크리스타 볼프는 어떻든 1979년에 책상에 앉아 자신이 경험한 일과 자기가 살고 있는 동독의 적나라한 현실을 기록했다는 것이다. "새로운 언어"가 아직 도래하지는 않았지만, "홀가분하고 자유롭게" 이야기할 수 있는 상황이 아니었지만, 어떻든 무엇이 문제인가를 또박또박 기록해놓았다. 다만 그것을 발표하지 않고 간직하다가 10년 후인 1989년에야 다시 꺼냈다. 바로 발표하지 않은 데에는 동독사회가 이정도의 텍스트를 소화하기에 "아직은 너무 이르다"는 판단이 작용했을 것이다. 다른 면에서는, 동독의 문제점을 적나라하게 드러낸 이 작품으로 인해 자신의 나라 전체가 흔들리는 것을 두려워했기 때문일 수도 있다. 자신의 사회가 변화되는 것을 원했지 뿌리채 뒤흔들리는 것을 바라지는 않았기 때문일 수도 있다. "그녀의 텍스트를 보류함으로써 자신의 나라와 그 나라를 구성하고 있는 (명목상의) 사회주의 원칙에 최후의 절망적 연대"[18]를 표시한 것이라 볼 수 있다. 또는 작품을 들고 자기를 찾아온 젊은 여성에게 작품 속 화자가 "벌린 칼날을 향해 뛰어들지 말라"(77)고 충고했듯이 1979년에 이 작품을 발표하는 것은 승산 없는 파멸만을 가져올 뿐이라고 믿었기 때문에 그리하였을 것이다. 하지만 "어느날엔가는 그에 대해 말하게 될 것"(7)을 희망하고 있었다. 그 싯점은 10년 후가 될 수도 있고 그 전이 될 수도 있다. 다만 자기를 찾아온 젊은 여성작가나 낭독회 후의 토론에 참가하여 미래를 위해 발언한 참가자들 그리고 젊은 남녀를 보면서 화자는 동독사회의 변화 가능성을 조심스럽게 점치고 있다. 변화는 결국 1989년 가을과 겨울의 동독혁명으로 거세게 분출하였고, 동독사회는 장벽개방 이후

---

18) Karl Corino, "Tabuisieren, Ausklammern, Verschweigen," *Die Stasi in der deutschen Literatur*, Franz Huberth 편, Tübingen 2003, 49면.

에 미래를 어떻게 만들어나갈 것인가에 대한 격렬한 논쟁 속으로 빨려들어갔다. 그때의 방향은 물론 민주적 사회주의, 즉 진정한 사회주의를 어떻게 만들어나갈 것인가에 집중되어 있었다. 이러한 상황에서 크리스타 볼프는 10년 전의 원고를 다시 꺼내 수정 작업을 한 것이다. 볼프의 원고 역시 동독사회의 문제점을 지적하면서 사회주의의 어떤 가치를 간직하고 발전시켜야 할지를 다루고 있다. 바로 이 점을 서독의 많은 비평가들이 고려하지 않았기에 볼프에 대한 격렬한 공격이 벌어졌다.

『남아 있는 것』은 기본적으로 음울하고 절망적이며 비판적인 분위기를 바탕에 깔고 있다. 작품의 마지막 부분 역시 화자가 살고 있는 도시가 몰락해가고 있음을 안타까워하며 끝난다. 그러나 동시에 이러한 상황을 기록하고 더 나아가서 몰락의 원인이 무엇인가를 따져보는 것, 그리고 그것을 새로운 언어로 표현하는 것이 중요하다는 인식 또한 함께 드러나 있다. 이런 차원에서 이 작품은 크리스타 볼프의 이전 작품과 맥을 같이한다고 볼 수 있다. 현실의 문제를 성찰하고 그것을 문학적 언어로 표현함으로써 현실을 바꿀 수 있다는 볼프의 문학관이 바탕에 놓여 있고, 절망적 현실 속에서도 한줄기 희망의 불씨를 놓지 않으려는 유토피아적 사고 역시 엿보인다. 이본느 델하이(Yvonne Delhey)가 말하듯 볼프에게 있어서 "쓴다는 것은 새로운 언어, 좀더 나은 사회, 좀더 나은 미래 그리고 이성에 대한 바람"[19]을 의미하기 때문이다. 이러한 볼프의 문학관은 『남아 있는 것』의 배경과 비슷한 시기에 쓴 『카산드라』에서도 잘 드러난다.

19) Yvonne Delhey, *Schwarze Orchideen und andere blaue Blumen. Reformsozialismus und Literatur in der DDR*, Würzburg 2004, 135면.

2. 신화를 통한 동독사회 비판 — 『카산드라』

1983년에 나온 『카산드라』(Kassandra)는 크리스타 볼프를 동독의 여류 작가에서 일약 세계적 작가로 주목받게 하고, 이후 노벨상 후보로까지 거명되게 하는 데 커다란 역할을 하였다. '서구문명 비판' '가부장적 사회 비판' '전쟁과 폭력의 문제' '새로운 여성적 글쓰기의 가능성' '자아실현' '새로운 유토피아 공동체' 등의 다양한 주제 덕분에 이 작품은 특히 서독에서 많은 찬탄과 공감대를 불러일으켰다.[20] 작품이 출간된 1983년에만 서독에서 4판을 발행할 정도였다.[21] 그러나 몇년 후 독일의 통일 과정을 겪으면서 크리스타 볼프는 동독의 '어용작가'(Staatsdichterin)라는 거센 비판에 직면하게 된다. 1990년에 발표한 『남아 있는 것』에 대한 비판에서 시작하여 급기야는 동독작가들과 동서독의 친사회주의적 지식인 전체를 공격하는 '지식인 논쟁' '신념미학 논쟁' '슈타지 논쟁' 등과 같은 격렬한 논쟁의 중심점에서 크리스타 볼프는 비판의 주요 표적이 되었다. 하지만 이 논쟁에서 간과한 것은 『남아 있는 것』의 무대가 동독이었고, 작품의 문제의식 역시 동독사회에 대한 비판적 성찰이었다는 사실이다.

크리스타 볼프는 일찍이 『나누어진 하늘』과 『크리스타 테를 생각하며』에서부터 항상 자신이 현재 직면하고 있는 현실의 문제를 작품의 핵심 주제로 삼아왔다. 『카산드라』에서 분석, 성찰하고 있는 문제 또한 아득한 과거 신화 세계가 아닌 바로 지금의 현실이 안고 있는 문제에 다름아니다. 크리스타 볼프의 작품은 항상 현실의 문제에 대한 성찰과 고민에서 출발

---

20) 이 작품은 80년대 말까지 서독에서만 41만 5천 부가 팔렸다. 서독에서의 호평과 대중적 성공이 어떠했는지를 잘 말해주는 수치이다. Wolfgang Emmerich, *Kleine Literatur-geschichte der DDR. Erweit. Neuausgabe*, Leipzig 1996, 521면.

21) Heinz Forster und Paul Riegel, *Deutsche Literaturgeschichte* Bd.12, München 1999, 148면.

하기 때문에 신화의 세계를 다룬다 해도 결국은 현실에 대한 발언으로 읽힐 수밖에 없다. 이것은 크리스타 볼프 문학의 중요한 특징인 "탈신화화"[22] 또는 "신화의 재해석"[23] 작업과 연관이 있다. 볼프는 신화 소재를 이용하되 언제나 신화를 과거의 세계에서 끄집어내어 현재의 공간으로 옮겨오고 신화적 사건을 오늘날의 문제로 변화시켜 새로운 의미를 부여한다. 따라서 크리스타 볼프의 신화 작업에는 언제나 작가가 직면한 현실과 현실의 문제가 그 바탕을 이루고 있다. 바로 이러한 "신화의 현재화"[24]가 신화 소재를 근간으로 한 크리스타 볼프의 작품이 지니는 특징이다. 그렇기에 볼프의 작품이 지닌 문제의식을 제대로 파악하려면 작품의 동기가 되었고 사건과 인물들 속에 녹아 있는 당대 현실과의 구체적 연관성을 꼼꼼히 살펴보아야 한다.

지금까지 『카산드라』에 대한 연구에서는 문명비판, 가부장제도에 대한 비판, 여성적 글쓰기 등의 주제를 많이 다루었다. 이들 주제는 대부분 특정 시기나 특정 지역에 국한되었다기보다는 서구사회 전반이 안고 있는 문제라는 점에서 보편적이며 일반적이다. 트로이 세계와 1980년대 동독의 현실 사이의 유사성을 지적한 논문들이 있긴 하지만 이 주제를 집중적으로 다룬 글은 거의 없다. 많은 경우 개인과 사회 사이의 대립이나 개인의 경험이 정치·사회적으로 그리고 역사적으로 확장되는 과정이 트로이전쟁에서만 나타나는 것이 아니라 사회적 집단 속에서는 어디에나 나타나는 보편적 문제로 보고 있다. 따라서 『카산드라』의 배경이 되는 트로이전쟁이나 전쟁으로 인한 트로이 사회의 변모를 농서독의 현실과 직접직으로

22) Christa Wolf, *Die Dimension des Autors. Essays und Aufsätze, Reden und Gespräche 1959~1985*, Darmstadt und Neuwied 1987, 903면.

23) Sonja Hilzinger, *Christa Wolf*, Stuttgart 1986, 131면.

24) Birgit Roser, *Mythenbehandlung und Kompositionstechnik in Christa Wolfs Medea. Stimmen*, Frankfurt/M. 2000, 39면.

연관지어 해석하는 작업이 소홀하였다. 그 결과 『카산드라』의 내용 중 상당부분이 동독의 현실과 오버랩된다는 사실이 집중 조명되지 못했다. 이 장에서는 『카산드라』가 1980년대 당시 동독의 현실 문제를 어떤 방식으로 문제삼았으며, 이 문제와 어떻게 씨름하였는가를 자세히 분석함으로써 동독 시절 지식인들과 사회주의 국가 간의 애증의 관계를 드러내보이고자 한다.

(1) 『카산드라』의 생성 배경

『카산드라』는 동독이 아직 건재하던 80년대 초에 나온 작품이다. 이 시기는 레이건 대통령의 등장과 함께 동서 양 진영에 새로운 냉전기류가 형성된 때였다. 특히 퍼씽II나 크루즈 미사일 같은 핵탄두 장거리 미사일을 미국과 소련이 경쟁적으로 동서독 국경에 배치함으로써 독일땅에서 핵전쟁 발발의 위협이 커졌다. 그에 따라 동서독 양쪽에서 평화운동이 일어났지만, 동시에 적으로부터의 위협에 대처해야 한다는 명분 하에 동독 체제가 좀더 경직되어가던 시기이기도 했다. 이러한 상황에서 크리스타 볼프는 트로이전쟁과 카산드라 신화를 소재로 한 소설 『카산드라』를 발표한다.

크리스타 볼프가 아득한 그리스 신화에서 소재를 취하고, 트로이 사회를 소설의 주요 무대로 설정한 것은 현실로부터의 도피가 아니라 신화를 통해 현실의 문제를 다루는 동독문학의 특징적인 서술방식을 택한 것이다. 페터 학스로부터 시작하여 하이너 밀러, 크리스타 볼프, 폴커 브라운 등 동독의 주요 작가들이 신화에서 소재를 취하여 작품을 발표하였다. 『아름다운 헬레나』『암피트리온』 등 신화 소재를 취한 페터 학스의 작품은 '보편적 인간상'을 다루고 있기에 동독의 현실과 직접적인 연관성을 찾기 힘들지만 하이너 밀러나 크리스타 볼프의 경우는 그렇지 않다. 랄프 슈넬 (Ralf Schnell)이 지적했듯 밀러가 고대 소재를 다루는 것은 "인간 역사의 커다란 모순들이 전혀 지양되지 못한 현재의 사회구조"[25]와 밀접한 관련을 지닌다. 실제로 『필록테트』 『헤라클레스 5』 『프로메테우스』 『메데아놀이』 같은 하이너 뮐러의 작품들은 동시대적 사회 경험을 바탕으로 한 현실 주제를 다루고 있다. 이 점은 크리스타 볼프에게서도 공통적으로 발견된다. 볼프가 자신의 "계획은 신화를 (꼼꼼히 따져 만든) 사회, 역사적 좌표로 환원하는 것" [26]이라며 신화 소재를 택한 것은 현재에 더 가까이 다가가기 위해 과거로 여행하는 것이라고 표현했듯이, 과거는 현재를 이해하고 현재의 문제를 풀기 위한 방편이 된다.

크리스타 볼프의 『카산드라』는 한발 더 나아가서 동독의 현실상황을 신화 세계를 통해 성찰하고 있다는 점에서 "현대적 신화 수용의 모범적인 예" [27]라고 평가받는다. 『카산드라』의 주요 무대인 트로이는 3000년 전의 고대사회이다. 따라서 트로이를 동독사회와 일대일로 대응시킬 수는 없다. 하지만 트로이에 동독사회의 많은 특징들이 중첩되어 그려지고 있음을 쉽게 확인할 수 있다. 크리스타 볼프가 『카산드라』를 쓴 동기 자체가 핵전쟁 발발 위험이 고조된 상황에서 분단국가에서 살아야 하는 지식인이자, 사회주의 이상 실현을 기치로 내걸고 출발했으나 그 이상으로부터 점점 멀어져가는 현실사회주의 국가 동독에 살고 있는 작가로서 책임과 고민을 토로하기 위한 것이기 때문이다. 크리스타 볼프는 80년대에 들어서면서 특히 핵전쟁으로 인한 유럽의 파멸 가능성에 대해 강한 우려를 표명한다. 1980년 뷔히너 문학상 수상 소감에서 "오늘날 문학은 평화 연구여야 한다" [28]고 선언했듯이, 핵전쟁과 원자력의 위험에 직면하여 문학의 가

25) Ralf Schnell, *Geschichte der deutschsprachigen Literatur seit 1945*, Stuttgart und Weimar 1993, 194면.
26) Christa Wolf, *Voraussetzung einer Erzählung: Kassandra*, Darmstadt und Neuwied 1983, 111면.
27) Michael Schenkel, *Fortschritts-und Modernitätskritik in der DDR-Literatur*, Tübingen 1995, 231면.
28) Christa Wolf, "Von Büchner sprechen," *Christa Wolf Werke 8. Essays, Gespräche,*

장 중요한 과제는 바로 지구상에 평화를 구축하는 일이라는 것이 볼프의 입장이다. 왜냐하면 당시의 상황이 유럽 전체를 일거에 사라지게 만들 수 있는 핵전쟁의 문턱에 가까이 와 있음을 느꼈기 때문이다.

유럽은 핵전쟁에 대해 스스로를 방어할 수 없다. 전체가 살아남거나 전체가 몰락할 것이다. 핵무기의 존재는 유럽이라는 자그만 지구의 한 부분을 지키는 모든 방어전략을 무용지물로 만들어버렸다.[29]

유럽 전체를 파멸로 이끌 무기 경쟁에서 한치의 물러섬도 없이 서로를 위협하는 미국과 소련의 태도를 보면서 볼프는 무엇이 인류를 이처럼 자기파멸의 길도 불사하는 극단 지점으로까지 내몰게 되었으며 그에 대한 해결책은 무엇인가에 대해 근본적인 질문을 던진다. 이처럼 현실의 급박한 문제에 대해 지식인으로서 작가로서 "개입"한 것이 "80년대 그녀의 문학 생산의 배경"[30]을 이루고, 특히 『카산드라』를 쓰게 된 배경이 된다. 이는 볼프가 인터뷰에서, "제가 카산드라 같은 소재를 택한 진정한 이유는 우리 문화의 파멸과 자기파멸의 위험 가능성 때문이었습니다."[31]라고 밝힌 데서도 직접 확인할 수 있다.

동서 양 진영이 "무기 씨스템에는 무기 씨스템으로 맞서는 것이 강함이 아니라는 사실을 이해하지 못"[32]하고 군비 경쟁을 통해 파멸로 다가가는

■■

Reden, Briefe 1975~1986, Sonja Hilzinger 편, München 2000, 199면.

29) Christa Wolf, *Voraussetzung einer Erzählung: Kassandra* 88면.

30) Sabine Wilke, "Portrait Christa Wolfs," *Deutsche Literatur zwischen 1945 und 1995*, Horst A. Glaser 편, Bern u.a. 1997, 403면.

31) Documentation, "Christa Wolf. Ein Gespräch über Kassandra," *German Quaterly*, Nr.1, 1984, 107면.

32) Christa Wolf, "Ursprünge des Erzählens. Gespräch mit Jacqueline Grenz," *Christa Wolf Werke 8*, Sonja Hilzinger 편, München 2000, 360면.

당시의 상황을 크리스타 볼프는 그리스와 트로이라는 가상의 신화 세계를 무대로 반추한다. 『카산드라』에는 따라서 많은 부분에서 동서독 사회, 동시대의 문제와는 떼어놓고 생각할 수 없는 현실 연관성이 광범위하게 드러나고 있음을 알 수 있다. 이 점은 크리스타 볼프가 1982년에 프랑크푸르트 대학의 '시학강의'에 초청받아 한 학기 동안 강의한 내용에서 더욱 명확하게 드러난다. 이 강의내용은 『소설 카산드라의 전제』라는 제목으로 함께 출판되었는데, 세번째 강의에서 볼프는 다음과 같이 말한다.

트로이 사람들은 현재의 우리와 다르지 않았음을 저는 확신합니다. 그들의 신(神)은 우리의 신, 거짓 신들과 같습니다. 단지 우리의 도구가 그들의 도구가 아니었을 뿐입니다.[33]

트로이 사회는 과거 신화 속의 공간이지만 그 사회가 작동하는 원리나 당면한 문제, 사람들의 모습은 현재의 서구사회와 닮았다는 특징을 지닌다. 사람들은 물론이고 거짓 "신들" 즉 오늘날의 관점에서 보면 "권력자와 이데올로기"[34] 역시 변하지 않고 오늘날 그대로 머물러 있다는 것이다. 다만 차이가 나는 것은 전쟁 수단이다. 트로이전쟁이 창과 방패로 수행되었다면 1980년대 유럽에서 벌어질 제3차 세계대전은 핵전쟁으로 모두를 멸망시키게 될 것이 차이점이다. 제3차 세계대전이 벌어질지도 모른다는 급박한 위기 상황에서 볼프가 『카산드라』를 썼기 때문에 중점을 둔 부분은 "내적 외적 상황이 한 나라와 도시와 왕국을 어떻게 전쟁으로 몰고 가는가"[35]를 서술하는 것이었다. 이런 차원에서 크리스타 볼프가 『카산드

33) Christa Wolf, *Voraussetzung einer Erzählung: Kassandra* 95면.
34) Christine Maisch, *Ein schmaler Streifen Zukunft. Christa Wolfs Erzählung Kassandra*, Würzburg 1986, 79면.
35) Documentation, 앞의 글 106면.

라』를 "현재의 책"[36]이라 부른 것은 적합한 표현이다. 『카산드라』에는 우선, 전쟁의 위협이라는 외적 상황이 트로이 사회를 어떻게 변화시키는지에 대해 세밀한 묘사가 이루어진다. 이는 물론 현실과 연관을 지닌다. 동서독의 대립, 동서 냉전의 첨단 모순을 안고 있는 동독사회가 이로 인해 어떤 문제점을 안게 되었는가에 대한 우회적 묘사이기 때문이다.

(2) 전쟁과 대립으로 인한 트로이 사회의 변모

소설 속에서 트로이는 그리스라는 적을 성 바깥에 두고 10년간 전쟁을 치르면서 내부적으로도 엄청난 변화를 겪는다. 적을 마주한 상태에서는 모든 것이 전쟁의 논리, 즉 승리 아니면 패배, 적 아니면 아군이라는 이분법적 논리에 의해 획일화된다. 그리스와의 대립으로 점차 경직되어가는 트로이 사회에서 제1원칙은 적에게 패배하지 않는 것이다. 그러기 위해서는 적처럼 강해져야 하고 적을 이롭게 해서는 안된다. 궁전 친위대 장교에서 출발하여 트로이 사회 전체를 감시망으로 장악한 인물 에우멜로스를 회상하며 카산드라는 전쟁의 논리가 사람들을 어떻게 변화시키는가를 밝힌다.

> 그(에우멜로스)는 그의 방식대로 옳았다. 전쟁이 우리를 필요로 했듯이 그는 우리의 도움을 원했다. 우리는 적을 물리치기 위해서는 적처럼 되어야 한다는 것이었다.[37]

전쟁이 시작되면 적을 물리치는 것이 절대적 선이 되고 모든 것이 이 목적을 위해 정렬된다. 그런데 『카산드라』의 독특함은 한 사회 안에서 전쟁

---

36) 같은 곳.
37) Christa Wolf, *Kassandra*, Darmstadt und Neuwied 1986, 37면.(이후 본문에 면수만 표기)

이 시작되기 전에 어떻게 적이 만들어지고 그 적에 대항하기 위함이라는 명분으로 어떤 사전 조치들이 취해지는가를 자세하게 분석하는 데 있다. 트로이와 그리스 간의 전쟁이 직접 발발하기 이전에 이미 서로에 대한 비방을 통해 전쟁이 준비된다. 볼프는 이를 전쟁 이전의 전쟁, 즉 '전초전'(Vorkrieg)이라 부르며, 이 과정이 어떻게 진행되고 발전하는가를 트로이 사회를 모델로 하여 보여주고 있다.

전쟁이 언제 시작되는지 그것을 우리는 알 수 있다. 하지만 언제 전초전이 시작되는가. 거기에 어떤 법칙이 있다면 그것을 말해야만 하리라. 점토와 돌에 새겨서 전달해야만 하리라. 거기에 무엇을 써야 할까. 그 어떤 문장보다도 써야 할 것은 "자기편 사람들에게 속지 마라"이다.(78)

트로이 사회 내부에서 사전에 전쟁이 준비되고 그것이 결국은 전쟁으로 발전하는 과정을 『카산드라』는 단계적으로 서술한다. 첫 단계는 언어를 통해 적을 만들어내는 것이다. 언어는 "트로이 사회에서 이데올로기 상부구조를 결정화(結晶化)하는 수단"[38]으로 지배계급이 사용한다. 이들은 언어를 통해 적과 아군을 나누고 미래의 적에 대한 비방을 유포한다.

식탁 상석엔 프리아모스, 헤카베, 메넬라오스가 앉았다. 그 누구도 손님으로 온 메넬라오스를 더이상 '우정어린 손님'이라고 불러서는 안되었다. 뭐라고? 대체 누가 그것을 금지시켰는가! 에우멜로스라고 했다. (…) 언제부터 한 장교가 용어의 사용 여부를 결정했는가. '왕당파'라고 자처하는 사람들이 스파르타인 메넬라오스를 더이상 우정어린 손님이 아니라 염탐자 또는 첩자로

38) Friedhelm Haas, *Christa Wolfs Kassandra als Modellfall politischer Erfahrung*, Frankfurt/M. 1988, 17면.

간주하게 된 이후부터 그렇게 되었다. 그를 미래의 적으로 간주한 이후부터 그들이 그를 보안망으로 에워쌌다. 새로운 용어, 그것 때문에 이전에 쓰던 용어, 즉 우정어린 손님을 버렸다. 용어란 무엇인가. '우정어린 손님'을 고집하는 사람들이, 나를 포함해서, 갑자기 수상한 이들이 되었다.(65)

아폴로 신전에 참배하기 위해 찾아온 스파르타 왕 메넬라오스는 우호적 손님이 아니라 미래의 적이 된다. 이러한 "언어조작"[39]은 트로이 국민들에게 전쟁을 준비시키려는 목적으로 조직적으로 이루어져서, 그리스가 트로이를 공격할 조짐이 아직 보이기도 전에 그리스는 이미 적으로 만들어진다. 친위대 장교 에우멜로스가 "그리스인들이 우리를 공격하면 우리는 정신무장도 되어 있어야 한다"(75)며 추종자들을 모은다. 그들이 말하는 "정신무장은 적을 비방"하는 것이다.

> 정신무장은 적을 비방하는 데에 있었다. (아직 한명의 그리스인도 배에 오르지 않았을 때부터 이미 "적"을 말하고 있었다.)(75)

언어조작은 트로이 사회에서 광범위하게 이루어진다. 카산드라가 자신을 감시하며 뒤따라다니는 보안요원에 대해 프리아모스 왕에게 항의하자 왕은 그를 "감시자"가 아니라 "보호자"라 표현한다. 또한 왕의 명령으로 "전쟁"이라는 단어 대신에 "기습"이라는 용어를 사용하도록 강제한다. "그것은 전쟁이라고 불리면 안되었다. 언어 규정에 따르면, 정확한 표현은 기습이었다."(84)

'기습'이라는 용어는 그리스인들을 전쟁 침략자로 규정하고 트로이인들은 공격을 받았기에 어쩔 수 없이 방어하는 것이라는 의미를 내포하고

---

39) Christine Maisch, 앞의 책 75면.

있다. 그렇기에 그리스와의 전쟁은 방어전쟁이며 조국을 지키기 위한 성스러운 전쟁이므로 전쟁에 이기기 위해서 사용하는 수단은 그 어떤 것도 정당하다. 이러한 이유로 프리아모스 왕과 에우멜로스는 "역사왜곡"[40]을 강행하기도 한다. 전쟁이 벌어지기 전에 트로이는 헬레스폰트 항로에 대한 분쟁을 해결하기 위해 상당한 공물을 들고 델피로 대표단을 보내 그리스와 협상을 벌였지만 성과 없이 돌아와야 했다. 하지만 이 원정을 트로이의 역사를 기록하고 해석하는 "궁전 서기들"은 나중에 거창하게 "첫번째 배"라고 이름붙인다. 또한 델피에 대한 환멸 때문에 자진해서 트로이로 함께 온 그리스인 사제 판토스를 이 첫번째 배의 "노획물"로 포장한다.(38) 또한 아가멤논이 출항을 위해 자신의 딸 이피게니아를 주저없이 희생시켰다는 소문과 같이, 그리스인들을 강하게 보이게 하거나 두려운 존재로 만들 수 있는 사실들은 프리아모스 왕의 명령으로 유포가 금지된다.

'역사왜곡'은 또한 사실왜곡과 연결되어 있다. "나는 하나의 소식이 어떻게 진실이 되는가를 보았다"(77)라는 카산드라의 말처럼 지배세력에 의해 광범위하게 사실이 왜곡되고 유포된다. 사실의 왜곡은 트로이전쟁의 직접적인 원인을 제공한, 파리스가 헬레나를 유혹하는 사건에서 정점을 이룬다. 파리스와 헬레나의 도착은 어두운 밤에 이루어지고, 에우멜로스가 접근을 금지시켜 멀리서 바라보던 민중들은 어렴풋이 여인의 모습을 보고 그것이 헬레나라 생각한다. 하지만 사실은 파리스가 이집트 왕에게 헬레나를 빼앗기고 혼자 귀국한 것이다. 그럼에도 불구하고 헬레나를 데려왔다는 사실을 유포시킴으로써 프리아모스 왕의 누이를 스파르타에 빼앗긴 것에 대한 보복을 수행했다며 국민들의 맹목적 애국심을 고조시킨다. 존재하지도 않는 헬레나를 존재하는 것으로 만드는 것은 여론조작을 통해 이루어진다. 여론조작은 또한 왕가에 유리한 신탁을 사제들에게 주

40) 같은 곳.

문하여 적극 퍼뜨리는 신탁의 조작을 통해 이루어지기도 한다.

그러나 나는 그들이 빈 소리를 퍼뜨렸음을 숨길 수 없었다. 헬레노스는 나의 불만에 대해 오히려 의아해하면서 주문된 신탁 같은 것이 있다는 것을 부인하려 하지 않았다. 주문자는 누구인가. 왕가나 신전이다. 내가 왜 격분해야 할까. 언제나 그래왔지 않은가. 신탁을 전하는 이들은 신탁을 주문하는 이들, 신들만큼이나 거의 신적인 이들의 입이었기 때문이다.(104)

이러한 사회에서는 목적을 위해서라면 무엇이든 선이 되어버린다. 프리아모스 왕은 아킬레스를 제거하기 위해 자신의 딸 폴릭세나를 미끼로 삼는 것도 서슴지 않고, 지원군을 얻기 위해 자신의 또다른 딸 카산드라를 이웃나라 왕과 정략결혼시키기도 한다. 그리스군을 대표하는 아킬레스가 첫 전투에서 트로이 왕자 트로일로스를 아폴로 신전까지 쫓아가서 제단 바로 앞에서 목졸라 죽이고 그 목을 베어간 것처럼, 어떤 예의도 기본적 상식도 없이 오로지 승리만을 위해 모든 것을 희생해도 좋다는 논리가 트로이에 만연하게 된다. 적이 생기고 그 적과 전쟁을 벌임으로써 트로이 사회는 그리스와 거의 같은 모습으로 변모한 것이다.

그러고 나면 그다음 단계는 자동적으로 진행된다. 일단 적이 만들어지면 적에 대한 비방이 선동되고 나아가서 내부 구성원에 대한 결속이 뒤따른다. 자기 사회 내부의 배반자를 찾아내기 위해서 '보안망'을 가동시키고, 수상한 사람은 지속적인 감시 하에 두게 된다. "정신무장"은 "적에 협조할지도 모른다는 혐의가 있는 자, 예컨대 그리스인 판토스 같은 자에 대해서 의심을 품는"(75) 것을 의미하기 때문이다. 이 모든 것이 트로이를 위해서라는 명분으로, 또는 적에게 이기기 위해서라는 대의 하에 이루어진다. 감시망은 처음에는 궁전 주변의 주요 인물들에게 적용되다가 점차 그 범위를 넓혀간다. 그리스와 트로이 간에 실제 전쟁이 발발하자 감시망은 전 트로이 사회로 확대된다.

에우멜로스는 나사를 죄었다. 그는 지금까지 왕가와 공직자만을 감시하던 보안망을 트로이 전체에 폈다. 그것이 이제는 모든 개개인을 감시했다. 내성은 어둠이 오면 통금되었다. 에우멜로스가 필요하다고 여길 때면 언제든지 사람들이 지니고 있는 모든 것을 엄격히 검사했다. 통제기관에는 특권이 부여되었다.(119)

여론조작과 보안망을 통한 감시는 에우멜로스가 구축한 조직을 통해서 이루어지는데 이 조직은 "여론을 연출해내는 선전기구"[41] 역할을 한다. 이 기구는 여론조작을 통해 적을 만들고 적에 대비하여 내부 결속을 다지다가, 일단 전쟁이 벌어지면 모든 것을 전쟁 논리에 귀속시켜버린다. 전쟁을 핑계로 트로이 사회 전체를 촘촘한 감시의 그물망으로 둘러싸고 필요하다면 사람들의 소지품을 아무때나 검사할 수 있게 된다. 이와 함께 트로이 주민의 삶은 철저하게 피폐화된다. 트로이에서 이제 감시는 모든 곳에 편재(遍在)해 있으면서 주민들의 삶을 지배하는 유령 같은 존재가 된다.

겨울이 왔다. 성문 앞에서 큰 가을시장이 열렸다. 유령의 시장이었다. 상인으로 변장한 에우멜로스의 사람들과, 그들 사이에 진짜 상인들이, 경직된 채, 서 있었다. 구매인으로 변장한 에우멜로스의 사람들이 있고, 그들 사이에서 우리 진짜 구매인은 놀라서 당황했다. 누가 누구의 역을 연기했던가.(121)

트로이 사회를 이토록 철저한 감시국가로 만든 것은 물론 프리아모스

---

41) Stefan Risse, *Wahrnehmen und Erkennen in Christa Wolfs Erzählung "Kassandra"*, Bamberg 1986, 26면.

왕과 어느새 그의 오른팔이 되어버린 에우멜로스이다. 집권세력은 전쟁 위기를 이용해서 자신들의 권력을 강화하고, 내부 사회를 통제할 수 있는 체제를 만든 것이다. 그런 점에서 트로이 사회의 재야 지도자라 할 수 있는 안키세즈가 말한 것처럼 에우멜로스는 "트로이의 산물"이며, "프리아모스와 에우멜로스는 서로를 필요로 하는 한쌍"(107)이다. 프리아모스 왕은 에우멜로스를 보안 책임자로 임명하여 자신의 권력을 튼튼히 하고, 에우멜로스는 프리아모스 왕에게 충성을 보임으로써 자신의 권력을 발휘한다. '프리아모스–에우멜로스'의 관계는 '아킬레스–에우멜로스–메커니즘'과 짝을 이룬다. 에우멜로스는 "트로이 사회를 획일화하고 지속적인 통제와 보안조처를 정당화하기 위해"[42] 아킬레스라는 끔찍한 적을 필요로 한다. 아킬레스가 위협적이 되면 될수록 물리쳐야 할 적의 모습은 더욱 선명해지고, 적을 물리치기 위해서는 어떤 수단을 써도 정당화된다. 이 모든 것은 외부의 적에게 위협받고 있거나 또는 전쟁 상황이라는 특수한 정황을 전제로 할 경우에만 가능하다. 일단 비상시라는 특수 상황이 전제되면 시민들을 통제하는 것이 훨씬 쉬워지고, 반대자를 쉽게 억누를 수 있다. 프리아모스 왕이 카산드라에게 "평화시에 통용되던 모든 것이 전쟁중에는 무효가 된다"(99)라고 말하거나 "얘야, 지금 우리 편에 서 있지 않은 사람은 우리를 반대하는 일을 하는 거다"(83)라고 말하는 것처럼 자신들의 의견과 다른 사람은 적을 이롭게 하는 배반자로 낙인찍어 몰아낼 수 있기 때문이다. 비상시라는 위기 상황은 따라서 위정자로 하여금 자신의 권력을 마음껏 휘두를 수 있게 만들고, 그 결과 트로이는 독재사회로 변해간다.

트로이 사회가 경직되어가면 갈수록 프리아모스 왕은 국민들로부터 멀어지고, 심지어는 왕비와 카산드라로부터도 거리를 두기 시작했으며, 그에 비례해서 아첨꾼들로부터 더욱 칭송받기 시작한다. 전쟁이 계속되면서

----

42) Friedhelm Haas, 앞의 책 41면.

프리아모스 왕은 최고의 찬사를 받고, 가수들은 앞다투어 왕에게 아첨과 찬양을 바친다.

> 새로운 가수들이 등장했다. 아직 용인된 몇몇 옛 가수들은 가사를 변경했다. 새 가사들은 찬양투성이였고, 장돌뱅이의 호객 소리와도 같았으며, 아첨으로 가득 찼다. 나 혼자만 그것을 깨달을 리 없었다. 주위를 둘러보니 광채 없는 얼굴들뿐이었다. 재갈이 물려 있는 얼굴들이었다.(118)

내부의 문제로 변화해버린 트로이는 "유령의 도시"가 되었으며, 그 속에서 사는 사람들은 진짜 삶을 유보하고 "광채 없는 얼굴"로 어쩔 수 없는 삶을 산다. 이런 상황에서 트로이가 멸망한 것은 당연한 귀결이다. 트로이는 멸망하고 카산드라는 아가멤논의 포로가 되어 미케네에서 아가멤논과 함께 죽임을 당한다.

(3) 『카산드라』에 묘사된 동독사회의 문제

『카산드라』에서 묘사된 트로이 사회는 3천년 전의 신화적 공간이다. 크리스타 볼프가 이처럼 신화 속의 트로이 사회를 소설의 무대로 삼은 것은 특수성과 보편성을 함께 아우르고자 하는 의도 때문이었다. 소설 속에 묘사된 트로이는 시간적·공간적 특수성을 지닌 신화 속의 가상 사회이지만 그 사회의 모습은 오늘날에도 전혀 낯설지 않은 보편성을 지니고 있다. 이 보편성으로 인해 『카산드라』는 인류 사회가 안고 있는 문제들과 직접 연결된다. 가부장제, 전쟁과 폭력, 여성문제, 권력의 문제, 유토피아, 언어조작을 통한 지배 등 여전히 해결되지 않은 인류 사회의 문제점을 이 소설이 주제로 삼고 있다는 점에서 보편적이다. 하지만 소설이 씌어진 1980년대 당시의 역사·사회적 상황과 긴밀히 연결되었다는 점에서는 다시금 특수성을 지닌다. 특히, 동서독의 대립과 그로 인한 동독사회의 변화를 밑바탕에 깔고 있다는 점에서 이중적 특수성을 지닌다. 안네테 피르싱(Annette Firsching)의 지적처럼 "트로이에서 (…) 구동독의 역사를 어렵지 않게 인식할 수 있"[43]기 때문이다. 트로이 사회가 많은 면에서 냉전시대의 동독사회를 연상시키기에 『카산드라』는 보편성과 함께 특수성을 지닌다. 물론 트로이와 동독이 일대일로 대응된다기보다는 트로이 사회의 모습과 면면을 통해 동독사회가 암시적으로 묘사되고 있다는 것이 더 정확한 표현이다. 트로이 사회는 분위기와 전체적 특성에서 동독사회와 유사하다고 할 수 있다.

트로이가 그리스와의 전쟁 위협을 통해 그리고 10년간의 전쟁을 통해 독재적이고 경직된 사회로 변화해가는 모습은 동서대립과 냉전으로 인해 동독사회가 변모하는 모습을 유추하기에 충분하다. 장벽 건설로 스스로를 울타리 안에 고립시킨 후, 동독은 외부 적의 위협을 명분삼아 점차 경찰국가로 변해간다. 베를린 장벽이 건설된 1961년은 또한 "도달문학"[44]이 나온 해이기도 하다. 그전까지는 독일땅에 모두가 함께 잘사는 사회주의 사회를 건설하기 위해 노력하던 건설기였다면, 베를린 장벽 건설 이후는 안정된 사회주의 사회에 도달하였음을 선포한 때이기도 하다. 사회주의 사회를 완성한 다음에는 그 사회를 지켜야 하는 일이 그 무엇보다 중요한 과제가 된다. 베를린 장벽을 건설한 이유가 외부의 파시즘과 자본주의 세력으로부터 동독 사회주의 국가를 지키기 위한 고육지책이었던 것처럼 동독의 가장 커다란 위협은 서방세계였다. 국경을 마주하고 첨예하게 대립하며 동독을 위협하는 외부의 적으로부터 스스로를 지켜야 한다는 명분은 그 어떤 것도 유보시킬 수 있을 만큼 강한 것이었다. 동독사회가 바탕으로

---

43) Annette Firsching, *Kontinuität und Wandel im Werk von Christa Wolf*, Würzburg 1996, 212면.

44) *Deutsche Literaturgeschichte. 2., überarbeitete und erweiterte Auflage.* Von Wolfgang Beutin u.a., Stuttgart 1984, 433면.

하는 사회주의 이상은 이견이 필요없는 '절대선'이었기 때문에 동독사회를 지키는 일이 절체절명의 과제가 되었다. 집권층은 따라서 슈타지라는 거대한 감시기구를 전국에 작동시키면서까지 동독을 지키는 것을 당연한 일로 만들어버렸다.

트로이 사회가 동독사회의 모습과 가장 많이 닮은 부분이 바로 이 보안망의 전국화와 어디에나 존재하는 감시기구의 작동이다. 감시망으로 촘촘히 둘러싸인 트로이는 슈타지가 지배하던 동독을 연상시킨다. 인구 1600만명의 동독사회에 40만명의 공식·비공식 슈타지 요원이 존재했고 동독 국민의 3분의 1이 사찰 대상이 되었다는 사실은 얼마나 철저하게 그리고 광범위하게 슈타지의 손길이 뻗쳐 있었는가를 말해준다. 동독을 대표하는 작가 크리스타 볼프 자신도 1979년에 슈타지에 의해 공개적인 감시를 받은 경험을 하였고, 이를 『남아 있는 것』을 통해 그린 바 있을 정도로 동독은 철저한 감시국가였다. 1979년에 초고를 쓴 『남아 있는 것』이 슈타지의 감시망이 속속들이 퍼져 있는 구체적 상황을 현재적 싯점에서 그리고 있다면, 이보다 몇년 뒤인 1983년에 나온 『카산드라』는 트로이라는 신화적 공간이 어떻게 감시사회로 변해가며 그 양상이 어떠한가를 그리고 있다. 이런 점에서 감시사회의 묘사가 추상화되고 일반화되긴 했지만 에우멜로스라는 인물이나 감시 방식에 있어서는 동독사회의 슈타지를 직접 연상시킬 정도로 현재성을 지닌다.

『남아 있는 것』과 『카산드라』의 차이는 전자가 철저한 감시사회로 변해버린 사회에 대한 세밀한 묘사에 치중했다면, 후자는 자신이 살고 있는 사회가 어떻게 해서 그러한 총체적 감시사회로 변하게 된 것인지 그 원인과 과정을 추적한다는 점이다. 『남아 있는 것』에서는 숨막힐 듯한 감시사회가 작동하는 구체적 모습을 그리며 문제점을 적나라하게 드러낸다. 하지만 문제점을 드러내보이는 것만으로 끝나지 않는다. 『남아 있는 것』의 마지막에 제시된 반문, 즉 무엇이 자신이 살고 있는 도시를 이렇게 만들었으며 어디에서부터 잘못되었는지 책상에 앉아서 쓰기 시작해야 하지 않을까, 하는 반문이 결국 『카산드라』 집필로 이어진 것이다. 『남아 있는 것』이 끝나는 지점에서 바로 『카산드라』는 시작한다. 다만 동독사회에 대한 직접적 묘사 대신 트로이 사회를 내세워 우회적이며 비유적 방식으로 한 사회가 어떻게 경직된 감시사회로 변모해가는가를 추적한다. 이것이 볼프가 생각한 카산드라 프로젝트의 의도이다. 볼프는 80년대를 전후한 시대에 자신이 살고 있는 동독사회가 왜 그런 상태가 되었는지 반문하며, 자신의 나라가 "무엇 때문에 몰락해가는가"를 성찰해보려 한 것이다. 이 성찰의 결과가 『카산드라』이다.

『카산드라』에서는 여론조작을 통해 적이 만들어지고, 그다음에는 눈앞에 닥친 적의 위협을 널리 전파하고, 적에 맞서기 위해 강해져야 하며, 그 과정에서는 공동체 구성원의 자유와 사상을 공공연하게 제한할 수도 있다는 논리가 유포되는 과정을 치밀하게 밝히고 있다. 이 과정에서 감시기구를 움직이는 사람들과 감시의 양상들이 구체적으로 서술되면서 동독의 현상황에 대한 우회적 묘사가 이루어진다. 『카산드라』에서 그려진 에우멜로스와 그의 사람들에 의한 감시체계는 슈타지를 직접적으로 연상시키기에 특히 동독 독자들에게는 더욱 현재성을 지닌다. "정치참모"이자 "슈타지가 전이되어 나타난 화신"[45] 에우멜로스 역시 동독인들에게는 익숙한 존재이다. 에우멜로스는, 슈타지를 창설하고 1957년에서 1989년까지 책임자로서 동독사회의 모든 영역에 감시와 염탐 체제를 구축한 에리히 밀케(Erich Mielke)를 바로 연상시키기 때문이다. 또한 앞서 인용한, 겨울이 오기 전 트로이 성문 앞에서 열린 국제적인 큰 가을시장 — 판매자와 구경꾼으로 가장한 에우멜로스 사람들에 의해 유령의 시장으로 변한 장터 — 에 대한 묘사는 동서독 "양국의 경제 분야에서의 거래장터"였던 "라이프찌히

45) Michael Schenkel, 앞의 책 250면.

박람회"를 연상시킨다.[46] 이런 점에서 트로이 사회는 서독이라는 눈앞의 적을 핑계로 개인숭배, 경직된 조직, 통제와 염탐, 미행을 위한 감시망 등이 전국적으로 펼쳐지게 된 동독사회의 모습에 대한 비유적 묘사이자 날카로운 비판으로 읽힌다.

트로이 사회에 대한 이러한 묘사는 볼프가 당시의 동독사회를 어떻게 바라보았는가를 알 수 있게 해준다는 점에서 흥미롭다. 볼프는 동독사회가 안고 있는 많은 문제점의 원인이 일차적으로는 서독과의 대치 상황에서 기인한 것으로 본다는 점에서는 외부적 원인에 비중을 두고 있는 듯하다. 전쟁의 그늘이 드리워지기 전의 트로이 사회는 문제점을 안고 있기는 했지만 비교적 자유롭고 민주적이었으며, 프리아모스 왕 역시 헤카베 왕비의 조언을 받으며 왕국을 평화롭게 통치하던 부드러운 지배자였다. 하지만 전쟁 준비로 인해 트로이는 점차 경직되고, 왕은 독재적이 되어가고, 가부장적 질서와 감시체계가 더욱 강화된다. 감시망의 강화로 주민들은 더욱 부자유스럽게 되고, 아첨꾼들이 등장하며, 살아 있는 이들을 찬양하는 사회로 변모한다. 이렇게 된 원인은 전쟁과 대립이라는 외적 요인에 큰 책임이 있다는 것이 볼프의 분석이다. 트로이의 왕 프리아모스를 동독의 수반 에리히 호네커와 직접 연관시키는 것은 무리이지만, 동독의 지도자들 역시 건국 초기의 온화하고 소박하며 민주적인 인물에서 80년대의 완강하고 독단적인 독재자로 변했다는 점에서 유사성을 찾을 수 있다. 몇사람의 참모에 둘러싸여 점점 다른 측근과 민중의 소리를 들으려 하지 않던 동독 지도자의 모습이 짙게 들어 있다.

『카산드라』에는 또한 적과의 대치 상황을 이용해서 프리아모스 왕과 에우멜로스가 독재체제를 구축하는 모습이 함께 그려짐으로써 트로이의 문

---

46) Annette Firsching, 앞의 책 212면.

제점이 외부적 요인으로만 발생한 것이 아니라 내적 요인 또한 지니고 있음이 드러난다. 트로이 사회를 내부적으로 통제하기 위해 언어조작이 행해지는데 이는 오늘날에도 여전히 지속되고 있는 문제이다. 트로이 사회에서는 "궁전 서기와 신전 종사자" 들을 통해 여론을 형성하였다면, 오늘날은 "언론, 방송, 텔레비전"을 통해 언론조작이 이루어진다는 것이 다를 뿐이다.[47] 적에게 패배하지 않기 위해서는 적보다 우월한 군사력을 지녀야 하기에 적보다 더 많은 무기를 만들고 전선에 배치해야 한다는 주장은 트로이에서뿐 아니라 동서 냉전시대에도 여전히 지속되고 있다. 전쟁을 준비하는 것이 아니라 만일의 공격에 대비해 방어력을 키워야 한다는 위정자들의 주장은 언론을 통해 증폭되어 사람들을 호도한다. 그리고 일단 전쟁이 시작되면 그것은 적의 공격에 대한 정당한 방어전이 된다. 『카산드라』에서 프리아모스가 "전쟁이라니. (…) 우리는 기습을 당한 거야"(82)라고 말하는 논리는 80년대의 언론에서 그대로 되풀이된다. 크리스타 볼프는 언론에서 "전쟁"이 아니라 "방어"라는 단어를 사용하면서 냉전 상황을 부추기는 것을 비판한다.

> 양 진영의 뉴스들은 전쟁 준비 ─ 그들은 이를 방어 준비라 하지요 ─ 의 필연성에 대해 우리에게 폭격을 퍼붓고 있습니다. 이 세계의 실제적인 상황을 눈앞에서 봐야 하는 것이 심리적으로 견디기 어렵습니다.[48]

언어조작을 통해 전쟁 준비를 정당화하고 위협적인 적의 모습을 유포함으로써 내부 결속을 다지는 상황은 『카산드라』에서 묘사된 전쟁 이전의 '전초전' 단계와 상당한 유사성을 지닌다. 핵전쟁의 위험이 그 어느때보

47) Christine Maisch, 앞의 책 75면.
48) Christa Wolf, *Voraussetzung einer Erzählung: Kassandra* 97면.

다 컸던 80년대 초 동서 양 진영의 언론이 유포한 언어는 트로이에서 조직적으로 행해진 언어조작과 닮았다. '공격' 대신에 '선제방어'라는 말이 사용되고, '핵전쟁'은 '핵 주고받기'로 표현되었다.[49] 이처럼 오늘날에도 언어는 사실을 호도하고 특정한 관점을 주입시켜 자신들에게 유리한 쪽으로 이끌기 위한 "권력의 도구"[50]로 악용되고 있다. 동독에서 '베를린 장벽'을 건설하면서 이를 "반파시즘 방어벽"[51]으로 표현한 것도 언어조작의 대표적 예에 속한다. 방어벽을 통해 동독 주민들을 서방의 파시즘과 자본주의의 영향으로부터 보호한다는 의미를 내포하는 것으로, 외부의 적에 의한 위협과 내부 결속이라는 이분법이 강하게 들어 있다.

트로이 사회에 팽배한 언어조작과 역사왜곡 등이 가상의 적과 전쟁 위협이라는 외부적 요인에서 기인하지만 결국은 이 상황을 이용한 지배세력들의 책임도 크다는 것이 『카산드라』의 관점인 것처럼, 볼프 역시 동독사회의 경직성에 내부적 요인이 컸음을 인정하며 비판의 날을 내부로 돌리고 있다. 더 나아가서 적과 아군을 명확히 나누고, 적과의 군사력을 비교하여 더 많은 무기를 만들고 "전쟁 준비"를 "방어 준비"라고 호도하면서 적극 나서야 한다고 주장하는 것을 앞장서서 반박하지 못한 스스로에 대해서도 비판적으로 성찰하고 있다. 적을 이롭게 하지 않기 위해서는 어느 정도 자유의 제한도 감수한 것과, 국가의 비밀을 누설해서는 안된다는 암묵적 동의 또는 내부 검열에 의해 스스로의 행동을 통제한 것이 동독사회를 경직된 사회로 만드는 데 커다란 역할을 했음을 성찰한 것이다. 이것은 카산드라가, 전쟁의 원인이 된 헬레나가 트로이에 존재하지 않는다는 사실을 확인하고도 그 사실을 국민들에게 큰 소리로 알리지 못하고 침묵한 상황과 연결된다.

■

49) Friedhelm Haas, 앞의 책 51면.
50) Christine Maisch, 앞의 책 77면.
51) Wolfgang Emmerich, *Kleine Literaturgeschichte der DDR*, Leipzig 1996, 176면.

나는 지금도 알고 있고, 그 당시에도 알고 있었지만, 내 마음속의 에우멜로스가 내 자신에게 그것을 발설하지 못하게 했다. (…) 내가 증오하는 그자 때문에, 내가 사랑하는 아버지 때문에 나는 국가 기밀을 큰 소리로 발설하는 것을 피했다. 이러한 나의 자기단념 속에는 약간의 계산도 들어 있었다.(82)

비밀을 털어놓을 경우 적을 이롭게 하거나 자신의 조국을 위태롭게 만들 수도 있기 때문에 그것이 잘못되었음을 알면서도 침묵하는 카산드라의 태도는 동독 지식인으로서 크리스타 볼프가 보인 태도와 일맥상통한다. 자신의 조국과 그 조국의 깃발 위에 쓰인 사회주의 이상에 대한 믿음을 갖고 있는 개혁사회주의자로서 볼프는 조국의 기반을 송두리째 흔들어버릴 수 있는 행동을 할 수 없었다. 바로 이러한 이유 때문에 볼프는 1979년에 『남아 있는 것』을 집필하고서도 바로 발표하지 못하고 10년간을 책상서랍에 넣어두었던 것이다. 대신 『카산드라』처럼 신화 소재를 차용하여 우회적 방식으로 자신이 살고 있는 사회에 대해 비판을 가하였다. 볼프의 비판 목적은 자신의 사회가 제대로 작동하기를 바라는 것이었지 그 사회를 무너뜨리고자 한 것은 아니었기 때문이다. 그런 점에서 볼프는 동독에 대해 여전히 애정을 지니고 있었다. 자신을 감시할 정도로 경직되고 출구가 없는 것처럼 보이는 동독사회에 대해 여전히 기본적 애정과 갱생의 희망을 지니고 있었다.

볼프는 트로이 사회 내에 하나의 유토피아 섬처럼 존재하는 이다산 공동체를 배치함으로써 절망 속에서 희망을 보고자 하였다. 전쟁으로 치닫는 트로이 근교의 이다산에 자리잡은 이 공동체는 신분의 고하, 남녀 차이, 적과 아군을 구분하지 않고 모두가 함께 모여 살며 현재의 삶을 온전히 누린다. 적대감이 아니라 "평화로운 공존"이 이루어지고, "연대감"과 "서로에 대한 사랑" 즉 "서로를 인정하고 신뢰"하는 사랑이 공동체의 바탕을 이룬다.[52] 이다산 공동체는 트로이의 멸망과 함께 비록 사라지지만 적과 아군, 승리와 패배, 삶과 죽음의 이분법을 넘어 제3의 길이 여전히 가능하다는 가능성을 보여준다. 이것은 동독 내에서 제3의 길을 찾는 제3의 세력에 대한 믿음과 이들에 의해 자신의 사회가 언젠가는 유토피아에 도달할 수 있으리라는 희망을 크리스타 볼프가 지니고 있었음을 보여준다. 많은 문제점에도 불구하고 "현실사회주의 사회는 원칙적으로 개혁 가능하다는 희망의 원칙"[53]을 견지하고 있었던 것이다.

1989년 11월 베를린 장벽이 개방되었을 때 볼프를 위시한 개혁사회주의자들은 자신들이 오랫동안 꿈꾸어온 제3의 길을 마침내 실현할 수 있는 기회가 왔다고 생각했다. 하지만 현실은 그렇지 못했다. 볼프가 『카산드라』에서 우려했던 것처럼 동독은 결국 몰락하고 말았고, 그와 함께 제3의 길을 추구했던 세력들도 몰락해버렸다. 그후에 남은 것은 절망과 방향상실뿐이다. 이러한 상황은 볼프를 오래 침묵하게 만들었다. 애증의 감정으로 절망 속에서도 끝내 희망의 끈을 놓지 않았던 자신의 조국이 어느날 갑자기 무너져버려 서독으로 통째로 넘어갔으니 그것만으로도 망연자실해질 수밖에 없었을 것이다. 게다가 1990년에 발표한 『남아 있는 것』을 둘러싸고 볼프에게 가해진 비판은 매우 신랄하고 가혹하였기에 개인적으로 더욱 커다란 상처를 입었다. 그러다 볼프는 1996년에 오랜 침묵을 깨고 소설 『메데아』를 발표한다. 『메데아』는 『카산드라』처럼 신화적 소재를 차용하였지만 이번에는 좀더 직접적으로 동서독과 통일 이후의 독일사회를 그리고 있다.

---

52) Jutta Marx, "Perspektive des Verlierers," *Erinnerte Zukunft*, Wolfram Mauser 편, Würzburg 1985, 175면.
53) Wilfried Grauert, "Eine moderne Dissindentin. Zu Christa Wolfs Erzählung Kassandra," *Diskussion Deutsch 18 (1987) H. 97*, 434면.

3. 통일독일 사회에 대한 문학적 성찰 ─ 『메데아. 목소리들』

(1) 통일 이후 크리스타 볼프의 상황

장벽이 개방되고 독일의 통일이 가시화되던 1990년에 촉발된 『남아 있는 것』을 둘러싼 논쟁은 크리스타 볼프에게 엄청난 충격을 가져다주었다. '마녀사냥'이라는 표현까지 나올 정도로 볼프 개인에 대한 무차별적 공격이 1990년 내내 벌어졌으며 이 과정에서 볼프는 치유할 수 없는 상처를 입었다. 불과 얼마 전까지만 해도 동서독 비평가나 일반 독자들로부터 과분한 찬사를 받으며 동독문학을 넘어서서 독일문학 전체 그리고 유럽의 양심을 대표하는 인물로 칭송받다가 하루아침에 "어용작가" "비겁자" "기회주의자"라는 손가락질을 받게 되었으니 볼프가 느낀 충격의 강도는 가히 짐작할 만하다. 게다가 오랫동안 몸담아왔던 자신의 조국 동독이 하루아침에 무너지고 속수무책으로 서독에 합병되면서 모든 동독적인 것이 부정되고 범죄적인 것으로 낙인찍히는 과정을 옆에서 지켜보아야 했으니 개인적 충격과 함께 좌절과 상실감까지 더해져서 그야말로 사면초가의 상태에 빠질 수밖에 없었다. 이러한 상황에서 볼프는 외부와의 접촉을 피하고 시골로 칩거하여 고립된 생활을 선택한다. 볼프 논쟁의 충격이 어떠했는지는 7개월이 지난 1991년 1월에 한스 마이어(Hans Mayer)에게 보낸 편지에 잘 나타나 있다. 한스 마이어가 오스트리아에서 에리히 프리트 상을 받게 되었는데 볼프에게 축사를 부탁하였다. 그런데 볼프는 공식석상에 모습을 드러내는 것에 대해 부담을 느끼고 마이어에게 그것을 면해줄 것을 부탁하는 편지를 보낸다.

제 안에는 그것에 대한 저항이 자리잡고 있습니다. 도덕적 저항이지요. 당신은 물론 노이로제적 저항이라고 부를 수 있을 겁니다. 그래도 이의를 제기하지 않겠어요. 이 저항은 공중(세상)에 대한 거의 공포에 가까운 거부와 결부되어 있습니다 — 이 두 공포는 동일한 뿌리를 갖고 있는데, 거기에서부터 강력한 글쓰기 장애가 자라나옵니다.[54]

세상에 대한 노이로제적 공포가 볼프로 하여금 글쓰는 작업조차 어렵게 만들고 세상으로부터 스스로를 고립시키도록 했지만 그래도 글쓰기를 완전히 포기하지는 않았다. 주로 에쎄이를 많이 썼는데 당시에 발표한 글이나 편지들을 보면 돈의 힘이 지배하고, 동독의 회사와 공장이 문을 닫아 실업자가 속출하고, 새로운 환상과 새로운 불안들이 생겨나는 통일된 독일 사회에 대한 염려가 가득 들어 있다. 당시 그녀가 쓴 글들에는 새로운 관계 속에서 느끼는 낯설음이 주조를 이룬다. 통일독일 사회에 적응하지 못하고 모든 것에 낯설어하는 이방인의 처지가 된 것이다. 이러한 상황은 볼프가 1992년 9월부터 미국 게티쎈터의 초청을 받아들여 8개월간 싼타모니카에 혼자 체류하면서 더 첨예화된다. 이곳은 흥미롭게도 나찌를 피해 망명한 독일의 많은 작가들이 망명생활을 하던 곳이기도 하다. 브레히트, 토마스 만, 포이히트방어 등의 흔적이 남아 있고 그들의 후손이 아직 살고 있는 캘리포니아에서 볼프는 자신 역시 그들 망명자와 비슷한 처지임을 느낀다. 자기가 떠나온 독일과 지금 머물고 있는 미국 캘리포니아 그 어느곳에서도 고향을 찾을 수 없다는 상실감이 당시 볼프의 의식에 깊게 자리잡고 있었다. 볼프의 이러한 입장은 1993년 1월에 촉발된 볼프 자신의 슈타지 연루 문제와 연관되어 더욱 승폭된다. 볼프는 1월 21일 『베를리너 짜이퉁』에 자신이 1959년에서 1962년까지 3년간 슈타지의 비공식 정보원이었다는 사실을 1992년 여름에 자신에 대한 슈타지의 사찰기록을 열람하는 과정에서 알게 되었다고 고백하였다. 슈타지 사람들을 몇번 만나 이야기

54) Jörg Magenau, *Christa Wolf. Eine Biographie*, Hamburg 2003, 417면에서 재인용.

를 나누었고, 한번인가 간단한 정보 보고를 한 것 외에는 별로 한 일이 없
으며 그 사실조차 오랫동안 잊고 있었다는 볼프의 고백 이후에 다시 한번
독일 언론에서는 격렬한 비판이 일어났다(자세한 내용은 이 책의 제1장에 나오
는 '슈타지 논쟁' 참조). 독일에서 벌어지는 자신의 슈타지 이력에 대한 논쟁
을 볼프는 대서양 건너 싼타모니카에서 찾아 읽으며 이번에는 적극적으로
이 사안에 대처하였다. 독일 언론에 자신을 비판하거나 옹호하는 기사가
실리면 그 저자에게 편지를 보내 자신의 의견을 밝혔으며, 자신에 대해 비
판적 기사를 실은 『슈피겔』지에 독자 편지를 보내기도 하고, 인터뷰에 응
해 입장을 밝히기도 하였다. 또한 1993년 6월에 자신이 3년간 슈타지에 보
고했다는 슈타지 문서와 자신에 대한 슈타지의 사찰기록, 슈타지 논쟁 과
정에서 주고받은 편지와 발표한 글 그리고 인터뷰를 총망라하여 자료집을
펴냄으로써 논점을 공개하였다. 이 자료에는 자신에 대한 오해를 적극 해
명하는 편지와 글들도 함께 수록되어 있다. 이를 통해 볼프가 슈타지에게
제공한 정보라는 게 별것 없으며 전체적으로 거의 문제가 되지 않는다는
사실이 점차 힘을 얻어갔다.

　그렇지만 볼프는 슈타지 논쟁의 와중에 또다른 악의적 오해에 시달려야
했다. 즉, 볼프가 자신의 처지를 나찌시대 망명자들의 상황과 비교함으로
써 스스로를 나찌로부터 박해받은 이들의 전통에 위치시키려 했다는 비난
이다. 비판의 소지는 볼프가 1993년 1월 24일에 독일 제1텔레비전의 「문
화리포트」 프로그램과 가진 인터뷰에서 촉발되었다. 자신이 현재 머물고
있는 싼타모니카가 나찌를 피해 망명한 작가들과 유대인, 공산주의자들이
머물던 곳이며, 여기저기에서 그들의 흔적을 찾을 수 있다는 언급을 하면
서 현재 통일독일의 상황에 대해 비판한 것이 비난의 빌미가 되었다.

　지금 독일에서 사람들은 한때 동독에 존재했던 문화를 포기해도 된다고 믿
는 것 같아요. 그 당시(나찌시대 — 필자)에도 독일은 좌파와 유대인 문화를, 당

시 존재했던 대단하고 위대한 인간적 문화를 제거하였지요. 그 결과가 어땠는지 우리는 알고 있습니다. 독일이 지금 누구를 떨쳐버릴 수 있다고 믿고 있나요, 그 누구보다도 하이너 뮐러와 저를 그렇게 보고 있고, 우리가 오로지 범죄시되고 있지 않은가요.[55]

볼프의 발언은 과거의 문제를 지적하면서 현재에도 그런 문제가 되풀이될 수 있는 위험을 비판한 것이다. 이는 "사회적 문제를 자신의 체험과 결부시켜 서술하는 그녀의 근본 특성"[56]에서 볼 때 그리 문제될 것이 없다. 하지만 보기에 따라서는 과거와 현재의 상황이 같으며 하이너 뮐러와 자신이 나찌시대의 지식인처럼 박해받고 있다는 발언으로 해석될 수도 있다. 더 나아가서 볼프가 스스로를 나찌에 쫓긴 이들의 전통 안에 위치시키려 한다는 해석의 소지를 포함하고 있기도 하다. 실제로 볼프는 자신이 머물던 싼타모니카에서 많은 독일 망명작가들의 흔적을 확인하고 "자신의 나라와 독자들에게 쫓겨난" 그들의 처지를 남의 일이 아니게 느꼈을 것이다. 볼프는 캘리포니아에 망명을 간 것도 아니고 독일로 돌아갈 길이 막힌 것도 아니었지만, 자신의 정체성을 구현했던 동독을 잃어버리고 많은 독자들로부터 외면당한 채 언론으로부터 무차별 공격을 받아 만신창이가 된 상태로 도망치듯 미국으로 왔다는 점에서는 그들 망명자들의 입장과 비슷한 부분도 있다고 할 수 있다. 그런 점에서 "당시 그녀의 생각에 망명자들이 가깝게 느껴졌을 것임에 틀림없을"[57] 것이라는 추측이 가능하다. 하지만 독일 언론이나 지식인들의 상당수가 볼프의 발언에 민감한 반응을 보

55) Hermann Vinke 편, *Aktenansicht Christa Wolf*, Hamburg 1993, 170면.
56) Jörg Magenau, 앞의 책 430면.
57) Herbert Lehnert, "Stimmen von Macht und Freiheit. Christa Wolf *Medea*," *Literatur und Geschichte. Festschrift für Wulf Koepke zum 70. Geburtstag*, Karl Menges 편, Amsterdam 1998, 301면.

였다. 이들은 볼프의 발언을 예민하게 받아들여 확대해석하면서 볼프가 자신을 망명자와 동일시하며, 통일독일을 마치 나찌와 비교하는 무리수를 두고 있다고 비판한 것이다. 그중에는 그동안 볼프에게 우호적 태도를 견지했던 이들도 포함된다. 귄터 그라스는 볼프에게 그런 발언을 자제하라는 편지를 보냈고, 서베를린 예술원장 발터 옌스 역시 조심스럽게 볼프를 비판하였다. 이에 대해 볼프는 동서 베를린 예술원에서 탈퇴를 선언하는 것으로 자신의 발언이 잘못 받아들여진 것에 항의하였다. 하지만 이후 몇 달간 지속된, 자신에 대한 세상 사람들의 오해를 불식시키고자 하는 볼프의 노력은 결국 큰 성과 없이 끝나고 만다. 이 경험 역시 볼프가 신화 속 인물 메데아에게 매달리게 된 자극제가 되었다.

(2) 메데아 신화의 재발견

볼프는 이미 1991년 여름부터 메데아 주제에 관심을 보이기 시작하였다. 통일 과정에서 자신이 겪은 마녀사냥에 버금가는 언론의 무차별 공격과 통일 이후 독일사회에서 급격히 드러난 외국인에 대한 배척과 테러 그리고 이방인으로서 혼자 지내야 했던 쌘타모니카에서의 경험이 메데아라는 인물에 투영되면서 볼프의 집필 계획이 구체화된다. 볼프가 메데아라는 신화적 인물에 관심을 보인 것은 메데아가 서양 문화에서 둘도 없는 악녀로 낙인찍힌 것이 사실과 달리 후세에 의해 만들어진 것이라는 연구를 접하고서였다. 사랑 때문에 조국과 아버지를 배반하고, 자신의 친동생을 죽이고, 자신을 버린 남편에 대한 복수로 급기야는 자기가 낳은 자식까지 죽이는 비정한 여인상으로 고착된 메데아에 대한 이미지가 후세에 조작된 것임을 듣고 이 주제에 강한 흥미를 느낀 것이다. 메데아의 자식 살해는 에우리피데스 비극에서 처음 유포되었고, 그전의 자료들에는 메데아가 아니라 코린트인들이 아이를 살해했다고 기록되어 있다.[58] 볼프는 메데아를 악녀로 낙인찍은 근저에는 낯선 것, 즉 자신과 다른 것을 배제하는 인간사회의 자기보존 메커니즘이 작용하였다고 본다. 이러한 배제의 메커니즘은 메데아가 살던 시대뿐만 아니라 역사 이래로 위기 상황에서는 언제나 계속해서 사람들을 배제시키고 희생양으로 만드는 상황이 반복되어왔음에 볼프는 주목한다. 특히 통일 과정과 그 이후에 숱한 배제의 메커니즘이 작동한 독일사회에도 여전히 그 문제가 지속되고 있음을 직접 확인한 것이다. 볼프는 『메데아』를 쓰게 된 동기를 다음과 같이 밝히고 있다.

제게는 지난 몇년간 우리 문화가 위기에 빠질 때면 언제나 계속해서 똑같은 행동 양태로 돌아간다는 것이 분명해졌습니다. 사람들을 배제시키고, 희생양으로 만들고, 적개심을 조장하여 허황되게도 현실을 오인하게 만드는 양태 말입니다. 이것이 우리의 가장 위험한 특징입니다. 동독 시절에 저는 점점 더 큰 규모의 그룹을 배제시키며 자신의 포용 능력을 점점 더 많이 잃어가는 국가가 어디로 빠져드는지 보았습니다. 이제 더욱 커진 독일연방공화국에서 우리는 점점 더 많은 그룹의 사람들이 사회적, 인종적 그리고 그밖의 다른 이유로 쓸모없이 되어가는 것을 경험하고 있습니다. 그것은 처음에 통일 과정에서 동독의 특정한 그룹 사람들에게 방어태세를 취하면서 시작되었지요. 낯선 것에 대한 이러한 배제는 우리 문화의 전 역사를 관통하고 있습니다. 불안을 야기하는 여성적 요소를 배제하는 일이 언제나 있어왔지요.[59]

볼프는 동독의 과거와 통일독일의 현재가 서로 연결되어 있음을 언급하

---

58) 볼프가 참조한 로버트 그레이브스의 『그리스 신화』에는 에우리피데스가 코린트인들에게 돈으로 매수되어 아이들 살해의 죄를 코린트인들에게서 메데아한테로 전가했다는 기록이 나온다. (Robert Graves, *Greek Mythos*, London 1958) Georgina Paul, "Schwierigkeiten mit der Dialektik. Zu Christa Wolfs Medea. Stimmen," *German Life and Letters*. 50/2, April 1997, 227면 참조.

59) "Warum Medea? Gespräch mit Petra Kammann," Marianne Hochgeschurz 편, *Christa Wolfs Medea. Voraussetzungen zu einem Text*, München 2000, 77면.

면서 낯선 것에 대한 '배제'가 두 사회를 관통하는 공통 원칙이 아닌가 반문한다. 통일 이후 구동독 지역 여러곳에서 망명 신청자들을 위한 외국인 숙소를 방화하는 등 외국인들에 대한 적대감이 표출되는 사건을 보면서 볼프는 낯선 것에 대한 뿌리 깊은 거부감이 독일사회에 만연해 있음을 확인한 것이다. 그런 점에서 메데아 신화는 볼프가 직면한 개인적 문제와 통일독일 사회가 안고 있는 사회적 문제를 함께 다룰 수 있는 매우 현실성 있는 소재로 받아들여졌다. 이는 볼프가 『카산드라』와 『메데아』에 대해 언급하면서 오늘날의 작가에게 신화가 왜 유용한가를 설명하는 글에서도 확인할 수 있다.

신화는 우리 시대 속에 있는 우리를 새롭게 바라볼 수 있도록 도와줄 수 있습니다. 신화는 우리가 주목하고 싶어하지 않는 특징들을 강조해주고, 우리를 일상의 통속성에서 벗어나게 해줍니다. 신화는 특별한 방식으로 인간적인 것, 제 생각으로 모든 문학에서 문제삼고 있는 그 인간적인 것에 대해 질문하도록 강요합니다. 예를 들어 다음과 같은 질문이지요. 우리는 왜 인간의 희생을 필요로 하는가. 왜 우리는 아직도 여전히 그리고 언제나 계속해서 희생양을 필요로 하는가. 독일에서 말하는 소위 '전환' 이후의 지난 몇년간 나는 (…) 이들 질문에 대해 숙고해야 할 이유를 보아왔습니다.[60]

볼프는 쌘타모니카에 머물면서 그곳 도서관에서 메데아에 대한 다양한 자료를 수집하였고, 학문적 연구들을 섭렵하였다. 이러한 사전작업을 바탕으로 작가적 상상력을 발휘하여 마침내 1996년에 소설 『메데아』를 발표하게 된다. 그런 점에서 볼프의 『메데아』는 "시대사적 배경 없이는 이해될 수 없다"[61]는 폴커 크리셸(Volker Krischel)의 언급은 설득력이 있다.

---

60) 같은 책, 21면.

(3) 신화의 재해석과 메데아 주제의 현재성

통일 이후 6년 만에 처음으로 발표한 본격적인 작품『메데아』에서 볼프는 메데아 신화의 큰 틀을 그대로 빌려온다. 그리스로부터 멀리 떨어진 콜키스의 여사제이자 공주인 메데아는 황금양피를 찾기 위해 멀리 그리스에서 온 이아손을 도와 양피를 얻게 해주고 그와 함께 문명의 땅 그리스로 온다. 하지만 이아손의 숙부가 약속했던 대로 이아손에게 왕위를 물려주지 않자 결국 코린트로 가서 정착한다. 큰 줄거리를 보면 신화 속 이야기와 같이 진행되지만 그 내용에 있어서는 커다란 반전이 이루어진다.

신화 속의 메데아는 첫눈에 이아손에게 반해서 아버지를 배반하고 이아손에게 황금양피를 얻을 수 있는 비법을 가르쳐준다. 그러고는 이아손과 함께 콜키스를 도망쳐나온다. 이에 비해 볼프는 메데아가 이아손을 도운 것은 사랑 때문이 아니라 더이상 견딜 수 없을 정도로 타락해버린 콜키스를 떠나기 위해서였다고 서술한다. 자신의 권력을 유지하기 위해 결국은 아들마저 죽이는 아버지 아이에테스 왕과 경직된 체제를 견딜 수 없어서 메데아는 콜키스를 떠난 것이다. 이아손에 대한 메데아의 사랑은 나중에 아르고호를 타고 그리스로 가는 도중에 비로소 생긴다. 바로 이 대목이 크리스타 볼프가 메데아 신화를 뒤집는 첫번째 반전이다.

두번째 반전은 메데아가 자신의 동생 압쉬르토스를 죽이지 않았다는 서술이다. 신화에서는 메데아가 이아손과 배를 타고 도주할 때 콜키스 왕이 추격해오자 함께 데리고 가던 남동생을 죽여서 토막내 바다에 던짐으로써 추격을 모면했다고 서술한다. 이 부분을 볼프는 메데아가 아니라 아이에테스 왕이 자신의 권력을 유지하기 위해 완고하게 옛 관습을 좇는 여인들을 부추겨 압쉬르토스를 죽인 것으로 그린다. 메데아는 동생의 유골을 수

61) Volker Krischel, *Erläuterungen zu Christa Wolf Medea*, Hollfeld 2003, 15면.

습하여 가지고 가다가 아버지가 배로 추격해오자 뱃머리에서 울부짖으며 시신 토막들을 바다에 던졌다는 것이다. 마지막으로 메데아가 자신을 배반하고 코린트의 글라우케 공주와 결혼하려는 이아손에 대한 복수로 공주에게 독이 묻은 옷을 보내 죽게 만들고, 급기야는 자신의 아이들마저 죽인다는 이야기 역시 볼프는 사실무근으로 뒤집는다. 글라우케 공주는 메데아에 대한 죄책감 때문에 우물에 뛰어들고, 메데아의 아이들은 그 이후에 흥분한 코린트의 군중들이 돌로 쳐죽이는 것으로 그린다. 볼프의 메데아는 사랑 때문에 조국과 아버지를 배반하고, 사랑 때문에 동생을 살해하고, 복수를 위해 연적과 자신의 아이들을 살해한 여인이 아니라 억울한 누명을 뒤집어쓴 불쌍한 여인이다. 볼프의 메데아는 코린트 사회에서 콜키스인이라는 이방인의 굴레를 벗지 못하고 권력에 의해 '동생 살해자'와 '자식 살해자'라는 누명을 쓰고 쫓겨나는 "무고하게 죄를 뒤집어쓴 여인"[62]으로 나타난다. 볼프는 메데아에 대한 이러한 누명이 어떻게 조작되고 유포되어 진실이 되는가를 밝혀내는 작업, 다시 말해서 "오인(誤認)의 해명"을 이 작품의 주도동기로 설정한다. 이 문제는 메데아를 비롯한 주변 인물들이 등장해 이야기를 본격적으로 시작하기 전에, 작품의 서두에서 서술자가 행하는 독백에서 처음부터 분명하게 제시된다.

> 우리는 한 여인의 이름을 부른다. 투명한 벽을 통해 그녀의 시간 속으로 들어선다. 바라던 만남이다. 그녀는 시간의 심연으로부터 아무런 망설임 없이 우리의 시선에 응답한다. 자식을 살해한 여인? 무엇보다 먼저 떠오르는 의혹. 그녀는 우리를 비웃듯이 어깨를 한번 으쓱하고는 고개를 돌린다. (…) 그릇된 물음들은 오해의 암흑에서 벗어나고 싶어하는 이를 불안하게 한다. 우리는 그녀에게 경고해야 한다. 우리의 오해는 빈틈없는 체계를 이루고 있어서 그녀는

62) Jörg Magenau, 앞의 책 422면.

무엇으로도 반박할 수 없다고. 아니면 우리는 우리의 오해와 착각의 가장 깊은 곳으로 과감하게 뚫고 들어가야만 하리라, 벽들이 무너져내리는 소리를 들으며 다함께, 차례차례로.[63]

서술자의 목소리는 작가의 입장을 대변해준다. 시간의 벽을 뚫고 먼 과거로 내려가 메데아를 만나서 처음 던지는 물음이 과연 그녀가 "자식 살해자"인가 하는 의혹이다. 서술자의 독백에 이어 마치 연극처럼 여섯명이 차례차례로 무대에 등장하여 독백을 늘어놓는다. 그래서 이 소설의 원제목이 『메데아. 목소리들』이다. 이들은 두번씩 등장하기도 하고 한번만 나오기도 하는데 이들의 목소리를 통해 메데아의 행적이 종합된다. '목소리'로 등장하는 인물들은 메데아와 그녀의 남편 이아손, 메데아의 제자이지만 그녀를 증오하며 코린트에서 출세의 길을 찾는 콜키스인 아가메다, 코린트의 공주 글라우케, 크레온 왕의 수석 천문학자 아르카스 그리고 코린트의 차석 천문학자 로이콘까지 모두 여섯명이다. 이들 중에는 메데아에게 호의적인 인물도 있고, 메데아를 증오하거나 적대시하는 인물도 있다. 또한 콜키스인과 코린트인이 섞여 있다. 볼프는 이처럼 여러 입장의 여러 인물들의 이야기를 다성적으로 구성함으로써 메데아를 둘러싼 "오해와 착각"이 어떻게 일어났는가를 다각도에서 조명할 수 있는 장치를 마련해놓았다. 목소리로 등장하는 이들은 "전승된 신화에서 메데아에게 전가되었던 범죄에 그녀는 책임이 없음을 증언하는 기능"[64]을 하고 있다. 이 작품의 주조는 따라서 메네아가 살던 시대로 들어가 그녀가 어떻게 세상에서 배제되고 추방되며 마침내는 자식 살해자로 낙인찍히는가를 추적하는 것

---

63) Christa Wolf, *Medea. Stimmen*, Gütersloch 1996, 10면. (이후 본문에 면수만 표기)
64) Ricarda Schmidt, "Das ausgeschlossene Andere der abendlichen Zivilisation. Zu Christa Wolfs Medea," *Literatur und Ökologie*. Axel Goodbody 편, Amsterdam 1998, 2면.

이다. 그를 통해 메데아를 악녀로 만드는 "오해"가 어떤 "빈틈없는 체계"를 지니고 있는지를 드러내려는 것이다.

(4) 배제와 희생의 메커니즘

코린트에 온 메데아는 처음부터 이방인이자 도망자이다. 더 나아가서 동쪽의 먼 미개한 나라에서 온 "야성적인 여인"으로 받아들여진다. 메데아는 이방인에다 여인이라는 이중으로 "배가된 낯설음"[65]을 지닌 인물이다. 그리스인들은 그리스 말을 하지 않는 주변의 다른 민족들을 모두 야만인이라 불렀다. 따라서 그들에게 콜키스인은 당연히 야만인이었다. 메데아를 비롯한 콜키스인들은 코린트에 도착해서 낯선 문화와 관습, 자신들의 것과는 다른 가치기준에 직면하게 된다. 콜키스인과 코린트인 들은 서로서로 낯선 존재였던 것이다. 코린트인들은 콜키스인들이 당연히 자신들의 관습에 적응해야 한다고 생각한다. 하지만 메데아는 코린트의 관습을 거부한다. 볼프가 그리는 메데아는 아름답고 똑똑하며 자신감에 넘치는, 자의식과 개성이 강한 여인이다. 그녀는 길을 걸을 때에도 꼿꼿하게 걷고,[66] 결혼하면 머리를 동여매는 코린트 여인들과 달리 제멋대로 풀어헤치고 다닌다. 또한 "폭풍우처럼 거리를 내달리고, 화가 나면 소리를 지르고, 기쁘면 큰 소리로 웃는다".(67) 게다가 여사제이며 치료사로서 교육받은 지적인 여인이다. 메데아의 이러한 점은 코린트인들에게 처음에는 호기심을 불러일으켰지만 곧 위험한 존재로 여겨져 배척의 대상이 된다. 코린트 사회가 호황을 누릴 때에는 자기와 다른 이방인들에게 어느정도 너그러움을

---

65) Friederike Mayer, "Potenzierte Fremdheit: Medea—die wilde Frau. Betrachtungen zu Christa Wolfs Roman *Medea. Stimmen*," *Literatur für Leser*. 1997/9, 86면.

66) 이아손은 이를 다음과 같이 표현한다. "걷는 모습부터 가히 도전적이라고밖에 표현할 수 없다. 콜키스 여인들은 대부분 그렇게 걷는데 사실 나는 그런 걸음걸이를 좋아한다. 그러나 이방인들, 도주자들이 감히 어떻게 우리 도시에서 도시의 주인들보다 더 자신있게 걸어다닐 수 있느냐고 불평을 털어놓는 코린트 여인들의 심정도 충분히 이해할 만하다."(50)

보이지만, 상황이 어려워지면 어려움의 원인을 그들에게 전가함으로써 위기를 해결하려 했기 때문이다. 그렇게 하여 자신들과 "단순히 다른 여인에서 사악한 여인, 마법사, 지진과 페스트 그리고 월식을 불러온 여인"[67]이 만들어진다. 볼프의 소설 『메데아』는 메데아가 코린트 사회에서 어떻게 이방인으로서 배제되고 급기야는 코린트의 위기를 해결하기 위한 희생양으로 만들어지는가를 추적하고 있다.

　메데아가 코린트인들에게 결정적으로 악녀로 낙인찍히게 된 사건은 코린트에 2년에 걸친 가뭄으로 심한 기근이 닥쳤을 때 일어났다. 메데아는 "무한정 존재하는 식용 가능한 야생식물에 대한 지식을 널리 알렸고 코린트인들에게 말고기 먹는 법을 가르쳤다, 아니 강요했다."(49) 코린트인들에게 말은 성스러운 존재로 말고기를 먹는 것은 터부시되어왔다. 이를 메데아가 깬 것이다. 이아손이 말고기를 먹고 신들로부터 그 어떤 벌도 받지 않는 것을 보고 사람들은 굶어죽지 않기 위해 말고기를 먹었고 결국 살아남았다. 하지만 나중에 사람들은 자신들의 그런 행동을 메데아의 마법에 홀렸기 때문이라며 메데아를 사악한 여자로 몰아갔다.

> 그후 그녀는 사악한 여자가 되었다. 아카마스는 말했다. 사람들은 단순히 굶주림 때문에 잡초를 먹고, 건드려서는 안되는 동물의 내장을 게걸스럽게 삼켰다기보다는 차라리 마법에 걸렸다고 믿고 싶어한다오.(49)

이것은 이미 메데아를 그 사회의 희생양으로 몰아가는 선초선적 의미를 지닌다. 한 사회에 위기가 닥쳤을 때 그 책임을 어느 한 사람에게 전가시킴으로써 위기에서 벗어나고는 하는데 콜키스에도 그러한 조짐이 보이기 시작한 것이다. 이는 『메데아』 7장의 서두에 실린 르네 지라르(René

---

67) Friederike Mayer, 앞의 글 89면.

Girard)의 "사람들은 자신의 불행이 단 한 사람, 쉽게 떨쳐버릴 수 있는 단한 사람의 책임이라고 굳게 믿고 싶어한다"는 말과 일맥상통한다. 메데아역시 그런 메커니즘을 꿰뚫고 있어서 "성스럽게 여기는 것을 건드리라고강요하는 이를 사람들은 적으로 여긴다"(49)고 말한다. 이는 미셸 푸꼬가『담론의 질서』에서 분석한 담론의 작용과도 연결된다. 푸꼬는 "어떤 사회에서든 일련의 과정을 통해 담론의 생산이 통제되고, 선별되고, 조종"되는데 그것의 핵심은 "배제"라 말한다. 배제의 과정은 "금지"와 "분할" 그리고 "배척"으로 나타난다.[68] 한 사회의 금기를 위반했을 때 그 사회는 위반자를 정상인과 구분하여 광인 또는 사악한 존재로 몰아가고, 그들의 말을허위로 분류하여 영향력을 배제하고 결국은 그 사회로부터 배척함으로써기존의 담론을 유지하려고 한다. 이러한 담론의 법칙을 알고 있음에도 불구하고 메데아는 코린트의 관습에 순응하지 않고 계속해서 자신의 방식대로 행동한다. 그래도 메데아는 신비한 힘을 지닌 이로 인식되었기에 아직은 "쉽게 떨쳐버릴 수 있는" 존재가 되지는 않았다. 메데아는 콜키스에서배운 자연치유술을 이용하여 코린트 사람들을 치료해주었기 때문이다. 그런데 어느날 어느 신하의 아들을 치료하는 자리에서 궁정의 "위엄있는 남자들의 치유술을 간단하게 '사기'"(68)라고 비판하자 그 말을 그 신하가 궁중에 퍼뜨렸다. 이 사건을 계기로 메데아는 크레온 왕의 궁전에서 쫓겨난다. "질병을 퍼뜨릴지도 모르는 사람이 왕실 가까이에 있어서는 안되기 때문"(68)이라는 것이 메데아를 쫓아낸 표면적 이유였다. 이아손은 궁궐에남고 아이들과 궁 밖으로 나가게 된 메데아는 이로써 첫번째 배제와 추방의 경험을 하게 된다.

메데아에 대한 결정적 배제 과정은 그 이후에 일어난다. 메데아가 코린트 왕국의 숨겨진 비밀을 알아버림으로써 정권의 안위를 뒤흔들 수 있는

---

68) Michel Foucault, *Die Ordnung des Diskurses*, Frankfurt/M. 1991, 11면.

위험한 인물이 되었기 때문이다. 메데아는 궁전 연회에 참석했다가 왕비를 뒤따라가서 궁전의 지하 동굴에 있는 어린아이의 유골을 발견한다. 그것은 코린트의 공주 이피노에의 유골로 오래전에 크레온 왕이 자신의 권력이 위태로워지자 대신 희생시킨 것이다. 여권을 대표하는 메로페 왕비가 이피노에 공주에게 왕위를 계승시키려 하자 크레온 왕은 "여인들이 이끄는 옛날 방식의 코린트로는 주변 국가들을 도저히 대적할 수 없다"(127)며 이피노에를 제거한 것이다. 아직 약간은 남아 있던 모계사회의 전통이 부계사회의 힘에 의해 완전히 소멸되는 사건이었다. 이 사건은 비밀에 붙여졌고 공주는 이웃나라에 납치되어 그곳의 왕자와 행복하게 살고 있다는 소문을 유포시킴으로써 마무리되었다. 메데아가 왕비를 찾아가고 이피노에에 대한 비밀에 접근하였다는 사실은 곧 수석 천문학자이자 크레온 왕의 최측근인 아카마스에게 알려진다. 그 사실은 크레온 정권의 기반을 송두리째 흔들 수 있는 폭발력을 지니고 있었기에 메데아를 제거하기 위한 시도가 이루어진다. 이를 옆에서 관찰하는 비판적 천문학자 로이콘은 다음과 같이 정리한다.

그 순간에 나는 비로소 우리 코린트의 실체를 알게 되었다. 메데아는 우리의 공동생활을 좌우하는 진실을 파헤쳤으며 우리는 그런 그녀의 행동을 용납할 수 없다는 것을 알았다. 그리고 내가 무력하다는 것 역시 깨달았다.(175)

하지만 이키미스는 "메데아가 뒤쫓는 비밀이 너무 경악스러운 것이어서 그 증거를 공공연하게 그녀에게 적용할" 수가 없었다.(87) 그래서 그들은 대신에 다른 죄목을 생각해낸다.

그렇다면 벌할 수 없는 범행 대신, 공공연하게 메데아에게 적용하여 원하는 성과를 얻어낼 수 있는 다른 범행을 찾아내자는 의견을 내놓은 사람은 프

레스본이었다.(88)

메데아를 증오하는 콜키스인 아가메다와 프레스본은 메데아가 "콜키스에서 동생 압쉬르토스를 살해했다는 죄목으로 그녀를 고발"(90)하는 계획을 세운다. "메데아의 진짜 죄, 코린트의 가장 비밀스러운 기밀을 파고든 죄를"(91) 공개할 수 없는 상황에서 그것은 메데아를 제거할 수 있는 좋은 빌미가 되었다. 코린트의 범죄적 비밀을 알고 있는 메데아는 이제 아카마스와 크레온 왕에게는 위험한 인물이 되었기 때문이다. "스스로를 태양 아래 가장 순결한 사람들이라 여기는"(129) 사람들이 사는 코린트가 범죄를 바탕으로 이루어졌다는 사실을 알고 있는 것만으로도 이미 제거해야 할 대상이 된 것이다. 메데아가 동생을 살해했다는 소문이 코린트에 퍼지면서 그녀에 대한 군중의 적대감은 증대된다. 급기야는 거리에서 만난 성난 군중이 메데아를 뒤쫓는 상황에까지 이른다. 메데아는 코린트의 석조공 오이스트로스의 도움으로 위험에서 벗어나지만 이미 그녀의 힘이 약해져서 "쉽게 떨쳐버릴 수 있는 사람"이 되었다.

이러한 상황을 더욱 증폭시키고 코린트에 위기를 가져오는 사건이 이어 일어난다. 지진이 일어난 것이다. 그리고 얼마 후에 코린트에 페스트가 번지기 시작한다. 메데아가 코린트의 비밀을 알고 있다는 사실은 위정자들에게만 위험하지만 지진과 페스트는 코린트 사회 전체를 위험에 빠뜨리는 심각한 사건이다. 르네 지라르가 클라이스트(Kleist)의 『칠레의 지진』을 분석하며 제기했듯 지진은 단순한 자연재해가 아니다. "사회적 차이뿐만 아니라 자연질서와 사회질서 사이의 차이도 사라지게 만드는 무차별의 위기"[69]를 불러일으키는 위험한 사건이다. 부자와 가난한 이, 높은 자와 낮은 자, 노인과 어린아이를 가리지 않고 무차별적으로 작용하여 카오스를

69) René Girard, "Mythos und Gegenmythos. Zu Kleists 'Das Erdbeben in Chili'," *Positionen der Literaturwissenschaft*, David E. Wellbery 편, München 1987, 136면.

만드는 "무차별성"을 특징으로 하고 있기 때문이다. 따라서 지진이나 페스트는 사회 전체를 뒤집어엎을 수 있는 혁명적 성격을 지닌다. 이 무차별성은 계급의 차이와 재산의 유무, 남자와 여자의 차이를 무화시키는 혁명적 성격을 특징으로 하고 있기에 위정자들이 가장 두려워하는 요소이다. 지진으로 파괴된 위계질서와 차이를 다시 회복하기 위해서 위정자들은 지진의 원인을 하늘의 분노로 돌린다. 그리고 신의 분노가 내리도록 만든 원인 제공자, 즉 희생양을 만들어낸다. 이렇게 만들어낸 희생양을 군중이 두려움을 공공연하게 표출할 대상으로 던져준다. 그다음 단계는 모두가 연합하여 재앙을 불러온 대상에 복수를 가함으로써 군중의 분노를 가라앉히고 무너진 질서를 회복시키는 것이다. 그 대상은 많은 경우 "그 사회와 무관한" 인물이다.

> 사회는 무슨 댓가를 치르고서라도, 보호하려고 애쓰는 자신의 구성원을 해칠지도 모르는 폭력의 방향을 돌려서, 비교적 그 사회와 무관한, 즉 '희생할 만한' 희생물에게로 향하게 한다.[70]

메데아가 코린트 사회의 무차별적 위기를 해결하기 위해 "희생할 만한" 대상이 된 것은 여러 면에서 지극히 당연하다. 이방인에다 사악한 마법을 부리는 악녀 그리고 친동생을 살해한 비정한 여인이라는 메데아의 위치는 희생양의 조건에 잘 들어맞는다. 그리하여 코린트에 닥친 모든 불행이 바로 메데아의 사악함이 불러온 것이라는 담론은 힘을 얻는다.

> 그들로서는 페스트와 하늘의 위협적인 현상, 굶주림과 궁전의 부당한 통제에 대한 두려움을 그 여인에게 전가하지 않고서는 달리 벗어날 길이 없었

---

70) 르네 지라르 『폭력과 성스러움』, 김진식·박무호 옮김, 민음사 1997, 14면.

다.(225)

지진과 페스트로 극도로 불안해진 코린트인들의 감정은 아르테미스 여신에게 바치는 봄 축제에서 마침내 걷잡을 수 없이 폭발한다. 희생양을 바치는 의식은 매우 정교한 순서에 따라 사제 같은 특수한 인물에 의해서만 집전된다. 한 사회의 희생양에 대해 군중이 직접 폭력을 가한다면 그 또한 법과 개인적 복수 간의 차이를 무화시킴으로써 그 사회에 위기를 가져올 수 있는 위험을 갖고 있기 때문이다. 그렇기 때문에 희생 제물을 살해하는 폭력을 종교적 의식이라는 성스러운 제의로 포장하여 살해의 의미를 성스럽게 만들고 또한 아무나 희생 제의를 집행할 수 없게 만든 것이다. 이렇듯 희생의 의식을 제의화한 것은 군중 속에 잠재해 있는 폭력성이 그만큼 위험하다는 사실을 나타낸다. 왜냐하면 "군중들은 항상 잠재적인 박해자들"로서 "자신들의 사회를 전복시키는 폭도라고 믿는 사회의 오염원들을 그 사회에서 내쫓아버리기를 항상 꿈꾸고 있기 때문이다."⁷¹⁾ 군중의 바로 이러한 폭력적 특성을 아르테미스 여신의 축제에 참가한 코린트인들이 보여준다. 그들은 죄수가 감옥을 탈출했다는 소식을 듣고는 흥분하여 신전으로 도피한 죄수를 잡아 그들이 직접 신전 앞에서 살해한다. 이를 통해 길들여진 군중의 내면에 감추어진 폭력성이 분출한다. 집단 폭력이 나타날 만큼 위기가 커졌다는 증거이다.

폭력에 사로잡혀 있던, 혹은 불가항력적인 어떤 재앙에 시달리던 공동체 전체는 이른바 '희생양'을 찾아내는 데 무조건 기꺼이 달려든다. 참을 수 없는 폭력을 당할 때 우리는 본능적으로 즉각적이고 효력이 강한 치유책을 찾게 마련이다. 사람들은 그래서 자신들의 불행이 쉽게 제거할 수 있는 단 한 사람에

■
71) 르네 지라르 『희생양』, 김진식 옮김, 민음사 1998, 32면.

게서 나오는 것이라고 믿고 싶어한다.[72]

축젯날 밤에는 월식이 일어나 하늘이 갑자기 깜깜해짐으로써 코린트 군중들의 흥분은 배가되는데 그들은 모든 사건의 원인을 이방인에게 돌린다.

코린트인들은 하늘에서 벌어지는 무서운 광경을 신들이 내리는 징벌이라고밖에 생각할 수 없었다. 그러나 그것은 자신들이 저지른 죄가 아니라 낯선 신들을 이 도시로 끌어들여서 자신들의 신을 노하게 한 자들에 대한 징벌이라고 여겼다.(205)

흥분한 군중은 다른 죄수들을 직접 희생양으로 삼기 위해 시내로 몰려가고, 아카마스의 제자 투론은 콜키스 여인들이 모여 봄의 축제를 벌이고 있는 숲으로 가서 그들이 성스럽게 생각하는 숲의 나무를 도끼로 찍다가 콜키스 여인들에게 붙잡혀 성기가 잘리는 사건이 일어난다. 투론의 행위 역시 통제를 상실한 군중의 분노처럼 직접적 응징의 성격을 갖는다.

콜키스인들이 페스트와 월식의 불행을 코린트에 불러온 것을 징벌하기 위해 소나무를 베었다고 투론은 진술했다.(209)

메데아는 결국 콜키스 여인들을 부추긴 죄로 왕실의 법정에 서고 아이들은 남겨두고 혼자 떠나라는 추방 명령을 받는다. 메데아는 추방 직전 아이들을 헤라 신전에 맡기지만 얼마 후 코린트 군중이 몰려가 아이들을 살해함으로써 메데아에 대한 응징을 완성한다. "우리가 해냈소. 그들은 사라졌소. 누가, 녀석이 묻는다. 아이들 말이오! 그녀의 저주받은 아이들 말이

---

72) 르네 지라르 『폭력과 성스러움』, 123면.

오. 우리가 역병과도 같은 그 아이들로부터 코린트를 해방시켰소. 어떻게 말이오? 녀석은 음흉한 표정으로 묻는다. 돌로 쳐죽였소!"(231) 메데아가 추방된 날 글라우케 공주가 자책감 때문에 메데아가 결혼 선물로 준 흰 옷을 입고 우물에 뛰어들어 죽음을 택하는데 그 책임 역시 메데아에게 전가한다. 아카마스는 글라우케가 메데아가 준 독 묻은 옷을 입고 몸이 불타올라 우물로 뛰어든 것이라는 방을 붙였다.

희생의 기능은 "내부의 폭력을 진정시키고 분쟁의 폭발을 막는 데"[73] 있다. 코린트 사회는 메데아와 그녀의 자식들 그리고 다른 콜키스 여인들까지 희생양으로 삼음으로써 위기에서 벗어난다. 그다음 단계는 겉으로 평온을 찾고 자신들의 행위를 정당화하는 사후 정리작업이다. 그것은 '희생의 폭력'과 맥을 같이하는 또다른 폭력이다. 이미 글라우케의 죽음을 메데아의 사악한 마법 때문으로 돌린 것처럼 아이들의 죽음 역시 메데아에게 책임을 지운다. 코린트인들은 자신을 버린 남편 이아손에 대한 복수로 메데아가 자신의 아이들을 죽였다는 소문을 퍼뜨리고 이를 공고히 하기 위해 무고한 아이들의 죽음을 기린다는 명목으로 7년에 한번씩 명문가에서 일곱명의 소년 소녀들을 선발하여 헤라 신전에 보내는 의식을 행한다. 르네 지라르가 이방인이나 약자가 어떻게 희생양으로 만들어지는가를 분석했다면, 볼프는 여기에 한 차원을 덧붙여서 권력에 의한 사후 여론조작을 통해 희생양을 악마화하는 또다른 폭력이 어떻게 벌어지는가를 서술한 것이다. 이를 통해 "나중의 전승 과정에서 증오의 행위가 인간적인 것"으로 어떻게 변모하는가가 드러난다.[74] 메데아는 이방인이자 야성적 여인이라는 이유 그리고 코린트의 비밀을 파헤쳤다는 이유로 희생양이 되어 '동생 살해자' '연적(戀敵) 살해자' '자식 살해자'라는 누명을 쓰고 황야에서

---

73) 르네 지라르, 같은 책 28면.
74) Friederike Mayer, 앞의 글 90면.

쓸쓸한 삶을 연명한다.

(5) 동서독 및 통일독일 사회 비판

볼프가 낯선 것과 이방인에 대한 배제와 배척이라는 주제를 소설의 중심에 놓은 것 자체가 현실상황과 밀접한 연관을 지닌다. 또한 소설에서 묘사되는 콜키스나 코린트 사회의 모습 역시 동서독 현실과 상당히 유사한 면을 많이 지니고 있어서 그 어느 작품보다 현실과의 연관성이 짙게 드러난다. 『카산드라』에서 동쪽과 서쪽, 트로이와 그리스가 대립되어 나타나는 것처럼 『메데아』에서도 동쪽의 콜키스와 서쪽의 코린트가 대립된다. 그리고 이 대립구도가 현재의 독일 상황과 겹쳐지는 것도 두 작품의 공통점이다. 『카산드라』에서는 80년대의 동서독이 트로이와 그리스에 투영되었다면, 『메데아』에서는 동독과 통일독일 사회가 콜키스와 코린트를 통해 묘사되고 있다는 점이 다르다. 『메데아』에서는 현재와의 연관성이 더욱 뚜렷해졌다는 점 또한 큰 차이이다. 물론 메데아가 회상하는 콜키스와 동독을 일대일로 등치시키는 것은 무리이다. 레네르트(Herbert Lehnert)가 말하듯 『메데아』에서 "현재와의 관계는 유희적으로 머물러 있고 사실적 묘사로 번역될 수는 없기"[75] 때문이다. 또는 볼프가 본에서 작품 낭독회 후 가진 토론에서 밝힌 것처럼 콜키스를 동독으로 코린트를 서독으로 등치시키는 해석은 "매우 피상적"[76]이라고 할 수 있다. 하지만 콜키스를 동독에 대한 문학적 비유로 볼 수 있을 만큼 콜키스에 대한 묘사 속에는 많은 동독적 특징이 드러나 있는 것도 사실이다. 이미 『카산드라』에서 살펴보았듯이 고대 신화의 세계는 언제나 볼프가 몸담고 있는 현재 세계의 문제

---

75) Herbert Lehnert, 앞의 글 302면.
76) "Christa Wolf im Gespräch nach der Medea Lesung im Frauen Museum in Bonn am 23. Februar 1997," *Christa Wolfs Medea. Voraussetzungen zu einem Text*, Marianne Hochgeschurz 편, München 2000, 90면.

에서 촉발되어 창조된 공간이기 때문이다. 『메데아』에는 보다 직접적으로 동서독 사회나 통일 이후의 독일사회를 암시하는 부분이 많이 나온다. 또한 신화 속 인물과 현실의 특정 인물과의 유추를 가능케 할 정도로 현실 연관성이 짙게 드러난다. 그렇기에 『메데아』를 "90년대 초반 독일 관계에 대한 비유"[77]로 읽을 수 있다.

메데아가 그리는 콜키스는 기억속의 세계이다. 이미 오래전에 콜키스를 떠나 코린트에 정착해 살고 있기 때문에 메데아는 이미 과거가 되어버린 콜키스를 회상할 수밖에 없다. 이런 상황 또한 통일독일 사회에 살면서 이제는 역사속으로 사라져버린 동독을 기억속에만 간직하고 있는 동독인들의 처지와 겹쳐진다. 이런 점에서 메데아가 회상하는 콜키스의 모습은 흥미롭다. 일반적으로 회상의 대상은 아름답게 그려지는 법인데 메데아는 콜키스를 전혀 미화하지 않기 때문이다. 콜키스를 동독이 투영된 사회라 볼 때 이는 매우 흥미로운 태도가 아닐 수 없다. 1996년은 이미 동독에 대한 향수 즉 '오스탈기'(Ostalgie)[78]가 등장하여 동독의 과거를 그리워하거나 미화하는 경향이 만연해 있던 때인데, 볼프는 그와는 반대로 일정한 거리를 두고 동독을 묘사한다. 그 결과 동독이 무엇 때문에 몰락했으며 어떤 문제가 있었는지, 또한 서독에 비해 어떤 장점을 지니고 있었는지가 성찰과 분석의 대상이 된다.

메데아가 회상하는 콜키스는 많은 문제점을 안고 있는 몰락해가는 나라이다. 풍요롭고 화려한 코린트에 비하면 그야말로 보잘것없는, 흑해의 동쪽 끝에 있는 미개한 나라이다. 콜키스의 궁전은 나무로 지어졌고, 금을 별로 소중하게 여기지 않는 소박한 사회이다. 하지만 이 나라는 "전체가 어두운 비밀들로 가득 차"(16) 있는 사회이다. 메데아는 그런 사회에서 견

---

77) Cornelia Geißler, "Medea ist unschuldig," *Berliner Zeitung* 1996년 2월 22일자.
78) Ostalgie는 Ost(동쪽)와 Nostalgie(향수)의 합성어로 1990년대 중반 구동독인들에게 새롭게 등장한 '동독에 대한 향수'를 일컫는 신조어이다.

딜 수 없었다. 그곳에서 메데아는 "서서히 내 몸속에 번지는 질병처럼 콜키스의 몰락을 예감했고, 기쁨과 사랑이 빠져나가는 것을 예감했다"(98)고 토로한다. 그렇게 된 이유는 "허약하고 무능한 왕"(98), 그녀의 아버지 때문이다. 메데아는 콜키스를 회상하며 이제는 죽은 자신의 남동생에게 말을 건넨다.

아이에테스 왕이 콜키스를 다스리는 방식이 점점 더 많은 이들에게 반감을 불러일으켰다는 것을 너까지 잘 알고 있었지. 우리 어머니와 헤카테 여신을 모시는 사제인 나 역시 불만이었지. 여신의 신전은 나와는 상관없이 불만을 품은 사람들, 특히 젊은이들의 모임 장소가 되었어……. 그들은 아이에테스 왕의 완고함과 궁궐의 쓸데없는 사치에 반발했으며, 왕이 국가의 보물인 우리 황금을 상업을 진흥시키고 농부들의 비참한 생활고를 덜어주는 데 사용해야 한다고 주장했어. 콜키스에서 옛날부터 왕과 왕족에게 지워진 의무를 상기하길 원했단다."(99)

이 부분은 동독의 상황과 상당부분 대비된다. "늙고 경직된 아이에테스 왕의 가면 뒤"[79]에서 에리히 호네커를 떠올리기는 어렵지 않다. 1971년에 서기장에 올라 이런저런 개혁을 시도했던 호네커가 날이 갈수록 점점 경직되고 슈타지를 중심으로 한 감시와 억압의 방식으로 동독을 통치하여 결국은 개혁의 시기를 놓치고 몰락의 길로 몰고간 것에 대한 직접적 비유로 읽힌다. 소련에서 뻬레스뜨로이까가 등장해 개혁과 개방이 시작되고 이에 영향을 받아 동유럽 사회주의 국가들에서도 개혁의 물결이 일어났지만 호네커의 동독만은 완고하게 변화를 거부하였다. 이에 맞서 개혁사회

---

79) Manfred Fuhrmann, "Honecker heißt jetzt Aietes," *Frankfurter Allgemeine Zeitung* 1996년 3월 2일자.

주의자들과 재야인사들 그리고 젊은이들은 교회에 모여 동독의 상황에 불만을 토로하고 새로운 변화를 추구하였다. 이러한 움직임이 1989년 가을과 겨울에 월요시위로 표출된 것이다. 그런 점에서 콜키스 현실에 대한 메데아의 묘사에는 동독이 망하기 몇년 전의 상황이 짙게 투영되어 있다.

메데아의 언급은 또다른 흥미로운 분석을 포함한다. 즉, 콜키스의 몰락이 아이에테스 왕의 완고함과 무능함 그리고 사치 때문이라는 서술인데, 이는 곧 볼프가 동독의 몰락 원인을 어디에서 보고 있는가를 간접적으로 짐작케 해준다. 볼프가 파악하는 동독 몰락의 원인은 일반 국민이 아니라 위정자의 잘못 때문이다. 여기에는 볼프의 근본 입장, 즉 사회주의 이상이나 체제 자체가 잘못된 것이 아니라 사회주의를 현실에 실현하는 과정에서 문제가 있었다는 입장이 바탕에 놓여 있다. 이에 걸맞게 한때 콜키스를 "정의로운 왕과 왕비"가 통치했었다는 전설을 그리움을 갖고 회상한다.

> 콜키스에서 우리는 옛 전설에 심취되어 있었다. 우리나라는 정의로운 왕과 왕비들이 다스렸고, 소유물은 아주 공평하게 분배되어 아무도 다른 사람을 시기하거나 그의 재산이나 생명을 노리는 일이 없이 서로 화목하게 살았다는 전설 말이다."(99)

"소유물이 공평하게 분배될" 수 있도록 "정의로운 왕과 왕비"가 힘을 쏟았던 시절은 독일땅에서 최초의 사회주의 사회를 건설하기 위해 위정자와 일반 국민 모두가 하나가 되어 노력하던 동독의 초기 시절을 떠올리게 한다. 모두가 함께 잘사는 사회에 대한 꿈은 따라서 허황된 꿈이 아니라 실현 가능하고 꼭 실현해야 할 이상향으로 여겨진다. 메데아 역시 코린트에 와서도 그 꿈을 버리지 않았다. 그녀는 콜키스인들에게 자신들이 꿈꾸었던 이상향을 "우리의 삶을 거기에 맞춰 잴 수 있을 만큼 우리 눈앞 가까운 곳에 있었다"(100)고 말하며 과거를 회상한다. 그런데 문제는 콜키스 사회가 그 이상향으로부터 점점 멀어져갔다는 것이다.

　　우리는 해를 거듭할수록 우리의 이상향으로부터 점점 더 멀어져가는 것을 목격했고, 곧 고루한 늙은 왕이 최대의 걸림돌이라는 사실을 깨달았지. 그리하여 새로운 왕이 변화를 가져올 수 있을 것이라는 생각이 떠올랐어.(100)

　　이 부분 역시 동독의 발전 과정과 부합된다. 볼프를 위시한 개혁사회주의자들은 사회주의 이상에 비추어 현실사회주의의 문제를 비판하곤 했는데 그들은 시간이 지날수록 동독이 점점 사회주의 이상으로부터 멀어져간다는 사실에 힘들어했다. 그럼에도 불구하고 그들은 사회주의 이상을 포기하지 않고 희망을 가졌다. 볼프 역시 동독이 몰락하는 와중에도 마지막까지 사회주의 이상에 대한 희망을 버리지 않았다. 하지만 결과는 동독의 몰락과 서독으로의 합병으로 이어졌다. 무능한 지도자 호네커가 권좌에서 물러났지만 이미 때는 늦어서 동독은 급격히 무너져버린 것이다. 이렇듯 이미 역사가 되어버린 동독을 콜키스에 투영하여 몰락의 이유를 성찰하고 있다는 점에서 이 소설은 독일의 최근 역사에 대한 볼프의 입장을 내포한다고 할 수 있다. "사회주의 대 자본주의, 폭압적이며 경직된 권력구조로 인한 이상의 전도, 자신의 나라에 남을 것인가 떠날 것인가를 결정"해야 하는 상황이 『메데아』를 "독일의 현재에 대한 주석"으로 읽을 수 있게 만들어준다.[80]

　　메데아가 고향 콜키스를 떠나 오랜 항해 끝에 도착한 코린트는 첫눈에 많은 점에서 콜키스와 대조적인 세계로 나타난다. 그런 점에서 코린트는

---

80) Birgit Roser, *Mythenbehandlung und Kompositionstechnik in Christa Wolfs Medea. Stimmen*, Frankfurt/M. 2000, 121면.

통일 이후의 독일사회, 서독이 확장된 사회와 겹치는 부분이 많다. 코린트에 대한 메데아의 인상은 우선 찬란하고 밝다.

　도망자 신세가 되어 여기 크레온 왕의 찬란한 도시 코린트에 도착했을 때, 저는 부러움에 가득 차서 생각했습니다. 이곳 사람들은 그 어떤 비밀도 없구나. 코린트 사람들 스스로도 그렇게 믿고 있고, 그것이 그들을 그토록 자신감에 넘치게 만들어서 그들의 눈빛, 절도 있는 동작 하나하나가 모두 인간이 행복할 수 있는 곳이 지구상에 단 한곳 존재한다는 것을 제게 말하곤 했습니다.(16)

비밀로 가득 찼던 콜키스에 비해 코린트는 밝고 찬란해 보인다. 그곳 사람들은 "태양 아래 가장 완벽한 나라에서 살고 있다"(81)고 믿으며 그렇게 행동한다. 장벽개방 이후 동독인들이 처음 서독을 방문했을 때 그들의 느낌 역시 이와 비슷했을 것이다. 화려한 도시와 자신감에 넘치는 사람들 그리고 물질적 풍요가 넘쳐흐르는 서독의 외관은 동독인들의 눈을 휘둥그레지게 만들기에 충분하였다. 적어도 물질적 면에서는 코린트와 콜키스는 상대가 되지 않았다. 이 점은 코린트에서 성공한 콜키스인 아가메다의 언급에서 잘 드러난다.

　무엇보다도 코린트의 훌륭한 집안에서는 처음부터 나를 그들의 잘 꾸며진 집으로 불렀다. 그들은 내가 그들의 집에 진정으로 감탄하면서 대부분의 콜키스 사람들이 살고 있는 초라한 숙소에 대해 이야기하는 것을 듣기 좋아했다. 심지어 왕의 궁궐조차 나무로 지었다는 사실이 믿기지 않는다는 표정이었다.(75)

코린트인들은 기본적으로 우월감을 가지고 콜키스인들을 얕잡아본다. 또한 자신들의 관습을 따르지 않는 콜키스인들에 대해 못마땅해한다. 그러한 코린트인들의 모습에서 "베씨들이 오씨들을 대하는 오만함이나 이 방인을 대하는 태도와 관련해서 서독을 비판"[81]하고 있음을 읽어내기는 어렵지 않다. 하지만 겉으로 보기에 화려한 코린트는 그 내부를 자세히 들여다보면 많은 문제를 안고 있다. "소유물이 공평히 분배되던"(99) 콜키스와는 반대로 코린트에는 "각자가 소유한 황금의 양에 따라" 시민의 등급이 나누어지기에 황금이 모든 가치의 기준이 된다. 따라서 황금에 대한 욕망이 팽배해 있다. 메데아는 이를 통해 "문명화 과정과 자본주의의 부정적 측면"[82]에 대해 강하게 비판한다.

> 코린트는 황금에 대한 욕망에 사로잡혀 있어요. 제기와 장신구뿐 아니라 접시, 그릇, 꽃병 같은 일상적인 집기, 심지어 조각상까지 황금으로 만드는 나라를 상상할 수 있으세요, 어머니? (…) 무엇보다도 이상한 것은 코린트에서는 시민의 가치를 각자가 소유한 황금의 양에 따라 재고 또 그에 따라서 궁궐에 바치는 조세를 계산한다는 것이지요.(38)

이를 위해 코린트에는 "계산에 종사하는 관리 수만 해도 엄청나고" 이를 도와줄 "회계 전문가" 역시 상당수다. 물질적 가치, 특히 황금으로 비유되는 돈을 모든 가치의 중심에 두는 코린트 사회는 그런 점에서 자본주의 사회와 닮았다. 외형적인 재산의 차이나 수입의 격차가 없는 사회주의에서는 세금 계산을 도와줄 회계사가 필요없는 것은 당연하다. 하지만 서독인들은 개인의 연말정산을 위해서도 회계사를 찾을 정도로 그 중요성이 컸다. 동독인들이 통일된 독일사회에서 느낀 의아한 점 중 하나가 세금제

---

81) Anke Brunn, "'… daß die Menschen ohne Angst verschieden sein können!' Gespräch mit Helga Kirchner und Lothar Vent über ihre Lektüre von Christa Wolfs *Medea. Stimmen*," Marianne Hochgeschurz, 앞의 책 166면.
82) Ricardo Schmidt, 앞의 글 7면.

도와 그 많은 회계사의 숫자였을 것이다. 특히 모든 것을 물질적 가치로 환산하고 돈의 권력이 모든 것을 지배하는 자본주의 사회의 작동원리가 동독인들에게는 가장 낯설고 또 적응하기 힘든 면이었는데, 그것이 위 인용문에 비유적으로 드러난다. 이런 점에서 『메데아』는 "동독과 서독에 대한 소설이자 전환기 소설이며 자신의 처지에 대한 볼프의 개인적 주석"[83] 이라고 할 수 있다.

코린트 사회를 보는 메데아의 시각은 여러 면에서 부정적이다. 이방인에 대한 오만함과 자신들의 관습이나 전통을 가장 올바른 것이라 여기며 다른 문화를 배척하는 태도, 급기야는 자기 사회의 위기를 메데아에게 돌려 희생양으로 만드는 등 코린트 역시 콜키스에 비해 나은 점이 없는 사회로 묘사된다. 권력을 유지하기 위해 이피노에 공주를 희생시킨 코린트도 콜키스처럼 "범죄를 딛고 서"(24) 있는 사회이다.

물론 이 모든 점들을 서독 중심의 통일 이후의 독일사회에 대한 직접적인 묘사로 볼 수는 없다. 코린트 사회의 그러한 특성은 메데아 같은 야성적인 이방인을 배제하고 추방하는 메커니즘을 작동시키기 위한 토대로 생각해낸 것이기 때문이다. 더 나아가서 메데아에 대한 배제와 배척 과정은 고대 코린트 사회에서 일어난 일회적 사건이 아니라 유사 이래 인간 사회에서 지속적으로 되풀이되어온 보편적 사건이기에 좀더 일반적 성격을 지닌다. 조금만 어려움이 닥쳐도 늘 누군가를 희생시키는 것은 동서독 사회의 문제만이 아니라 인류 사회 전체의 문제이기 때문이다.

서로의 합의가 그렇듯 깨지기 쉬워서 조그만 어려움에도 무시되는 게 안타까워요. 합의라니, 무슨 합의를 말하는 거죠? 나는 묻는다. 당신도 잘 알잖아요. 더이상 사람을 희생시켜서는 안된다는 합의 말이에요.(167~68)

■
83) Sigrid Löffler, "Medea des Ostens," *Falter* 9/1996, 59면.

권력을 유지하기 위해 콜키스의 아이에테스 왕이 자신의 아들을 희생시켰다면, 코린트의 왕 크레온 역시 자신의 딸 이피노에를 희생시킨다. 그리고 코린트 사회가 어려움에 처하자 메데아와 콜키스 여인들을 희생양으로 삼아 위기를 벗어난다. 이 점에서 두 사회는 동일한 기반 위에 자리잡고 있다. 이러한 상황은 또한 현대에도 계속되고 있음은 어렵지 않게 찾을 수 있다. 다른 생각을 하는 이들을 철저히 배제했던 동독사회, 통일 과정과 그 이후 볼프를 비롯한 동독 지식인들에게 가해졌던 무차별적 공격 그리고 동독적인 것에 대한 악마화 작업 등이 독일의 최근 역사에서 되풀이되고 있는 데서도 보인다. 더 나아가서 코린트에서 이방인과 도피자 취급을 받으며 차별대우를 받는 "검은 머리의 콜키스인들"은 "독일 내의 터키인들, 유럽과 북미의 아프리카 출신 사람들 그리고 유대인들과 동일시"[84]해도 될 정도로 확대가 가능하다. 결국 『메데아』는 볼프의 직접적인 경험에서 촉발되어 인간 사회의 보편적 문제를 다루는 작품으로 확대된다. 이 소설은 신화 속 코린트 사회에서뿐 아니라 현재에도 "오해와 착각" 그리고 의도적 배제가 어떻게 하여 반복적으로 일어나고 있는가를 성찰하고 있다. 이미 작품의 서두에서 서술자가 "우리는 이 인물을 통해 우리 시대와 만난다"(10)라고 말한 것처럼 메데아의 문제는 곧 현시대의 문제이자 작가의 문제인 것이다. 이런 점에서 『메데아』에서 그려지는 코린트와 콜키스는 고대 사회이면서 현대의 동서독 및 통일독일 사회 그리고 그것을 더 넘어서서 동서양의 모든 인간 사회를 지칭한다고 할 수 있다. 볼프는 메데아 신화를 통해 "수천년 전의 근본 경험을 우리 자신의 현재적 경험으로 인식하게 해준"[85] 것이다. 왜냐하면 신화 속에 나타나는 "인간의 근본 태도가

84 Margaret Atwood, "Zu Christa Wolfs 'Medea,'" Marianne Hochgeschurz 편, 앞의 책 113면.
85) Marie-Luise Ehrhardt, Christa Wolfs Medea. Eine Gestalt auf der Zeitengrenze, Würzburg 2000, 55면.

비슷한 상황에 처한 우리의 태도와 비슷하거나 같기"[86] 때문이다.

고대는 물론 현재에도 "인간을 희생시키지 않는다"는 최소한의 합의마저 지키지 않고 낯선 것을 배척하며 범죄를 무고한 이에게 전가하는 배제와 언론조작의 메커니즘이 되풀이되고 있는 것을 확인하는 볼프의 시선은 절망적이다. 코린트와 콜키스 사회가 그리고 모든 인간 사회가 비슷하게 작동하고 있기에 "역사의 야만성으로부터 도망갈 수 없다"는 "역사 비판주의"[87]가 작품의 근저에 놓여 있다. 이는 메데아가 황야에서 자신을 추방했던 이들을 저주하는 것으로 소설이 끝남으로써 더욱 분명해진다. 아무런 희망도 없이 인간과 신에 대한 믿음을 상실하고 황야에서 벌레를 잡아먹으며 연명하는 메데아는 세상에 대한 저주를 퍼붓는다.

> 내게 남아 있는 것이 무엇인가. 저들을 저주하는 것. 너희 모두에 대한 저주. 그 누구보다 너희들 아카마스, 크레온, 아가메다, 프레스본에게 저주를 내린다. 끔찍한 삶이 너희를 덮치고 비참한 죽음을 맞으리라. 너희들의 울부짖음은 하늘에까지 닿을 것이나 하늘은 미동도 하지 않으리라. 나 메데아는 너희를 저주한다.
> 어디로 가야 하나. 내게 어울리는 그런 세계를, 그런 시대를 생각할 수 있을까. 물어볼 이가 아무도 없다. 이것이 대답이다. (236)

메데아는 자신 같은 "야성적인 여인"이자 개성적인 이방인이 함께 잘 지낼 수 있는 세계와 시대가 어디에 있을 것인가를 반문한다. 그러나 다른 문화와 다른 인종의 사람, 개성적인 여인을 배제하지 않고 포용하는 사회가 과연 존재할 수 있을지, 대답해줄 사람이 아무도 없다는 체념과 절망으

---

86) "Warum Medea? Gespräch mit Petra Kammann," Marianne Hochgeschurz 편, 앞의 책 76면.
87) Georgina Paul, 앞의 글 238면.

로 소설은 끝난다. 낯설고 위험하다는 이유로 메데아를 자신들의 질서에서 배제시키고 급기야는 희생양으로 만들었던 메커니즘이 작동하지 않는, 모두가 함께 잘사는 인간적 사회가 과연 존재할 수 있을지에 대한 회의가 강하게 드러난다. 현대 사회에도 그러한 문제들이 여전히 반복되고 있기 때문이다. 자신에게 가해진 서독 언론의 마녀사냥과 통일 이후 독일땅에서 벌어진 외국인들에 대한 테러 그리고 동독인들과 동독적인 것을 포용하지 못하고 배제하고 배척하는 구서독인들의 편협성을 보면서 볼프는 미래를 회의한다.

메데아의 절망적 부르짖음은 통일 이후 그 어느곳에서도 자신의 거처를 찾을 수 없고, 자신이 속해 있는 통일독일 사회에 애착을 갖지 못하는 볼프의 부르짖음이다. 자신이 살고 있는 사회의 미래를 낙관하지 못하고, 그어떤 희망도 품을 수 없이, 어디로 가야 하는지도 모르는 상황이 볼프가 처한 상황이기 때문이다. 그것은 또한 과거를 잃어버리고 미래에 대한 희망도 없이 불만스러운 현재를 살아가야 하는 비슷한 세대의 동독 출신 지식인들의 영혼의 풍경이기도 하다. 그런 점에서 『메데아』는 통일된 독일사회에 대한 볼프의 문학적 성찰이라고 할 수 있다.

제 4 장

통일 이후 독일문학의 새로운 경향

1. 통일 이후 등장한 새로운 문학 경향

2. 동독인이 제기한 새로운 과거극복
   – 토마스 브루씨히 『우리 같은 영웅들』

3. 회상을 통한 과거의 복권
   – 토마스 브루씨히 『존넨알레』

4. 통일 이후 동독인들의 삶과 운명
   – 잉고 슐체 『간단한 이야기들』
   (1) 새로운 현실과 새로운 형식
   (2) 통일소설의 무대 알텐부르크
   (3) 통일 이후 알텐부르크 주민들의 상승과 몰락 이야기
   (4) 통일 이후 진행된 동독 지역의 급격한 자본주의화
   (5) 통일 이후의 사회문제 – 극우파의 등장과 치안문제
   (6) 통일 이후 변화된 인간관계

1. 통일 이후 등장한 새로운 문학 경향

통일 이후에 발표된 동독 출신 작가들의 작품에는 정체성의 위기와 불편한 심기가 직접적으로 드러나 있다. 크리스타 볼프, 헬가 쾨니히스도르프, 크리스토프 하인, 폴커 브라운 등의 작품에는 아무런 출구나 해결 방안이 보이지 않고 현실에 대한 우울한 비판과 절망이 주조를 이룬다. 사랑하는 대상을 잃어버리고 주변의 모든 것으로부터 고립되고 버림받아 홀로 외롭게 세상과 대립관계에 놓여 있는 '우수'(Melancholie)[1]의 상황이 이들 작품에는 나타난다. 그런데 90년대 중반에 들어서면서 이와는 다른 새로운 성향의 작품이 등상하고 있음을 알 수 있다. 일군의 젊은 동독 출신 작가들이 새로운 경향을 주도하였는데, 이들은 50년대 이후에 태어나 동독 멸망 직전이나 통일 이후에 비로소 작품활동을 시작한 젊은 작가들이다.

■

1) Wolfgang Emmerich, "Status melancholicus. Zur Transformation der Utopie in vier Jahrzehnten," ders., Die andere deutsche Literatur, Opladen 1994, 175면.

이들은 크리스타 볼프나 폴커 브라운 같은 제2세대 작가들과는 여러 면에서 차이를 보임으로써 제3세대 작가로 불린다. 나찌시대에 저항 활동을 벌이다 동독에 정착한 사회주의자 요하네스 베허, 안나 제거스, 베르톨트 브레히트, 슈테판 하임 등이 일반적으로 제1세대 동독작가에 속한다면, 1920년대 후반에서 40년대 초반에 태어나 나찌시대에 청소년기를 보내고 이후에 사회주의 국가 동독에서 본격적인 활동을 시작한 이들이 제2세대 작가에 속한다. 제2세대 작가들은 사회주의 이념과 사회주의 이상에 대해 깊은 신뢰를 갖고 있었기에 갑작스러운 동독의 몰락과 서독에 의한 흡수통일을 받아들이기 어려웠다. 이에 비해 제3세대 작가들의 작품은 제2세대 작가들의 성향과는 확연한 차이를 보인다. '탈이데올로기적인' 제3세대 작가들의 성향 속에는 제2세대 작가들이 굳게 지키던 사회주의 이상에 대한 믿음 같은 것은 없다. 1980년대와 통일 이후에 비로소 활동하기 시작한 이 젊은 예술가들은 대개 1950년대 후반과 60년대에 태어난 세대로 점점 경직되어가는 현실사회주의 동독에 희망보다는 실망을 더 많이 느꼈다. 그렇기에 사회주의 이상에 대해 어떤 미련도 갖고 있지 않다. 바로 이러한 점에서 통일 이후 동독사회와 통일독일 사회를 바라보는 관점이 제2세대 작가들과 확연히 구분된다.

지금까지 우리는 통일 과정에서의 문학논쟁이나 동독작가와 슈타지와의 관계 그리고 크리스타 볼프나 폴커 브라운, 크리스토프 하인 등 80년대 동독을 대표했던 작가들이 통일 이후에 발표한 작품에 나타난 절망과 좌절의 기록에 주관심을 기울여왔다. 특히, 통일 과정에서 벌어진 '크리스타 볼프 논쟁'과 '슈타지 논쟁'에 큰 관심을 기울여서 가장 많은 논문이 발표되었다. 통일 후 구동독 작가들의 작품을 분석한 경우에도 대부분 몇몇 주요 작가에 대한 연구로 한정되어 있었다. 그러다 보니 통일 이후 독일문학계 경향에 대한 연구가 한쪽 면에 치우치고, 동독 출신 작가들의 반응을 과거에 대한 향수와 현재에 대한 불만이라는 스테레오 타입으로만 해석해왔다. 그 결과 자연히 새로운 경향을 보여주는 젊은 작가들의 작품에 대한 연구가 부족하였다. 이를 보완하는 작업은 통일 이후 독일문학의 지형도를 살펴보는 의미에서 중요하다. 이 장에서는 90년대에 새롭게 등장한 젊은 작가 토마스 브루씨히(Thomas Brussig)와 잉고 슐체(Ingo Schulze)의 작품을 중심으로 통일 이후 독일문학에 나타난 새로운 경향을 분석해보려 한다. 이를 통해 독일통일 이후 지난 10여년간 진행된 문학에서의 과거극복 작업과 독일통일과 그 이후의 독일사회에 대한 동독 출신 작가들의 다양한 입장을 정리함으로써 통일 이후 독일 문학계의 지형도를 조망할 수 있을 것이다.

2. 동독인이 제기한 새로운 과거극복
─ 토마스 브루씨히 『우리 같은 영웅들』

제3세대 작가들의 작품 가운데서도 작가의 개인적 성향과 연령대에 따라 통일을 대하는 자세와 심적인 태도에는 다양한 편차가 드러난다. 그중에서도 1965년 동베를린에서 태어나 성장하고 통일 이후에 작품 활동을 시작한 토마스 브루씨히의 소설은 제2세대 작가들의 작품과는 확연한 차이를 보여주고 있다. 1995년에 발표한 『우리 같은 영웅들』(Helden wie wir)은 다음해에 나온 크리스타 볼프의 『메데아』와는 달리 가볍고 경쾌하다. 평지들로부터 독일문단이 "열망하던 전환기 소설"[2]이 마침내 출현하였다는 평가를 받은 이 소설은 사라진 동독사회를 향수와 아쉬움이 아닌 해학적 시각으로 그리고 있다. 독일 제1방송의 「문화 리포트」에서는 이 소

---

2) Christoph Dieckmann, "Klaus und wie er die Welt sah. Der junge Ostberliner Autor Thomas Brussig hat den heißersehnten Wenderoman geschrieben," *Die Zeit* 1995년 9월 8일자.

설이 보여주는 "독일 역사에 대한 신세대의 가차없는 시선"을 높이 평가
하기도 하였다. 이 사실은 브루씨히의 소설이 그때까지 발표된 다른 동독
출신 작가들의 작품과는 다른 방식으로 동독의 역사와 현실을 다루고 있
다는 것을 의미한다.

『우리 같은 영웅들』은 베를린 장벽이 붕괴된 지 2년이 지난 싯점에서 작
중 화자 클라우스 울취트(Klaus Uhltzscht)가 『뉴욕타임즈』 기자와 인터뷰
하는 형식으로 시작된다. 동독 시절에 슈타지 요원이었던 울취트는 자신
이 베를린 장벽 붕괴를 가져온 장본인이라고 주장하며 그렇게 된 연유를
지난 10년간의 체험을 뒤돌아보며 설명한다. 울취트는 수천명의 동독 민
중이 장벽 앞에 모여만 있을 뿐 장벽 문을 열려는 적극적 시도를 하지 않자
자신이 높은 곳에 올라가 바지를 내리고 거대한 성기를 보여줌으로써 마
침내 장벽이 개방되었다고 주장한다. "장벽 붕괴의 이야기는 내 성기의 이
야기입니다"[3]라는 울취트의 주장은 "우리가 바로 (장벽개방을 이루어낸)
그 인민이다!"라는 구호로 대변되는 장벽개방의 신화를 개인의 성도착증
적 행위가 불러일으킨 결과로 폄하하는 매우 도발적인 문제제기이다. 이
러한 "성기의 그로테스크"한 이야기를 통해 브루씨히는 자신을 포함한 동
독 민중이 마지막 순간까지도 비굴하고 순종적이었음을 희화화해서 비판
한다. 동독 민중에 대한 브루씨히의 가차없는 비판은 통일 이후 제대로 된
과거극복이 이루어지지 않은 데 대한 분노와 실망의 과장된 표현이다. 그
는 한 인터뷰에서 이를 분명하게 밝히고 있다.

동독 지식인들 사이에서 공동책임이나 도덕적 잘못에 대한 공방이 이루어
지지 않았습니다. 예를 들면 사람들이 어떻게 동독의 이데올로기에 빠져들었
고, 어찌하여 그렇듯 멀쩡하게 함께 휩쓸렸으며, 동독이 어찌 그리 오래 지속

---

3) Thomas Brussig, *Helden wie wir*, Berlin 1995, 7면.(이후 본문에 면수만 표기)

될 수 있었는지, 왜 그렇듯 정신적으로 무디어졌는지에 대해 이야기하는 책을 유감스럽게도 동독작가들은 쓰지 않았습니다.[4]

통일 이후 동독 출신의 많은 지식인과 작가 들이 사라져버린 동독에 대한 아쉬움과 향수를 토로하였지만 동독에서의 삶이 어떠했고, 무엇이 잘못되었는지 그리고 자신들은 거기에 얼마나 책임이 있는가에 대한 논의가 제대로 이루어지지 않았다는 것이 브루씨히 소설의 출발점이다. 브루씨히는 특히 동독사회에서 함께 살았던 개개인들의 책임에 대해 신랄한 비판을 가한다. 동독이라는 비인간적이고 전체주의적인 체제가 45년간이나 지속될 수 있었던 것은 당 간부들만의 책임이 아니라 일반 국민들이 함께했기 때문에 가능했다는 것이다. 그의 비판은 체제가 잘못되었다는 것을 알고 있으면서도 체제를 용인하고 체제에 순응해 살았던 자신과 이웃을 겨냥하고 있다. 동독의 지식인과 평범한 동독 주민들이 동독에서의 자신들의 삶에 대해 냉정하게 되돌아보고 반성할 것은 반성해야 하는데 그렇지 못한 현실에 대해 비판하고 있는 것이다. 브루씨히가 "이 책에서 나는 일어나지 않은 과거극복에 대한 분노와 실망을 썼다."[5]고 말한 것처럼 동독 주민들에 대한 비판은 매우 직접적이며 신랄하다.

모두가 만족하지 않았다면 어떻게 이 사회가 수십년간 존속할 수 있었겠습니까? 키첼슈타인 씨, 내 질문을 진지하게 받아들이세요. 결코 수사적 질문이 아닙니다. 모두가 그것에 반대했는데 그럼에도 불구하고 그들 모두가 그 사회에 통합되었고 참여했습니다 — 용기가 부족해서, 눈이 멀어서, 아니면 그냥

■

4) Volker Hage, "Jubelfeiern wird's geben. Der Schriftsteller Thomas Brussig über die verflossene DDR," *Der Spiegel* 1999년 9월 6일자.
5) "'Gefeit vor Utopien.' Thomas Brussig und Ingo Schulze, Erfolgsautoren der Nach—Wende Generation," *Die Tageszeitung* 1995년 10월 5일자.

멍청해서?(312)

민중혁명을 통해 자신들의 힘으로 마침내 장벽개방을 이루어냈다는 것이 동독 민중의 자부심인데 이와는 정반대로 울취트는 동독 주민들은 "용기가 부족하고, 눈이 멀어서" 체제에 순응했다고 비판하고 있다. 그렇기에 베를린 장벽 앞에 수천명의 동독 주민들이 모여들었지만 자신들의 힘으로 장벽을 무너뜨릴 용기가 없어서 머뭇거리기만 했다는 것이다.

거기에는 수천명의 사람들이 수십명의 국경수비대와 대치하고 있었습니다. 그런데 그들은 용기가 없었습니다. 그들은 당시 지난 몇주간 가장 중요한 구호였던 우리가 인민이다!라고 소리쳤습니다. 어쨌든 그것은 정곡을 찌르는 말이었습니다. (…) 그들은 정말로 그 인민이었습니다. 내가 알고 있던 그대로 얌전하고, 순한 토끼 같으며, 패배자로 프로그램되어 있던 그런 인민이었습니다.(315)

1989년 가을과 겨울 동독에서 벌어진 민중 집회의 대표적 구호였던 '우리가 인민이다'를 반어적으로 비판함으로써 동독 민중은 "얌전하고 순한 토끼"이자 "패배자로 프로그램"되어 있는 집단으로 그린다. 이는 브루씨히가 제기하고 있는 문제, 즉 어떻게 해서 40년간 동독 체제가 유지될 수 있었는가에 대한 스스로의 답변이다. 동독 인민들이 체제에 순응하였고, 패배자로 프로그램화되어 있었기에 마지막 순간까지 동독사회를 지탱할 수 있었다는 것이다. 이러한 비판을 조금 더 극단화하여 『우리 같은 영웅들』의 마지막 부분에서 주인공 울취트는 장벽개방을 가져온 것은 동독 민중의 힘이 아니라고 말한다.

장벽 붕괴를 전후한 동독인들의 태도를 한번 보십시오. 그들은 그 전에도

수동적이었고, 그 후에도 수동적이었습니다. 그런 그들이 어떻게 장벽을 붕괴시켰겠습니까?(319~20)

브루씨히가 『우리 같은 영웅들』에서 제기하는 도발적 질문은 어떻게 보면 동독사회와 동독 민중 전체를 폄하하는 서독 보수주의자들의 입장과 궤를 같이하는 것처럼 보인다. 1990년의 크리스타 볼프 논쟁에서 제기되었던 동독작가 전체에 대한 어용 시비와 겉으로 보기에는 비슷해 보인다. 우선 동독이 전체주의적이며 온갖 테러와 감시가 만연했던 사회였다는 전제가 동일하다. 또한 동독사회에서 살아남은 것은 사회주의 체제에 순응하고 복종했기 때문에 가능했다는 비판 역시 공통적이다. 그런데 크리스타 볼프 논쟁 당시 서독 보수층의 이러한 비판에 대해 동독 출신 지식인들이 거세게 반발했던 반면에, 브루씨히의 소설이 나왔을 때 구동독 주민들이나 지식인들은 별로 불편한 심기를 드러내지 않았다. 오히려 이 작품은 "전환기 이후에 가장 인기있는 텍스트"[6]라는 평을 받을 정도로 매우 긍정적으로 수용되었다. 이렇듯 반응이 차이나는 이유는 일차적으로는 어느정도의 시간이 지남으로써 역사에 대해 거리를 두고 차분히 돌아볼 수 있게 되었고, 두번째로는 비판의 차원이나 의도가 다르다는 점에 있다. 통일 국면에서 일어난 동독작가들에 대한 어용시비는 이들을 비난하고 단죄하려는 정치적 의도가 다분했다면, 브루씨히는 동독에 대한 비판을 진정한 과거극복 차원에서 제기함으로써 커다란 변별성을 지닌다. 다시 말해서 동독사회에 대한 강도 높은 비판을 동독 출신 작가 스스로가 제기함으로써 미래를 위한 회상 작업이 된 것이다. 만일 서독 출신 작가가 『우리 같은 영웅들』에서 제기하고 있는 수준의 신랄한 비판을 동독 민중에게 가했다면

---

6) Julia Kormann, "Satire und Ironie in der Literatur nach 1989," *Mentalitätswandel in der deutschen Literatur zur Einheit (1990~2000)*, Volker Wehdeking 편, Berlin 2000, 173면.

아마도 구동독 출신의 지식인들은 거세게 반발했을 것이다. 그런데 동독에서 나고 자란 동독 출신 작가가 자신을 포함한 동독 주민들에 대한 자기비판 형식으로 문제를 제기했기에 진지하게 받아들일 수 있었다. 동독의 문제점을 위정자나 당 간부들에게 돌리지 않고, 민중 스스로에게 책임을 따져보려는 시도가 새로운 시각을 부여한 것이다. 이 점에서 이 소설은 새로운 과거극복의 모델을 제시했다고 할 수 있다.

동독 민중에 대한 신랄한 비판에도 불구하고 이 소설이 광범위하게 수용될 수 있었던 또다른 이유는 이 소설의 서술 전략에서도 찾을 수 있다. 이 소설은 동독 민중이나 지식인을 우월한 위치에서 비판하는, 즉 자신들은 전혀 문제가 없고 동독 지식인들만 그러한 체제에서 기생했다고 손가락질하는 태도가 아니라 자신의 잘못을 우선 고백하면서 모두의 잘못을 함께 이야기하자는 방식으로 서술되었다. 그래서 『우리 같은 영웅들』의 화자이자 주인공 울취트는 자신이 슈타지에 근무했으며, 동독 체제의 비인간적 행위에 동참했다는 사실을 고백한다. 그럼으로써 울취트는 "자기 자신의 비열함의 핵심에 도달할 기회"(312)를 얻는다. 이처럼 "불안과 굴종으로 가득 찬"(312) 자신의 이야기를 통해 울취트는 진정한 과거극복의 단초를 마련한다. 진정한 과거극복이란 과거의 잘못을 들춰내서 다른 사람을 단죄하고 비난하는 것이 아니라, 자신의 잘못을 반성하고 다시는 그런 일이 일어나지 않도록 다짐하는 것이기 때문이다.

그런데 모든 사람들이 자기변명만 한다면, 나에게도 변명만 떠오를 것입니다. 그렇게 되면 솔직하고자 하는 어떤 의지도 소용없어집니다! "나는 그 당시에 이미……"라는 말로 시작하는 모든 이야기를 귀담아듣지 마십시오. "나는 앞으로 다시는…… 않을 거야"라는 식의 말이 훨씬 흥미로울 겁니다. (313)

앞으로 다시는 과거의 잘못을 반복하지 않기 위해서 과거에 대해 이야기하는 것, 이것이 브루씨히가 생각하는 진정한 과거극복이다. 과거극복은 따라서 변화를 위한 행위이다. 브루씨히는 주인공 울취트의 입을 빌려 스스로와 동시대인들에게 반문한다. "만일 어느 누구도 불안과 굴종에 대해 이야기하려 하지 않는다면 무엇이 변하겠습니까?"(312)

동독사회와 동독 민중에 대한 브루씨히의 비판이 모두에게 부담없이 받아들여질 수 있었던 또다른 주요인은 이 작품의 형식에 있다. 동독사회 전반에 대한 비판과 과거극복이라는 매우 무거운 주제를 엄숙하고 진지하게 다루지 않고, 해학과 풍자 그리고 역설적 표현 방식을 취함으로써 주제의 무게를 극복할 수 있었다. 스스로를 "부랑자, 변태적인 슈타지 그리고 아동 유괴범이자 사이비 강간범"(371)이라 칭하며 매사에 칠칠맞지 못한, 그러나 자신의 치부까지 솔직하게 이야기하는 소시민적 인물을 주인공으로 설정함으로써 일단 희극적 이야기가 전개될 전제를 마련하였다. 슈타지의 말단 실습생이자 세상물정에 둔한 주인공이 자신이 태어나고 자란 동독사회와 소시민들에 대해 신랄한 비판을 가하는 형식이 바로 독자들의 거부감을 경감시켜준다. 독자보다 못한 희극적 주인공이 엉뚱한 사건과 상황을 통해 비판을 할 경우 비판의 직설적 내용보다는 우선 희극적 상황에 대한 웃음이 먼저 유발되고 그 웃음 뒤에 비판의 여운이 뒤따르게 된다. 이 소설은 그리멜스하우젠으로부터 시작된 '악동소설'(Schelmen-roman)의 공식을 따르고 있으며, 귄터 그라스의 『양철북』에서 전형을 만들어낸 '개구리 시점' 즉 철저하게 주인공의 좁은 시각에서 주변의 사건과 상황을 그리는 방식을 취하고 있다. 그렇기에 독자들은 주인공의 행동과 말을 '새의 관점'에서, 즉 우월적 위치에서 내려다보면서 웃을 수 있는 것이다.

엉뚱하고 변변치 못한 주인공 울취트의 이야기는 그러나 한 개인의 성장사를 넘어서서 동독 일반 민중의 이야기 그리고 동독사회 전체에 대한 이야기로 확대된다. 엄격하고 무뚝뚝한 슈타지 요원인 아버지와 위생에 대한 결벽증과 성에 대한 극도의 혐오감을 지닌 어머니 밑에서 자라면서 울취트가 경험하는 일들은 우선 개인적 면모를 지닌다. 위생과 성에 대한 어머니의 지나친 억압이 울취트를 결국은 변태성욕자로 만드는데[7] 이 과정은 지극히 개인적 이야기로 보이며 따라서 독자들의 웃음을 유발한다. 그러나 가부장적 권위로 대표되는 슈타지 요원인 아버지와 아들의 모든 행동을 사사건건 통제하며 조금의 일탈도 허용하지 않는 어머니가 바로 울취트를 세상물정 모르는 마마보이이자 변태성욕자로 만든 장본인이다. 이 구도는 주민들의 모든 행동과 생각까지도 일일이 간섭하며 방향을 제시하고, 감시하고 통제하는 동독의 공산당 및 위정자들과 주민들의 관계로 어렵지 않게 확대된다. 변태성욕자이자 슈타지 요원인 울취트의 극히 개인적인 이야기에서 동독사회가 개인을 어쩔수없이 성도착증 환자로 만들었으며, 나아가서 동독사회 자체가 성도착적인 사회였다는 역설로 이어지면서 개인의 차원을 넘어서서 동독사회의 문제로 확대된다. 그렇기에 『우리 같은 영웅들』은 한 개인의 이야기이면서 동시에 동독사회 전체에 대한 전형적 소설이 된다.

이러한 전형성은 주인공이 동독의 당 서기장이었던 호네커와 연루되는 에피쏘드를 통해서도 드러난다. 울취트는 특이한 혈액형으로 인해 불치병에 걸린 호네커에게 자신의 피를 제공하여 생명을 구해준다. 그러나 이 과정은 어느날 저녁에 낯선 이들에 의해 아무런 이유도 모른 채 울취트가 연행되고, 지하 병동에서 그 어떤 설명도 없이 마취시키고 다량의 피를 뽑아내어 거의 죽음에 이르게 만드는 방식으로 진행된다. 호네커의 생명을 구하기 위해 울취트 같은 하찮은 개인의 생명쯤은 아무렇지도 않다고 생각하는 동독사회의 문제점이 이 에피쏘드를 통해 적나라하게 드러나는 것이

---

7) 울취트는 "모든 성적 흥분을 억제했기 때문에 나는 성도착증에 빠지고 말았습니다" (274)라고 회상한다.

다.[8] 이를 두고 울춰트는 "체제가 비인간적이지는 않았지만 인간에게 적대적이었습니다. 그것은 인간적인 것을 경시한 게 아니라, 인간적인 것에 적대적이었습니다. 그것은 인간의 모습을 망쳐놓았습니다."(105)라고 말한다.

겨우 목숨을 건진 울춰트는 병상의 호네커를 만나는데, 1989년 가을에 벌어지고 있던 동독 민중의 변화 요구와 민주화 요구를 전혀 이해하지 못하고 철저하게 무시하는 그의 고집스러운 태도를 직접 경험하게 된다. 그는 외부의 상황에는 전혀 아랑곳없이 고집스럽게 미카도 놀이에만 열중하며 마치 아무일도 일어나지 않은 듯 행동한다. 이러한 개인적 체험을 통해 당시 동독 위정자들의 태도를 보여줌으로써 결국 동독 붕괴의 원인을 드러내준다. 즉, 주인공 개인의 체험을 통해 동독사회가 점점 막다른 골목으로 치달아가던 80년대 말의 상황을 해석함으로써 베를린 장벽 붕괴의 내적 논리가 드러나는 것이다.

또한 주인공 울춰트가 슈타지 요원으로 등장하여 슈타지의 악행을 묘사함으로써 동독사회의 터부 중 하나였던 슈타지 문제를 공개적으로 제기한다. 모두가 그 존재를 알고 있었고 어떤 식으로든 협조하였지만 동독 붕괴 이후 자신들은 마치 아무것도 몰랐던 것처럼 행동하는 동독 주민들에게 실제로는 슈타지와 밀접하게 연루되어 있지 않았는가 하고 비판하는 것이다. 또한 슈타지의 비공식 정보원으로 정보를 제공했던 사람들이 자신들의 행동을 별것 아니었다고 말하면서 책임을 회피하고 자기변명하는 것을 문제삼는다. "슈타지의 더러운 접근에 대해 소극적인 반대조차 할 수 없었

---

8) 작품 속에는 또한 독일 사회주의 혁명가 텔만이 정치 집회에서 저격당할 때 그 앞을 어린 트럼펫 연주자가 가로막아 대신 죽음을 맞이한 행위를 영웅적 희생으로 동독 청소년들에게 가르치는 이야기가 나온다. 이를 "전체주의 인간상"이라 회상하며 울춰트는 "이 모든 이야기들은 나에게 연대의 가치를 말해준다기보다는 생명이 얼마나 무가치한가를 말해주었습니다"(99)라고 강하게 비판하고 있다.

던 사람이야말로, 슈타지에 대한 자신의 협력을 속으로 대수롭지 않은 일로 왜곡"(114)한다. 이들은 슈타지의 비공식 정보원으로 협력한 자신들의 행위를 다음과 같은 언술로 적극 변명한다.

나는 아무도 해치지 않았습니다. 나는 슈타지에게 무엇을 말하는지 잘 알고 있었습니다. 그러니까 나는 그들에게 모든 것을 말하지 않았습니다. 그들이 내게 들었던 사실들은 그들이 어떻든 이미 알고 있던 것들이었습니다. 내가 그들에게 말했던 것을 그들은 내가 아니더라도 별 문제 없이 알아냈을 것입니다.(114)

이처럼 자신들의 행동을 별것 아니었다고 둘러대는 이들을 향해 울취트는 그것이 실제로 어떻게 활용되는가를 보여준다. 울취트가 슈타지에 들어가 처음 맡은 일이 반정부 인사로 의심되는 사람에 대한 감시와 우편검열, 가택침입 그리고 체포였다. 그런데 혐의자의 친구가 슈타지에 협력하지 않자 급기야는 위협하기 위해 그 여인의 아이를 한나절 동안 납치하기까지 한다. 여덟살짜리 아이를 학교 앞에서 기다렸다가 잠시 데려가는 일을 울취트가 맡았는데 사진을 보고 아이를 확인한다. 그것은 여인과 아이가 휴가중에 찍은 사진으로 슈타지 책임자가 비공식 정보원인 그 여인의 친구로부터 건네받은 것이었다. 이처럼 자신이 슈타지에 건네준 사진이 친구의 아이를 납치하는 중요한 도구로 사용되었음에도 자신은 "누구에게도 해를 끼치지 않았고 '단지 아무런 해가 되지 않을 휴가 여행 사진 몇 장'을 건네주었을 뿐이라고 주장"(228)한다는 것이 울취트의 비판이다. 바로 그때문에 동독의 과거가 제대로 극복되지 못하고 있다는 것이 브루씨히의 생각이다. "만약 오늘날 어떤 동독인도 책임지려 하지 않는다면, 그것은 불명예와 실패에 관해 말하는 것을 방해하는 수치심과 관련이 있습니다."(105) 이 수치심을 극복하고 자신의 과거 행적을 솔직하게 반성하는 것이 미래를 위한 과거극복의 시작이다. 울취트는 그래서 자신이 슈타지로서 행했던 잘못을 고백하며 "아무도 책임지려 하지 않는 태도"(105)를 비판하고 있는 것이다. 슈타지 역시 동독 민중이 극복해야 할 과거 역사임을 일깨워준다. 그런데 이처럼 민감한 주제인 슈타지 문제 역시 브루씨히는 진지하고 무겁게 묘사하지 않고 희극적 상황과 에피쏘드를 통해 희화화함으로써 작품의 기조를 유지한다. 그는 『우리 같은 영웅들』에 등장하는 슈타지 요원들의 "지적 능력을 그로테스크하고 우스꽝스럽게"⁹⁾ 그림으로써 동독의 삶 전체를 유머와 풍자를 통해 희극적으로 보여준다.

권터 그라스의 『양철북』에서 세살에 스스로 성장을 멈춰버린 비정상적인 주인공 오스카 마체라트의 눈을 통해 단치히 사회의 비정상적인 면을 비판하듯, 변태성욕자 울취트의 눈을 통해 더욱 변태적인 동독사회를 비판하고 있는 것이다. 다만 희극적 상황과 이야기를 통해 독자들의 웃음을 유발하는 방식을 택함으로써 신랄한 비판의 강도를 부드럽게 만들고 있다. 이처럼 "그로테스크 리얼리즘"을 통해 브루씨히는 성적 욕망이나 슈타지 요원의 이야기 같은 "동독사회의 중대한 터부"를 뒤흔들고, 자신의 성기로 장벽을 붕괴시켰다는 "굉장한 피날레를 통해 기존 질서를 전복"¹⁰⁾ 시키는 것이다. 바로 여기에 브루씨히 작품의 새로움이 있다. 『우리 같은 영웅들』이 새로운 전환기 소설이라 평가받는 이유는 이처럼 "과거를 관찰하고 정리하는 방식에서 새로운 전환"¹¹⁾을 이룩했기 때문이다. 이런 점에서 브루씨히의 소설은 동독사회에 대한 문학적 과거극복이며 새로운 회상작업이라 할 수 있다.

---

9) Volker Wehdeking, "Staatssicherheit, Zensur und Schriftstellerrolle," Volker Wehdeking 편, *Mentalitätswandel in der deutschen Literatur zur Einheit (1990~2000)*, Berlin 2000, 51면.

10) Heide Hollmer, "Thomas Brussig," *Kritische Lexikon zur deutschsprachigen Gegenwartsliteratur*, KLG—6/1, 68. Nlg. 5면.

11) Roberto Simanowski, "Die DDR als Dauerwitz," *NDL. Zeitschrift für deutschsprachige Literatur und Kritik*, 2 (1996), 158면.

브루씨히가『우리 같은 영웅들』에서 보여준 새로운 과거극복 방식은 동독 출신 제3세대 작가들의 특징을 대변하고 있다. 브루씨히는 다른 3세대 작가들처럼 사회주의 이데올로기나 사회주의 유토피아에 대해 아무런 미련을 갖고 있지 않다. 자신이 태어나 자란 동독사회는 오히려 개인의 자유를 억압하고 감시하며 통제하는 불편하기 짝이 없는 사회였으며, 어른이 된 자식에게도 끊임없이 잔소리를 늘어놓는 어머니 같은 존재였기에 처음부터 동독사회를 지탱한 사회주의 이데올로기에 대한 믿음이 없었다. 그렇기에 브루씨히는 향수나 미련 없이 동독 체제의 문제점, 즉 동독이 왜 몰락하게 되었으며 어떻게 해서 치료불능의 상태로 병들게 되었는가를 신랄하게 비판할 수 있었던 것이다. 바로 여기에 브루씨히 소설의 독특함이 있다. 통일 이후에 나온 다른 동독 출신 작가들의 작품들과는 달리 브루씨히의 작품이 동독에 대한 새로운 과거극복이라고 평가받는 이유이기도 하다. 『우리 같은 영웅들』이 "최초의 본격적인 전환기 소설"이라는 평을 받는 이유가 동독에 대해 속속들이 알고 있는 작가가 그 어떤 향수나 미련 없이 냉정하게 과거를 돌아보는 시각을 견지했기에 가능하였다는 말이다. 즉, "일정한 거리와 정확한 지식[12]"이라는 두 가지 조건이 충족되었기에 새로운 과거극복의 모델을 제시할 수 있었다.

하지만 이 소설에는 동독사회에 대한 가차없는 비판과 조소만 있는 것은 아니다. 분단으로 인한 파행적 삶이었지만 동독에도 삶이 있었고, 기쁨과 희망이 존재했다는 사실이 동독사회에 대한 비판 사이사이에 들어가 있다. 동독사회의 이중성에 대한 조소와 동독 소시민들의 허구성과 고루함이 해학을 통해 보여짐에도 불구하고 이 작품을 동독에 대한 괄목할 만한 문학적 형상화라고 볼 수 있는 이유이다. 가차없는 비판이 있지만 거기

12) Julia Kormann, 앞의 글 41면.

에는 어떤 악의도 없고, 유머를 통한 비판을 보여줌으로써 삶의 한 단면이 전체적으로 드러나게 한다. 이는 통일 이후 서독 언론이 지녔던 동독에 대한 선입관, 즉 온갖 테러와 악으로 가득 찬, 망해버리는 것이 마땅한 동독 사회라는 입장이나 이를 바탕으로 한 동독과 동독 지식인들에 대한 과거청산 작업과는 근본적으로 다르다. 이러한 점은 그의 다음 소설에서 집중적으로 다루어진다.

3. 회상을 통한 과거의 복권 — 토마스 브루씨히 『존넨알레』

동독의 과거청산 작업에 대한 시도는 1999년에 나온 브루씨히의 세번째 소설 『존넨알레 거리의 짧은 끝에서』(*Am kürzeren Ende der Sonnenallee*, 이후 『존넨알레』로 약칭)에서 새롭게 변형되어 나타난다. 열다섯살짜리 미하엘 쿠피쉬(Michael Kuppisch)와 그의 학교 친구들의 행적을 중심으로 서술된 이 소설에서 브루씨히는 동독사회가 많은 문제점을 갖고 있었지만 그 속에서의 삶은 나름대로 행복했다고 진술한다. 베를린 장벽으로 가로막힌 곳이지만 존넨알레에 사는 젊은이들은 친구끼리 모여 금지된 음악을 듣고, 암시장에서 롤링 스톤즈의 음반을 구하기 위해 애쓰며, 같은 거리에 사는 여학생을 사모하고, 나름대로의 모험과 꿈을 꾸며 신나게 살아간다. 그래서 주인공 미햐(미하엘)는 존넨알레에서 보낸 시절을 회상하면서 그때가 자신의 삶에서 "가장 재미있었던 시기"[13]였으며 앞으로도 그럴 것이라고 말한다.

4년 전에 발표한 『우리 같은 영웅들』에서 동독사회에 대해 가차없이 신

---

13) Thomas Brussig, *Am kürzeren Ende der Sonnenallee*, Berlin 1999, 9면.(이후 본문에 면수만 표기)

랄한 비판을 가했던 브루씨히가 이번에는 비록 주인공의 입을 통해서지만, 온갖 제약에 갇혀 지냈어도 그래도 동베를린의 존넨알레에서 보낸 시절이 가장 재미있었다고 말하는 것은 얼핏 보기에 모순처럼 보인다. 하지만 그 근본을 들여다보면 두 작품이 모두 과거극복의 문제를 다루었다는 점에서 공통적이다. 또다른 공통점은 이 작품 역시 전작과 마찬가지로 동독에서의 삶을 매우 해학적으로 그리고 있다는 것이다. 그러나 『우리 같은 영웅들』이 웃음을 통한 신랄한 비판을 염두에 두고 있는 반면 『존넨알레』는 웃음 그 자체에 더 비중을 두고 있다. 우선 『존넨알레』의 무대 자체가 희극적이다. 제2차 세계대전 후 동서독을 나눌 때 4km나 되는 존넨알레가 끄트머리 60m 지점에서 동서 베를린으로 분단되었다. 오랫동안 하나였던 거리가 자의적 결정에 의해 3.94km는 서베를린으로 나머지 60m는 동베를린으로 편입되었는데 이 과정 자체가 하나의 희극이다. 이해할 수 없는 역사적 희극이자 동시에 많은 사람들을 불행하게 만든 비극인 존넨알레의 분단 이유를 미햐는 기발한 방식으로 해석한다. 동서 베를린 국경을 확정지은 1945년 포츠담 회담에서 스딸린과 트루먼이 존넨알레를 서로 자기 진영에 두려고 대립하였다. 여기에 처칠이 중재에 나섰는데 그때 마침 자신이 피우던 씨가에 불이 꺼졌고 이에 스딸린이 재빨리 불을 붙여주자 그에 대한 보답으로 존넨알레의 끝부분 60미터를 소련 점령지역으로 넘겨준 것이라 미햐는 해석한다. 왜냐하면 미햐는 그것 말고는 도저히 다른 이유를 찾을 수 없기 때문이다.

그렇지 않고서야 어떻게 그처럼 긴 거리가 끝지점 바로 앞에서 분단될 수 있었단 말인가? 그리고 종종 그는 바보 같은 처칠이 자신의 씨가에 신경을 썼더라면 우리는 오늘날 아마도 서독에 살고 있을 텐데,라고 생각하곤 했다.(8)

미햐가 상상하는 존넨알레 거리의 분단사는 물론 황당하지만 꼭 그렇지만도 않다. 왜냐하면 역사적 사실인 동서 베를린 사이의 국경선 자체가 매우 자의적이고, 비정상적이며, 이해할 수 없는 황당한 것이기 때문이다. 분단상황과 자의적인 국경선 나누기 자체가 하나의 코미디라고밖에는 달리 말할 수 없기 때문이다. 자신들의 의지와는 전혀 상관없이 지도상에 그은 선 하나 때문에 자신이 사는 곳이 서방진영이냐 공산진영이냐 결정되는 상황은 결코 정상이 아니다. 게다가 예전에 하나였던 존넨알레 거리가 둘로 나뉘고, 그 사이로 장벽까지 세워져 서로 왕래할 수 없는 상황이 되었으니 더욱 황당한 일이 벌어진 것이다. 하지만 이러한 상황은 미햐처럼 태어날 때부터 베를린 장벽을 보아왔거나 장벽 근처에 살아서 장벽이 있는 것을 당연시한 이들에게는 심각하게 느껴지지 않았다.

　장벽과 관련해 기이한 일은 그곳에 살던 사람들이 장벽을 전혀 이상하게 여기지 않았다는 것이다. 장벽은 그들이 거의 느끼지 못할 정도로 그들의 일상에 속해 있었다. 그래서 만일 아주 비밀리에 장벽이 열리게 되었더라면 거기에 사는 그들은 그 사실을 가장 늦게 알아차렸을 것이다.(137)

자의적으로 이루어진 동서독 분단이나 베를린 장벽이 황당한 것이라는 사실은 그것이 무너지고 나서 뒤돌아보았을 때 비로소 명확히 드러난다. 태어날 때부터 존재했고 계속 존재하고 있으며 앞으로도 영원히 지속될 것만 같던 베를린 장벽이 어느날 갑자기 무너지고 나니 그때서야 장벽이 얼마나 비정상적이고 황당한 일이었던가가 명백해진 것이다. 그래서 브루씨히는 장벽이 무너진 지 10년이 지나서야 비로소 "장벽에 대한 코미디"(Mauerkomödie)[14]를 쓸 수 있었던 것이다. 브루씨히가 이 작품의 한국어판 서문에서 "여러분은 38선에 얽힌 코미디를 상상하실 수 있습니까?"[15]

■
14) Volker Hage, "Jubelfeiern wird's geben," *Der Spiegel* 1999년 9월 6일자.
15) 토마스 브루씨히 「친애하는 한국 독자 여러분」, 이미선 옮김 『존넨알레』, 서울 2005, 5면.

라고 물어보았듯 장벽 아래에서의 삶을 희극적으로 그린다는 것은 통일 전에는 상상할 수도 없었다. 왜냐하면 장벽은 비극의 현장이었기 때문이다. 베를린 장벽을 넘다가 수많은 사람들이 목숨을 잃었고, 장벽에 가로막혀 동베를린 주민들은 서베를린으로 나갈 수가 없었다. 작품의 주인공 미햐가 살고 있는 존넨알레 역시 거리를 가로지르는 장벽 위 초소에서는 총기를 지닌 국경수비대가 24시간 경비를 서고, 검문소가 있으며, 지역 경찰이 끊임없이 돌아다니며 검문을 한다. 또한 장벽으로 고립된 동독사회에서 주민들은 온통 불합리한 규제와 금지, 감시와 처벌을 감수하며 살아야 했다. 서방 국가로의 여행은 말할 것도 없고, 서방 음악을 듣는 것조차 금지되어 몰래 들어야 하고, 신혼 때 배정받은 좁은 아파트에서 네 식구가 살아야 하며, 이웃이 혹시 슈타지가 아닌가 의심해야 하는 곳이 미햐가 살던 동독사회이다. 이처럼 장벽 아래에서의 삶은 원래 비극적이다. 그래서 장벽이 무너지고 이어 동독 역시 몰락했을 때 장벽과 분단상황이 초래한 숱한 비극에 대한 비판이 봇물처럼 쏟아져나왔다.

　그러나 브루씨히는 장벽 아래에서의 삶을 다르게 묘사한다. "모든 사람들이 여전히 동독에 대해 욕을 하고 한탄을 하고 있던 때"에 브루씨히는 "동독의 시절을 풍요롭고 충만한 시대로 묘사"[16]한 것이다. 온갖 어려움과 외적인 제약에도 불구하고 존넨알레에 사는 사람들의 삶은 결코 불행하거나 비인간적이지 않았고 오히려 유쾌했었노라고 말하는 것이다. 동독 일반 주민들의 삶을 비극이 아니라 희극으로 그렸다는 점에서 『존넨알레』는 『우리 같은 영웅들』에서 시작된 새로운 과거극복 방식의 전통을 따르고 있다. 하지만 『존넨알레』에서는 한 단계 더 나아가서 따뜻한 시선으로 과거를 되돌아본다. 동독의 과거를 회한과 절망의 감정이 아니라 그리움과 향수가 담긴 눈으로 그린다. 그렇기 때문에 『존넨알레』에도 동독사회

---

16) 같은 책 7면.

에 대한 통렬한 풍자가 들어 있지만 『우리 같은 영웅들』에서와는 달리 그 풍자의 칼끝이 체제에 순응하며 살았던 동독 주민들이 아니라 체제와 위정자들에게 향해 있다. 굳어버린 체제 속에서도 일반 주민들의 일상은 유쾌하리만치 재미있게 그려진다. 이처럼 동독에 대한 한탄과 회한이 아니라 '장벽에 대한 코미디'가 나올 수 있었던 것은 세월이 경과하여 과거에 대해 거리를 갖게 되었고 그에 따라 과거를 다른 각도에서 바라볼 수 있게 되었기 때문이다. 브루씨히가 한국어판 서문에서 인용한 우디 알렌의 말처럼 "코미디는 비극 더하기 시간"이므로 비극적인 일도 시간이 흘러가서 "상처가 치유"되면 "코미디를 위한 시간이 도래"할 수 있는 것이다.[17)]

세월이 한참 지난 후에 뒤돌아보면 힘들고 고통스러웠던 일들도 아련한 추억으로 남아 있거나 좋았던 부분들만 생각난다. 동독에서의 삶 역시 10년이 지난 후에는 비극성이 탈색되고 밝은 면이 전면으로 드러나서 일반 주민들의 삶이 오히려 재미있었던 것으로 회상된다. 미햐와 그 주변인물들의 삶은 결코 비극적이지 않고 오히려 즐겁고 유쾌하게 그려진다. 미햐의 아버지, 어머니, 누나 그리고 서베를린에 살면서 이들을 주기적으로 방문하는 삼촌의 삶에서도 어두운 그림자를 찾아볼 수 없다. 이들을 둘러싸고 벌어지는 일들을 마치 "씨트콤"[18)]처럼 즐거운 해프닝으로 보여준다. 그렇기에 미햐는 동독사회가 "앞에서 뒤에까지 온통 구역질이 났지만 그럼에도 우리는 정말로 신나게 즐겼다."(153)라고 말한다.

브루씨히가 『존넨알레』에서 동독에서의 삶을 밝게 그린 것은 통일 이후 구동독과 동독인들을 바라보는 구서독인들의 시각과 관련이 있다. 통일 과정과 그 이후에 벌어진 논쟁을 통해 동독은 온갖 테러와 악으로 가득 찬 나라였으며, 그 안에서 살던 사람들 모두가 비인간적인 삶을 산 것처럼 인

17) 앞의 책 10면.
18) Claus-Ulrich Bielefeld, "Die Mauer—eine Sittengeschichte," *Süddeutsche Zeitung* 1999년 5월 4일자.

식되었다. 이러한 사회에서 어떻게 살아갈 수 있었는가를 반문하는 이들에게 브루씨히는 『존넨알레』를 통해 동독에도 사람들이 살고 있었으며, 그 사람들의 삶은 나름대로 즐겁고 행복했노라고 대답한 것이다. 브루씨히 자신이 결코 동독을 인정하거나 동독의 몰락을 아쉬워하지 않고 오히려 베를린 장벽 붕괴를 환영하는 입장이지만 동독에서의 삶 전체를 악마화하는 입장 역시 반대한다. 그렇기에 브루씨히는 의도적으로 동독에서의 삶, 특히 청소년들의 삶이 흥미롭고 진지하며 웃음으로 가득한 삶이었음을 그려 보여준다. 브루씨히는 『존넨알레』를 읽는 서독 독자들이 "자신들이 동독에서 살지 못했음을 아쉬워하게 만드는 것" [19]이 자신의 의도였다고 표현한 바 있다. 브루씨히가 그리는 동독 주민들의 긍정적 삶은 물론 과장되어 있다. 하지만 이는 동독에서의 삶 모두를 부정하는 구서독 독자들의 시각을 교정하기 위한 서술 전략이다. 동독에 대한 전면적 부정의 시각에 대해 긍정적 측면을 과장되게 제시함으로써 한쪽으로 치우친 시각을 바로잡고자 한 것이다. 동독에 대한 진정한 과거극복은 동독의 장점과 단점 모두를 인정한 바탕에서야 비로소 이루어질 수 있다. 동서독 주민들의 진정한 화해 역시 서로에 대한 일방적 비방이나 비난이 아니라 상대방의 삶의 속살을 들여다보고 이해할 때 비로소 이루어질 수 있다. 그렇기에 브루씨히는 어려웠지만 그래도 즐거웠던 구동독인들의 삶의 단면을 보여줌으로써 동서독의 독자들을 "가깝게 만들고 서로간의 화해에 기여" [20]하고자 한 것이다.

브루씨히는 이 문제에 대해 정색하거나 심각하게 접근하지 않는다. 대신 희극적으로 가볍게 처리하여 주제의 무게를 줄인다. 화해를 매개하는 가장 좋은 수단은 웃음이다. 『존넨알레』에서 그려지는 희극적 에피쏘드들

19) Silke Lambeck, "Herr Brussig, was halten Sie von Nostalgie?" (Ein Interview), *Berliner Zeitung* 1999년 11월 6, 7일자.
20) Jörg Thomann, "Der neidische Westen," *FAZ* 1998년 8월 24일자.

이 독자에게 웃음을 유발함으로써 동독을 경험하지 못한 구서독 독자들에게 친숙하게 다가갈 수 있었다. 이는 동서독 지역에서 열린 『존넨알레』의 작품 낭독회 반응에서도 알 수 있다. "이 책에 대한 반응이 동쪽이나 서쪽 모두 놀라울 정도로 비슷했다"[21]는 것이 브루씨히의 전언이다. 낭독회 자리에서 브루씨히가 겪은 경험담은 문학을 통해 동서독 주민들간의 화해가 어떻게 가능할지 보여준다.

> 모두들(청중들—필자) 긴장을 풀고 즐거워했지요. 『존넨알레』 소재에는 무언가 경련을 해소시키는 요소, 즉 책을 넘어서서 동독의 과거에 평화를 제안하는 그런 요소가 있다는 느낌이 듭니다.[22]

낭독회에 참여한 청중은 출신 지역에 상관없이 모두 『존넨알레』의 이야기를 흥미롭게 받아들이고 즐거워함으로써 하나가 될 수 있었다. 서독 출신 독자들이 마음을 열고 동독 주민들의 삶에 이해를 보여준 것이다. 또는 작품을 읽는 동안 자신도 모르게 동독인들에 대한 이해가 생겼다고도 할 수 있다. 이를 두고 브루씨히는 "제 낭독회에서 독일통일이 성공을 이루었다"[23]고 표현하였다. 동독사회는 분명 커다란 문제점을 안고 있었지만 그렇다고 하나에서 열까지 모두 문제가 있었던 것은 아니다. 선과 악의 이분법에서 벗어나 동독에서의 삶 역시 긍정적 측면을 가지고 있었다는 것을 인식하는 데 10년의 세월이 필요했다. 작가인 브루씨히 자신도 자신의 과거를 따뜻한 눈으로 되돌아보기까지는 긴 길을 에둘러 돌아와야 했다. 『우리 같은 영웅들』에서 브루씨히는 동독의 과거에 대해 신랄한 비판의 칼을 갖다대었다. 이 과정은 과거의 문제가 어디에 있었는가를 되돌아보고 스

---

21) Anke Westphal, "Loch im Herzen, Stein auf der Brust," *taz* 1999년 11월 9일자.
22) Volker Hage, 앞의 글.
23) Anke Westphal, 앞의 글.

스로의 책임을 반성하는 차원에서 한번은 거쳐야 할 과정이었다. 이 과정을 겪은 후에 비로소 과거의 긍정적 측면이 새롭게 조명될 수 있었던 것이다. 그래서 브루씨히는 『존넨알레』에서 동독에 대해 긍정적으로 서술하는 것은 "자신의 과거와 평화를 체결하는 작업"[24]이라고 말한다. 동독에서의 삶을 과거로 인정함으로써 자신의 과거와도 화해를 시도한 것이다.

브루씨히가 시도한 과거청산 작업은 그러나 동독에 대한 단순한 미화와는 차이가 있다. 이 작품이 나올 당시 통일독일에서는 '오스탈기'라는 신조어까지 등장할 정도로 동독에 대한 향수가 새롭게 일어나고 있었다. 통일 이후 구동독 주민들은 서독에 의한 통일을 환영하며 모든 동독적인 것을 부정하였다. 그러나 통일에 대한 열광이 사라진 후 남은 것은 냉혹한 자본주의 현실의 질서였다. 통일을 통해 획기적인 생활 향상을 이루고 단기간에 서독 수준의 삶의 질을 누릴 수 있으리라 믿었던 환상이 깨지고, 동독사회에서는 전혀 경험해보지 못한 실업과 더 나아가서 2등 국민이라는 정신적 차별까지 받게 되자 구동독인들은 차라리 동독 시절이 나았다는 생각을 갖게 되었다. 통일된 지 15년이 지난 2005년 여론조사에서 구동독인들의 20% 정도가 동독 시절로 되돌아갔으면 좋겠다는 의견을 밝힐 정도로 '동독에 대한 향수'가 광범위하게 퍼져 있었다.

브루씨히는 향수가 제대로 된 과거극복을 방해하는 요인이 될 수 있기에 자신은 "동독에 대한 향수에 반대"[25]한다고 천명해왔다. 하지만 그는 『존넨알레』에서 향수를 본격적으로 다루었다. 우선은 동독 출신 작가로서 현안에 대한 당연한 반응이라 볼 수 있다. 당시 많은 구동독인들 사이에 퍼져 있던 동독에 대한 향수가 현안이었으므로 이 주제를 회피하지 않고 직접 다룬 것이다. 여기에다 향수에 대한 작가의 생각이 바뀐 것도 작품

---

24) Ulrike Grohmer, "Blick zurück in Frieden?," *Neues Deutschland* 1999년 8월 31일자.
25) Silke Lambeck, 앞의 글.

집필의 계기가 되었다. 그는 시간이 경과하면서 "향수가 인간의 정상적 감정"이며, "회상이란 언제나 미화"이자 "망각과 함께 나타나는 것"[26]임을 인정하게 된 것이다. 그래서 동독에 대한 회상을 직접적 주제로 삼게 되었다. 이러한 과정에서 브루씨히는 동독에서의 삶을 그리되 이를 회상 작업의 일반적 특징과 결부시킴으로써 과거에 대한 맹목적 미화나 과거로의 회귀를 꿈꾸는 태도에서 벗어난다. 다시 말해 그가 그리는 동독은 실제의 현실이 아니라 사람들의 기억 속에 남아 있는 동독 또는 사람들이 즐겨 회상하는 동독이다.

　　이 책이 다루는 것은 동독이 어떠했는가가 아니라 오늘날 사람들이 동독을
　　어떻게 회상하고 있는가입니다. 회상이란 과거를 소화시키고 과거에 있었던
　　일들과 잘 지낼 수 있도록 우리를 도와주는 영혼의 장기(臟器) 같은 것입니
　　다.[27]

동독은 이미 역사속으로 사라져버렸지만 그에 대한 기억은 많은 사람들의 머릿속에 여전히 남아 있다. 처음에는 자신이 몸담아 살던 동독사회와 자신의 과거를 전면적으로 부정하던 이들이 시간이 지나면서 점차 다른 시각으로 과거를 회상하기 시작하였다. 그러나 이들이 회상을 통해 불러일으키는 동독은 실제의 현실이 아니라 고통스러웠던 부분이 탈색되고 대신 아름다운 색으로 채색된 허구적 상이다. 이 사실을 잊지 않으면서 동시에 자신의 과거와 평화를 맺는 것이 브루씨히가 생각한 또다른 과거극복의 방식이었다. 통일된 지 10여년이 지났음에도 여전히 동독이 힘들고 어려웠으며 비인간적 사회였다고 비탄과 한숨을 늘어놓기보다는 긍정적 측

---

26) 같은 곳.
27) Volker Gunske, Sven S. Poser, "Nachdenken über Thomas B.," *Tip—Magazin* (21) 1999.

면을 회상함으로써 자신의 과거를 뛰어넘는 것이 필요하다. 이를 통해 비로소 구동독인들은 자신들의 자존심을 회복하고 과거로부터 자유로워질 수 있으며, 구서독인들은 동독에 대한 이분법적 비판이나 무지에서 오는 편견에서 벗어나 구동독인들을 이해할 수 있다. 이런 과정이 다양하게 반복되어야 비로소 동서독이 내적으로 가까워지고 아직 도달하지 못한 동서독의 통합을 이룰 수 있을 것이다. 이를 가능하게 만드는 것이 회상이다. 회상이란 훨씬 더 많은 것을 이룰 수 있기 때문이다.

회상은 끈기있게 과거와 평화를 맺어주는 기적을 이루어준다. 이 기적 속에서 모든 원한이 사라지고 한때 날카롭고 도려내는 듯 여겨졌던 모든 것 위로 부드러운 회상의 베일이 덮인다.

행복한 사람은 나쁜 기억력과 풍부한 회상을 지니고 있다.(157)

4년 시차를 두고 발표된 『우리 같은 영웅들』과 『존넨알레』는 여러 상이점에도 불구하고 동독의 과거극복 문제를 정면으로 다루었으며 새로운 시도를 하고 있다는 점에서 공통점을 지닌다. 두 작품 모두 "현안"에 대한 반응이라는 점에서 일관성을 지닌다. 『우리 같은 영웅들』이 통일 이후 "동독에 대한 논쟁이 벌어지지 않는 것"에 대한 직접적 반응이었다면, 『존넨알레』 역시 1999년 당시 현안이었던 "동독에 대한 미화" 문제를 다루고 있다.[28] 하나는 동독에 대한 신랄한 비판이고 다른 하나는 동독에서의 삶에 대한 애정어린 회상이지만 두 작품 모두 역사가 되어버린 동독을 어떻게 정리해야 할 것인가에 대해 진지하게 고민하고 있다는 점에서 궤를 같이한다. 동독의 과거를 다루는 이 두 가지 방식은 서로가 배타적이 아니라 상호보완적이다. 『우리 같은 영웅들』에서 동독의 과거 잘못에 대한 가차

28) 같은 곳.

없는 자기비판이 이루어진 연후에야 비로소 자신의 과거와 화해하는『존넨알레』에서의 다음 행보가 가능했던 것이다. 또한 과거극복이라는 무거운 주제를 희극적으로 다루고, 동독의 일상을 씨트콤처럼 그려낸 브루씨히의 작품은 통일 이후의 독일문단에 새로운 반향을 불러일으켜 동독사회를 다룬 많은 작품들이 나오는 계기가 되었다. 브루씨히의 두 작품을 통해 동독에 대한 다각도의 접근이 이루어졌고, 이 점에서 문학을 통한 동서독 주민들의 내적 통합에 기여했다고 볼 수 있다.[29)]

이처럼 두 소설에서 보여주는 동독사회에 대한 과거극복 시도는 매우 독특한 영역을 개척하고 있다. 사회주의 이상을 갖지 않았기에 그것을 잃어버린 것에 대한 진한 아쉬움과 허탈감을 가질 필요도 없고, 그렇다고 통일을 두손 들어 환영할 필요도 느끼지 않는 세대로서 통일 후 동독사회에 대해 퍼부어진 온갖 부정의 담론을 그대로 받아들여 자신의 과거를 부정하는 것이 아니라 자신의 방식으로 과거를 회상하는 것이 브루씨히의 소설이다. 동독사회를 미화하지도 않고 그렇다고 그 사회를 악마화하거나 악이 판치던 독재사회라는 서독의 시각을 바탕으로 하여 묘사하지도 않으면서, 부정적인 면은 있는 그대로 보여주고 그 문제점(왜 동독은 결국 멸망하고 말았는가)을 다각도로 또한 문학적으로 분석함으로써 동독사회가 지닌 모순과 문제점 그리고 건강함과 장점을 동시에 보여주는 균형잡힌 시선이 들어 있다. 이것은 새로운 시도이며 이제 비로소 동독사회를 객관적인 눈으로 바라볼 수 있게 되었다는 고무적인 징조이다. 이 시도는 동독사회에 대한 과거극복 차원의 문제에서만 중요한 것이 아니라 동시에 통일 이후 독일사회를 바라보는 시각에서도 매우 중요한 시사점을 준다. 지금까지는 흑백의 논리로만 동독이나 통일 후 독일사회를 바라보았다면 이

---

29)『존넨알레』는 영화와 동시에 출판되었다. 영화는 나오자마자 큰 반향을 불러일으키며 2003년까지 260만명의 관객을 동원하였다. 이를 통해 동독의 일상이 널리 알려지게 되었다.

제는 좀더 객관적 시각을 지니고 다양한 측면에서 독일사회의 문제점과 장점을 그릴 필요가 있다. 이러한 새로운 접근 방식이 잘 표현된 소설이 다음에 다룰 잉고 슐체의 『간단한 이야기들』이다.

4. 통일 이후 동독인들의 삶과 운명 ─ 잉고 슐체 『간단한 이야기들』

장벽이 개방된 지 9년, 공식적인 통일이 된 지 8년이 되던 1998년에 발표된 잉고 슐체(Ingo Schulze)의 『간단한 이야기들』(Simple Storys)은 나오자마자 평단의 주목을 받았다. 언론매체에는 긍정적 서평이 줄지어 실렸고 고대하던 독일통일에 대한 "통일소설"[30)]이 마침내 독일문단에 나왔다며 격찬을 아끼지 않았다. 슐체는 1960년대에 출생하여 동독에서 20대 중반까지 경력을 쌓은 후에 통일 이후 비로소 작가로 데뷔한 새로운 작가 세대에 속한다. 그의 두번째 소설 『간단한 이야기들』은 장벽개방과 화폐통합, 독일통일과 그 이후의 사건들을 겪으면서 알텐부르크 주민들의 삶이 어떻게 변화하는가를 그리고 있다. 슐체는 그들의 이야기를 기존의 전통적 서술 방식에서 탈피하여 새로운 형식으로 그린다. 그럼으로써 슐체는 내용뿐 아니라 형식에서도 통일독일 문학의 새로운 가능성을 열어놓았다.

(1) 새로운 현실과 새로운 형식

이 소설은 모두 29개의 장으로 나뉘어져 있다. 각각의 장은 독립적인 이야기를 다루고 있으며 등장하는 인물도 제각각이다. 29개의 에피쏘드에 등장하는 인물들만 해도 38명이 넘는다. 따라서 이 소설에는 특별한 주인공이 없다. 굳이 말하자면 알텐부르크라는 "동독 지역 변방의 상황"[31)]이

---

30) Ulrich Greiner, "Menschen wie Tauben im Gras," *Die Zeit* 1998년 3월 25일자.

주인공이라 할 수 있다. 각 장에서 서술하는 이야기들 역시 앞이나 뒤의 이야기와 직접 연결되지는 않는다. 첫 세 장에서 서술되는 에피쏘드는 시간적 공간적으로 아무런 연관이 없다. 5장까지는 매 장마다 완전히 다른 인물이 등장한다. 6장에 가서야 비로소 그전에 등장한 인물이 나옴으로써 앞서 묘사된 개별 이야기들이 전체의 일부라는 사실을 인지할 수 있게 된다. 서술시점이나 서술방식도 하나로 통일되지 않고 각 장마다 바뀐다. 슐체는 각 장마다 제목을 붙이고 간단한 설명을 달아놓았다. 따라서 각 장을 독립적으로 발표해도 별 문제가 없을 정도이다. 각 장마다 간단한 설명을 해놓은 것은 바로크시대의 문학양식이나 브레히트의 서사극 전통을 따른 것이다. 독립적인 짧막한 에피쏘드를 모아놓은 형식은 직접적으로 "미국적인 서술모델"을 모범으로 삼고 있다.[32] 슐체의 소설은 헤밍웨이나 셔우드 앤더슨(Sherwood Anderson), 레이먼드 카버(Raymond Carver)로 대표되는 단편소설(Short Story)의 형식을 차용한 것이다. 특히 이 소설은 로버트 알트만(Robert Altmann) 감독의 에피쏘드 영화 「숏 컷」(Short Cuts)의 문학적 표현이라고 할 정도로 여러 측면에서 유사한 특징을 보인다. 알트만 감독의 「숏 컷」은 작가가 개입하지 않고 거리를 유지하면서 등장인물들의 모습을 여러 각도에서 서술하는 방식으로 유명한데, 슐체의 소설 역시 그러한 서술 형식을 따르고 있다. 슐체는 소설의 제목 역시 동독식 영어인 'simple storys'로 붙임으로써 미국식 단편소설이나 에피쏘드 영화의 전통을 따르고 있음을 의도적으로 보여준다. 이는 그의 인터뷰에서도 확인된다.

■

31) Thomas Steinfeld, "Ein Land, das seine Bürger verschlingt. Das Ereignis einfacher Geschichten. Mit staunenswerter Sicherheit erzählt Ingo Schulze vom beiläufigen Unglück in der ostdeutschen Provinz," *FAZ* 1998년 3월 24일자.

32) Peter Michalzik, "Wie komme ich zur Nordsee? Ingo Schulze erzählt einfache Geschichten, die ziemlich vertrackt sind und die alle lieben," *Aufgerissen zur Literatur der 90er*, Thomas Kraft 편, München 2000, 31면.

나는 결코 가능하리라 생각지 못한 것을 알트만이 정말로 적절하게 만들어
내고 실제에 적용했어요. 그것이 내게 아이디어를 주어 간단한 이야기들을 한
데 모을 수 있게 해주었어요. 알트만의 영화도 한 장소를 다루면서, 사물들을
여러 관점에서 보여주고 있지요.[33]

『간단한 이야기들』에 묘사한 29개의 에피쏘드 역시 알트만의 영화처럼
다양한 각도에서 다양한 방식으로 서술된다. 특히 몽따주 기법을 도입하
고, "광각 렌즈와 망원 렌즈, 줌 렌즈나 클로즈업 렌즈"를 사용하듯 "개별
인물이나 대상을 줌인하는 방식"을 시도함으로써 영화언어적 기법을 사
용한 것이 눈에 띈다.[34] 이를 통해 대상에 대한 여러 각도의 서술이 가능해
진다.

다양한 인물과 독립적인 이야기들이 나열되었음에도 불구하고 이들 이
야기 전체가 모여서 모자이크처럼 커다란 그림이 그려진다는 것도 이 소
설의 특징이다. 전체 이야기를 통합하는 끈은 모두가 알텐부르크 주민들
의 삶과 관련된 이야기라는 공통분모이다. 뉴욕과 슈투트가르트가 잠시
무대로 등장하는 것 빼고는 모두 알텐부르크가 중심 무대이며 그곳에 사
는 사람들의 일상적 삶이 주제가 된다. 29개의 이야기 모두가 1989년에 장
벽이 개방된 후부터 통일 이후 5~6년 동안 동독의 작은 지방도시 알텐부르
크의 주민들에게 일어난 삶의 변화와 관련된 것이다. 또한 자세히 보면 등
장인물들 역시 서로 이러저러한 끈으로 맺어져 있음을 알 수 있다. 슐체가
이처럼 다양한 등장인물과 다양한 에피쏘드를 엮어내는 방식으로 소설을
구성한 것은 통일 이후 동독인들의 삶의 변화를 종합적으로 그리고 다각

---

33) "Für mich war die DDR einfach nicht literarisierbar. Ein Gespräch mit Ingo Schulze,"
   Am Erker. Zeitschrift für Literatur, Nr. 36, 1998, 44면.
34) Frank Thomas Grub, Wende und Einheit im Spiegel der deutschsprachigen Literatur.
   Ein Handbuch, Bd. 1, Berlin 2003, 402면.

도로 그리기 위해서이다. 따라서 그의 소설은 한두명의 주인공을 중심으로 이야기를 전개시키는 기존 소설의 문법을 따르지 않고 이리저리 서로 얽혀 있는 여러 알텐부르크 주민들의 삶의 궤적을 추적한다. 이를 통해 슐체는 통일 이후 동독인들의 일상을 가능한 한 구체적으로 그리고 가까이에서 형상화하려 한 것이다. 에피쏘드를 서술하는 슐체의 시각은 카메라의 렌즈와 비슷하다. 통일 이후 알텐부르크 주민들이 겪은 일들에 대해 작가의 비판이나 주석을 덧붙이지 않고 대신 등장인물이 사건을 보고하고 서술하는 방식으로 처리함으로써 독자에게 판단을 맡긴다. 여러가지 사건들이 다양한 등장인물에 의해 직접 보고되거나 인물들의 대화가 직접화법으로 서술된다. 슐체는 "작가의 추방"[35)]이라 할 수 있는 이러한 형식을 통해 작가의 목소리가 끼여들지 않고 인물들이 스스로 움직이도록 장치를 해놓았다. 이같은 서술방식은 통일 이후 동독인들의 삶을 재구성하는 데 새로운 시각을 확보해준다. 크리스타 볼프나 폴커 브라운 등의 선배 세대 작가들이 통일문제를 다루면서 작품 속에 작가의 생각이나 통일에 대한 부정적 시각을 매우 직접적으로 드러냈던 데 비해 슐체는 가능한 한 자신의 생각을 드러내지 않은 채 등장인물들 옆에서 카메라를 바짝 들이대고 그들의 모습과 행동을 기록하는 방식으로 접근함으로써 살아 있는 일상을 그릴 수 있었다.

다른 한편으로 슐체가 『간단한 이야기들』에서 시도한 서술 방식은 통일 이후의 상황을 반영하고 있다고 할 수 있다. 동독이라는 전체주의적 사회, 사회주의 단일 이데올로기에 의해 지배되던 획일화된 사회, 중앙집권적인 사회가 갑자기 붕괴되고 나타난 혼란의 상황을 그리기 위해서는 기승전결적 구조를 가진 전통적 서술 방식이 아닌 새로운 방식, 즉 탈중심화된 방식이 필요했던 것이다. 이러한 "탈중심화된 언술은 유토피아의 상실과 결

---

35) Peter Michalzik, 앞의 글 33면.

부"[36]되어 주인공 없는 소설로 이어졌다. 한두명의 주인공을 중심으로 소설을 진행시키는 대신에 수십명의 인물을 등장시켜 만화경 같은 그들의 이야기를 에피쏘드 형식으로 다루고 있는 이 소설은 유토피아가 사라진 시대를 반영하고 있다. 슐체의 작품은 여기에 더해서 사회 모든 영역에서 벌어지는 급격한 변화를 완결된 사건으로 그릴 수 없는 시대적 상황을 반영한다. 슐체는 일관된 사건을 깊이 다루면서 거기에 대해 주석을 가하거나 가치평가를 하는 전통적 서술 방식 대신 가능한 한 많은 인물을 등장시켜 다양한 사건이 연속적으로 일어나게 만든다. 따라서 소설의 인물이나 사건은 얼마든지 확장될 수 있다. 다양한 에피쏘드들을 가치평가 없이 옆에서 기록하듯 묘사하는 이러한 "열린 형식"은 "과정에 있는 통일독일 사회의 삶의 상황"과 부합된다. 급격하게 변화하는 사회에 대해 "작가나 서술가 모두 거리감을 가질 수 없기"에 완결된 형식이 아닌 열린 형식을 택한 것이다.[37] 이런 점에서 이 소설은 독일통일의 문제를 그 내용에서뿐 아니라 형식적인 면에서도 상징적으로 보여주기에 "형식적인 측면에서 전환기와 통일에 대한 가장 혁신적인 소설"[38]이라 할 수 있다.

(2) 통일소설의 무대 알텐부르크

이 소설의 무대는 실존하는 도시 알텐부르크이다. 베를린이나 라이프찌히, 드레스덴 같은 대도시나 유명한 도시가 아니라 튀링엔 주의 동쪽 지역에 위치한 별로 알려지지 않은 작은 지방도시를 슐체는 작품의 중심 무대로 선택하였다. 그러면서 작품의 부제를 '독일 동쪽 변방으로부터의 소설'이라 붙였다. 여기서 '독일 동쪽'이라는 표현은 동독 지역이라는 의미를 포함한다. 소설의 부제에서까지 변방을 강조하고 있지만 역설적이게도 알

---

36) Frank Thomas Grub, 앞의 책 401면.

37) Ulrike Bremer, *Versionen der Wende*, Osnarbrück 2002, 221면.

38) Frank Thomas Grub, 앞의 책 399면.

텐부르크는 여러 면에서 동독 지역을 대표하는 성격을 지닌다. 동독의 몰락과 서독으로의 흡수통일을 통해 동독 지역은 구심점을 잃고 통일독일의 변방이 되었다. 알텐부르크는 중심이 사라진 동독에서도 또한 변방에 위치한 도시이다. 변방 중의 변방 알텐부르크는 따라서 중심이 사라진 동독 지역의 상황을 상징적으로 더 잘 드러내 보여줄 수 있는 곳이다.

알텐부르크는 소도시라는 점에서 또한 동독인들의 일상을 더 잘 그릴 수 있는 공간이 된다. 익명의 다수가 모인 대도시 공간에서는 전체적 조망이 어렵고, 손바닥처럼 다 들여다보이는, 소수의 주민이 살고 있는 시골마을 역시 동독인들의 다양한 일상이 제대로 드러나기 어렵다. 그 반면에 어느정도의 인구와 온갖 종류의 사회적 삶이 공존하는 지방도시에서는 다양한 사건이 일어나지만 동시에 그 사건에 관련된 인물들이 한다리 건너 서로 연결되어 있으므로 어느정도 전체적 조망이 가능하다. 슐체는 이런 차원에서 알텐부르크를 통일소설 무대로 고른 것이다. 알텐부르크는 통일 이후 동독 주민들의 삶의 궤적을 추적하기에 너무 크지도 작지도 않은 적당한 공간이다. 그렇다고 알텐부르크라는 도시 자체가 중요한 의미를 지니는 것은 아니다. 알텐부르크는 어디까지나 동독의 소도시에서 일어난 일상의 변화를 그리기 위한 무대일 따름이다. 그렇기에 도시로서 알텐부르크에 대한 묘사는 거의 나오지 않는다.[39] 개인들의 일상사가 중심에 놓여 있기에 사건의 무대배경은 주로 집안이나 자동차이다. 이를 통해 『간단한 이야기들』에서 묘사되는 이야기들은 굳이 알텐부르크가 아니라도 동독 지역의 다른 소도시 어느곳에서나 일어날 수 있는 일들로 일반화된다. 슐체 역시 인터뷰에서 알텐부르크는 다른 소도시와 얼마든지 대체 가능한 곳임을 지적한 바 있다.

■

39) 29개의 장 중에서 예외적으로 두개의 장에서 뉴욕과 슈투트가르트가 무대로 등장하지만 그곳 역시 도시의 풍경보다는 호텔방이나 사무실 등이 주요 무대로 나온다.

그런데 그곳은 되블린이나 다른 소도시일 수도 있었을 겁니다. 작품을 쓰면서 외적인 무대가 거의 아무런 역할도 하지 못하는 것을 깨달았습니다. 시장 광장은 한번도 나오지 않고, 늘 욕실이나 침실, 자동차가 무대이지요.[40]

『간단한 이야기들』에서 중요한 것은 따라서 도시 자체가 아니라 그 속에서 살고 있는 사람들의 삶과 그들의 이야기이다. 그렇기에 무대가 굳이 알텐부르크가 아니라도 괜찮다고 슐체는 언급한 것이다. 『간단한 이야기들』에 등장하는 이들의 이야기는 알텐부르크뿐만 아니라 동독 지역의 다른 도시들에서도 충분히 일어날 수 있는 에피쏘드이기 때문이다. 슐체는 이들 평범한 동독 지역 소도시 시민들의 삶을 통해 장벽개방 이후 변화된 개인들의 운명을 드러내 보여준다. 이 소설에는 통일이 되어 성공한 사람들과 통일 때문에 나락으로 빠져든 사람들의 이야기가 나란히 서술된다. 대부분의 주민들은 통일 이후 어떤 식으로든 급격한 삶의 변화를 겪었는데 이들의 삶이 파노라마 형식으로 그려진다. 이런 점에서 이 소설을 독일 통일의 "파노라마가 펼쳐지는 시대소설"[41]이라고 부를 수 있다.

급격한 동독의 몰락과 서독으로의 흡수통합은 동독 주민 모두에게 강력한 영향을 미친 사건이었다. 서독 시민들에게 통일은 하나의 정치적 사건에 불과했지만 동독인들에게 통일은 자신들이 지금까지 살아오던 삶의 기반 자체가 뒤흔들리고 새로운 가치와 새로운 체제에 적응해야 하는 실존적 문제로 작용하였다. 그렇기에 『간단한 이야기들』에 등장하는 인물들의 삶은 성공했건 실패했건 하나같이 모두 커다란 굴곡을 보여준다. 작가는

40) "'Hemmingway war für mich besonders wichtig.' Ingo Schulze sorgt mit seinem Geschichten—Knüller 'Simple Storys' für Furore," *LVZ* 1998년 3월 28, 29일자.
41) Helmut Böttinger, "Kamerablick der Sprache. Ingo Schulzes *Simple Storys*: ein virtuoser Ver-und Enthüllungs-Roman," *Frankfurter Rundschau* 1998년 3월 14일자.

마치 만화경처럼 이들 인물과 그들의 삶 그리고 그들이 서로서로 얽힌 관계를 보여주고, 통일이라는 정치적 사건이 어떻게 그들의 삶 깊숙이 침투하여 속속들이 영향을 미쳤는지를 그린다. 그런 점에서 이 소설은 알텐부르크 주민의 이야기를 넘어서서 통일 이후 동독인들의 삶과 일상을 재구성한 작품으로 대표성을 띤다. 『간단한 이야기들』을 "통일소설"[42]이라 평가하는 이유가 여기에 있다.

(3) 통일 이후 알텐부르크 주민들의 상승과 몰락 이야기

첫 장의 이야기에는 레나테 머이러(Renate Meurer)가 서술자로 등장한다. 장벽이 개방된 직후인 1990년에 남편과 함께 한 이딸리아 버스 여행에 대해 보고하는 형식이다. 결혼 20주년 기념으로 아들들이 선물한 베니스, 플로렌츠, 아시시를 돌아오는 닷새간의 이딸리아 여행은 동독인이었던 레나테에게는 커다란 의미를 지닌다. 1989년 가을과 겨울의 동독 격변기에 시민들이 요구했던 사항 중 하나가 여행의 자유였기 때문이다. 그들에게 서유럽 여행은 금지되어 있었기에 더욱 가고 싶은 열망의 대상이었다. 특히 독일인들에게 전통적으로 이딸리아는 꼭 한번은 가봐야 하는 꿈의 장소 같은 것이었으니 레나테에게 이딸리아 버스 여행은 더욱 각별하였을 것이다. 레나테가 여행을 떠난 1990년 2월은 아직 동독이 존재하던 시기였다. 장벽개방으로 동서독간의 왕래가 자유로워지긴 했지만 동독 여권으로 오스트리아와 이딸리아 국경을 넘을 수 있는 상황은 아직 아니었다. 그렇기에 레나테는 편법을 사용한다. 알텐부르크에서 서독의 뮌헨으로 기차를 타고 가서, 그곳 여행사에서 가짜 이름이 찍힌 서독 여권을 받고 그것을 가지고 이딸리아 여행을 한 것이다. 물론 이 모든 것은 여행을 주선한 서독 여행사가 대행해준다. 이 에피쏘드는 독일통일이 그렇듯 급속도로 이

42) Ulrich Greiner, 앞의 글.

루어진 배경을 짐작케 해준다. 장벽이 개방된 지 불과 두달밖에 안된 상황에다, 동독의 사회주의통일당 지배가 여전히 건재하던 이 싯점에 이미 동독인들의 마음은 동독을 떠나 서쪽에 가 있었던 것이다. 여기에다 서독 장사꾼들은 그것을 재빨리 간파하여 동독인을 대상으로 이딸리아 여행을 기획하고 서독 여권까지 마련해주는 발빠른 행보를 보였다. 그러니 그해 3월에 치러진 동독 총선거에서 서독 콜 수상의 지원을 받은 동독 기민당이 승리를 거둘 수밖에 없었을 것이다.

레나테의 남편 에른스트 머이러는 학교 교장선생인데, 사회주의통일당 당원으로 동독정권에 충성을 다했던 인물이다. 그런데 그마저도 서독의 위조 여권으로 가는 이딸리아 여행을 반대하지 않고 따라간다.

자식들한테 들은 사실, 즉 우리가 뮌헨의 여행사로부터 서독 여권을, 아마도 위조된 여권을 받게 될 것이라는 사실을 그에게 이야기했을 때 적어도 그때 나는 생각했다. 이제 끝이다. 에른스트 머이러와 함께 가지 못할 것이다.[43]

그런데 레나테의 남편은 서독 위조 여권으로 이딸리아 여행을 한다는 이야기를 듣고도 화를 내거나 동행을 거부하지 않고 단순히 "여권사진 두 장이 그래서 필요한 것이었냐고"(15) 물어볼 뿐이다. 동독정권에 충실한 당원마저도 아무말 없이 서독 여권을 받아들고 이딸리아 여행을 할 정도이니 동독의 정권을 결정하는 총선거 이전에 이미 대세는 굳어졌음이 이를 통해 간접적으로 드러난다.

2월이면 아직 화폐통합이 이루어지지 않았을 때라서 레나테와 에른스트 머이러는 서방 화폐를 구하기 어려워 먹을 것을 미리 가방에 잔뜩 넣어

━

43) Ingo Schulze, *Simple Storys. Ein Roman aus der ostdeutschen Provinz*, München 1998, 15면.(이후 본문에 면수만 표기)

갔다. 동독 마르크의 경우 화폐가치가 많이 떨어져서 서방 화폐로 교환해도 얼마 되지 않았을 뿐더러 교환할 돈도 넉넉지 못했기 때문이다. 그런 조건에서 그들은 이딸리아로 결혼 20주년 기념 여행을 한다.

> 독립적이 되기 위해 우리는 하루종일 식량 주머니에 몇개의 통조림과 빵, 사과를 넣어다녔다. 저녁은 방에서 먹었다.(16)

식당에서 사먹기 어려워서 하루종일 먹을 것을 잔뜩 들고 다니는 모습은 단지 머이러 부부뿐만 아니라 당시 서독이나 서유럽을 방문한 동독인들의 전형적인 모습이다. 이 짧은 묘사를 통해 슐체는 장벽개방 이후 동독인들이 처한 상황, 즉 돈이 중심 역할을 하는 자본주의 사회에서 그들이 앞으로 헤쳐나가야 할 길이 심상치 않음을 상징적으로 보여준다. 이 부분은 또한 동독 출신 작가들이 독일통일에 대한 소설을 쓸 수밖에 없는 이유를 말해준다. 이미 50년대부터 자본주의의 물질적 풍요를 누려온 서독인들은 전혀 상상할 수 없는 장면이기 때문이다.

레나테 머이러는 자신들의 여행을 회고하면서 알텐부르크에서 온 또 한 인물 디터 슈베르트에 대해 자세히 묘사한다. 슈베르트의 등장으로 『간단한 이야기들』의 핵심 등장인물 그룹이 1장에서 함께 제시된다. 『간단한 이야기들』에 등장하는 많은 인물들을 몇개의 그룹으로 나눌 수 있는데 그중에서 중요한 두 그룹이 바로 머이러 가족과 슈베르트 가족이다. 1장에서는 디터 슈베르트만 짤막하게 등장한다. 그는 늘 두꺼운 책자를 들고 다니며 이딸리아 예술에 해박한 지식을 보여 눈에 띄었는데 마지막 사건을 통해 레나테에게 그 정체가 알려지고 깊은 인상을 남긴다. 이들을 태운 버스가 마지막 목적지인 아시시 바로 전에 고장이 나는 바람에 근처의 페루기아를 보게 되었는데, 그곳에서 디터 슈베르트가 4~5미터나 되는 성당의 측면 돌출부에 올라가 몽유병자처럼 움직임으로써 사람들을 놀라게 한 것이다.

거기에서 그는 레나테의 남편 에른스트 머이러를 보며 "빨갱이 머이러"라 소리치고 울분을 터뜨린다. 모두들 여권 상의 가짜 이름을 쓰고 있었기에 그가 누구를 지칭하는지는 머이러 부부만 알 수 있었다. 그럼에도 그는 높은 곳에서 울분을 터뜨린 것이다.

레나테의 보고에서는 그가 제우스라는 별명을 가지고 있으며 오래전에 그와 무슨 일이 있었다는 것만 스치듯 언급하고 자세한 내용은 설명하지 않는다. 그 이유는 나중에 22장에 가서야 비로소 밝혀진다. 이처럼 처음에는 그냥 지나가는 투로 간단히 언급하고 나중에 가서야 자세하게 설명하는 방식은 "이 소설 서술 방식의 중심 원칙"[44]을 이룬다. 디터 슈베르트는 에른스트 머이러가 교장으로 있는 학교의 선생이었다. 어느날 그의 반 학생이 숙제 공책에 볼셰비즘을 비난하는 글을 써놓았는데 슈베르트가 그것을 사전에 알고 있었다는 이유로 학교에서 해고되었다. 그의 해고를 주도한 이는 물론 교장 에른스트 머이러였다. 슈베르트는 이후 갈탄 광산에 배치되어 3년간 노동을 해야 했는데, 그 시절을 예술에 대한 심취를 통해 이겨내었다. 버스 고장으로 아시시행이 좌절되자 그가 흥분하여 성당으로 올라간 배경에는 그의 지난 이력이 깊이 관여되어 있다. 그토록 보고 싶었던 아시시 유적을 코앞에 두고 좌절하자 그 울분을 자신의 인생을 좌절시킨 에른스트 머이러에게 터뜨린 것이다.

이 사건은 다른 관점에서 상징적 의미를 갖는다. 디터 슈베르트가 성당 위로 올라가서 밑에 있는 에른스트 머이러를 비판하는 사건은 통일 이후 뒤바뀌게 될 두 사람의 입지를 상징적으로 선취해서 보여준다. 통일 이후 슈베르트는 동독정권에서 탄압받은 '정치적 박해자'로 인정받아 당당하게

44) Hans-Joachim Hahn, "Konversationsunterricht Literaturgespräch. Ingo Schulzes Simple Storys im Unterricht als Fremdsprache," *Bestandsaufnahmen. Deutschsprachige Literatur der neunziger Jahre aus interkulltureller Sicht*, Matthias Harder 편, Würzburg 2001.

지내게 된 반면에 머이러는 직장을 잃고 새로운 체제에 적응하지 못한 채 결국은 몰락하기 때문이다. 디터 슈베르트가 동독 시절 학교에서 쫓겨난 사건이 90년 상반기에 지방신문에 대대적으로 보도되면서 머이러가 비난의 표적이 된다. 머이러가 주도해서 슈베르트를 쫓아낸 것으로 보도되자 머이러는 그에 항의하며 학교에 사표를 던진다. 내심으로는 교사들이 나서서 말려주거나, 사회주의통일당 쪽에서 해명해주기를 바라며 사표를 낸 것인데 모두들 침묵함으로써 그는 하루아침에 실업자가 되었다. 소설이 진행됨에 따라, 즉 통일 이후 시간이 더 흘러감에 따라 머이러는 점점 몰락의 늪으로 빠져든다. 새로운 일자리를 얻지 못하고, 집안에만 틀어박혀서 불만을 토로하며 식구들을 못살게 굴고, 귀가 윙윙대는 증상을 앓으며, 점점 결벽증 증세를 보인다. 나중에는 실업급여를 신청하는 노동부 건물에서 가스총을 발사하며 소란을 피운 사건을 계기로 결국 집으로 들이닥친 경찰에 체포되어 정신병원으로 실려가는 신세가 된다. 그의 부인 레나테가 그 전에 이미 서독의 슈투트가르트에 일자리를 얻어 나감으로써 그를 혼자 내버려둔 것도 머이러가 난동을 부린 계기가 되었다. 에른스트 머이러의 통일 후 삶의 궤적은 동독정권에 충실했던 많은 공산주의자들의 그것과 대동소이하다. 많은 머이러들이 통일 이후 자본주의 사회에 적응하지 못하고 울분과 절망을 곱씹다가 몰락의 길을 걸어갔다.

그렇다고 새로운 세상에서 디터 슈베르트의 삶이 상승으로만 치달은 것은 아니다. '정치적 박해자'가 되어 연금을 받으며 잘 지내지만 잉어 낚시를 갔다가 심장마비로 사망함으로써 그의 삶 역시 허망하게 송말을 맞는다. 보통 잉어보다 훨씬 큰 거대한 잉어를 낚은 후에 잔디밭에서 갑자기 심장마비로 쓰러지는 그의 죽음은 독일통일이라는 거대한 괴물은 한 개인이 소화하기에는 너무 벅찬 것임을 에둘러 표현하는 상징적 의미를 지닌다. 결국 독일통일은 그로 인해 상승을 경험한 이건 아니면 추락한 이건 모두에게 치명적 영향을 끼친 사건으로 기록된다.

물론 동독정권에 충성을 다했던 모든 이들이 에른스트 머이러처럼 몰락의 운명을 맞은 것은 아니다. 레나테 머이러가 잠시 직원으로 일한 '세무회계사무소'의 사장 노이게바우어(Neugebauer)의 경우 동독 시절 당 관료였지만 새로운 세상에서 기업가로 변신하여 잘나가는 삶을 영위한다. 그는 자신의 과거 전력을 알고 있는 에른트스 머이러의 입을 막기 위해 여름 동안 자신의 주말 농장을 머이러 부부가 사용할 수 있도록 해주기도 한다. 이밖에도 택시 사업자 라파엘이나 주간지 창립자 바이어 등도 모두 통일 이후 나름대로 성공한 이들이다. 하지만 이들 역시 자본주의에 어느정도 적응하여 사업체를 운영하고 있지만 탄탄한 뿌리를 내리지 못하고 이런저런 어려움을 겪는다. 라파엘은 동독 지역의 전반적인 경기 악화와 높은 실업률 때문에 사람들이 택시를 잘 이용하지 않아 상당한 빚을 지고, 바이어 역시 뉴욕으로 휴가를 갈 정도이지만 재정 상태가 좋지 못하다. 그래서 세금 탈루를 조사하러 온 관리를 여자친구를 시켜 매수하는 일까지 벌여야 할 정도이다.

소수의 성공한 이들을 빼면 나머지 등장인물들은 대개가 끊임없는 실업의 위협에 노출되어 있고, 실제로 한두번씩 직업을 바꾸는 일도 다반사이다. 그렇기에 이 소설에는 다양한 "실패자들의 초상"[45]이 등장한다. 대개의 경우 동독 시절에 습득한 자격이 통일 이후의 사회에서는 쓸모가 없고, 동독 시절의 경력 역시 도움이 안된다. 이러한 어려움을 상징적으로 보여주는 예가 에른스트 머이러의 의붓아들 마르틴 머이러의 운명이다.

마르틴 머이러는 대학에서 예술사학과 박사과정에 있으며 유급 조교로 일하고 있었다. 그런데 통일 후 서쪽에서 새로운 교수가 오면서 조교 자리를 연장해주지 않아 하루아침에 실업자 신세가 되었다. 자신의 박사 논문 주제 역시 새로운 시대에 맞지 않아 논문을 마치지 못하고 결국은 대학에

45) Peter Michalzik, 앞의 글 35면.

서 떠나게 된다. 그래서 그는 여기저기 일자리를 알아보다 자연석 보존 약품을 파는 VTLT회사의 외판원으로 6개월간 임시로 취직한다. 여러 지방을 다녀야 해서 자동차가 필요한데 북해에 휴가 갔다가 과속하는 바람에 면허 정지가 되어 기차를 이용한다. 그의 아내는 자전거를 배워 타고다니다 뺑소니 차량에 치여 숨진다. 이후 그는 제대로 된 일자리를 찾지 못하고, 아들마저 돌볼 수 없어 처제에게 맡기고 힘든 삶을 영위한다. 상당한 교육을 받은 그의 삶이 이렇듯 어려워진 것은 그의 개인적 불운도 작용했겠지만 그가 전해주는 동료들의 이야기를 보면 대부분 비슷한 운명을 겪은 것이 드러난다. 마르틴은 자신의 집을 방문한 외국인 친구에게 사진 속의 예술사학과 동창생들의 면면을 설명하며 그들 중 누구도 예술사학자가 된 사람이 없다고 말한다.

　　우리 모두를 잊어버려도 돼, 여기 사진에 있는 모두를 말이야. 그 누구도 무언가 된 사람이 없어.(222)

한 사람은 일자리를 잃고 알코올 중독에 걸렸고, 교수 자격논문을 쓰던 여자 동창은 새로 온 교수들이 자기 사람을 데려오는 바람에 자리를 잃고 결국은 에어푸르트에서 여행 안내자로 일하고 있으며, 다른 동창은 이혼하고 두 아이와 함께 어머니와 살고 있다. 동창들의 이력을 설명하며 마르틴은 "우리들을 가지고서는 정말로 어떤 국가도 이룰 수가 없어"(224)라고 자소적 한탄을 한다. 동독에서 대학을 마친 고급 인력으로서 마르틴이 이처럼 "부족한 자의식"[46]을 갖고 있는 것은 통일 이후의 구조조정이 여러 계층의 사람들에게 광범위하게 영향을 미쳤음을 말해준다. 마르틴은 이후에도 새로운 일자리를 얻지 못하고 여기저기를 떠돌아다닌다. 소설의 마

━━
46) Ulrike Bremer, 앞의 책 235면.

지막 장에서 마르틴은 동베를린에서 온 예니와 함께 잠수복 차림으로 슈투트가르트의 장터 광장에서 생선 레스또랑 선전 전단지를 나누어주는 모습으로 등장한다. 우스꽝스러운 복장을 하고 "북해를 아세요?"라고 말하며 레스또랑 전단지를 나누어주는 왕년의 예술사학자의 모습은 그 자체로 독일통일의 희비극에 다름아니다. 게다가 마르틴은 신고 있는 물갈퀴로 행인의 발을 밟는 바람에 그에게 두들겨맞아 눈에 퍼렇게 멍까지 든다. 슐체의 소설은 이처럼 에피쏘드나 장면 묘사를 통해 독자들에게 그냥 현실을 제시함으로써 독자들이 나름대로 해석하도록 만드는 특징을 지니고 있다. 통일이 불러온 희비극적 상황에 대해 작가의 목소리로 직접 설명하거나 비판하지 않고 일상의 에피쏘드를 통해 담담히 묘사함으로써 오히려 더 커다란 효과를 얻고 있다. 잠수복을 입은 두 동독인 남녀가 전단지 나눠주는 일을 중단하고 비가 오는 중앙로를 뛰어가는 광경으로 소설은 끝난다. 하지만 그 이후에 마르틴에게 여전히 어려운 일이 연속되었을 것임을 짐작하기 어렵지 않다.[47]

소설의 등장인물 중에서 통일로 인해 비극적인 최후를 맞는 또 한 인물

---

47) 국내에서는 최근에야 『간단한 이야기들』에 대한 논문이 나왔다. 류신은 이 논문에서 소설의 마지막 장면을 "새로운 환경에서 동독사람들이 암중모색하는 '희망의 길'에 다름아니다"며 북해로 가는 길이 "밝은 미래를 향해 뻗어" 있다고 긍정적으로 해석하고 있다 (류신 「'북해로 가는 길' — 잉고 슐체의 소설 『심플 스토리즈』에 나타난 통일 이후 동독인의 삶의 편력」, 『독일언어문학』 제37집, 2007. 9, 154면). 마르틴과 예니가 빗속을 뚫고 의연히 행진하는 모습은 『옷이 날개다』나 『바람과 함께 사라지다』의 마지막 장면처럼 역경을 뒤로하고 결연히 새로운 출발을 다짐하는 것으로 해석할 여지가 없는 것은 아니지만, 나는 그보다는 오히려 통일 이후 동독인들이 처한 어려움을 강조하는 결말로 보는 것이 소설의 전체 내용과 부합한다고 본다. 소설의 특징인 열린 형식에 걸맞게 결말 역시 열려 있는 것으로 해석하는 것이 좋다. 두 사람이 이후에 맞이하게 될 삶이 그리 희망적이지 못하리라는 것은 너무도 자명하기 때문이다. 소설의 전체 기조가 통일 이후 동독인들이 직면한 삶의 어려움을 주관적 감정의 개입 없이 객관적으로 재구성하는 것이므로 결말 역시 그 어떤 섣부른 예단이나 희망 없이 현실상황 그대로를 서술하고 있다고 보는 것이 소설의 주제와 좀더 맞아떨어진다는 생각이다.

이 엔리코 프리드리히(Enrico Friedrich)이다. 동독 시절 친체제적 작가였던 그는 통일 이후에 글을 써서 살아가기 어렵게 되자 그 또한 점점 알코올에 중독된다. 이상한 복장을 하고 거리를 돌아다니거나 일자리를 구하지만 결국 어느곳에서도 일자리를 얻지 못하고 알코올 중독자가 되어 계단에서 떨어져 죽는다. 자살이라고밖에 생각할 수 없는 그의 죽음은 통일로 인해 변해버린 새로운 사회 질서에 적응하지 못하고 결국은 도태되어 쓸쓸히 죽음을 맞이하는 구동독인들의 비극적 운명을 상징적으로 보여준다.

(4) 통일 이후 진행된 동독 지역의 급격한 자본주의화

동독이 서독에 흡수통합되면서 사회 전체가 재조정되는데 그중에서도 가장 두드러진 현상이 돈이 중심이 되는 자본주의 사회로 바뀐 것이다. 정치적 자유와 여행의 자유 그리고 사유재산을 소유할 수 있는 자유가 주어진 대신에 그것들을 개인의 능력에 따라 다르게 누리도록 만들어졌다. 동독 시절에는 돈이 있어도 구입할 수 있는 상품이 별로 없었기 때문에 수입의 차이가 큰 의미를 갖지 못했지만, 통일독일 사회에서는 수입의 유무, 수입의 많고 적음의 문제는 곧바로 삶의 질로 이어졌다. 동독시절에는 국가가 최소한의 의식주를 책임졌지만 자본주의 사회에서는 돈이 없으면 여행의 자유도 소비의 자유도 소유의 자유도 누릴 수 없게 되었다.

1장에서 머이러 부부의 이딸리아 여행에서 이미 드러났듯 여행을 갈 수 있게 되어도 돈이 넉넉지 않으면 음식을 잔뜩 싸들고 다녀야 하고, 일자리를 잃고 실업자로 전락하게 되면 그 여행미저도 갈 수 없는 처지가 되어비린다. 이제 돈이 개인의 삶을 지배하는 중요한 요인이 되었다. 사회주의 사회에서 자본주의 사회로의 급격한 변화는 가장 먼저 돈의 역할 강화를 통해 드러난다. 그에 걸맞게 『간단한 이야기들』에는 거의 모든 장에서 돈이 등장인물들의 삶을 규정하는 상황이 묘사된다. 예를 들어 마르틴 머이러가 대학에서 유급 조교 자리가 연장되지 않아 갑자기 수입이 사라진 상황에서 그들이 경제적으로 어떻게 쩔쩔매는가가 자세히 묘사된다. "집세 보조금을 신청하고, 담배를 적게 피기로 결심하고"(42) 조교 근무를 위해 라이프찌히에 얻어놓았던 방을 빼고, 아내 안드레아의 자동차 학원 등록을 취소한다. 결국 마르틴이 외판원으로 취직해서 돈을 벌지만 생활비가 모자라 주변의 도움을 받아 근근이 살아간다.[48]

3개월 후에 나는 VTLT회사가 요구하는 할당량을 약간 못미처 달성했다. 우리는 그렇게 근근이 생활해나갔다. 안드레아의 부모님이 가끔씩 티노를 위해 200마르크씩 부쳐주셨다. 어머니는 우리에게 아이용품을 보내주셨다. 그리고 에른스트가, 내 의붓아버지인 그가 아이를 돌봐줄 때면 장을 보러 가서는 모든 것을 지불했다. 그밖에도 우리에게는 안드레아의 여동생 다니가 있었다.(43)

마르틴 부부는 안드레아의 부모가 외손자를 위해 보내주는 돈을 정기 복권을 사는 데 쓴다. 그것은 동독 시절에는 그럴 필요도, 상상할 수도 없었던 일이다. 아이를 위해 보내온 돈으로 복권을 사서 일확천금을 꿈꾸는 마르틴 부부의 예는 통일 이후 동독인들에게 돈의 중요성이 얼마만큼 커

---

48) 에른스트 머이러는 학교에서 물러났어도 연금을 받으며 기본 생활비를 벌었고, 부인이 비서로 일을 했기에 경제적으로 아주 궁핍한 상황은 아니었다. 하지만 마르틴은 혼자서 돈을 벌다가 갑자기 실업자가 되니 더 어려움에 빠진 것이다. 그래서 그는 가족의 도움으로 근근이 살아간다. 그의 예는 우리가 갑자기 북한정권의 붕괴로 남한에 흡수통합되는 방식으로 통일되었을 때 북한 주민들의 상당수가 어떤 어려움에 봉착할 것인지를 선취해 보여준다. 이미 우리는 IMF 사태 때 갑자기 일자리를 잃은 사람들이 국가나 사회체제로부터 최소한의 생존비용을 보장받지 못하고 각자 개인이 능력껏 알아서 살아남거나 도태되어야 했던 경험을 한 바 있다. 그만큼 우리 사회의 사회보장제도가 취약하다는 증거이다. 이런 상태에서 갑자기 흡수통일이 이루어지면, 북한에 수많은 실업자가 대량으로 쏟아져나올 것이고, 이들은 국가로부터 생존 보장을 기대할 수 없기에 거리로 나서게 될 것이다. 그것을 미리 예상하고 지금부터 문제 해결 방안을 마련할 필요가 있다. 우리가 독일통일의 과정을 보면서 준비해야 할 부분은 바로 이런 것들이다.

졌는가를 잘 보여준다. 가족의 도움을 받으며 근근이 살아가지만 그래도 임시직이나마 일자리를 갖고 있고, 약간의 수입도 있기에 마르틴은 7월에 1주일간 동해로 가족 휴가를 간다. 동독 시절에도 대부분의 사람들이 긴 여름휴가를 보내곤 했기에 경제적으로 어려워도 그 습관에서 쉽게 벗어나기 어려웠던 때문이기도 하다. 아내와 아들과 함께 보낸 휴가는 그들에게 "행복했던 마지막 날들"(43)이 되었다. 그 여행에서 마르틴이 속도위반을 해서 얼마 있다가 교통범칙금 433마르크 50페니히와 1개월간 면허정지를 받게 되어 지방으로 돌아다녀야 하는 외판원 활동에 큰 지장을 받고, 아내는 아이를 돌보고 장보러 가기 위해 자전거를 새로 배워 타다가 뺑소니차에 치여 숨지게 되기 때문이다. 마르틴이 아들을 처제에게 맡김으로써 이들 가족은 결국 해체되고 만다.

마르틴이 자신의 이야기를 회상조로 서술하면서 교통범칙금이 433마르크 50페니히라며 페니히 단위까지 자세히 언급한 것은 그 돈의 위력이 그만큼 크고 충격적이었음을 말해준다.[49] 이처럼 정확한 돈의 액수가 제시되는 경우가 다른 곳에서도 여러번 나온다. 바이어가 운영하는 신문사의 광고비가 "3단, 100밀리짜리, 20% 할인해서 336마르크에 부가세 별도, 1년이면 17,472마르크"(32)라고 말한다든가, 마르틴이 지방 출장을 갔다가 할버슈타트에서 아내에게 공중전화로 전화하면서 계속 금액이 내려가는 것을 보며 통화하는 모습에서 돈 문제가 동독인들의 일상을 지배하고, 그들의 행동을 규정하고 있음을 알 수 있다.

안드레아가 "여보세요"라고 말했을 때, 전화기 표시판에 콤마로 표시된 페

---

49) 마르틴은 나중에 그정도의 엄청난 범칙금과 면허정지 조처에 대해 이의 신청도 하지 않고 순순히 받아들인 것을 후회하며 "자신이 바보였다"(49)고 한탄한다. 그의 이런 태도는 억압적 국가체제 속에서 국가의 조처에 말없이 순종해야 살아남을 수 있었던 동독 시절의 처세 방식이 그에게 깊숙이 내면화되어 있음을 상징적으로 보여준다.

니히 액수가 45에서 26으로 바뀌었다. (…) 2마르크 88페니히에서 2마르크 69페니히가 되고 다시 2마르크 50페니히가 되었다. (…) "당신을 사랑해"라고 나는 말하고, 내가 여기 자동차도 없이 혼자 있기 때문에 그런 말을 하는 게 아니라고 덧붙였다. "그래 좋아"라고 안드레아가 대답했다.

처음에 나는 1마르크 17페니히에서 통화를 끝내야겠다고 생각했다. 그런데 98페니히가 되었고, 다시 79페니히가 되었다. 그녀가 "잘 있어"라고 말한 후에는 60페니히로 떨어졌다.(44~46)

통화중 전화카드의 잔액이 떨어지는 것을 예의주시하는 마르틴의 모습은 그가 어떤 상황에 있는지 단적으로 보여준다. 이러한 상황은 마르틴에게만 해당되지 않고 크건 작건 대부분의 동독인들에게서도 확인된다. 지방도시의 기차역 앞에서 부인에게 전화한 후에 택시를 타고 싼 숙소로 가려던 마르틴이 마침 택시 운전사와 소통이 안되어 쩔쩔매는 "큰 눈의, 하얀 얼굴 그리고 파마 머리의 일본여자"를 도와준다.[50] 막데부르크나 프랑크푸르트로 가려는 그녀를 위해 기차편을 알아보지만 시간이 늦어 결국은 택시로 막데부르크까지 가는 것으로 결말이 난다. 마르틴이 숙소로 가기 위해 탄 택시 운전사는 자기가 그녀를 태우고 막데부르크로 갈 수 있었는데 순서가 바뀌어 매출을 올리지 못했다고 분통을 터뜨린다.

---

50) 나중에 마르틴이 어디에서 왔는가 물어보자 그녀는 한국에서 왔다고 대답하는데 그럼에도 불구하고 마르틴은 그녀를 서술하면서 계속 일본여자라고 말한다. 아마도 그에게는 일본이나 한국이 모두 다 머나먼 동양의 한 나라로 여겨지는 모양이다. 동독인에게 한국은 그리 큰 의미를 지닌 나라가 아니었음을 간접적으로 말해주는 장면이다. 한국 여성에 대한 마르틴의 묘사 중에 "하얀 얼굴"이나 "루즈를 칠한 입술"이라는 표현 역시 눈에 띈다. 백인이 황색인 아시아 여인을 보고 얼굴이 하얗다고 말하는 것인데, 이는 독일 여성들에 비해 한국여성들이 매우 진한 화장을 하기 때문에 불러일으킨 착시이다. 입술 또한 붉게 칠하는 화장법이 그들에게 어떻게 느껴지는지 짐작하게 하는 묘사이다.

"이틀치라구!"라고 그는 택시 전면창을 향해 울부짖었고 그 소리는 차안에 메아리쳤다. 그는 시동을 걸고, 핸들에 씌워놓은 가죽 커버를 움켜쥐었다. "저 녀석은 100마르크인데 나는 16마르크라니!"(49)

이틀치 수입을 간발의 차로 놓친 것을 못내 아쉬워하며 울부짖는 택시 운전사의 모습은 통일 이후 살기가 팍팍해진 상황이 어느정도인지를 말해 준다. 고용이 보장되어 있었기에 굳이 애를 써서 큰 매상을 올리지 않아도 먹고사는 데 지장이 없었던 동독 시절과는 달리 자신의 매출이 곧바로 수입으로 연결되는 자본주의 사회에서의 냉혹한 법칙이 사람들을 변하게 만드는 모습이 택시 운전사를 통해 그려진다. 이처럼 돈과 관련된 주제가 『간단한 이야기들』의 거의 모든 장에서 변주되어 다루어지는데, 대부분의 사람들이 통일 이후에 재정적 어려움을 겪고 있는 상황이 계속해서 서술된다. 그러니 레나테 머이러가 한탄하듯 모든 사람들의 관심은 "돈과 일"이 될 수밖에 없었다.

중요한 것은, 돈, 일자리, 집, 신용카드 그리고 법률과 이런저런 서류양식을 잘 아는 것이지요. 다른 것에는 관심이 없어요, 전혀 관심이 없어요.(235)

레나테의 언급을 통해 독일통일이 "사람들 사이의 소통이나 연결보다는 경제적 통합에 바탕을 두고 있음"[51]이 드러난다. 독일통일이 그렇듯 급속도로 이루어진 것 자체가 동독인들이 무조건적으로 서독의 물질적 풍요를 원했기 때문인 것처럼 처음부터 돈과 상품의 세계가 사람들의 주요 관심사가 되었다. 소설의 두번째 장은 이제 동서독의 경제통합을 다룬다. 『간단한 이야기들』은 동독 지역의 알텐부르크 주민들이 중심이 된 이야기

---

51) Ulrike Bremer, 앞의 책 237면.

이기 때문에 서독인들은 별로 등장하지 않는다. 서독인으로는 대개 부동산업자나 은행 대리자, 보험회사 관계자 등이 나오는데 이들은 서독의 산업과 시장경제를 대표하는 이들이다. 그중 한 사람이 두번째 장에 나오는 하리 넬슨(Harry Nelson)이다. 그는 부동산업자로 독일통일은 물론 화폐통합도 이루어지기 전인 90년 5월에 이미 알텐부르크에 와서 건물과 진입로 변의 주유소 설립 부지를 물색하고 다닌다. 그는 알텐부르크에 하나밖에 없는 벤첼 호텔에서 묵었는데 여기에서는 디터 슈베르트의 딸 코니가 식당 종업원으로 일하고 있었다. 열아홉살의 코니는 서독에서 온 하리 넬슨에게 반해 그를 속으로 좋아한다. 코니는 그의 거동과 포도주 마시는 모습과 향수 그리고 무엇보다도 "그의 목울대뼈"(25)에 반하여 그를 줄곧 관찰한다. 백마 탄 왕자님에 대한 코니의 환상은 화폐통합이 이루어진 90년 7월 2일 밤에 깨져버린다. 코니는 다른 차원에서 자신의 운명에 결정적 영향을 미친 화폐통합의 날을 다음과 같이 회상한다.

7월 2일 월요일에 내 근무시간은 점심부터였다. 식당에는 아무도 없었다. 우리네 사람들이 커틀렛에다 서독 돈을 지불하려면 적어도 3~4주는 걸릴 거라고 에리카가 말했다.(26)

이 소설에서는 동독 마르크를 서독 마르크로 대체하는 화폐통합 같은 역사적 사건이 거창하게 묘사되지 않고 어떻게 구체적으로 일상에 영향을 주었는지 간단히 언급되고 있다. 통일을 구체적이고 일상적인 이야기를 통해 서술하는 것이 『간단한 이야기들』이 지닌 특징이다. 코니에게 화폐통합의 날은 다른 차원에서 중요한 의미를 지닌다. 그날 저녁에 호텔 식당에서 식사를 하고 시내에서 술을 한잔 걸친 하리가 11시 반쯤 다시 식당에 나타나 코니에게 구애를 한다. 두 사람은 식당 문을 닫고 밖으로 나가서 조금 걷다가 하리가 길가 잔디밭으로 코니를 쓰러뜨려 거칠게 겁탈한다.

264

코니는 하리에게 호감을 갖고 있었기에 저항하지는 않지만 마치 사고를 당한 사람처럼 허둥지둥 그곳을 떠난다. 그때를 코니는 다음과 같이 회상한다.

나는 그전에 집으로 돌아갈 때면 자주 그랬던 것처럼 그를 내일 다시 만나기 위해서는 단지 잠을 자기만 하면 된다고 생각했다. 내 미래의 남편, 내 여러 아이들의 아버지, 그 누구와도 비교할 수 없는 분, 내게 세계를 보여주고 모든 것을 이해해주고, 나를 보호해주고 그리고 복수해줄 그이를 말이다.(29)

그러나 하리는 다음날 사라져버리고 코니의 꿈은 그야말로 백일몽으로 끝난다. 코니 역시 곧 알텐부르크를 떠나 처음에는 뤼벡으로 갔다가 2년 후에는 영국 국적의 크루즈에서 일자리를 얻어 거기서 일한다. 코니의 사건은 동독이 경제적인 면에서 서독으로 흡수통합된 화폐통합의 날에 벌어짐으로써 개인적 차원을 넘어서 동서독 관계에 대한 상징적 의미를 지닌다. 하리의 성이 영국의 식민지 개척시대에 중요한 역할을 했던 넬슨 제독과 같은 것처럼 하리는 돈의 위력을 배경삼아 알텐부르크에서 순진한 처녀를 유린한다. 이 두 인물을 "동쪽의 순결한 처녀와 서쪽의 사업가"로 대비해서 본다면, 코니의 사건은 "서쪽이 동쪽을 겁탈하는 메타포"[52]로 확대 해석할 수 있다. 동독인들은 화폐통합이 이루어져 서독 돈을 쓰게 되면 자신들도 서독인들과 같은 물질적 풍요를 누릴 수 있다고 믿었지만, 실제로는 갑자기 상승한 화폐가치로 동독 생산품이 경쟁력을 잃고 대부분의 기업이 문을 닫는 바람에 대량 실업사태가 벌어졌다. 동독인들의 환상이 깨진 자리에 남은 것은 자본주의의 냉혹한 현실이었다. 마찬가지로 코니 역시 부유한 서독 부동산업자인 하리를 자신의 배우자로 삼는 꿈을 꾸지만

---

52) Markus Symmank, *Karnevaleske Konfigurationen in der deutschen Gegenwartsliteratur*, Würzburg 2002, 76면.

결과는 육체적으로 유린되고 홀로 버림받는 것으로 끝난다. 달콤한 꿈이 깨져버린 후에 코니에게 남은 것은 고향을 떠나는 일밖에 없었다. 코니에게도 낭만적인 동화의 세계가 아니라 냉혹한 현실만 남은 것이다. 이런 점에서 코니의 이야기는 서독이 경제적 힘으로 동독을 흡수해버린 통일 과정에 대한 알레고리로 읽힌다. 물론 코니처럼 동독인들도 서독에 의한 합병을 적극적으로 바랐다는 점에서 독일통일 과정이 일방적인 밀어붙이기라고 할 수는 없다.

경제통합 이후 자본의 힘이 모든 것을 결정하는 자본주의 사회의 현실을 직접 경험하면서 동독인들은 점점 더 물질적 가치의 중요성을 깨달아 간다. 이제 돈이 "자주성과 능력 그리고 성공에 대한 표지이자 자기주장을 위한 중요한 요인"[53]이 된 것이다. 돈에 대한 언급이 거의 모든 장에 나오는 것처럼 서독 상품의 이름도 여기저기에서 자주 언급된다. 화폐통합 이후 동독 상점 진열대에서 동독 상품이 사라지고 서쪽 상품으로 대체된 상황을 반영하듯 소설에 등장하는 인물들의 이야기 속에는 무의식적으로 끊임없이 서독 상품의 상표 이름이 언급된다. 브레머(Ulrike Bremer)가 지적하듯 이를 통해 슐체는 서독시장이 동독인들의 일상 속으로 깊숙이 파고들어온 것을 우회적으로 보여준다. 즉, "서독에 의한 합병이나 서쪽의 우세를 의례적인 부가설명으로 과도하게 강조"하지는 않지만, 단지 "상품 이름을 언급하는 것"만으로도 "서쪽 시장의 팽창"이 동독의 삶 곳곳에 미치고 있음을 드러내는 것이다.[54]

(5) 통일 이후의 사회문제 —극우파의 등장과 치안문제

통일 이후 서독의 경제체제가 동독 지역에 그대로 이식되면서 동독은

---

53) 같은 곳.
54) Ulrike Bremer, 앞의 책 238면.

그야말로 서독식으로 재편되기 시작하여 동독 전체가 공사판으로 변하였다. 여기저기에 슈퍼마켓과 주유소가 세워지고 새로운 상점이 문을 열었다. 마르틴 머이러의 처제 다니(Danny)는 그 상황을 이렇게 서술한다.

> 91년 2월이다. 나는 주간지에서 일하고 있다. 도처에서 사람들은 비약을 기대하고 있다. 슈퍼마켓과 주유소가 세워지고, 식당이 새로 문을 열고, 첫째 순서의 집들이 보수 수리되고 있다.(31)

신문기자 다니가 서술하는 91년 초의 알텐부르크 상황은 새로운 건물과 가게들이 문을 열고 퇴락한 주거 건물들을 보수하는 공사가 시작됨으로써 겉으로는 대대적인 발전이 이루어지는 듯 보인다. 하지만 알텐부르크 주민들 개개인의 상황은 그와는 다르다. 여기저기에서 해고당하는 이들이 늘어나고, 스킨헤드와 극우파들이 거리를 돌아다니며 패싸움을 벌인다.

> 그밖에는 오직 해고가 있고, 파시스트들과 펑크 사이에, 스킨헤드와 레드스킨 사이에, 펑크와 스킨헤드 사이에 패싸움이 있을 뿐이다. 주말이면 증원세력이 게라와 할레 그리고 라이프찌히—콘네비츠에서 밀려와서는 숫자가 많은 편이 상대편을 뒤쫓는다. 언제나 복수가 문제된다.(31)

다니의 서술을 통해 통일 이후 동독 지역에 나타난 또다른 문제인 극우파의 등장과 외국인 적대감이 전면에 부각된다. 이 문제 역시 등장인물들의 경험과 에피쏘드를 통해 간접적으로 제시된다. 통일 이후에 동독 경제가 급격하게 추락하면서 많은 이들이 일자리를 잃게 되고 생존의 어려움을 겪게 되자 극우파가 등장하고 외국인들에 대한 적대감이 공공연하게 표출되었다. 이러한 상황은 동독의 작은 지방도시 알텐부르크에도 예외가 아니어서 극우파들의 행동은 주민들의 생활 깊숙이 영향을 미친다. 다니가 주간지에 극우파 문제를 연재할 정도로 이들의 집단 패싸움이 심각하였고, 더 나아가서 일반 주민들까지도 피해를 입는 사건이 종종 벌어졌다. 다니는 자신의 기사를 보고 연락한 베르트람을 찾아가 만나는데 그는 자신이 열두살짜리 아들 친구들로부터 직접적인 폭력을 당했다고 말한다. 아들을 찾아온 친구들이 베르트람을 면도칼로 위협하고 의자에 묶어놓은 다음 침을 뱉고, 외출했다 돌아온 아내를 겁탈했다는 이야기인데, 소설에서는 이것이 실제 벌어진 사실인지 아니면 베르트람이 꾸며낸 이야기인지 모호하게 서술된다. 다니는 "그가 이야기한 것과 같은 사건들로 목까지 꽉찼다고"(39) 대답하면서 그의 이야기를 상대화시킨다. 그런데 베르트람의 이야기가 사실이든 아니든 어떻든 그런 두려움을 느낄 정도로 위협적인 상황이 주변에 널리 퍼져 있으며, 실제로 그런 사건들이 많이 벌어지고 있음을 다니의 언급을 통해 알 수 있다. 이제 사람들은 다니의 충고대로 "가스총이나 스프레이를 구입"(40)해야 할 정도로 실존적 위협을 느끼게 된 것이다.

이러한 상황은 지방의회 의원 홀리첵 부부에게도 일어났다. 홀리첵 부인은 저녁 모임을 가진 레스또랑에 열네다섯살 정도 되는 청소년들이 몰려들어와 30분간이나 극우파 구호를 외치고 시끄럽게 굴어도 남편을 비롯한 남자 일행이 아무런 조처도 취하지 않고 가만히 앉아 있었던 것을 비난한다. 결국 경찰이 와서 그들을 레스또랑 밖으로 쫓아냈지만 그들은 밖에서 기다리고 있다가 홀리첵 일행에게 야유를 퍼붓는다. 프랑크 홀리첵은 이들에 맞서지 않고 아내와 함께 도망쳤는데, 그 과정에서 아내가 넘어져 얼굴에 멍이 들고 팔에 찰과상을 입었으며 신발을 잃어버린 채 집에 돌아오게 되었다. 이 사건 역시 통일 이후에 험악해진 알텐부르크의 상황을 잘 말해준다.

파트릭과 리디아 역시 폭력적 위협에 직면한다. 두 사람은 시골에 있는 친구의 생일 파티에 갔다가 돌아오는 길에 정체를 알 수 없는 차에 쫓기게 된다. 밤길에 갑자기 뒤에서 나타난 자동차가 헤드라이트를 위아래로 번

쩍이며 쫓아오자, 파트릭은 인적 없는 시골길을 시속 120킬로미터로 달린다. 하지만 그 차는 계속 바짝 쫓아오며 파트릭을 위협한다. 철도 건널목에서 신호에 걸려 서 있을 때 파트릭은 그 차의 운전자가 앳된 얼굴을 한 젊은이임을 알아본다. 이후에도 쫓고 쫓기는 추격전이 계속되다 마침내 나타난 주유소로 피함으로써 겨우 위험에서 벗어난다. 이처럼 알텐부르크 주민들은 통일 이후 도처에서 일어나는 과격한 젊은이들의 폭력적 위협에 직면해 있다.

『간단한 이야기들』에는 극우파나 스킨헤드들의 폭력이 외국인 적대감으로 더욱 적나라하게 표출되는 모습도 그려진다. 통일 이후 택시 운전사로 일하던 쿠바인 올란도가 극우파에게 칼로 등을 찔려서 병원에 입원하는 사건이 일어난 것이다. 병원에서 퇴원한 올란도는 택시 회사 사장 라파엘에게 찾아와 다시 택시 운전사로 일하고 싶다고 하지만 라파엘은 동일한 사건이 다시 일어날 것을 두려워하여 그에게 일자리를 주지 않는다.

> 다시 한번 그런 일이 일어나면 안돼. (…) 모두가 도움받기를 원하고, 모두들 화나는 일투성이야! (…) 나는 전세계를 구할 수가 없어. 내가 구할 수 있는 것은 네 개 반의 일자리가 전부야. 거기에 집중해야 해, 올란도! (97)

알텐부르크에서는 물론 호이에스베르다나 다른 지역에서 일어난 것처럼 외국인 숙소에 방화를 하거나 외국인을 살해한 사건이 일어나지는 않았지만 올란도 사건을 통해 다른 곳과 마찬가지로 그곳에도 외국인 적대감이 팽배해 있음을 어렵지 않게 짐작할 수 있다. 구동독에는 베트남, 쿠바 등 주로 공산권 국가에서 온 외국인들이 살고 있었는데 이들은 사회주의 이데올로기에 따라 같은 형제 대우를 받았다. 이를 국가가 주도하여 널리 선전하고 의식화시켰기에 구동독 시절에 외국인 적대감은 존재할 수가 없었다. 그러다가 통일이 되고 사회적 통제가 풀리면서 외국인 적대감이 표출된 것이다. 이는 르네 지라르가 분석한 것처럼 자신의 불행을 소수자나 약자에게 전가시킴으로써 위기를 극복하고자 하는 희생양 메커니즘이 통일 이후 구동독 사회에 작용하고 있음을 말해준다. 통일로 인해 나빠진 경제적 상황과 미래에 대한 불안을 자신들보다 약자인 외국인에게 공격적인 방식으로 표출한 것이다. 사회적 어려움을 겪으면서 사람들이 공격적이 되는 문제는 동독인들 사이에서도 그 정도가 다를 뿐 마찬가지로 나타난다.

(6) 통일 이후 변화된 인간관계

『간단한 이야기들』이 보여주는 다양한 인물들의 다양한 이야기는 통일 이후의 새로운 사회에서 동독인들의 정체성이 매우 흔들리고 있음을 구체적으로 보여준다. 대부분의 등장인물들은 적어도 한번 이상 직장에서 해고되고 새로운 일자리를 찾거나 오랫동안 실업자 신세를 면치 못한다. 대부분이 새로 바뀐 사회에서 어떻게 살아가야 할지 모르고 우왕좌왕하는 방향 상실감에 빠져 있다. 이렇게 된 것은 동독 사회주의 체제에서 삶을 규정했던 가치들이 사라져버렸기에 삶의 목표와 의미를 새롭게 정의해야 하는 상황에 직면했기 때문이다. 자신들의 사고와 행동 그리고 생활방식을 새로운 자본주의 생활방식에 맞춰야 하는 "가차없는 현대화의 압력"[55]은 어떤 방향으로 가야 할지 모르는 딜레마 상태로 동독인들을 이끈다. 그래서 대부분의 사람들은 자신들 삶의 중요한 부분을 동독에서 보냈기에 중요한 기회를 놓쳤다고 생각한다. 예를 들어 박물관의 전문직 종사자 하니는 "가장 나쁜 것은 지난 시절에 있었던 모든 것이 사라져버렸고, 사람들 역시 사라졌다는 거예요"(89)라고 말한다. 사회주의적 가치인 "연대감

---

55) Manuela Glaab, "Doppelte Identitäten? Zum Orientierungsdilemma im vereinten Deutschland," *Revue d'Allemagne et des pays de langue allemande 28* (1996) 4, 417면.

270

과 공동체의식의 상실과 점증하는 이기주의가 통일의 부정적 결과"[56]임이 드러난 것이다. 그 결과 동독인들은 서로간에 치열한 생존경쟁을 해야 하는 냉혹한 통일사회에서 불안과 두려움을 느끼며 개별자로 고립된다. 소설의 인물들은 통일사회에서 일자리를 얻는 싸움에서 대개 패배자의 자리를 차지한다. 그들의 직업교육이나 동독에서 얻은 자격은 더이상 가치를 지니지 못하기 때문이다. 그래서 그들은 자신이 쓸모없는 존재가 되었다고 느낀다. 슐체는 인터뷰에서 통일 이후의 가장 큰 문제가 동독인들이 스스로를 불필요한 존재로 느끼게 된 것이라 말한 바 있다.

장벽이 사라져서 저는 정말 기뻐요. 그리고 거기에 저도 제 몫을 했기를 바랍니다. 저는 동독으로 다시 돌아가고자 하는 사람을 거의 보질 못했어요. (…) 하지만 (동독에서의) 일상에는 사회적으로 몰락한다거나 일자리를 잃게 되어 청원자가 될지 모른다는 불안은 전혀 없었어요. 자신이 불필요한 존재라는 느낌, 그것이 가장 나쁜 상황입니다.[57]

동독인들이 직면한 이러한 실존적 어려움은 "관계에서의 갈등, 소통의 어려움 그리고 증대되는 고립화"[58]로 이어지고, 그 결과는 부부관계를 비롯한 친한 사람들과의 관계 악화로 나타난다. 예를 들어 에른스트 머이러의 아내 레나테는 알텐부르크를 떠나 슈투트가르트에서 새 직장을 얻음으로써, 새로운 체제에 적응하기를 거부하고 신경쇠약 증세를 보이는 남편에게서 떠난다. 모든 새로운 것을 거부하고 변화된 삶의 조건에 맞추는 것을 거부하는 에른스트는 통일독일 사회에 뿌리를 내리고자 하는 레나테의

■
56) Ulrike Bremer, 앞의 책 233면.
57) "Der DDR-Alltag war frei von Angst. Der ostdeutsche Schriftsteller Ingo Schulze im RP-Gespräch," *Rheinische Post* 1998년 2월 28일자.
58) Ulrike Bremer, 앞의 책 231면.

소망과 배치될 수밖에 없다. 그래서 레나테는 에른스트를 버리고 서독 지역 슈투트가르트로 간 것이다. 에른스트 머이러와 대립적이던 인물 디터 슈베르트는 아내를 배신하고 베를린에서 젊은 여자를 돈을 주고 만났던 사실이 그의 돌연사 이후에 알려졌으며, 다른 이들도 옛 관계가 깨어지는 경험을 한다. 통일 전부터의 부부관계나 동거관계를 통일 이후에도 유지하는 커플은 홀리첵과 라파엘 부부 정도밖에 없다. 나머지는 대부분 끊임없이 만나고 헤어진다. 예를 들어 파트릭은 리디아와 살다가 리디아가 베를린으로 가자 직장 동료 다니와 동거한다. 그러다가 나중에 다시 리디아에게로 간다. 신문사를 경영하는 바이어는 하니와 동거를 하지만 결국 헤어지고 하니는 에드가와 함께 지낸다. 이처럼 복잡하게 얽혀 계속 바뀌는 인간관계의 바탕에는 통일 이후에 동독인들이 처한 개인적 상황이 투영되어 있다. 안정적인 삶을 영위하지 못하고 방황하거나 새로운 일자리를 찾아야 하는 상황은 지금까지의 인간관계에 영향을 미쳐 새로운 관점에서 바라보게 한다. 어려운 시절에 파트너가 정신적, 물질적 도움을 줄 수 없거나 개인적 친분 관계가 아무런 위안이 되지 않을 때 그 관계는 지속되기 어렵다. 그래서 『간단한 이야기들』에 등장하는 인물들은 옛 관계를 지속하는 데 어려움을 겪는다. 인간관계에서 이들이 겪는 "일반적 무력감"[59]은 개인적이면서 동시에 사회적이다. 통일로 인해 바뀐 사회적 상황이 이들의 관계에 직접적 영향을 끼쳤기 때문이다. 통일이 개인들의 실존적 상황만을 바꾼 것이 아니라 개개인의 심리에도 영향을 미쳐 "인지형식의 붕괴"를 가져온 것이다.[60]

통일은 동독인들의 삶과 함께 환경에도 영향을 미쳤다. 사물의 의미 역시 통일과 함께 변하였기 때문이다. 예를 들어 동독 시절에 그 희귀성 때

59) 같은 책 237면.
60) Gustav Seibt, "Unsimplizismus ostteutsch. Schreiben wie der Mauerfall. Ingo Schulzes 'Simple Storys'," *Berliner Zeitung* 1998년 2월 7, 8일자.

문에 열렬한 수집 대상이던 음료수 깡통이 통일 이후에 너무 흔한 물건이 되어버려 그 의미를 상실한 장면이나, 파트릭이 시골길을 이상한 자동차에 쫓겨 달릴 때 리디아가 저 멀리 어둠속에서 푸른색으로 밝게 빛나는 주유소 간판을 보고 비행접시라 한 것도 사물의 의미가 변한 것에 대한 상징적 묘사라 볼 수 있다. 이러한 묘사들을 통해 슐체는 통일 과정에서 "인간뿐만이 아니라 무엇보다 인간을 둘러싸고 있는 대상들이 변하는"[61] 모습을 보여주고 있다.

슐체는 다양한 에피쏘드를 통해 독일통일이 동독인들의 일상적 삶과 인간관계에 어떤 구체적 영향을 미쳤는가를 문학적으로 보여줌으로써 통일소설의 새로운 경지를 개척하였다. 그의 소설 『간단한 이야기들』은 베를린 장벽이 무너진 직후인 1990년 초부터 1996년까지의 변화를 알텐부르크라는 자그만 지방도시를 무대로 그곳에 사는 사람들의 일상에 촛점을 맞추어 그리고 있다. 한두 사람의 주인공을 중심으로 이야기를 풀어가지 않고 가능한 한 많은 사람들을 등장시켜 그들이 통일 이후 겪게 된 다양한 사건을 서술하고 있다. 이를 통해 통일 이후 동독인들의 삶이 "지진계처럼"[62] 섬세하게 재구성될 수 있었다. 『간단한 이야기들』은 기승전결의 구조가 없으므로 소설의 결말 역시 하나의 에피쏘드로 끝난다. 이후에도 비슷한 이야기들이 계속해서 생겨날 것이라는 암시이다. 물론 90년대 후반에 동독 출신 독일인들이 겪은 경험은 또 다를 것이다. 그것을 서술하기 위해서는 어느정도의 시간과 그 내용에 맞는 새로운 형식 또한 필요할 것이다.

---

61) Ulrike Bremer, 앞의 책 227면.
62) Peter Michalzik, 앞의 글 34면.

분단문학사와 통일문학사 서술

1. 통일 이전 동서독 문학의 성격에 대한 논의
(1) 냉전시대 – 서독: 하나의 문학론, 동독: 두개의 문학론
(2) 동서 화해시대 – 하나의 문학론에서 두개의 문학론으로
(3) 1980년대 – 새로운 동질론 또는 동질성과 이질성의 병존론

2. 통일 이후 분단문학사 및 통일문학사 서술 문제
(1) 통일 이후 동서독 문학의 성격에 대한 논의
(2) 기존의 동서독 문학사 서술의 문제점
(3) 통일 이후 나온 동서독 문학사 및 통일문학사 서술 시도

1. 통일 이전 동서독 문학의 성격에 대한 논의

통일 이후 독일사회 각 분야에서 많은 일들이 벌어졌으며 많은 문제점들이 노출되기도 하였다. 문학계에서도 동독의 문학과 작가들의 성향을 둘러싼 여러 논쟁이 벌어졌고 앞으로도 계속 벌어질 것이다. 그런데 요즘 독일 문예사가들이 서서히 제기하고 있는 문제 중 하나가 바로 이제는 과거가 되어버린 동독과 서독의 문학을 어떻게 기술하고 자리매김할 것인가이다. 통일로 인해 동독뿐 아니라 서독이라는 나라도 역사가 되었으므로 지난 40년간 양쪽 지역과 체제에서 자라나온 문학을 어떻게 정의내릴 것인가를 놓고 고심하고 있다. 동서독의 문학은 각각 독립적이고 상이한 두 개의 문학이었던가, 아니면 체제상의 차이에도 불구하고 공통점을 지닌 하나의 독일문학이었던가? 그것도 아니면 분단시대의 문학이라는 공통점

---

* 이 장은 원래 김용민 외 『통일 이후 독일의 문화통합과정』(연세대학교 출판부 2004)에 발표한 것인데 본 저서의 주제와 밀접한 연관이 있어서 일부 수정하여 재수록한다.

과, 다른 체제의 문학이라는 상이성을 동시에 지닌 문학으로 서술해야 할 것인가? 이 문제를 어떻게 파악하느냐에 따라 문학사 서술 방법이나 체계도 달라질 것이다. 이것은 비단 통일독일에만 해당되지 않고 우리도 언젠가는 부딪히게 될 문제라는 점에서 흥미로운 관심사가 아닐 수 없다.

그런데 동서독 문학에 대한 성격 규명의 문제는 통일 이후에야 비로소 제기된 문제가 아니다. 통일되기 전에, 아니 분단되고 나서부터 동서독 문학계에서 끊임없이 논의되고 편차를 지니며 바뀌어온 오랜 역사를 지닌 문제이다. 단순히 문학적인 평가에만 그치지 않고 상대방의 정치사회 체제에 대한 성격 규정에까지 이른다는 점에서 이 문제는 꽤나 복잡하고 미묘한 성격을 처음부터 그 바탕에 지니고 있었다. 따라서 동서독 간의 관계가 악화되는가 개선되는가에 따라서 서로의 문학을 보는 시각이 변해왔음도 당연하다 하겠다. 여러 편차를 지니며 지난 40여년간 제기된 동서독 문학을 둘러싼 논의는 크게 나누어, '하나의 독일문학론'과 '두개의 독일문학론'이라는 두 관점으로 요약할 수 있다. 이 장에서는 커다란 흐름을 이룬 이 두 관점이 어떤 등장 배경을 갖고 있으며 역사적 상황 변화에 따라 어떻게 변해왔는가를 살펴보려 한다.

(1) 냉전시대 — 서독: 하나의 문학론, 동독: 두개의 문학론

제2차 세계대전 패망 이후 동서독이 탄생할 때까지 독일은 사회주의권과 자본주의권의 동서로 나뉘어서 각각의 행정구역을 이루고 있었다. 그러나 1947년에 베를린에서 개최된 제1차 전독일 작가대회에는 영국, 프랑스, 미국의 점령지역과 소련측 점령지역에 각각 흩어져 있던 작가들을 비롯하여 전독일의 작가들이 대거 참여하였다. 이 회의에 참석한 양측 작가들의 공통된 기본 입장은 하나의 독일문학론이었다. 동독 건설기의 문학계를 주도하게 될 요하네스 베허(Johannes Becher)가 이 회의에서 한 연설에 그 분위기가 잘 나타나 있다. 그는 독일어로 씌어진 문학을 어떤 정당에 소속되어 있는가에 따라, 작가가 선택한 거주지가 동쪽인가 서쪽인가에 따라, 망명작가인가 또는 내부 망명가인가에 따라 상이한 것으로 구분하려는 일부 비평가들의 시도를 비판하며 그에 반해 하나의 문학을 강조하였다.

　　동쪽과 서쪽을 서로 대립시키거나 여러 점령지역의 독일인을 서로 반목시키는 것은 비난받아 마땅합니다. 어떤 일이 있어도 지역적인 분할로 인해 우리가 서로 분리된 채로 사는 일이 없도록 하는 것이 모든 독일인의 관심사일 것입니다. 이러한 의미에서 서독문학과 동독문학, 남독문학과 북독문학이 아니라, 단지 하나, 하나의 독일문학이 존재할 뿐입니다. 이러한 하나의 독일문학은 점령지역 간의 경계선으로 국한할 수는 없습니다. 독일의 국경선을 넘어 세계로 향한 문이 독일문학에 즉시 다시 열리게 되기를 우리는 바랍니다.[1]

　　베허의 바람과는 달리 이후 독일에서 이루어진 문학 발전은 오히려 서로간의 이질감을 심화시키는 방향으로 이루어졌다. 1949년에 각각 서독과 동독이 국가로서 출범하고 50년대의 냉전시대를 거치면서 서로에 대한 적대감은 더욱 커졌으며, 그에 따라 자연히 문학교류도 찾아보기가 어려웠다. 상대방을 독립된 국가로 인정하지 않고, 상대방의 사회체제를 문제삼는 시대에 상대방의 문학을 인정하고 수용하기란 어려울 수밖에 없었다. 따라서 이 시기를 특징짓는 관점은 '하나의 문학론'이었다. 그런데 이 관점은 독일문학을 하나의 통일된 문학으로 보고 있긴 하지만 나른 쪽의 문학은 고려하지 않는 반쪽만을 포함한 불완전한 하나의 문학론이었다. 즉, 서로가 상대방의 문학을 '제국주의적 반동문학'과 '정치의 시녀로서의 문학'으로 평가절하해서 문학으로 인정하지 않았기에 분단된 독일에서는 오

---

1) Wolfgang Emmerich, *Kleine Literatur Geschichte der DDR. Erweiterte Neuausgabe*, Leipzig 1996, 518면.

직 자신들의 문학만이 존재한다는 주장이었다. 물론 양쪽의 주장이나 태도에 어느정도 차이는 있다. 20년대와 30년대를 대표하던 많은 저명한 작가들(베허, 브레히트, 제거스 등)이 망명을 끝내고 선택한 지역이 사회주의 국가 동독이라는 점을 내세워 동독에서는 독일문학의 적자임을 주장하였고, 그에 따라 어느정도의 문학적 주도권을 쥘 수 있었다. 그래서 50년대 중반까지 동독에서 발행되는 문학잡지 『의미와 형식』(Sinn und Form)에 서독에 거주하는 작가들의 작품이 많이 실렸다. 이에 반해 서독에서는 동독에 자리잡은 저명 작가들을 사회주의 사상을 가졌다는 이유로 무시하거나 비판하였다(예를 들어 브레히트의 경우 50년대 후반에 가서야 비로소 서독에서 수용하고 연구하기 시작한다). 서독에서 주창하는 하나의 문학론의 요체는 "독일에는 단 하나의 문학만이 있다 — 여기에는 자유로운 서독문학과 거기에 덧붙여서 동독 쪽에서 씌어진 몇몇 체제비판적인 문학이 속한다. 그밖의 동독문학은 정치적으로 교조적이고 미학적으로 가치가 없기에 문학도 아니다"라는 주장이었다.[2]

그러나 하나의 문학을 주장하는 외관상의 공통점도 곧 사라지고 만다. 1956년 제4차 작가회의에서 동독 서기장 발터 울브리히트가 '두개의 문학론'을 공식적으로 선언함으로써 서독의 하나의 문학론과 동독의 두개의 문학론이 대립되기 시작한다. 울브리히트는 계급 모순이 사라진 사회주의 국가가 독일땅에 건설됨으로써 사회를 반영하는 문학에 있어서도 동독의 독자적인 '사회주의 민족문학'이 탄생하였다고 전제하고, 따라서 두개의 독일문학이 존재함을 강조하였다.[3] '두개의 국가=두개의 문학론'은 이후 정도의 차이는 있으나 동독의 공식적인 입장이 되었다. 하나의 문학을 강

---

2) 같은 책 519면.
3) Theo Buck, "Deutsche Literatur, deutsche Literaturen? Zur Frage der Einheit der deutschen Literatur seit 1945," *Bestandsaufnahme Gegenwartsliteratur*, Text und Kritik, Sonderband, München 1988, 186면.

조하던 베허도 1958년 자신의 주장을 바꾼다.

　제국주의 세력과 그의 독일 앞잡이들의 잘못으로 우리에게 강요된 두개의
독일 국가라는 존재는 우리의 문화 발전에도 심각하고 깊은 결과를 가져왔
다.[4]

　독일땅에 세워진 최초의 '노동자 농민의 국가'라고 선언한 동독 쪽에서
는 정치나 사회 체제뿐만 아니라 문학 역시 서독의 자본주의 문학과는 질
적으로 다르다는 점을 끊임없이 강조할 필요가 있었다. 이 변별성이 바로
경제부흥을 통해 갑자기 부유해진 서쪽의 자본주의 체제에 맞서서 계급
모순 없는 동독사회를 지탱해주는 버팀목이었기 때문이다. 특히 1961년
베를린 장벽을 건설하여 서방과 완전히 단절된 이후에는 더욱더 동독의
독자성을 강조해야만 하였다. 이때 제기된 것이 서쪽의 계급문학적인 '퇴
폐문학'과 모든 국민이 동참하고 즐기는 동쪽의 '사회주의 민족문학'이라
는 구분이었다. 따라서 동서독 간의 관계 개선으로 서독에 대한 태도가 누
그러지고 서독문학에 대한 포용적 태도를 보이는 경우에도 일부 진보적
성향을 띈 서독작가들의 작품만 시민적 비판문학으로 수용되었다. 동독
쪽의 두개의 문학론은 당 주도로 1976년에 총 11권으로 독일 문학사를 발
간하면서 900면에 달하는 마지막 권을 동독 문학사 서술에 별도 배정함으
로써 공식적으로 규정된다. 동독이 서독과는 다른 체제와 국가인 것처럼
동독의 문학 역시 독자적이고 고유한 발전을 거친 상이한 문학이라는 입
장을 분명히 한 것이다. 이 동독 문학사는 "사회주의 민족문학의 준비, 생
성, 전개 과정"을 문학사 서술의 중심에 두었음을 천명하고 있다.[5] 문학사

---

4) Johannes Becher, *Werke in drei Bänden*, Bd. 3, Berlin 1971, 481면.
5) *Geschichte der deutschen Literatur. Von den Anfängen bis zur Gegenwart*, Hrsg. v.
　einem Autorenkollektiv unter Leitung von Horst Haase u.a., Berlin 1976, 21면.

뿐만 아니라 비평서에서도 두개의 문학론에 대한 담론은 지속적으로 재생산되었다. 동독의 대표적인 문학이론가 클라우스 트레거(Claus Träger) 역시 "두개의 역사, 두개의 문학"이라는 관점에서 동독의 사회주의 민족문학이 지니는 독자성을 강조하고 있다.[6]

냉전시대에 동서독에서 제기된 서독의 하나의 문학론과 동독의 두개의 문학론은 겉보기에는 상이하지만 내용적인 면에서는 거의 비슷하다. 냉전과 이데올로기 대립이 문학에도 깊이 영향을 미쳐서 동서독은 서로를 적대시하며 자신의 문학만을 독일문학으로 내세웠다는 점에서 결국은 반쪽만을 강조하는 하나의 문학론이었던 셈이다. 서독에서 나온 문학은 동독에서 "보복주의적, 제국주의적 반동문학"으로, 동독에서 생산된 문학은 서독에서 "철의 장막에 가려진 문학"으로 여겼다.[7] 상대방의 문학을 인정하지 않고 적대시하며 자신의 문학만을 독일문학으로 여기는 시각이 동서독 모두에서 관철된 시기였다.

(2) 동서 화해시대 — 하나의 문학론에서 두개의 문학론으로

냉전시대 서독 문학계의 주조가 하나의 문학론이긴 했지만 일각에서는 두개의 문학론이 주장되기도 하였다. 특히 언어의 이질화 현상을 강조함으로써 그 언어로 씌어진 문학은 서로 다를 수밖에 없다는 주장이 그 예이다. 단어의 의미가 양쪽에서 서로 다르게 발전하였거나 ('상부구조' '자유' '개척자' '고향'), 복수형이 달라지고(동독에서는 대강당 Aula의 복수형이 Aulen인데 서독에서는 Aulas로 쓴다), 다른 외국어의 영향을 받아 외래어들이 새로 생겨나고 (서독에서는 영어, 동독에서는 소련어에서 차용

■

6) Claus Träger, "Zweierlei Geschichte—zweierlei Literatur. Einige Aspekte zur literarischen Situation in Deutschland," *Ders.: Studien zur Literaturtheorie und vergleichenden Literaturgeschichte*, Leipzig 1970, 346~72면.

7) Theo Buck, 앞의 글 186면.

한 외래어 사용), 한쪽에서만 일상적으로 쓰이는 단어들이 나타난 예들(동독에서만 쓰이는 '공장지도원'BGLer, '모범노동자'Aktivist, 서독의 '원죄' '실업보험' 같은 단어는 서로에게 낯설다)을 근거로 두개의 이질적 언어가 존재하고 있음을 내세웠다.[8] 그런데 이 주장은 동질적인 하나의 언어사회 내에서도 상이한 여러 언어층위가 존재하며, 동서독의 언어가 갖고 있는 차이점이라는 것이 공통점에 비하면 아무것도 아니라는 연구결과를 토대로 설득력을 잃게 된다. 게다가 언어의 이질화 현상을 지나치게 강조하는 이면에는 대부분 상대방 언어 발전의 파행성을 비판하는 논조가 들어 있기 마련이고, 그 결과 그런 언어로 씌어진 상대방의 문학도 문제성 있는 문학으로 파악하려는 저의가 문제되었기 때문이다.

언어의 차이를 바탕으로 한 두개의 문학론과는 다른 진지한 논의가 60년대에 들어서면서 이루어지기 시작한다. 1964년에 서독 잡지 『대안』(alternative)이 두개의 독일문학이 존재하는가에 대해 동서독 작가들에게 의견을 물어보았는데 의사소통의 어려움으로 결론을 내지 못하였다.[9] 두개의 독일문학에 대한 진지한 논의는 동독에서 서독으로 이주한 독문학자 한스 마이어가 1967년에 조심스럽게 제기하였다.

이쪽과 저쪽의 고유한 관점은 단지 서로의 문학적인 삶이 지닌 특수한 구조에서만 해명되어질 수 있다. 오늘날 근본적으로 다른 두개의 문학적 삶의 구조가 독일의 양 지역에 자리잡고 있음을 부인해서는 안된다.[10]

---

8) Wolfgang Emmerich, "Die Literatur der DDR," *Deutsche Literatur Geschichte. Von den Anfängen bis zur Gegenwart.* 2., überarb. und erweiterte Auflage, von Wolfgang Beutin u.a., Stuttgart 1984, 393면 참조.
9) "Zwei deutsche Literaturen?," *alternative 38/39*, 1964년 10월, 98면 이하.
10) Hans Mayer, *Deutsche Literatur seit Thomas Mann*, Reinbek 1967, 105면.

마이어는 서로 상이한 사회구조와 문학적 토양으로 인해 상이한 문학이 생겨났다는 주장과 함께 부분적으로는 둘 사이의 유사성을 부인하지 않는 조심성을 보였다. 그러나 같은 해에 동독의 문학작품을 사화집으로 엮어 낸 힐데가르트 브레너(Hildegard Brenner)는 좀더 분명히 동서독의 문학적 삶에 있어서의 차이점을 강조한다. 동독문학은 작품상의 인물이 보여주는 특성뿐 아니라 형식면에서의 독자성에 비추어서도 서독문학과는 다른 성격을 지녔기에 "사회주의적이라고 분류할 수 있다"고 사화집 서문에서 밝히고 있다.[11] 이같은 두개의 문학론은 그러나 앞서 제기된 언어를 바탕으로 한 두개의 문학론과는 질적인 차이가 있다. 새로운 주장의 바탕에는 지금까지 '당문학' '정치의 시녀' '체제 옹호 문학' '교화문학' 등으로 문학도 아니라고 여겨왔던 동독문학을 비로소 나름대로의 가치와 특징을 지닌 독자적 문학으로 바라보는 시각의 전환이 들어 있다. 이러한 시각의 변화는 당시 서독에서 싹트기 시작한 학생운동과 그로 인한 서독 사상계의 변화와 밀접한 관련을 가지고 있다. 후기 산업사회로 들어선 서독사회의 문제점과 반공보수노선을 견지하는 기민당이 오랫동안 집권하는 동안 누적된 사회문제로 인해 촉발된 학생운동은 새로운 사회에 대한 관심을 다시금 불러일으켰다. 이 관심은 자연히 맑스주의와 사회주의 사회에 대한 연구로 이어졌다. 여기다가 새로이 들어선 사민당정권에 의해 1969년 가을부터 동방정책이 펼쳐지고, 1972년에 동서독 간에 기본조약이 체결됨으로써 외형적으로는 적대적 관계가 끝나게 되어 동독에 대한 관심이 더욱 활성화되었다. 그리하여 60년대 중반까지만 해도 소수에 불과하던 동독 문학작품의 소개가 60년대 후반 이래 갑작스레 증가하고, 그에 대한 연구 역시 활발해지면서 동독문학의 성격을 둘러싼 논의도 다양해진다.

11) *Nachrichten aus Deutschland. Lyrik Prosa Dramatik. Eine Anthologie der neueren DDR-Literatur*, Hrsg. und eingel. von H. Brenner, Reinbek 1967, 14면.

두개의 문학론과 함께 서독 문학계 일각에선 하나의 문학론도 다시금 강조되었다. 그러나 이번에 주창된 하나의 문학론 역시 동독문학을 인정하고 연구 영역으로 끌어들여 나온 결론이라는 점에서 그전의 하나의 문학론과는 구분된다. 용어 자체도 하나의 문학을 강조하기보다는 '수렴' (Konvergenz)이나 '동질성'이라는 표현을 통해 동서독의 문학이 서로 가깝게 자리하고 있음을 부각시키려 하였다. 동서독 문학의 동질성 이론은 60년대 후반 이래 동독에서 출판된 문학작품에서 보이는 일정한 '경향 변화'를 주목하고 있다. 두개의 문학론이 나오기 1년 전인 1966년에 페터 함 (Peter Hamm)은 동서독 젊은 시인들을 소개하면서 체제의 상이성에도 불구하고 이들은 공통의 작품 경향을 지닌다며 동질성을 강조하였다.

> 이런 점에서 이들(동서독의 시인들—필자)은 속류 맑스주의가 원하듯 단순히 자신들이 속한 사회의 생산물이 아니라 담장을 넘어 바라보는 법을 배운 사람들, 즉 깨어 있는 이들이며 경고하는 이들이다. 이쪽과 저쪽 모두에 걸쳐 있는 세대이다.[12]

시 분야에서는 이미 1965년 이래 동독문학에서 새로운 경향 변화가 일어나 주제나 형식면에서 "서독의 시에 근접"[13]하게 되었으며, 산문 문학에서도 역시 60년대 후반부터 사회주의 리얼리즘의 도식에서 벗어나 개인과 사회의 관계를 다루는 작품들이 나타남으로써 동서독 문학이 많은 공통점을 지니게 되었다는 주장이다. 동독사회는 적대적인 계급 모순이 사라졌기에 근본적 갈등이 없는 건전한 사회이며, 따라서 이 사회에 대한 묘사는 긍정적일 수밖에 없다는 도식에서 벗어나 새로운 경향을 이 당시의 동독

---

12) *Aussichten. Junge Lyriker des deutschen Sprachraums*, vorgestellt v. P. Hamm, München 1966, 336면.
13) Eberhard Mannack, *Zwei deutsche Literaturen?*, Kronberg 1977, 4면.

작품이 보여주기 시작했다는 점을 이들 동질론은 강조한다. 사회주의 사회의 문제점을 비판적 시각으로 묘사하지만 사회주의 리얼리즘을 고집하지 않고, 다양한 미학적 형식과 기법을 사용하면서 주관성을 강조하는 문학에 주목하여 동서독 문학의 동질성을 부각시켰다. 당시 동독에서 발표된 크리스타 볼프의 『크리스타 테를 생각하며』나 울리히 플렌츠도르프(Ulrich Plenzdorf)의 『젊은 W의 새로운 고뇌』 같은 소설과 라이너 쿤체, 자라 키르쉬(Sarah Kirsch)의 시들은 이같은 새로운 경향을 대표하는 문학으로 높이 평가되었다.

그런데 이러한 경향 변화를 강조하는 이면에는 여전히 서독문학 중심주의가 들어 있다. 즉, 서독문학은 여전히 자유롭고 현대적인 모습을 하고 있으며, 여기에 지금까지는 '전근대적'이었던 동독문학이 구각을 벗고 서독문학에 가까이 다가왔다는 가치평가가 들어 있는 것이다. 서로의 문학이 변화하여 가까워진 것이 아니라 한쪽이 일방적으로 한쪽을 닮아가는 현상을 강조한 것이다. 이러한 관점에서는 몇몇 새로운 문학작품 외에 동독적이고 사회주의적인 작품들은 고려 대상에서 제외되게 마련이다. 더 나아가서 이들 작품이 대개 체제비판적이거나 주관주의적인 성격 때문에 동독에서 논란을 불러일으키고 비판을 받은 사실도 서독에서의 긍정적 수용에 기여하였다. 동독에서 환영받지 못하고 비판받은 작품일수록 서독 언론과 비평가들이 높이 평가하고 전폭적인 지지를 보내는 경향이 이후 더욱 증가한 현상을 고려해볼 때 동질론의 이데올로기적 성격을 문제삼지 않을 수 없다. "문학적이고 미학적인 평가는 부차적"이고 "정치적, 이데올로기적 공방"[14]이 작품 평가의 중요한 기준을 이루고 있었기에 동독문학은 비평가의 관점에 따라 평가가 달라졌다. 게다가 이들 새로운 작품이 전

---

14) Hans-Jürgen Schmitt, "Von den 'Mutmaßungen' zu den 'Neuen Leiden'. Zur Wirkungsgeschichte der DDR-Literatur," *Die Literatur der DDR*, München 1983, 39면.

체 동독 문학계에서 차지하는 비율이 70년대 초반까지만 해도 실제 그리 크지 않았음을 감안하면 결국 이러한 유사점의 과도한 강조는 동독의 체제비판적 문학을 높이 평가하려는 저의가 들어 있다고 하겠다.

동질론의 이러한 문제점에 대해서는 당시에도 여러 비판이 제기되었다. 다양한 동독의 문학작품을 수록하려 의도적으로 노력한 70년 초에 나온 사화집에서는 동질성보다는 여전히 상이성과 독자성이 강조되고 있다. 동독의 소설을 편찬해낸 콘라드 프랑케(Konrad Franke)와 볼프강 랑엔부허 (Wolfgang Langenbucher)는 동독에도 독자적인 문학이 생성되었음은 의심할 나위 없이 명백하며, "이 문학은 서독의 문학과는 구별되고, 읽을 만한 가치가 있다"[15]고 밝히고 있다. 1974년에 나온 동독문학사를 서술한 하인리히 포름베크(Heinrich Vormweg)와 프랑케 역시 "양국이 공통적으로 가지고 있는 과거와 공통적인 언어가 마치 양국 문학에도 공통성이 있는 것처럼 보이게 하지만"[16] 동독문학은 분명 독자성을 지니고 있음을 분명히 하고 있다. 프리츠 라다츠도 이미 70년대 초반에 동독의 시, 소설, 드라마를 분석한 글에서 동독문학이 "자신의 사회를 비판적으로 문제삼고 있으며, 주관성을 강조하고, 우수적이고 체념적인 특성이 주도적으로 나타난다"는 점에서 독자성을 지닌다고 주장한다.[17] 그는 더 나아가서 1966년에서 1971년 사이에 발표된 동독 소설들을 분석한 논문에 '새로운 사회주의 문학이 생성되고 있다'[18]라는 제목을 붙임으로써 동서독에 두개의 문

■
15) Konrad Franke und Wolfgang Langenbucher 편, *Erzähler aus der DDR*, Tübingen und Basel 1973, 11면.
16) Konrad Franke, *Die Literatur der Deutschen Demokratischen Republik,* Neubearb. Ausgabe mit drei einführenden Essays von Heinrich Vormweg, Zürich und München 1974, 「머리말」.
17) Eberhard Mannak, 앞의 책 5면.
18) Fritz J. Raddatz, *Traditionen und Tendenzen. Materialien zur Literatur der DDR*, Frankfurt/M. 1972, 372면.

학이 존재하며 동독문학이 독자성을 지니고 있음을 강조하였다.

1976년에는 만델코우(Mandelkow)가 지금까지의 동서독 문학의 동질론에 대해 포괄적 문제제기를 가한다. 그는 최근의 동독문학이 기존 사회질서에 대항하는 저항세력을 활성화시키고 있다는 이론에 반대하여 동독에서는 작가와 당과의 관계가 적대적 관계가 아니라 "비적대적이지만 모순적"인 관계임을 강조한다. 따라서 동독문학을 당이나 당의 정책에 대한 문학의 응전으로 파악해서는 안된다는 점을 역설하고 새로운 수용 태도를 제안하였다. 그는 우선 동독문학이 기본적으로 "맑스주의적인 문학"이며, "폐쇄된 집단의 문학" 즉 "동독 시민을 위해 동독 시민에 의해 씌어진 문학"[19]이라는 점을 잊어서는 안되며, 따라서 이 문학의 사회 및 개인적인 생산 조건의 포괄적 연구가 필요하다고 주장하고 있다. 이 주장은 70년대 중반 이후 본격적으로 시작된 동독의 문학과 문화 정책 그리고 문예학에 대한 연구에서 동독 사회체제의 특수성을 바탕에 삼은 관점과 일치한다. 상이한 정치사회제도, 그에 따른 문학에 대한 상이한 정의와 역할 부여, 그리고 서독과는 완전히 다른 체계로 움직이는 문학의 생산, 분배, 수용의 과정과 당의 문화정책과 문학 간의 긴밀한 연관관계를 연구해야만 비로소 동독문학을 올바로 이해하고 평가할 수 있다는 분위기가 이때서야 유포되기 시작한 것이다. 이처럼 동독문학이 생성된 사회질서와 토양을 함께 고려하면서 연구한 초기의 연구서들에는 대개 동서독 문학의 동질성보다는 동독문학의 독자성 및 특수성을 인정하고 주장한 점이 눈에 뜨인다.

이질성을 강조하든 동질론을 주장하든 70년대에 동서독에서 간행된 독일 문학사는 동독문학을 별도의 항목으로 나누어 서술하였다. 특히, 서독에서 간행된 대부분의 독일 문학사는 동독문학을 서독문학과 분리하여 별

---

19) Karl Robert Mandelkow, "DDR-Literatur und ihre bürgerliche Rezeption," Ders.: *Orpheus und Maschine*, Heidelberg 1976, 141면.

권으로 서술하거나 별도의 장을 마련하여 서술함으로써 동서독 문학을 별개의 문학으로 구분하고 있다.

(3) 1980년대 — 새로운 동질론 또는 동질성과 이질성의 병존론

70년대 후반부터는 두개의 문학론이 서서히 빛을 잃기 시작하고 대신 동질론이 다시금 우위를 차지하게 된다. 이것은 물론 동독문학의 질적 변화와 서독에서의 수용 태도의 변화와 관계가 있다. 60년대에 동독문학의 경향 변화를 시도했던 작가들이 초기의 소수 세력에서 벗어나 이 시기에 와서는 하나의 커다란 경향을 이루게 된 사실에 힘입은 바가 크다. 그리고 동서 화해 정책의 일환으로 70년대 이후 동서독의 교류가 활발해지고 서독의 서점에서 동독 문학작품을 주문하거나 구입할 수 있게 되면서 동독 문학이 널리 알려졌다. 더 나아가서 동독 문학작품을 서독 출판사가 값싼 문고판으로 대량 출판함으로써 몇몇 동독작가들의 경우 독일어권 작가로서 일정한 독자층을 확보하게 된다. 다시 말해 크리스타 볼프나 요하네스 보브로프스키(Johannes Bobrowski), 크리스토프 하인, 하이너 뮐러, 울리히 플렌츠도르프, 슈테판 하임, 라이너 쿤체, 모니카 마론(Monika Maron), 헬가 쾨니히스도르프 등의 작품은 서독에서 출판되어 상당한 판매부수를 기록하였는데 이는 동독작가라는 점에서라기보다는 그들 작품의 개성과 문학성으로 인해 많은 서독 팬을 확보하게 된 것이다. 예를 들어 크리스타 볼프의 대표작 『카산드라』는 41만 5천부가, 『원전사고』는 30만부가 팔렸고 막씨 반더(Maxie Wander)의 『안녕, 그대 아름다운 이여』도 30만부나 판매되었다.[20] 또한 그들의 작품을 연구하는 서독 독문학자들 역시 대부분 동독적인 작품으로 평가하기보다는 작품의 주제나 형식상의 독특함을 문제삼음으로써 독일 문학작품으로 일반화하고 있다. 그 결과 이제 서독

---

20) Wolfgang Emmerich, 앞의 책 521면.

독자들이 "동쪽에 있는 이웃을 알기 위해서라기보다 자신들에게도 마찬가지로 현안이 되고 있는 문제와 씨름하기 위해서" 동독 문학작품을 읽게 된 것이다. '자연환경의 파괴' '핵무기와 핵에너지로 인한 파멸의 위험' '개인의 소외와 고독화 현상' '남성중심 사회에서 자신의 삶을 찾고자 하는 여성들의 시도'[21] 등 언뜻 보기에 서독작가들의 주요 주제들이 이즈음 동독작가들의 작품에서도 진지하게 다루어지고 있기 때문이다. 이것은 결국 동독도 생산성 향상과 물질적 발전, 그리고 효용성을 무엇보다 우선하는 산업사회라는 점을 반증하는 사례이다. 그러니 문학 역시 이러한 문제들을 주제로 삼는 것은 지극히 당연한 일이었을 것이다. 독자들 중에 크리스타 볼프나 크리스토프 하인이 '동독작가' 라는 사실조차 모르는 경우도 많았다.[22]

이러한 상황 변화에 따라 다시 한번 동서독 문학의 동질론이 대두된다. 동서독에 각자 다른 두개의 문학이 존재한다는 의견을 피력했던 한스 마이어는 10년 뒤인 1979년에 "오늘날 독일어권 문학에서는 서로 접근하려는 움직임이 일고 있다"[23]고 동서독 문학의 공통점을 강조함으로써 동질론을 주장하였다. 양쪽 작가들의 공통점은 1981년에 동베를린에서 열린 전독일 작가대회에서도 다시 한번 확인된다. 동독 쪽 작가들의 주도로 성사된 이 대회에는 1947년 제1회 전독일 작가대회 이래 34년 만에 다시금 양쪽의 작가들이 함께 참여하였다. 이 대회에서는 체제나 국가를 초월하는 포괄적인 문제들 (핵전쟁의 위협과 세계의 평화)에 대해 양독 작가들의 합의가 채택되었다. "평화의 정착보다 중요한 것은 아무것도 없다"는 인

---

21) 같은 곳.
22) 같은 책 522면.
23) Hans Mayer, "Auf der Suche nach einer verlorenen Literatur. Deutsche Literatur nach zwei Weltkriegen," *Literatur und Gesellschaft in der Bundesrepublik Deutschland*, DAAD-Forum 12, Bonn 1979, 29면.

식 하에 "모든 국가의 경계와 모든 의견 차이를 넘어서 책임 있는 이들이 새로운 군비경쟁을 중지하고 군축협상에 즉각 나설 것을 간곡히 호소"하는 이 합의문에 동서독 작가 150명이 서명하였다.[24] 이 사실은 말하자면 양쪽 작가들의 관심사나 문제의식이 비슷하여 서로간에 '문화적 공감대'가 형성되었다는 점을 재확인한 셈이었다.

동서독 문학의 동질성을 강조하는 주장에 더욱 힘을 실어준 사실은 주제면에서의 유사함 외에도 동독작가들이 대거 서독으로 이주한 사건을 들 수 있다. 맑스주의자이긴 하지만 동독사회의 기존 질서와 현실사회주의의 잘못된 점을 노래와 시로 풍자하여 정부와 불편한 관계에 있던 볼프 비어만이 서독에서 공연 도중 동독 시민권을 박탈당함으로써 사실상 동독에서 추방되는 사건이 1976년에 벌어진다. 이 사건 이후 통일이 될 때까지 유렉 베커(Jurek Becker), 토마스 바르쉬(Thomas Barsch), 자라 키르쉬, 귄터 쿠네르트(Günter Kunert), 라이너 쿤체, 한스 요아힘 셰틀리히(Hans Joachim Schädlich), 우베 콜베(Uwe Kolbe) 등 100여명의 유명한 작가들이 강제적이거나 또는 자의로 동독을 떠나야 했다. 그런데 이들은 자신들의 창작작업의 뿌리였던 사회와는 완전히 다른 체제인 서독에 이주하였음에도 불구하고 창작에 별 곤란을 느끼지 않고 계속적으로 작품을 발표할 수 있었다. 이들의 작품 경향이 급격한 단절이나 변화 없이 지속되었으며 서독문단에서 높은 평가를 받았다는 사실은 이들의 문학이 동독적 특수성보다는 전독일적 보편성을 더 많이 가지고 있음을 말해준다. 결국 동서독 문학은 이질성보다는 동질성을 더 많이 갖고 있음을 보여준다는 주장이다. 물론 이들 이주작가들이 서독에서 겪는 낯설음에 오히려 주목하면서 이들의 뿌리와 고향은 늘상 동독이며, 따라서 서독에서의 생활은 망명의 삶이라는 주장이 나오기도 했다. 라다츠는 이들의 문학을 망명문학으로

24) Therese Hörnigk, *Christa Wolf*, Berlin 1990, 229면.

보아야 하며 이 문학은 동서독 문학과는 성격이 또다른 '제3의 독일문학'
이라는 주장을 피력하였다.[25] 그러나 이들 이주작가들을 파시즘 하에서
생명의 위협을 느끼며 여러 나라로 흩어져야 했던 나찌시대의 망명작가와
비교한다는 것은 무리이다. 우선 이들은 생명의 위협이나 고문을 받은 것
도 아니고, 대다수는 몇년간의 비자를 발급받는 형식으로 동독을 자발적
으로 떠났기 때문이다. 또한 이들의 작품이 망명한 작가의 작품으로서라
기보다는 우수한 작가의 작품으로서 서독에 받아들여졌다는 사실은 이들
이 서독문학에 편입되었음을 말해준다.

　그렇다고 동독문학이 일반적으로 지니고 있던 특성을 무화시키고 동질
성만을 강조한 것은 아니다. 80년대에도 여전히 동독문학의 독자성을 문
학사회학적으로 규명해보려는 연구들이 있었다. 동독사회가 아니면 만들
어질 수 없고, 그 사회가 작가에게 부여한 임무와 작가들이 그 사회에서 느
끼던 역할 등에 의해 작품의 성격이 규정된다는 점이 동독문학의 독자성
을 만들어낸다는 연구이다. 분명 동독작가들은 사회와 국가에 대해 서독
작가들과는 다른 태도를 보였고, 그러한 인식이 작품을 통해서도 표명되
었다. '인민의 교육자' 즉 '문학적 수단을 통한 사회교육자로서의 역할'이
동독사회에서 작가에게 주어진 역할이었다. 이 점에서 동독작품에서 보이
는 무엇인가 전통적인 기법에 대한 애착, 형식 파괴가 일어나는 경우에도
어느정도의 질서의식이 엿보이는 점, 문체에서의 차이 등이 서독작가와
비교할 때 변별성을 느끼게 하는 것이다. 이를 위르겐 샤르프슈베르트
(Jürgen Scharfschwerdt)는 동독문학이 문학이라는 보편성을 지니고 있기
에 바로 수용이 가능하지만 동시에 "좀더 정확한 이해를 위해서는 별도의
지식이 필요한 낯선 부분들"을 지니고 있다고 말한다. 그래서 동독의 "문

---

25) Fritz J. Raddatz, *Eine dritte deutsche Literatur. Stichworte zu Texten der Gegenwart. Zur deutschen Literatur 3*, Reinbek 1987.

학 텍스트들은 경험적 현실, 즉 무엇보다도 부분적으로는 우리에게 낯선 사회현실을 다루고 있을 뿐만 아니라 우리 사회의 문학에서는 알 수 없는 생각들과 사고형식, 문학적 표현방식, 상상규범 그리고 감정관계를 보여주고 있음"[26]을 알아야 체계적 수용이 가능함을 역설한다.

이러한 바탕 위에서 위르겐 링크(Jürgen Link)는 동독에는 나름대로의 문화적 독자성이 있으며 그 결과 동서독 사회 사이에는 '이질문화성'(Diskulturalität)[27]이 존재한다는 점을 강조하였다. 링크는 동독문학의 독자성을 이루는 요소가 국가라기보다는 "시대적으로도 상이한 '사회주의적'이라 불리는 사회체제"[28]에서 기인한다고 본다. 시대적으로도 새로운 사회체제가 고유한 문화와 문학이 성립되는 전제조건이기 때문이다. 다시 말해서 동서독의 문학이 서로 다를 경우 그것은 단순히 두개의 국가로 나누어졌기 때문이 아니라 바로 이러한 이질적 문화성을 가지고 있었기 때문이라는 주장이다.

동독문학의 이러한 독자성에도 불구하고 양쪽 문학 사이에 유사성이 점점 증가한 경향을 부정할 수는 없다. 이 경향은 동독에서 50년대 이후에 출생한 작가들이 사회에 대한 어떤 도덕적 의무감이나, 일반대중을 대신해서 올바른 이상을 향해 투쟁하는 사도나 투사로서의 작가 역할에서 해방되어 독자적인 저항문학을 형성하면서 더욱 강화되었다. 이 세대는 이미 거의가 공산당원도 아니며 사회주의에 대한 이상도 가지고 있지 않은 세대로 특징지어진다. 따라서 이들의 작품은 그것이 동독사회의 산물이라

---

26) Jürgen Scharfschwerdt, *Literatur und Literaturwissenschaft in der DDR*, Stuttgart 1982, 9면.

27) Jürgen Link, "Von der Spaltung zur Wiedervereinigung der deutschen Literatur?," Paul Gerhard Klussmann und Heinrich Mohr 편, *Jahrbuch zur Literatur in der DDR*, Bd. 1., Bonn 1980, 65면.

28) 같은 글 60면.

는 점에서만 동독적일 뿐 그 주제나 표현기법, 지향점, 세계관에 있어서는 서독의 문학과 구분하기가 어렵다. 결국 양쪽 문학 사이의 경계가 점점 희박해지는 경향을 여기서도 확인할 수 있다.

80년대 중반 이후부터는 동독문학이 지닌 바로 이 두 가지 특성을 모두 염두에 두고 동서독 문학은 일정한 정도의 독자성과 동시에 일정한 정도의 동질성도 가지고 있다는 주장이 많은 이들에 의해 제기되었다. 즉, 동서독 문학이 지닌 차이점은 차이점대로 인정하고 연구하면서 동질적인 면도 간과해서는 안된다는 주장이다. 동독 연구가 이루어진 지 30여년 만에 비로소 이데올로기적 틀을 벗어버리고 비교적 객관적인 연구 태도를 획득한 것이다.

위르겐 샤르프슈베르트는 동독문학을 "서독문학과 동질적이면서 동시에 독자적인 문학"[29]이라고 봄으로써 동질론과 이질론 두 관점에서 동서독 문학을 볼 것을 주장한다. 동서독 문학에는 분명 낯선 것과 친숙한 것이 "아주 복잡하고 매우 불투명하게 서로서로 뒤섞여 있고, 나란히 놓여 있으며, 대립되어 있기"[30] 때문이다. 차이점은 분명하다. 상이한 정치, 경제, 사회 제도를 지닌 동서독이 40여년간 독자적인 발전을 하면서 서로 다른 문화를 갖게 된 것은 어쩌면 당연한 귀결이다. 문학의 생산, 분배, 소비에 있어서도 동서독은 다른 방식을 지니고 있었고, 상이한 문화정책과 문학전범 설정에 의해서도 차이가 만들어졌다. 하지만 서독으로 이주한 동독작가들의 예가 보여주는 것처럼 동독문학의 특수성보다는 독일문학이라는 보편성을 동서독 문학이 함께 공유하고 있음을 부정할 수 없다. 이것은 수백년간 지속되어온 독일문학의 전통이 40여년의 단절 기간으로 변형되지 않음을 말해준다. 수백년간의 문학 전통이 동서독의 문학 속에 공

■

29) Jürgen Scharfschwerdt, 앞의 책 20면.
30) Theo Buck, 앞의 글 188면.

히 뿌리로 작용하고 있었으므로 외형적 상이성에도 불구하고 기본적인 동질성이 존재할 수밖에 없었다. 같은 정서적 뿌리와 심성 그리고 일상 경험을 바탕으로 한 문학은 결과적으로 비슷할 수밖에 없기 때문이다. 여기에 동독사회가 후기 산업사회로 접어들면서 겪게 되는 여러 문제들이 동서독의 문학을 더욱 가깝게 만들었다.

동서독 작가들 역시 이질성보다는 동질성에 더 많은 비중을 두었다. 귄터 그라스는 "두 독일 국가에서 전독일적인 것으로 입증할 수 있는 것은 문학 정도이다"[31]라며 동질성을 강조하였고, 슈테판 헤름린(Stephan Hermlin) 역시 나무의 비유를 통해 독일이 과거에 수많은 영방으로 나뉘어 있을 때에도 거대한 하나의 독일문학이 모두를 덮고 있었던 것처럼 하나의 독일문학은 여전히 존재한다는 입장을 표명하였다.

이토록 오래되고 이토록 강력한 나무줄기는 — 즉 독일문학은 — 그리 쉽게 거꾸러뜨릴 수 없다. 누가 그걸 쓰러뜨리려 하겠는가? 이 나무는 오래전부터 여러 국가 위에서 나부끼는 데 익숙해지지 않았던가?[32]

이러한 상황을 통일 직전인 1988년에 발표한 논문에서 테오 부크(Theo Buck)는 "양 독일 국가의 문학들이 존재하며 동시에 독일어로 씌어진 하나의 문학 또한 존재한다"[33]고 정리하였다.

그런 상황에서 갑자기 통일이 되었다. 동독이 해체되어 서독에 흡수되는 방식의 졸속한 통일 과정의 여파로 통일 이후 자연히 동독사회를 범죄시 내지는 악마화하려는 경향이 사회의 우경화와 함께 새롭게 등장하였다. 이러한 분위기에서 동독문학의 독자성이라고 겨우 연구되었던 사실도

---

31) Günter Grass, *Kopfgeburten oder Die Deutsche sterben aus*, Darmstadt 1980, 8면.
32) Stephan Hermlin, "Minderheit, Nation, Gedichteschreiben," *Tintenfisch*. 24/1985, 35면.
33) Theo Buck, 앞의 글 191면.

많은 경우 독재에 영합한 문학으로 형편없이 격하되어버리는 현상이 일어났다. 그대신 서독문학과 닮은 모습을 보였던 문학에 자연히 더욱 점수가 주어지기도 하였다. 이러한 혼돈은 갑작스러운 통일이 불러일으킨 당연한 귀결이었다.

2. 통일 이후 분단문학사 및 통일문학사 서술 문제

(1) 통일 이후 동서독 문학의 성격에 대한 논의

동서독 양쪽에서 서로의 문학에 대한 어느정도의 인정과 동질성을 확인하는 단계에 이른 80년대 후반에 갑자기 베를린 장벽이 무너졌다. 이후 급박하게 돌아간 통일 과정을 통해 동독은 서독에 흡수되어 역사속으로 사라지고 말았다. 1990년 10월 3일은 그러나 동독뿐만 아니라 서독이라는 나라 또한 종지부를 찍고 통일된 독일이 새롭게 탄생한 날이기도 하다. 통일로 인해 동독 체제가 사라진 반면에 서독에는 커다란 변화가 없었다. 기존 질서와 체제가 그대로 유지되고 다만 영토가 동독 지역으로 확장된 것이 통일의 의미였다. 그럼에도 불구하고 통일은 독일문학에 커다란 한 획을 긋는 사건임에는 분명하다. 1990년 10월 3일을 기점으로 동서독 문학이 과거형, 즉 "완결된 것"[34]이 되고 그대신 하나의 통일독일 문학이 시작되었기 때문이다. 이날 이후 나온 모든 문학은 더이상 동독문학 또는 서독문학이 아니라 하나의 독일문학이 된다. 이제 동독문학뿐만 아니라 서독문학 역시 역사가 되었다. 이런 점에서 통일 이후의 동서독 문학의 성격에 대한 논의는 새로운 차원을 획득한다. 분단이라는 상황 속에서 현재형으

---

34) Wilfried Barner, *Geschichte der deutschen Literatur von 1945 bis zur Gegenwart*, München 1994, 「머리말」 15면.

296

로 진행되는 상대쪽 문학에 대한 가치평가와 논의가 아니라 이제 역사가
되어버린 대상에 대해 서술해야 하기 때문이다. 이러한 상황 변화에 따라
전후 동서독 문학에 대한 새로운 문학사를 서술해야 한다는 요구가 나오
기 시작하였다. 지금까지는 동독문학과 서독문학을 별도의 장이나 별도의
책으로 분리하여 서술하였다면 이제는 동서독 문학을 함께 아우르는 분단
시대의 독일 문학사를 서술해야 한다는 입장이 대두된 것이다.

　이러한 요구는 자연히 동독문학과 서독문학이 무엇이었는가에 대한 논
의를 불러일으킨다. 동독문학이 독자성을 지닌 문학이었는지, 아니면 동
독이라는 다른 체제에서 생성되었지만 기본에 있어서는 서독문학과 동일
한 문학이었는지에 대한 개념 정의가 요구된다. 우르줄라 호이켄캄프
(Ursula Heukenkamp)의 표현대로 동독 체제에서 지난 40년간 생성된 문
학이 독자적 특징을 지닌 '동독문학'(DDR-Literatur)인지, 아니면 단순히
동독이라는 지역에서 생성된 '동독의 문학'(Literatur in der DDR)인지 개
념 규정을 해야 한다.[35] 그런데 앞서 살펴본 것처럼 통일될 때까지 동서독
문학의 정체성에 대한 논의가 계속 변천해왔고 상반된 의견이 제기되었기
에 개념 정의를 하기가 어렵다. 예를 들어 동독문학의 독자성을 강조하는
경우 동독이라는 독자적 국가와 고유한 사회체제 그리고 거기에서 도출된
특수한 사회 경험을 근거로 내세운다. 여기에다 동독에서는 문학의 사회
적 기능이 달랐고, 작가들이 세계관과 정치적 태도에서 기본적인 합의와
공통의 미학적 기준을 가지고 있었다는 점도 동독문학의 독자성을 말하는
근거가 된다. 하지만 이와는 달리 동서독 공히 동일한 언어를 사용하고,
동서독 작가들이 공통의 문화 및 문학 전통 속에 놓여 있으며, 기독교적 세
계관이 동독문학에도 근간을 이룬다는 점에서 동독문학의 독자성이 문제

■

35) Ursula Heukenkamp, "Eine Geschichte oder viele Geschichten der deutschen Literatur
　　seit 1945? Gründe und Gegengründe," *Zeitschrift für Germanistik*, Neue Folge. 1/1995,
　　23면.

시되기도 한다. 특히, 동독작가들의 작품이 서독에서 출판되고, 몇몇 동독 작가의 경우[36]는 비록 동독에 살고 있었지만 서독 출판사에서만 작품을 발 표할 수 있었던 것, 동독작가들이 서독으로 이주하거나 추방되어 아무 문 제 없이 계속 작품을 발표한 것 등도 내용과 형식에 있어서 두 독일문학이 독일어권의 다른 문학(오스트리아, 스위스 등의 독일어 문학)과 동질적이 라는 주장을 뒷받침한다.[37] 더 나아가서 동독의 일부 어용문학을 제외한 나머지 문학은 주제나 형식 면에서 서독문학과 큰 차이가 없다는 전제 하 에 롤프 슈나이더(Rolf Schneider) 같은 이는 "단지 하나의 독일문학만이, 즉 서독문학만이 존재한다. (그중) 많은 작가들은 동독에 살고 있다."[38]는 주장을 펼치기도 하였다.

이런 이유로 통일 이후에도 서독문학과 동독문학을 어떻게 정의내리고 어떻게 서술해야 할지 아직 분명한 합의에 도달한 것은 아니며 여전히 논 쟁 중이다.[39] 동독문학의 범위는 "시공간적 관점"(동독이라는 국가 또는 지역), "생산주체의 관점"(작가의 국적이나 거주지), "기능적 관점"(사회 주의 이념과의 관계)[40]에 따라 각각 달라진다. 시공간적 관점에서도 정치 체제인 국가를 중심으로 하는 국가적 관점과 정치적 색채를 배제하고 다

---

36) 동독에 살면서 서독에서만 작품을 출판한 작가로는 Wolfgang Hilbig, Gert Neumann, Monika Maron, Lutz Rathenow, Bettina Wegner가 있다.

37) Rainer Rosenberg, "Was war die DDR-Literatur? Die Diskussion um den Gegenstand in der Literaturwissenschaft der Bundesrepublik Deutschland," *Zeitschrift für Germanistik*, Neue Folge. 1/1995, 9면.

38) Horst Albert Glaser, "Eine oder mehrere deutsche Literaturen?," Horst Albert Glaser 편, *Deutsche Literatur zwischen 1945 und 1995*, Bern u.a., 1997, 65면에서 재인용.

39) 동독문학의 개념과 범위에 대한 여러 논의는 다음 논문에 나와 있다. Roswitha Skare, "Eine Wende in der deutschen Literaturgeschichte? Tendenzen der neueren Literaturgeschichtsschreibung," *Wendezeichen? Neue Sichtweisen auf die Literatur der DDR*, Roswitha Skare und Rainer B. Hoppe 편, Amsterdam 1999, 37~41면.

40) 이상복 「분단문학사와 통일문학사 — 통일 이후 독문학사 기술에 대한 실증적 연구」, 『독일언어문학』 제17집 (2002.6), 366~67면.

만 지역적 차이(서독, 동독, 스위스, 오스트리아 지역)를 염두에 둔 지역적 관점으로 세분화된다. 여기에 문화적 차이를 바탕으로 동서독의 문학을 정의하는 상호문화적 관점을 덧붙일 수 있다. 관점에 따라 동독문학의 범위가 달라지기 때문에 동독문학 개념을 모두가 수긍할 수 있을 만큼 정확하게 정의하기란 불가능하다. 하지만 동독문학은 "1945년 이후 전체 독일문학의 역사를 이루는 한 부분"[41]이며 실체를 가지고 있는 것만은 부인할 수 없는 사실이다. 그렇기에 어느 한 관점에서 정의를 고집하기보다는 동독문학이라는 개념을 상정할 때 범위를 고정시키지 않고 "열려 있는 테두리"[42]를 가진 것, 즉 경우에 따라 확대와 축소가 가능한 것으로 보는 것이 좋다. 동독문학은 이런 것이라는 고정된 전제에서 출발하지 말고, 다양한 관점에서의 각론적 연구가 이루어진다면 이들이 모여 동독문학의 범위와 특징을 드러낼 수 있을 것이다. 이런 논의를 고려할 때 나는 동독문학의 범위를 넓게 잡는 것이 좋다고 생각한다. 일차적으로는 1949년에서 1990년까지 존속한 독일민주주의공화국(동독)에서 생성된 모든 문학이 동독문학이 된다. 물론 이러한 분류에는 정치적 성격이 아닌 지역적 관점이 중심이 된다. 동독 지역에서 나온 모든 문학이 동독문학이 되는 것이다. 이런 관점으로 보면 동독에 거주하였지만 동독에서 작품을 발표하지 못하고 서독 출판사를 통해 서독에서만 출간한 볼프강 힐비히(Wolfgang Hilbig) 같은 작가의 작품은 동독문학이 될 수 있지만 동독에서 서독으로 이주해온 작가들의 작품은 포함되지 않는다. 이를 보완하기 위해 사회문화적 관점을 함께 고려하는 것이 좋으리라 생각한다. 동독의 문화와 관련을 가진 작품, 즉 서독사회와는 다른 동독사회의 어떤 특징을 바탕에 깔고 있는 작품도 동독문학에 포함시켜야 한다. 모니카 마론, 유렉 베커, 귄터 쿠네르트,

---

41) Ursula Heukenkamp, 앞의 글 22면.
42) Roswitha Skare, 앞의 글 38면.

한스 요아힘 셰틀리히 등과 같이 서독으로 이주해온 동독작가들이 이주한 후에 발표한 작품 중에서도 동독의 사회와 문화를 다루고 있는 것들은 동독문학의 범주에 넣을 수 있다. 이런 관점을 좀더 확대시킨다면 독일통일이 되어 동독이라는 국가가 사라졌지만 여전히 동독의 역사와 사회, 문화를 다루고 있는 작품도[43] 광의의 의미에서 동독문학이라고 할 수 있을 것이다.[44] 동독문학을 그렇게까지 확장해야 할지 좀더 자세한 분석이 필요하지만 90년 이전의 동독문학을 광범위하고 포괄적인 관점에서 보는 것이 좋을 듯하다. 이 장에서는 동독문학에 대한 이러한 포괄적 관점에서 출발하여 통일 문학사 문제를 점검해보려 한다.

(2) 기존의 동서독 문학사 서술의 문제점

통일과 함께 마련된 새로운 연구 여건 위에서 동서독의 문학을 객관적 시각으로 점검해야 하는 것이 독일 문예학의 과제가 되었다. 게다가 통일 이후 새롭게 밝혀진 사실들이나 비로소 공개된 정보가 많으므로 통일 이전의 평가는 자연스럽게 수정을 요하게 되었다. 특히 슈타지 문서가 공개됨으로써 많은 동독작가들이 슈타지 감시체계의 희생자이면서 동시에 가해자였음이 밝혀졌는데 이러한 새로운 사실이 동독작가와 그들의 작품을 평가하는 데 새로운 시야를 제공한 것도 사실이다.[45] 새롭게 드러난 사실

---

43) 1986년에 서독으로 이주한 볼프강 힐비히는 2000년에 『임시조치』(*Das Provisorium*)를 발표했는데, 이 작품은 당시의 상황을 회고하며 서독에 여전히 정착하지 못했음을 주제로 다루고 있다. 이 작품은 동독작가의 서독이주를 다루었고, 동독사회의 문제를 반영하고 있다는 점에서 동독문학이라고 볼 부분이 있다.

44) 실제로 2000년에 나온 *Text und Kritik* 특별호의 주제는 "90년대의 동독문학"으로 통일 이후에도 동독문학적 특징이 존속하고 있음을 주장하고 있다. Heinz Ludwig Arnold 편, *DDR-Literatur der neunziger Jahre. Text und Kritik*, Sonderband, München 2000.

45) 크리스타 볼프, 하이너 뮐러 등도 슈타지에 협력했음이 드러나 논쟁이 벌어졌고, 동독의 저항문학과 대안세력을 대표했던 프렌츠라우어베르크 그룹의 중심인물 자샤 안더존 역시 슈타지와 연루되었음이 밝혀짐으로써 프렌츠라우어베르크 그룹에 대해 새롭게 평

을 바탕으로 한 검열과 자기검열이 동독문학에 미친 영향도 함께 고려할
수 있게 되었다.

상황 변화에도 불구하고 지난 10여년간의 논의를 뒤돌아보면 통일 이후
의 상황이 과연 객관적 연구를 가능케 할 여건을 마련해주었는지에 대한
의문이 생긴다. 베를린 장벽 붕괴 이후 공식적인 독일통일 이전에 이미 시
작되어 동독작가와 동독문학 전체에 대한 전면 공격으로 이어진 크리스타
볼프의 『남아 있는 것』을 둘러싼 논쟁이 보여주었듯 통일 이후에도 동독
문학을 평가하는 데 여전히 문학외적인 시각이 바탕을 이루고 있기 때문
이다. 크리스타 볼프의 『남아 있는 것』을 둘러싼 격렬한 논쟁은 이 작품의
문학적 평가를 둘러싼 공방이 아니라 출판 시기, 동독에서의 볼프의 활동
그리고 오랫동안 책상서랍에 넣고 발표하지 못했던 소심함에 대한 비판이
주를 이루었다. 또한 통일 이후 많은 동독작가들이 동독 슈타지의 비공식
정보원으로 활동하며 동료 작가들을 감시한 사실이 밝혀지면서 다시금 작
가들이 언론의 비판대에 올랐다. 크리스타 볼프와 하이너 뮐러까지 연관
된 슈타지 논쟁을 통해 동독작가들은 어용작가라는 치명적 평가를 받게
되었다. 작가의 정치적 전력에 대한 비판은 결국 그들이 생산한 작품을 평
가하는 데에도 영향을 미쳐서, 이러한 관점에서 동독작가들의 이전 작품
을 새롭게 문제삼는 경우도 생기게 되었다.[46)]

통일 전후에 벌어진 크리스타 볼프 논쟁과 슈타지 논쟁은 결국 동독작
가와 문학을 평가하는 데 다시금 문학외적 기준을 적용했다는 점에서 이

가할 수밖에 없게 되었다.
46) 가장 대표적인 경우가 크리스타 볼프에 대한 평가이다. 볼프 논쟁을 촉발한 그라이너
는 볼프 문학이 "실제 현실과 시적 세계 사이를 모호하게 연결"시켜 문제를 얼버무리는
특징이 있다며 비판하였고(*Die Zeit*, 1990. 6. 1), 쉬르마허 역시 볼프가 "국가에 대해 가
족적이며 거의 근친적인 관계"를 맺고 있었고 이것이 그녀의 문학을 특징짓는다고 평가
하였다(*FAZ*, 1990. 6. 2). 이러한 시각은 볼프에 대한 그전의 평가와는 매우 다른 것으로
새로운 시각이라고 할 수 있다.

전의 평가와 별반 차이점을 보이지 않는다. 이전의 '정치적—이데올로기적 평가'를 '문학적 기준과 미학적 평가'로 대체해야 한다는 주장이 나왔음에도 불구하고 결국 '도덕적/윤리적 기준'[47]에 따라 문학작품과 작가를 평가한 것이기 때문이다. 그렇기 때문에 동독문학에 대한 새로운 평가와 통일 문학사 서술의 객관적 기준이 더욱 절실히 필요하다. 스카레(Roswitha Skare)의 말처럼 아마도 동독문학에 대한 새롭고 객관적인 연구를 하기에는 "이 주제가 아직 너무 시의적이고 많은 이들에게 개인적으로 너무 가깝"[48]기에 10여년의 세월이 흘렀음에도 "객관적 분단 문학사"를 서술하기에는 아직 이르다고 할 수 있다.

그렇다고 해도 어떻든 통일 문학사 서술을 위한 논의는 필요하다. 독일이 통일됨으로써 상황 자체가 동서독 문학을 새롭게 평가해야 하고, 지금까지의 연구 성과를 새로운 관점에서 재점검해야 하는 과제를 모두에게 던져주었기 때문이다. 독일의 어느 연구자도 이 당위성에서 자유로울 수는 없다. 특히 독일 문학사를 서술하려는 이들은 이 문제를 피해갈 수 없게 되었다. 동독 문학사를 펴낸 바 있거나 동독문학을 주요 연구 대상으로 삼아온 연구자들은 지금까지의 자신의 작업을 재검토하고 새롭게 구성해야 한다는 피할 수 없는 요구에 직면하게 되었다. 그렇기에 서독의 연구자는 물론 동독 연구자도 모두 새로운 시각으로 기존의 동독상과 동독문학에 대한 평가를 다시 시도해야 한다는 입장을 강조하고 있다. 동독문학에 대한 새로운 평가와 새로운 작업 그리고 새로운 접근 방법을 개발해야 한다는 입장이다.

이런 관점에서 지금까지의 동서독 문학사 서술방식을 살펴보면 문제점과 함께 해결책이 마련될 수 있다. 우선 통일 이전까지 나온 동서독의 대

---

47) Roswitha Skare, 앞의 글 25면.
48) 같은 글 26면.

표적인 문학사를 골라 그 특징을 살펴보기로 하자. 서독에서 나온 문학사를 보면 동서독 문학을 한권의 문학사에서 다루지 않고 아예 '동독 문학사'와 '서독 문학사'를 별도로 서술한 경우가 많다. 한저(Hanser) 출판사의 『독일문학 사회사』의 경우 제 10권이 『1945년부터 1967년까지의 서독문학』[49]이고, 제 11권이 『동독문학』[50]이다. 서독 문학사에는 오스트리아와 스위스 문학까지도 포함하고 있다. 한저 문학사는 이 시기를 '전후의 복고주의시대'로 통칭하고, 이 시기의 사회사적 배경과 문학시장의 환경을 설명한 후 주제에 따라 서독문학을 분류하여 서술하고 있다. 개별 주제에는 자연시, 정치시, 노동문학, 아동문학, 다큐문학, 방송극, 드라마와 연극, 문학과 영화, 47그룹의 문학, 구체시 등이 속한다.[51] 동독 문학사의 경우 편집인이 다르기 때문에 책의 구성 또한 서독 문학사와 다르다. 1970년대까지 동독문학이 서독에 수용된 역사를 다룬 「동독문학의 영향사」를 서론에 넣고, 1부에서는 '사회주의에서의 문학과 정치'라는 제목으로 '문학기구'(Literaturbetrieb) '문학유산의 문제' '사회주의' 등을, 2부에서는 연극작업, 문학과 영화, 대중문학, 시, 새로운 소설형식 등을, 그리고 3부에서는 '문학 발전의 단계들'을 다루고 있다. "문학과 정치, 문학과 문학 생산이 상호연관되어 있음"[52]을 염두에 두고 서술하고 있기에 개별 장르나 시기별 구분이 아니라 동독의 역사 및 문화정책의 변화를 중심에 두었다.

한저 문학사의 경우 독일 문학사 전반을 다루는 문학사 씨리즈에 동서

---

49) Ludwig Fischer 편, *Literatur in der Bundesrepublik Deutschland bis 1967*, München 1986.

50) Hans-Jürgen Schmitt 편, *Die Literatur der DDR*, München 1983.

51) 1967년 이후의 독일 문학사는 1992년에 나왔는데 통일 이후의 문학을 포함한 문학사는 아직 출판되지 않았다. 책의 체계에 대해 자세히 알려진 바는 없지만 아마존 책 소개란에 게시한 출판사의 설명에 따르면 '68 학생운동'을 통해 촉발된 새로운 문학 경향에서 출발하여 독일통일과 그 이후를 포함하는 "최근의 과거를 통합적으로 서술하는 문학사"(eine zusammenhängende Literaturgeschichte unserer jüngsten Vergangenheit)가 될 것이라 한다.

52) *Die Literatur der DDR*, 11면.

독 문학사를 넣고 있지만, 이와는 달리 서독 문학사나 동독 문학사를 개별 단행본으로 엮어낸 경우나(대표적인 예가 랄프 슈넬의 서독 문학사와 볼프강 에머리히의 동독 문학사이다) 한권의 문학사 속에 동서독 문학을 다루는 경우가 많다. 하지만 이 경우 역시 대부분 동서독 문학을 통합해서 서술하기보다는 별도의 장으로 독립하여 서술하고 있다.

1984년에 빅토르 쯔메가치(Viktor Žmegač)가 편집한 『독일문학사』 제3권[53]은 1918년부터 1980년까지를 다루고 있다. 이중 1945년 이후의 문학에 대해서는 「서독과 독일어권 스위스 문학」에 별도의 장을 마련하여 서술하고 이어서 '동독의 문학' '오스트리아의 현대문학'을 독립해서 서술하고 있다. 서독문학 부분은 시대별 특징에 따라 1945년 이후 초기문학, 50년대와 60년대, 60년대 이후의 문학으로 나누고, 각각의 시대를 대표하는 시, 소설, 연극 경향을 설명하는 방식으로 이루어져 있다. 동독의 문학을 다루는 장에서는 집필자가 다르고 분량도 서독문학의 200면에 비해 100면으로 차이가 난다. 그렇기에 동독문학을 다루는 부분에서는 '건설기의 문학' '위기시대의 소설' '신주관주의' '시의 경향' 등 시기, 주제, 장르를 함께 섞어서 서술하고 있다.

에르하르트 바르(Ehrhard Bahr)가 편집한 『독일문학사』[54]에서도 역시 '서독, 오스트리아, 스위스 문학'과 '동독의 문학'을 둘로 나누어 서술하고 있다. 이 문학사는 동서독 문학 모두 철저하게 시대 구분에 따라 서술한 것이 특징이다. '1. 첫번째 국면—1945~1949 2. 두번째 국면—50년대 3. 세번째 국면—60년대 4. 네번째 국면—70년대 5. 80년대에 대한 전망'으로 나누어 서술하고 있다. 동서독 문학을 한 사람이 모두 집필하였기에 동독문학을 서술하는 데에도 이 시대 구분을 그대로 따르고 있는데, 동

---

53) Viktor Žmegač 편, *Geschichte der deutschen Literatur*, Bd. III, Königstein 1984.
54) Ehrhard Bahr 편, *Geschichte der deutschen Literatur 3. Vom Realismus bis zur Gegenwartsliteratur*, Tübingen 1988.

독문학의 경우 50년대, 60년대라는 표현 대신 1949~1961, 1961~1971 등으로 표기한 것이 다르다. 1961년은 베를린 장벽이 건설된 해이고, 1971년은 12월에 열린 제4차 사회주의통일당 중앙위원회 총회에서 그해 새롭게 서기장이 된 에리히 호네커가 "사회주의의 확고한 입장에서 출발한다면, 내 생각으로는 예술과 문학의 영역에서 어떤 터부도 더이상 있을 수 없습니다"[55]라며 문학과 예술의 발전 방향에 새로운 전기를 선언한 해이다.

이러한 경향은 독일 문학사 전체를 한권에 담아낸, 볼프강 보이틴(Wolfgang Beutin)이 편찬한 『독일문학사』[56]에도 마찬가지로 나타난다. '바이마르시대의 문학' '제3제국의 문학' '망명기 독일문학' 다음에 '동독문학' '서독문학'을 잇달아 배치함으로써 동서독 문학을 별도로 서술하고 있다. 동서독 문학의 서술에 있어서는 모두 중요한 역사적 사건을 중심으로 하되, 시대별 특징에 따라 주요 경향을 다루는 방식을 택하고 있다. 시대 구분에 있어서도 다른 문학사의 일반적 구분을 따르고 있다. 다만, 이 문학사는 동서독 문학 서술에 비슷한 분량을 배정하여 균형을 맞추고 있다는 점이 특이하다.

동독에서 편찬한 독일 문학사 역시 동서독 문학을 별도의 책으로 나누어 서술하고 있다는 점에서는 서독의 독일 문학사와 차이가 없다. 1970년대에 시작하여 1983년에 모두 12권으로 완간된 동독의 공식적인 독일 문학사에서 제 11권이 『동독문학』[57]이고 제12권이 『서독문학』에 배정되었다. 70년대 중반까지를 다루고 있는 동독 문학사의 경우 '사회주의 민족문

55) Wolfgang Emmerich, "Die Literatur der DDR," *Deutsche Literatur Geschichte. Von den Anfängen bis zur Gegenwart*, 2., überarbeitete und erweiterte Auflage. Von Wolfgang Beutin u.a., Stuttgart 1984, 466면에서 재인용.

56) 같은 곳.

57) *Geschichte der deutschen Literatur. Literatur der Deutschen Demokratischen Republik*, Von einem Autorenkollektiv unter Leitung von Horst Haase u.a., Berlin 1977.

학'이라는 개념을 중심으로 시대 구분을 하고 있다. 1945년부터 1949년까지는 '사회주의 민족문학을 준비하는 민주적이며 사회주의적인 반파시즘 문학'의 시기로 보고, 동독이 건국한 1949년부터 베를린 장벽이 건설된 60년대 초까지를 '사회주의 민족문학의 형성기'로 구분한다. 이후 60년대 초반부터 70년대 초까지를 '사회주의 민족문학의 전개기'로 본다. 이러한 시대 구분에 따라 우선 각 시기별로 사회적 발전과 문학과의 관계를 포괄적으로 서술한 후, 시, 소설, 드라마 장르별로 특징들을 서술하고 있다. 장르를 구분하고 '장년세대 사회주의 시인들' '중견 및 신진 세대 사회주의 시인들'처럼 사회주의적이거나 반파시즘적 관점을 중심으로 소주제를 정하고 이에 합당한 작가와 작품을 다루고 있다. 상부구조인 문학은 토대가 되는 사회체제로부터 밀접한 영향을 받고 있으며 문학은 사회적 산물이라는 전제를 바탕에 깔고 문학사를 서술하되 사회주의적 관점을 주요 평가기준으로 삼은 것이 이 문학사의 특징이다. 동독문학의 발전 과정을 "사회주의 민족문학"의 형성과 전개라는 관점에서만 서술하다 보니 '토대—상부구조'의 도식을 너무 기계적으로 적용하게 되고, 결국 이러한 관점과 관계 없는 작가와 작품은 배제될 수밖에 없었다. 사회주의적이라고 할 수 없는 작품이나 사회주의 체제에 회의를 표명하고 있는 작가나 작품은 문학사 서술 대상에서 제외시킴으로써 동독에서 나온 동독 문학사이지만 동독문학을 포괄하지 못하였다.

이러한 기본 원칙은 1983년에 발간한 『서독문학사』[58]에도 기조를 이루고 있다. 서독 쪽에서 나온 문학사의 시대 구분을 대체로 따르되 시대별 문학의 특징을 대비시켜 '전후시기, 1945~1949' '복고와 비타협주의, 1949년에서 60년대 초반까지' '정치화와 체념, 60년대와 70년대'로 표현한다. 특이한 점은 서독에서는 구분하여 서술하고 있는 60년대와 70년대의 문학

---

58) *Geschichte der Literatur der Bundesrepublik Deutschland*, Von einem Autorenkollektiv unter Leitung von Hans Joachim Bernhard, Berlin 1983.

을 함께 서술하고 있다는 점이다. 하지만 문학사를 시대별로 구분하고 그 안에서 다시 시, 소설, 드라마, 아동문학 등의 장르별로 나누어 서술한다는 점에서는 기존 문학사의 틀에서 크게 벗어나지 않았다. 다만 서독문학의 발전 과정을 철저하게 정치적, 역사적 사건과 연결시켜 서술하고 있다는 점에서 동독 문학사와 마찬가지 특징을 지녔다.

지금까지 살펴본 문학사들이 모두 정치사회적 시대 구분을 하고 그에 맞추어 서술한 것과는 달리 에르하르트 쉬츠(Ehrhard Schütz)와 요헨 포크트(Jochen Vogt)가 편집한 『20세기 독일문학 입문』[59]은 다른 방식을 택하고 있다. 이 책의 제3권은 '서독과 동독'이라는 부제를 달고 있는데, 특이한 것은 동서독 문학을 따로 나누어 서술하지 않고 대신 전후 동서독 문학에서 중요한 위치를 차지하는 작가들을 선정해서 개별적으로 서술하고 있는 점이다. 작가 중심의 문학사라고 할 수 있다. 모두 26명의 작가를 다루고 있는데 그중 서독작가가 18명, 동독작가가 8명으로 비중에 있어서 서독작가에 많이 기울어 있다. 하지만 전후 독일문학의 주요 경향을 동서독의 대표적인 작가 중심으로 서술함으로써 동서독 문학을 분리하지 않고 통합적으로 다루려 했다는 점에서 다른 문학사와는 차이가 있다.

통일 전까지 동독과 서독에서 나온 문학사는 동서독 전체의 문학을 함께 아우르려는 노력보다는 편의에 따라 동서독 문학으로 나누어 별도로 서술하려는 경향이 강하였다. 또한 전독일적 관점에서 개별 작가나 작품을 분석하기보다는 동독 또는 서독 한곳에서 중요한 영향을 미쳤거나, 큰 성공을 거둔 작품, 비평가들에 의해 많이 다루어진 작품 위주로 문학사를 서술해왔다. 그렇게 하다 보니 동서독 모두에서 상대방의 문학을 평가하

---

59) Ehrhard Schütz, Jochen Vogt 외, *Einführung in die deutsche Literatur des 20. Jahrhunderts*, Bd. 3., Bundesrepublik und DDR, Opladen 1980.

고 서술할 때 분리주의적 관점과 편향적인 잣대를 가지게 되었다. 동서독 문학사 서술에서 나타난 문제점을 정리하면 다음과 같다.

첫째, 대부분 동서독 문학을 분리하여 서술하고 있으며, 서독과 동독의 관점에서 각기 다르게 서술하고 있다. 대부분의 문학사에서 동서독 문학을 별도의 장을 두어 서술하고 있는 것은 동서독 문학이 별개의 문학임을 전제로 한다. 그렇기에 동서독 문학을 함께 아우르는 시각을 확보할 수 없었고 따라서 통일 문학사 서술을 위한 시도가 이루어지지 못했다.

둘째, 동서독 문학을 서술할 때 문학과 사회와의 관계를 너무 밀접한 것으로 보고 문학사의 시대 구분을 정하였다. 서독문학의 경우도 그랬지만 특히 동독 문학사의 경우 "정치적 그리고(또는) 문화정책상의 날짜"[60]가 시대를 나누는 기준이 되었다. 1949년 동독 건국, 1961년 베를린 장벽 건설, 1971년 사회주의통일당(SED) 제8차 전당대회, 1976년 볼프 비어만 추방 사건이 동독문학의 흐름을 바꾸는 중요한 기점으로 서술된다. 여기에 더해 1959년 '비터펠트 노선'(Bitterfelder Weg), 1965년 사회주의통일당 제11차 중앙위원회(여기서 형식주의 논쟁에 대한 중요한 결정이 이루어진다) 등이 추가적인 싯점으로 제시된다.

정치적 사건이나 문화정책적 변화를 중심으로 문학사를 시대 구분하는 이러한 시도는 동독문학에 대한 평가에서 문학을 정치나 사회체제에 종속시키는 결과를 가져왔다. 당의 정책이 바뀜에 따라 문화정책도 바뀌고 그 영향을 받아 새로운 경향의 작품이 나왔다는 관점에서 동독문학을 보아온 것이다. 이러한 시각은 결국 문학을 정치의 부산물이나 정치적 변화에 따라 수동적으로 변하는 하위 범주로 보는 문제점을 지니고 있다. 이처럼 문학과 사회의 관계를 종속적으로 보는 시각을 동독의 연구자들뿐만 아니라

[60) Rainer Rosenberg, 앞의 책 12면.

서독의 문예학자들도 견지하고 있었다는 사실은 분단시대의 독일 문학사 서술을 특징짓는다. 이에 대한 반성은 자연히 동서독 문학 연구와 수용에 있어서 정치적 성향이 커다란 역할을 하였다는 비판으로 이어진다.

셋째, 동서독 모두에서 작가나 작품의 정치적 성향이 문학 비평에서 우선적으로 수용되고 높이 평가된 경우가 많았다. 1990년에 쉬르마허와 그라이너가 동서독 문학계의 지배담론인 사회비판적 문학에 대해 비판을 하고 나서며 '신념미학 논쟁'을 불러일으켰다. 쉬르마허의 논리는 1990년 10월 3일을 기해 서독과 동독이 모두 종막을 고하고 새로운 사회가 되었으니 이제 문학도 동독 서독의 문학을 떠나 새로운 문학을 추구해야 한다는 문제제기였다. 그는 문학의 "사회적 대표성"을 고집하는 "성직자적인 요구"와 문학이란 "도덕적으로 지고하며 비판적으로 우월한 주체의 표현이라는 환상을 포기"할 것을 제안한다. "작은 문학"을 추구해야 한다는 그의 주장은 새로이 바뀐 사회 조건에서 문학의 역할 또한 새롭게 성찰해야 한다는 문제를 제기하고 있다.[61] 크리스타 볼프를 위시한 작가들은 이제 "세속화된 사회"에서 작아진 문학의 역할에 익숙해져야 할 것이라는 칼 하인츠 보러의 주장 역시 같은 맥락에 속한다. 문학이 더이상 "억압받는 이들을 위한 아편도, 상쾌한 청량제"도 아님을 깨닫고 "상상력의 힘"을 강조함으로써 미학을 정치와 철학에서 해방시키자는 요지이다.[62]

문학작품의 수용과 연구에서 정치적 관점이 지배적이었다는 비판은 서독에서의 동독문학 수용에서 특히 두드러졌다. "일방적인 정치적 비판이 동독문학의 수용을 지배"하였고, "미학적 수준에 대한 언급은 대개 회피되거나 최상의 경우 부차적"으로 다루어진 경우가 많았기 때문이다.[63] 서

61) Frank Schirrmacher, "Abschied von der Literatur der Bundesrepublik," *FAZ* 1990년 10월 2일자.
62) Karl Heinz Bohrer, "Kulturschutzgebiet DDR?," *Merkur* 1990년 10월호, 1016면.
63) Roswitha Skare, 앞의 글 19면.

독의 문학사에서 동독문학을 선택하는 데 있어서 문학적 성취도나 미학적 깊이가 아니라 "어느 작품 또는 작가의 비판적 잠재성에 대한 질문"[64]이 우선적이며 중요한 기준이 되었다. 예를 들어 동독에서 출판금지를 당한 작품을 서독에서 즐겨 출판한다든가, 박해받은 작품을 대대적으로 선전하고, 동독사회의 문제를 드러내고 비판하는 작품이면 일단 긍정적 시선으로 평가하였다. 서독의 언론은 물론 학계에서도 이러한 기준에 맞는 작가와 작품을 중심적으로 다루었다. 그러다 보니 동독문학 수용에 있어서 미학적 측면에 대한 분석은 소홀하게 되고 정치적 관점과 기준이 중심이 되었다. 이를 외르크 드레브스(Jörg Drews)는 "동독의 문학이 서독의 많은 평론가들에게 정치적, 도덕적인 보너스 점수를 받았다"[65]고 표현하며 그 문제점을 다음과 같이 말하고 있다.

> 서독에서는 동독의 문학작품을 읽을 때 작가가 동독정권에 대해 어느 정도 말할 용기가 있으며, 그로 인해 위험에 처하게 되는가가 흔히 문학적 판단의 준거가 되었다. (…) 한 작가가 특정 작품으로 인해 박해를 받게 될 경우 그 책과 작가는 갑작스레 주목의 대상이 되었다. 그 작품의 문학적 수준은 아무래도 좋았다. 중요한 것은 정치적, 문화정책적인 원인으로 돌출된 사건들이었다.[66]

물론 이러한 주장은 베를린 장벽이 개방되기 이전에도 이미 제기된 바 있다. 1983년에 베른하르트 그라이너(Bernhard Greiner)는 서독에서 하는 동독문학 연구가 나찌시대의 "파시즘 독문학"처럼 "어느정도 정치화"되

---

64) 같은 글 18면.
65) 외르크 드레브스, 「성취된 통일 독일, 그리고 미완으로 남은 공동체 의식」, 이상금 편저 『전환기 잊혀진 독일문학과 사회적 (불)평등』, 부산대학교 출판부 2002, 203면.
66) 같은 글 199면.

었음을 지적하며 "독문학과 정치의 결합"이 동독문학 연구를 매우 협소화 시켰음을 비판하였다.[67] 1981년 초판이 나온 이래 여러 차례 수정을 거듭하며 동독 문학사를 서술한 볼프강 에머리히는 통일 이후 그라이너의 문제제기를 받아들여 자신의 관점을 비판한다. 에머리히의 자기비판의 핵심은 동독문학을 연구한 서독의 독문학자들 거의 모두가 연구 "대상에 대해 너무 가까운 거리를" 유지하고 있었으며, 동독문학에 대한 관심은 "문학 자체보다는 사회주의 실험에 대한 관심"에서 나왔다는 것이다. 동독 연구자들이 동독문학에 대한 관심과 사회주의 실험에 대한 관심을 같은 것으로 "혼동"했으며, 그 결과 "문학 텍스트가 텍스트로 해석되는 경우란 아주 드물었고, 빈번하게 사회정치적 관계의 반영이나 그 반대로 이 관계에 대한 항의로서 해석되었다."[68] 다른 한편으로 서독의 연구자들은 동독문학을 문학 그 자체라기보다는 동독사회에 대한 정보를 알게 해주는 문건, 즉 "독일의 다른쪽 나라에 대한 정보 전달자"[69]로 파악함으로써 문학적인 것을 소홀히 한 점이 많았다.

이렇게 문학과 사회, 문학과 정치의 관계를 중심축으로 놓고 동독문학을 서술하다 보니 "아주 간단한 도식"에 따라 문학사를 서술하는 경우가 많았다. 우선 사회정치적 체제의 변화를 서술하고 이어서 당 대회, 중앙위원회 회의, 작가회의에서의 중요한 문화정책적 변화를 설명한 뒤, 이러한 영향을 받아 다시금 문학이 어떻게 변화했는가를 시기에 따라 장르나 주제별로 나누어 서술하는 방식으로 문학사가 구성되었다.[70] 이처럼 문학을

■

67) Bernhard Greiner, "DDR-Literatur als Problem der Literaturwissenschaft," *Jahrbuch zur Literatur in der DDR*, Bd. 3., 1983, 233면.

68) Wolfgang Emmerich, "Für eine andere Wahrnehmung der DDR-Literatur. Neue Kontexte, neue Paradigmen, ein neuer Kanon." *Ders.: Die andere deutsche Literatur. Aufsätze zur Literatur aus der DDR*, Opladen 1994, 193면.

69) Roswitha Skare, 앞의 글 18면.

70) Wolfgang Emmerich, 앞의 책 195면.

정치나 사회의 변화에 따라 영향을 받는 부차적 산물로 봄으로써 문화정책적 사건이 시대 구분이나 문학사 서술의 중심에 놓이게 되었다. 문학작품의 결이나 주관적 측면, 미학적 분위기 같은 문학 자체의 특성이나 미학적 기준을 중심에 둔 연구는 자연히 소홀할 수밖에 없었다.

이는 개별 작품의 수용에도 영향을 미쳐서 동독 현실에 대한 비판적 시각을 담고 있는 체제비판적 문학은 서독에서 일종의 '연대보너스'(Solidaritätsbonus)[71]를 받았다. 비판적 사회주의 작가라 할 수 있는 크리스타 볼프, 폴커 브라운, 슈테판 하임, 하이너 뮐러, 울리히 플렌츠도르프, 크리스토프 하인 등이 특히 서독에서 주목받고 집중적으로 연구된 것이 그런 이유에서이다. 이런 작가들을 선호하게 되니 전통적 태도로 동독의 현안에 대해 서술한 작가들은 거의 주목받지 못하거나 높이 평가되지 않았다. 동독문학에 대해 열린 마음으로 접근했다는 에머리히마저 작품이나 작가를 "선정, 접근, 평가하는 데 있어서 주관성"에 경도되어 있고, "동독문학판에서 매우 중요한 작가들인 베른하르트 제거(Bernhard Seeger)나 헬무트 프라이슬러(Helmut Preißler)는 전혀 다루지 않았으며, 에바 슈트리트마터(Ewa Strittmatter)의 경우는 단지 부수적으로 다루고"[72] 있다는 비판을 받을 정도였다.

(3) 통일 이후 나온 동서독 문학사 및 통일문학사 서술 시도

동서독의 문학사 서술이 지닌 이러한 문제점에 대한 반성과 비판은 새로운 관점에서의 동서독 문학 연구에 대한 논의를 불러일으켰다. 문학과 사회를 너무 밀접하게 바라보는 관점을 비판하며 이제는 문학 내적인 주제와 형식, 특징에 비추어 동독과 서독의 문학을 바라보자는 입장이 대두

---

71) Roswitha Skare, 앞의 글 11면.
72) Manfred Behn, "Neuere Gesamtdarstellungen der Geschichte der DDR-Literatur," *Der Deutsch Unterricht* 1996년 5월호 88면.

하였다. 문학과 사회, 문학과 정치체제, 문학과 역사는 밀접한 관계를 맺고 있지만 문학이 지닌 나름대로의 독자성을 간과해서는 안된다는 입장이다. 이에 따르면 문학은 "역사의 산물"이 아니라 "역사적 과정 속의 독자적인 요인"으로 파악해야 한다. 이럴 경우 문학은 한편으로는 "주체가 유희적으로 그리고 즐겁게 사회적 모순들과 씨름하는 경험 공간"이면서 동시에 다른 한편으로는 "유희 공간으로서 역사적 경험에 기여할 수 있다."[73] 문학을 바라보는 관점의 변화는 1996년에 자신의 동독 문학사를 새롭게 수정 보완하여 증보판을 내면서 "나는 오늘날 이제 더이상 그 당시처럼 문학이 역사와 사회와 단단히 연결되어 있다고 무조건 고집하지 않는다"[74]며 통일 이전에 가졌던 자신의 입장을 수정하는 볼프강 에머리히의 고백에서도 잘 드러난다.

동독문학을 평가할 새로운 방법론과 기준을 마련해야 한다는 요구는 "동독문학이라는 텍스트에 대한 탈도식적이며 각성된 새로운 문학사"[75]를 새롭게 서술해야 한다는 요구로 이어진다. 이런 관점에서 에머리히는 동독문학을 정치적으로 판단했던 점을 반성하고 미학적 기준을 가지고 새롭게 평가해야 한다는 주장을 펼친다.

내 생각으로는 미학적인 범주를 소실점(消失點)으로 삼는 동독 문학사가 필요하다. 그것은 엘리뜨주의나 상아탑으로의 후퇴와는 전혀 상관이 없다. 왜냐하면 그것은 무엇보다도 (좀더 나은) 동독문학의 단계적인 미학적 해방이기 때문이다. 이를 통해 동독문학의 질과 위엄을 담보하고 독점이나 도구화로

---

73) *Wendezeichen? Neue Sichtweisen auf die Literatur der DDR*, Roswitha Skare und Rainer B. Hoppe 편, Amsterdam 1999, 「머리말」 12면.

74) Wolfgang Emmerich, *Kleine Literaturgeschichte der DDR. Erweiterte Neuausgabe*, Leipzig 1996, 18면.

75) Wolfgang Emmerich, "Für eine andere Wahrnehmung der DDR-Literatur. Neue Kontexte, neue Paradigmen, ein neuer Kanon," 195면.

부터 보호할 수 있을 것이다.[76]

에머리히의 주장은 이제 미학적 기준을 중심으로 동독문학을 재검토해서 새롭게 재평가해야 한다는 것이다. 이를 위한 구체적 가능성은 기존의 동독문학 연구가 너무 일방적이고 도식적 차원에서 진행되었으므로 다양한 방법론과 이론을 적용해야 한다는 그라이너의 비판에서 찾을 수 있다.

방법론적인 확장 (문학사회학과 심리분석 및 구조주의적 문학연구로의 전환)과 이론적인 새로운 자각(예를 들어 문학개념, 허구성, 해석학에 대한 새로운 고찰) 등처럼 독문학의 다른 연구 영역에서는 이미 오래전에 시작된 것들이 여기서는(동독문학 연구 — 필자) 완강하게 배제되어 있었다. 이는 개인적 실패로 돌릴 사안이 아니라 집단적 과오라 보아야 한다.[77]

동독문학이라는 대상을 분석하고 연구할 때 하나의 기준이나 방법론만을 고집하지 말고 다양한 연구 방법론과 이론 그리고 새롭게 대두된 개념들을 적용하여 분석한다면 지금까지와는 다른 평가가 가능해질 것이다. 그렇게 되면 동독사회에 대한 비판적 내용을 담고 있다고 하여 주목받았던 작품들이나 동독사회에서 박해를 받았다는 이유로 높이 평가된 작가들, 동독사회의 문제점을 사실적으로 드러내고 있는 작품들에 대한 새로운 평가가 가능해진다. 또한 지금까지 소홀히 취급되거나 주목받지 못했던 작품들이 미학적 관점에서 새롭게 주목받을 수도 있다. 작품을 지나치게 정치나 사회와 연관시켜 분석하지 않고 미학적 기준을 중심으로 평가하게 되면 지금까지와는 다른 새로운 문학사 서술이 가능할 것이라는 이

---

76) 같은 글 200면.
77) Bernhard Greiner, 앞의 글 233면.

유가 여기에 있다.

　동서독 문학을 미학적 기준을 중심으로 새롭게 평가하고 서술하는 시도
가 절실히 필요하지만 그렇다고 미학적 기준만이 통일 문학사 서술의 잣
대가 되어서는 안된다. 문학을 사회나 시대에 종속된 것으로 보는 관점도
문제이지만, 사회나 역사와는 완전히 독립해서 홀로 존재하는 것으로 보
는 탈역사주의적 관점 역시 문제를 안고 있다. 그렇게 되면 동서독 문학사
를 새롭게 서술할 때 시대적 배경이나 사회적 맥락을 모두 배제하고 작품
의 형식과 주제에만 관심을 보이는 작품 내재적 분석 방식으로 회귀할 가
능성이 높기 때문이다. 나찌시대에 문학과 정치가 너무 밀접하게 연결되
었던 점을 반성하고 전후에 등장한 작품 내재적 분석 방법이 60년대 말 이
후 문학과 사회의 연관성을 강조하며 극복되었는데, 독일통일 이후 다시
금 문학적인 것만을 강조하다 보면 이전의 실수를 되풀이하게 된다. 문학
연구에서 지나친 정치화를 피한다고 미학적 측면만을 절대시하는 극단으
로 치우치면 또다시 문제점만을 불러일으킬 것이다. 따라서 동서독 문학
을 새롭게 연구하고 새로운 통일 문학사를 서술하기 위해서는 이 두 극단
을 피하고 다양한 방법론을 도입해야 한다는 기본적 원칙을 견지하는 것
이 필요하다. 시대와 사회 변화에 따른 문학의 발전 과정을 서술하는 것과
작품 그 자체에 관심을 기울이는 내재적 분석 사이에는 메울 수 없는 간극
이 있지만 그래도 이 딜레마를 어떤 방식으로든 함께 아우를 수 있어야만
포괄적 문학사 서술이 가능하다.
　이런 점에서 동독의 문학을 서술할 경우 문화정책의 변화를 중심으로
한 시대 구분 시도를 폐기해서는 안될 것이다. 사회주의 사회에서는 정치
와 문화정책이 문학에 상당한 영향을 끼친 것만은 부인할 수 없기 때문이
다. 문학을 사회에 종속된 것으로 보는 것도 문제지만 문학이 사회로부터
독립된 존재인 양 보고 사회적 맥락을 도외시할 경우 동독문학의 많은 특

징을 설명하기 어렵다. 1961년의 베를린 장벽 건설이나 76년의 볼프 비어만 추방 사건 등은 분명 동독작가들과 작품에 "매우 구체적인 영향"[78]을 미쳤기 때문에 동독문학 연구나 문학사 서술에서 계속 고려해야 할 것이다. 동독문학은 또한 "동독이 어떠했는가를 말해주는 대체할 수 없는 정보수단"으로서 동독사회와 역사에 대한 "문서 모음으로서의 가치"를 계속 지닐 것이다. 이 경우 역시 문학사 서술에서 간과해서는 안될 부분이다.[79]

정치사회적 변화와 밀접한 연관을 갖고 진행되어온 문학의 경향 변화를 역사적으로 서술하는 것과 작품 자체가 지니는 미학적 가치를 꼼꼼히 분석하는 작업은 분명 상치하는 점이 많다. 하지만 1945년 이후의 분단된 동서독 문학을 하나의 큰 틀에서 다루기 위해서는 이 두 관점을 아우르는 "딜레마적 결합"[80]이 필요하다. 지금까지 너무 정치적 사건이나 문화정책적 싯점을 중심으로 문학사를 시대 구분했던 문제점을 보완하면서 동시에 동독문학의 발전 과정을 놓치지 않기 위해서는 에머리히가 제안하는 "광역적인 시대 구분 모델"[81]도 하나의 해결책으로 생각해볼 수 있다. 예를 들어 1945~61년까지를 동독문학의 형성기, 1961~76년까지를 동독문학의 정착기, 1976~90년까지를 동독문학의 해체기로 보아 큰 틀에서 서술하자는 관점이다. 이럴 경우 문학과 사회의 상호 영향관계를 놓치지 않으면서 개별 문학작품에 대한 미학적 평가를 할 수 있다는 장점을 지닌다. 물론 이러한 시대 구분을 동서독 문학 전체에 적용하여 종합적 관점에서 분석하는 것도 한 방법일 수 있고, 더 나아가서는 1945~89년까지를 하나의 시기로 보고 동서독 문학을 서술하는 방안도 생각해볼 수 있다. 이렇듯 여러 관점에서 시대 구분을 시도한다면 다양한 모델을 개발할 수 있다.

■■

78) Roswitha Skare, 앞의 글 23면.
79) Wolfgang Emmerich, *Kleine Literaturgeschichte der DDR*, 27면.
80) Rainer Rosenberg, 앞의 글 17면.
81) Wolfgang Emmerich, 앞의 책 20면.

하나의 문학사 또는 하나의 동독문학 연구서로 동서독의 문학이나 동독 문학 전체를 포괄하기보다는 여러가지 다양한 시도와 방법론들이 개별적으로 모여서 전체적으로 동독문학에 대한 커다란 상을 만드는 것이 좋다. 문학의 발전이나 변화 과정은 직선적으로 움직이지 않고 동시 다발적으로 그리고 나선형으로 움직이는 것이기에 이를 제대로 포착하기 위해서는 다양한 관점에서의 접근과 분석이 필요하다. 다양한 관점에서 여러 종류의 모델을 개발하고 그에 따라 문학사를 서술한다면 상호보완이 되면서 종합적인 평가가 이루어질 수 있을 것이다.

시대를 중심으로 서술할 때에도 동서독의 문학을 하나의 틀로 다룰 수 있다. 예를 들어 종전 이후 동서독 건국까지의 시기를 지금까지는 서방 점령지역과 소련 점령지역의 문학으로 나누어 서술하였는데 이를 하나의 통일된 관점으로 볼 수 있다. 또는 시문학처럼 비교적 정치적 사건이나 시대 경향에 영향을 덜 받은 장르의 발전사를 통합적으로 서술할 수도 있을 것이다. 이밖에도 1980년대에 동서독 문학에서 공히 나타났던 문명비판과 반전반핵 문학, 환경생태 문학의 경향도 동서독을 통합하여 서술하면 새로운 문학사가 될 것이다.

이러한 작업은 동서독의 문학을 서로 다른 사회체제에서 서로 다르게 발전한 분단문학이 아니라 같은 시기에 이루어진 하나의 커다란 독일문학으로 보고 그런 관점에서 새롭게 평가하는 작업으로 자연스럽게 이어질 것이다. 이런 관점에서 동서독 문학을 함께 아우르는 '분단시대의 독일 문학사' 시술뿐 아니라 동독문학에 대한 새로운 관점에서의 연구 성과를 담은 동독 문학사 서술이 동시에 필요하다. 통일이 된 지 20년이 가까워오는 오늘날까지도 본격적인 새로운 통일 문학사는 아직 나오지 않았다. 통일 이후 새로운 문제의식을 지닌 몇개의 독일 문학사가 발간되어 주목을 받았지만 통일 문학사라는 이름에 걸맞다고 말하기 어렵고, 새로 발간된 동독 문학사 역시 새 지평을 열었다고 볼 수 없다.[82] 대부분 통일 이전에 나온 초판을 보완하거나(슈넬과 에머리히의 문학사의 경우) 80년대에 기획하여 통일 이전에 이미 원고의 상당 부분이 집필된 것(바르너의 문학사)이기에 통일 이후의 변화된 관점을 근본적으로 체화하고 있지 못하기 때문이다.[83]

독일통일 이후 이러한 문제의식을 가지고 몇개의 독일 문학사가 발간되어 주목을 받았다. 그중 눈에 띄는 것으로는 랄프 슈넬이 1993년 펴낸 『1945년 이후 독일어권 문학사』와 빌프리트 바르너(Wilfried Barner)가 1994년에 편집한 『1945년 이후 현재까지의 독일문학사』를 들 수 있다. 동독 문학사로는 앞에서 언급한 볼프강 에머리히의 『소(小) 동독문학사』 개정판이 새로운 관점을 표방하며 통일 이후 발간되었다. 하지만 슈넬과 에머리히 문학사의 경우 이미 1980년대에 발행한 초판을 통일 이후에 수정보완을 가해 새롭게 출판한 것으로서 책의 기본적인 구성이나 내용은 이전 것과 거의 일치한다. 통일 이전에 나온 자신들의 문학사에 몇부분을 추가한 것이므로 엄밀한 의미에서 완전히 새로운 통일 문학사라고 보기는 어렵다. 바르너 문학사의 경우는 1996년에 처음 출판된 것이라 새롭다고 할 수 있지만 기획 자체가 이미 1980년대에 시작되어 통일 이전에 상당한 집필이 이루어졌기 때문에 통일 이후 바뀐 인식이나 새로운 통일 문학사

---

82) 동서독 문학을 함께 다룬 문학사로는 Ralf Schnell, *Geschichte der deutschsprachigen Literatur seit 1945*, Stuttgart 1993; *Geschichte der deutschen Literatur von 1945 bis zur Gegenwart*, Wilfried Barner 편, München 1994; Horst Albert Glaser 편, *Deutsche Literatur zwischen 1945 und 1995. Eine Sozialgeschichte*, Bern u.a. 1997; Heinz Forster und Paul Riegel, *Die Gegenwart 1968~1990*, München 1998(*Deutsche Literaturgeschichte 12*)이 있고 동독문학사로는 앞에서 언급한 볼프강 에머리히의 『소(小) 동독문학사』 증보개정판이 있다.

83) 통일 이후 발간된 문학사에 대한 소개와 비판은 앞서 인용한 Roswitha Skare와 Manfred Behn의 글에 자세히 나와 있다. 국내의 연구로는 이상복 「분단문학사와 통일문학사 — 통일 이후 독문학사 기술에 대한 실증적 연구」, 『독일언어문학』 제17집(2002.6)이 있다.

서술과 관련된 논의를 충분히 수렴하지 못하였다. 실제 내용에 있어서도 통일 이전에 나온 문학사와 큰 차이를 보이지 않는다.

랄프 슈넬의 문학사는 1986년에 발간한 『서독의 문학』에다 동독 문학사를 별도로 추가한 것으로, 동서독 문학을 분리해서 기술하고 있다. 추가된 동독 문학사 부분은 1949~89년까지의 문화정책 및 문학정책을 개괄하는 장을 앞에 두고 동독문학의 발전 과정을 ① '건설'시기에서 베를린 장벽까지(1949~1961) ② 도착과 이별 사이에서(1961~1976) ③ 과도기의 문학과 사회(1977~1989)의 세 단계로 구분하고 있다. 통일 이전에 나온 문학사와 다른 점이 있다면 1961과 1976년을 기점으로 잡아 좀더 광범위한 시대 구분을 시도하고 있다는 점이다. 이것은 분명 새로운 시도이지만 내용에 있어서는 기존의 동독 문학사를 넘어서지 못하고 있고 동독문학, 서독문학, 오스트리아 문학, 스위스 문학을 별도로 서술하고 있다는 점에서 통일 문학사라고 할 수 없다.

모두 8명의 연구자가 공동 집필한 빌프리트 바르너의 문학사는 80년대 초반에 기획되어 15년간의 작업 끝에 1994년에 출판되었다. 기획 의도는 "서쪽의 문학(오스트리아와 독일어권 스위스를 포함)과 동독의 문학을 분리하지 않고 가능한 한 긴밀한 연관성 속에서 서술하는 것"[84]으로 이들 문학의 공통점에 중점을 두었다. 이 문학사는 1945~52년까지의 시기('영점'에서 체제의 확립기)를 제외하고는 모두 10년 단위로 시대를 구분하고 있는데(50년대—분단된 문학, 60년대—냉전과 접근 시기의 문학, 70년대—경향 변화와 침체, 80년대—체제의 투과성), 각 시대에 붙인 소제목은 그 시대의 문학을 특징짓는 개념들로 이루어져 있다. 이러한 체제를 표방한 이유는 독서시장이 상당부분 통일되어 있고, 각 시대의 독일어권 문학이

---

84) Wilfried Barner 편, *Geschichte der deutschen Literatur von 1945 bis zur Gegenwart*, München 1994, 「머리말」 15면.

소속 지역을 넘어서서 비슷한 경향을 갖고 발전했다는 인식에서 비롯하였다. 하지만 각 시대별 서술에 있어서는 기존의 문학사와 그리 큰 차이를 보여주지 않는다. 각 장의 구성이 기존 문학사처럼 서방문학과 동독문학을 나누고 있기 때문이다. 각 장의 서두에 "서쪽에서의 문학적 삶"이라는 제목으로 시대적 배경을 설명하고 서쪽의 소설, 시, 드라마를 소개한 후에 이어서 "동독에서의 문학적 삶"과 동독의 소설, 시, 드라마를 소개하는 방식으로 구성되어 있다. 스위스와 오스트리아의 문학만을 서독문학과 함께 섞어서 서술하고 있을 뿐 동독문학은 별도로 분리해서 다루고 있다는 점에서 애초의 기획 의도와는 달리 "긴밀한 연관성"을 보여주지 못한다. 또한 연구자들이 한 시기의 문학 전체를 집필하는 방식이 아니라 소설, 시, 드라마 등의 장르별로 나누어 서술한 것도 통일성을 이루는 데 문제를 드러낸다. 그러다보니 시, 소설, 드라마를 넘나들며 작품활동을 한 폴커 브라운 같은 작가를 전체적으로 조망하는 대신 장르별로 각각 따로 나누어 서술함으로써 그의 작품이 지니는 "긴밀한 연관성"을 오히려 희석시키고 있다.[85] 애초의 기획 의도처럼 동서독 문학을 공통의 관점에서 서술하려면 한 연구자가 각 시대의 문학 전체를 담당하여 동서독과 스위스, 오스트리아 문학을 별도로 나누지 않고 주제별 또는 경향별로 서술하는 방식을 택해야 했을 것이다. 이런 점에서 바르너의 문학사 역시 통일 문학사라고 보기가 어렵다.

볼프강 에머리히의 동독문학사는 "신화화에서 역사화로"[86]를 표방하며 통일 이전에 동독문학을 사회주의 실험과 연결시켜 평가했던 점을 반성하고 새롭게 역사적으로 평가하려는 시도를 보여주고 있다. 통일 이후 새롭게 밝혀진 사실들을 고려하여 동독문학을 재평가하고 객관적으로 서술하

85) Manfred Behn, 앞의 글 90면.
86) Wolfgang Emmerich, *Kleine Literaturgeschichte der DDR*, 9면.

려는 에머리히의 문학사는 89년에 나온 개정판과 비교해볼 때 서론을 고치고 1989년 이후의 문학을 정리한 마지막 장을 첨가한 것이 새롭다고 할 수 있다. 또한 각 장의 서두에 정치와 문화정책에 대해 전반적인 개괄을 하는 부분을 첨가한 것이 다르며 동독 작가와 작품에 대해 새로운 평가를 첨부한 것도 96년의 개정증보판에서 보이는 변화이다. 크리스타 볼프나 프렌츠라우어베르크 예술가 그룹 등에 대한 평가에서는 통일 이후의 논쟁이나 슈타지와의 연관 등을 고려하여 새로운 평가를 내리고 있다. 하지만 이들의 작품에 대해 이전의 미학적 평가를 수정한 것이 아니라 이들에 대한 "정치적 판단"을 수정한 것이 대부분이다. 예를 들어 헤르만 칸트의 소설 『체류』(Der Aufenthalt)를 설명하면서 기존의 미학적 평가를 반복하고 그 말미에 다음과 같은 정치적 평가를 덧붙인 정도이다.

헤르만 칸트는 사회주의통일당의 간부로서 (…) 많은 동료들에게 해를 입혔다. 하지만 이것이 그가 『체류』라는 매우 주목할 만한 소설을 썼다는 사실을 바꾸지는 못한다.[87]

"새롭고 정당한 미학적 판단"을 위해서는 "기초 작품들과 경우에 따라서는 이차 문헌들을 새롭게 읽어내는 것"[88]이 필요한데 에머리히의 새 문학사에서는 정치적 판단만을 수정함으로써 이전의 문학사와 큰 차이를 보이지 않는다. 책의 구성 역시 이전의 체제를 따르고 있으며, 1949년, 1961년, 1971년, 1989년을 기점으로 잡아 시대 구분을 하고 각 장마다 문화징책에 대한 설명에 이어 장르별로 서술하고 있는 것도 이전 판과 거의 비슷하다. 이런 점에서 에머리히의 동독 문학사 역시 통일 이후의 새로운 관점

---

87) 같은 책 321면.
88) Manfred Behn, 앞의 글 89면.

에서 새롭게 작성된 문학사라고 할 수 없다.

이에 비해 1997년에 글라저(Horst Albert Glaser)가 독일문학의 사회사 제12권으로 편집해 발간한 『1945년에서 1995년까지의 독일문학』은 새로운 문학사 서술을 위한 몇가지 가능성을 보여준다. 1989년의 장벽개방이 이 문학사의 애초 구상을 상당히 수정하도록 만들어서 통일 이후의 상황 변화를 적극 반영하였다. 동독과 서독의 문학을 나누어서 서술하려던 애초의 계획을 변경하여 "수많은 독일어권 문학들을 그 차이가 드러나도록 소개하되 따로따로 분리된 상자에 가두어놓지는 않는 새로운 구상"[89]에 맞게 문학사를 집필한 것이다. 이에 따라 34명의 독일 및 외국 독문학자들이 독일어권 문학을 지역과 주제별로 서술하고 있다. 글라저는 일반적인 문학사들이 즐겨 택하여 "닳고 닳아버린 군용도로"를 버리고 그 대신 "만화경으로서의 문학사"를 만들려 한다. 정치사회적 사건을 중심으로 시대를 구분하고, 그 시대에 대한 특징을 설명한 후 장르별 작가별로 일관되게 서술해나가는 방식, 즉 "문학사를 체계화하려는 프로크루테스의 침대"를 글라저는 거부하고 1945년 이후의 독일어권 문학의 다양한 경향을 가능하면 다채롭게 만화경처럼 보여주겠다는 것이다.[90] 이에 걸맞게 글라저의 문학사는 다양한 관점에 따라 서술된 44편의 독립된 글로 구성되어 있다. 시대, 지역, 장르에 따라 동독, 서독, 스위스, 오스트리아 문학을 분리하여 서술하는 글도 있고('50년대와 60년대의 서독 소설' '70년대에서 90년대까지의 서독 소설' '동독 소설' '스위스 소설'), 이들 지역의 문학을 나누지 않고 주제별로 통합해서 서술하는 경우도 있다. 예를 들어 '보수적 작가들'이라는 관점에서 동서독 및 다른 지역의 문학을 한꺼번에 서술하거나

---

89) Horst Albert Glaser 편, *Deutsche Literatur zwischen 1945 und 1995. Eine Sozialgeschichte*, Bern u.a. 1997, 2면.
90) 같은 곳.

'실험 문학' '육체와 문학'(문학 속의 동성애를 다룬 글) 등의 제목과 주제로 1945년 이후 독일어권 작품을 분석하고 있다. 1945~95년까지 50년이라는 기간 동안 동독, 서독, 오스트리아, 스위스의 독일어권 지역에서 생성된 독일문학의 다양한 풍경을 공통점과 차이점이 잘 드러나도록 서술하여 그 다채로움이 잘 드러나도록 만든다는 것이 이 문학사의 목표이다. 글라저의 문학사는 "연속적인 서술"이 아니라 "몽따주 원칙"을 따른다는 점에서 기존의 다른 문학사와 차이가 있다.[91] 이러한 시도는 지금까지의 문학사 서술과는 분명 다르고 새롭다는 점에서 의미를 지닌다. 물론 글라저의 문학사가 너무 잡다한 주제의 글들로 이루어져 있어서 분단 이후의 독일어권 문학을 조망하기 어렵고, 몇몇 개별 필자들은 기존의 문학사 서술 방식을 답습하여 의도가 충분히 드러나지 않았으며, 아무래도 오스트리아와 스위스 문학의 경우 매우 주변적으로 다루어지고 서독문학 중심의 문학사가 되었다는 문제점을 안고 있기에 "문학사 서술의 문제에 대한 만족할 만한 해결책이 아니다"[92]라고 비판할 수 있지만 그래도 새로운 시도의 첫발을 떼었다고 할 수 있다. 이 문학사에서 시도된 다양한 접근 방식과 새로운 문학사 서술 시도를 좀더 생산적으로 점검하여 발전시킨다면 앞으로 통일 문학사를 서술하는 데 기여할 수 있을 것이다.

통일이 된 지 20년이 가까워오는 오늘날까지도 본격적인 새로운 통일 문학사는 아직 나오지 않은 셈이다. 하지만 통일 이후 대상을 객관화할 수 있는 어느정도의 시간이 흘렀으므로 조만간 새로운 차원의 통일 문학사가 나올 수 있으리라 기대한다.

■
91) Roswitha Skare, 앞의 글 33면.
92) 같은 곳.

희망의 담지자 또는
미래의 중추세력으로서의 구동독인들?

1. 통일독일 사회에 적응한 동독 젊은이들의 이야기
― 야나 헨젤 『동쪽 지역 아이들』
(1) 구동독인들의 새로운 정체성
(2) 새로운 체제에 적응하기와 서독 젊은이들 모방하기
(3) '역사의 패배자'인 부모들과 '기회의 아이들'인 자녀들
(4) 야나 헨젤 세대의 새로운 가능성
(5) 『동쪽 지역 아이들』을 둘러싼 논란

2. 동독 여성들의 새로운 가능성
― 마르티나 렐린 『물론 나는 동독여자다!』

3. 독일의 미래는 구동독인들에게
― 볼프강 엥글러 『전위로서의 동독인들』

1. 통일독일 사회에 적응한 동독 젊은이들의 이야기
— 야나 헨젤 『동쪽 지역 아이들』

(1) 구동독인들의 새로운 정체성

지금까지 독일통일의 최대 피해자는 구동독인들이라는 주장은 반박할 수 없는 사실로 여겨졌다. 통일 이후의 경제, 정치, 문화 모든 영역에서 동독인들은 상당한 불이익을 받았고, 현재도 받고 있다는 엄연한 사실을 그 누구도 부인할 수 없기 때문이다. 통일 과정 역시 동서독의 체제가 해체된 후 일대일의 협상과 합의를 통해 새로운 헌법을 만들고 그에 따라 새로운 통일국가를 세우는 방식이 아니었다. 그대신에 일방적으로 동독이 해체되고 동독의 5개 주가 서독 영토로 편입되는 흡수통일이었기에 통일 이후 동독인들은 많은 어려움을 겪어야 했다. 40년 동안 유효했던 체제가 하루아침에 사라지고 그 자리에 이전과는 완전히 다른 새로운 체제가 들어섰으니 동독인들이 느꼈을 당혹감과 어려움은 능히 짐작할 만하다. 사회의 모든 제도, 즉 정치, 경제, 교육, 의료, 주거 제도 등이 모조리 서독의 제도로 바뀌었고 통일독일의 국민이 된 동독인들은 자신들이 살아왔던 방식을 버리고 새로운 제도에 적응해야 했다. 새 제도에 적응하느라 동독인들은 많은 시행착오를 거쳐야 했고, 그에 따라 통일독일의 사회에서 서독인들에 비해 불리한 입장에 놓일 수밖에 없었다.

정서적으로도 구동독인들은 '2등 국민' '오씨' 등으로 불리면서 차별을 경험하였다. 또한 시간이 지나면서 통일독일의 사회가 동독인들이 애초 기대했던 사회가 아니라는 것을 깨닫고는 냉혹한 현실에 절망하기도 하였다. 20%에 육박하는 실업률과 미래에 대한 불안감, 여전히 낯선 새로운 체제에 대한 거부감, 약육강식의 냉혹한 자본주의 경쟁사회에서의 피곤함 등이 동독인들로 하여금 사라진 동독 체제에 대한 향수를 불러일으키게 하였다. '동독에 대한 향수'라 할 수 있는 '오스탈기'가 이렇게 하여 등장하였다. 여론조사에서는 여전히 구동독인의 25%가 동독이 차라리 나았다는 의견을 갖고 있음이 드러난다. 이것이 독일통일 후 18년이 다 된 지금의 상황이다. 그러니 독일통일의 최대 피해자는 동독인이라는 주장이 나올 법하다.

동독인들은 또한 통일과 함께 자신이 몸담고 살아왔던 나라가 범죄사회로 낙인찍히는 경험을 했다. 슈타지 범죄와 이를 돕는 슈타지 정보원으로 가득 찬 나라, 형편없는 품질의 공산품을 생산해내고 끝없이 생필품 부족으로 허덕이던 나라, 언론, 집회, 여행의 자유가 제한되었던 나라, 하천과 숲이 오염된 나라…… 이것이 통일 이후 동독에 붙여진 꼬리표였다. 그래서 동독은 '전체주의 체제' '공산당 독재' '정의롭지 못한 국가' '지시경제 또는 결핍경제' 등의 부정적 개념과 동의어가 되었고, 따라서 망할 수밖에 없는 나라이자 망한 것이 당연한 나라가 되어버렸다. 이러한 사실은 그 사회에서 자신의 삶을 영위해왔던 동독인들에게 정체성의 위기를 불러일으켰다. 그들은 동독과 함께 자신의 과거 역시 부정하고 잊어버려야 했기 때문이다. 지금까지 자신이 살아온 삶과 역사가 타인에게 그리고 스스로에 의해 비판받고 부정되는 과정에서 동독인들은 자신의 과거를 내세울 수 없었다. 과거는 부끄러운 대상으로 낙인찍혔기에 기억 깊은 곳에 묻어두어야 했고 대신에 끊임없이 현재와 씨름해야 했다. 그도 그럴 것이 통일 이후 동독인들은 급격한 변화로 인해 실존적 위기를 느꼈으므로 과거보다는 현재의 문제가 더 중요하고 시급했기 때문이다. 하지만 동독인들에게 통일독일 사회는 결코 만만한 곳이 아니었다. 과거와는 완전히 다른 체제 속에서 적응하며 살아남기 위해 그들은 혼신의 힘을 기울였지만 만족할 만한 수준에 오르지는 못했다. 많은 이들의 경우 오히려 통일 이전보다 열악한 상황에 놓이게 되었다. 이런 상황에서 잊혀졌던 또는 애써 잊어버리려 노력했던 동독의 과거가 회상되는 것은 당연한 일이다. 현재의 어려움이 그들에게 실존적 어려움은 모르고 살았던 동독 시절을 떠올리게 만들었다. 현재가 어려우면 어려울수록 과거는 빛나게 마련이다. 현재에 만족하지 못하는 동독인들은 자신들이 부정했던 과거에 향수를 덧씌워 아름답게 만들기 시작하였다. 독일이 통일된 지 5~6년이 지나면서 오스탈기 현상이 일어난 이유가 여기에 있다. 앞서 살펴본 토마스 브루씨히의 작품들은 오스탈기를 넘어서서 이제 동독을 즐거웠던 고향으로 묘사하는 수준에까지 이르렀다. 브루씨히의 『존넨알레』를 통해 동독인들은 비로소 자신들의 과거를 부끄러움 없이 기억 속에서 끄집어내어 말할 수 있게 되었다. 『존넨알레』 이후 동독의 일상생활과 삶을 회상하는 책들이 많이 나오게 된 연유도 여기에 있다.

2002년 9월에 나온 야나 헨젤(Jana Hensel)의 『동쪽 지역 아이들』(Zonenkinder)[1]은 브루씨히가 마련한 바탕에서 출발하면서 그것을 넘어

---

1) Zone의 일반적 의미는 '지역'이나 '특정 구역'이지만, 제2차 세계대전 이후 미, 영, 불, 소의 '연합군 점령지역'을 지칭하는 용어로 쓰였다. 이후 서독에서는 소련 점령지역이었던 동독을 지칭하는 말로 사용하였다. Zonenkinder는 '동독의 아이들'로도 번역 가능하지만 여기서는 출신 지역을 좀더 강조하여 '동쪽 지역 아이들'로 옮겼다. Jana Hensel, Zonenkinder, Reinbek 2002. (이후 본문에 면수만 표기)

선다. 잊어버렸던 과거를 아름답게 회상한다는 점에서는 공통적이지만 헨젤이 동독에서의 삶뿐만 아니라 그후의 통일독일 사회에서 살아온 삶도 그리고 있다는 점에서는 다르다. 헨젤에게 과거란 동독 시절뿐만 아니라 젊은 시절을 헤쳐나온 통일독일 사회에서 보낸 세월이기도 하기 때문이다. 그런 의미에서 헨젤은 한 단계 더 앞으로 나아갔다고 할 수 있다. 동독에서 출생한 헨젤은 자신의 출신을 부정적이라기보다는 오히려 앞으로의 삶에 긍정적인 요인으로 작용할 것이라고 그림으로써 새로운 방향을 제시하고 있다. 자신이 어려운 시절을 견디어냈기에 앞으로의 삶을 잘 헤쳐나갈 수 있으리라는 자신감이 책 속에 드러난다. 이러한 이유로 헨젤의 책은 많은 찬사와 비판을 받았다.

야나 헨젤은 자신이 포함된 또래의 동독 출신 젊은 세대가 통일 이후의 어려운 적응 과정을 혼자서 헤쳐나와야 했기 때문에 훨씬 진취적이고 낙관적이며 위기관리에 뛰어나다고 말한다. 자전적 경험을 바탕으로 제기한 이러한 주장은 언론과 일반 독자들 사이에 상당한 파문을 일으키며 논란을 불러일으켰고, 이 책을 일약 베스트셀러로 올려놓았다. 첫해에만 16만 부가 팔리고 몇주 동안 『슈피겔』 베스트셀러 목록에 올랐으며 26세의 신진 작가를 유명인사로 만들었다. 이후 마르티나 렐린의 『물론 나는 동독여자다!』처럼 동독 출신임을 당당하게 드러내며, 그것이 오히려 많은 가능성을 보여주는 표지임을 주장하는 책들이 나오게 되었다.

야나 헨젤은 구동독의 라이프찌히 출신으로 1976년에 태어났다. 라이프찌히는 베를린 장벽 개방을 이끈 '월요시위'가 시작된 곳이다. 동독 민주화의 열망이 거세게 표출되어 많은 이들이 거리로 나선 1989년 가을에 헨젤 역시 어머니와 함께 라이프찌히 시내에서 시위에 참여했던 기억을 갖고 있다. 하지만 당시 그녀는 13세의 김나지움 학생으로 무슨 일이 벌어지고 있는지 앞으로 어떤 일이 벌어질지 모르는, 그렇지만 주변에서 일어나는 일을 모른 체하고 있기에는 너무 커버린 어정쩡한 나이의 소녀였다.

우리는 당시 무슨 일이 일어나는지 이해하기에는 너무 어렸고, 그냥 모른 체하기에는 너무 나이가 들어 있었다. 그렇게 해서 우리는 유년의 세계에서 떨어져 나왔다. 그런 세계가 존재한다는 것을 알기도 전에. (160)

10여년이 지난 후 헨젤은 그때가 "우리 유년시절의 마지막 나날들"이었으며 "다른 시기로 들어가는 문"과 같았다고 회상한다.(13) 그후 세상이 급격하게 변하고 그에 따라 그녀의 삶 역시 격랑에 휩쓸려야 했기 때문이다. 『동쪽 지역 아이들』은 그후, 그러니까 장벽개방이 이루어지고 급작스럽게 통일이 되고 모든 영역에서 서독의 체제로 대체되는 와중에 고등학교와 대학교를 마쳐야 했던 동독 출신 청소년의 자전적 기록이다. 13세까지는 동독 체제에서 그리고 나머지 13년은 그와는 완전히 다른 통일독일 사회에서 살아야 했던 저자가 자신의 삶을 개인의 이야기를 넘어 동년배 세대 전체의 이야기로 기록한 것이다. 자신의 삶의 전반부를 이루었던 동독 시절에 대한 기억이 거의 남아 있지 않고, 동독이라는 나라와 함께 그 속에서 있었던 삶 전체가 사라져버린 것 같은 두려움이 이 글을 쓴 동기이다.

내 발 아래의 바닥을 단지 조금밖에 모르고, 늘 앞만 바라보았을 뿐 뒤는 거의 돌아보지 않은 것이 나를 불안하게 했다. 나는 우리가 어디에서 왔는지 다시 알고 싶다. 그래서 나는, 비록 뒤돌아가는 길을 찾지 못할까봐 두렵지만, 잃어버린 기억과 알려지지 않은 경험을 찾아보려 한다.(14)

야나 헨젤은 오랫동안 잊고 있었던 과거를 회상하는 작업부터 시작하여, 우선 동독의 몰락을 가져온 1989년 11월의 베를린 장벽 개방과 그 이후의 통일까지 1년 남짓한 기간 동안 학교와 주변에서 어떤 변화가 일어났는지를 재구성한다. 호네커와 레닌의 사진 액자가 교실에서 사라지고, 토요일 수업이 없어졌으며, 방과후의 단체 활동이나 소년단 활동, 소방 훈련, 단체 치과 검진 등도 중단되었다. 이와 함께 동독에서 통용되던 용어 대신에 서독 용어가 도입되는 경험을 해야 했다. 상점이라는 뜻의 '카우프할레'(Kaufhalle)는 '슈퍼마켓'이라 불렸고, '니키스'(Nickis)는 '티셔츠'로, '대중 체조'는 '에어로빅'으로, '외래병원'(Poliklinik)은 '의원'(Ärztehaus)으로 그리고 '몬도스'(Mondos)는 '콘돔'으로 바뀌었다. 언어의 변화뿐 아니라 거리 풍경, 상점의 물건, 텔레비전 프로그램 역시 서독의 것으로 대체되었다. 예전의 것이 효력을 상실하고 사라진 자리에 낯선 새것이 등장함으로써 과거의 삶 역시 그 흔적을 잃어버렸다. 고향이란 언제 돌아가도 그 자리에 그대로 있는 것이라면 헨젤에게 고향은 존재하지 않는다. 자신의 유년시절과 함께 그 무대였던 모든 것이 사라져버렸기 때문이다. 이런 이유로 헨젤은 서독 하이델베르크 출신 친구가 베를린에서 새로운 문화에 익숙해지느라 힘들었지만 방학 때면 "모든 것이 여전히 이전처럼 아름답고 그 자리에 있는"(23) 집으로 돌아가는 것을 부러운 눈으로 바라보아야 했다. 그녀에게 고향이란 더이상 예전의 고향이 아니기 때문이다. 그래서 헨젤은 자신의 어린시절이 이름도 주소도 없는 "박물관"이 되었다고 말한다.

그것은 십년도 더 지난 시절의 일이다. 이 기간 동안 내 어린시절은 이름도 없고 주소도 없는 박물관이 되어버렸다. 그 박물관을 열어보아야 아무에게도 흥미를 끌 수 없을 것이다.(20)

자신의 과거를 함께 나누거나 그에 대해 관심을 갖는 이들이 없는 상황은 고독과 소외를 불러일으킨다. 헨젤은 이를 통일이 된 지 6년이 지난 후 프랑스 마르쎄유에서 이딸리아, 프랑스, 스페인, 독일, 오스트리아 친구들과 함께 지내던 어느날의 경험을 통해 선명하게 보여준다. 비슷한 또래의 친구들이 좋아하는 영화와 어린시절의 추억들을 이야기하는데 자신은 그들과 아무것도 공유하고 있는 추억이 없다는 사실을 깨닫는다. 그들이 어렸을 때 보고 좋아했던 프로그램의 주인공들 '말괄량이 피피' '도날드 덕' '아스테릭스'를 헨젤은 알지 못하기에 그들의 이야기에 끼여들 수가 없다. 그대신 자신이 어린시절 좋아했던 주인공들 '알폰스 찌터바케'[2] '오토카르'[3]를 이야기하지만 그에 대해 다른 친구들은 아무런 공동의 추억도 갖고 있지 않다. 그렇기에 헨젤은 모두들 알고 있는 것을 자신만이 모르고 있을 때 느끼는 소외감을 같은 또래 서방 출신 친구들 사이에서 느낄 수밖에 없었다. 서독과 오스트리아, 프랑스 그리고 스페인 친구들이 모두 알고 있는 것들을 자신만 모르고 있다는 당혹감에, 그들과 아무런 차이가 없는 동질적 존재라 생각했는데 실상은 이질적 존재라는 사실을 실감한 것이었다.

갑자기 나는 다른 모든 친구들과 다르다는 것에 넌더리가 났다. 나도 이딸리아, 프랑스 또는 오스트리아 친구들처럼 내 이야기를 그렇듯 간단히 말하고 싶었다. 무슨 설명을 늘어놓거나 내 기억을 다른 단어들로 번역하지 않고 말이다.(26)

다른 친구들은 서유럽의 공동 문화권에서 자랐기에 국적에 상관없이 공동의 문화와 추억을 갖고 있지만 헨젤은 동독이라는 다른 체제에서 살았기에 이들과 어린시절의 문화를 공유하지 못하였다. 그래서 그들이 느끼

---

2) Alfons Zitterbacke: 동독작가 게르하르트 홀츠바우메르트(Gerhardt Holtz-Baumert)가 창조한 개구쟁이 주인공으로 1966년에 영화로 만들어졌으며, 야나 헨젤이 어릴 때인 1986년에 텔레비전 드라마 씨리즈로 다시 만들어져 방영되었다.
3) Ottokar: 동독작가 오토 호이저(Otto Häuser)의 아동소설 『용감한 학생 오토카르』(1967)에 나오는 6학년 학생으로 동독의 어린이들에게는 서유럽의 『말괄량이 피피』에 상응할 정도의 인기가 있었다. 이후 속편이 계속 발간되어 폭발적인 인기를 얻었다.

는 "우리라는 감정"(Wir-Gefühl)을 지닐 수 없다. 헨젤은 외국 친구들에게 자신을 소개할 때면 늘 자기가 "독일인이긴 하지만 동부 독일, 즉 구동독의 라이프찌히 출신"(40)임을 부연 설명해야 했다. 이런 배경에서 헨젤은 자신의 과거, 즉 그들과는 다른 어린시절의 기억을 애써 잊어버리고 그대신 어떻게든 그들과 같아지기 위해 노력한다. 통일 이후 13년의 세월은 바로 서쪽으로의 적응 기간이었던 것이다. 그래서 헨젤은 자신을 "모든 것이 새롭게 세워져야 하는, 모든 것이 파괴된 동독 지역의 아이들"(159)이라고 지칭한다.

(2) 새로운 체제에 적응하기와 서독 젊은이들 모방하기

통일 이후 헨젤 세대는 새로운 경험을 하게 되었다. 처음에는 '교환 프로그램'이라 하여 동서독 지역의 학교, 교회, 도시 간의 교류가 활발히 이루어졌다. 동쪽 지역과 서쪽 지역의 도시가 자매결연을 맺어 학생들의 교환방문, 합창단의 상호방문, 교회 신도들의 교환모임, 양쪽 스포츠 클럽 간의 친선경기가 이루어졌다. 이를 계기로 동독 출신 청소년들은 처음으로 서독 지역 파트너 도시의 학생들과 교류하기 시작했고, 그 기회에 서독 가정을 체험할 수 있었다. "국가 차원의 상호이해를 위한 조처"(123)라 할 수 있는 상호방문 프로그램은 이후 어학연수 프로그램으로 바뀌어 헨젤 세대는 라틴어, 프랑스어, 영어 어학 코스를 위해 이딸리아, 프랑스, 영국으로 갈 수 있었다. 이들 "어학연수 여행"은 유럽연합의 지원으로 무료로 시행되었으며 사전까지 지급해주었다. 이를 통해 헨젤 세대는 동독 출신 주민들 그 누구보다도 먼저 유럽의 다른 나라를 알게 되고 자신들을 "진정한 유럽인"으로 느끼기 시작하였다. 이후 그들은 할인 티켓을 이용하여 유럽 전역과 미국까지 여행하거나 교환학생으로 머물 수 있는 기회를 얻었다. 이렇게 통일 전에 외국 학생과의 교류나 외국으로의 여행 기회가 전무했던 동독 청소년들에게 전혀 새로운 세상을 열어주었다. 89년의 동독혁명

과정에서 빈번히 제기된 구호가 "여행의 자유"였던 것을 감안하면 적어도 자유로운 여행 기회가 주어졌다는 점에서 그들의 목표가 어느정도 달성되었다고 할 수 있다.

하지만 이들이 베를린이나 빠리, 런던을 자유롭게 활보하고 다녀도 자신들의 출신을 숨길 수는 없었다. 그들은 태도와 말투, 옷차림, 과거의 추억 등으로 금방 동독 출신임이 드러났으며 이 사실을 늘 창피하게 여겼다. 시골 출신 젊은이가 세련된 대도시에 와서 소외감을 느끼듯 동독 출신 젊은이들도 세련된 서독 젊은이들을 보며 열등감을 느꼈다. 그래서 그들은 자신의 과거를 부정하고 새로운 현실에 적응하려 했다. 새로운 현실은 그러나 낯선 것들 투성이였다. 그들이 보는 것은 모두 새로운 것들이고 그들이 가는 곳 역시 모두 낯선 곳이었다. 동베를린에서 태어난 젊은이들조차도 그곳이 더이상 자신들의 도시가 아니라고 말할 정도였으니, 그들은 끊임없이 "낡은 상"을 "새로운 상"으로 바꾸어야 했다.

> 나나 마찬가지로 그들(동베를린 출신 친구들 — 필자) 역시 끊임없이 낯설음 속에서 적응하며 살기 위해 노력해야 했다. 이 낯설음은 우리 고향땅에서 확산되어 지속해서 낡은 상을 새로운 상으로 바꿀 것을 우리에게 요구하였다.(45)

모든 친숙한 옛것이 한꺼번에 사라져버리고 낯선 새것이 그 자리를 메워버려 어떻게 해야 할지 모르는 상황이 통일 이후 헨셀 세대가 직면한 현실이었다. 그들에게는 해결해야 할 일이 너무도 많았다. "우리는 모든 것에 대해 너무 조금밖에 모르고 있었다. 우리가 얼마나 많은 것을 이해할 수 없는지 무엇을 더 배워야 하는지 알게 되었다."(100) 그래서 90년대는 헨젤 세대에게 "길고긴 적응의 세월"(99)이 되었다. 그 세월은 동시에 옛것으로부터 완전히 단절되고 새로운 것을 찾아 헤매며, 끊임없이 "이별"과 "단절"을 경험하는 기간이었다. 그래서 헨젤은 그 시절을 회상하며 우왕좌왕하던 통일 이후의 "처음 몇년간, 즉 불안하고 형편없던 몇년을 우리의 삶에서 지워버리고" 싶고, 그 시절 자신의 촌스러운 모습을 증명하는 "증거사진들"을 없애버리고 싶다고 말한다.(60) "수업시대"가 그만큼 고통스러웠던 것이다. 헨젤의 적응 과정은 열심히 서독인들을 관찰하고 그들을 흉내내는 것으로 시작되었다. 살아남기 위해서는 그들과 같아야 한다는 생각에서 서독인들의 복장, 외모, 행동까지도 흉내내는 생활을 해야 했다.

초기의 몇년간을 우리는 시간이 날 때마다 서독인들을 관찰하고, 인지하고, 이해하기 위해 애썼다. 우리는 그들을 감쪽같이 모방하고 싶었던 것이다. 나는 더이상 다른 사람들의 눈에 띄고 싶지 않았으며, 내 형편없는 취향 때문에 슈퍼마켓에서 놀림거리가 되고 싶지도 않았다. 또는 다시금 내가 알지 못하는 메뉴가 있는 레스또랑에 가고 싶지도 않았다. 나는 그들과 마찬가지로 무엇이 무엇인지 분명하게 잘 알고 싶었다. 그래서 내 머릿속에는 쉬지 않고 사진기가 돌아가면서 내 주위에 있는 모든 것을 스캐닝하였다. 즉, 내 서독 동포들의 행동거지, 인사말, 관용어, 상투어, 헤어스타일, 옷차림 등등을 낱낱이 기록하였다.(61)

서독인들과 같아지려는 눈물겨운 노력은 90년대 중반 야나 헨젤이 베를린 대학에서 공부를 시작하면서 더욱 치열해졌다. 동서독 출신의 대학생들이 함께 섞여 있고 동서독인들이 함께 살아가는 대도시 베를린에서 동독인들은 태도와 말투 그리고 옷차림으로 분명하게 구별이 되었기 때문이다. 헨젤은 옷차림과 머리 모양, 신고 있는 구두의 종류 그리고 수업시간 전에 어떤 행동을 하는지에 따라 그 학생이 동서독 어느곳 출신인지 100% 알아맞힐 수 있었다고 말한다.(61) 예를 들어 서독 여학생은 좀더 자유롭고 개성적인 옷차림과 머리 모양을 하고 있는 반면에 동독 출신 여학생들은 패션 잡지를 흉내내거나 대량 생산되어 똑같은 샘플이 여기저기 눈에 띄는 구두를 신고 있는 식이다. 또한 서독 출신이 수업 시작 전 기다리는 시간에 『쥐트도이체 짜이퉁』 같은 전국 규모의 일간지를 뒤적이고 있거나 생각에 잠겨 있다면, 동독 출신은 지역신문을 읽거나 주변 사람들을 둘러본다는 점에서 구별이 되었다.(62) 이렇듯 자신의 출신 지역이 분명히 드러나기에 동독 출신 젊은이들은 서독 젊은이들을 관찰하고 모방함으로써 그들과 같아지려 하였다. 자신의 모습을 촌스럽게 생각하고, 자신의 출신 지역을 감추고 싶어했기 때문이다. 이 과정은 동시에 자신들의 과거 정체성을 부정하고 새로운 정체성을 형성하며 앞을 향해 달려간 과정이기도 하였다. 90년대 내내 헨젤은 앞만 바라보며 이러한 노력을 기울였다.

> 우리의 시선은 단지 앞으로만 향해 있었다. 결코 뒤돌아보지 않았다. 언제나 목표를 눈에서 놓치지 않았다. 우리의 뿌리를 가능하면 빨리 잊으려 했고, 유연하고 적응력이 있으며, 어느정도는 눈에 띄지 않기 위해 노력했다.(72)

서독인들과 같아지려는 소망은 그러나 하루아침에 충족될 수는 없었다. 5년 이상 서독에 살았어도 여전히 그들은 동독 출신 티를 벗어버리지 못했기 때문이다. "제대로 옷 입는 법을 배우지 못했기에 우리가 어디 출신인지 누구든 바로 알 수 있었다."(60) 헨젤은 또한 대학 생활을 한참 하고 나서도 함부르크 출신의 대학 친구와 자신이 방을 꾸미는 것이나 먹는 것이나 슈퍼마켓에서 물건 사는 것 모두가 다르다는 사실을 경험해야만 했다. 예를 들어 슈퍼마켓에서 함부르크 출신의 친구는 유기농 토마토와 오렌지 주스 정도를 사지만 자신은 여러가지 과자와 물건들을 잔뜩 사는 바람에 그 친구로부터 장벽이 어제 무너진 것 같다는 농담을 듣는 식이다.(57) 통일이 된 지 7, 8년이 되었어도 여전히 수업시대가 끝나지 않은 것이다. 이런 점에서 헨젤은 동베를린이나 드레스덴 같은 구동독 지역의 여덟살에서 열살짜리 아이들을 부러워하였다. 자신의 어린시절과 비교해서 옷차림이나 행동 모두 '서방식으로' 세련되었기 때문이다. 나이키 모자, 스카우트 가방, 에스프리나 H&M의 바지를 차려입은 이들의 모습은 서독인들과 전혀 차이가 나지 않았다.(58) 그러나 13세에 통일을 맞은 헨젤 세대는 10년의 오랜 수업기간을 거친 22세가 되어서야 비로소 서독인들처럼 입고, 말하고, 행동할 수 있었다. 그렇기에 헨젤은 자신의 청소년기는 22세가 되어서야 비로소 시작되었다고 말한다.

90년대 후반에 이르자 이제 더이상 동서독인을 구분할 수 없을 정도로 동독인들은 서독인과 적어도 외모에서는 똑같아졌다. 야나 헨젤 역시 그때 이후로는 대부분의 사람들이 자신을 서독 출신으로 여길 정도로 모방수업을 성공적으로 수행하였다. 심지어 작센 사투리 억양까지 교정하여 아무도 그녀를 더이상 동독 출신으로 생각하지 않을 정도가 되었다.

> 이제 우리는 산 위로 올라왔다. (…) 우리는 동독 출신의 첫 베씨(서독인)들이다. 언어, 태도, 외모에서 우리의 출신을 더이상 알아챌 수 없게 되었다. 우리의 적응은 성공적으로 이뤄진 것이다.(166)

이런 점에서, 즉 동독 출신이지만 서독화된 아이들이라는 점에서 헨젤은 자기 세대를 "동서독 자웅동체의 아이들"(74)이라 부른다. 그런데 이렇듯 성공적으로 완수한 자신의 새로운 정체성을 헨젤은 씁쓸하게 바라본다.

> 그런데 이상하게도 누군가 나를 뉘른베르크나 슐레스비히 홀슈타인 지방[4] 출신이라고 생각할 때마다 그것이 매번 나를 슬프게 만들었다.(64)

■
4) 뉘른베르크는 구서독의 남부 도시이고 슐레스비히 홀슈타인 주는 구서독의 북쪽 주이다.

뒤를 돌아다보지 않고, 가능하면 자신의 과거를 모두 지워버리고 새로운 정체성을 찾으려 정신없이 앞만 보고 달려온 세월이 지나간 후 마침내 목적을 이루었을 때 헨젤은 오히려 허탈감을 느낀 것이다. 더이상 서독인들과 구분되지 않는 자신의 현재 모습을 보며 헨젤은 비로소 잃어버린 어린시절의 정체성을 생각하게 되었다. 이제 더이상 모방할 것이 남지 않았기에 자신의 잃어버린 과거와 정신없이 앞만 보며 달려온 지난날을 되돌아볼 수 있게 된 것이다. 그렇게 해서 헨젤은 자신의 잃어버린 어린시절과 통일 이후의 힘들었던 적응 기간의 경험을 스물여섯이라는 젊은 나이에 자서전식으로 서술한 것이다.

(3) '역사의 패배자'인 부모들과 '기회의 아이들'인 자녀들

야나 헨젤이 서독 출신 대학생들을 보며 차이를 느끼고 다른 한편으로 부러워한 것은 부모와의 친밀한 관계였다. 그들은 애인과 헤어지거나 시험에 떨어지면 부모에게 전화를 걸어 울면서 하소연을 하고, 그날밤으로 기차를 타고 고향으로 돌아간다. 그러고는 고향집에서 며칠 지내며 원기를 회복한 후 다시 씩씩한 모습으로 도시로 돌아오는 것이다. 특히 어머니들은 그들의 "가장 좋은 상담자"로서 자신의 경험에 비추어 "삶에 관한 성숙한 충고"를 해주거나 새벽 4시에 걸려온 자식의 전화를 기꺼이 받기도 한다. 그렇기에 서독 출신 대학생들은 부모님이 그들을 방문하러 오면 함께 지낼 계획을 세우고 자신의 이성친구까지 소개시키는 것을 당연하게 생각한다. 이에 반해 헨젤 같은 동독 출신 대학생들은 부모님이 방문하면 무얼 어떻게 해야 할지 모르고, 자신의 서독 출신 남자친구가 부모님과 함께 식사하고 연극을 보러 가자는 제안에 당황해한다. 그래서 가능하면 자신들의 삶의 속살을 부모님께 보여주지 않으려 한다.

물론 우리도 부모님과 연극을 보러 가거나 식사하러 갔다. 그러나 우리끼

리였다. 우리의 실제 삶을 우리는 그들에게 숨겼다. 왜냐하면 우리 부모님은 그것을 전혀 경험한 적이 없고, 그렇기에 아무런 충고도 해줄 수 없기 때문이다. 그리고 새벽 4시에 우리는 차라리 다른 이에게 전화를 걸었다.(66)

야나 헨젤과 동년배인 동독 출신 젊은이들이 자기 부모와 친구처럼 지내고, 인생 상담을 할 수 없는 이유는 서로의 삶이 다르기 때문이다. 그들의 부모는 사회주의 동독이라는 전혀 다른 체제와 환경 속에서 청소년기를 보냈기에 자본주의 사회인 통일독일 사회에서 자기 자녀들이 헤쳐나가야 하는 삶을 알지 못한다. 그렇기에 그들은 자녀들에게 삶의 방향을 제시해주거나, 경험에서 나온 생생한 충고를 해줄 수가 없다. 자녀들이 공부하는 내용이 무엇인지, 학업 계획을 어떻게 하면 효과적으로 세울 수 있는지, 앞으로의 직업을 위해 어떤 노력을 해야 할지 그들의 부모는 알지 못한다. 또한 베를린에서 공부하는 자녀의 "집세가 얼마나 비싼지, 이사 비용이 얼마나 되는지, 그들이 지난해에 이딸리아 여행 비용으로 실제 얼마나 썼는지"도 모른다.(72) 그들 자신이 젊은 시절에 했던 경험은 그런 것들과는 전혀 다르기 때문이다. 그렇기에 헨젤 세대는 "부모님들의 경험이 쓸모없는 것이 되어버렸다. 어떻든 우리에게는 쓸모없는 것이 되어서 우리는 그것을 포기할 수 있었"(77)다고 말한다. 통일 이후 동독 가정에서 부모와 자식 간의 소통 단절이 일어난 이유가 여기에 있다.

세대간의 소통이 잘 이루어지지 않은 또다른 이유는 부모 세대의 실존적 어려움 때문이다. 부모 세대 역시 통일 이후 새로운 사회체제에 적응하느라 힘들어하며 자신들 앞에 놓인 삶을 어떻게 헤쳐나가야 할지 잘 모르는 형편이었다. 헨젤의 부모 세대에게 있어서 통일과 그에 따른 급격한 사회 변화는 자신감의 상실로 이어졌다. 젊은 세대와 마찬가지로 부모 세대역시 새로운 환경이 낯설고, 그 속에서 살아가는 방식에 서툴렀다. 통일 이전의 동독사회에서 그들은 "무엇이 좋고 무엇이 나쁜지 잘 알았"지만,

통일이 되면서 옛 질서가 붕괴되자 모든 것을 "헷갈려 하고" "균형감각을 상실"하였다.(50) 예를 들어 부모 세대는 동독 시절에 아이들과 친지에게 줄 크리스마스 선물이 어떤 것이 좋을지 잘 알아서 그에 맞게 세심하고 주도적으로 준비했지만, 통일 이후 그들이 준비한 선물은 영 어색하고 불필요한 것들이었음을 지적한다. 그도 그럴 것이 그들이 잘 알고 있던 물건들은 모두 사라지고 그대신 낯설기만 한 서독 물품들로 대체되었기에 어떤 것을 골라야 할지 몰라 당황해할 수밖에 없었다. 그래서 그들은 대형 할인 매장에서 특별 할인 행사를 하는 값싼 물건들을 잔뜩 골라 크리스마스 선물로 가져오고는 했다. 주도적이던 그들이 취향을 잃어버리고 서독의 상품 속에서 길을 잃어버린 것이다.(47)

좀더 심한 경우는 통일의 희생자가 되어 일자리를 잃거나 어려운 처지에 놓여 자신의 처지를 한탄하는 부모들과의 관계이다. 그들의 눈에 자식들은 자신들이 경험할 수 없었던 좋은 환경에서 새로운 가능성을 향해 상승하는 부러운 세대이다. 이럴 경우 부모가 현재의 상황을 비판하는 푸념을 늘어놓을 때 다른 도시에서 공부하는 대학생 자녀들은 그 어떤 "의심"이나 "의례적 질문"을 해서는 안된다. "토론" 역시 이루어질 수 없다. 왜냐하면 그 경우 동독 부모들은 대처에서 공부하는 자녀들이 건방지게도 "얼마나 서독적이 되었는지 그리고 새 체제를 얼마나 잘 이해하고 있는지를 증명하려" 한다고 생각하기 때문이다.(71) 그러니 부모 자식 간에 원활한 소통이 이루어지기가 힘들다. 이것은 현대 가정에서 흔히 볼 수 있는 "세대 갈등"과는 다르다는 것이 야나 헨젤의 주장이다.(75) 왜냐하면 부모 세대에 대한 자식 세대의 비판과 저항이 문제되는 것이 아니라 역사의 희생자인 부모들에 대한 연민 때문에 자식들이 아무런 비판이나 대꾸를 할 수 없어서 소통이 이루어지지 않기 때문이다.

그들은 이미 바닥에 쓰러져 있다. 그들 세대 전체가 우울증에 빠져 있다.

그래서 우리들은, 커다란 행운을 얻어 그리고 단지 뒤늦게 태어났기에 동독의 운명에서 벗어날 수 있었던 우리들은 바닥에 쓰러진 부모 세대에게 발길질을 해대고 싶지는 않았다. 체제 변환의 역사는 우리 부모님들의 환상과 자화상을 파괴하고 쓸어버렸다. 그들이 아직 가지고 있는 것 중 더이상 그들에게서는 아무것도 더 빼앗을 게 없었다.(76)

그렇기에 자녀들은 부모들의 동독 시절 행적을 비판할 수도 없고, 현재의 의견에 반박할 수도 없다. 서로간에 일종의 "불가침 조약"(76)을 맺은 것이다. 그들은 부모에게 "역사적 잘못이나 그와 유사한 어떤 것도 질문하지 않"으며 오히려 "그들을 변호한다."(77) 부모 세대와 자식 세대의 단절은 통일이 가져온 또 하나의 불행이다. 헨젤은 "우리들의 공동 역사는 장벽이 무너지는 날 끝이 났다"(77)고 말한다. 그 이후에 부모들이 일자리를 잃을까 불안해한 반면, 자신들은 김나지움을 찾아야 했고, 새로운 애국가를 배워야 했다. 부모들이 이혼을 하는 동안 자식들은 지금 교환학생으로 미국에 갈 것인지 아니면 대학에 들어가서 갈 것인지를 고민해야 했다. 부모들이 서독 출신 상사에 대해 욕하는 동안 자식들은 강의실에서 서독에서 온 친구들과 장난쳤다. 그렇기에 서로간에는 "아무런 공통점도 없었고" 서로서로 자신들의 삶에 대해 이야기하지 않았다. 헨젤 세대가 보는 부모 세대는 과거의 인물들이다.

우리 부모님들은 지쳤다. 우리에게는 그렇게 보인다. 그들은 새로운 시대에 왠지 너무 구닥다리처럼 되었다. 그들은 이제 막 정리되어버린 다른 시대에 머물러 있는 이들이다.(80)

이런 입장이기에 헨젤 같은 젊은 세대는 "성공하는 것밖에는 다른 길이 없다"고 생각한다.

342

우리는 돈을 벌고 싶고, 우리가 서쪽의 게임 규칙을 잘 습득했음을 그리고 그 규칙을 잘 다룰 수 있음을 모두에게 보여주고 싶다. 우리가 다음 10년을 잘 헤쳐나가 번듯한 직업을 얻게 된다면 우리 부모님들은 나중이긴 하지만 정당성을 얻게 될 것이다. 그리고 서독과 동독에서 모든 것을 다 잘못한 것은 아니었다는 믿음을 가질 수 있을 것이다.(80~81)

부모들이 1989년 가을 라이프찌히와 베를린 거리에 나가 동독의 민주화를 외친 결과가 결국은 현재의 어려운 상황을 자초한 것이 아닌가 하는 회의를 가지고 있기에, 헨젤 세대의 자식들은 새로운 사회에서 많은 기회를 얻고 좋은 교육을 받아 성공함으로써 그들의 노력이 결코 헛된 것은 아니었다는 위안을 주어야 한다고 생각한다. 이러한 차원에서 헨젤 세대는 서독의 비슷한 또래 아이들보다 훨씬 성공지향적이며 목표의식이 뚜렷하다. 그렇기에 그들은 또래의 서독 출신 젊은이들보다 대학을 먼저 졸업하고, 직업을 구하는 데 있어서도 적극적이다. 이것이 앞으로의 통일독일 사회에서 동독 출신 젊은이들이 여러 분야에서 두각을 나타낼 것이라는 조심스러운 전망의 근거이다. 어려운 환경 속에서 자신의 힘으로 일어선 이들이기에 무한 경쟁의 사회로 바뀌어가는 현대 사회를 헤쳐 나가는 데 훨씬 유리할 것이라는 것이다.

(4) 야나 헨젤 세대의 새로운 가능성
통일 초기에 야나 헨젤은 서독 출신 남학생과 사귀는 데 어려움을 겪었다. 완전히 다른 과거를 지녔고, 다른 환경에서 자란 그들과 아무런 공통점을 느끼지 못했기 때문이다. 대학에서도 처음에는 서독 출신 학생들과 스스럼없이 교류하는 데 몇년이 걸렸다. 헨젤의 표현을 빌리면 "내 머릿속의 냉전이 지나가고 정말 사랑에 빠질 수도 있겠다는 생각이 들기까지는"

(126) 몇년의 세월이 필요했다. 동독 시절 학교에서 교육받은 서독에 대한 부정적 상이 커다란 영향을 미쳤기 때문이다.

자본주의의 착취관계에서 성장하고, 물질적 재화를 탐닉하는 것에만 몰두하며, 세계평화를 확고히 하거나 아프리카의 기아에 맞서 싸우는 계몽적 목적 같은 것은 존재하지 않았던 곳에서 어떻게 멋진 인간들이, 내가 사랑에 빠질 수 있는 그런 사람들이 나올 수 있었겠는가?(126)

이러한 생각에 물들어 있었기에 야나 헨젤은 초기에 서독 출신 동료 학생들을 멀리하였다. 그러다가 그들의 어린시절과 삶을 자세히 들여다보고 알기 시작하면서 그들 역시 자기와 별반 다르지 않은 어린시절과 청소년기를 보냈음을 알고 가까워졌다. 서로가 다른 경험을 갖고 있긴 하지만 그 근본 바탕에 있어서는 다르지 않음을 깨달은 것이다. 그렇게 되기까지는 10년이라는 세월이 필요했다. 통일된 지 10년이 지나자 동서독 젊은이들은 출신 지역에 상관없이 서로 사랑하는 사이가 될 수 있었다. 그때에서야 비로소 자신이 사랑하는 이가 어디 출신인지 중요하지 않게 되었다는 것이다. 물론 동독 출신 부모들은 여전히 자식이 서독 출신 젊은이와 사귄다는 말을 들으면 "뭔가 특별한 것"(128)이 있는 양 생각하지만, 젊은이들은 이제 출신 지역이 상관없게 된 것이다. 오히려 자신의 어린시절 경험을 서로에게 들려주면서 경험을 비교하고, 흥미로워하는 단계에까지 이르렀다. 그래서 헨젤은 서독 출신 남자친구와 "가까이 누워서 우리는 서로가 똑같기를 바라지, 장벽이 무너진 지 10년이 지난 후에도 여전히 동서독 논쟁을 벌이고 싶은 마음은 전혀 없다"(129)고 말한다.

물론 이런 상황이 모든 세대에게 해당되는 것은 아니다. 헨젤 세대보다 10년 정도 위인 이들은 조금 다르다. 60년대에 태어난 이들은 "동독의 진정한 마지막 세대"(156)라 할 수 있는데, 헨젤 세대보다 훨씬 더 많은 점에서 동년배 서독 젊은이들과 차이를 지니고 있다. 예를 들어 서독의 동년배 세대들은 "외부를 향한, 겉모습을 중시하는 자기 연출" 경향이 크다면 동년배 동독 젊은이들은 무언가 자기과시를 하는 이를 불신한다. 동독 세대는 오히려 같은 모습으로 같은 느낌을 갖는, 즉 "내적인 일체감"을 "외적으로 다르게 보이는 것"보다 더 중요하게 생각하는 식이다.(157) 그렇기에 이들은 통일 이후에 서쪽 젊은이들과 사귀는 데 헨젤 세대보다 더 큰 어려움을 겪었다. 헨젤은 이를 자신보다 열살 연상인 이웃집의 질비아를 예로 들어 설명한다. 그녀는 동독 할레시 출신으로 서독 출신의 베를린시 환경국 직원인 남자친구와 함께 살고 있다. 그들은 잘 지내지만 가끔씩 옛날 문제로 토론이 벌어지면 격렬하게 논쟁을 벌인다. 그들의 토론은 "공산주의 이상, 사회주의 시장경제의 장점, 전지구화 현상이 동유럽 노동시장에 끼친 영향"에서 시작하여 동서독 체제의 문제, 통일 과정에서 서로의 책임, 서독 주도 통일의 문제점, 동독 주민들의 성급한 통일 요구 등으로 발전하며 서로를 비판하고 책임을 전가한다. 이들이 격렬한 논쟁을 벌이는 동안 헨젤은 전혀 거기에 끼어들지 않고, "우리 젊은 세대는 차이를 그냥 차이로 놓아둔다. 우리는 차이를 감추고 싶지 않지만 그걸 끄집어내어 말하고 싶지도 않다"(132)고 말한다. 이러한 점에서도 불과 10년밖에 차이가 나지 않지만 동독 젊은이들의 통일 이후 적응 과정이 똑같지는 않았음을 말해준다. 장벽이 무너졌을 때 헨젤 세대가 13세였으니 헨젤보다 10년 위인 세대는 당시 23세였다. 이들은 좀더 오래 동독 체제를 경험했고, 동독의 문제점뿐 아니라 상점 역시 알고 있었다. 따라서 서독식으로 통일된 독일사회의 문제점에 대해 좀더 비판적 입장을 지니고 있다.

이에 반해 헨젤 세대는 사회주의나 사회주의 이념에 대해 별다른 생각이 없었고, 동독에서의 생활 역시 어린시절의 기억으로만 유추할 수 있을 따름이다. 그렇기에 동서독의 차이나 체제의 문제를 놓고 토론을 벌일 아무런 이유를 갖고 있지 않은 것이다. 이들은 좀더 미래지향적이다. 이런 점에서 그리 나이 차이가 나지 않는 헨젤 세대는 그 위 세대와 여러가지 측면에서 다르다. 헨젤 세대는 이제 서쪽 출신 동년배들과 지내는 데 큰 어려움을 겪지 않고, 그들과 마찬가지로 외국에서 공부할 기회를 가졌으며, 적극적인 삶의 태도를 가지고 있다. 또한 35세 전후의 동독 세대가 대부분 동독 출신들끼리 사귀는 데 비해 헨젤 세대는 이제 서독 출신 또래와 사랑에 빠지는 것을 아주 정상적인 일로 생각한다.(158) 그래서 헨젤은 앞으로의 10년은 통일 이후 자신이 헤쳐나왔던 10년보다는 훨씬 조용할 것이라 전망한다. 왜냐하면 이제 헨젤 세대는 "동독 출신의 첫 베씨(서독인)"가 되었기 때문이다.

> 자유 속에서 보냈던 첫 10년 동안 많은 일들이 일어났다. 다음 10년은 훨씬 조용할 것이다. 우리는 동독 출신의 첫 베씨(서독인)들이다. 언어, 태도, 외모에서 우리의 출신을 더이상 알아챌 수 없게 되었다. 우리의 적응 과정은 성공적으로 이루어진 것이다.(166)

야나 헨젤이 동독에서 보낸 세월과 통일 이후 보낸 세월은 각각 13년으로 길이가 같아졌다. 그러니까 헨젤 세대는 자신의 삶의 반은 동독에서 나머지 반은 통일독일에서 보낸 것이다. 세월이 지날수록 이들에게는 동독에서의 삶은 점점 작은 부분이 되고 통일독일에서의 삶이 커다란 부분을 차지하게 될 것이다. "우리에게 동독은 자동차의 백미러를 통해 볼 때처럼, 점점 멀어지고 작아지며 계속 동화처럼 될 것이다."(167) 헨젤의 책이 나온 지 6년이 지났으니, 적어도 현재 나이로 32세까지의 젊은이들은 헨젤과 비슷한 처지에 있을 것이다. 이들은 동서독의 차이나 과거를 더이상 문제삼지 않고 자신의 현재 상황과 좋은 직업 그리고 미래의 삶을 더욱 중요하게 생각한다. 앞으로 이들이 독일사회에서 점점 중요한 위치를 차지할수록 머릿속의 장벽은 점점 옅어지고 결국 사라질 것이라는 전망이 가능

346

한 이유이다.

(5) 『동쪽 지역 아이들』을 둘러싼 논란

야나 헨젤의 책은 2002년 9월 서점가에 나오자마자 커다란 주목을 받았다. 아직 학업을 마치지 않은 26세의 대학생이 처음 쓴 작품임에도 불구하고 『동쪽 지역 아이들』은 나오자마자 곧 동독 지역에서 발행되는 잡지 『매거진』(*Magazin*) 9월호에 표지 기사로 실렸고, 유력한 일간지 『프랑크푸르터 알게마이네』와 주간지 『슈피겔』에 긍정적으로 소개되었다. 물론 긍정적 서평만이 아니라 비판적 서평도 나왔다. 스위스에서 발간되는 일간지 『노이에 취리히 짜이퉁』에 이 책을 비판하는 서평이 실리고 이어 다른 일간지에도 찬사와 비난의 글들이 연이어 게재되면서 헨젤의 『동쪽 지역 아이들』은 그야말로 논쟁의 와중에 휩싸이게 된다. 이 책이 여러 매체에 의해 조명되고 찬반 논란이 거세질수록 더 큰 주목을 받게 된 것은 당연한 결과였다. 책이 집중 조명을 받고 이 책의 내용과 테제에 대한 격렬한 논쟁이 벌어지면서 헨젤은 수많은 인터뷰와 낭독회는 물론 텔레비전 토크쇼 「하랄트 슈미트 쇼」(Harald Schmidt Show)에 까지 출연하는 등 유명인사가 되었다.

헨젤의 책 내용 중에서 특히 '세대 테제'가 큰 관심과 논란을 불러일으켰다. 자신의 이야기가 동시에 자기 또래 동독 출신 젊은이들의 공통된 문제라는 '세대 테제'는 독자와 평자를 찬성과 반대로 양분하는 데 커다란 기여를 하였다. 이 책의 내용 자체가 "격렬한 논쟁을 도발"한 것이다.[5] 우선 헨젤이 자신의 경험을 서술하면서 이를 자기 또래 젊은이들의 일반적 경험으로 확대한 것이 너무 지나친 '일반화'라는 비판이 제기되었다. 헨젤과 비슷한 또래의 동독 출신 젊은이들을 모두 "동쪽 지역 아이들로 부를

---

5) Tom Kraushaar 편, *Zonenkinder und wir*, Hamburg 2004, 「머리말」 7면.

수 없"는 이유가 "그들 모두가 서쪽 자본주의의 친구가 되지도 않았고, 사라져버린 동화나라에 대한 동경 역시 갖고 있지 않"기 때문이라는 주장이다.[6] 통일 이후 10여년 동안 독일사회에 적응하며 살아온 경험이 제각기 다르고 통일독일 사회나 동독에 대한 생각 역시 다양하기 때문에 출신 지역과 연령대가 같다고 모두 같은 생각을 한다고 일반화할 수 없다는 것이다. 그런 점에서 헨젤이 자신의 경험을 이야기하면서 '우리'라는 표현을 써서 이를 일반화한 것은 잘못되었다는 지적이다.

또다른 비판은 헨젤이 세대 구분을 너무 좁게 설정함으로써 그것을 하나의 세대라 부를 수 있는가 하는 의견이다. 헨젤은 자신의 세대를 70년대 초중반에 태어난 세대, 즉 장벽개방 때 10대 중반의 나이였던 세대로 상당히 좁게 설정함으로써 그 이전과 그 이후의 연령 세대들과 구분을 지었다. 강한 비판은 바로 이들 앞뒤 세대에게서 나왔는데, 장벽개방 때 헨젤보다 불과 몇살 위였던 이들은 좀더 강렬하게 정치적 변화를 경험하였고, 동독에 대해서도 단순한 "고향"이 아니라 "속박하는 체제"로 기억하고 있다. 이들에게 헨젤의 책 내용은 "자신의 체험을 순진하고 비역사적으로 미화한 것"이며 "서쪽으로 성찰 없이 적응한 기록"이기에 자신들은 "야나 헨젤의 '우리'와는 아무 연관도 없다"고 말한다.[7] 헨젤보다 서너살이 어린 세대 역시 헨젤의 '우리'와 다르다고 말한다. 그들은 정치의식이 형성되기 전에 장벽개방을 경험했기에 동독의 몰락을 "사춘기에 잃어버린 어린시절의 한 부분"으로 여길 뿐이다. 그들에게는 동독에서의 어린시절 역시 동독적이라기보다는 그냥 일반적인 어린시절로 기억된다. 그들은 어린시절 몇년을 보냈던 동독보다는 그후 성장해온 통일독일 사회를 훨씬 더 친숙하게 여긴다. 이들 젊은 세대들은 자신들을 "서쪽 미디어와 광고 세계에

---

6) Ingo Arend, "Der Setzkasten der Erinnerung," *Freitag* 2002년 11월 8일자.
7) Tom Kraushaar, 같은 책 9면.

맞춰야만 했던 희생자"라 보지 않고, "그들의 삶이 그들에게 제공해준 것
들에서 정체성을 만들어낸다."[8] 그렇기에 그들은 헨젤이 이야기하는 힘든
적응의 세월이나 서독 젊은이들을 모방하기 위한 어려운 수업시대에 대한
경험을 가지고 있지 않다는 것이다.

　이들 두 세대의 주장은 나름대로 일리가 있다. 바로 이러한 이유로 헨젤
은 자신의 세대를 좁게 설정한 것이다. 헨젤은 자신을 이 두 세대 사이에
끼인 세대로 본다. 그래서 "우리는 당시 무슨 일이 일어나는지 이해하기에
는 너무 어렸고, 그냥 모른 체하기에는 너무 나이가 들어 있었다"(160)고 말
한다. 장벽이 개방되고 동독이 격변에 휩싸였을 때 헨젤은 13세였기에 정
치적 변동을 이해하기에는 아직 어렸고, 그렇다고 그것에 전혀 구애받지
않고 삶을 영위하기에는 너무 나이가 들었던 그야말로 어중간한 나이였
다. 헨젤보다 서너살이 위거나, 아래인 세대가 느꼈던 경험과 차이가 날
수밖에 없는 이유이다. 이런 점에서 헨젤이 자기 또래를 하나의 세대로 설
정한 것은 설득력이 있다고 할 수 있다. 통일 과정이나 그후의 적응 과정
에서 자신보다 서너살 위거나 아래인 세대와는 다른 경험을 했기 때문이
다. 물론 같은 나이 또래라 하더라도 통일 이후 개인들마다 적응 과정이
다르고, 또 서독 지역의 대학에 진학했는지 아니면 고등학교 졸업 후에 고
향에서 일자리를 얻었는지에 따라 상이한 경험을 한 것은 분명하다. 헨젤
의 이야기는 동독 지역에서 고등학교까지 마치고, 서독 지역인 베를린과
유럽에서 대학시절을 보낸 자신의 경험을 바탕으로 하고 있다. 헨젤이 라
이프찌히에 그냥 남아서 대학에 다녔으면 또다른 경험을 했을 것이다. 헨
젤도 이 점을 인식하고 나중의 인터뷰에서, 좀더 정확하게 말하면 "89년
이전이나 그 이후에 동독을 떠난 이들"을 중심에 두고 자신의 경험을 서술
한 것이라 말하고 있다.[9]

■
8) 같은 곳.

헨젤의 경험이 비록 자기 세대의 일부에 해당하는 특수한 것이지만 일반적 특징을 지니고 있음 또한 부정할 수 없다. 헨젤이 겪어야 했던 구질서의 몰락과 완전히 새로운 질서의 급격한 도입, 옛것을 끊임없이 새것으로 대체해야 하는 상황, 자신의 과거를 부정하고 새로운 정체성을 찾도록 내몰려진 상황, 끊임없이 서독을 관찰하고 모방하며 자신의 동독적 촌스러움을 벗어버리려 애쓴 노력 등은 헨젤 나이 또래의 동독 지역 젊은이들이 모두 공통으로 겪은 문제였기 때문이다. 그렇기에 헨젤의 경험을 그들 세대 전체의 경험으로 일반화할 수 있다. 실제로 『동쪽 지역 아이들』의 수용 양상이 이러한 경향을 뒷받침해준다. 헨젤의 책은 "90년대에 대학에서 공부하였거나 80년대 후반에 부모와 함께 서독으로 이주한 젊은이들"에게 특히 커다란 공감을 불러일으키며 열광적으로 받아들여졌다. 이들 역시 옛 고향을 갑자기 잃어버리고 새로운 세계에 내던져진 경험을 했기 때문이다. 그래서 그들은 야나 헨젤의 책에서 "잃어버린 청춘과 잃어버린 고향집"을 추억할 수 있었던 것이다.[10] 『동쪽 지역 아이들』이 출판되고 많은 주목을 받으면서 100통이 넘는 독자편지를 받았는데 그중 상당수가 비슷한 처지의 젊은이들이 보낸 것이었다. 예를 들어 잔드라 예메진(Sandra Yemesin)이라는 막데부르크 출신(75년생)의 서점원이 보낸 편지를 들 수 있다. 그녀는 장벽개방 이후 부모님과 서쪽의 니더라인 지역으로 이주해서 거기에서 김나지움을 마치고 서점원으로 일하고 있다. 그녀는 헨젤의 책을 읽고 동독에서의 어린시절을 다시 떠올릴 수 있었고, 또한 서독 지역에서의 힘들고 어려웠던 경험에 전적으로 공감할 수 있었다며 자신 역시 "동쪽 지역 아이들"이라고 말한다.

9) "Die Normalität des Ausnahmezustands. Ein Gespräch mit Jana Hensel," Tom Kraushaar 편, 같은 책 102면.
10) 같은 책 8면.

저는 당신에게 이 모든 아름다운 추억에 대해 감사하고 싶습니다. 잊어버렸다고 생각했던 그 추억들에 대해서 말이지요. 저 역시 동쪽 지역 아이이며, 이제 그것을 아주 자랑스러워합니다! (…) 눈에 띄지 않으려는 제 욕구는 정말 엄청 컸어요. 저는 이곳의 다른 모든 이들과 머리끝까지 똑같아 보이고, 똑같이 걷고, 똑같이 말하고 싶었지요. 하지만 늘 눈에 띄곤 했습니다. (…) 그 첫 2년간은 정말로 끔찍했어요.[11]

100통이 넘는 독자편지는 잔드라 예메진처럼 서쪽 지역으로 이주한 이들한테서만 온 것이 아니다. 동독에 남아 있던 많은 젊은이들 역시 자신의 문제를 잘 표현해주었다며 공감의 편지를 보냈다. 이 사실은 헨젤의 경험이 비록 개인의 특수한 상황에 국한된 것이기는 해도 많은 부분에서 동독 젊은이들과 더 나아가서 동독인들 전체가 겪었던 경험과 일맥상통하고 있음을 보여준다. 동독인들은 장벽개방 이후 그 정도에 있어서 조금 차이가 있었을 뿐이지 헨젤 세대와 마찬가지로 어렵고 힘든 '수업시대'를 거쳤기 때문이다. 폴커 바이더만이 서평에서 지적했듯이 89년 장벽개방 이후의 세월은 동독인들 모두에게 "망각과 억압의 세월이었으며 적응의 세월"이었다. 모두들 10년 이상 "서쪽을 관찰하고, 서쪽을 연구하고, 서쪽을 복사하는"일과 "그들과 같아지고, 변장을 하고, 사투리를 떨쳐내고, 올바른 문체를 배우고, 올바른 삶의 길을 배우는 일에 매달려" 있었다.[12] 이러한 공통의 경험을 공개적으로 드러내 보여주었기에 많은 동독인들이 이 책에 찬사와 공감을 보낸 것이다. 동독 시역 독자들의 열광직인 반응은 책의 판매부수로 바로 드러났다. 동독 지역 막데부르크 시의 서점 한군데에서 팔린 책 부수가 서독의 대도시 슈투트가르트나 뒤쎌도르프에서 팔린 부수와

---

11) Sandra Yemesin, "Eine Wärmeflasche für meine Erinnerugen," 앞의 책 77~79면.
12) Volker Weidermann, "Glückskinder der späten Geburt," *FAZ*, 2002년 9월 8일자.

비슷하다는 사실은 헨젤의 책이 동쪽 지역에서 얼마나 커다란 선풍적 인 기를 얻었는가를 잘 보여준다.[13] 동독 지역의 젊은이들뿐만 아니라 다양한 연령층의 사람들이 헨젤의 책에 공감을 보낸 것이다.

이 점에서 당시 기민당 당수 메르켈이 『프랑크푸르터 알게마이네』지에 기고한 편지가 주목을 끈다. 동독 출신 정치가로 기민당 당수를 거쳐 마침내 2005년 연방의회 선거에서 독일 최초의 여성수상에까지 오른 메르켈은 헨젤의 『동쪽 지역 아이들』이 독일통일에 대한 커다란 오해를 극복하는 데 기여할 것이라고 높이 평가한다.

이 책은 독일통일에 대한 커다란 오해를 극복하는 데 기여할 수 있을 것입니다. 서쪽 대부분의 사람들, 그러니까 동독에 친척이나 친지가 없던 모든 사람들은 동독을 익명의 불법국가로만 여겼지, 그곳 사람들의 개별적 삶에 대해서는 전혀 알지 못했습니다. 그렇기에 그들에게 통일 과정이란 스스로 붕괴 중인 한 국가가 그냥 사라져버리는 그런 과정이었던 것입니다. 그런데 그곳에도 일상의 세계가 있었다는 것이 이 책에는 아주 훌륭하게 서술되고 있습니다. (…) 이는 분명 구동독 출신 모든 이들이 증대된 자의식을 얻는 데 기여할 것입니다.[14]

동독에도 일상세계가 있었으며, 그 속에서 사람들은 희로애락이 교차되는 개별적인 삶을 살았고, 통일 이후에는 새로운 사회체제에 적응하느라 많은 어려움을 겪었다는 사실이 헨젤의 책을 통해 널리 알려지게 된 것 자체가 서로의 이해에 도움이 될 것이라는 입장이다. 동독인들이 헨젤의 책에 보낸 찬사는 이렇듯 자신들의 잃어버린 과거를 그 어떤 이데올로기적

---

13) Tom Kraushaar, 앞의 책 8면.
14) Angela Merkel, "Unser Selbstbewusstsein," *Frankfurter Allgemeine Sonntagszeitung* 2002년 9월 22일자.

채색 없이 다시 되살려내었고, 통일 이후의 힘들었던 적응 과정을 힘들었노라고 당당하게 이야기함으로써 자신들의 자의식을 고양시킬 수 있었던 데서 기인한다. 특히 헨젤 세대는 통일의 패배자로서 불평을 늘어놓는 세대와는 달리 서쪽에 "잘 안착"한 세대이다. 그렇기에 이들은 동독을 "찬미한다는 전면적 의심을 받지 않고 동쪽에 대해 솔직하게 쓸 수"[15] 있었고, 자신들이 힘들고 어려운 적응 과정을 견뎌내야 했노라고, 그리고 마침내 그것을 극복했노라고 말할 수 있었다. 바로 이런 점이 많은 동독인들에게 자신의 과거를 복권시키고, 통일 이후의 어려움을 자신있게 표출하는 자의식을 갖게 해준 것이다.

헨젤의 『동쪽 지역 아이들』에 대한 언론의 서평을 보면 흥미로운 경향이 드러난다. 서독 출신 평자들이 헨젤의 책을 흥미롭게 평가한 반면에 동독 출신 평자들은 대부분 강한 비판을 제기했기 때문이다. 이는 동독 지역의 일반인들이 이 책에 많은 공감을 보이며 긍정적으로 받아들인 것과도 차이가 난다. 서독 평론가들은 헨젤의 책이 동독 지역 젊은이들의 어린시절과 그후의 어려운 적응 과정을 경험을 통해 전달해주는 흥미로운 책이라고 받아들였다. 바이더만은 이 책이 야콥 하인(Jakob Hein), 야나 지몬(Jana Simon), 안드레 쿠비체크(André Kubiczek), 요헨 슈미트(Jochen Schmidt), 팔코 헤니히(Falko Hennig) 같은 일련의 동독 출신 젊은 작가들이 90년대 중반 이후 수행해온 작업을 "요약해주는 책"이라고 평가한다. 이들은 "잊혀진 나라의 이야기들" 즉 동독에 대한 이야기와 동독사회에서의 이야기 그리고 자신들의 이야기를 서술해왔는데, 야나 헨젤은 좀더 나아가서 세대의 집단 경험으로 서술함으로써 발전적 모습을 보인다는 것이다.[16] 또다른 평자는 『슈피겔』지에 실은 서평을 통해 헨젤의 책이 서독 출

---

15) 같은 글.
16) Volker Weidermann, 앞의 글.

신 작가 플로리안 일리스(Florian Illies)의 베스트셀러 『골프세대』에 대한 동독적 보완이라고 말한다. 플로리안 일리스는 이 책에서 1968년에 출생하여 80년대에 청소년기를 보낸 서독 젊은이들을 골프세대라는 이름으로 정형화하였다. 학생운동이 지나가고 개인화가 확산된 80년대에 청소년기를 보낸 이들은 그전의 세대처럼 프랑크푸르트학파 이론가 마르쿠제가 아니라 대중가수 마돈나에 열광하고, 텔레비전 쇼 사회자 토마스 고트샬크를 좋아한 세대이다. 이 책에서 플로리안 일리스는 그전 세대와는 확연히 구별되는 자기 세대의 특징을 서술함으로써 호평을 받았다. 그의 책은 이제 "그 시대의 스타일과 삶의 방식에 대한 안내서"[17]로 확고한 위치를 차지하게 되었다. 헨젤의 책은 바로 일리스가 서술하지 못하고 있는 부분, 즉 비슷한 세대의 동독 젊은이들의 세대적 특징을 보여주고 있다는 점에서 그에 대한 "보완"이라고 할 수 있다. 『슈피겔』에 헨젤의 책에 대해 긍정적 서평을 쓴 라인하르트 모어는 두 책에 서술된 동서독 젊은이들의 특징은 여러 면에서 상이하지만 기본적 경향에서는 비슷한 점도 있다고 말한다. 양쪽 다 정신보다는 물질을 그리고 외면을 중시한다는 점에서 공통점을 지닌다는 것이다.

속속들이 서독적 특징을 갖는 『골프세대』와 놀라운 유사성이 존재한다. 물건과 상품 미학 그리고 섬세한 차이와 상표의 현상학에 대한 강한 경도가 그것이다.[18]

모어는 이런 바탕에서 헨젤이 이 책을 통해 동쪽 지역 아이들, 즉 "첫번째 통합독일 세대"에 "작은 기념비"를 세웠다고 말한다. 그는 또한 헨젤이 자기 세대의 과거 이야기를 "약간의 오스탈기를 갖고, 그러나 그 어떤 감

---

17) Manuela Thieme, "Adieu, Pittiplatsch," *Das Magazin* 2002년 9월호.
18) Reinhard Mohr, "Jenseits von Schkopau," *Der Spiegel* 2002년 10월 9일자.

상도 없이, 무엇보다도 냉정한 감수성으로" 잘 그리고 있다고 평한다.[19]

이에 비해 동독 출신 평자들은 부정적 반응을 보였다. 그들 비판의 핵심은 헨젤이 "서독적 삶의 양식에 적응"하는 과정을 무비판적으로 서술하고 있으며, 더 나아가서 어린시절을 아름답게 회상함으로써 "동독을 순진하게 미화"하고 있다는 것이다. 『쥐트도이체 짜이퉁』에서 옌스 비스키는 헨젤의 책이 "성찰을 포기"하고 있는 점을 비판한다. 헨젤이 동독이나 동독에서의 삶에 대해 비판적 성찰을 하는 대신에 "분위기만 가득한 향수어린 상"을 그리고 있다는 비판이다. 비스키는 또한 헨젤이 "동쪽 지역 아이들을 단순한 하나의 그룹"으로 보고 있으며 동독에 대한 심층 분석이 아니라 피상적 인상만을 보여주고 있다고 말한다. 그렇기에 헨젤의 책은 "나이 들어 어린애처럼 쓴 책"이라고 혹평한다.[20] 이러한 비판은 다른 동독 출신 평자 잉고 아렌트 역시 제기한다. 그 역시 '동쪽 지역 아이들'을 같은 연령대라 해서 하나의 세대로 일반화할 수는 없다고 지적하고, 헨젤이 동독을 묘사하는 데 있어서 "분석"이 배제된 점을 비판한다. 즉, 헨젤의 책에는 "아름다운 동화의 나라"만 있지 동독이 왜 망했는지에 대해서는 아무런 성찰이나 언급이 없다는 것이다. 또한 동독사회의 문제점을 집약한 "이탈자, 국경, 감옥, 군대 문제" 등도 이 책에는 전혀 나오지 않고 그대신 동독시절의 잡다한 개인적 추억들, 즉 "성찰할 필요가 없는 현상들"만 나열해놓았다고 비판한다. 헨젤이 "어린시절을 보낸 나라에 대해 마치 자신의 가장 친한 친구에게 하듯 헌사를 바치고 있다"는 점이 독재국가 동독에 대해 부정적 입장을 견지하고 있는 동독 출신 평자에게는 비판석으로 받아들여질 수밖에 없었을 것이다.[21]

■

19) 같은 글.
20) Jens Bisky, "Traumbilder vom Osten in den Farben des Westens," *Süddeutsche Zeitung* 2002년 10월 9일자.
21) Ingo Arend, 앞의 글.

다른 비판으로는 헨젤의 "회상 작업이 그리 밀도 있지 못하다"는 주장도 나왔다. 헨젤은 동독에서의 어린시절 경험을 몇가지 사건에 "축소"시켰으며, 나머지 추억은 동독의 어린이 잡지에서 찾아낸 것이기에 동독의 모습을 제대로 그리지 못했다는 것이다. 그런 점에서 "헨젤의 도구는 표면 작업을 위한 사포이지 좀더 깊은 심층을 뚫기 위한 드릴은 아니"라고 말한다.

동독 출신 평자들의 반응을 어느정도 이해할 수 없는 바는 아니지만 동독에서 13년밖에 살지 않은 헨젤에게 너무 많은 것을 요구하는 것처럼 보인다. 그들은 헨젤이 동독에서의 어린시절을 추억할 때 슈타지의 감시망이 촘촘히 작동하던 억압과 감시의 나라로서 동독의 분위기를 함께 그렸어야 한다는 것이다. 그렇기에 그들은 헨젤이 동독에서의 어린시절을 마치 동화속 세상인 것처럼 그림으로써 동독의 실제상과는 다른 미화된 상을 제시하고 있다고 비판한다. 헨젤은 그러나 동독사회의 전체 모습이나 동독의 문제점을 그리고자 한 것이 아니다. 인터뷰에서 밝혔듯이 헨젤은 정치사회적 의미에서의 동독이 아니라 자신이 13년간 살았던 출신지로서의 "동독에 대한 추억"을 그리고자 하였다. 그래서 의식적으로 중립적 의미의 '동쪽 지역 아이들'이라는 제목을 붙였다.

무엇보다 제목을 오랫동안 숙고했어요. 그래서 제 책에 '전환기의 아이들'이나 '혁명의 아이들' 또는 정치적으로 좀더 정확한 이름을 붙이지 않고 아주 의식적으로 '동쪽 지역 아이들'이라 붙인 겁니다. 추억에서 이데올로기를 정화하려 했던 거지요. 저는 어떤 정치 씨스템에 대해 말하듯 동독에 대해 서술하고 싶지 않았습니다. 저는 동독을 출신지로 서술하고 싶었습니다.[22]

헨젤이 그리고 있는 어린시절의 세계는 개인적인 추억들로 이루어진 세

---

22) Tom Kraushaar, 앞의 책 95면.

계이다. 오랫동안 잊고 있다가 새롭게 끄집어낸 것도 있고, 어린이 잡지를 보고 새삼 기억해낸 것들도 있다. 헨젤은 자신의 어린시절 학교와 집, 그리고 일상에서의 추억을 통해 어린시절을 회상한다. 그것은 헨젤이 경험했거나 옆에서 관찰한 것이다. 따라서 10대 초반의 초등학생의 경험을 서술하면서 그 사회의 문제점과 어두운 측면을 함께 조명하라는 요구는 너무 과도하다. 물론 헨젤이 자신의 추억을 회상하면서 복수인칭인 '우리'를 사용한 점은 관점에 따라 비판이 가능하다. 하지만 헨젤의 경험은 비록 개인적인 특성을 지니지만 같은 시기에 동독에서 성장한 또래의 아이들이 대부분 공감할 수 있는 보편성 또한 지니고 있다. 바로 그렇기에 이 책에 대해 많은 동독 출신 젊은이들이 자신의 경험과 비슷하다며 공감을 표시한 것이다. 더욱이 갑작스럽게 맞은 통일독일 사회에서 서독식 생활방식에 적응하느라 어려운 시절을 겪은 경험은 헨젤 세대를 하나로 묶어주는 공통분모이기에 헨젤의 '우리'는 나름대로의 정당성을 지닌다.

이런 점에서 『동쪽 지역 아이들』이 경험한 공간은 매우 독특하다. 헨젤이 묘사하는 세계는 1989년 이전의 동독과 그후 급변하는 동독 그리고 "스스로 발견한 서쪽"까지 모두 세 개의 공간을 포함한다. 이러한 "세 가지 경험과 상이한 세계들"[23]을 짧은 시간 동안 경험함으로써 나름대로 독특한 성장배경을 지닌 세대이기에 이들을 하나의 세대로 묶을 수 있다. 헨젤의 이러한 시도는 문제를 '일반화'하거나 '단순화'해서 본다기보다는 오히려 연령대를 세분화하여 분석함으로써 통일 이후의 독일인들의 삶을 재구성하는 데 일역을 담당하고 있다.

서독 출신 평자들은 바로 이 점에 주목하여 헨젤의 책이 지금까지 공백으로 남아 있던 동독 출신 젊은이들의 삶의 이력을 구체적으로 보여주었다고 긍정적으로 받아들였다. 동독 출신 평자들이 대체로 부정적이었던

---

23) Alexander Cammann, "Auf der Suche nach dem DDR-Gefühl," *Vorgänge* 2003년 1월.

것은 사회적, 역사적 배경을 갖는다. 헨젤의 책을 출판한 로볼트 출판사의 편집장 알렉산더 페스트는 그 이유를 "집단주의"에 대한 상이한 경험에서 찾는다. "수십년 동안 개인주의화된 서쪽에서는 공통점을 반긴 반면에 동독은 집단주의로 낙인찍혀왔기에 일반화를 거부"하는 경향이 이런 반응으로 나타났다는 것이다.[24] 동서독 비평가들의 상이한 반응에서도 역시 동서독의 분단과 통일의 역사가 통일된 지 12년이 지난 당시에도 여전히 작용하고 있었음을 알 수 있다.

통일 이후의 어려운 적응 과정을 성공적으로 마친 후에 동독에서의 어린시절과 통일 이후의 경험을 밝은 색조로 서술한 헨젤의 책은 다른 한편으로는 이들 세대의 미래에 대한 자신감의 표현이기도 하다. 헨젤은 『동쪽 지역 아이들』의 말미에서 "이제 우리는 산 위에 올라섰다"며 소기의 목적을 달성했음을 알린다. 이어 파란만장했던 지난 십년에 비하면 "앞으로의 십년은 훨씬 조용할 것"이라고 미래를 낙관하며 자신있어 한다. 그런 의미에서 "미래는 그들에게 속해 있다"고 할 수 있다. 왜냐하면 그들은 "위기를 관리하는 데 익숙하고 다양한 실존적 문제를 극복하기 위해 일찍이 전략들을 개발해야 했기 때문이다."[25] 이러한 능력은 헨젤 세대가 어려운 시절을 통과해오면서 살아남기 위해 노력하는 동안 습득한 것이다. 헨젤 세대의 콤플렉스였던 동독 출신이라는 출신성분이 오히려 미래를 자신있게 헤쳐나갈 수 있는 밑거름이 된 것이다. 그렇기에 헨젤은 자신이 '동쪽 지역 아이들'임을 당당히 말한다. 역사의 아이러니란 이런 것이다. 한때는 족쇄로 작용했던, 애써 잊으려 노력했던 과거가 미래를 위한 발판이 된 것이다.

---

24) Doja Hacker, "Ich bin aber nicht traurig," *Der Spiegel* 2003년 2월.

25) Jan Brandt, "Mit der Krise steigt die Sehnsucht," *die tageszeitung* 2002년 11월 26일자.

2. 동독 여성들의 새로운 가능성
― 마르티나 렐린 『물론 나는 동독여자다!』

헨젤의 책 이후에 많은 이들이 자신의 과거를 부끄럽게 생각하지 않고 당당히 동독 출신임을 말할 수 있게 되었다. 더 나아가서 이들은 자신이 동독 출신이기에 통일독일 사회를 좀더 잘 헤쳐나갈 수 있었노라고 말한다. 이러한 사례를 모아놓은 것이 2004년에 나온 『물론 나는 동독여자다!』이다.

이 책은 서독 출신 저널리스트 마르티나 렐린(Martina Rellin)이 다양한 직업과 연령대의 동독 출신 여성들 15명을 만나 그들이 어떻게 삶을 극복해나가고, 어떻게 일하며, 어떻게 생각하고 사랑하는지 질문하고 대화한 기록이다. 그들에게 장벽개방 이후 어떻게 살아왔고, 어떤 생각을 갖고 있는가를 직접 이야기하게 하고 그것을 글로 옮긴 이 책은 제목부터 동독을 강조한다. 렐린은 책머리에 실린 독자들에게 보내는 인사말에서 이 책의 핵심 주장을 다음과 같이 말한다.

"동쪽은 툴툴거린다" "동독 여성들은 통일의 패배자다" ― 전환기 이후에 이 두 문장은 여러가지 변형된 형태로 끊임없이 반복되며 여기저기 실리거나 이야기되었다. 이 문장들은 오래전부터 나를 화나게 했다. 그것은 사실이 아니기 때문이다. (…) 이 나라에서 실질적으로 활동력 있는 이들, 새로운 아이디어를 시험해보고 실험을 즐거워하며 자신이 옳다고 생각하는 것은 위험을 감수하고라도 행동에 옮기는 능동적인 이들은 여성들이다. 그리고 대부분 동독 출신 여성들이다.[26]

---

26) Martina Rellin, *Klar bin ich eine Ost-Frau! Frauen erzählen aus dem richtigen Leben*, Berlin 2004, 9면.(이후 본문에 면수만 표기)

독일통일의 최대 피해자에서 통일독일 사회에서 가장 활동적이고 적극적으로 변한 이들이 바로 동독 출신 여성들이라는 렐린의 주장은 그녀가 만난 15명의 여성들의 삶에 의해 뒷받침된다. 이들은 23세의 대학생에서부터 55세의 호텔 주인까지 다양한 이력과 직업을 가지고 있지만 삶에 적극적이고 낙관적이며 끊임없이 자신을 발전시킨다는 점에서 공통점을 지닌다. 이들 대부분이 장벽개방과 독일통일로 인해 어려움을 겪거나 많은 경우 실업자가 되었지만 그 시련을 극복하고 오늘날 자신의 영역에서 나름대로 보람있게 살아가고 있다는 점 역시 공통적이다.

또 하나의 특징은 결혼한 여성들의 경우 직업활동과 가정생활 그리고 아이들의 양육을 잘 조화시킬 수 있다고 생각하며, 실제 그렇게 하고 있다는 것이다. 아이와 직업을 병행할 수 있다는 이들의 생각과 삶은 직업여성들의 출산 기피로 인한 출산율 저하[27]를 해결할 "모델"이라는 것이 렐린의 주장이다. 이러한 주장은 "이 나라의 서쪽은 동쪽에서 무엇인가 배울 수 있을 것"(12)이라는 새로운 담론으로까지 확대된다. 통일의 패배자이자 이등국민이던 동독 지역 주민들한테 서독 주민들이 무엇인가 배울 점이 있다는 주장은 동서독의 문화통합 과정이 이제 새로운 단계로 접어들었음을 말해준다.

동독 출신 여성들이 가정과 직업을 병행하는 데 큰 어려움을 겪지 않는 것은 동독시절의 경험에 힘입은 바 크다. 구동독에서는 90% 이상의 여성들이 직업을 갖고 있었기에 아이 양육과 직업활동을 함께 수행해나가는 전통이 축적되어 있었다. 또한 동독 체제 역시 아이를 가진 여성들의 사회활동을 지원하기 위해 유아원, 유치원 그리고 초등학생을 위한 방과후 학

---

27) 대학을 졸업했거나 박사학위를 소지한 서독 출신 여성들의 40%가 경력 때문에 아이를 갖지 않는다고 한다. 같은 책 11면.

습장 등의 시설을 광범위하게 만들어놓았다. 따라서 동독의 여성들은 이러한 환경에서 어머니와 할머니가 직업활동과 아이 양육을 무리없이 병행하는 모습을 자연스럽게 보아왔고, 자신들 역시 그렇게 생활해왔다. 이는 동독 출신 사진작가 질비아가 일과 가정을 어떻게 잘 병행할 수 있는가 하는 『슈피겔』지의 질문에 대해 "나는 자의식과 내 일에 대한 열정을 어머니로부터 배웠습니다"라고 대답한 데서도 확인할 수 있다.(11)

이 책에 실린 동독 여성들은 대부분의 서독 여성들이 아이를 갖게 되면 주부이자 어머니로 집에 머물러야 한다는 생각을 갖고 있는 것을 이상하게 여긴다. 또한 서독의 어머니들이 아이를 유아원이나 유치원 종일반에 보내거나 학교가 끝난 후 별도의 학습장에 보내는 것에 양심의 가책을 느끼는 것도 놀라워한다. 예를 들어 28세의 문화기획가 한나는 서쪽의 많은 여성들이 아이를 갖게 되면 아이를 돌보기 위해 부인은 집에 있어야 한다는 것을 당연하게 생각하는 것에 대해 놀랍다고 말한다.

> 친구가 되고, 그리고 아이를 갖게 되고, 집에 주저앉는다 — 그런데 여성운동은 서쪽에서 시작되지 않았던가. (…) 나는 계속 이런 말들을 듣고 있다. 세 살배기 아이를 유치원에 보내고 다시 일하러 나가겠다는 생각을 하는 이는 무정한 어미 취급을 받는다.(43)

이에 반해 동독 출신 여성들은 아이를 키우면서 직업활동을 계속하는 것이 아주 자연스러운 일이라 생각한다. 그렇기에 주부로서 아이를 돌보며 집에만 틀어박혀 있는 것을 바람직하지 않다고 여긴다. 통일 이후에 자신의 미용실을 열어 성공한 51세의 페트라는 "주부로서 단지 집에만 있고, 아이만 돌보는 것을 나는 별로라고 생각해요. 내 가족이나 친지들을 보면 모든 여성들이 늘 직업을 갖고 있었거나 갖고 있어요"(164)라고 말한다. 또한 동독 시절에 교사였다가 전환기 이후에 호텔을 열어 이제 호텔 및 레스또랑 주인이 된 55세의 하이디 역시 주부로 집에만 있는 것을 의아하게 생각한다.

> 동독에서는 거의 모두가 직업을 갖고 있었고, 즐겨 일하러 갔지요. 인간은 다른 사람들과의 교류가 필요하잖아요. 집에만 있는 사람은 잘못된 세계에 살고 있는 셈이에요.(172)

이러한 생각을 갖고 있기에 동독 출신 여성들은 자신의 일을 굉장히 중요하게 여긴다. 일을 통해 "규칙적 생활과 성취감"(54)을 얻을 수 있기 때문이며, 스스로 돈벌이를 함으로써 "좀더 커다란 자의식"을 갖게 되고, "파트너에 의존하지 않아도 되기"(164) 때문이다. 따라서 이들은 아이를 키우면서 동시에 직업활동을 하는 것을 아주 자연스럽게 생각한다. 주변의 많은 이들이 그렇게 하고 있으며, 자신 또한 둘 중 그 어느것도 포기하지 않고 잘해낼 수 있었던 경험을 가지고 있기에 가능하다. 아이를 가진 여성이 직업활동을 하는 것이 전혀 이상하지 않은 것이 바로 "동쪽의 환경"(54)이다. 동독 출신 여성들은 "깊숙이 내면화된 지식, 즉 일이 자립을 가져다주고, 아이들은 삶에 속하는 것이며, 자신의 아이들을 종일반에 보내거나 방과후에 학습장에 보내는 것이 아무런 흠이 아니"(12)라는 생각을 갖고 있다. 서독에서는 여전히 "어머니는 집에 있고 아버지가 돈을 번다"는 역할모델이 강하게 작용하고 있는 반면에, 동독의 여성들은 "자신의 직업활동에 훨씬 커다란 가치를" 두는 것이다.(15) 그렇기에 아이를 유치원이나 종일반에 보내고 자신의 일을 열심히 하는 것에 대해 전혀 죄의식을 갖고 있지 않으며, 오히려 자신이 열심히 일하는 모습이 아이에게 좋은 경험이라고 말한다.

> 제 딸은 제가 쭉 일을 해왔고 제 일에서 행복을 느낀다는 걸 항상 경험했어

요. 제 아이 역시 저처럼 느낀다고 생각해요. 저는 그렇게 느껴요. 일로 인해 즐겁고 만족스럽다는 걸 말이지요.(160)

이것은 결혼한 여성들에게만 해당되지 않는다. 28세의 미혼 여성 한네 역시 아이와 직업을 병행하는 것을 당연하게 생각한다. 더 나아가서 그녀는 아이를 혼자 키우는 것 역시 아무런 문제가 없다고 생각한다. "동쪽에서는 아주 당연하게 아이를 가졌었고 또 지금 갖고 있어요. 아이를 혼자 키우는 것도 이상하게 여기지 않아요."(46) 이런 점에서 한네와 그녀의 어머니가 여성잡지 『브리키테』(Brigitte)에 실린, 직업과 어머니로서의 역할을 잘 조화시킬 수 있다는 기사나 영국 여성이 쓴 비슷한 내용의 책에 대한 『짜이트』지의 호평에 대해 의아해하는 것도 당연하다.

아이와 직업을 병행할 수 있다고 그렇게 놀라워하는 게 우리에겐 놀라운 일이에요. 왜 그게 마치 새로운 인식이나 되는 것처럼 칭송을 받죠? 그리고 그걸 위해 무엇 때문에 영국 여성의 책이 필요합니까? 이런 경험이 동쪽에는 이미 오래전부터 있어왔는데 말이에요.(47)

이러한 전통에서 자라났고, 이러한 생각을 갖고 있는 동독 출신 여성들이 통일 이후에도 역시 활발한 사회활동을 하게 된 것은 어쩌면 당연한 결과이다. 이들은 직업활동에 큰 가치를 두고 있기 때문에 통일 후에 잠시 일자리를 잃거나 어려움에 처했지만 좌절하지 않고 다시 직업을 갖기 위해 적극적으로 노력했다. 이는 통계수치로도 분명히 나타난다. 2001년의 경우 15세에서 65세 사이의 여성 중에서 동독 출신 여성은 72.5%가 직업을 갖고 있거나 찾고 있는 반면에, 서독 출신 여성은 63.2%밖에 안된다. 또한 아이를 가진 여성들의 사회활동을 뒷받침하기 위한 사회제도나 시설의 경우도 동독 지역이 서독 지역보다 훨씬 잘 갖추어져 있다. 동독시절의 제도가 모조리 붕괴되어버렸지만, 필요에 의해서 다시 복원되었기 때문이다. 가족부의 통계에 따르면 90년대 말에 동쪽 지역에서는 세살 미만의 아이들 중 35%가 유아원 자리를 얻은 반면에, 서독 지역에서는 단지 3%에 불과했다.(15) 이 통계는 동독 출신 여성들이 직업과 가정생활을 병행하는 데 서독 여성들보다 훨씬 좋은 조건에 있음을 말해준다. 여성의 사회활동에 대한 인식이나 아이를 유아원에 보내는 것에 대한 사회적 인식 그리고 어머니가 일하는 동안 아이를 돌보아줄 사회시설이 얼마나 잘 갖추어져 있느냐에서 동서독이 차이를 보이고 있기에 앞으로의 격차 역시 계속 벌어질 가능성이 크다. 이런 식으로 계속 진행된다면 동독 출신 여성들에게 독일의 미래가 달려 있다는 말이 과장된 수사가 아닐지도 모른다.

실제로 많은 이들이 미래는 동쪽에 있다는 말을 조심스럽게 하고 있다. 『위험사회』를 쓴 서독 출신 사회학자 울리히 벡 역시 구동독인들이 사회적 위기에 더 잘 대처할 수 있기에 미래는 동쪽에 있다고 본다.

> 많은 측면에서 동쪽에 미래가 있다. 나는 구서독보다는 동쪽 지역이 새로운 해결책을 받아들일 준비가 훨씬 잘 되어 있다고 생각한다.[28]

장벽개방과 함께 찾아온 동독의 붕괴와 급작스러운 사회변동은 동독인들에게 한편으로는 가혹한 시련이었지만 다른 한편으로는 위기에 대처할 수 있는 능력을 길러주었다. 그들은 삶의 방향을 새롭게 정해야 했으며, 새로운 것을 배우고 옛것을 버리거나 다시 평가하며, 많은 것을 숙고해야 하는 상황을 경험해야 했다. 하루아침에 동독 체제가 무너지고 완전히 새로운 체제로 바뀌는 것을 경험한 구동독인들에게는 "모든 것이 갑자기 전과는 다르게 바뀔 수 있다"(47)는 인식이 깊숙이 각인되어 있다. 이러한 인

28) 앞의 책 13면에서 재인용.

식을 바탕에 갖고 있기에 새로운 것을 받아들이는 데 훨씬 유연한 자세를 보인다. 또한 완전히 상이한 두 체제를 직접 경험하였기에 경험의 폭이 넓으며 어느 한쪽의 가치를 절대화하지도 않는다. 통일 후의 독일사회를 헤쳐나오면서 자연스럽게 체득한 이러한 경험은 구동독인들이 "사고와 행위에서 훨씬 높은 유연성"을 발휘할 수 있게 해주었다.

더 나아가서 동독 출신 주민들은 어려움을 겪었기에 삶을 적극적으로 헤쳐나가려는 뚜렷한 목적의식을 지니고 있다. 실제로 헨젤과 같은 세대인 문화기획가 한나는 자기 나이 또래인 27세의 서독 젊은이들은 여전히 대학공부를 마치지 못하고 있는 데 비해 동쪽 친구들은 이미 일을 시작했다고 말한다.(39) 또한 서쪽 대학생들의 경우 부모가 경제적으로 학업을 뒷받침해주는 것이 "당연하다"고 생각하거나, 직업을 갖는 것을 주저하며 머뭇거리는 반면에 동쪽 대학생들은 부모에게 의존하지 않고 "상대적으로 빨리 직업세계로 나가고 싶어한다"(40)고 말한다. 여기에다 한나의 경우가 보여주듯 동독 출신 여성들은 자신이 무엇을 원하는지 직접 이야기하고, 독립과 자주를 추구하는 경향이 강하다. 또한 변화를 두려워하지 않는다. 렐린의 책에 실린 15명 여성들의 삶은 결코 단순하지 않다. 프리마돈나 발레리나에서 유명한 공연기획자가 된 이도 있고, 건축학을 공부하다 광고회사에서 일하는 이도 있다. 교회 자선사업부 교사에서 유기농 농장주로, 교사에서 호텔 주인이 된 이도 있다. 장벽이 개방되었을 때 역사학으로 석사학위를 마쳤기에 한동안 실업자가 되었다가, 서베를린 백화점 비정규직 직원과 몇차례의 임시직 일자리를 거쳐 지역 역사와 관련된 일을 하는 여성도 있다. 이들의 공통점은 모두 좌절하지 않고 자기계발과 노력을 통해 나름대로의 세계를 구축해나가고 있다는 것이다. 그렇기에 이들은 자신의 일에 대해 열정이 있으며 스스로에 대해서도 자신감을 갖고 있다. 지역사와 관련한 전시회를 기획하는 한시적 프로젝트의 책임자인 40세의 브리타는 자신의 삶을 돌아보며 그 자신감을 다음과 같이 표현한다.

제 일이 아주 마음에 들어요. 이 일을 할 수 있고, 저의 관심을 실현시키려 계속해서 노력해온 것이 기뻐요. 이 모든 것을, 야간학교와 대학입학 자격시험, 대학공부를 노력해서 손에 넣은 사람이라면 전환기 같은 것 때문에 모든 것을 포기하지는 않지요.(145)

이러한 능력과 자신감 그리고 경험을 바탕으로 동독 출신 독일인들은 통일독일 사회에서 점차 두각을 나타내고 있다. 특히, 헨젤 같은 젊은 세대나 렐린이 소개하고 있는 다양한 연령대의 동독 출신 여성들은 또래의 서독 출신 젊은이나 여성들에 비해 유리한 입장에서 좀더 적극적으로 활동하고 있다. 그렇기에 통일독일의 미래는 구동독인들, 더 나아가서 동독 출신 젊은이들과 특히 여성들에게 있다는 말이 과언은 아니다.

헨젤과 렐린이 그들의 책을 통해 조심스럽게 또는 당당하게 보여주는 구동독인들의 희망적 미래는 어떻게 보면 개인적 경험을 근거로 내린 주관적 판단일 수 있다. 그들의 이야기는 모두 성공한 이들의 이야기이기 때문이다. 통일 과정과 그 이후의 적응 과정에서 위기를 극복하고 살아남은 이들의 이야기이기 때문에 자신감과 희망이 넘친다. 하지만 이들의 이야기는 통일 과정에서 낙오한 수많은 동독인들의 삶을 포함하고 있지 않다. 그렇기에 성공한 이들의 성공담에 그칠 위험도 있다. 이들의 주장이 대부분의 동독인들에게 통용될 수 있는 보편성이 있는지 점검해봐야 할 필요성이 대두되는 이유이다. 통일 이후 수많은 동독인들이 일자리와 함께 사회적 지위를 잃고 많은 경우 가정파탄까지 경험하였으며, 동쪽 지역은 여전히 경제적으로 어려운 상황에 있고, 서쪽의 두 배에 달하는 실업률에 시달리고 있다. 이러한 상황에서 여전히 2등국민으로 살아가는 동독인들에게 그럼에도 불구하고 미래가 있다고 말할 수 있을까? 이에 대해 동독 출신 사회학자 볼프강 엥글러(Wolfgang Engler)는 『전위로서의 동독인들』에서 비록 다른 관점이지만 마찬가지로 긍정적 전망을 내리고 있다.

3. 독일의 미래는 구동독인들에게
— 볼프강 엥글러 『전위로서의 동독인들』

헨젤의 『동쪽 지역 아이들』과 같은 해인 2002년에 나온 엥글러의 책은 구동독인들이 현재의 어려운 처지에도 불구하고 통일독일의 미래 사회를 좀더 인간적이고 성숙한 사회로 만드는 데 앞장서야 하는 "역사적 사명"을 지니고 있다고 말한다.

엥글러는 다큐멘터리 영화나 동독 주민들의 인터뷰, 문학작품, 전문연구서 등을 광범위하게 참조하여 통일 이후 동독 지역의 "사회사"[29]를 제시한다. 엥글러가 분석하는 통일 이후의 동독 지역 상황은 암울하다. 장벽이 개방되던 1989년의 동독 인구가 1640만명이었는데 통일 10년 후에는 1500만명으로 줄어들었다.[30] 불과 10년 사이에 인구의 11%가 줄어든 것이다. 동독 지역을 떠난 이들 중에는 특히 젊은이들의 비중이 커서 동독 지역은 그야말로 '낡은 지역'이 되어가고 있다. 많은 이들이 서쪽으로 떠나갔기에 주택난을 겪는 서쪽과는 달리 동독 지역에는 100만 채 이상의 집이 비어 있는 상황이다.[31] 이렇게 많은 이들이 고향을 떠난 이유는 통일 과정에서

---

29) Christoph Links, "Wo bleicht das Subjekt?," *Freitag* 2002년 10월 11일자.
30) 다른 조사에 따르면 1990년부터 1999년까지 동독 지역을 떠난 이들의 수가 1,864,286명이라 한다. 그럼에도 동독 지역의 인구가 1500만명인 것은 서독 지역에서 동독 지역으로 이주한 이들도 있기 때문이다. André Fischer-Marum, "Deutsch-deutsche Wanderungen," *psychosozial. 23. Jahrgang*, Nr. 80, 2000, 73면.
31) Wolfgang Engler, *Die Ostdeutschen als Avantgarde*, Berlin 2002, 141면.(이후 본문에 면수만 표기)

초토화된 동독 지역의 경제가 생각보다 빨리 살아나지 못하면서 일자리를 충분히 제공해주지 못했기 때문이다. 독일의 통일이 급격히 이루어지고, 경제통합 역시 전격적으로 이루어졌기 때문에 동독의 기업들은 대부분 초기단계에서 파산하였다. 파산하지 않고 서쪽 자본에 매각된 기업들의 경우도 구조조정을 실시하여 인원감축을 하였는데 이 또한 수많은 실업자를 양산하는 원인이 되었다. 구조조정의 전형적인 예로 엥글러는 판코우(Pankow)의 기계생산 공장 베르크만 보르지히(Bergmann Borsig)를 들고 있다. 1990년에 이 공장에는 4500명이 일하고 있었는데, 외국 자본에 매각된 후 구조조정을 통해 1992년에 1300명으로, 1998년에는 다시 415명으로 줄어들어 현재는 종업원 수가 300명이 되었다. 이 공장 하나에서만 4200명의 실업자가 생긴 셈이다. 이것은 이 공장에만 국한된 특수한 예가 아니라 통일 후 동독 전지역에서 일상적으로 일어난 현상이다.(101) 하루아침에 일자리를 잃은 동독인들은 직업교육을 통해 다른 일자리를 얻은 경우도 있지만 여전히 많은 이들이 임시직을 전전하거나 그나마도 얻지 못하여 실업수당에 의존해 근근이 살고 있다. 동독 지역의 실업률이 서독 지역의 두 배인 20%에 육박한다는 사실이 이를 증명해준다.

이렇듯 사회적 환경을 보면 결코 구동독 지역에 독일의 미래가 있다고 말할 수 없다. 그런데 헨젤이나 렐린과 마찬가지로 엥글러 역시 구동독 지역과 구동독인들이 앞으로 사회에서 변화를 선도할 전위의 역할을 할 수 있을 것이라고 말한다. 이러한 주장의 근거로 엥글러는 동독인들이 동독 사회에서 자라나면서 자연적으로 습득한 삶의 자세를 든다. 그는 동독 시절 유명한 권투선수였다가 통일 이후 트레이너로 전환하여 큰 성공을 거둔 만프레트 볼케(Manfred Wolke)의 인터뷰를 인용한다.

어려움을 이겨낸 사람들은 물론 잘 지내지요. (…) 하지만 우리는 주위를 둘러보는 일에 아주 익숙해져 있어요. 그러면 정말이지 추락이라고 할 수 있는 것을 경험한 많은 이들, 빈곤의 경계에서 살아가는 사람들이 보입니다. 당신이 묻겠지만, 물론 나는 이런 문제를 가지고 있지 않아요. 하지만 내 주변에서 늘 이런 사람들을 보고 있단 말입니다. 그게 벌써 문제인 거지요.(32~33)

자신은 비록 어려운 시절을 견뎌내고 성공하여 좋은 생활을 하고 있지만 그렇지 못한 주변 사람들을 살펴보고 그들의 문제점을 공유하는 태도가 바로 구동독인들이 앞으로 바람직한 사회를 위해 '전위' 역할을 할 수 있으리라는 이유이다. 구동독인들은 이 시대가 보여주는 모든 반대 "경향"에도 불구하고 "사회적 판단 능력"을 지니고 있으며, "그들의 아비투스와 문화적 기억"에 힘입어 주변 사람들을 둘러보고 함께 아파할 수 있는 사회적 시각을 갖고 있기 때문이다. 물론 구동독인들의 이러한 아비투스는 사회적 평등을 강조한 동독사회에서 형성된 것이다. 통일 이후 성공한 사람이나 실패한 사람들 모두가 아쉬워하는 동독사회의 좋은 점은 동독에서는 누구나 일자리가 있었고 평생 직장이 보장되었으며, 지위 고하나 직업의 종류에 따라 차이는 있었으나 대부분의 노동자들은 수입이 비슷했다는 것이다. 동료간에 군이 치열하게 경쟁할 필요가 없었기에 수평적이며 인간적인 관계를 맺을 수 있었고, 공장이 제공하는 여러 편의시설과 문화시설을 활용하며 안정된 생활을 할 수 있었기에 사회적 삶을 꾸려갈 수 있었다. 통일독일의 혹독한 자본주의 사회를 경험하고 나서야 비로소 이들은 자신들의 예전 삶이 다 형편없던 것은 아니었다는 사실을 깨달았다. 이는 실업자뿐만 아니라 일자리를 얻은 이들에게도 공통으로 나타나는 현상이다. 엥글러는 이에 대해 통일 이후에도 다행히 해고되지 않고 계속 공장에 다니는 한 용접공의 말을 인용한다.

제 말은, 동독인이, 아직도 그런지는 모르겠지만, 예전에는 모두에게 좀더 개방적이었고 우호적이었으며 사교적이었어요. 우리는 멋진 공장 야유회를

갖곤 했지요. 파트너와 함께 춤을 추기도 하구요.(…) 그런 것은 오늘날 더이
상 없어요. 모두가 날아가버린 것 같아요. 사람들은 그대로인데 말이에요.(18)

일자리를 잃고 실존적 어려움에 처해 있는 이들이 예전의 좋았던 시절
을 아쉬워하는 것은 당연하다. 하지만 안정적 일자리를 확보하거나 통일
이후에 오히려 성공한 사람들이 "어떻든 따뜻함이 사라져버렸다"(111)거
나 "인간 사이의 관계"(19)가 없어졌다는 아쉬움을 토로하는 것은 구동독
인들이 인간적 삶을 여전히 중요시 여기고 있다는 사실을 보여준다. 엥글
러는 바로 이러한 구동독인들의 삶의 자세와 생각에서 앞으로의 가능성을
본다. 이들의 생각에는 사회적 평등의 중요성이 깊이 각인되어 있기 때문
이다. 엥글러의 이러한 주장은 『사회리포트』(*Sozialreport*)의 여론조사 결
과와는 상반된 것처럼 보인다. 엥글러가 인용하는 2001년의 조사 결과를
보면, 구동독인들은 '사회보장'을 가장 중요한 가치로 여기고 그다음 '정
의' '자유' '연대' '평등' 순으로 중요하게 생각함을 알 수 있다.(92) '평등'
과 '연대' 가치를 낮게 생각한다는 조사 결과는 엥글러의 주장과 정면으로
부딪친다. 그런데 엥글러는 동독인들이 중요하게 여기는 '사회보장' '정
의' '자유'의 가치는 모두 사회적 평등을 기초로 한 것이라는 설명을 통해
자신의 주장을 증명한다. 동독인들이 중요하게 생각하는 사회보장은 "직
업교육의 기회, 일자리, 무료 건강보험, 누구에게나 동등한 사회보장제도
의 도입"과 같이 평등 개념을 기초로 하고 있다. 그들이 생각하는 정의 역
시 "동쪽과 서쪽의 생활 조건을 조속히 균등화하는 것"이며, "학교교육이
나 직업교육에서 동쪽의 젊은이들이 동일하게 대우받는 것"이다. 또한
"남자와 여자의 동등한 권리"를 주장한다는 점에서 사회적 평등 개념이
바탕에 놓여 있다고 본다.(94)
　자유 개념 역시 마찬가지이다. 엥글러는 여론조사 기관 알렌스바흐 연
구소(Institut für Demoskopie Allensbach)가 1990년부터 실시한 여론조사

결과를 제시한다. 동서독인들에게 각각 '자유'와 '평등' 중에서 어떤 것을 더 중요하게 생각하는가 물어본 결과로, 구서독인들의 다수는 시종일관 처음부터 자유를 더 중요한 가치로 여기고 있다. 구동독인들의 경우 역시 1990년에는 자유가 평등보다 중요하다고 대답한 사람들이 약간 더 많은 수를 차지했지만, 그 다음해인 91년부터는 역전되어 자유보다 평등을 중요하게 생각하는 이들이 많아졌다. 그 격차는 시간이 흐르면서 점점 벌어져서 99년에는 60% 대 30%가 되었다.(95) 이 결과는 구동독인들이 여전히 사회적 평등을 중요하게 생각하고 있음을 말해준다.

엥글러는 동독인들이 사회적 정의와 평등을 여전히 중요하게 여기고 있다는 근거로 동독 지역에서 '민주사회당'(PDS)이 높은 지지를 받고 있다는 사실을 제시한다. '민주사회당'은 동독 공산당이었던 '사회주의통일당'에 뿌리를 두고 있다. 장벽개방 이후 지도부와 당명을 바꾸고 개혁사회주의자들의 주도로 새롭게 출발한 '민주사회당'은 통일 이후 초기에는 멸시와 조롱의 대상이었으나 이후 어려움을 극복하고 이제는 동쪽 지역을 대변하는 정당이 되었다. 초기에 한자리수를 유지하던 민주사회당의 지지율은 2000년대에는 지역에 따라 50%를 넘는 비약적인 증가를 보였다.[32] 이에 따라 민주사회당 단독으로 또는 사민당과 연합하여 여러 곳의 지방정부나 주정부의 집권당이 될 정도로 성장하였다. 민주사회당의 성공은 광범위한 연령대와 계층으로부터 골고루 지지를 받고 있다는 점에서 의미

---

32) 민사당에 대한 지지도가 2006년 지방선거에서 다르게 나타났다. 2006년 9월 17일에 치러진 메클렌부르크 포어포메른 주와 베를린시의 지방의회 선거에서 민사당은 그 전해에 사민당을 탈당한 일부 세력과 연합하여 만든 '좌파연합'으로 나왔는데 4년 전에 비해 오히려 약해졌다. 메클렌부르크 포어포메른 주에서는 4년 전에 비해 0.4% 상승한 반면, 베를린 시의회 선거에서는 9.2%의 지지율 하락을 보였다. 두 지역 모두에서 사민당과 연정 정부를 구성하고 있지만, 앞으로 어떻게 될 것인지 불투명하다. 특히 베를린에서의 급격한 지지율 감소는 정권에 참여한 정당으로서 민사당의 한계를 드러냈다고 볼 수 있다. 메클렌부르크 주의 선거에서는 자민당이 상당한 약진을 한 것이 눈에 띈다.

를 지닌다. 이 정당 지지자가 통일의 패배자나 옛 동독관료들, 노동자, 실업자가 아니라 학생들과 젊은이들이며 또한 회사원과 관리의 비중 역시 높다는 사실은 명실공히 동독 지역을 대표하는 국민정당이 되었음을 말해준다. 민주사회당이 이렇듯 성공한 요인은 구동독인들이 과거를 잊어버렸거나 과거를 그리워하는 단순한 오스탈기 덕분이라기보다는 민사당이 "동쪽의 관용어"를 잘 구사하고 있기 때문이라는 것이 엥글러의 진단이다.(37) 구동독인들이 무엇을 아쉬워하며, 무엇을 주장하는가를 잘 알고 그것을 대변함으로써 넓은 지지를 받을 수 있었다는 것이다. 다시 말하면 사회적 정의와 사회적 평등을 기반으로 한 구동독인들의 불평과 요구를 대변함으로써 동독 지역에서 강력한 정치세력으로 성장한 것이다. 그런 점에서 민주사회당이 "제한받지 않는 개인의 자유" "모든 종류의 국가 행사나 허례에 대한 반대" "무력시위"를 통한 "갈등해결 반대"를 주장하는 것은 바로 구동독인들의 요구와 일치한다는 것이 엥글러의 입장이다. 구동독인들은 개인의 자유가 심히 제한된 곳에서 살았기에 가능하면 아무런 제약도 받지 않는 개인의 자유를 강력하게 요구하며, 군사적 요구와 실천에 끊임없이 시달렸기에 모든 군사적이고 호전적인 것을 반대하며, 폭력을 통한 문제해결 방식을 직접 또는 간접적으로 경험했기에(53년 노동자봉기 진압, 68년 프라하의 봄 무력진압, 80년 아프가니스탄 침공) 이를 강력히 반대한다. "정당한 전쟁"이 있는가,라는 질문에 구동독인들의 78%가 아니라고 대답한 것 역시 구동독인들이 구서독인들보다 오히려 더 강한 평화주의를 갖고 있음을 말해준다.(38)

이런 점에서 구동독인들의 삶의 태도와 생각 그리고 지향점은 통일독일 사회를 변화시킬 중요한 요인이다. 점점 개인주의화되고 성공을 모든 것의 척도로 생각하며 보수적으로 변해가는 신자유주의의 와중에 서 있는 독일사회에서 사회적 평등의 가치를 강조하는 구동독인들은 사회의 가장 앞에 서서 방향을 바꿀 수 있는 '전위'이다. 그래서 엥글러는 구동독인들에게 자유와 평등을 다시 한번 화해시킬 "역사적 사명"이 주어졌다고까지 말한다.

> 동독인들이 자신들의 출신과 이 세계에서 현재 차지하고 있는 위치로 인해 자신들만의 고유한 사명이라 여길 수 있는 그러한 역사적 사명이 있다면, 그것은 평등과 자유를 서로 화해시키는 것이다.(33)

엥글러가 구동독인들에게서 보는 두번째 희망의 근거는 구동독인들이 과거의 경험으로 인해서 포드주의 이후의 새로운 생산방식에 매우 잘 적응하면서 선도적 역할을 할 수 있다는 점이다. 『전위로서의 동독인들』보다 2년 전에 발표한 『동쪽 독일인들』에서 엥글러는 동독이 '시민사회'나 '봉건사회' 같은 의미에서의 '노동자적 사회'(die arbeiterliche Gesell-schaft)였다고 동독사회의 특수성을 설명한 바 있다. '노동자적 사회'는 '노동자들의 사회'(die Arbeitergesellschaft)가 아니라 노동자들의 가치 및 행동 기준이 그 사회의 규범으로 작용하는 사회를 의미한다. 동독의 경우 사무직 근무자나 하급 관리들도 자신을 노동자라 여길 정도로 노동자의 사회적 위상이 높았다. 동독에서는 노동자가 정치적 헤게모니를 쥐고 있지는 않았지만 사회, 문화, 일상생활의 영역에서는 가치를 주도하는 그룹이었으며, 노동자의 "사회적 견해와 취향, 예의범절"이 그 사회의 기준이 되었기에 '노동자적 사회'였다는 것이다.(76) 그렇기에 노동자들은 자신이 노동자임을 사랑스럽게 여겼고, 이러한 사의식은 나른 한편으로 사신이 공장에서 맡고 있는 역할이나 노동에 대한 만족과 자부심을 불러 일으켰다. 한 직장에서 비슷한 일을 수십년간 수행했기에 많은 노동자들이 자신의 분야에서 베테랑이 되었다. 이들은 또한 몇명씩 팀을 이루어 그 팀이 집단으로 일을 처리하는 집단적 생산방식에 익숙해져 있었다.

통일 이후에 물론 동쪽 지역에서는 이러한 '노동자적 사회'가 전면 해체되고 서독식 자본주의 사회, 즉 효율과 이윤의 극대화를 최우선으로 하는 신자유주의 사회로 바뀌었다. 그런데 자본주의 사회의 생산방식 역시 급속도로 바뀌어가고 있다. 대량생산을 주도했던 포드주의가 쇠퇴하고 컨베이어벨트 대신 팀제 작업이 도입되었으며, "유연성, 다기능, 팀별 작업"을 강조하는 새로운 생산방식이 대세를 이루고 있다.(81) 엥글러는 동독인들이 과거 '노동자적 사회'에서의 경험을 갖고 있기에 바로 이러한 팀별 작업이나 그룹별 종합공정 방식에 빨리 적응할 수 있다고 본다. 동독의 생산방식이 "포드주의 전 단계"에 머물러 있었기에 이러한 "뒤처짐"이 오히려 동독인들이 새롭게 등장한 최첨단 공정에 익숙해지는 데 "장점"으로 작용한다는 것이다.

동독인들이 많은 부분에서 포드주의 전 단계라 할 수 있는 노동세계와 노동방식을 고수했었기 때문에 그들은 그 어떤 매개나 준비 기간 없이 역사적 단계에서 전지구화된 세계사회의 전방으로 바로 건너뛸 수 있었다. 후위에서 전위가 된 것이다.(82)

엥글러는 구동독인들이 자신의 노동에 자부심을 가진 베테랑 노동자로서 "무언가 새로 제작하고, 꼼꼼하게 일을 처리하고, 임기응변에 능한" 그런 능력을 여전히 갖고 있기에 새로운 생산방식의 요구와 잘 맞아떨어진다고 말한다.(82) 또한 동독인들은 시민으로서나 노동자로서 늘 "집단" 속에 묶여 있었기에 그들에게 "팀워크"는 "아주 익숙한 실천행위"였다. 팀별 작업이 강조되는 새로운 생산방식에서 팀워크의 경험은 매우 유용한 가치이다. 그리고 동독인들이 "문제나 갈등을 공동으로 해결하고" "개인들 사이는 물론 그룹과 그 위에 있는 연결고리를 서로 매개"하는 중재 역할을 어렸을 때부터 배워 습득해왔기 때문에 자신도 모르는 사이에 "시대의 변화"에 맞는 능력을 지니게 되었다는 것이 엥글러의 주장이다. 구동독

374

인들은 예전의 집단화 경험을 통해 새롭게 직면한 "변화된 구조"에 "바로 적응"할 수 있었다는 것이다.(83)

구동독인들이 실제로 새로운 작업 환경에 잘 적응하고 있음은 통일 이후 동독 지역에 진출한 서쪽 기업인들의 평가에서 잘 알 수 있다. 경제 저널리스트 귄터 하이스만이 동독 지역 기업가들을 상대로 조사한 바에 따르면 이들은 구동독 노동자들을 매우 높게 평가하고 있다고 한다. 기업가들은 구동독의 노동자들이 일에 걸맞는 "자질과 동기"를 갖추고 있으며, "서유럽이나 서독의 동료들에 비해 결근 시간은 적으면서 더 오래 일하는 것"을 높이 평가한다. 그들이 더욱 높게 평가하는 점은 동쪽 노동자들이 "그룹노동의 요구에 잘 부응하며, 결정과 책임을 아래 부서에 위임하는 문제를 잘 다루고 자기조절 및 집단적 자치조직" 능력이 뛰어나다는 것이다.(83~84) 그렇기에 짧은 시간 안에 "불량률 제로, 정해진 시간 안에 생산 끝내기" 등의 원칙이 동쪽에 성공적으로 뿌리내릴 수 있었다고 한다. 그 결과 고부가가치 산업인 항공우주산업, 광학 및 정밀기계, 마이크로전자, 생명공학 등이 점점 더 많이 동쪽 지역에 자리잡기 시작하였다.(84)

동독 지역의 경제가 비록 현재는 여전히 어두운 상황이지만 새로운 생산모델과 작업방식을 요구하는 고부가가치 산업의 확산은 동독 지역의 미래에 밝은 빛을 던져준다. 동독인들이 동독사회에서 습득한 능력들을 가지고 있기에 서독인들보다 더 빨리 새로운 생산모델에 적용하고 이를 선도할 수 있다는 점에서 엥글러는 동독인들이 '전위'라 한 것이다.

엥글러가 구동독인들이 전위의 역할을 맡았다고 주장하는 세번째 이유는 동독 지역의 피폐 및 공동화 상태가 오히려 새로운 사회모델 및 삶의 양식을 도입하는 데 도움이 된다는 것이다. 이번에는 구동독인들의 능력이 아니라 동독 지역의 상황 자체가 그들에게 전위로서의 역할을 요구한다.

유럽의 한가운데에서 동독 지역처럼 매력적이고 변화무쌍하며 드넓은 곳을, 인구밀도도 낮고 산업과 배기가스와 시멘트에 손상되지 않은 곳을 어디서 찾을 수 있겠는가? 이곳에 바로 완전히 새로운 지역정책을 수립할 계기와 자원이 있지 않은가? (126)

구동독지역의 경제 상황은 연방정부의 지속적인 재정 지원 없이는 지탱하기 어려운 처지이다. 특히 20%에 육박하는 실업률은 동독 지역의 삶의 양식마저 바꿔놓을 정도로 심각하다. 동독 지역에서 일자리를 갖고 있는 사람, 즉 어린아이나 청소년, 실업자, 연금생활자를 제외한 직업종사자의 수는 600만명밖에 안된다.(107) 전체 인구 1500만의 40%만이 노동을 하고 있는 셈이다. 엥글러는 이러한 상황을 오히려 전화위복의 기회로 삼자는, 즉 이참에 아주 노동의 개념을 바꾸고 새로운 사회 모델을 만들어보자는 매우 흥미롭고 동시에 이상적인 제안을 한다.

실업자들이 단순히 일자리만이 아니라 사회적 기반과 사회적 관계까지 잃어버리게 된 것은 지금까지 노동에 부여했던 중요성 때문이었다. 즉, 노동이 삶의 원천이고, 노동이 사회적 안정을 가져다주는 기반이라고 생각했기에 노동하지 않는 자는 당연히 사회에서 낙오한 자로 취급되었다. 동독 지역의 많은 실업자들이 어려움을 겪고 있는 이유도 바로 동독사회에서 노동의 의미가 남달랐기 때문이다. 그런데 현재 동독 지역에서는 노동하지 않는 인구가 더 많은 비중을 차지한다. 현재 동독 지역이 이러한 "위기"를 안고 있지만 이는 동시에 "새로운 사회계약을 맺을 씨앗"을 품고 있다는 것이 엥글러의 주장이다.(178) 노동이 중심이 되는 "노동사회"를 대체할 새로운 사회를 위해 그는 "시민수당"(Bürgergeld) 도입을 제안한다.(174) '실업수당'이 실업자에게 일정기간 지급하여 생활을 영위할 수 있게 하는 지원금이라면 '시민수당'은 모든 시민에게 지급하는, 시민이면 누구나 신청할 수 있는 일종의 기초생활비이며 동시에 품위유지비이다.

'시민수당'을 도입하면 노동사회의 문제를 "일시에 해결"할 수 있다는 것이다.

> 모든 사람들이 물질적으로 그리고 문화적으로 보장된 수입을 갖게 될 것이다. 아무런 근거를 제시하지 않아도 (시민수당을) 요구할 수 있기에 자기자신의 삶을 꾸려나갈 수단을 얻기 위해 애를 쓰지 않아도 된다.(174)

이렇게 되면 자연히 "노동에 대한 인간의 관계" 역시 "혁명적으로 변화"할 수밖에 없고, 사람들은 일자리를 잃거나 "몰락할지 모른다는 불안감"에서 해방되어 여유롭게 지낼 수 있을 것이라고 한다.(174) 이때 중요한 것은 일자리가 없어도, 노동을 하지 않아도 삶의 의미를 찾을 수 있고 삶의 충만함을 느낄 수 있게 만드는 것이다. 이를 위해서 엥글러는 "체계적이고 광범위한 준비" 즉 "새로운 문화 모델을 만들어내는 것"이 필요함을 역설한다. 가족, 유치원, 학교, 공공 여론기관, 예술, 철학, 학문이 함께 힘을 합쳐 "교육과 호기심 그리고 지식획득"을 "흥미롭게" 만들 수 있다면 각자가 자신의 활동을 통해 하고 싶은 일을 하면서 삶을 즐길 수 있게 될 것이라는 주장이다.(178~79) 자신에게 기쁨을 주고 관심과 능력을 일깨우는 일을 할 수 있도록 도와준다면 지금까지와는 전혀 새로운 사회가 열릴 것이라는 입장이다. 이를 엥글러는 다른 인터뷰에서 "사람들은 정신적으로, 문화적으로 그리고 사회적으로 시간을 보내고, 자신의 삶을 스스로 연출할 수 있는 법을 배워야 할 겁니다. 아리스토델레스의 밀을 빌리면, 활동이 중요한 거지요, 노동이 아닌 활동 말입니다"[33]라고 말한다.

실업률이 상당히 높고, 사회 상황에 고통받는 이들이 대량으로 존재하며, 더이상의 박탈은 사회적 죽음을 의미할 뿐인 동독 지역에서 바로 "새

---

33) "Vielleicht geht es im Osten" Interview mit Wolfgang Engler, *taz* 2002년 10월 2일자.

로운 자유"가 나와야 한다는 것이 엥글러의 입장이다. 그래서 엥글러는 동독 지역을 "미래사회"를 선도하는 새로운 사회로 만들 것을 제안한다. 그것은 성장의 이윤을 분배하여 노동 없이도 인간적 삶을 꾸려나갈 수 있는 그런 사회이다.

성장의 이윤을 인간적인 삶과, 적게 일하거나 더 나아가 노동하지 않으면서도 인간적일 수 있는 그런 삶과 바꿉시다!(178)

엥글러의 이러한 주장은 지금 과연 실현이 가능할 것인지 의심스러운 이상주의적 제안으로 보인다. 전지구화와 신자유주의의 파도가 거세게 전 세계를 강타하는 가운데에서 과연 한 나라 전체도 아닌 자그만 동독 지역이 자본과 시장의 논리에서 벗어난 새로운 사회 모델을 만들 수 있을지 의심스럽다. 또한 여러 평자들이 지적하듯 그가 제안하는 새로운 사회의 핵심인 '시민수당'을 어떻게 조성하고 그것을 조성하는 일에 누가 참여할 것인지에 대해서는 아무런 구체적 설명이 없다.[34]

하지만 엥글러의 주장을 전향적으로 받아들인다면 사회주의 몰락 이후에 자본주의에 아무런 대안도 제시하지 못하고 있는 현재의 상황을 타개할 문제제기로 읽을 수 있다. 컴퓨터 기술과 생산성 향상으로 노동시간이 단축되고, 인간의 노동력을 로봇이 대폭 대체하여 적은 규모의 노동자만 필요하게 된다면 노동에 종사하는 인구가 적어질 테니 새로운 노동 개념이 생길 수 있을 것이다. 또는 전세계적으로 문제가 되고 있는 20대 80의 사회, 즉 한 나라 또는 전세계적 차원에서 상위 20%가 모든 생산을 담당하고 나머지 80%는 잉여적 존재로 전락할 '위험사회'의 문제를 극복할 수 있

---

34) Lutz Rathenow, "Der Osten hört niemals auf!," *Zeitdenken 2003*, http://zeitdenken.de; Christoph Links, "Wo bleicht das Subjekt?," *Freitag* 2002년 10월 11자.

는 대안으로 생각해볼 수 있을 것이다. 이런 점에서 엥글러의 주장은 비록 당장은 실현가능하지 않지만 산업사회를 대체할 새로운 사회를 꿈꾸는 "사회적 판타지"이자 "인상적인 픽션"이라 할 수 있다.[35] 그리고 단순히 동독 지역을 넘어서서 많은 문제점을 안고 있는 자본주의 사회 전체가 진지하게 고민해야 할 신선한 문제제기로 받아들일 수 있을 것이다.

동독 지역과 구동독인들은 통일된 지 오랜 세월이 지났지만 여전히 어려움을 겪고 있다. 그럼에도 불구하고, 또는 바로 그러한 이유 때문에 그들은 앞으로 독일사회를 선도할 가능성을 갖고 있으며, 새로운 패러다임을 만들어낼 수 있는 가능성을 지니고 있다. 앞으로 이들이 어떤 활약을 할지 유심히 지켜보아야 할 이유가 여기에 있다.

---

35) Beatrix Langner, "Bürgerstolz vor Arbeitsärmern," *Neue Züricher Zeitung* 2003년 5월 7일자.

독일통일에 비추어본 한반도 통일방안

1. 독일통일의 명암
(1) 통일방식에서의 문제 – 서독에 의한 흡수통일
(2) 무리한 경제통합으로 인한 동독 산업의 붕괴
(3) 통일 과정에서 벌어진 지나친 동독의 악마화
(4) 머릿속의 장벽 문제 – 내적 통합의 어려움

2. 독일통일의 교훈과 한반도 통일의 기본원칙
(1) 평화통일의 원칙
(2) 통일에 대한 사전준비의 필요성
(3) 한반도 통일의 대원칙 – 대등한 입장에서의 통일

3. 한반도 통일을 어렵게 만드는 문제들
(1) 북한이 흡수통일될 때의 문제
(2) 개혁개방 노선과 북한의 딜레마

4. 한반도 통일방안
(1) 북한 살리기가 곧 통일의 과정
(2) 과정으로서의 통일과 아래로부터의 통일
(3) 세계사적 사건으로서의 한반도 통일

1. 독일통일의 명암

독일의 통일은 그야말로 벼락같이 이루어졌다. 아무도 통일을 이야기하거나 예상치 못한 상태에서 마치 하늘에서 벼락이 떨어지듯 통일이 되었다. 베를린 장벽이 개방되고 1년도 채 안되어 독일통일이 완수되었으니 정말 놀라운 사건이 아닐 수 없다. 독일의 통일은 40년간의 비정상적인 분단 상태를 종식하고 하나의 독일을 이룬 사건이라는 점에서 의미를 지닌다. 인위적 분할로 인해 국경이 그어지고, 사회주의와 자본주의 진영으로 나뉘어 체제 대결을 펼치면서 각기 다른 나라처럼 살아가야 했던 동서독이 하나의 독일이 된 것이 바로 통일이었다. 따라서 통일은 비정상적인 상태를 정상적이고 자연스러운 상태로 되돌리는 일이었다. 통일을 통해 분단 상황이 야기했던 모든 비정상적인 일들이 사라지고 독일인들은 아무런 제약 없이 하나된 국가에서 살 수 있게 되었다. 독일은 통일 이후 인구 8천2백만명에 영토가 한반도의 1.6배인 거대국가가 되어 분단시대보다 더 강력한 영향력과 잠재력을 지닌 국가로 발전하였다. 통일독일은 또한 냉전

대결구도가 사라진 유럽의 한가운데에 자리함으로써 지정학적으로도 동서유럽을 잇는 중요한 위치를 차지하고 있다. 독일통일로 인해 가장 혜택을 받은 세대는 물론 자라나는 젊은이들이다. 40여년간의 냉전기간 동안 이념적으로 서로 대립하며 같은 민족끼리 적대적 관계를 유지했던 분단세대에 비해 통일세대의 젊은이들은 자유롭게 양쪽을 오가며 마음껏 꿈을 펼칠 수 있게 되었기 때문이다. 이것이 통일이 가져온 긍정적 측면이다.

하지만 독일의 통일은 철저한 사전준비 없이 갑작스럽게 역사의 행보에 휩쓸려 이루어졌기 때문에 통일 과정과 이후에 많은 문제점을 불러일으킨 것도 사실이다. 통일이 된 지 18년이 되어가는 오늘날에도 여전히 동서독 주민들 간에 머릿속의 장벽이 존재하는 것도 통일의 후유증이다. 독일의 통일은 다음과 같은 문제점을 불러일으켰다.

(1) 통일방식에서의 문제 — 서독에 의한 흡수통일

독일통일이 지닌 가장 커다란 문제점은 동서독이 대등한 관계에서 국가 간 통일을 이룬 것이 아니라 동독의 몰락과 서독으로의 흡수통합이라는 비정상적 방식으로 통일이 완성되었다는 것이다. 그 결과 동독은 모든 체제와 질서 그리고 가치가 무너지고 서독의 체제와 제도를 받아들여야 했지만 서독에는 거의 아무런 변화가 없었다. 통일이라는 엄청난 사건이 일어났음에도 불구하고 서독 지역의 변화나 서독인들의 일상이 바뀌지 않았다. 서독의 관점에서 보면 통일은 기존의 서독 영토에 동독 영토가 덧붙여진 것에 불과하기 때문이다. 즉, 서독이라는 국가에 동독의 5개 주가 새롭게 연방으로 편입된 것이 독일통일의 실상이다. 그렇다보니 서독의 경우 통일로 인해 변한 것 없이 지금까지의 경제, 정치, 사회 제도를 그대로 유지하며 지금까지의 방식대로 살아가면 되었다. 다만, 국가적 차원에서 동독 지역 재건을 위해 상당한 재원을 쏟아부어야 했기에 독일 경제가 휘청이고 경제 성장률 역시 둔화되는 어려움을 겪어야 했으며,[1] 개인적으로는

'연대기부금'(Solidaritätszuschlag)이라 하여 신설된 통일세를 내야 하는 세금 부담이 늘어난 것이 변화라면 변화였다.[2]

이에 비해 동독의 경우는 통일로 인해 그야말로 모든 것이 바뀌었다. 40년간 존속하던 동독이라는 국가가 소멸함에 따라 사회주의 제도 자체가 하루아침에 사라지고 그대신에 자본주의 체제가 들어서게 되었다. 이것은 곧 경제, 정치, 사회, 문화, 교육 등 모든 분야에서 기존의 가치가 효용성을 상실하고 새로운 가치로 대체되었음을 의미한다. 동독인들은 하루아침에 전혀 새로운 제도와 체제에 적응해야만 했다. 국가 소유의 공장에서 전체 계획에 따라 생산이 이루어지던 사회주의 경제체제에 익숙한 동독인들이 사적 소유와 시장의 논리를 중심으로 하는 자본주의 경제체제에 곧바로 적응하는 데에는 많은 무리가 따랐다. 더구나 통일 전에 단행된 동서독의 경제통합에 따른 동독 산업의 붕괴, 그리고 통일 이후 신탁관리청에 의해 대부분의 동독 기업이 폐쇄되거나 매각됨으로써 많은 이들이 직장을 잃고 실업자로 전락하였다.

이러한 모든 문제는 동서독의 통합이 서독 주도의 흡수통일 방식으로 이루어진 데 그 원인이 있다. 서독은 기본법에 명시된 두 가지 통일방안 중에서 동독의 영토와 국민을 서독으로 편입할 수 있다는 기본법 23조에 따라 동독의 신설 5개 주를 통합하는 방식으로 통일을 이루었다. 만일 독일이 당시 여러 지식인들과 사민당이 제안했던 것처럼 기본법 146조를 바

---

1) 최근의 통계에 따르면 통일 후 17년간 2조 유로(약 3200조원)의 통일비용이 동독 지역에 투입되었다고 한다. 이 때문에 독일의 경제는 연 2% 이내의 저성장과 실업률이 10%를 넘는 어려운 상황에 처하게 되었다.

2) 통일세는 1991년에 동독 지역의 인프라 구축과 경제 지원을 위해 도입되었다. 처음에는 소득세와 법인세의 7.5%를 부과하다가 98년에 세율을 5.5%로 낮추었다. 통일세를 통해 매년 100억 유로의 재원이 마련된다고 한다. 통일세는 구서독인들뿐 아니라 구동독인들도 똑같이 내고 있다. 2019년까지 한시적으로 부과된 세금인데 현재 독일에서는 통일세를 축소하거나 폐지해야 한다는 논란이 일고 있다.

탕으로 통일을 준비했다면 후유증을 많이 줄일 수 있었을 것이다. 기본법 146조에 따르면 동서독 의회가 동등한 자격으로 제헌의회를 구성하여 새로운 헌법을 만든 뒤에 그 헌법에 따라 총선을 치러 통일정부를 구성하는 점진적 통일을 이룰 수 있다. 하지만 독일은 쉬운 방식을 택하였다.

(2) 무리한 경제통합으로 인한 동독 산업의 붕괴

독일의 통일은 사전에 충분히 준비하고 오랜 논의를 거쳐 이루어진 것이 아니라 동독의 급변하는 국내 정세에 따라 신속하게 이루어졌기 때문에 시행착오를 많이 겪었다. 이러한 일은 공식적인 통일 이전에 단행된 동서독 간의 경제통합에서도 마찬가지로 일어났다. 40년간 독자적으로 운영되던 두 개의 완전히 다른 경제체제가 하나로 합쳐지기 위해서는 사전에 치밀한 준비와 점검이 필요했지만 역사의 행보에 떠밀려서 통합부터 해버리는 바람에 동독의 산업 자체가 붕괴되는 문제가 발생하였다. 1990년 7월 1일자로 단행된 동서독 간의 경제통합은 정치적 논리에 의해 결정되고 시행되었다. 1989년 가을부터 시작된 동독 민중들의 민주화 요구와 가두 시위는 결국 호네커 당 서기장을 퇴진시켰고, 그해 11월 9일에 장벽개방을 이루어냈다. 이후 동독 민중의 요구는 정치적 자유나 여행의 자유에서 하나의 민족, 즉 독일의 통일로 변화하였다. 이러한 동독 민중의 요구는 대외적으로는 대다수 동독인들의 서독 탈출 행렬로 분출되었고, 대내적으로는 1990년 3월에 치러진 동독 총선거에서 서독의 콜 수상의 지원을 받는 동독 기민당이 집권함으로써 사회주의 정권이 막을 내리는 사건으로 이어졌다. 이러한 와중에 동독 민중의 요구와 서독정부의 이해가 맞아떨어져 통일이 급속히 진행되었고 우선적으로 경제통합이 이루어진 것이다. 동독 민중은 "자본주의 소비의 문을 열 수 있는 만능 열쇠"[3]인 서독 마르크를

---

3) Konrad H. Jarusch, *Die unverhoffte Einheit 1989~1990*, Frankfurt/M. 1995, 217면.

하루빨리 손에 넣기를 원했고, 콜과 그의 정부는 그해 12월로 정해진 총선에서 승리를 거두기 위해 동독인들의 기대를 충족시켜야 했다. 그런데 동서독의 경제통합은 동독이 아무런 사전준비도 보호장치도 없이 자본주의 시장경제로 바로 편입된 것을 의미한다. 특히, 경제통합의 근간을 이루는 동서독 화폐의 통합은 많은 후유증을 낳았다. 당시 동독 마르크의 가치는 서독 마르크에 비해 공식적으로는 3분의 1 수준이고, 비공식적으로는 7분의 1 정도였다. 그런데 이러한 실질 가치를 무시하고 동서독 마르크를 1대 1로 통합함으로써 동독 산업이 붕괴된 것이다. 동독 마르크를 서독 마르크로 대체하면서 교환비율을 1대 1로 정한 것은 서독정부가 동독의 산업보다는 국민 개개인의 요구를 더 고려했기 때문이다. 동독인들이 자신들이 갖고 있는 동독 마르크를 서독 마르크로 바꿀 때 가능한 한 많이 받기를 강력히 주장한 것은 당연한 일이다. 그런데 통일을 주도한 서독정부는 동독인들의 요구를 들어줌으로써 동독의 산업이 급속히 붕괴되는 바탕을 마련하는 우를 범했다. 경제통합으로 서방의 질 좋은 상품들이 물밀듯이 동독으로 밀려들어오는 와중에 기존의 동독 상품이 지닌 경쟁력은 약해질 수밖에 없었다. 이러한 상황에서 동독 상품이 지닌 유일한 경쟁력은 가격인데 동서독 화폐가치를 1대 1로 정함으로써 가격 경쟁력마저 잃어버렸다. 동일한 상품의 가치가 예전에 비해 실질적으로 세배 이상 치솟은 것이니 가격이 세배 이상 급등한 것이나 마찬가지였다. 이는 곧 그때까지 동독 상품이 동유럽 지역에서 확보하고 있던 수출 경쟁력에도 치명적인 영향을 미쳐서 수출 길 역시 막히고 말았다. 내수와 수출 모든 부분에서 경쟁력을 잃어버린 동독 상품은 시장에서 철저히 외면되었고 그 결과 "대부분의 산업 분야에서 10개 중 9개의 일자리가 사라져"[4]버리는 악순환으로 이어졌다. 여기에는 물론 동독인들의 심리적 요인도 한몫을 했다. 동독 민중들이 서독으

---

4) 우베 뮐러 지음, 이봉기 옮김 『대재앙 통일―독일 통일로부터의 교훈』, 문학세계사 2006, 60면.

로의 조속한 흡수통일을 요구한 것은 단기간에 서독인들의 생활수준으로 편입되고 싶다는 소망을 가졌기 때문이다. 그렇기에 그들은 서독이나 서방세계의 상품에 대해 일종의 동경심을 갖고 있었다. 이 동경심과 새로운 것에 대한 호기심이 기존의 동독 상품을 외면하고 서독 상품을 선호하는 경향으로 나타난 것이다. 이는 또한 동독의 몰락 이후 사회주의와 관련된 모든 것을 부정하는 현상과도 일맥상통한다.

화폐통합이 이루어진 후 불과 1년 동안에 "가공업의 생산이 42%나 감소"했으며 1989년 말과 비교하면 "동독의 공업생산은 거의 65%"가 하락하였다. 국민총생산의 3분의 1이, 공업생산의 3분의 2가 감소한 것이다.[5] 동독 산업의 전반적 붕괴는 통일 이후 동독의 국유재산을 처분하기 위해 세워진 신탁관리청(Treuhand)의 활동에 의해서도 촉진되었다. 신탁관리청은 동독이 몰락한 후 총국가자산의 90% 이상을 차지하던 국가 소유 재산을 정리하기 위해 세워진 한시적 조직으로 12,500개의 기업과 약 45,000개의 작업장 그리고 막대한 면적의 토지와 부동산을 사유화하는 작업을 담당하였다. 이들은 특히 국영기업이었던 동독 기업의 경쟁력을 평가하여 회생 가능한 기업들을 가려냈는데 상당수 동독 기업들이 회생 불가능 판정을 받아 문을 닫았다. 회생 가능 판정을 받아 매각된 기업 역시 대부분 헐값에 서독 자본가들에게 넘겨졌다. 서독정부는 애초 국유재산 매각을 통해 8000억에서 1조 마르크의 재원을 조달할 수 있으리라 예상했으나 1994년 신탁관리청이 평가 작업을 종료했을 때 동독 기업의 가치는 670억 마르크로 줄어들었을 정도로 동독의 국유재산과 산업시설은 헐값에 처분되고 말았다.[6]

수많은 기업들이 문을 닫자 당장 실업자가 대거 발생했고, 서방 자본가

5) 얀 프리베, 루돌프 히켈 지음, 한종만 옮김 『독일통일비용』, 대륙연구소 출판부 1994, 47면.
6) 우베 뮐러, 앞의 책 202면.

에게 매각되어 살아남은 기업의 경우 역시 냉혹한 자본주의 생산방식을 도입하면서 구조조정에 들어가 대량 해고가 일어났다. 그 결과 동독 지역의 실업률은 20%를 상회하게 되었다. 단축 조업자나 직업교육 및 재교육 이수자, 조기 은퇴자를 실업의 범주로 계산하면 통일된 지 1년이 지난 "1991년 가을에 약 280만명" 즉 31.8%의 실업률을 기록하였다. 이들 실업자는 "이행기 위기의 희생자"가 된 것이다.[7] 실업자의 증가는 동독 지역의 심각한 사회문제를 야기하였고 전독일 차원에서도 과도한 실업수당 지급과 재교육 비용으로 인한 통일비용의 증가로 이어졌다. "생산기반의 와해는 기업 내부에서의 투자 여력을 축소시켰으며, 예상을 상회한 대량실업은 사회보장비 등 이전비용을 증가시킴으로써 통일비용을 증가"시켰다. 통일비용의 증가는 다시 재정 적자로 이어지고, 이를 메우기 위해 정부 지출이 축소되자 기업 투자는 물론 민간 소비 역시 위축되었다. 이는 다시 경제성장률 하락으로 이어지고 "기업 도산을 가속화시켜 결국 대량 실업과 통일비용을 증폭하는 악순환을 초래"하였다.[8] 이것이 통일 과정에서 성급하게 이루어진 경제통합의 문제점이다. 성급한 경제통합으로 동독의 기업들이 경쟁력을 상실하여 줄줄이 도산해버리고, 수많은 실업자를 양산함으로써 동독 지역 전체가 휘청이는 후유증을 앓은 것이다. 통일 이후 17년간 동독 지역에 거의 2조 유로에 달하는 막대한 지원금을 쏟아부었음에도 불구하고 아직까지 동독 지역 경제가 활성화되지 못한 이유가 여기에 있다. 구동독 지역의 1인당 생산성은 구서독 지역의 3분의 2에도 도달하지 못하고 있으며[9] 구동독 지역의 산업이 전독일의 신업 매출 규모에서 차지하는 비중은 7.8%에 지나지 않는다. 동서독의 인구비례로 따지면 동독 지역의 산업 매출이 적어도 17%는 되어야 하는데 현재의 수준은 그 절반에

---

7) 얀 프리베·루돌프 히켈, 앞의 책 61면.
8) 김창권 「독일통일 경제 15년 평가와 시사점」, 『통일경제』 2005년 겨울호, 70면.
9) 우베 뮐러, 앞의 책 35면.

도 미치지 못하고 있다.[10] 여기에다 구동독 지역의 발전을 힘들게 하는 것이 높은 실업률과 지속적인 주민의 감소이다. 통일 과정에서 대거 이루어진 서독으로의 이주는 통일 이후에도 멈추지 않아서 많은 이들이 지속적으로 서독 지역으로 이주하여 동독 지역의 인구가 계속 줄고 있는 것이다. 장벽이 개방되던 1989년의 동독 인구가 1640만명이었는데 통일 10년 후에는 1500만명으로 줄어들었다. 불과 10년 사이에 인구의 11%가 줄어든 것이다. 동독 지역을 떠난 이들 중에는 특히 젊은이들의 비중이 커서 동독 지역은 급속히 노령화 사회가 되어가고 있다.[11] 동독 지역의 공동화는 매우 심각하여, "1949년에 독일 전체 인구의 28%가 살고 있었"는데 현재는 "18%로 떨어졌고 2050년에는 약 13%가 될 것으로 전망"[12] 하고 있다. 이것이 통일 18년을 맞이하는 동독 지역의 현실이다.

(3) 통일 과정에서 벌어진 지나친 동독의 악마화

독일의 통일은 동독 민중들이 사회주의 동독을 거부하고 서독 자본주의를 선택함으로써 완수되었다. 인민의 나라에서 인민이 정부와 국가로부터 등을 돌린 것이다. 그렇게 된 데에는 동독을 통치하던 사회주의 정권과 당 간부들의 책임이 크다. 슈타지로 대표되는 감시와 억압 기구가 항존하며 국민의 일거수일투족을 감시하였고, 정치적 자유나 언론의 자유가 제한되었으며, 서방으로의 여행이 금지되었고, 수요와 공급을 국가가 조절하는 사회주의 경제정책으로 생필품 공급 부족에 시달렸기 때문이다. 그러다 보니 대다수 동독인들이 동독의 사회주의 정권에 등을 돌렸다. 동독의 사회주의 정권이 무너지고 나라 전체가 서독으로 흡수통합되는 와중에 동독과 사회주의에 대한 비판이 대두된 것은 자연스러운 일이었다. 그러나 동

10) 우베 뮐러, 같은 책 200면.

11) Wolfgang Engler, *Die Ostdeutschen als Avantgarde*, Berlin 2002, 141면.

12) 우베 뮐러, 앞의 책 134면.

독 민중들이 동독 비판에 가담하고 동조한 것은 사실이지만 그래도 주도적 역할을 한 것은 서독 쪽 언론이었다. 동독 출신으로 통일 이후 독일의 대통령에까지 오른 볼프강 티어제가 인터뷰에서 밝혔듯 "동독 역사를 비겁과 배신의 역사로 낙인찍은" "동독 역사의 스캔들화"[13]를 주도한 것은 매스컴이었다. 그 결과 동독은 슈타지의 나라, 온갖 테러와 악이 횡행하던 나라, 사회주의 독재로 신음하던 나라라는 낙인이 찍혔다. 게다가 통일 과정에서 벌어진 문학논쟁을 통해 동독에 남아 있던 지식인들에게 결국은 독재정권을 지속시키는 데 기여했다는 부역자 혐의까지 씌우고, 동독에서 활발히 작품 활동을 했던 작가들 전체를 어용으로 몰아붙이는 여론재판까지 벌어졌다. 여기에다 실제 상당수 지식인과 작가들이 슈타지의 협력자로 밝혀짐으로써 동독 지식인 전체에 대한 비판은 극에 달하였다.

이러한 일련의 과정을 통해 동독과 동독의 지식인들은 철저하게 과거청산의 대상으로 인식되었다. 그 결과 동독인들은 자신들의 과거를 부정해야 하는 역설적 상황에 빠졌다. 자신들이 몸담고 살아왔던 나라와 숱한 추억이 담긴 지난 시절을 부정할 수밖에 없는 상황이 된 것이다. 이같은 자기부정은 과거를 기억에서 지워버리고 새롭게 바뀐 현재의 상황에 적응하려는 노력으로 이어졌다. 통일 이후 동독 지역에는 실제로 모든 것이 완전히 뒤집어지고 새로운 제도와 체제가 들어섰으므로 동독적인 것들은 사라질 수밖에 없었다. 동독인들은 새롭게 바뀐 환경에 적응하기 위해 고군분투하며 서독의 제도, 서독의 상품, 서독의 언론, 서독의 사고방식을 익히느라 지금까지 자신들에게 익숙했던 많은 것들을 버려야 했다. 서독의 가치가 기준이 된 상황에서 동독적 가치는 당연히 평가절하되거나 좋지 못한 것이 되었다. '서독적인 것=선, 동독적인 것=악'이라는 과도한 이분법으로 인해 동독인들은 자긍심을 잃어버렸다. 동독이 지니고 있던 많은 장점

---

13) 김누리 외 『변화를 통한 접근』, 한울 2006, 73면.

들이 — 예를 들어 원하기만 하면 모두가 직장을 가질 수 있고, 평생 고용이 보장되며 적어도 의식주와 교육, 의료 문제에 있어서는 국가가 모든 책임을 지는 안정된 사회 — 전혀 부각되지 못하고 동독의 문제점 속에 묻혀버렸다. 마치 전쟁에서 이긴 승자가 패자의 모든 것을 비판하고 부정하는 것 같은 현상이 일어난 것이다. 이처럼 동독을 악마화하는 경향이 과도하게 일어난 것 역시 독일통일이 너무 급박하게 그리고 서독 주도로 이루어졌기 때문이다. 만일 동서독이 대등한 입장에서 국가 간의 협상과 합의를 통해 통일을 이루었다면 실제 통일 이후에 벌어진 것 같은 동독에 대한 과도한 비판은 결코 일어나지 않았을 것이다. 서독과 동독 양 체제의 단점은 버리고 서로의 장점을 살려서 새로운 체제를 만들었다면 통일독일은 후유증을 훨씬 적게 앓았을 것이고 동독인들 또한 자긍심을 갖고 통일독일 사회 건설에 적극 참여했을 것이다.

(4) 머릿속의 장벽 문제 — 내적 통합의 어려움

서독 주도의 흡수통일은 동서독 주민들 간의 통합에도 부정적 영향을 미쳤다. 독일통일은 제도와 체제의 통합을 우선하며 짧은 기간 안에 신속히 이루어졌기에 동서독인들의 정서적 통합까지 신경쓸 여유가 없었다. 외적으로 통일이 된 다음에야 비로소 문화적, 정서적 통일을 시작한 셈이니 아무런 사전준비를 하지 못한 것도 당연하다. 경제, 사회, 정치 분야의 통합은 제도적 통일로 바로 완성될 수 있다. 기존의 제도를 폐기하고 서독에서 사용하던 제도를 도입하면 되었기 때문이다. 하지만 사람들의 의식, 정서, 사고방식, 세계관 등의 동질화를 의미하는 정서적 통일은 하루아침에 이루어지지 않는다. 통일이 된 지 한참이 지난 오늘날에도 여전히 동서독인들 머릿속에 장벽이 존재하는 이유가 여기에 있다. 동서독인들 사이에는 여전히 정서상의 차이와 서로에 대한 오해가 존재하고 있다는 뜻이다. 이렇게 된 데에는 시간적으로 너무 급박하게 이루어진 통일과 서독에 의한 일방적 흡수통일이 큰 영향을 미쳤다.

동서독이 대등한 입장에서 협상을 통해 통일 과정을 진행시켰더라면 정서적 통일을 위한 준비 역시 함께 병행할 수 있었을 것이다. 하지만 독일의 통일 과정은 그러한 준비를 할 수 없을 정도로 빨리 진행되었다. 동독인들은 장벽개방과 함께 이어진 동독의 몰락 그리고 마침내 서독으로의 흡수통합을 통한 독일통일에 열광하였다. 자신들이 위대한 변혁을 이끌어낸 역사의 주체로 우뚝 섰기 때문이다. 하지만 그러한 기쁨도 잠시, 통일이 현실이 되면서 상황이 달라지기 시작하였다. 통일에 대한 열광이 지나간 자리에 남은 것은 냉혹한 현실이었다. 동독인들이 맞이한 통일독일 사회는 그때까지 자신들에게 익숙했던 것과는 전혀 다른 새로운 사회였다. 그러니 완전히 새로운 체제로 바뀐 통일독일 사회에서 동독인들은 마치 인생의 초보자 같은 어려움을 느낄 수밖에 없었다. 동독의 과학자이자 사회운동가 옌스 라이히는 이를 "수백만의 사람들이 하루아침에 사회적 무능력자가 되어버렸"다고 표현한 바 있다.

> 그들은 자신의 부동산을 어떻게 처리해야 하는지, 집세 계약은 어떻게 해야 하는지, 유산 상속은 어떻게 해야 하는지, 보험과 연금 문제는 어떻게 되는지 등등 일상에서 중요한 세세한 일들에 대해 아무것도 알 수 없었습니다. 이런 상황 하에서 사람들은 엄청난 절망을 경험했습니다. (…) 이런 상황을 돌아보면 동독인들의 삶 전체를 하루아침에 무효화시킨 일이 얼마나 잘못된 처사였는지가 분명히 드러납니다.[14]

여기에다 동독 지역의 산업 붕괴로 인한 대량 실업과 고용불안은 동독인들의 정서불안 및 실존의 위기를 가져왔다. 또한 공공기관과 대학, 연구소, 언론기관, 기업 등이 서독식으로 재편되면서 많은 이들이 일자리를 잃

14) 김누리 외, 같은 책 337~38면.

거나 재교육을 받아야 했고, 중요한 자리는 서독 출신 인사들로 채워졌다. 동독 지역의 경우 임금 수준이 서독과 차이가 나기 때문에 동일 직종에서 동일 업무를 하는 경우에도 동독인은 서독인에 비해 70%의 월급만 받는 불평등 관계가 생겨나게 되었다. 이러한 상황들이 겹쳐서 동독인은 자신들이 2등국민이라는 자조감을 갖게 되었고, 서독인은 서독인대로 자신들의 세금으로 지원받는 동독인이 불평만을 늘어놓으며 지나친 요구를 한다고 비판하게 되었다. 그래서 서로를 '빤질빤질한 서독놈'(Wessi)과 '툴툴거리는 동독놈'(Ossi)으로 부르는 상황에까지 이르렀다. 통일이 동서독의 국경을 없애고 경제와 정치 제도를 하나로 만들긴 했지만 동서독인들의 정서는 통합되기는커녕 오히려 간극이 더 벌어졌다. 상대방에 대한 섭섭함과 오해는 시간이 가면서 줄어들지 않고 상당부분 고착되어 여전히 정서적 통합을 어렵게 하고 있다. 이렇게 된 데에는 많은 부분 서독인들에게도 책임이 있다. 서독인들은 통일로 인해 아무런 변화를 겪지 않고 그때까지의 삶을 계속하면 되었으므로 동독인들의 처지가 되어 그들의 어려움을 절실히 느끼지 못했다. 하루아침에 모든 것이 바뀐 상황 속에서 새롭게 시작해야 하는 동독인들의 어려움을 서독인들이 진정으로 이해했더라면 머릿속의 장벽은 훨씬 낮아졌을 것이다. 그러나 서독인들은 기본적으로 동독 지역이나 동독인들에 대해 관심이 없었고(실제로 동독 지역에서 멀리 떨어진 곳에 사는 서독인들 상당수는 통일 이후 아직 한번도 동독 지역을 방문하지 않은 이들이 많다), 통일로 인해 어려워지는 독일의 경제상황에 불만을 느끼면서 그 책임을 통일로 돌리는 경우까지 생겼다. 물론 통일로 인해 서독인들이 별반 이득을 얻지 못하고 대신에 고통을 분담해야 하는 상황이 된 것은 사실이다. 그렇기에 그들은 점점 더 통일에 대해 부정적 입장을 갖게 된 것이다. 하지만 그렇다고 동독과 동독인들을 모두 부정적으로 본 것은 지나친 감이 없지 않다. 통일 과정과 그 이후에 동독의 과거가 지나치게 악마화되면서 동독인들까지도 부정적 이미지를 갖게 된 것이 동서독 주민 간의 상호소통에 부정적 영향을 미쳤다. 그 과정에서 구서독인들은 자신들이 더 나은 사회에서 더 잘살고 있다는 우월감을 갖게 된 데 비해, 구동독인들은 모든 면에서 구서독인들을 바라보고 모방할 수밖에 없었기에 어쩔 수 없는 열등감을 가졌다. 사민당 지도자 에곤 바가 말하듯 "서독 주민들의 동독 주민들에 대한 무관심과 오만이 불화와 갈등을 증폭"[15]시킨 것이다. 이러한 것들이 모여서 동서독인들 간의 정서적 통일을 어렵게 하고 있다. 만일 독일통일이 흡수통일이 아니라 동서독 간의 대등한 통일이었다면 그래서 서로의 장단점을 보완하는 차원의 통합이 이루어졌다면 정서적 통일 또한 빨리 이루어졌을 것이다.

2. 독일통일의 교훈과 한반도 통일의 기본원칙

위에서 살펴본 것처럼 통일은 독일 국민에게 크나큰 기쁨 못지않게 많은 부작용을 가져왔고 통일이 된 지 한참 지난 오늘날에도 여전히 그 후유증이 많이 남아 있다. 그렇다면 통일을 오랫동안 갈망해온 우리의 경우 어떻게 해야 좋을까? 통일은 좋은 점보다 나쁜 점이 더 많으니까 하지 않는 것이 좋을까, 아니면 그래도 한민족이 하나가 되는 것이니 어느정도의 희생을 치르고라도 통일을 이루는 게 좋을까? 한반도의 통일방안은 이러한 질문까지 포함하는 차원에서 모색해야 할 것이다.

한반도 통일방안을 모색하는 데 독일통일은 많은 시사점을 던져준다. 그중 가장 중요한 시사점은 한반도는 결코 독일과 같은 방식으로 통일해서는 안된다는 교훈이다. 독일통일은 평화적 통일이라는 점에서는 우리에게 시사점을 주지만 서독에 의한 일방적 흡수통일 방식은 우리가 적극적

---

15) 김누리 외, 같은 책 60면.

으로 피해야 할 통일방안이다. 그렇다고 해서 독일통일에서 우리가 배울 것이 없다고 말하는 것은 옳지 않다. 독일통일은 우선 우리에게 반면교사의 사례로서도 큰 의미를 지닌다. 독일의 통일 과정과 그 이후의 진행 과정을 면밀히 검토해야 우리는 똑같은 실수를 뒤따라하지 않을 것이기 때문이다. 『독일통일비용』을 쓴 서독 출신 경제학자 얀 프리베와 루돌프 히켈은 이 책의 한국어판 서문에서 "독일통일의 특징적 경험은 분명 모델로서 일반화할 수 없으며 또한 전수할 수 없다. 그럼에도 불구하고 독일통일의 요점은 대한민국에서의 통일논쟁에 매우 유용하리라 기대된다. 어떠한 경우에도 대한민국은 문제가 있는 독일의 출발 상황을 방지해야만 할 것이다."[16]라고 제안한다. 우리가 독일통일의 공과를 자세하고 철저히 분석할 때 세계사적 사건으로서의 한반도 통일을 완수할 수 있을 것이다. 독일통일에 비추어볼 때 한반도 통일은 다음의 원칙에 따라 이루어야 할 것이다.

(1) 평화통일의 원칙

독일통일에서 우리가 배워야 할 점은 우선 통일은 무조건적으로 평화통일이어야 한다는 것이다. 한쪽이 다른 한쪽을 무력으로 병합하거나, 최악의 경우 무력충돌이 벌어지는 일은 무슨 수를 써서라도 막아야 한다. 한때 남북한의 공식 통일노선이기도 했던 북진론이나 적화통일론이 남북 양쪽에서 다 위험한 방안으로 폐기된 것은 다행한 일이다. 하지만 마음을 놓아서는 안된다. 남북한의 군부나 보수주의자들 일부는 여전히 무력에 의한 통일을 주장하고 있으며 때로는 공공연하게 그런 주장을 펼치고 있기 때문이다. 북한의 경우는 북한이 붕괴되어 남한에 접수될 바에야 차라리 결사항전의 의미로 전쟁을 일으켜 마지막까지 체제를 지켜야 한다는 입장을

---

16) 얀 프리베·루돌프 히켈, 앞의 책 12면.

갖고 있는 군부 강경파가 존재하고, 남한에는 또한 보수파 인사들이 경제력과 군사력의 우위를 내세워 무력으로 북한을 충분히 제압할 수 있기에 여차하면 전쟁을 통해서라도 통일을 이루어야 한다는 전쟁불사론을 주장하고 있다.[17] 이러한 주장들이 힘을 얻지 못하도록 남북한 모두 평화통일을 위한 기반 조성에 힘써야 하고 무엇보다도 강경론이 득세할 수밖에 없는 남북 대치 상황이 오지 않도록 노력해야 한다. 한반도에서 전쟁이 벌어질 경우 남북한 모두 엄청난 재앙과 파탄을 맞을 것이라는 점도 여러 차원에서 지속적으로 국민들에게 알릴 필요가 있다. 그러한 바탕 위에서 장기적으로 평화통일을 준비해야 한다.

(2) 통일에 대한 사전준비의 필요성

독일통일에서 우리가 배워야 하는 또다른 교훈은 통일을 미리미리 준비해야 한다는 사실이다. 급격한 역사의 발전으로 막상 통일이 닥치게 되면 그 와중에 방향을 제대로 잡기가 힘들다. 독일의 경우 오래전부터 동서독 간의 교류가 활발히 진행되었고, 전화나 편지교환은 물론 주민들 간의 왕래도 가능했으며,[18] 동독인들도 서독 텔레비전 시청이 가능하였다. 따라

---

17) 전쟁불사론은 일부 극우파뿐만 아니라 보수진영 전반의 인식과도 연결되어 있다. 2006년 가을에 북한이 핵실험을 단행하자 한나라당은 금강산 관광을 포함한 대북 교류를 모두 중단하고 강력한 제재를 가해야 한다는 주장을 펼쳤다. 한나라당의 공성진, 송영선 등 일부 국회의원들은 평화를 위해서는 전쟁도 불사해야 한다는 주장을 내세웠다. 다행스러운 것은 대다수 국민은 북핵의 평화적 해결을 원한다는 여론조사 결과이다. 북핵 사태 직후인 2006년 10월 26일에 한국사회여론연구소가 실시한 여론조사에서 "평화를 위해 전쟁도 불사해야 한다"는 일부 정치권의 주장에 대해 84.5%가 "공감하지 않는다"고 답했다. 그러나 12.3%가 "공감한다"라고 답한 사실은 우리 사회에 여전히 10%가 넘는 이들이 전쟁불사론에 공감하고 있음을 보여준다. (『레디앙』 2006년 10월 26일)

18) 서독인은 서독 당국에 신고할 필요 없이 국경에서 동독 세관으로부터 일일비자를 받아 자유롭게 동독을 방문할 수 있었다. 이에 비해 동독인은 연금생활자나 서독 쪽의 초청 또는 가족 친지의 경조사가 있을 경우 당국의 허가를 받아 서독 방문이 가능했다. 그럼에도 불구하고 1980년대 중반 이후 약 300만명 이상의 서독인들이 동독을 방문하고 동독인들

서 상대방에 대한 정보가 상당부분 축적되어 있었다. 그러나 그렇듯 오랫동안 교류가 이루어지고 상대방을 잘 알고 있었음에도 불구하고 막상 통일 국면에 접어들자 서로에 대해 모르는 것이 너무 많고 서로가 너무 다르다는 사실이 증명되었다. 40년간 다른 체제에서 살아온 삶이 동서독인들의 의식과 생활방식 자체를 다르게 만들었기에 통일이 되면서 실제 서로를 마주하게 되자 서로를 이해하지 못하는 일이 발생한 것이다. 게다가 통일로 인해 어려움을 겪게 되자 "동서독인들이 서로 상대방에게 책임을 전가"시킴으로써 "동독 주민들은 반서독 감정을, 서독 주민들은 반동독 감정"을 갖게 되었다. 이러한 결과는 "동서독 주민 간의 역사적, 문화적, 언어적 공통점이 머릿속의 분단을 없애는 기초가 될 것이라는 가정은 설득력을 잃고 있다"[19]는 주장을 뒷받침해준다.

서로간의 교류가 활발했던 독일의 경우에 비추어볼 때 남북한은 전쟁 이후 서로 문을 닫고 살아왔다고 할 만큼 교류가 없었다. 최근 들어서야 이산가족 상봉이나 문화예술계의 상호방문 등으로 만남이 이루어지고 있지만 아직도 남북한 주민 대다수에게 다른 쪽은 미지의 세계이다. 이러한 상태에서 통일이 된다면 엄청난 혼란과 갈등이 일어날 것은 불을 보듯 훤하다. 남북한 주민이 서로 갈라져 완전히 다른 체제 속에서 살아온 지 60년이 넘었으니 서로간의 이질감이 동서독보다 훨씬 심한 것은 당연하다. 우리와는 상대도 안될 정도로 교류가 활발했던 독일도 통일 이후에 서로간의 의식, 사고방식, 세계관이 상이한 데서 오는 후유증을 심하게 앓았는데 우리의 경우는 더 심할 것이다. 따라서 통일의 후유증을 최대한 줄이기 위해서는 우선 남북한 주민 간의 이질감을 줄여나가는 선행 작업이 무엇

역시 200만명 이상이 서독을 방문하는 등 양쪽의 방문객 숫자가 비슷하게 되었다. 동독 방문객들 대다수가 연금생활자로서 일반인들의 방문이 적긴 했지만 서로간의 교류가 활발했던 것만은 사실이다. (김영탁 『독일통일과 동독재건과정』, 한울 1997, 104~107면 참조)
19) 김영탁, 같은 책 404면.

398

보다 필요하다. 긴 시간을 두고 여러 분야에서 많은 이들이 활발히 만남으로써 서로를 이해하고 인정하는 과정이 사전에 이루어져야 통일이 부드럽게 진행될 수 있을 것이다. 그런 점에서 우리의 통일은 긴 시간과 철저한 사전준비를 필요로 하는 어려운 작업이다.

(3) 한반도 통일의 대원칙 — 대등한 입장에서의 통일

한반도 통일을 위해 가장 중요한 것은 통일 과정에서 그 어느쪽도 일방적인 우위를 점해서는 안된다는 원칙이다. 한반도 통일방안의 근간은 남북한이 대등한 입장에서 통일을 함께 만들어가야 한다는 대원칙을 견지하는 것이다. 한반도의 평화통일은 남북한이 합의를 통해 일대일 통합 방식으로 만들어가야 한다. 아무리 평화통일이라 해도 한쪽이 다른 한쪽을 흡수하는 방식으로 이루어지는 통일은 독일의 예를 통해 볼 수 있듯이 엄청난 희생을 요구하기 때문이다. 따라서 우리가 선택할 수 있는 길은 남북한 민중의 합의와 당국자 간의 일대일 협상을 통한 단계적 평화통일밖에는 없다. 남북한은 이미 1972년 7·4 공동성명과 1992년 2월 19일 남북기본합의서에서 서로 상대방의 체제를 인정하고 존중하기로 약속한 바 있다. 통일에 있어서도 약간의 편차는 있지만 각각 연방제와 연합제의 방식으로 단계적 통일방안을 제안해왔다. 문제는 이를 실현하기 위한 구체적 방안을 마련하는 것인데 아직 우리는 상징적 합의와 선언의 단계에밖에 이르지 못했다. 2000년 6월 15일 남북정상 합의문에서 연방제와 연합제의 공통점을 인정하고 함께 노력한다는 합의를 도출해냈는데 이는 비록 상징적 합의지만 역사적 사건이 아닐 수 없다. 이 선언을 통해 상대방을 병합하겠다는 의도를 포기하고 단계적 통일을 이루자는 대원칙을 양쪽의 정상이 만나 대외적으로 천명하였기 때문이다. 사실 북한의 고려연방제나 남한의 민족화합민주통일방안, 한민족 공동체 통일방안 등이 만들어진 이면에는 자기 체제가 우월하다는 확신 하에 상대방을 평화적으로 흡수합병하려는 의도가 바탕에 들어 있었다. 북한의 고려연방제가 남북한 사회인사, 해외 동포를 동수로 하는 위원회를 만들어 거기에서 통일국가를 결정하자는 방안을 내세운 것은 남한의 일부 진보세력과 해외동포를 자신들 편으로 끌어들일 수 있으므로 사회주의 통일이 가능하다는 계산에서 나온 것이다. 그렇기에 남한이 오랫동안 고려연방제를 거부한 것이기도 하다. 이는 남한이 독재 치하에 있던 1960년대와 70년대에 경제적 측면에서뿐 아니라 정치적 측면에서도 북한이 우위에 있다는 자신감의 발로였던 것이다. 하지만 90년대 들어서며 소련과 동구권이 몰락하고 후원자와 시장을 잃은 북한이 식량문제와 경제침체로 어려움을 겪으면서 상황은 역전된다. 합의에 의한 통일로 나갈 경우 자칫하면 남한 주도의 흡수통일이 될 가능성이 높다는 위기감을 느끼기 시작한 것이다. 이에 맞추어 남한 역시 노태우, 김영삼 정부에서 한민족 통일방안을 발표하는데 이 방안의 기저에 놓인 인식은 독일의 예처럼 남한이 북한을 흡수통일하는 것이 가능하다는 인식이었다. 그렇기에 서로간의 합일점을 찾기가 어려웠던 것이다. 하지만 동구권과 동독이 붕괴되면서 북한 역시 곧 붕괴할 것이라는 예측과는 달리 여러 어려움에도 불구하고 여전히 건재한 것을 보면서 남한 역시 북한을 흡수통일의 대상이 아니라 협상과 합의의 대상으로 보기 시작하였다. 북한 역시 남한과의 관계개선이 경제적 어려움을 극복하는 데 도움이 된다는 사실을 인식하였다. 이러한 인식이 만나 2000년의 역사적 합의를 도출한 것이다. 6·15선언을 통해 남북한이 평화적으로 그리고 대등하게 단계적 통일을 이루어나가자는 인식에 합의했고, 2007년의 2차 정상회담을 통해 구체적 실천방안이 논의되었다. 하지만 우리 앞에는 한반도 통일을 어렵게 만드는 문제들이 산적해 있다.

3. 한반도 통일을 어렵게 만드는 문제들

(1) 북한이 흡수통일될 때의 문제

남북한 간에 연방제와 연합제를 근간으로 하는 단계적 통일방안이 합의되었지만 그것을 실현하기란 말처럼 쉽지 않다. 독일의 통일이 말해주듯 어느날 갑자기 국내외 정세가 급변하면서 격랑이 일고 그 와중에 통일이 되기 때문이다. 따라서 갑작스러운 변화가 일어나지 않도록 여건을 마련하면서 통일을 향해 접근해나가는 것이 필요하다. 그것은 결국 어느날 갑자기 북한이 붕괴되지 않도록 남북한이 힘을 합쳐 북한 경제를 살리는 일이 통일을 위한 바람직한 행보임을 말해준다.

많은 사람들이 예상하듯 지금 상황에서는 북한 내부의 변화와 그로 인한 혼란 그리고 북한정권의 붕괴와 남한으로의 흡수통합이라는 수순으로 통일이 이루어질 가능성이 가장 높다. 남북한 간의 경제력 차이가 워낙 크고, 북한의 정치, 경제, 사회가 모든 측면에서 남한에 비교우위를 갖지 못하여 개방이 될 경우 북한 주민은 당연히 남한의 자본주의를 선택할 것이기 때문이다. 점점 격차가 벌어지는 남북한 간의 경제력은 북한이 남한에 흡수될 가능성을 더욱 높이고 있으며, 실제로 국경이 어느정도 개방될 경우 동독 못지않은 대규모 탈북 행렬이 이어질 것이다. 오늘날의 세계경제 상황에서는 한 나라가 고립된 채로 자급자족의 방식으로는 살아남을 수 없기 때문에 북한은 더욱 고선을 면치 못하고 있다. 하지만 어떤 일이 있어도 북한이 붕괴되어 남한으로 흡수통합되는 일은 막아야 한다. 한반도 통일이 지금 당장 일어난다면 그것은 우리에게 엄청난 시련을 가져다줄 것이기 때문이다. 특히 북한이 붕괴하여 남한으로 흡수통합되는 통일이 일어날 경우 남한 경제력이 감당할 수 없을 정도의 통일비용을 지출해야 하는 것은 물론이고, 엄청난 사회혼란이 일어날 것이다. 독일통일의 경험에 비추어볼 때 한반도에서 남한에 의한 흡수통일이 갑자기 이루어질 경우 다음과 같은 문제가 발생할 것이다.

① 엄청난 통일비용을 남한이 감당해야 하므로 통일한국의 경제가 상당 부분 침체될 수밖에 없다. 통일 직전 서독의 경제력은 세계적 수준이었지만 통일 이후 18년간 들어간 막대한 통일비용을 감당하느라 경제성장률이 유럽연합 국가들의 평균치 이하로 떨어졌다. 남한의 경우 경제 규모나 경제력에 있어서 통일 이전의 서독 수준에 한참 미치지 못하기에 지금 통일이 된다면 남한은 천문학적 액수의 통일비용을 감당하기 어려울 것이다. 그렇다고 붕괴된 북한의 산업과 경제 그리고 북한 주민들의 삶을 방치할 수는 없을 터이니 사회간접시설에 투자하고 산업을 부흥시키기 위해 엄청난 액수의 통일비용을 지불해야 할 것이다. 그렇게 되면 투자가 위축되고 상품 경쟁력이 떨어지며 소비가 줄어들어 다시금 투자 여력이 없어지는 악순환의 고리가 계속될 수밖에 없다. 지금 상태로 통일이 되면 남한의 경제성장 역시 둔화되어 중진국을 벗어나기 힘들 것이다.

② 두번째로 대두할 큰 문제는 북한에 발생하게 될 엄청난 규모의 실업자들이다. 남한의 사회보장제도는 서독만큼 철저하지 못하다. 서독의 경우 국가가 적어도 의료와 교육 그리고 소외계층의 생계를 책임져주었다. 즉, 건강보험으로 거의 모든 진료비를 지불해주고, 대학교육까지 정부에서 지원하는 씨스템과 실업자일 경우 실업자 급여를 통해 최소한의 생활을 할 수 있도록 보장해주는 사회보장제도를 갖추고 있었다. 통일과 함께 서독의 복지제도가 동독 지역에 그대로 적용됨으로써 동독인들은 갑자기 일자리를 잃어도 최소한의 생활은 유지할 수 있었다. 이에 비해 남한의 사회보장제도는 실업자에게 가혹하다. 이미 1998년의 IMF 사태 이후 대량으로 정리해고되거나, 조기퇴직한 이들 또는 파산한 자영업자들이 국가나 사회로부터 아무런 도움도 받지 못하고 거리로 내몰림으로써 수많은 노숙자를 양산해내었던 경험을 우리는 갖고 있다. 만일 독일처럼 통일이 된다

면 북한의 공장들은 경쟁력이 없기에 거의 대부분 문을 닫아야 할 테고 그에 따라 대부분의 북한 주민들이 실업자가 될 터인데 현재 남한의 복지제도로는 이들에게 최소한의 생활도 보장해줄 수가 없다. 그렇다면 6·25 때 피난민들처럼 엄청난 숫자의 북한 주민들이 서울로 몰려들 것이고, 이들은 비싼 주택비용을 감당할 수 없어서 예전에 그랬듯이 남산이나 인왕산, 무악산 주변에 피난민촌을 만들게 될 것이다. 이것은 곧바로 남한사회의 불안으로 이어지고 불만세력의 존재는 급기야 심각한 사회문제를 야기할 가능성이 높다. 일자리와 희망 그리고 삶의 의욕을 잃어버린 대다수 북한 주민들이 극단행동을 취할 경우 대규모 폭동이 일어날 수도 있다.

③ 북한의 경제 수준은 통일 당시 동독과 비교하면 형편없이 낮다. 상당한 산업기반시설을 갖추고 동유럽과 서방세계에 상품을 수출할 정도의 경제력을 갖고 있던 동독도 통일 이후 밀려들어온 서방의 상품에 경쟁력을 잃고 산업기반이 송두리째 무너져버렸는데 북한의 경우는 산업기반 자체가 취약하므로 아예 거의 모든 산업이 도산할 것이다. 그렇게 되면 북한의 산업을 재건하는 데 엄청난 비용이 들 것이고, 현재 열악한 수준의 사회자본시설을 현대화하는 데만도 천문학적 비용이 들어갈 것이다. 인구나 영토의 규모에서 남북한의 비율은 통일 이전 동서독 간의 비율보다 훨씬 크므로 남한이 부담해야 할 몫 역시 훨씬 크다. 「독일통일은 한국에 대한 모범인가?」를 쓴 뤼디거 프랑크의 진단처럼 "북한이 전체 한국에서 차지하게 될 비중은 옛 동독이 현재의 독일에서 차지하고 있는 비중보다 훨씬 큰" 상황이므로 "사회보장 부분에 있어서도, 정치에 있어서도 중요한 의미를 차지하게 될 것이다."[20] 구서독과 구동독의 인구비례는 6500만 대 1600만으로 동독은 서독의 4분의 1 수준이었다. 경제 규모는 서독이 동독

20) 뤼디거 프랑크 「독일통일은 한국에 대한 모범인가?」, 박장현 편역 『독일통일, 한국의 모델인가?』, 문원출판 1999, 20면.

에 비해 10배 수준이었다. 이에 비해 남한과 북한의 인구비례는 4600만 대 2200만으로 2분의 1 수준인데다 경제 규모는 거의 30배 이상 차이가 난다. 이 수치는 곧 남한이 서독에 비해 훨씬 많은 통일비용을 마련해야 하며, 북한의 산업기반을 정비하기 위해 더 많은 투자를 해야 한다는 것을 의미한다. 2200만 북한 주민이 갑작스럽게 자본주의 사회에 편입될 경우 동독 지역에서보다 더 커다란 문제를 일으킬 것은 당연하다. 산업기반이 취약한 북한의 경우 통일 이후에 실업률이 동독 지역보다 더 높을 가능성이 많다. 실업률이 30~40%만 되어도 북한의 경제는 회생하기 어려울 터이고, 엄청난 사회보장비용으로 투자 여력이 상실되어 북한 경제가 살아나지 못할 경우 결국은 북한 주민들의 대규모 남진 행렬이 일어나는 악순환이 되풀이될 것이다.

(2) 개혁개방 노선과 북한의 딜레마

장기적 관점에서 남북한의 노력으로 단계적 통일을 이루어나가는 것이 현재로서는 한반도 통일을 위한 최선책이다. 이 과정에서 북한이 자생력을 갖추고 상당한 수준의 경제발전을 이루는 것이 필요하다. 현 상황에서 북한이 취할 수 있는 가장 좋은 방법은 중국처럼 개방정책을 펼쳐 사회주의를 근간으로 하면서 자본주의 요소를 받아들여 국가발전을 이루는 것이다. 그래서 남한과 비슷한 수준에 도달하고 그후에 대등한 입장에서 국가연합 방식의 느슨한 통합을 거쳐 연방제나 단일국가로의 통일을 이루는 것이 가장 바람직하다. 북한 역시 같은 사회주의 국가인 중국이나 베트남의 성공적인 예를 보면서 개혁개방의 필요성을 절실히 느끼고 있을 것이다. 하지만 북한은 그 필요성을 인식하면서도 섣불리 개혁개방을 하지 못하고 있다. 개혁개방이 자칫 북한정권의 붕괴와 남한으로의 흡수통합으로 이어질 가능성이 높기 때문이다. 바로 이 점이 같은 사회주의 국가이면서도 북한이 안고 있는 어려운 딜레마이자 동독이 80년대 후반 동구권 국가와는 다른 길을 갈 수밖에 없었던 이유이기도 하다.

　동독과 북한은 동구권 사회주의 국가나 중국, 베트남과는 근본적으로 다른 상황에 놓여 있다. 장벽이 개방되자마자 동독이 급격하게 몰락한 가장 큰 이유는 막강한 경제력과 힘이 있는 형제국가 서독이 국경을 마주하고 있었기 때문이다. 그에 비해 동구권 사회주의 국가는 자신들을 돌보아줄 형제나라가 없었다. 이는 개혁과 개방의 와중에 나타난 국민들의 태도와 직결된다. 동독에서 민주화 시위가 들불처럼 전국으로 번져가고, 개혁 요구가 거세어지자 정부는 동독 민중의 요구를 수용하기에 이르렀다. 그러고는 자유선거에 의해 사회주의 정권이 무너지고 새로운 정권이 들어섰는데 이 과정은 동구권의 개혁개방 수순과 일치한다. 그러나 이 과정에서도 간과해서는 안될 차이점이 노정되었는바, 바로 동독 주민들의 대량 탈출 행렬이다. 동독의 민주화혁명의 발단이 89년 여름에 동독인들이 헝가리, 체코, 폴란드를 거쳐 서독으로 대거 탈출함으로써 촉발되었다. 탈주자의 물결은 장벽이 개방되고 오히려 증가하였으며 1990년 3월의 동독 자유선거를 통해 새로운 정권이 들어선 다음에도 잦아들지 않았다. 동독 주민들이 89년 겨울 민주화 과정 중에 동독 지식인들이 제안한 제3의 길, 즉 민주적 사회주의 건설에 동참하지 않고 동독에 등을 돌린 것도 서독이라는 형제나라가 존재했기 때문이다. 동독인들이 장벽개방 이후 얼마 지나지 않아 바로 독일은 하나라며 통일을 외친 것도 통일을 통해 단번에 서독의 수준에 도달하고자 하는 욕망이 강하게 작용하였기 때문이다. 고생스럽더라도 동독에 남아 새로운 사회를 만들어나가는 대신에 이미 만들어져 있는 사회를 받아들임으로써 곧바로 그 안으로 편입하고자 한 것이다. 동독인들은 장벽이 개방되기 이전부터 서독 텔레비전 방송을 시청할 수 있었으므로 자본주의 세계의 화려함을 익히 잘 알고 있었다. 하지만 대다수 사람들에게 그 세계는 갈 수 없는 금단의 나라였기에 꿈꿀 수도 없었다. 그러다가 장벽이 개방되고 서독을 자유롭게 방문할 수 있게 되면서 자신들의 눈으로 자본주의 세계의 화려함을 확인하자 그 세계를 더욱더 강력하게 소망하게 된 것은 어쩌면 당연한 일이었다. 게다가 그 세계에 들어갈 수 있는 가능성이 눈앞에 바짝 다가온 것처럼 보였으니 무조건적인 통일을 외친 것도 당연하다. 그에 비해 동구권 사회주의 국가 주민들은 다른 선택의 여지가 없었다. 자신이 살고 있는 사회가 마음에 들지 않아도 달리 도피할 곳이 없었다. 또한 서방의 자본주의 사회가 아무리 좋아 보여도 그리로 넘어갈 수 있는 가능성이 봉쇄되어 있었다. 따라서 그들은 사회주의 정권이 무너진 후에 스스로의 힘으로 새로운 사회를 만들어나가야 했다. 그 결과 동구권 국가들은 사회주의 붕괴 이후 초기에 상당한 경제적 어려움을 겪었지만 그것을 극복하고 유럽 내에서 새로운 세력으로 부상하고 있다. 그에 비하면 동독은 통일 직후인 90년대 초만 해도 연방정부의 전폭적인 지원을 받아 다른 동구권 국가들에 비해 경제수준이 월등했는데 10여년이 지나면서 역전되었다. 통일 직후인 1992년부터 1994년까지 연평균 9% 이상의 고속 성장을 기록한 동독 지역 경제가 1995년부터 5%대 이하로 떨어지고 1998년에는 서독 지역보다 못한 2.6%에 이르고 말았다.[21] 각각 힘들더라도 어려운 상황을 자신들의 힘만으로 극복해야 했기에 자생력을 갖게 된 동구권 국가와 경제발전의 상당부분을 엄청난 액수의 통일비용 지원을 통해 유지했던, 따라서 여전히 많은 것을 연방정부에 기대야 하는 동독 지역의 차이가 세월이 흐르면서 역전된 것이다.

이러한 상황은 북한에도 그대로 적용된다. 중국과 베트남이 적극적으로 개혁개방 정책을 펼치고 자본주의적 요소를 받아들일 수 있는 것은 자국민들이 자본주의의 화려한 얼굴을 바로 눈앞에서 보게 되더라도 자본주의의 고향을 찾아 대규모 탈출을 감행할 수 없으리라는 확신 때문이다. 그들에게는 가고 싶어도 갈 곳이 없기 때문이다. 대신 그들은 자기 눈앞에 화

---

21) 이해영 『독일은 통일되지 않았다』, 푸른숲 2000, 203면.

려하게 펼쳐지는 자본주의의 상품 세계를 자신들이 살고 있는 곳에 실현하고자 하는 욕망을 갖는다. 중국 대도시에 가보면 알 수 있듯, 자본주의 세계의 거의 모든 화려한 상품이 진열된 백화점과 대형마트 들은 중국인들에게 그 세계가 가까이 있다는 확신을 불러일으켜준다. 그 화려한 상품들을 보면서 중국인들은 자신이 그것을 소유하지 못한 것은 국가의 책임이 아니라 자신의 능력이 부족하기 때문이라 생각한다. 이를 통해 그들은 단지 돈이 부족해서 화려한 물건을 사지 못하는 것이므로 부지런히 돈을 벌어서 자신도 다른 이들처럼 화려한 상품을 소유해야 한다는 생각을 내면화하게 된다. 이에 비해 동독의 경우는 돈이 있어도 살 물건이 없었다. 서방의 화려한 물건들은 모두 그림의 떡이었다. 이 경우 책임은 국가에게 돌아간다. 필요한 것을 마련해주지 못하는 국가가 모든 문제의 원인이 된다. 그러다가 화려한 상품이 일상으로 존재하는 형제나라로 통하는 문이 열리자 그리로 몰려간 것이다. 북한도 마찬가지 상황에 놓여 있다. 북한 주민들은 아무것도 가진 것이 없고, 화려한 상품의 세계에 대해서도 전혀 모르는 상황이므로 그 세계에 대한 욕망 자체도 존재하지 않는다. 그러나 개혁개방으로 다른 세계가 존재한다는 사실을 알게 되고, 또 국경 너머에 형제의 나라가 바로 그러한 화려한 상품으로 넘쳐나는 세계임을 눈으로 확인한다면 그다음에 어떤 일이 일어날지는 어렵지 않게 짐작할 수 있다. 동독인들처럼 상품의 오아시스로 물밀듯이 몰려갈 것은 너무도 당연하다. 그렇다면 북한이 어떻게 이런 일을 방지하며 개혁개방을 통해 경제발전을 이룰 것인가? 그 대답의 바탕에서 한반도 통일방안을 찾아야 한다. 그러기 위해서는 한반도 통일은 남북한의 특수한 상황을 고려한 것이어야 한다.

4. 한반도 통일방안

앞서 살펴본 것처럼 한반도 통일은 많은 어려움과 문제점을 안고 있다. 그래서 우리 사회 일각에서는 통일이 가져올 문제점을 우려해서 통일을 하지 않고 지금 그대로 또는 북한과 상관없이 남한만 잘 지내면 된다고 주장하는 입장도 대두되고 있다. 이러한 입장은 거시적 관점에서 볼 때 결코 남한의 발전에도 득이 될 수 없다. 남북한이 적대적으로 대치하는 상황이 되거나 전쟁의 위험이 상존하는 경우 군비나 대외 신용도의 하락 등 분단 비용이 발목을 잡아서 남한의 경제 역시 발전할 수 없기 때문이다. 또는 만의 하나 남북한 간에 군사적 충돌이 일어난다면 그동안 쌓아올린 모든 것들이 한순간에 무너져버릴 수 있다. 이러한 위험은 남북한이 분단되어 대치하고 있는 한 언제든지 현실로 나타날 수 있다. 그렇기에 통일은 한반도의 궁극적인 평화와 안정을 가져오기 위한 필수조건이라고 할 수 있다. 통일이 비록 단기간에 이루어지지 않는다 해도 통일을 향해 나아가는 과정 자체가 평화와 신뢰를 구축해나가는 과정이므로 남북한 모두에게 도움이 된다. 그에 비해 북한과 상관없이 남한만 신경쓰면 된다는 입장은 결과적으로는 남북 대치 상황을 악화시켜 한반도에 불안감을 조성하고 궁극적으로는 남한의 경제발전을 가로막는 장애물로 작용할 것이다. 그런 의미에서 장기적 통일을 지향하는 것과 통일이 필요없다고 생각하는 것은 그 결과에서 천양지차가 있다는 사실을 간과해서는 안된다. 통일은 남북한 모두의 장기적 발전을 위해 꼭 거쳐야 할 과정임을 잊지 말아야 한다. 다만 통일을 시급한 시일 내에 서둘러 이루어야 할 사안이 아니라 오랜 준비와 노력을 통해 서서히 완성해나가는 역사의 과정으로 받아들이는 자세가 필요하다.

(1) 북한 살리기가 곧 통일의 과정

통일이 남북한 모두를 살리는 상생의 길이 되기 위해서는 우선 북한이 자생력과 함께 세계시장에서 경쟁력을 확보해야 한다. 그래야 남북한이 대등한 입장에서 단계적 통일을 이루어나가면서 통일의 후유증을 최소화할 수 있다. 하지만 북한이 중국처럼 마음놓고 개혁개방 정책을 펼 수 없기에 다른 방식으로 체제안정을 이루어야 한다. 그것은 독일통일이나 동구권 국가들의 자본주의화, 중국과 베트남의 개혁개방과는 다른 과정으로 이룰 수밖에 없다. 남북한이 힘과 지혜를 모아 해결해나가야 할 과제이다. 그런 의미에서 역설적으로 말하자면 한반도의 통일은 남북한이 당분간 통일하지 않는 것, 그대신 북한이 자생력을 갖추도록 남한이 적극적인 지원을 하는 것, 다시 말해서 북한이 붕괴하지 않도록 도와주는 것이어야 한다. 남북한이 현 상황에서 통일 국면으로 빠져든다면 걷잡을 수 없는 혼란에 휩쓸리게 될 것이기 때문이다. 에곤 바의 충고처럼 "통일이 반드시 현실적 목표여야 할 이유가 없"고, "오히려 매우 위험한 일일 수" 있다는 사실을 인지하고 "남북한이 서서히 접근하고 변화하는 과정"을 거치는 것이 중요하다.[22]

역설적이긴 하지만 북한이 붕괴되지 않고 발전할 수 있도록 도와주되 그것이 바로 통일로 이어지지 않도록 하는 것이 우리가 궁극적인 한반도 통일을 위해 우선적으로 해야 할 일이다. 북한을 살리는 방안은 그러나 많은 어려움을 안고 있다. 남한에서는 많은 이들이 북한 지원을 일방적 퍼주기라 비판하며 상호호혜의 원칙을 견지할 것을 주장하고 있고, 북한은 북한대로 남한의 경제 협력이나 원조를 자신들을 개방으로 유도해서 결국은 북한정권을 붕괴시키기 위한 노림수가 아닌가 의심스러운 눈으로 바라보고 있다. 이러한 난관을 극복하고 서로 힘을 합쳐 북한의 발전을 이루어내

---

22) 김누리 외, 앞의 책 63면.

려면 쌍방향의 노력이 필요하다. 우선 남한의 보수주의자들은 기본적으로 북한에 대한 지원이 북한 체제의 생존을 연장시키거나 그들의 입장을 강화시켜주는 것이라 비판하고 있는데, 바로 그것이 궁극적으로는 남한의 경제를 살리고 국가 경쟁력을 높이는 길이며 분단비용은 물론 한반도 통일비용을 줄이는 투자라는 사실을 인식하는 것이 필요하다. 북한 돕기는 한반도의 평화를 공고히 하는, 그리하여 남한이 안정된 상황에서 경제발전을 지속할 수 있는 평화비용이라고 생각해야 한다. 평화를 위해 지출하는 평화비용으로 대북지원을 생각한다면 남한의 보수주의자들을 설득할 명분이 생긴다. 그러한 점에서 우리가 통일을 너무 강조하기보다는 인도적 차원에서의 북한 지원, 한반도 안정과 평화 정착을 위한 지출 등의 명분으로 조건 없이 북한을 지원하는 것이 바람직하다. 이러한 자세는 남한이 결코 북한을 흡수통합할 의사도 필요성도 느끼지 않으며 남한의 지원은 말 그대로 순수한 인도적 차원에서의 지원임을 북한 당국자들에게 각인시키는 계기가 될 수 있다. 북한이 남한의 원조를 회의적 시각으로 바라보는 한 남북한 관계는 늘 위태롭게 전개될 것이 뻔하기 때문이다. 따라서 북한이 안심하고 남북교류와 경제협력에 나설 수 있는 기반을 마련하는 것이 중요하다. 이를 위해 동서독의 예는 좋은 지침을 준다. 통일 전까지 서독은 통일을 전제로 하지 않고 동독에 대해 여러 명목으로 오랜 기간 동안 상당한 경제 원조를 진행시켜왔다. 통일 이후 동독 지역의 브란덴부르크 주지사를 역임한 만프레트 슈톨페는 "김정일과 타협"하고 "북한과 경제협력에 힘써야 한다"고 충고한다.

동독은 통일 이전에도 서독에 경제적으로 크게 의존했습니다. 평소에 공산주의를 증오하던 전 바이에른 주지사 프란츠 요제프 슈트라우스조차 앞장서서 동독에 차관을 제공할 정도로 서독 쪽에서 적극적으로 경제협력에 나선 것이 주효했습니다. 수십억 마르크의 차관 덕분에 동독 경제에 숨통이 틔었고,

그 덕분에 동서독 교류가 지속될 수 있었던 것입니다.[23]

우리 역시 북한의 경쟁력을 높일 수 있는 순수 지원금을 구서독 수준 이상으로 높여야 한다. 덧붙여서 북한의 낙후된 사회간접시설을 현대화하는 사업을 적극 원조하는 것도 필요하다. 분단국가라는 점 때문에 북한이 중국과 같은 개혁개방 정책을 과감히 추진할 수 없는 한계를 지니고 있지만, 경제적으로 앞선 남한의 존재는 다른 한편으로 북한이 좀더 빨리 경제발전을 이룰 수 있는 가능성을 열어주고 있다. 남한의 조건 없는 지원이 다방면에서 이루어질 경우 북한은 중국보다 훨씬 수월하게 자신의 길을 찾을 수 있기 때문이다.

북한에 대한 지원은 결과적으로는 통일 이후의 부담을 줄이는 길이기도 하다. 사회간접시설의 완비나 북한의 경제력 상승은 통일이 된 후 치러야 할 통일비용을 경감시켜준다. 그런 점에서 북한에 대한 지원은 통일비용을 줄일 수 있는 사전 투자인 셈이다. 천문학적 액수의 통일비용을 절감하는 가장 좋은 방법이 바로 통일 이전에 여러해에 걸쳐 그 비용을 조금씩 사용하는 것이다. 사실 김창권의 주장처럼 통일비용은 남북한을 위한 투자이기 때문이다.

> 통일비용은 통일한국의 부담이 아니라 남북한 한민족의 평화와 안정적인 동반 성장을 위한 투자로 인식하여, 통일 이전부터 남북 경협 활성화로 남북한 접촉의 공약수를 넓혀감으로써 통일 이후 발생할 통일비용을 미리 축소해 나가야 한다.[24]

---

23) 김누리 외, 앞의 책 112면.
24) 김창권, 앞의 글 66면.

북한 지원을 한민족의 동반 성장을 위한 투자로 인식하면 남한 내의 반대세력도 설득할 수 있고 북한이 품고 있는 의구심도 해소할 수 있다. 이런 점에서 지난 2007년의 제2차 남북정상회담 기간 중 노무현 대통령이 북한이 "개혁과 개방이라는 용어에 대한 불신감과 거부감"을 갖고 있음을 확인하였다며 역지사지의 관점에서 이 용어 사용을 자제해야 한다고 언급한 부분은 중요하다. 북한은 소련이나 동구권 국가의 예를 통해 개혁과 개방이 곧 사회주의가 폐지되고 자본주의로 체제변환을 가져올 수 있는 정치적 의도가 담긴 말이라고 생각한다. 따라서 이러한 의구심을 불식시키기 위해서도 북한의 입장에 서서 북한의 발전을 이룰 수 있는 길을 찾아야 한다.

이렇게 신뢰를 바탕으로 남북한의 교류를 여러 분야에서 확대해나가면서 상호이해를 넓혀나가면 통일을 위한 기반이 만들어지는 것이다. 그러면서 점차적으로 국가연합의 단계로 나아가면 된다. 단계적 통일방안의 핵심은 상호 간의 신뢰와 협력을 바탕으로 우선 유럽연합과 같이 느슨한 형태로 국가연합을 이루고 이후에 점점 더 많은 분야에서 긴밀한 관계를 진척시켜나가며 연합제를 연방제로 발전시켜나가는 것이다.

(2) 과정으로서의 통일과 아래로부터의 통일

평화적이며 성공적인 한반도 통일을 위해서는 북한이 자생력을 확보하도록 돕는 것도 중요하지만 남북한 주민들 간의 이질감을 해소하고 동질성을 만들어나가는 일이 더욱 중요하다. 진정한 통일이란 제도의 통합이 아니라 남북한 주민들의 의식과 문화의 통합, 즉 사회문화적 통합이기 때문이다. 사회통합은 체제나 제도 같은 하드웨어가 아니라 "가치, 규범, 이데올로기, 의식, 문화의 통합"[25]을 의미한다. 독일통일의 예는 체제통합보

---

25) 이해영, 앞의 책 19면.

다 사회통합이 더욱 어렵고 중요하다는 사실을 우리에게 보여주었다. 따라서 우리는 체제통합에 앞서 사회통합을 위한 준비를 철저히 해야 할 필요가 있다. 60여년간 완전히 다른 체제에서 생활한 남북한 주민들은 여러가지 측면에서 상이한 가치규범을 내면화하고 있으므로 서로에게 이질감을 느낄 것은 당연하다. 따라서 통일 과정이란 이러한 이질감을 해소하고 서로에게 가까이 다가가는 과정이다. 독일통일의 예는 정치통합보다 사회문화적 통합이 더 어려운 과제이며 따라서 미리 준비해야 한다는 교훈을 우리에게 준다. 동독 출신으로 연방대통령을 역임한 볼프강 티어제는 우리에게 그 점을 강조한다.

독일의 예에서 통일은 아주 길고도 값비싼 댓가를 치러야 하는 과정이라는 것을 깨닫기 바랍니다. 그리고 남북한 주민들의 정서와 사고, 생활양식과 문화가 서로 동화되는 상호이해의 과정은 정치경제적인 통일만큼이나 어려운 과정이라는 것을 미리 알고 대비해야 합니다. 통일에 대한 열정을 갖되 환상을 갖지 말고 냉철한 이성을 가지고 통일의 길을 열어가야 할 것입니다.[26]

사회통합을 위해서는 무엇보다도 서로에 대한 이해가 중요하다. 이를 위해서는 정치, 경제, 사회, 문화, 예술, 체육 등 다양한 분야에서 남북한 주민들의 활발한 인적교류와 상호방문이 필요하다. 이를 통해 60여년 동안의 분단과 상이한 체제로 인한 서로간의 단절과 차이를 이해하고 극복하는 계기를 마련해야 한다. 한반도 통일은 통일 그 자체가 목적이 되어서는 안되고 서로간의 이질감을 극복하는 과정을 중심에 두어야 한다. 그런 점에서 우리의 통일은 "상당기간에 걸친 지속적 과정으로서의 통일"[27]이

26) 김누리 외, 앞의 책 89면.
27) 백낙청 『한반도식 통일, 현재진행형』, 창비 2006, 76면.

어야 하며, "하루아침에 갑자기 이루어지는 일회적 사건"이 아니라 "지금 시작해서 먼 훗날 완성된 형태의 통합을 이루어야 하는 부단한 진행의 과정"[28]이어야 한다는 주장은 경청할 만하다.

이러한 문제의식을 바탕으로 한반도 통일의 방향을 잡아가는 것이 중요하다. 통일 과정은 적대적인 상호대결을 지양하고 상대방의 체제를 인정하고 평화공존의 바탕을 마련하면서 상호이해를 통한 신뢰구축 그리고 화해와 협력의 과정을 거쳐서 궁극적으로 통일 단계에 들어서는 방식으로 천천히 진행되어야 한다. 이를 위해서는 남북한 주민들 간의 활발한 만남을 통해 상호이해를 증진시키고 그것을 바탕으로 통일한국의 사회체제를 함께 모색해나가는 노력이 우선적으로 필요하다. 한반도 통일을 완성할 새로운 체제는 궁극적으로 남북한 민중이 주체가 되어 결정하는 아래로부터의 해결을 통해 이루어져야 하기 때문이다. 한반도 통일의 궁극적 목표가 남북한 민중의 행복과 삶의 질 향상이라고 할 때 그들이 함께 살아야 할 통일체제를 결정하는 데 있어서 남북한 민중의 적극적 동의를 바탕으로 하는 것이 무엇보다 중요하다. 이러한 기반을 조성하기 위해서라도 남북한 주민들의 적극적인 만남과 교류가 필요하다. 한반도 통일은 "통일의 과정과 방식이 반드시 전체 사회의 변혁에 기여"해야 하는 "운동으로서의 통일"[29]이면서 동시에 남북한 민중이 중심이 되어 만들어나가야 하는 아래로부터의 통일이 되어야 한다.

(3) 세계사적 사건으로서의 한반도 통일

한반도의 분단상황을 끝내고 남북한이 하나가 되는 통일은 오랜 준비과정이 전제가 될 때 훨씬 성공적으로 이루어질 수 있다. 한반도 통일은

28) 김근식 「통일방안이 아닌 통일과정을」, 민족화해협력 범국민협의회(민화협) 통일교육 협의회 청소년분과 발제문, 2001.11.6.
29) 김근식, 같은 글.

414

남한과 북한이 어느정도 비슷한 수준의 경제력과 비슷한 사회체제를 갖춘 다음에 이루어지는 것이 좋다. 그럴 경우 설사 북한이 남한에 흡수통합된 다고 하여도 후유증이 훨씬 적을 것이다. 하지만 우리가 꿈꾸고 만들어가야야 할 통일은 흡수통일이 아닌 다른 방식의 통일이어야 한다. 우리의 통일은 한반도의 분단을 종식시키는 것을 넘어서서 전세계 인류의 미래에 비전을 제시하는 세계사적 사건이어야 한다. 그러기 위해서는 남북한 모두 현재의 모습에서 탈피하는 변화의 과정을 거쳐야 한다. 남한은 사회주의적 복지제도를 많이 도입하여 사회민주주의 성향을 띤 사회주의에 가까이 가고, 북한은 자본주의적 요소를 많이 도입하여 민주주의적 자본주의에 가까이 다가옴으로써 두 체제 간의 차이를 줄이는 것이 필요하다. 베를린 장벽이 개방된 후 많은 동독 지식인들이 꿈꾸었지만 결국 실패하고만 제3의 길을 북한이 성공적으로 실현할 수 있도록 모든 노력을 다해야 한다. 장벽이 개방된 후 동독이 가졌던 가능성, 즉 "독립국가로 남아 있으면서 스스로 '독자적'으로 정치, 경제적 개편의 방향과 속도를 결정"하되, "서독의 모델을 수입하는 것이 아니라 자본주의와 사회주의 사이에 있는 어떤 형태의 '제3의 길'을 모색"[30]하는 가능성을 북한이 실현할 수 있어야 한다. 남한 또한 현재의 천민적인 자본주의의 틀을 대폭 수정하여 복지와 분배 그리고 사회통합에 더 중점을 두는 사회민주주의적인 체제로 변화해야 한다. 그렇게 해서 두 체제의 차이가 많이 좁혀졌을 때 통일한다면 새로운 통일방안의 가능성이 열릴 수 있다.

새로운 통일방안은 남북한이 각자 자신의 체제로 상대방을 끌어들이려 하지 않고 자신의 기득권과 체제를 버리고 새로운 체제를 함께 만들어가는 그런 것이어야 한다. 현재의 사회주의나 자본주의 체제 모두 상당한 문제점을 안고 있으므로 두 체제의 단점은 버리고 장점은 취하여 새로운 체

---

30) 얀 프리베·루돌프 히켈, 앞의 책 106면.

제를 만들 수 있다면 그것은 단순한 남북한의 통일을 넘어서서 인류의 미래에 우리가 던지는 희망이 될 것이다. 남북한이 자본주의와 사회주의 체제를 각각 실현하고 있다는 사실이 지금까지는 분단과 대립이라는 질곡으로 작용했지만 바로 그런 질곡으로 인해 두 체제를 뛰어넘는 새로운 가능성을 제시할 수 있기 때문이다. 이런 맥락에서 옌스 라이히 역시 "한국이 민족문제를 어떻게 해결하는지가 21세기 인류의 발전을 위한 중요한 지표가 될 것"[31]이라고 말하고 있다. 그렇게 될 경우 한반도 통일은 우리 민족의 경사일 뿐 아니라 그야말로 세계사적 사건이 될 수 있을 것이다. 이런 점에서 우리는 동독의 시인이자 비판적 사회주의자였던 폴커 브라운이 남북한 주민들에게 보낸 메씨지를 경청할 필요가 있다.

수많은 작은 걸음들을 내딛어 신뢰를 쌓아가야 합니다. 통일로 나아가는 큰 걸음은 관용과 연대를 향한 걸음이어야 합니다. 이 큰 걸음이 어느 한쪽의 물질적인 삶(산업)과 정신적인 삶(역사)을 짓밟는 것이어서는 안됩니다. 단순한 합병은 결코 진정한 통일이 아닙니다. (…) 두 국가의 서로 다른 장점과 경험이 유익하게 사용되고 창조적으로 어우러지는 곳에서는 어느 한쪽도 굴욕을 느끼지 않고, 새로운 생명을 피워낼 것입니다.[32]

한반도 통일은 독일통일을 반면교사로 삼아 어디까지나 양쪽의 대등한 관계에서 오랜 시간을 두고 합의를 통해 이루어져야 한다. 통일 과정은 어디까지나 단계적으로 진행되는 것이 좋다. 남북한이 서로 변화하면서 상호신뢰의 관계를 쌓는 과정은 현재처럼 2국가 2정부 2체제를 유지하면 된다. 다만 모든 분야에서 현재보다 훨씬 긴밀한 관계를 맺고 상호교류를 지

---

31) 김누리 외, 앞의 책 350면.
32) 같은 책 186면.

속시키는 것이 중요하다. 이를 통해 상호신뢰와 교류협력이 상당부분 진척되었을 때 남북한은 우선 1국가 2정부 2체제의 국가연합 형식으로 느슨하게 합쳐질 수 있을 것이다. 양쪽이 각자 독자적 체제와 정부를 유지하면서 큰 틀에서는 하나의 국가로 묶이는 방식이 국가연합 방안이다. 하나의 국가를 이룬다는 것은 외교와 국방을 합친다는 것을 의미하므로 당장 실현하기 어려울 수도 있다. 그럴 경우는 남북한이 독자적 국가로 존속하되 연합국가라는 특수한 동맹관계로 맺어진 1민족 2국가 2정부 2체제로 시작할 수 있다. 이러한 느슨한 국가연합 방식이야말로 백낙청의 의견처럼 "남북 현 정권의 일정한 안정성을 보장"하기에 "남북한 다수 민중과 기득권층 내 합리적 인사들이 두루 수긍할 수 있는 유일한 방안"[33]이다. 물론 남북연합은 화폐통합과 이주 및 취업의 자유가 허용되는 현재의 유럽연합보다는 훨씬 느슨한 단계, 즉 남북한 이중화폐는 물론 주민들의 이동도 통제되는 단계에서 시작하여 단일화폐 도입과 국방과 외교를 점차 하나의 조직으로 통합하는 보다 긴밀한 연합으로 발전시켜나가야 할 것이다. 그럴 경우 하나의 국가를 구성하되 남북한은 지역 자치정부로 유지되는 1민족 1국가 2정부 2체제의 연합국가 형태가 될 것이다. 국가연합은 이처럼 다양한 형태와 다양한 단계를 내포하고 있으므로 북한의 "낮은 단계의 연방제"안과도 공통점을 지닌다.[34]

---

33) 백낙청, 앞의 책 79면. 백낙청은 남북한의 실질적 통합의 성과가 상당정도 축적되었을 때 "어느날 문득, '어, 통일이 꽤 됐네, 우리 만나서 통일됐다고 선포해버리세'라고 남북이 합의하면 그게 곧 한반도식 통일, 더 엄밀히 말하면 '제1단계 통일'"이리고 표현하고 있다.(백낙청, 같은 책 35면) 그의 말은 우리가 남북연합을 목표로 내세워, 즉 통일을 전면에 내세워 그를 위해 의식적 노력을 하기보다는 실질적 통합 과정에 힘을 쏟는 것이 통일을 위해 더 효과적이라는 의미일 것이다. 하지만 남북한의 국가연합은 어느날 남북이 만나서 합의하고 통일됐다고 선포하면 이루어지는 간단한 일이 아니다. 국가연합을 구성하기 위해서는 오랜 시간에 걸친 협상과 의식적인 노력이 필요하다는 사실을 간과해서는 안될 것이다. 따라서 우리는 실질적인 통합에 이르는 과정을 중요시함과 동시에 국가연합으로 발전할 수 있는 가능성을 지속적으로 키워나가는 노력을 병행해야 할 것이다.

남북한이 국가연합 속에서 서로간의 신뢰와 유대가 상당히 깊어지게 되면 다음 단계로 1국가 1정부 1체제의 연방국가로 나아가면 된다. 여기서 말하는 연방국가는 북한이 제안하는 낮은 단계의 연방제와는 달리 현재의 미국이나 통일독일처럼 단일국가와 별 차이가 없는 국가제도이되 연방주의 권한이 상대적으로 큰 국가체제를 의미한다. 연합국가와 연방국의 차이는 유럽연합과 미국의 차이만큼 크다. 따라서 연방제를 통해 1국가 1정부 1체제로 남북한이 합쳐지는 것이 한반도 통일의 완성이다. 연방제를 위해서는 연방국가의 체제를 규정할 새로운 헌법 제정이 필수적이다. 양쪽의 합의에 따라 남북한 대표들로 헌법위원회 또는 제헌의회를 구성하여 통일헌법의 초안을 만들고 그것을 양쪽 의회가 승인하는 과정을 거쳐 통일헌법을 공표해야 한다. 이후 통일헌법에 따라 총선거를 실시하여 통일정부를 구성하면 통일이 완성된다. 이러한 통일에는 물론 남북한이 자신

34) 2000년 6월의 정상회담 공동선언문 2항은 "남과 북은 나라의 통일을 위한 남측의 연합제안과 북측의 낮은 단계의 연방제안이 서로 공통성이 있다고 인정하고 앞으로 이 방향에서 통일을 지향시켜나가기로 하였다"고 하며 남한의 국가연합안과 북한의 연방제안 사이에 공통점이 있다고 선언하였다. 2000년 10월6일 조국평화통일위원회 안경호 서기국장은 고려민주연방공화국 창립방안 제시 20돌을 기념해 열린 평양시 보고회 연설에서 6·15공동선언에 명기된 북측의 '낮은 단계의 연방제'를 설명하면서 "낮은 단계의 연방제안은 하나의 민족, 하나의 국가, 두개의 제도, 두개 정부의 원칙에 기초하되 북과 남에 존재하는 두 정부가 정치·군사·외교권 등 현재의 기능과 권한을 그대로 갖고 그 위에 민족통일기구를 내는 방법으로 북남관계를 민족공동의 이익에 맞게 통일적으로 조정해나가는 것"을 기본 내용으로 하고 있다고 설명했다(정성장 동북아위 남북협력전문위원 국정브리핑, 2007년 9월 25일). 이 설명에 따르면 북한의 "낮은 단계의 연방제안"은 하나의 국가를 목표로 하고 있지만 정치, 군사, 외교권을 남북한 정부가 그대로 갖고 경제나 사회문화 분야에서만 남북공동체를 이루는 형식이다. 이 안은 단일정부가 단일국가를 이루고 있는 독일이나 미국의 연방국가 형태보다는 비록 하나의 국가는 아니지만 경제 및 사회문화 공동체로 엮여 있는 현재의 유럽연합 체제와 비슷한 점이 더 많다고 할 수 있다. 따라서 연방제보다는 국가연합안과 비슷한 것으로 보는 것이 좋을 듯하다. 대신 연방제 또는 연방국가(Federation)는 국가연합(Confederation)에서 한단계 발전한 보다 동질적인 체제로 보는 것이 논의의 혼선을 막을 수 있다. 이런 맥락에서 한반도 통일은 국가연합의 여러 단계를 거쳐 연방국가로 나아가는 과정을 거치는 것이 바람직하다.

의 체제를 포기하고 새로운 체제에 합의하는 과정이 필수적이다. 남북한이 기득권을 버리고 통일국가로 거듭나는 통일이므로 한반도의 통일은 어느 한쪽이 다른 한쪽을 일방적으로 흡수하거나 어느 한쪽의 가치가 다른 쪽에 강요되지 않는 새로운 통일방안이 될 것이다. 한반도의 통일은 나라를 새로 세우는 건국과 같은 자세로 만들어나가야 한다. 이런 점에서 "통일은 언제나 '재(再)'통일이 아니라, 새롭게 만들어가야 할 '신(新)'통일"[35] 이어야 한다. 이를 위해 남북한은 서로가 대등한 입장과 위치에서 통일한국을 만들어가는 노력을 경주해야 한다. 그럴 경우 한반도 통일은 세계사적 관점에서 새로운 체제와 비전을 제시하는 축복받은 통일이 될 것이다. 이 꿈은 한두 사람이 꾼다면 한낱 꿈으로 그칠 터이지만 수백만, 수천만이 함께 꾼다면 미래의 우리 현실이 될 것이다.

35) 이해영, 앞의 책 19면.

ㄱ ㄴ ㄷ

『간단한 이야기들』 244 246 248~51 253 260
　263~65 269 270 272~73

고르바초프 20 23 24 26

『골프세대』 353 354

「그들이 아니라 우리들」(Wir und nicht sie)
　120 125 127~28 130~31 133

그라스, 귄터(Günter Grass) 39 42 55~59 69
　190 227 231 295

그라이너, 베른하르트(Bernhard Greiner)
　310 311 314

그라이너, 울리히(Ulrich Greiner) 41 45~47
　49 51 56~57 59 69 75 309

그로츠, 엘리자베트 54

그륀바움, 로베르트(Robert Grünbaum) 36

그리멜스하우젠 227

「극복된 전환」(Die überstandene Wende)
　81

글라스노스찌(개방) 23

글라저, 호르스트 알베르트(Horst Albert
　Glaser) 322

『나누어진 하늘』 144 164

「나의 소유물」(Mein Eigentum) 98~99

「나의 테러지구」(Mein Terrortorium)
　134~35

『남아 있는 것』 41 43 45~48 51 143~45
　148~49 156 158 163~64 179 180 184~86
　301

『노이에스 도이칠란트』 38 39

『노이에 취리히 짜이퉁』 347

놀, 한스 69

『담론의 질서』 151 198

「당신들의 나라를 위해서, 우리나라를 위해
　서」 39

『대안』(alternative) 283

델하이, 이본느(Yvonne Delhey) 163
『독일문학 사회사』 303
「독일적 신념미학」 56
『독일통일비용』 396
「독일통일은 한국에 대한 모범인가?」 403
돔다이, 호르스트(Horst Domdey) 92~97
「동독문학에서 무엇이 남을 것인가」 118
『동쪽 동독인들』 373
『동쪽 지역 아이들』(Zonenkinder) 327 329
   331 346~47 350 352~53 357~58 367
두브체꼬 23 69
드레브스, 외르크(Jörg Drews) 310
드 메지어 86
드 브루윈, 귄터 64~65
디크만, 프리드리히 76

ㄹ ㅁ ㅂ

라다츠, 프리츠(Fritz Raddatz) 63 287 291
라셴, 그레고르(Gregor Laschen) 82
라이히, 옌스 53 393 416
『란도』(Randow) 105 107 112
랑엔부허, 볼프강(Wolfgang Langenbucher)
   287
레네르트, 헤르베르트(Herbert Lehnert) 205
레닌 331
레씽 52 137
렐린, 마르티나(Martina Rellin) 330 359~60
   365~66 368
뢰스트, 에리히 59
『르몽드』 71

링크, 위르겐(Jürgen Link) 293
마론, 모니카(Monika Maron) 289 299
마이어-고자우, 프랑케(Franke Meyer-
   Gosau) 64
마이어, 한스(Hans Mayer) 186 283~84 290
만델코우(Mandelkow) 288
만, 토마스 187
『매거진』(Magasin) 347
『메데아』 185 191~93 197 205~206 209
   212~13 215 221
『메데아놀이』 167
『메데아. 목소리들』 186 195
메르켈 352
『메르쿠어』(Merkur) 57
모드로우, 한스 28~29 31 39
모어, 라인하르트 354
「문화보호지역 동독?」 57
『물론 나는 동독여자다!』 330 359
뮐러, 하이너(Heiner Müler) 34 60~61
   63~65 166~67 189 289 301 312
「미성숙의 출구에 선 미학」 57
바르, 에르하르트(Ehrhard Bahr) 304
바르너, 빌프리트(Wilfried Barner) 318~20
바르쉬, 토마스(Thomas Barsch) 291
바, 에곤 409
바웬사 24
바이더만, 폴커 351 353
바츨라프 하벨 24
반더, 막씨(Maxie Wander) 289
발라프, 귄터 39
『베를리너 짜이퉁』(Berliner Zeitung) 61

187

베커, 유렉(Jurek Becker) 291 299

베허, 요하네스(Johannes Becher) 220
278~81

벡, 울리히 364

벤, 고트프리트 75

보러, 칼 하인츠(Karl Heinz Bohrer) 57 309

보브로프스키, 요하네스(Johannes
Bobrowski) 289

보이틴, 볼프강(Wolfgang Beutin) 305

볼레, 슈테판(Stefan Wolle) 157

볼프, 크리스타(Christa Wolf) 34 36 38
41~43 45~55 57 59~70 73 94 95 143~45
147~49 156~58 161~69 171 177 179~97
205~206 208~209 212~15 219~21 225
247 286 289~90 301 309 312 321

「봉토」128~29 131 133

뵐, 하인리히 55

부크, 테오(Theo Buck) 295

『분단된 하늘』 47

뷔히너(Büchner) 102

브라운, 폴커(Volker Braun) 38 81 83~106
108 111~12 118~20 122~30 133~39 166
219~20 247 312 320 416

브레너, 힐데가르트(Hildegard Brenner)
284

브레머, 울리케(Ulrike Bremer) 266

브레히트, 베르톨트(Bertolt Brecht) 44 47
137 187 220 245 280

브루씨히, 토마스(Thomas Brussig) 221~25
227 231~43 329

『브리키테』(Brigitte) 363

비스키, 옌스 355

비어만, 볼프(Wolf Biermann) 53 60 69 73
92 94 129 145~47 291 308 316

빈케, 헤르만 62

『빌트』 63

빨미에(Palmier) 71

뻬레스뜨로이까(개혁) 23 207

뿌슈낀 152

『삐걱거리는 느린 아침』 128

ㅅ ㅇ ㅈ ㅊ

『사회리포트』(Sozialreport) 370

샤르프슈베르트, 위르겐(Jürgen Scharf-
schwerdt) 292 294

샤보브스키(Schabowski) 27

「서독문학과의 작별」 55

『서독의 문학』 319

셰틀리히, 한스 요하임(Hans Joachim
Schädlich) 60 69 92 94 129 291 300

셰틀린스키, 라이너(Rainer Schedlinski) 60

『소(小) 동독문학사』 318

『소설 카산드라의 전제』 169

「소유물」(Das Eigentum) 81 83~85 97 100
106 108 111 134~35 138

쉬르마허, 프랑크(Frank Schirrmacher) 41
47~49 51 55 57 59 64 68 309

쉬벨부쉬, 볼프강(Wolfgang Schivelbusch)
133

쉬츠, 에르하르트(Ehrhard Süchtz) 307

슈나이더, 롤프(Rolf Schneider) 54 298

슈넬, 랄프(Ralf Schnell) 166 304 318~19

슈미트, 요헨(Jochen Schmidt) 353

슈트리트마터, 에르빈 71

슈트리트마터, 에바(Ewa Strittmatter) 312

『슈피겔』 62~63 118 188 330 347 353~54
361

슐렌슈테트, 디터(Dieter Schlenstedt) 96 98

슐체, 잉고(Ingo Schulze) 221 244~50 253
258 266 271 273

스카레, 로즈비타(Roswitha Skare) 302

신념미학 54~56 58~59 75 164 309

『신독일』(Neues Deutschland) 84 87

『신독일문학』(Neue deutsche Literatur) 62
134

신사고정책 23

아렌트, 잉고 355

『아름다운 헬레나』 166

「아주 자유롭게, 브레히트 풍으로」
(ziemlich frei, nach Brecht) 82

『아프리카 옆에서』(Gleich neben Afrika)
105~106 112

악동소설(Schelmenroman) 227

『안녕, 그대 아름다운 이여』 289

안더존, 자샤 60

『암피트리온』 166

앤더슨, 셔우드(Sherwood Anderson) 245

야크, 카르중케(Karsunke Yaak) 81

얀츠, 토마스 68

『양철북』 227 231

에머리히, 볼프강(Wolfgang Emmerich) 85

108 118~19 148 304 311~14 316 318
320~21

에크하르트, 가브리엘레 64 65

엔첸스베르거, 한스 마그누스(Hans Magnus
Enzensberger) 82

엥글러, 볼프강(Wolfgang Engler) 367~79

옌스, 발터(Walter Jens) 52 55 70 190

예쎈, 옌스 68

「우리가 아니라 그들」 122

『우리 같은 영웅들』 221~22 224~26 228
231~32 234 237 240 242~43

「우리나라를 위하여」(Für unser Land) 38

울브리히트, 발터 280

『원전사고』 144 289

『위험사회』 364

『의미와 형식』 280

『20세기 독일문학 입문』 307

일리스, 플로리안(Florian Illies) 353~54

『임시조치』 300

「장벽」(die mauer) 81

『전위로서의 동독인들』 367 373

「전환의 언어」 34

『젊은 W의 새로운 고뇌』 286

제거, 베른하르트(Bernhard Seeger) 312

제거스, 안나 220 280

『존넨알레 거리의 짧은 끝에서』(Am
kürzeren Ender der Sonnenallee) 233

『존넨알레』 233~34 236~43 329

졸리다르노시 24

『쥐트도이체 짜이퉁』(Süddeutsche Zeitung)
52 337 355

지라르, 르네(René Girard) 197 200 204 270

지몬, 야나(Jana Simon) 353

『짜이트』 41~42 45 51 56 63 68 363

쯔메가치, 빅토르(Viktor Žmegač) 304

『1945년에서 1995년까지의 독일문학』 322

『1945년 이후 독일어권 문학사』 318

『1945년 이후 현재까지의 독일문학사』 318

『체류』(Der Aufenthalt) 321

체코브스키, 하인츠(Heinz Czechowski) 81
    83

『칠레의 지진』 200

77헌장 24

ㅋ ㅌ ㅍ ㅎ

『카산드라』 144 163~71 177~85 192 205
    289

칸트, 헤르만 64~65 321

커버, 레이먼드(Raymond Carver) 245

콜 29 31~32 386

콜베, 우베(Uwe Kolbe) 291

쾨니히스도르프, 헬가(Helga Königsdorf)
    54 105~106 109~13 115~17 219 289

쿠네르트, 귄터(Günter Kunert) 69 291 299

쿠비체크, 안드레(André Kubiczek) 353

쿤체, 라이너(Rainer Kunze) 59 81 286 289
    291

크렌츠, 에곤 26 28 39

크리셸, 폴커(Volker Krischel) 192

『크리스타 테를 생각하며』 164 286

클라이스트(Kleist) 200

클롭슈톡(Klopstock) 122~23

키르쉬, 자라 286 291

『타게스 짜이퉁』(taz) 68 69

툭, 코르넬리스(Cornelis Tuk) 81~82

트레거, 클라우스(Claus Träger) 282

『팅코』 71

포름베크, 하인리히(Heinrich Vormweg)
    287

포이히트방어(Lion Feuchtwanger) 187

포크트, 요헨(Jochen Vogt) 307

폰 데어 포겔바이데, 발터(Walther von der
    Vogelweide) 129

「폴커 브라운의 인생행로」(Der Lebens-
    wandel Volker Brauns) 123

푀닥, 클라우스 52

푸꼬, 미셸 151 198

퓌른베르크, 루이스(Louis Fürnberg) 132

프라이슬러, 헬무트(Helmut Preißler) 312

프랑케, 콘라드(Konrad Franke) 287

프랑크, 뤼디거 403

『프랑크푸르터 알게마이네 짜이퉁』(FAZ)
    41~42 47 55 60 64 68 347 352

프렌츠라우어베르크 60 300 321

『프로메테우스』 167

프리베, 얀 396

프리쉬, 막스 39

플렌츠도르프, 울리히(Ulrich Plenzdorf)
    286 289 312

피르싱, 안네테(Annette Firsching) 178

『필록테트』 167

하게, 폴커(Volker Hage) 51~52

하르퉁, 하랄트(Garald Hartung) 82

하버마스, 위르겐 69

하인, 야콥(Jakob Hein) 353

하인, 크리스토프(Christoph Hein) 34~35
105~107 110~12 115 117 219~20
289~90 312

하임, 슈테판(Stefan Heym) 34~35 38 88
157 220 289 312

학스, 페터 166

함, 페터(Peter Hamm) 285

헤니히, 팔코(Falko Hennig) 353

『헤라클레스』 5 167

헤름린, 슈테판(Stephan Hermlin) 146 295

헤밍웨이 245

『헤쎈 급전』 102

헨젤, 야나(Jana Hensel) 327 329~58
365~68

호네커, 에리히 20 26 115 146 181 207 209
228~29 305 331 386

호이켄캄프, 우르줄라(Ursula Heukenkamp)
297

회르닉, 프랑크(Frank Hörnigk) 88

「회상」 161

「횔덜린에게」 98~99

횔덜린, 프리드리히(Friedrich Hölderlin)
98~101 161

「후세에게」 137

흐루시초프 23

히켈, 루돌프 396

힐비히, 볼프강(Wolfgang Hilbig) 299~300

독일통일과 문학

초판 1쇄 발행 • 2008년 10월 20일

지은이 • 김용민
펴낸이 • 고세현
책임편집 • 박신규
펴낸곳 • (주)창비
등록 • 1986년 8월 5일 제85호
주소 • 413-756 경기도 파주시 교하읍 문발리 513-11
전화 • 031-955-3333
팩시밀리 • 영업 031-955-3399 편집 031-955-3400
홈페이지 • www.changbi.com
전자우편 • literat@changbi.com
인쇄 • 상지사 P&B